长辛店

上

北方红星

黄建东　杨忠华　著

中国工人出版社

图书在版编目（CIP）数据

长辛店. 北方红星 / 黄建东, 杨忠华著. —北京：中国工人出版社，2019.7
ISBN 978-7-5008-7218-4

Ⅰ. ①长…　Ⅱ. ①黄… ②杨…　Ⅲ. ①长篇小说—中国—当代　Ⅳ. ①I247.5

中国版本图书馆CIP数据核字（2019）第134092号

长辛店

出 版 人	王娇萍
责任编辑	吴　迪
责任印制	黄　丽
出版发行	中国工人出版社
地　　址	北京市东城区鼓楼外大街45号　邮编：100120
网　　址	http://www.wp-china.com
电　　话	（010）62005043（总编室）（010）62005039（印制管理中心） （010）62379038（社科文艺分社）
发行热线	（010）62005049　（010）62005042（传真）
经　　销	各地书店
印　　刷	三河市东方印刷有限公司
开　　本	710毫米×1000毫米　1/16
印　　张	43.25
字　　数	550千字
版　　次	2019年10月第1版　2023年12月第3次印刷
定　　价	98.00元（全两册）

哪有斩不除的荆棘？哪有打不死的豺虎？哪有推不翻的山岳？你只须奋斗着，猛勇地奋斗着，持续着，永远地持续着，胜利就是你的了！胜利就是你的了！

——邓中夏《胜利》

目　录

上册　北方红星

第三章　挺直的腰杆儿 / 178

阳春三月，万物复苏，工厂南门锻造场厂房内，被布置得花团锦簇，就是过年也没这么喜庆过，一面巨大的横幅显得尤其扎眼，上书：南满铁路机厂、长辛店铁路工厂技工挑战赛。在日方看来，赢下这场比赛根本不在话下，区区一个长辛店铁路工厂，能有多少能工巧匠呢？……葫芦精品完成了，陈季功在葫芦上赫然写着“中国必胜”几个楷书大字，字字有如射向敌人的子弹，同时表达了每一个中国人的心声，侵略者可以一时的得意，但胜利终将属于我们。

第四章　天安门上太阳升 / 256

1948 年12月14日，那是值得长辛店机厂数千老少爷们儿终生难忘的一天，因为这一天，长辛店解放了，工厂回到了人民手中。直到几十年过后，老工人边德贵还能回忆起那天发生的事情。工厂南门广场上，已是人头攒动，每个人的心情都很激动，又都怀揣着不安，不知道共产党来了，他们的日子会怎么样。

下册　自主之路

第五章　活在那个火红的年代 / 331

“虽说现在已经解放了，但我们从国民党手里接过来的却是个烂摊子，许多方面我们和国际先进水平相比，还有不小差距，这就需要我们迎头赶上，其艰苦程度并不比打一场解放战争轻松多少。宗汉说得很好，要学，我们就要学最先进的。”与此同时，伟大的抗美援朝拉开了帷幕。在此情形下，北京市总向全市国有企业职工发出了“工厂就是战场，机器就是武器”的口号，广泛开展大规模爱国主义劳动竞赛活动。

第六章　光荣与泪水 / 406

这些日子在陶宗汉的生活中，接连出现了几个没想到，他没想到工厂仅仅用了25天时间，就试制出“建设型”蒸汽机车，机车试运行成功的消息发布后，没想到大诗人郭沫若为此还专门赋诗一首，其中最后一句“不久内燃能造”更是对工厂提出了新的期望。造内燃机车，是陶宗汉心中一个早就确立起来的梦想，他相信这也是全厂职工心中的一个共同梦想，什么时候朝

楔　子

京西南卢沟桥畔，有一个小村庄。

这个小村庄的名字叫三合庄，很有些年头，没出过惊天动地的大事情，也没出过可歌可泣的大人物，唯一特别的便是毗邻千年古镇长辛店。

长辛店这地界，因为离京城最近，自古便是商贾旅客云集之地，店铺酒肆林立。无论打尖歇脚的商客，还是进京赶考的儒生，或是穷困潦倒的乞丐，三教九流，五行八作，混杂其间，人来人往，车马声啸。

和长辛店的热闹非凡相比，这三合庄原本平凡得不值一提。谁知清光绪二十七年，也就是公元1901年深秋的一天，突然来了一伙金发碧眼的外国人，一到就忙着量土地、搭帐篷，身后还跟着青布灰衣的听差和灰头土脸的工人。村民明白了，这是京城来的工程队！

早在年初的时候，官府就曾派人来，圈起好大一块地，说是要从卢沟桥那边迁过来一个工厂。原来，卢保铁路卢沟桥机厂在两年前闹拳匪（**义和团运动**）的时候，被一把火烧毁了，官家本考虑就地重建，可一来地方狭小，不便于今后发展；二来资金费用同样也不会少，那就不如择地重建，于是依托千年古镇建造新厂的方案便得到官府批准，基建工程方才得以启动。

细说起来，居住在这里的清朝子民，生活的变化多是因为一条铁路的兴建而起的，这条铁路起初称作卢汉铁路，即从卢沟桥到汉口。

既然要修铁路，为什么不从京城内修起呢？究其原因，和皇家的所谓“龙脉”之说脱不了干系。清朝皇帝害怕就近修筑铁路破坏了皇家的龙脉，所以要求所修筑的铁路必须离紫禁城40里地之外，而卢沟桥离紫禁城恰好42里，又有“卢沟晓月”的风景相托，由它作一条铁路的源头当是理想之地。

按照当时设想，整条铁路分为四段，即卢沟桥至正定（后改称保定）为首段；正定至黄河为第二段；黄河至信阳为第三段；信阳至汉口为末段。光绪二十三年（1897年），首段卢保铁路建成。有铁路就要有与之配属的工厂作为铁路运营的有力保障，主要是提供机车车辆上使用的各种配件，等到条件成熟了，还要进行机车车辆的大修维护，甚至新造，于是才有了卢保铁路卢沟桥机厂。

工厂异地重建后就要对外招工，最先考虑的当然是附近的住户，于是一些揭不开锅的农户、无地可种的闲散汉子都跃跃欲试。虽然每月领取仅够糊口的不多薪水，但毕竟不用再看老天爷的脸色了，与以前日出而作、日落而息的生活完全两样。

三合庄曾有村民在卢沟桥的原厂做过工，没想到这次工厂搬到了家门口，于是便有人上门探询那些重回三合庄的工人。

“我说小三子，进厂做工到底咋样啊？听他们说，月月都有银子拿，这是真的吗？”

“听说朱家坟有个小伙儿，被砸断了胳臂，厂子里也没人管，至今还待在家里哭天喊地呢！”

面对种种议论，被问者往往是高傲地仰起头，谁也不理睬，阔步走出院外。跟这些没见过世面的庄稼佬没什么可说的，根本就是对牛弹琴嘛！于是这些“见过世面”的工人便隔三岔五地跑到村外，呆望着那片空地，幻想着能早日开工。如今官府总算来人了，恰似久旱逢甘雨，让人欢喜不已。

工地上难免有些看热闹的人，在三三两两的人群中，有个二十七八岁的

精壮汉子，身材魁梧，浓眉大眼。这时节，村里的壮劳力都在忙着地里的生计，围观者除了老弱，便是游手好闲者，因而那精壮汉子便显得颇为突出。

这个汉子叫陶一丁，是个老实巴交的农户，祖祖辈辈生活在这里，村子里发生的这些变化，他无心也无力去管，他已经快被家里那几个讨饭鬼给压垮了。

陶一丁年纪虽不大，但已是一儿一女两个孩子的爹了，老大陶宗法，老二陶慧敏。如今老婆那个“争气”的肚子马上就要产下另一个讨饭鬼，此时他怀里揣着的一小包红糖，就是给将要临盆的老婆陶李氏买的。可如今家里穷得叮当响，要不是接生婆连吓唬带数落，这一小包红糖他都舍不得买。这倒霉的日子，什么时候才是个头呢？

“老乡，想不想进厂做工呀？来吧，反正比种地强，只要干得好，还能提升为工头。”一位四十岁左右的中年男人热情地和陶一丁打着招呼，看装束，像是个管事的。陶一丁慌乱得直往后退，长这么大，他接触到最大的官儿也就是保长了，他都有些不会说话了。本来，迫于生活压力，陶一丁也想到去卢沟桥机厂做工，都通过身体检查了，让他第二天进厂上班。

那天他早早地赶往工厂，可是接下来发生的一幕，让他永生难忘。不知从哪里涌进来一群红了眼的“拳匪”，见什么砸什么，谁要上前阻拦就被五花大绑，他们恨洋人，连带也恨洋人传进来的这些玩意儿，陶一丁吓得躲在一台机器后面，大气也不敢出，最后他看到火光冲天，再不跑恐怕连命都要丢了，这才抱头鼠窜。

说是进厂当了工人，可是连锤把都没摸过便灰头土脸地回来了，还没少遭村人奚落，每每想到那次的经历，陶一丁便倍感失落。

“老乡，别紧张嘛，进了厂，我们就是伙友（工友）了，那……”

“一丁大哥，还愣着干什么？你家月娥嫂子生了。”一名急匆匆赶来的妇女冲陶一丁喊道。陶一丁这才回过神来，他冲那人羞赧地一笑，便转身朝家里疾奔而去。

回到家，陶李氏已平安产下一子。怀抱着嗷嗷待哺的婴儿，陶一丁的心里喜忧参半。更为要命的是，这孩子就像是天生的讨债鬼。生头两胎时陶李氏奶水充沛，乳房鼓鼓的，而现在却干瘪得像个布袋。小家伙饿得整天哇哇大哭，烦恼不已的陶一丁甚至动了将孩子送人的念头。

“他爹，求求你，不管怎么说，孩子是我身上掉下的肉。”陶李氏声泪俱下，苦苦哀求。陶一丁无助地望着娘俩，最后一跺脚，甩门走了出去，他决定报名进厂做工。陶李氏望着襁褓中的孩子，泪水止不住地流了下来。

谁也不曾料到，这个在工厂动迁兴工当天出生，后来取名叫陶宗汉的男孩，竟与工厂有着不解之缘。

第一章　做工的人要站起来

1

五月的北京城，春意盎然，暖洋洋的春风吹拂在脸上，带着一种母性的柔情，让人有种陶然入梦的感觉，然而并不是每个人都能享受得到这种安逸的。像运通车行车把式陶宗汉，一连几天都没有笑模样了，仿佛谁欠了他八百吊钱似的。以往陶宗汉喜欢在大学堂门口拉客，他知道这年头能上得起大学的，大多家里有点底子，事实也正像他设想的，尤其是周末，生意好得忙不过来。可这几天他几乎就没开张过，虽说学校门口进进出出的人很多，看上去也都是一副火烧火燎的样子，可就是没人搭理他。他搞不清这些衣食无忧的富家子弟究竟为什么事而气愤难耐，难道天底下还有比吃饭更重要的事吗？隐隐约约还听到有人高喊“打倒卖国贼！还我山东！”的口号，这又是怎么回事呢？说心里话，陶宗汉喜欢拉那些青年学生，虽然学生们说的话他懂得不多，但他就是爱听。

18岁的陶宗汉，记忆中最重要的事也就是填饱肚子了。为了这么一个简单的目标，全家人几乎使出了吃奶的劲儿。他的家在京西长辛店，那里有个规模很大的工厂——卢沟桥机厂。他的父亲和大哥都在厂子里做工，可是微薄的收入无法满足全家人最低的生活保障，因为他们家兄弟姐妹众多，除了大哥陶宗法外，还有二姐陶慧敏、弟弟陶宗臣以及小妹陶慧玲。为了温饱，无奈之下，老父亲陶一丁领着他去见了工头邓长荣，陶宗汉永远也忘不了那天的情形。

邓长荣四十岁左右，身穿锦缎小袄，手里端着个紫砂茶壶，正在有滋有味地品茶。当听到佣人来报，说是陶氏父子求见，他连眼皮都没抬，这样的事太多了，无非是求他高抬贵手，让家中子弟进厂学徒。呸！有那么便宜的事吗？邓长荣“呵呵”冷笑了两声。

“我说陶老头儿，你烦不烦啊，不是早跟你说了，规矩不能破坏，否则今天我照顾了你，明儿个张老四、王老五都来找我，我该怎么办?”邓长荣盛气凌人，那气势恨不得把陶一丁一口吞下去。陶一丁的身子不由矮了半截，他最怕邓长荣提规矩。所谓规矩，就是每一个想要进厂的人都要孝敬工头几块大洋。可是陶家目前穷得都快揭不开锅了，哪里还有余钱去孝敬邓长荣呀!

“邓工长，您看我家里确实困难，否则也绝不会给您老添乱不是？今天我把我家二小子带来了，您看，就这身板，什么脏活儿、累活儿您都派给他干，保您放心。”陶一丁语气谦卑，他甚至都不敢正视邓长荣，只是悄悄用力拉了拉陶宗汉。长得高高大大、身材魁梧的陶宗汉便站在了邓长荣面前。

“嗯，不错，是个干活儿的好把式。可是陶老头，规矩人人都得遵守，我不能因为你而坏了规矩。”邓长荣丝毫没有通融的余地。

“邓……邓工长，您看……”陶一丁还不死心，他想做最后的努力，他几乎都要给邓长荣跪下了。

“要不，我看这样吧，你让……”邓长荣说着，望向陶宗汉，他甚至都忘了问陶宗汉的名字了。

“我家二小子，叫陶宗汉。”

“宗汉？嗯，要不，你让他到我这里吃锅伙（即吃住都由工头安排，费用从每月薪水里扣除，一般条件极差，收费又高，实际是一种变相剥削，同时还要无偿地给工头干长工。每月下来，基本上没有盈余，日子极苦）我明天就安排他进厂上工，你看怎样？”邓长荣看似不经心地瞟了陶一丁一眼。

“这……”陶一丁呆住了。工厂里有许多人吃锅伙，他们的日子陶一丁当然清楚，他不想让儿子也陷进去，可是不答应邓长荣，那就得交钱，否则儿子甭想进厂。

“什么这那的，成就成，不成拉倒。”邓长荣很不耐烦地甩了一下手，仿佛轰苍蝇一般。

“邓工长，您就……”

“爹，咱走，咱不求他。”陶宗汉的心里早就憋了一股气，这个时候再也压不住了，他就不相信，自己堂堂七尺之躯，难道会没有个混饭吃的营生，他上前一把拉住陶一丁，就朝门口走去。

“哎哟，脾气还不小，行，有志气，可你干吗还来找我呀！”邓长荣阴阳怪气地说着。

“邓工长，您别跟孩子一般见识，这孩子被我惯坏了。”陶一丁试图跟邓长荣解释，邓长荣干脆背过身去。出得门来，陶一丁指着陶宗汉的面门，说不出一句话。

“爹，您放心，大不了我进城拉洋车去，绝不在家吃闲饭。”陶宗汉说完，转身朝家走去，差点儿把陶一丁气得背过气去。然而知子莫若父，儿子的犟脾气一上来，九头牛都拉不回，望着儿子大步流星的背影，他叹了口气，跟了上去。

就这样，陶宗汉进城当了一名车把式，原想着靠自己一身力气，除了挣个饱饭外，还可以帮衬一下家里。谁承想，每月除了扣除份儿钱外，肚子有时都难以填饱，像这样没活儿拉的情形再持续几天，他连车份儿钱恐怕都交不起了，一想到这些，陶宗汉就觉得憋气。他站起身，左右看了看，想换个地方碰碰运气。这时，却见从校园里急匆匆走出一人，那人很快就发现了陶宗汉。

“黄包车。”那人冲陶宗汉招了招手，陶宗汉心里一喜，总算开张了，他屁颠屁颠地拉着车来到那人跟前。

“先生，您去哪儿?”

“天安门。”

乖乖，还是一笔不小的买卖！陶宗汉一阵狂喜，不由抬眼看了一下客人，只见那人身穿一袭长衫，年纪虽说不大，却留了一撮浓密的八字胡，目光中有一股慑人的威力。他，就是刚刚就任北京大学图书馆主任的李大钊。

李大钊这些日子一直很忙，自从巴黎和会传来帝国主义列强通过了出卖我国山东主权的无耻决议后，不仅青年学生义愤填膺，就连许多大学教授也难掩心中愤慨，决定罢课以示抗议。李大钊是积极组织者，今天在天安门前有一个学生集会，李大钊想快点赶到那里。

“小师傅，你能不能快一点。”

“得咧，您放心吧。”陶宗汉欢快地支应一声，迈开双腿，箭一般飞了出去，他尽量钻胡同抄近道，也就不到一个时辰，高大巍峨的天安门城楼便在眼前了。

此时天安门前已是人头攒动，有青年学生、商贩、路人……虽然脸上的表情各异，但看得出来，每个人心中都很气愤，看到李大钊来了，青年学生们显得尤其激动。

“李先生来了，李先生来了!”

李大钊赶忙下车，顺手递给陶宗汉一块大洋，这实在太多了，陶宗汉想开口解释，却见李大钊冲他微微一笑，继而在学生们的簇拥下朝前走去。陶宗汉本想离开，可好奇心却驱使他留了下来。

陶宗汉发现在不远处的华表基座上，有一名青年学生正神情激动地向大家说着什么，陶宗汉悄悄往前凑了凑。

“同胞们，我们不能再沉默下去了，我们要为我们的国家而呐喊，政府今天可以把山东的主权卖了，那么明天就可以卖河北，后天就可以卖北京，我们不愿也绝不能当亡国奴!”

“打倒卖国贼”“还我山东”“废除二十一条”!

……

在那名青年学生的带领下，口号声此起彼伏，陶宗汉虽然不甚明了，但也被鼓动得热血沸腾。甭看那名青年学生岁数不大，可是说出来的话却极有感召力，他一身朴素的学生装束，圆脸庞，一双大眼炯炯有神，此时却好像要喷出火来。

“同学们，走啊，我们去找卖国贼算账去!”那人突然振臂一呼，“走啊，我们去东交民巷。”于是众人蜂拥着朝东走去，陶宗汉也不由自主地跟随着。

“这名同学，请问刚才讲话的那个人叫什么名字?”陶宗汉向身边一个学生模样的人打探。不知怎的，仅仅听了对方几句话，而且还夹杂湖南口音，个别地方陶宗汉还没听清，但他却对那名青年学生心存好感。

“他?”那名被问到的学生露出一副惊诧不已的神情，似乎不明白陶宗汉怎么连那个人都不认识，等看到陶宗汉一副人力车夫打扮时，遂一脸的释然。“他呀，名叫邓仲澥，那是我们北大的才子。”

此时，正午的阳光渐渐热烈起来，不少人都走出了汗，因为沿途有不少看热闹的人随时加入，所以游行的队伍越来越壮观。忽然，一声刺耳的口哨声传来。

“警察来了。”有人大喊。

“同学们别怕，我们是为国请愿，我们的行为是正义的。”走在前面的邓仲澥鼓舞着其他人。

“回去吧，都回去吧，奉上峰指令，学生应以学习为主，国家大事自有政府决断，如有不听劝阻的，本队长自然要将其缉拿归案。”来了不少警察，一下挡住了去路。

“我们为国请愿有什么错？国家兴亡，匹夫有责。”邓仲澥义正词严地说道。

“哟嗬，我看你就是个挑事的刺儿头，来人，给我抓了。”说着，那名队长朝身后挥了一下手，两名如狼似虎的警察冲上来，几下就将邓仲澥反手扭住了。

“你们凭什么抓人？”有人高声质问，又有几名体格健壮的青年学生和警察扭打在一起。

“嗬，还真造反了，弟兄们，统统给我拿……”那名队长还没说完，就被一名学生冷不丁朝面门打了一拳，弄了个满脸花，局面瞬间失控了，警察和学生纠缠在一起。毕竟力单势薄，何况凶神似的警察手中还有武器，学生们很快便处于下风，有几个人还流了血。刚开始陶宗汉有些心慌，但当他看到两名警察正将邓仲澥朝不远处的警车里扭送时，也不知从哪来的勇气，他竟奋力冲上前。

“王八蛋，我跟你们拼了。”他怒吼一声，像一头暴怒的狮子，推着黄包车直接朝那两名警察撞去。两名警察没有防备，还没反应过来，就被撞了个狗吃屎。

“同学，快，上车。”陶宗汉向邓仲澥大喊。

“不，我还要去救其他同学。”邓仲澥竟拒绝了陶宗汉的好意。

“同学，好汉不吃眼前亏，你如果被抓起来了，又怎么去救其他同学，快上车吧。”正说着，忽然一名警察拦腰抱住了陶宗汉。陶宗汉用力挣了两下，竟然没有挣脱，他索性放下车，双手从后面抱住了那个警察的脑袋，来了个过肩摔，把那警察重重地摔在地上，似乎连哼哼的力气也没有了。趁这个工夫，邓仲澥动作利索地上了车，陶宗汉则将黄包车掉转了一个方向，一路狂奔起来。

“抓住他，抓住他。”陶宗汉听到身后有人喊叫，他哪里还顾得上，仗着对地形熟悉，七拐八绕便将那片喧嚣甩在了身后，直到安全了，陶宗汉才停下脚步。

“邓同学，现在安全了。”

“你认识我?”邓仲澥感到很奇怪。

“刚才听他们都……都这么叫你。”陶宗汉的脸刷地一下红了。

“噢，是这样。”邓仲澥自我解嘲地笑了笑，“小师傅，谢谢你救了我，可是我今天出门忘带钱了，你看……”

“什么钱不钱的，我心里高兴就行，邓同学，快回学校去吧，我也该走了。”陶宗汉的心里莫名其妙地有点惆怅，他发现邓仲澥走的方向并不是回北大，而是向东，就知道邓仲澥可能还是要去请愿，便也没有阻拦，而邓仲澥走了没两步，又返了回来。

“小师傅，你回去后，还是把这份工作辞了吧，我怕……我怕他们会找到你。”说着，邓仲澥朝陶宗汉深深鞠了一躬，转身离去。

当天晚上，陶宗汉向车行老板辞去了工作，连夜返回了长辛店。

2

家还是老样子，低矮破旧的房屋，还不时散发着一股霉味，家中所有人，甚至陶宗汉的父母，都对陶宗汉的辞工带有明显的不满，沉默许久，陶一丁长叹一声。

“他娘，把那几块大洋拿出来吧。”

“他爹，你这是干啥?”陶李氏慌慌的，那可是唯一的家底啊!

“干啥？还能干啥！去找邓长荣呗。”陶一丁心里的无名火突然冲陶李氏发泄起来。

“爹，我不想去求他。”陶宗汉小声嘟囔着。

“你以为我想去，不去，全家喝西北风啊!”一向老实巴交的陶一丁突然暴喝起来，陶宗汉的嘴唇嚅动了两下，最终什么也没说出口。

邓长荣正在院子里逗一只新买的鹦鹉，看见陶氏父子进来，眼皮往下一耷拉，陶一丁的表情便有些讪讪然。

“邓工长，我又来了，您看我家二小子的上……上工问题，还得请您多……多帮忙。”陶一丁低三下四地说道。邓长荣这才抬起头，故作夸张地上下打量着陶宗汉。

“我说陶老头，你家二小子这是衣锦还乡了，还是……噢，对了，想进厂上工，想上工当初就别那么牛气啊！你以为你是谁，告诉你，三条腿的蛤蟆不好找，两条腿的人满大街都是。”

“邓工长，您大人不记小人过，就别跟他一般见识……”

“我不是跟他。我说陶老头，你在厂子里也不是一天两天了，还是这么不晓事。”看到陶一丁还没把现大洋奉上来，邓长荣心里的气就不打一处来。此时陶一丁再木讷，也听出了弦外之音，他赶忙从兜里掏出了那几块捂得温热的现大洋。

“邓工长，宗汉的事还要请您多费心。”

“这不就结了。”邓长荣手里掂着那几块现大洋，口气缓和了一下，“这么着，明天你带着……噢，陶宗汉，你带着他进厂，我安排他跟大老葛学徒，这身子骨跟大老葛有一拼。”

“那就谢谢邓工长了，宗汉，快，谢谢邓工长。”说着，陶一丁悄悄踹了陶宗汉一脚。陶宗汉的脸此时憋得通红，嘴唇动了动，声音小得如蚊子叫，如果眼前有条地缝，他都会毫不犹豫地钻进去。

邓长荣倒毫不在乎，哈哈大笑，“小子，记住了，求人办事，再硬的腰板也得弯下去。”说完，邓长荣甩手进屋去了，把父子俩晾在了院子里。

回到家的时候，邻居袁文才家的大闺女袁咏梅正在陪陶李氏说话。袁咏梅今年 17 岁，虽然衣着朴素得几近寒酸，但依然难掩其秀丽的容颜。她和陶宗汉可以说是青梅竹马，而且双方家长也都心知肚明，只是那层窗户纸还没有捅破罢了。此时袁咏梅看到陶一丁脸上浮现的浅浅的笑意，心里的一块石头才算落了地。

“没问题了，明天上工，按规矩，先是短牌工（临时工）。”

“那就好，慢慢来呗，老三，快，梅子都等你小半天了，要不，你们先去河边转转，离吃饭还有些时候呢！”

“就是，宗汉哥，走，我们去河边走走。”袁咏梅看出陶宗汉心里并不是很高兴，就上前拉着陶宗汉向屋外走去。

九子河静静地流淌着，它是三合庄村民的母亲河，村民们以前灌溉、生活用水都取自它，现如今它又成了护厂河，泄洪排涝更得靠它。陶宗汉望着这条打小就十分熟悉的河，目光呆滞。

“宗汉哥，想什么呢？难道进厂上工你不高兴？”

“不是，我就是觉得太便宜邓长荣那老小子了。”

“唉，宗汉哥，你也别生气，大家都这样，还有使了钱上不了工的呢！赶明儿你上了工，就好好学本事，争取早日当上长牌工（正式工）。”这话说在了点子上，陶宗汉的心情渐渐开朗起来。

“宗汉哥，你在城里拉洋车，想没想我啊？”

“想啊，当然想啊，我是天天想、夜夜想。”

“呸，你骗人，想我，为什么回来了也不来找我，还让人家……”

“我……”陶宗汉语塞了，他不是不想找袁咏梅，而是觉得自己灰头土脸地回来，很没面子。袁咏梅当然也发现了陶宗汉的窘迫，她故作轻松地一笑。

“算了，不跟你计较了，宗汉哥，你看多美啊！”夕阳映衬着袁咏梅俊美的面庞，陶宗汉一时呆住了。

第二天，邓长荣直接把陶氏父子领到了葛树贵所在的工区。葛树贵长得人高马大，为人豪爽仗义，周围人都亲切地称他为“大老葛”，连带邓长荣也这么称呼他。

“大老葛，今儿给你带个徒弟来，看看这身板，绝对是个好工匠。”

葛树贵本来有说有笑，见了邓长荣，脸便阴了下来，待瞥见跟在陶一丁身后的陶宗汉，不由眼前一亮。

“嗯，不错，小伙子今年多大了？”

“十八了。”陶一丁在旁边代为回答，“老三，快，叫师傅，葛师傅，这是我家老三，本来拜师是有规矩的，可……可我家实在……”陶一丁不由嗫嚅起来。

“老哥，见外了，今儿个我们爷俩能成为师徒，那是缘分，是不是，小子？”

“那是，那是。葛师傅，我家老三叫陶宗汉，宗汉，快，叫师傅。”

“师……师傅。”陶宗汉脸涨得通红，不知怎的，从一见到葛树贵起，他就打心眼儿里高兴，觉得自己和师傅是一路人。此时葛树贵则哈哈大笑起来，而站在一边的邓长荣仿佛成了多余的看客，多少有些尴尬。

“那什么，你们先聊着，我还有事。”说着，邓长荣讪讪地离去。

“呸，什么东西！”葛树贵朝着邓长荣的背影吐了口唾沫，继而就近提拉一把带柄的大锤过来，“小子，考考你，看你能抡动不？”

陶宗汉也不答话，从师傅手中接过大锤，凭空抡了几下，似乎还不过瘾，恰好不远处有人正在锻打一个模具，陶宗汉走到那人旁边。

“这位师傅，您歇会儿，我帮您抡两下。”那人愣了一下，见是一名陌生的后生，有点犹豫。

“老屈，没事，让他练练，他是我徒弟，新收的。”葛树贵乐呵呵地冲那人喊道。老屈也便就坡下驴地站在旁边歇口气。而陶宗汉则一连“嘭嘭”砸了十好几下，感觉着汗出得通透了，方才放下大锤，几步来到葛树贵身边。

“师傅，真痛快。”

“不错，是个干铆工的料儿。”

“师傅，我怎么觉得干咱这行，跟铁匠的营生差不多呢！”

“是有相通的地方，可是你要记着，干咱这行，只有一把子力气是不行的，里面还有很多门道，比如坯料加热到什么程度，大锤锻打的力度和角度，这都是有讲究的……”

“宗汉哥，听说你进厂了，怎么不来找我？”葛树贵正兴冲冲地和陶宗汉聊着，却见从门房外飞奔进一人，边走边和陶宗汉打招呼，此人是货车场的辛可红，和陶宗汉的年龄差不多。

“可红，你来了！”陶宗汉一脸惊喜，“师傅，他叫辛可红，是我打小的朋友。”

“去吧，别走太远，你刚进厂，小心点好。”葛树贵乐呵呵地说道。看着两名年轻人肩并肩走出厂房，葛树贵才转过身，和陶一丁聊起了最近发生在厂子里的新鲜事。

“可红，我本想着下工后去找你呢！前两天我刚回来，也没安顿好，不好去找你。”

“看你，跟我还见外，别忘了，咱们是光屁股一起长大的。”说着，两人同时笑了起来。走出破旧的厂房，两个人都觉得舒畅了许多，特别是陶宗汉，还略显夸张地长出了口气。

“可红，我看见厂子里好多机器都停了，怎么回事呀，厂子里不忙吗？”陶宗汉忽然问道。

“你不知道，这几天工厂可热闹了，四号那天，北京城好几千名学生闹游行，他们还去了赵家楼胡同，火烧了曹汝霖的住宅，痛打了章宗祥，乖乖，这两个人可都是手眼通天的大人物啊!”陶宗汉这才知道，那天青年学生们干的大事，连长辛店都知道了。

“那和厂里有什么关系啊?”

“当然有关系，咱们大家伙儿都很激动，特别是史叔，发起组织了长辛店救国十人团，决定到城里去声援学生，我们决定分批去，不达目的誓不罢休。”

“原来是这样。”陶宗汉恍然大悟。辛可红说的“史叔”，其实就是住在隔壁的史文彬，印象中的史文彬刚正不阿，乐于助人，关键还识文断字，很得工友们信任。

“那到时我也跟你一起去。”

“行，一言为定。”两个人轻轻击了一下手掌，无声地笑了。

下班后，刚走出工厂南门，陶宗汉一眼就看到了等候在不远处的袁咏梅，便快步走了过去。

“梅子，不是说好了不来接的嘛。”

“可是我改变主意了。”袁咏梅说着，俏皮地做了一个鬼脸，欢快地跑了过来，陶宗汉自嘲地摇了摇头，跟随在袁咏梅的身旁，而此时，他们身后的邓长荣，正用那双阴毒的眼睛紧紧追随着袁咏梅俏丽的身影，继而发出两声淫邪的冷笑。

几乎同时，在厂区附近的一幢小洋楼里，高朋满座，欢歌笑语。这是工厂的中方厂长陈炳权的宅子。陈家在长辛店古镇具有相当影响力，正好前阵子陈家二少爷陈季秋刚刚回国，陈家在为他举办家宴。陈炳权已近知天命的年龄，因为保养得法，看上去就像四十刚出头。他膝下有三子：老大陈季德，子承父业，在厂子里从事管理工作；老三陈季功，年岁尚小，还在国立长辛店扶轮小学读书，不久就要升入中学；唯有老二陈季秋远渡重洋去美国留学，此番回国，肩负着将陈家发扬光大的使命。陈炳权没有理由不志得意满，遥想当年，他从遥远的安徽老家考取了京师大学堂，立志以新学救国，可巧班里有个老乡，两人意气相投，后来那人弃文从武，跟了大帅段祺瑞。皖系军阀掌控北京政府后，其人更是飞黄腾达，念及当年的同窗情，加之京汉铁路（原称卢汉铁路，民国后该铁路从卢沟桥往市里延伸至前门西站，故而改称京汉铁路）的重要性，故而奏请段祺瑞，让陈炳权出任京汉铁路长辛店机厂厂长，段祺瑞很给面子，竟然就批准了，一晃也有数年时间，陈炳权打心里喜欢上了长辛店。

此时离家宴开始还有一段时间，女眷们围绕在陈太太叶秀岩的身边唠着家常。

“陈太太，你家二公子真有出息，不仅仪表堂堂，学问还好，真让人羡慕死了。”

“是呀，想必来提亲的人都快把门坎踏平了吧？”

一番话引得众人一阵欢笑，叶秀岩更是笑得眼睛都眯成了一条缝，虽然儿子的婚事至今尚没有着落，但她心里并不急，儿子那么优秀，还愁娶不到可心的媳妇？叶秀岩的心里满是骄傲。

“陈太太，如果二公子还没有目标，我这里倒有一个，典型的大家闺秀，父亲是清华教授，本人琴棋书画无所不精，论起长相更是没得挑……”

有客人按捺不住，直接向叶秀岩提亲，叶秀岩自然被吊足了胃口。而这场家宴的主角陈季秋，却静静地坐在不远处。留学刚回来的他，激情澎湃，一心想要用所学知识报效祖国。经过与父亲的深谈，陈季秋把自己想当一名实干家的想法告诉了父亲，陈炳权非常支持，打算安排他到工厂里负责技术管理，他也欣然接受了。不过看得出来，陈季秋对这样的宴会并不感兴趣，此刻他放下手中的书抬起头，若有所思，眼前尽是一个倩影。

那是陈季秋刚回国后的第二天，他去镇上闲逛，当他走到同济堂药店门口时，看见一个衣着朴素但极为漂亮的姑娘急匆匆地走进了药店，那姑娘就是袁咏梅。那天，袁咏梅的母亲张翠姑病了，请来郎中看了看，开了一个方子，袁咏梅是来药铺抓药的。可是当药店伙计把药递到她手上，说出药的价钱时，袁咏梅愣了，她身上的钱不够。

“怎么，钱不够？那还抓什么药呀，这不瞎耽误工夫嘛。”药店伙计的嘲讽让袁咏梅窘迫得满脸通红。

“给，这回钱够了吗？”陈季秋说着，往柜台上放了一块现大洋，“小伙子，以后说话不要这么刻薄。”

“够了，够了。”店面伙计才不管陈季秋话中的讥讽之意，只要有钱赚，他就会喜笑颜开。

“谢谢！请问先生贵姓，家住哪儿，一会儿我把钱给您送过去。”

“区区小事，何足挂齿。姑娘，治病要紧，你还是快点回去吧。”

“那……那就谢谢先生了。”袁咏梅说着，朝陈季秋鞠了一躬，之后朝店外走去，自始至终，袁咏梅都低着头，只是走到店外，她才下意识地回了一下头，不想正和陈季秋投过来的目光碰在一起，袁咏梅像是受惊的小鹿一样，慌乱地把目光投向别处，急匆匆地跑开了。

袁咏梅那惊鸿一瞥，让陈季秋当即愣在那里，之后他一直懊悔，怎么就没问姑娘的名字呢？在偌大的千年古镇，人来人往，上哪儿才能找到姑娘呢？陈季秋为此苦恼着。

3

五四风暴过后，工厂也逐渐恢复了往日平静。为了早日转成长牌工，陶宗汉跟着葛树贵刻苦学习，他想着，再过上一年半载，争取把袁咏梅娶进家门，身边放着这样一位漂亮姑娘，只有早日娶进门，才算是加了保险。

这天，因为加工一个模具，下工后，陶宗汉也没急着回家，他想趁热打铁一气干完再走，等到收拾妥当，天已经擦黑了，但他心里还是满意的。邓长荣曾暗示过他，只要他一直这样表现，年底之前肯定能转正，所以陶宗汉的情绪很高涨，出了工厂南门，他甚至还小声哼起了一段小调。

正高兴着，忽然发现前方不远处，袁咏梅正急匆匆地跟在邓长荣身后一晃而过，咏梅怎么会和邓长荣在一起，而且还这么急惶惶的？看他们去的方向，像是邓长荣的家。陶宗汉立马警觉起来，他悄悄尾随。

“快点，要不就来不及了。”邓长荣的语气听上去很急迫。

“邓工长，宗汉哥怎么忽然晕倒了呢？他的身体一向好好的。”

“谁说不是呢！唉，俗话说‘人有旦夕祸福’，谁也说不准呀！”黑暗中，邓长荣悄声笑了一下，暗想：“这小妮子疼着心上人，让我一说就信了，真是个傻娘们儿！”

邓长荣的家是个规规整整的四合院，一正两厢。今天，邓长荣特意把老婆、孩子打发回娘家了，这是他的苦心谋划。袁咏梅因为记挂着陶宗汉，对于这点反常并没看出来，而是直接进了屋。

“宗汉哥，你怎么样了，宗汉哥？”袁咏梅在屋子里寻找陶宗汉，可是哪儿有陶宗汉的影子！她转身想要走出屋外，不想却被邓长荣反手把门关死了。

“邓工长，你……你想干啥，宗汉哥在哪儿呢？”

“陶宗汉这臭小子还挺有福气，嘿嘿，告诉你吧，今儿这里没有宗汉哥，只有长荣哥哥……”邓长荣一声狞笑扑向了袁咏梅。

“邓长荣，你滚开，来人啊，救命啊！”尽管袁咏梅使出浑身力气拼命抵挡，可哪里是邓长荣的对手，眼见被邓长荣推倒在床上，危急时刻，门“咚”的一声被踹开了，陶宗汉冲了进来。

“王八蛋，老子跟你拼了。”浑身冒火的陶宗汉几步冲上前，一把揪住了邓长荣的脖领子，挥起铁锤一样的拳头就要砸向邓长荣，邓长荣吓得面无血色，甚至连求饶都忘了。

“宗汉哥。”虽然内心很愤慨，可袁咏梅还是及时叫住了陶宗汉，冲他摇了摇头。铁拳停在了半空，陶宗汉一下恢复了理智，如果这一拳头砸下去，痛快是痛快了，可就甭想着转长牌工的事了，说不定连上工的差事也没了，为了能让他上工，父亲可是把家里仅有的几块大洋都拿出来了，而且大哥还刚刚迎娶了嫂子，家里欠着一屁股饥荒呢！工作不能丢！这么一想，陶宗汉冷静了下来，可看到委屈的袁咏梅，他又觉得自己很没用，遂愤恨地捶了一下床帮，拉起了袁咏梅。

“我们走。”

望着两人离去的背影，邓长荣从先前的惊悸中回过神来，自己千算万算，怎么偏偏让这小子坏了好事？

“哼，咱们走着瞧。”邓长荣恶狠狠地朝地上吐了口唾沫。

袁咏梅的家在三合庄，在朱家坟有几亩祖上传下来的薄田，辛苦劳作一年，也仅够糊口而已。自打父亲袁文才进厂上工后，地里的庄稼更是缺人打理了。袁文才有两女一子，长女袁咏梅，次女袁咏菊，两个女儿虽说都已成年，但平时也就是帮家里缝缝补补，不能当壮劳力来使。老三倒是个小子，名叫袁咏松，可惜还不到十岁，根本指望不上。每到农忙时节，陶宗汉便常去帮忙，他干活儿从不惜力，又长得人高马大、浓眉大眼，袁文才夫妇俩打心眼里喜欢，所以从不拦着袁咏梅和陶宗汉交往，也算是一种默认。

这天陶宗汉正好赶上歇工，他起了个大早，兴冲冲地赶到袁家地头，想趁休息的时候把地里的活儿干完，没想到有人抢了先，地里连根杂草都找不到，这……难道是袁叔自己干的？不对呀，袁叔这几天一直当班，他哪儿有工夫去田里干活儿，要不，是袁家雇人干的？也不对，袁家根本没那闲钱，那……陶宗汉表情怏怏的，不知怎的，他总觉得这里面有事，可是当他站在袁咏梅面前时，又失去了追问下去的勇气。袁咏梅倒从陶宗汉的脸上看出了端倪。

“宗汉哥，你怎么啦，看起来有点不高兴？”

“没，没什么，我能有什么事！”陶宗汉试图遮掩。

“不对，你一定有事，宗汉哥，说出来吧，再难的事，我们一起解决。”袁咏梅表情诚恳。

“其实……其实也没什么。”话说到这份儿上，陶宗汉也只有说出心中的疑惑了，“刚才我去你家地里干活儿，发现活儿全都干完了，我到现在也没想明白，这活儿到底是谁干的？”

“原来就为这个呀。”袁咏梅心里一宽，小心翼翼地解释，“宗汉哥，我跟你说，你可千万别生气，是……是你们厂长家的二少爷，叫……对了，他叫陈季秋，是他雇人帮忙给收拾的。”

“陈季秋？二少爷他为什么雇人帮你们家干活儿呀？”陶宗汉满脸狐疑。

“我也不知道。我发现的时候，就让那些长工马上停下来，可他们根本不听我的，让我有事去找陈公子。什么陈公子、李公子，我根本不认识，我们家的事，他凭什么自作主张？难道就因为他有钱吗？于是我气哼哼地找到你们厂长家，原来那个陈公子，就是……就是……”说到这儿，袁咏梅忽然卡壳了，迟疑了一下才说，“宗汉哥，你还记不记得，上次我娘有病，我去药店抓药，我带的钱不够，幸亏有个好心人出手解围，那个人就是你们厂长家的二公子。”

“看来还真是无巧不成书啊！”陶宗汉的话里满是醋味。

如果仅仅是出手相救，那是仗义，而如此煞费苦心地讨好，意思就明摆着，难怪一连几天在厂子里碰到陈季秋，陈季秋都会主动和自己打招呼，以往这些公子哥何曾正眼瞧过自己这样的短牌工？估计是袁咏梅在厂门口等自己时，被陈季秋看到了，进而了解到自己和袁咏梅的关系以及袁家的基本情况，一定是这样的。想着对方不仅条件好、学问好，就连长相也算英俊，陶宗汉的心中涌起了一股强烈的自卑感。

“怎么了，宗汉哥？其实我也没想到事情会搞成这样。宗汉哥，我向你保证，我的心里只有你。”袁咏梅急于向陶宗汉表明心迹，她真怕陶宗汉误会，陈季秋，你也真是的，哪个要你多事？袁咏梅心里委屈得不行，急得眼泪直在眼圈里打转。陶宗汉见了，心不由一软，暗骂自己真不像个爷们儿，马上咧嘴一笑。

“咏梅，是我不对，我不该小心眼儿，走，我们逛街去。”说着，上前拉住了袁咏梅的手，而袁咏梅的脸则羞红了。

事情表面上过去了，可是陈季秋的存在，却让陶宗汉有种如鲠在喉的感觉，都快成心病了，而这样的苦恼跟父母又没法说，只有找可以信赖的人倾诉，于是他找到了史文彬。史文彬是厂子里颇有声望的工人，跟师傅关系很好。

“史叔，你说我该怎么办呀？”史文彬听了以后，半天没说话。

“史叔，你倒是给我出个主意呀。”

“宗汉，你常常自比铁匠，难道你忘了一句俗语，叫作‘打铁还需自身硬’。咏梅是个好姑娘，所谓一家女百家求，这事也怨不得陈季秋，要想留住好姑娘，咱自身的本事得过硬呀。”

“可是和他相比，我哪样也不占先……”陶宗汉越说越没底气。

“错，你这么看问题，不仅看低了你自己，更看低了咏梅。”史文彬打断了陶宗汉的话头，语重心长地说道，“我看咏梅那丫头不是嫌贫爱富的人，所以家境的好坏在她眼里并不重要；如果说到长相，你和陈季秋各有千秋，这完全是情人眼里出西施的事情；最后，你和咏梅一起长大，她的心里肯定更偏重于你。要说你和陈季秋的差距，也就是学问而已。”陶宗汉的嘴唇动了动，乖乖，这还不要紧呀，人家可是留过洋的，而自己斗大的字识不了一箩筐，这差距也太大了点吧。陶宗汉心里的话没有说出来，但史文彬却早就看透了，“当然，追上陈季秋是不可能了，但咱可以从现在就开始学文化，将来做个能识文断字的手艺人也不赖呀。”史文彬的一番话似一盏明灯，驱散了陶宗汉心中的阴霾。可是咱一个穷做工的，哪儿有钱上学堂认字呀，这么一想，陶宗汉刚刚明亮起来的双眼又灰暗了。

“宗汉啊，跟你说个事，你可能还不知道，我新近在娘娘宫北殿开办了一个民众识字班，免费教工友们认一些简单实用的字，没事的话你也过来听听吧。”

“那太好了。”陶宗汉情不自禁地挥了一下手，他曾无数次梦想着自己有朝一日能学点文化，可是家里太穷了。还是史叔运气好，小的时候读了几年私塾，现在读书看报一点问题没有，工友们都信服他。

“那就说定了，明天下了工，吃完饭我就去。”陶宗汉说着，开心地跑了。

第二天，陶宗汉拉着辛可红一块儿去了民众识字班。当他们赶到时，大殿里已经有了二十多人，由于娘娘宫北殿的面积很大，所以丝毫不显得拥挤。殿里虽然陈设简陋，只三四张桌子，两三盏油灯，用于写字的黑板还是货车场的工友做的，但大家伙儿的情绪都很高涨。史文彬坐在前排中间的一个板凳上，看见陶宗汉来了，他的脸上露出一抹笑意。

“大家静一静，今天教大家伙儿认识‘工人’这两个字，字面很好理解，凡是做工的人都叫工人。但是，我们祖先发明这两个字却很有讲究，先看这个‘工’字，一横一竖又一横，像不像一个顶天立地的人站在天地之间，这说明我们老祖宗认为，做工了不起。”

“是啊，听麻哥（即史文彬，因小时出过天花，脸上留有麻点，故而许多人亲切地称其为麻哥）这么一说，还真是那么回事儿。”不少人随声附和。

“再看这个‘人’字，一撇一捺，像不像两个相互帮衬的人，说明我们祖先也已经认识到，‘人’要想立于世，只有相互帮衬。”

“不对，麻哥，当今世上尽是人欺人，那些高高在上，过着富裕生活的人，哪个不是靠喝工人的血才养肥的，只有我们这帮穷哥们儿才相互帮衬，可也是越帮越穷。”一个工友反驳。

“这位兄弟说的也是实情，其中的道道儿不是一两句能说清的，这样吧，有机会我给大家请一位真正的先生来，我不过是半瓶子醋在穷哥们儿面前显摆显摆罢了。”说着，史文彬自己先笑了。陶宗汉一直静静地听，他突然觉得，那些一向离自己很遥远的方块字，忽然倍感亲切起来。

4

转年清明刚过，北京城尚还乍暖还寒，一场寒流使得不少人又将压箱底的棉衣找了出来。一大早，史文彬就来到长辛店火车店，等候从市里赶来的北京大学平民教育讲演团的部分成员。

所谓“北京大学平民教育讲演团”，是由一个叫邓中夏的青年学生组织成立，旨在向民众传播最基本的文化知识。史文彬对邓中夏可说是佩服得五体投地，他们初识于五四运动，时间虽说并不长，但一个家境良好的青年大学生能主动和工人接近，而这种接近又完全出于真心实意，丝毫不掺杂歧视与功利，为此，人家还特意改了名字，由“邓仲澥”改名为“邓中夏”，就为了让工友们叫着更顺口，试问，世间又有几人能真正做到？史文彬觉得，此生能结交这么一位仗义的学生朋友，也是一件幸事。

刚开始，演讲团的活动是在人力车夫、印刷工人之间展开的，可是效果并不好，没有几个工人能耐心听下去，加上又有军警阻拦，基本上算是失败了，于是将目光转向了产业工人相对较集中的长辛店。原以为这里离市区远，军警力量弱，效果可能会好些，没想到还是很难，为生计发愁的工人们照样听了没两句，便各自散去，根本没有影响力。但邓中夏并不灰心，他知道启发群众并不是容易的事，这次来长辛店，他做了充足准备，希望能找到突破口。正想着，火车进站了，他一眼就看到了站台下的史文彬。

“麻哥。”

“大炮（史文彬亲切称呼邓中夏为‘邓大炮’）。”

史文彬和邓中夏亲热地握了一下手。邓中夏穿着一身灰色大褂，中等身材，两眼炯炯有神，而在他的身后则跟着两名比他更为年轻的学生。两人彼此之间并没有过多客套，史文彬按事先约定好的，引着一行人来到长辛店古镇。

长辛店古镇不大，南北走向也就五里长，但自明、清时起，便是中原、湖广一带客商、举子进京必经的歇脚点，人们大都在此歇上一晚，第二天再启程进京，时间刚刚好。因为是南北通衢之地，故而镇子上百业俱兴，最令人称奇的是，还有一座始建于1911年的天主教堂，这完全是因厂而兴。早些年长辛店机厂的负责人，大都是些蓝眼睛、白皮肤的外国人，他们中有一些是天主教徒，为了做礼拜方便，当然也为了发展更多教徒，这才集资兴建了教堂，不管怎么说，那高高的塔尖无疑成了一种标志。

史文彬一行来到火神庙前，邓中夏看到这里人来人往商贩集中，便冲史文彬微微一笑。

“麻哥，我看就在这里吧。”说着话，他冲两名青年学生挥了挥手，“咱们开始吧。”

他们找了两棵相邻的大树作为支柱，从随身带的书包里取出了一条横幅，“北京大学平民教育讲演团”几个金色大字立时呈现在人们眼前，邓中夏还拿出事先写好的传单分发给路人。

“同胞们，我们是北京大学的学生，是来向民众普及文化知识的。”邓中夏拿着用硬纸板糊成的喇叭，向路人鼓动着，还真吸引了不少行人驻足观望。

“我们今天首先要向大家讲解的是，做工最光荣，劳动最伟大！为什么这么说呢？请大家伙儿好好想一想，我们，包括那些达官贵人在内，吃的、喝的、住的，哪一样不是劳动所得？如果农民不劳动，我们就没有粮食吃；如果盖房子的人不劳动，我们就没有房子住，所以说，是劳动创造了世界……”邓中夏发现不少人都在点头称是，也有人在摇头叹息，这都在他的意料之中，为了能吸引更多的听众，邓中夏决定先不教民众识字，只从民众关心的问题人手，这样更有亲和力。

“也许有的人会说，既然劳动最光荣，那为什么我们天天拼死拼活地干，到头来还是受冻挨饿，而那些不劳而获的人反而吃香的、喝辣的，有享不尽的荣华富贵?”

“这还用问，人家那是命中有福，不像我们天生就是个穷命，是穷命就得受呗，这就叫富贵自有天定。”说话的人一脸苦相，穿着极其寒酸。邓中夏刚要开导那人的宿命论调，却见从南边急匆匆走来两名巡警，边走边分开众人。

“散了，都散了，聚在这里小心老子以聚众闹事罪将你们都拘了。还有你们，好好的书不念，跑到这儿生什么事，收了，快收了。”

“哎，你们……”邓中夏想要和他们理论，却被史文彬拦住了，许多听众怕引祸上身，都赶紧走开，好好的讲演刚刚开始便又夭折了，不免让人感到气馁。

东西收拾妥当后，那两名青年学生便决定坐中午的火车返回城里，邓中夏则决定先留下来了解一下情况，于是他和史文彬先到一家小面馆就餐。

“大炮，你也别太放在心上，大不了我们从头再来嘛。”等面的工夫，史文彬主动劝解着邓中夏。而邓中夏端起面前的一个海碗，喝了一口热汤，润了润有些干渴的喉咙。

“麻哥，其实我并不灰心，我只是在想，这种被动且不定期的讲演形式，很难形成固定的听客群体，也就不能系统地向民众传播文化知识，是不是换个方式才行?”

“那你有什么想法吗?”

“我打算开办一所劳动补习学校，系统地向民众传播文化知识，老师及教材都没有问题，关键是没有一个固定的场所，场所不固定，就不会有固定的人来按时听课。”

“这主意好啊!”史文彬高兴得拍了一下大腿，引得邻座的客人直往这边瞅，他也毫不在意，“大炮，我手头正有这么一个地方，离这儿不远有个娘娘宫，我在娘娘宫北殿办了个识字班，正好，咱把劳动补习学校开在那儿，由你们北大学生给工友们上课，也省得我勉为其难，这不是两全其美吗？”邓中夏一听也十分高兴，马上起身想过去看看，被史文彬一把摁住了。

“说你是大炮，你还真是个火暴脾气，再怎么着也得吃了饭再说，你的肚子难道没向你抗议吗？”说完，俩人对视着呵呵一笑。

当二人来到娘娘宫北殿时，史文彬却发现陶宗汉失魂落魄地站在那儿。见到史文彬，陶宗汉只叫了声“史叔”，低着头便再也说不出话来，而站在旁边的邓中夏则一眼认出了陶宗汉。

“是你啊，你还记得我吗？”邓中夏的语气中满是欣喜，陶宗汉则抬起头看了看邓中夏。

“是你，邓同学。”陶宗汉一脸惊喜。

“你们……你们认识？”史文彬望着俩人，语气中满是惊诧。

听完邓中夏的介绍，几个人均感到这个世界实在是太小了。

“宗汉，可不能邓同学、邓同学地叫了，以后你该叫他‘邓先生’才对。”片刻的喜悦过后，史文彬便问陶宗汉，怎么想起到这儿来了，是不是有事找他。

“史叔，刚才我去家里找你，你不在，我猜你可能会在这里，我……我被厂里开革了。”

“什么？”听到这个消息，史文彬吓了一跳，他下意识地望了邓中夏一眼。

“别急，慢慢讲，到底是怎么回事？”邓中夏安抚着陶宗汉。

原来，今天早上一上工，邓长荣就通知陶宗汉，他以后不用再来了，他已经被开革了，原因是两天前陶宗汉锻造的活儿里面出了几个废品，厂方认为是延误生产，属于行为恶劣，故而将他开革了。

“其实那样的活儿，一堆里面出一两个废品很正常，也在允许的范围之内，邓长荣这么做，只是在挟私报复。”陶宗汉恨恨地说道。

“这里还有事?”邓中夏不露声色，冷静地问道。于是陶宗汉就把那天在邓长荣的魔爪下救出袁咏梅的事说了一遍，邓中夏和史文彬听完后都很气愤。

“麻哥，这个邓长荣是个什么样的人啊?”

“他呀，是个工头，因溜须拍马，得到刚刚上任的工厂大总管郭长泰的赏识，便作威作福起来，想着法儿欺负工友，简直就是个人渣，工友们对他恨之入骨，可也毫无办法。”

“别着急，早晚让他知道咱们工人的厉害。”邓中夏气得挥了一下拳头，“宗汉兄弟，这件事情不能这样就完了，你要勇敢地去和邓长荣斗，我和麻哥都支持你。对了，麻哥，你看看能不能从厂子里多发动一些工友，这样可以给邓长荣施加压力，只要我们大家伙团结起来，就一定能斗败他。”

“得嘞，我马上去办。大炮，你看看这地方咋样，能不能办你那个劳动补习学校?”

“能，太能了，那我们就说定了，各自准备，争取早日开课。”

离开娘娘宫陶宗汉一直愁容满面，虽然邓中夏给他出了主意，可自己凭什么去和邓长荣斗，发动工友管用吗？如果工厂真的将自己开革了，以后的日子该怎么过啊！陶宗汉心里堵得满满的。

一个晚上，陶宗汉辗转半天无法入睡，他设想了多种和邓长荣斗争的方式，想一个否定一个，也没啥好辙。谁知第二天下午，邓长荣就托人捎话，说陶宗汉可以接着上工，这到底是怎么回事呢？陶宗汉百思不得其解。

陶宗汉不知道，当他被厂方开革的消息传到辛可红的耳朵里时，辛可红非常着急，但自己没有门路可以替陶宗汉疏通，于是想着人多主意多，就把消息告诉给了袁咏梅，说不定袁咏梅会有什么好主意。没想到袁咏梅一听，更慌了，她清楚，陶宗汉被工厂开革对陶家意味着什么，可该怎么办呢？情急之下袁咏梅想到了陈季秋，如果陈季秋能帮忙，事情就好办了，她决定去求陈季秋。

“可红，你在这里等着我，我一会儿就回来。”袁咏梅急匆匆地跑了出去，搞得辛可红一头雾水。

陈季秋万没想到袁咏梅会主动找到自己，上次因为自己冒失地雇人帮袁家把地里的活儿全干了，结果马屁拍到了马蹄上，陈季秋心里那个悔呀就甭提了。可奇怪的是，陈季秋却从心里更加喜欢上袁咏梅了。此时听了袁咏梅的叙述，陈季秋明亮的双眼暗淡了一下，当然，也只是一闪而逝。

“放心吧，咏梅，那个叫陶宗汉的工友，他的事情我会马上处理的，你不要担心。”

“真的？那太谢谢你了，陈先生。”

“不客气，举手之劳。咏梅，其实你今天能来找我，我还是蛮高兴的。”陈季秋最后一句话惹得袁咏梅粉面通红，她急匆匆地告辞。望着袁咏梅俏丽的背影，陈季秋有种失落感。

邓长荣比较郁闷，没想到一个臭铆工，还能惊动陈家二公子，他除了按陈季秋的吩咐去做之外，一点也不敢抗拒。陈炳权的厂长之职是由当时段祺瑞政府任命的，虽然皖系和直系打仗，皖系败了，导致陈家的日子也不好过，但目前为了稳定生产，上边并没动他，只是派来个大总管郭长泰，想架空厂里原有这帮人的职权，但陈家的威信不是一天两天就能消弭的，没必要为了陶宗汉而得罪陈家。一想到郭长泰，邓长荣瞬间心情愉悦，自从前一阵子攀上了这个“高枝”，生活过得比以前滋润多了，以后只要自己抱紧这条大腿，享福的日子还在后头呢！想到这儿，邓长荣舒心地笑了。

5

袁咏梅这些日子苦恼不已，原因是陈季秋对她展开了毫不掩饰的追求。陈季秋隔三岔五就会来到袁家，而且他还很会讨好人。袁文才平时爱整两口廉价老白干，陈季秋便送给他价格说贵不贵，但绝对比老白干好喝的二锅头，让馋酒的袁文才想当面拒绝都找不到恰当的说辞。虽然袁母张翠姑当面想要回绝陈季秋买的点心，但看到陈季秋的诚意也就拉不下脸来了。对于年仅十岁左右的袁咏松，那就更好办了，小家伙正是贪吃贪玩的时候，所以每次来，陈季秋不是带给袁咏松好吃的，就是好玩的，小家伙兴奋之余还不时地向邻里的小孩儿炫耀，甚至有时候陈季秋有事几天不来，他还会主动问袁咏梅："大姐，陈哥这两天怎么没来咱家呀。"搞得袁咏梅拿眼直瞪他。陈季秋本来以为最难搞定的应该是袁咏菊，小姑娘说大不大，说小不小，正是难伺候的时候，可出乎意料，他每次来袁家，袁咏菊都表现得十分热情，有的时候袁咏梅不在家，还会主动帮他去找。陈季秋以为是自己每次买的小礼物讨得小姑娘的欢心了，可那些东西又不见袁咏菊拿出来用，这实在搞不明白，陈季秋也懒得去管，他的心思全在袁咏梅身上了。

主角袁咏梅却对陈季秋的表现冷淡至极，很多时候袁咏梅还会刻意躲着他，除了那次为了陶宗汉的事主动找过陈季秋，之后这样的"惊喜"再也没有降临到陈季秋的身上，陈季秋迫切需要一个打破僵局的时机，巧合的是，这样的机会很快来临了。

来袁家的次数多了，陈季秋发现袁文才除了爱喝酒外，还好下象棋，家里有副破旧得不成样子的象棋，陈季秋也不嫌弃，常常会和袁文才摆上两盘，居然是胜负相当，这让俩人都欣喜不已，于是找老头儿下棋很快成为陈季秋一个堂而皇之的理由了。那天，俩人又摆上棋局，陈季秋以拿手的"仙人指路"开局，很快红黑双方绞杀在一起，陈季秋紧紧盯着棋盘，他想出了一步妙棋。

"杀车。"陈季秋得意扬扬，静等着袁文才的应着，然而久久没有动静，他不禁诧异地抬起头，却见袁文才头靠在床头柜上，眼睛眯缝着，仿佛睡着了一样。

“袁叔，袁叔。”陈季秋连叫了两声，可袁文才并没有反应，他心知有异，急忙走上前，将袁文才的身体平放在床上。这时张翠姑端着一壶茶水走进来，发现老伴儿不对劲儿，吓得惊叫一声，茶壶险些掉到地上。

“袁婶，别着急，你看着袁叔，我去叫车，咱马上去看医生。”陈季秋一面安慰着张翠姑，一面急匆匆跑了出去。

袁文才很快被送到镇上的医院，经医生紧急检查后，病因找到了，原来是因为长期过度劳累，营养又跟不上，导致了极度贫血，从而诱发暂时性休克，而且老头儿脾胃也不和，需要住院进行治疗调理。

“千万别不当回事，这次也就是发现及时，要是晚点可就难说了。”医生一脸严肃。

“住院?”袁咏梅大张着嘴，望着张翠姑说不出话来。家里连吃饭都成问题，哪儿还有钱为老头儿交住院费？可不治又不成，老头儿可是家里的顶梁柱，万一柱子倒了，那……

“我看这样吧，袁婶、咏梅，你们就按医生说的，安排袁叔先住院，钱的问题我来解决，另外，袁叔住院这些天，我会跟厂里打招呼，不必担心被辞工，让袁叔好好安心养病。”

“这……这……”张翠姑感激得一时说不出话来，袁咏梅则冲陈季秋深深点了一下头表示感谢，之后扶着张翠姑朝病房走去。

因为有了陈季秋的关照，院方对袁文才的治疗、护理十分上心，袁文才的身体恢复得很快，他几次想出院，都被陈季秋拦住了。

“袁叔，住院的钱都已经交了，您不用担心，就听医生的话，安心养病，什么都不用想，养好身体才是主要的。”陈季秋这么一说，袁文才也就不好推辞了。

这天，张翠姑特意给袁文才熬了一小锅小米粥，颠颠地送到医院，打发一直在医院伺候的袁咏菊去把袁文才换下来的脏衣服洗干净，她则服侍老伴儿一口一口地喝粥。

“我说老头子，你看这事儿咋办呀？这次要不是陈先生帮忙，咱家可就……陈先生对梅子的心思，那是明摆着的，咱不能老装聋作哑吧？”

“谁说不是呢？可是婚姻这码子事，从来讲究门当户对，咱家和陈家，实在……我怕闺女将来受委屈。再说了，对陶家咱们又该怎么交代？”

“可是陈家的这份人情，咱们怎么还呢？”老两口唯有摇头叹息的份儿。

“愁什么愁，我看让大姐嫁给陈先生挺好，人家不仅有学问，为人又体贴，家里条件也好，大姐嫁过去多享福，这样的好事到哪儿找去？”袁咏菊拿着洗好的衣服，推门走了进来。

“你这丫头，什么嫁不嫁的，也是你能瞎掺和的？”张翠姑苦笑着埋怨了一句，但听得出来，语气当中丝毫没有动气的成分。

袁咏梅感觉压力越来越大，虽然没人逼她做什么，然而恰恰这种沉默让她最难以忍受。凭良心说，陈季秋简直无可挑剔，如果不是因为自己的心里早已有了陶宗汉，她可能已经接受了陈季秋。一想到陶宗汉，袁咏梅的心里又涌起了一股无名火，一连几天都没见到陶宗汉的影子了，人家心里这么别扭，可你却躲到哪儿去了？她忽然发现这些日子陶宗汉的身上悄然有了某些变化，那种变化说不清道不明。

就连陶宗汉自己都觉得比以前活得充实多了，为了早日使劳动补习学校开课，他常常下了工就去帮着史文彬做一些力所能及的活儿，诸如修理破旧的桌椅板凳、上街张贴开班广告等。劳动补习学校的宗旨是帮助民众提高文化知识，不仅免费，而且时间都安排在晚上，一点不耽误工人上工，即便这样，刚开始报名的人数也是寥寥无几。邓中夏便耐心地去找工友们讲解，主要让人们懂得识字才能不受愚弄欺压的道理。这样经过一段时间的启发，厂子里的工友报名人数才渐渐多了起来。

娘娘宫北殿这个地方也就显得比较狭小了，关键是这里只有一间房，连个

教员休息的地方都没有，总不能让人家讲完课连夜再赶回城里吧！史文彬决定再另找一个地方，最后选中了长辛店大街当铺口胡同内的一个独立小院，三间平瓦房，两明一暗，外面两间通连一大间作为课堂使用，里面一小间有个土炕，就当教员宿舍。尽管北大师生捐助了一百多块钱，同时也得到了李大钊的支持，他从工资中拿出了八十块钱，但是这些钱加起来还是有些捉襟见肘，因此只好因陋就简。邓中夏决定，劳动补习学校在新年的第一天开课，听到这个消息，陶宗汉兴奋得一蹦老高，他一溜儿小跑地直奔袁咏梅家，想把这个好消息第一个告诉给袁咏梅。

出乎意料的是，袁咏梅听完陶宗汉的倾诉后，并没有表现出以往那样的惊喜，而是幽幽地叹了口气。

“宗汉哥，我想问问你，咱俩的事你是怎么考虑的?”

“咱俩的事?”陶宗汉先是愣了一下，继而反应过来，脸一下红得像喝醉了酒，这样的事由人家姑娘首先提出来，实在是有些难为情。

“宗汉哥，我爹说了，只要你们家能准备出一间房，聘礼只要够我们偿还陈家的债务就行，我算过了，我爹其实没多要。”

公平地说，袁咏梅说的一点没错，袁文才不仅没多要，相反倒十分照顾陶家的面子，知女莫若父，他能做到的只有这些了。然而就是这么最低的一点要求，陶宗汉都没有勇气应承下来，因为他的嫂子杨大妮已然怀孕了，不久家里又要添丁进口了，这可是笔不小的开销。陶宗汉的嘴巴张了张，可是一个字儿也说不出来，在那一刻，他仿佛掉进了冰窟窿里，周身冰凉，比外面刺骨的寒风还要冷……

6

1921 年的元旦如约而至，伴随着新年的鞭炮声，劳动补习学校正式开学，虽然没有隆重的仪式，也没有奢华的设备，就连讲台都是用土坯垒成的，但看得出来，工友们的情绪都很高涨。

吃罢晚饭，陶宗汉急匆匆地赶往劳动补习学校。

晚上八点多钟，学员们都来齐了，让陶宗汉高兴的是，师傅葛树贵也来了，而今天的课则由邓中夏主讲。只见土坯讲台上放着一张饭桌，桌子上点着一盏煤油灯，那点光亮刚够让工友们看得见黑板。邓中夏拿起了一支粉笔，在黑板上写下了“做工，劳动”四个大字。

“工友们，今天我们就来学习这四个字。”邓中夏的开场白非常亲切，他先教工友们把字认识了，又讲了字义，接着就发挥起来。

“如果有人听过我以前在长辛店大街上的讲演，或许还记得我曾经说过，世界上做工最光荣，劳动最伟大！当时有人问我，既然劳动伟大，那我们广大工友为什么还会受穷，当时因为巡警干扰，我并没有回答，现在我们大家伙儿就一块儿讨论这个问题。”说罢，邓中夏手指陶宗汉身边的一个人。

“这位工友，你来说说看。”

“我……我看，”骤然被问到，那人一下涨红了脸，“人家都说是生来命苦呗。”

“不对。”有人反对，“别的我不知道，我就知道明朝有个叫朱元璋的，小时候是个穷要饭的，还当过和尚，比我们还不如，可最后人家却当上了皇帝，我觉得人不能只认命，还要懂得抓住机会。”

“这位工友说得好，请问你叫……”

“他叫谢德清。”有人替那人回答，而那个叫谢德清的人只是笑了笑，算是默认。

“谢德清工友只说对了一半，我们不能只相信所谓的命运，但说要像朱元璋那样抓住机会，其实也是一种宿命，再说这种机会即便有，也是针对极少数人的，而对于我们绝大多数受苦受难的工友们来说，我们受苦是因为受到了有钱人的剥削。”

“剥削?”许多人第一次听到这个词，感觉既新鲜又陌生，都不明就里地瞅着邓中夏。

“剥削就是指有些人仗着权势，将本来属于我们工友的财富给巧取豪夺了去，所以，他们能够穿金戴银，有享不尽的荣华富贵，而我们却只有受苦受累，这样的世界是不公平的，大家伙儿想想看，我们该怎么办?”

听到邓中夏这么一说，大家你看看我，我看看你，谁也说不出个所以然，齐齐地把目光再次投向了邓中夏。而邓中夏不慌不忙地站起身，从桌子上拿起一张白纸，两手将这张白纸扯平，向坐在他身边的一个工友说道。

“这位工友，你用手指头捅捅看。”那位工友莫名其妙，但还是照做了，白纸一下就被捅破了，邓中夏又从桌子上拿起三张纸。

“你再捅捅看。”那人又用手指去捅，这次虽然费了点力气，但还是捅破了，邓中夏没说话，这次他从桌子上拿起了一大叠纸，示意那人再试式，这次那人连捅了好几下，手指头都捅疼了，可这回一张纸也没有被捅破，大家伙儿都不知道邓中夏这是什么意思，谁也没有说话，而邓中夏却将那叠纸放在了桌子上。

“工友们都看见了，一张纸一捅就破，可是一叠纸用拳头打都打不破。我们工人也是一样，五人团结赛老虎，十人团结一条龙，百人团结如泰山，谁也撼动不了。”工人们睁大双眼认真听着，陶宗汉觉得自己血脉偾张，而这时，邓中夏接着问道：

“我相信，你们经常会去卢沟桥玩，可你们知道，铁路的桥墩是什么做的吗?”

“当然是沙子、石子、加洋灰呀!”

“对，沙子和石子，本来是散的东西，经不住风吹水冲，可是要和洋灰混在一起呢，还是同样的沙子和石子，它就能经得住上千吨的桥梁，永定河水流再大，也冲不垮它。”

“先生说得对，咱们穷哥们儿之所以受压迫、受剥削，就是因为不团结。从今以后，只要大家伙儿心齐，结结实实地抱成团，什么事都难不倒，就有法子不再受压迫。”葛树贵性子直，他第一个站起来发言，而他的发言正好说出了工友们的心里话。

真是蜡不点不明，灯不拨不亮，邓中夏的第一堂课，像一阵春风，把工人们心中的乌云给吹散了，陶宗汉的心里前所未有地敞亮起来。

劳动补习学校的课程比较接地气，除了学习字词外，还讲一些浅显的自然科学，诸如为什么会下雨、为什么会打雷……当然，也讲政治。陶宗汉把自己听到的东西，大都复述给袁咏梅听，袁咏梅有的感兴趣，有的则如坠五里雾中。袁咏梅最为关心的还是她和陶宗汉的婚事，可是一想到那个要命的“钱”，俩人再好的兴致也都烟消云散了。

这天，陶宗汉像往常一样准时来到劳动补习学校，却见到邓中夏身边站着一个陌生人。经介绍，此人叫吴容沧，也是厂子里的一名工人，只是平日里爱好唱歌听戏，对许多乐器不算生疏。

“工友们，今天我们先学唱一首歌。”说着话，邓中夏冲吴容沧使了一个眼色，吴容沧便从随身所带的包裹中取出一架不算新的手风琴，先试了试音质，便坐在了座位上。

“如今世界太不平，重重压迫我劳工，一生一世作牛马，思想起来好苦情。北方吹来十月的风，惊醒了我们苦弟兄。无产阶级快起来，拿起铁锤去进攻。红旗一举千里明，铁锤一举山河动，只要我们团结紧啊，冲破乌云满天红！”

一曲唱罢，工友们都听呆了，屋子里静得仿佛连根针掉在地上都听得到，陶宗汉率先鼓起了掌，继而掌声雷动。

“邓先生，这歌真好听，唱出了我们心里话。”

“教给我们吧，我们想唱。”

邓中夏面含微笑，示意大家静下来，“这首歌的名字叫作《北方吹来十月的风》，为什么叫这个名字呢？原因要从我国北边的一个邻国说起。那是一个神奇的国家，在俄历 1917 年的 11 月 7 日，有个叫列宁的人，领导的布尔什维克武装推翻了临时政府，建立了苏维埃政权。那场革命被称为十月革命，这个国家我们现在叫作苏俄。在这个国家一切都由贫苦的工农说了算，政府是由工农选举产生并为工农所服务的，而全体工农又都是平等的。”说着话，邓中夏从一本教案里抽出一张纸，展开，一个留着浓密胡须的中年男人的画像呈现在众人面前。

“工友们，这个人就是列宁，他领导成立了世界上第一个苏维埃国家。”

“真的，世上还有这样的国家?”许多人面面相觑，他们第一次听说苏维埃这个词。

“这是真的，而且我还可以告诉工友们，我们中国将来也只有走苏俄的道路，工友们才不会被压迫。”

“这太好了。”陶宗汉冲口而出，接着轻声唱了起来，“如今世界太不平，重重压迫我劳工，一生一世作牛马，思……唉，后面忘了。”陶宗汉挠了挠后脑勺，羞涩地笑了。

“没关系，现在我们就教工友们学唱这首歌。”接着，伴随着悠扬的琴声，工人们铿锵有力的歌声再次从当铺口学校传了出来，引得不少路人驻足倾听。

第二天，恰逢陶宗汉歇工，吃罢早饭，他一溜烟地跑到了长辛店天主教堂。为了补贴家用，通过陈季秋的关系，袁氏姊妹得以在此帮工，主要是帮助神职人员买菜、洗衣、打扫卫生。袁咏梅本不想来，她不想欠陈季秋太多的人情，可要是不来，家里就会少一份收入，再说她也想尽快还上陈季秋的钱。活儿不累，平常还能听到亨特神甫给教众讲圣经，袁咏梅觉得很满足，虽然圣经里讲的是异域风情，但她听起来还是蛮有意思的。

“咏梅，我昨天在劳动补习学校新学了一首歌，可好听了，我唱给你听。”袁氏姐妹正在水池子边洗衣服，陶宗汉插不上手，便站在旁边轻声唱了起来。袁咏梅并没停下手中的活儿，但脸上始终带着惬意的微笑。

“怎么样，好听吧，我告诉你，邓先生说了，有个叫苏俄的国家，那里工农说了算，我们将来也要像苏俄那样，不过，我们首先要成立一个工会。”

“宗汉哥，什么叫工会呀?”袁咏菊脸上满是崇拜的神情。

“听邓先生说，工会就是咱们工人自己的组织，工人一旦受到欺负、压迫，他们就会为工人出头，有了这样的组织，今后咱们工人就有了自己的主心骨了。”

“那敢情好，今后我们就不用再怕邓长荣这伙人了，宗汉哥，那工会到底啥时候成立呢?”

“快了，邓先生说，要等过什么五……五一节时就成立，什么是五一节，我还不太清楚，等回到学校还得去请教邓先生。”

“你呀，一口一个邓先生，那个邓先生都成了你崇拜的对象了。”袁咏梅听着陶宗汉和袁咏菊你一言我一语的对话，笑着插了一句。说实话，这些日子老听陶宗汉说起邓先生，她还真对那位邓先生充满了好奇。此时她已洗完满满的一盆衣服，站直了身子长长地舒了口气，她一扭头本想回去，忽然发现妹妹两眼出神地望着陶宗汉，那目光含情脉脉。她的心不由一动，没来由地有些不安起来，难道是自己想多了？随即又摇了摇头，那种不安一笑而逝。

这一天，陶宗汉气哼哼地找到邓中夏，虽然邓中夏只比陶宗汉大六七岁，但在陶宗汉心里早已把他当成了恩师，分量甚至比葛树贵还要重，可是他没有想到，邓中夏竟然会干这样的事。

早上听葛树贵谈起，新成立的工会不仅要吸收邓长荣，而且还要让邓长荣担任工会委员，这叫什么事呀？分明是说一套，做一套，打着劳动神圣的旗号，真做起事来，还是嫌贫爱富。如果邓先生不给出个说法，那这个狗屁工会不入也罢。

邓中夏看着陶宗汉满脸通红的样子，不由笑了起来。

“宗汉，我知道，你是为了邓长荣的事来的，对不对?”

陶宗汉没有接话，心想，既然你知道，为什么还要这么做，他愣愣地望着邓中夏，等待着他的解释。

“其实吸收邓长荣进工会，而且还让他当委员，这是斗争的策略，我们需要邓长荣的影响力，由他出面报请官方同意，阻力会小很多。”看到陶宗汉一副不解的神情，邓中夏微微一笑，“宗汉，我知道你非常喜欢听三国的故事，魏、蜀、吴三足鼎立，吴国偷袭荆州，结果使关羽败走麦城，刘备伐吴，接着又命丧白帝城，按理说这样的仇恨，两家不可能再联合了，可是诸葛亮主政后，第一件事，就是遣使者去和吴国讲和，两家联手抗魏，为什么？因为不这么做，蜀国就有亡国的危险，蜀、吴联合了，两家便都能生存，这就是一种斗争的艺术。有时候我们说斗争，并不是直来直去的刺刀见红，策略是很重要的。目前我们首要任务，就是要先把工会成立起来，这需要邓长荣出力，否则很难做到，做事情要讲究分寸，我们所要掌握的分寸就是不能让邓长荣这样的人将来在工会里面掌权，工会最终的宗旨还是要为穷哥们儿服务的，我这么说，你明白了吗?”

“邓先生，我……我错怪你了。”陶宗汉心里的疙瘩解开了，脸也放晴了。

“没关系，宗汉，你理解我们这么做的苦心，就去帮助说服更多的工友，我们需要工友们的支持。”

“您放心吧，邓先生，我们工友都支持您。”

“不，不是支持我，而是支持工会。”邓中夏说着，舒心地笑了。

7

1921年5月1日一大早，长辛店大街娘娘宫院内聚集了上千人，把本就狭窄的地方挤得水泄不通，但每个人都面带笑容，人群中大多数是厂子里的工友，他们甚至穿上了只有年节才舍得穿的衣服，当然也有从天津、保定赶来的工人，还有“晨报”和“京报”的记者，他们都听说长辛店机厂要在这一天成立工会，所以都来看看是咋回事。

八点半，会场上响起了清脆的铃声，大会准时开始。会议先由邓中夏发言，一身得体的长衫更衬出他的儒雅气质。

“工友们，今天是五一节，是属于我们做工人的节日，我们在这一天成立工会，意义非同一般。我们国家当前是军阀连年争战，而战争的庞大费用从哪里来？还不是靠压迫我们工人而来。我们组织工会的目的，就是团结广大工友跟压迫我们的封建军阀斗，跟他们的狗腿子斗，我们要为我们的利益而斗争。”

台下掌声雷动，工友们互相击掌以示庆贺。

邓长荣今天也来了。在筹建工会之初，邓中夏在史文彬的陪同下，和邓长荣见了面，两人避重就轻地向邓长荣讲述了成立工会的好处，并邀请他加入，担任工会委员之职。邓长荣根本不在乎自己在工人心目中的形象，他只会极力讨好上面并使出浑身解数来展现自己的能力。当听说成立工会后，自己还能当个委员，大小也是个“官职”，因此也就上了心。工会成立过程中，邓长荣倒也上蹿下跳地出了力，可是工会具体的事务却懒得过问，所以工会是个什么样的组织他并不完全清楚，他一直以为就是组织个把人听听戏、唱唱曲什么的。可今天听邓中夏这么一说，他的脸立马就变了，他觉出来了，邓中夏这是有意给他下的套，放往常，他早就拍桌子骂娘了，可今天却忍住了，当着这么多工人和记者的面，他实在没有翻脸的勇气，也丢不起那个人。

“我们走。”邓长荣悻悻地离开了会场，而邓中夏则轻蔑地笑了笑。

这时，劳动补习学校的工友们在陶宗汉的引领下，精神焕发地走上台去，他们要为工友们演唱新学会的《五一纪念歌》。

> 美哉自由，世界明星，拼吾热血，为他牺牲，要把强权制度一切扫除尽。记取五月一日之良辰，红旗飞舞，走上光明路，各尽所能，各取所需，不分富贵贫贱，责任唯互助，愿大家努力齐取进。

台上的工友们挺着胸脯放声高歌，每个人的眼睛都闪动着兴奋的光芒。台下的工友们则睁大眼睛看着他们，自己朝夕相处的工友们以这样的姿态和声音亮相，这是大伙儿从来没见过，也从来没听过的，乍一听到，不由得心灵震撼。歌声一落，顿时爆发出排山倒海似的掌声与欢呼声，会场的气氛瞬间被推向了高潮。

“工友们，我宣布，长辛店机厂工会于今天正式成立了！”

欢呼声铺天盖地，盖过了邓中夏的声音。按照事先安排，接着要举行游行仪式，上千号工人像是冲破堤坝的洪水流向了长辛店大街。

工人们举着小旗子，像是训练有素的士兵，大家伙儿昂首挺胸，迈着结实有力的步伐，呼喊着“劳工神圣！”“五一万岁！”“工会万岁！”的口号前进着。这下，古老的小镇轰动了，就连附近种地的农民，也都扛着锄头跑来看稀罕。

游行队伍还拿着事先准备好的《五月一日》《工人的胜利》等几十种小册子和宣传单，分发给路边的群众。大街上，口号声、歌声和挤得密不透风的观众们的欢腾叫嚷声混合在一起，席卷了整个古老小镇。随队采访的一名晨报记者目睹了这一切，激动不已，用镜头记录下历史的瞬间。游行队伍经长辛店前街到后街，然后又由后街回到前街，最后回到娘娘宫内，工人们连着三次高呼：“劳工万岁!”方才慢慢散去。

第二天，北京各大报纸都在头版报道了这一消息，一时间，长辛店机厂成立工会的消息成为人们谈论的话题。

当然，世上的事就是这样，有高兴的，就有不乐意的，最为生气的人无疑是京汉铁路局局长赵继贤了，他大怒之下竟然把报纸撕得粉碎，在自己的眼皮子底下竟然发生了这样的事，自己却不知道，这要让玉帅知道了，那还了得。

赵继贤心目中的“玉帅”便是直系军阀的后起之秀——吴佩孚，因为吴佩孚字子玉，所以当他成为军政大佬后，便被左右亲近的人称为“玉帅”。直皖战争以皖系军阀脆败的方式结束后，吴佩孚便如日中天，但他并不留守北京，而是率领嫡系第三师驻守洛阳，在中原地区练兵，对北京政府实际成遥控态势。赵继贤知道，自己屁股底下的交椅是个肥差，不少人梦寐以求，何况吴佩孚还让他兼任了军法处长，这就等于自己左手是钱袋子，右手是杀威棒。这样的信任令赵继贤无以为报，唯有肝脑涂地，所以赵继贤自继任开始就可谓尽心尽力。他知道，京汉铁路对于吴佩孚来讲就是生命线，无论是练兵、打仗所需的军饷，还是战时部队的调动、粮草的调拨都指望这条铁路线呢！吴佩孚曾经千叮咛万嘱咐，让他不能大意，好在此前一切都还顺畅，可是没想到，现在却让一个小小的铁路工厂搅了好梦。为此赵继贤气愤难当，他拿起桌子上的电话，拨通了工厂大总管郭长泰的电话，劈头盖脸就是一顿臭骂。

“你是怎么搞的，厂子里面出现这么大的事也不报告，难道非要等到那帮穷棒子闹起事来，你这个大总管方才醒悟？告诉你，那就晚了，到时你该如何面对玉帅的雷霆之怒？”

“是，是，局长教训得是。”郭长泰吓得冷汗直流。昨天一整天，郭长泰都没在厂子里，他去城里有名的花锦楼吃花酒了，时间太晚就睡在那儿了。今天一大早，他也是从报纸上知道的消息。其实工人们想要成立工会的事他早就听邓长荣提起过，当时并没有十分在意，难道这帮穷棒子还能反上天去不成？看了报纸，他才知道自己把问题想简单了，这帮穷棒子竟然提出要和总管斗，和工头斗，还要求每天只工作八小时。我呸！只工作八小时，那老子还有什么赚头！他急忙返回工厂，屁股还没坐稳，赵继贤的电话便追了过来。

“我告诉你，这种事情你必须给我压下来，厂子里不能出事，否则……”

“我知道，局长您放心，我一定把这件事情摆平，要是再出事，不用您开口，我自己就卷铺盖走人。”

“知道就好，就怕到时你想走还走不了呢！”赵继贤最后撂下一句冷冷的狠话，便挂断了电话。郭长泰顺手擦了擦脸上流下来的冷汗，半天没回过神来。

“你，去把邓长荣给我找来。”郭长泰气急败坏地冲身边的随从吩咐道。

邓长荣灰头土脸地走进郭长泰的办公室。他现在悔得肠子都青了，当时自己怎么就鬼迷心窍，贪图那个工会委员的虚名，还跑前跑后地为他们张罗。结果，工会那头没见任何好处，要命的是还很有可能得罪顶头上司郭长泰，这真是猪八戒照镜子——里外不是人了。邓长荣在心里骂了无数遍邓中夏，正惴惴不安的时候，郭长泰派人来找他，无论多么不情愿，他也只好硬着头皮来了。

“大总管，您……您找我？”

“我找你，我还想揍你呢！”郭长泰说着，狠狠地踹了邓长荣一脚。“都是你干的好事，刚才赵局长来电话，把我狠狠骂了一通，你看这件事怎么办吧。”说着，郭长泰把报纸甩在了邓长荣的脸上。邓长荣此时倒暗暗松了口气，正所谓打是亲骂是爱，郭长泰能这么对自己，说明还是把他当成了自己人。

“大总管，其实我也是被那个邓中夏给骗了。”

“少说没用的，赶紧给我拿主意。”

“其实也好办，工会既然成立了，一时半会儿也撤不了，那咱就让它废了。”邓长荣的话让郭长泰眼前一亮，他盯着邓长荣。

“你的意思是……”

“邓中夏既然让我当了工会委员，我就要行使委员的权力，咱不让它的任何决议通过不就完了，我手中有一票否决权。”

“嗯，就这么办。”郭长泰的脸上这才露出一丝笑容，继而一敛，“另外，长荣呀，你多注意一下，看看那帮穷棒子里面有没有可以利用的人，关键时刻说不定会派上用场。”

“倒是有一个，此人叫谢德清，我看出来了，他入工会实际是想为自己谋一个前程。谢德清别的方面还可以，就是有的时候管不住自己下面那玩意儿，听说前一阵子跟镇子上逍遥居的芍药姑娘打得火热，现在好像没听到什么动静了。”

“好了，谢德清的事你就不用管了，我来办，你去吧，记住，这次可不能再办砸了。”邓长荣躬身退出了房间，郭长泰则呆呆地望着天花板，一时陷入沉思。

8

因为邓长荣的故意捣乱，使工会许多决议无法通过，工会的职能不能有效发挥，史文彬和陶宗汉十分气愤，他们找到了邓中夏。

“大炮，我看还是把邓长荣从工会里踢出去算了，免得碍手碍脚。”

“就是，邓先生，有他在，工会任何决议都不可能顺利通过。”

“可是把邓长荣踢出去，理由呢？就因为他投了反对票？记住，工会是个言论自由的地方，我们应当允许人家持不同意见。”

“那你说该怎么办？”两人异口同声，而邓中夏则早已成竹在胸。

“当初为了顺利成立工会，我们给邓长荣来了个‘请君入瓮’，如今不妨‘请君出瓮’。”见二人一头雾水，邓中夏笑了笑，“我们可以以工会的名义，再成立一个工人俱乐部，名义上是工人们下工后休闲娱乐的地方，实际上工会的许多决议都可以以俱乐部的名义通过并实施，但是俱乐部的成员必须是普通工人才可以加入，像我、像邓长荣都不能，这样……”

“高啊，大炮，我算是服了你了。”史文彬一脸兴奋，而陶宗汉则用充满敬佩的眼光望着邓中夏，他觉得什么问题都难不倒邓中夏。

“他奶奶的，你们敢玩我。”一天，邓长荣气势汹汹地冲到史文彬面前，恨不能一口把史文彬吃了，“史麻子，那个关于安全防护的决议，上次开会的时候不是已经否决了吗，这次怎么又通过了？”

“这次是工人俱乐部的决议，不是工会的。”史文彬冷冷地回应道。

“那还不是一回事。”

“当然不是，工会是工会，俱乐部是俱乐部，怎么能是一回事呢？”

“什么时候成立的工人俱乐部，我怎么不知道？那……那我也参加。”

“对不住了，邓工头，工人俱乐部是我们工人自己组织成立的，只有工人可以加入，别的人概不接纳。”

“什么？”邓长荣不禁恼羞成怒，“我不能加入，那……那邓中夏怎么可以？”

“你是说邓先生？他当然也不能加入，不信你看，名册里根本没有邓先生的名字。”史文彬语气中满是嘲讽的味道，多少年了，头一次看到邓长荣如此狼狈，他的心里痛快极了。而邓长荣明白，邓中夏不是没有加入，而是躲在了幕后，可如此一来，他真的没辙了。

“行，史麻子，我记着这笔账，不过你记住，少跟那个邓中夏来往，他肯定是个赤化党，别到时你连哭的地方都找不到。”

“谢谢提醒，不过我要劝劝你，团结起来的穷哥们儿，也不是好惹的。”史文彬的态度不卑不亢。

“咱们走着瞧。”邓长荣灰溜溜地走了，史文彬则快意地大笑起来。

邓长荣心里窝着一股火，他何曾受过这等窝囊气，他曾自诩为“站在街心一跺脚，大街南北抖一抖”式的人物，如果就这么忍了，那今后还怎么做人？偏偏屋漏又逢连阴雨，新近由工会主办的一本名叫《工人周刊》的杂志，上面的一篇文章不仅说他欺压工友，还扯出了几年前的一宗旧案，说是一名姓赵的寡妇，生活实在困难，想要进厂上工，特意去求邓长荣。邓长荣早就对赵寡妇的姿色垂涎三尺，借此机会强行占有了赵寡妇，事后像扔块抹布一样抛弃了赵寡妇，赵寡妇被逼投井自尽，而邓长荣没事人一样依旧吃香喝辣。赵寡妇的家人有心上告，可是邓长荣已上下打点，官司怎么可能打得赢？赵家人只好吃了哑巴亏。更为要命的是，在另外一篇文章中，还不点名地披露邓长荣曾经给吃锅伙的工友吃发霉的食物，结果酿成三人死亡的事故。这一桩桩、一件件，一旦引起当局的注意，彻查起来，邓长荣的小命还保得住吗？

“啪”的一声，邓长荣将杂志摔在了桌子上，心里的愤怒可想而知。这本杂志驻长辛店的经理是工厂里一个叫陶善琮的人介绍来的，而陶善琮又是可恶的陶宗汉的一个远房亲戚。这人一向胆小怕事，那就先从他身上下手，也算是给陶宗汉那臭小子点颜色看看。于是，邓长荣打开房门，直奔陶善琮家而去。

陶善琮正在家里歇工，他有些后悔当初跟着史文彬“胡闹”了，这么下去，迟早会出大事，正胡思乱想着，忽听外面有人大声喊叫。

“陶善琮，你个写黑头帖的，有种给我滚出来！”

陶善琮趴着窗户一看，原来是邓长荣，不禁有些纳闷，邓长荣这么凶巴巴的，到底为了哪一出？

“邓工头，什么事呀？”陶善琮的语气恢复了以往的谦卑。

“什么事？我叫你装。”邓长荣也不解释，劈面就是一拳，陶善琮身材矮小，加上全无防备，着实挨了一拳，趔趄着险些摔倒。

“哎，你怎么见面就打人呀？”陶善琮捂着被打红的脸，大惑不解地质问邓长荣。

“打人？老子今天打的就是你。”说着话，邓长荣对陶善琮夹拳带脚地一通猛攻，陶善琮只是用手招架，不敢还手，眼瞅着还要吃大亏，这时，左右街坊闻声赶来，把邓长荣拉开了。

“呸！告诉你陶善琮，咱俩没完。”邓长荣也怕引来更多的人，恶狠狠地撂下这句话后扬长而去。

陶宗汉听说了这件事，气得直跺脚，他知道，自己的这个远房叔叔一向胆小怕事，怎么可能会得罪邓长荣？肯定是邓长荣无故找碴儿，于是他把情况报告给了工会，此事由工会出头，获胜的把握当然更大。可巧邓中夏也在，他觉得也该杀杀邓长荣的威风了，如果连邓长荣这样的人都不敢碰，那工会今后在工友们心中哪还有地位。

“既然邓长荣先动手打的工友，那咱们的行动就叫自卫。”邓中夏顿了一下，接着说道，“我们教训邓长荣，就不能让他占理，我们大家要联名上法院告他，说他无故暴打工人。对了，宗汉，你还要劝劝善琮，让他到时作原告，让邓长荣在法官面前没话可讲，这样我们获胜的层面就会更大。”

“行，我这就去，不过我事先声明，教训邓长荣的事，也算我一份，我这身力气可憋了好些日子了。”陶宗汉说着，撸起袖子，露出了强健的肌肉。

“只要气儿别太冲了，打死了人可就不好说话了。”

“放心吧，邓先生，我有分寸。”陶宗汉笑呵呵地跑了出去。

第二天傍晚，临近下工的时候，陶宗汉、葛树贵等人埋伏在邓长荣必经的厂南门小桥边，不到一刻钟，只见邓长荣身穿锦缎棉衣，脑袋上顶着个呢子礼帽，气定神闲地朝桥头走来，他的身后还跟着一个保镖。

二人刚走到桥头，陶宗汉“唰”的一下挡在了前面，高大的身躯仿佛铁塔一样，吓得邓长荣一下惊愣在那里。那名保镖倒反应颇快，伸手就朝陶宗汉打来一拳，陶宗汉用手接住，奋力向外侧一扭，保镖便“哎哟”一声痛叫起来，随后另一名工人上前抡圆了胳臂，结结实实地打了保镖一个大嘴巴，保镖被打得眼冒金星，陶宗汉顺势使了个抱摔，保镖便“扑通”一声倒在了地上，前后不过几秒钟，保镖便被放倒了。这下邓长荣慌了，他想夺路而逃，却被几个人挡住了去路。

“邓长荣，你为什么打我叔？你说！”陶宗汉怒视着邓长荣。

“我……我……”邓长荣张口结舌。

“宗汉，跟他有什么好说的，打就是了。”陶宗汉身后的一名工人不管三七二十一，上前一把揪住邓长荣的脖领子，照着面门就是一拳，邓长荣“啊”的一声，痛苦地捂住脸，血从鼻孔内流出，接着几个人蜂拥而上，大家伙儿平时被邓长荣欺负多了，恨他恨得牙根疼，如今有了机会谁会轻易放过？这下邓长荣可惨了，双手抱着脑袋在地上直打滚，哭爹叫妈，声音极其凄惨。

“各位爷们儿，饶我一条狗命吧。”

陶宗汉怕再打下去真要出人命了，便示意大家住手。

“邓长荣，今天只是给你点颜色瞧瞧，今后不许再为难工友们了，否则在长辛店，见你一次就打你一次。哥几个，来，把他扔到臭河沟里，看他以后还敢不敢再欺负人。”

这几个人听了，七手八脚地把邓长荣抬起来，大家“嗨哟”一声，就把邓长荣扔进了臭水沟，刚才还装模作样一身光鲜的邓长荣，此时也顾不上浑身上下的臭泥巴，爬起来没命地朝家中跑去。望着邓长荣极其狼狈的背影，工友们开怀大笑。事后吴容沧为此还即兴编了一段快板：

长辛店的工人真敢干，
铁道以东拉战线。
劈柴石子当炸弹，
打得邓长荣真不善。

挨了打的邓长荣岂肯罢休，当天晚上，他就找到了大总管郭长泰。郭长泰也十分生气，打狗还得看主人呢，打了邓长荣，跟打自己的脸有什么两样？但他知道，他这次面对的不是某个人，而是工会。吴大帅刚上台，向公众打出的口号是保护劳工，所以他不能明着对付工会，否则一旦传扬出去，那不是给大帅脸上抹黑吗？现在不是讲究文明吗？那么好，咱就打官司，只要上下打点到，官司岂有不赢的道理？邓长荣听郭长泰这么一说，更是一脸苦相，但他不敢把自己先出手打陶善琮的事说出来，心里只是期望胆小怕事的陶善琮别出来作证，然而这次他的如意算盘打错了。

痛打邓长荣时，陶善琮躲在人群当中，他亲眼见到了邓长荣挨打的可怜相，心中的痛快自然不必说，然而更让他下定决心出庭作证的，还是陶宗汉的一席话。

“叔，正所谓‘人善被人欺，马善被人骑’，邓长荣为什么会找您出气？《工人周刊》得罪了他，他为什么不敢去找杂志经理？原因很简单，人家加入了工会，身后有工会撑腰，而您呢？您就是一个人，邓长荣这是拣软柿子捏，所以咱要想堂堂正正地做人，就得入工会，只要入了工会，就不会有人动不动就欺负咱了。”听了陶宗汉的一席话，陶善琮觉得在理，于是点头同意出庭作证，并且加入了工会。

因为有了陶善琮的出席作证，证实邓长荣打人在先，并当众展示了伤口，工会这么做只是正当防卫，而且还有不少工人从旁作证，说邓长荣在厂子里独霸一方，蛮横霸道是他一贯的作风，这样一来，法院就是有心偏袒邓长荣，也难以找到判他胜诉的有力证据了，所以只有暂时搁置，也算是给了邓长荣一点面子。

“大总管，你总得为我做主呀，这个面子不找回来，那我今后还怎么再在长辛店混呀！”邓长荣没别的法子了，只好又去找郭长泰，一见面，邓长荣就哭丧着脸，唉，早知今日何必当初，惹谁不好，非得去惹工会，邓长荣追悔莫及。

“长荣，我看这件事就先这么着吧，法院的态度你也看到了，拖着不办就是给咱们最大的面子了。你就忍了吧，以后找机会再慢慢收拾这帮穷棒子。”郭长泰不想再纠缠下去了，如果直接将导火索引燃，掀起更大的风浪，到时他不成了赵继贤的出气筒了，这又何必呢？

“慢慢收拾？我怕没机会了，今天我栽了跟头，那帮穷棒子看到了工会的本事后，肯定都会去参加工会，如果他们拧成了一股绳，那咱们可就更难办了。”邓长荣还在为自己的颜面做最后的努力。

“以后的事情谁说得清呢！我看这样吧，长荣，这些天，你就在家歇着，想出去玩也行，去散散心嘛。”

听郭长泰这么一说，邓长荣明白了，郭长泰是不想为自己出头了，这也是可以预见的最差结果了。邓长荣越想越气，老子鞍前马后地伺候你们这帮孙子许多年，说不要了抬腿就踢呀，连条狗都不如。

“行，话既然说到这份儿上，老子不干了还不行吗，郭长泰，你另请高明吧。”邓长荣一改往日的谦卑，竟直呼起郭长泰的大名来，也不管惊愕中的郭长泰，转身甩门而去。

“哎，你……”郭长泰想叫住邓长荣，可想了想，还是咽下了后面的话。

当天晚上，邓长荣带领一家人灰溜溜地离开了长辛店，这消息像长了翅膀一样传播开来，工人们奔走相告、欢欣鼓舞，当然，他们更从这件事情中，看到了工会力量的强大，感觉到工会确确实实是为穷哥们儿干实事的，所以纷纷报名参加工会，就连一向老实本分的陶一丁、陶宗法父子也参加了，这让陶宗汉感到万分高兴。

消息自然也传到了陈家，这个时候的陈炳权，因为无法忍受郭长泰的飞扬跋扈，已然从厂子里辞职了，他把原先厂区的房子折价卖了，在与厂子一路（京汉铁路）之隔的长辛店镇子里另买了一套二进的院子，虽是远离了是非之地，但因为他还执有厂里不少股份，在股东中拥有一定威信，所以郭长泰也不敢把他怎么样。陈季德和陈季秋也因不满郭长泰的所作所为，相继辞职，陈季德在镇子里开了一家茶庄，生意不好也不坏，而陈季秋则在京汉铁路艺员养成所（二七技校前身，培养技术工人所在地）谋了个教员的职位。听说邓长荣灰头土脸地离开了长辛店，一家人多少有点扬眉吐气的感觉，不是说老陈家和邓长荣有多么过不去，邓长荣也入不了陈炳权的法眼，但这件事触动的是郭长泰，那就另当别论了。

“季秋，工会是个什么样组织？看来挺有本事的嘛！”陈炳权抿了口茶，当前的新鲜事物太多了，他有点应接不暇。

“具体的，我也不是很清楚，大概是替工人们办事，维护工人们基本利益的组织。如果工会的呼吁不起作用，它们还会组织罢工。”

“罢工？”陈炳权差点被茶水呛到，“那不就是造反了？”陈炳权把茶杯蹾在桌子上，“季秋，你说咱们厂子会不会罢工？”

“这……”陈季秋哑口了，话锋一转，“爹，罢不罢工，跟咱们也没关系，咱只要能按时分红，别的有赵继贤操心呢!”

“倒也是，我现在说什么也没人听了。”陈炳权自嘲地笑了一下。让他们没想到的是，罢工还真的来了，不过自始至终，老陈家都置身事外，因为吴佩孚、赵继贤，甚至郭长泰，谁也没有想让老陈家再出山的意思，在他们眼里，老陈家以及另外一些老人，能够安心地作股东，这就挺好。

9

陶氏父子虽然参加了工会，可他们心里一直惴惴不安，都在为陶宗汉担心，陶宗汉在工会里太冒尖了，正所谓“出头的椽子先烂”，万一以后出了什么事，还不得连累全家？于是陶一丁专门挑了个陶宗汉不在家的晚上，开了个家庭会议。说是家庭会议，其实也就是他和陶李氏以及陶宗法夫妇，此时，老二陶慧敏已经出嫁到良乡，而陶宗臣和陶慧玲又太小，当然只有听的份儿。

“爹说得对，不能由着老三胡来，咱们家老老小小的，毕竟一大家子人呢!”陶宗法说着，望了一眼媳妇杨大妮。杨大妮的怀里抱着刚出生不久的孩子陶学谦，眼中不乏忧虑。

“就是，他爹，你想想看，到底咋办呀?”陶李氏也着急地说道，“都怪那个邓先生，要没有他挑唆，老三也不会……”

“说那些没用的干啥!”陶一丁气哼哼地打断了陶李氏的话头，“我考虑了，劝肯定不行，老三的脾气谁不知道?犟起来几头牛都拉不回来，我看还是尽快为老三娶下一房媳妇，有了家的牵挂，或许可以收住老三的心。”

“那敢情好，老袁家的大闺女一直对咱家老三有意，要是趁早把婚事办了，大家都安心，可是……”陶李氏叹了口气，结婚是需要钱的，哪怕最简单的婚礼，一些必要的开销也还是必不可少的，“我看要不这样，他爹，咱去各家先借点行不?”

“唉，娘，如今到哪儿去借呀，厂子里已经几个月没开支了，谁家不难呀?”陶宗法的一句话，说得大家都哑口无言，除了叹气，还能有什么办法弄钱呢?

就在陶一丁召集家人开会的时候，陶宗汉却在二仙洞内参加由邓中夏主持的一个秘密会议。长辛店机厂的东面有一个小山坡，坡上长满了小树，坡下有一个小河沟，没脚面的清水哗哗地向南流淌。就在这个山坡的中间，有一个大洞，里面黑乎乎的不知有多深，这就是二仙洞，传说曾有二人在此修炼成仙，故有此名。这个地方非常僻静，平时很少有人来，尽管外面暑热，可洞里还是很凉爽的。

“第一条，目前所有短牌工都改为长牌工；第二条，每两年要涨一次工钱，原因是现在什么东西都在涨价；第三条，要给工人盖官房；第四条，往后厂里上人革人都得经过工人俱乐部的同意，不许随便刷人……”邓中夏每说一条，史文彬、葛树贵、陶宗汉等人就点点头，可以说，每一条都说到他们心坎里去了。鉴于厂子里已几个月没有开支，而工人们的不满情绪比较大的现状，工会决定要为大家伙儿争取合理合法的利益，这样就更能得到工友们的拥护。他们已在二仙洞内先后开了十几次这样的会了，最终决定先向京汉铁路局局长赵继贤呈文，表达工人们的要求，呈文共提了九个条件。

“同志们，”邓中夏此时对史文彬等人的称谓已起了变化，因为就在去年，在陈独秀与李大钊的共同促进下，中国共产党成立了。而史文彬、葛树贵等人经邓中夏发展，已成为中国工人当中第一批党员。陶宗汉虽然还没入党，但邓中夏已把他列为重要发展对象了。

“我估计，这九条呈递上去，赵继贤肯定不会轻易同意的，那我们就需要与之斗争。”

“怎么斗争？”

“就要发动群众，必要时还会举行罢工。”

“罢工？”几个人异口同声。

“对，罢工，这是我们最后的斗争武器，所以我们事先一定要有一个周密的安排。我建议到时要成立一个罢工委员会，负责处理罢工期间的所有事务。罢工委员会的委员长，我建议由史文彬同志担任，同时还要成立工人纠察队、讲演团和调查团。讲演团主要是向民众解释我们为什么要罢工以及复工所提出的这九个条件，德清，我看你平时口齿伶俐，能说会道，讲演团就主要由你负责。”坐在一旁的谢德清赶忙点头，“而调查团主要是专管打听各种消息，及时报告给罢工委员会，以便罢工委员会做出正确的决策。可红，这件事情就由你负责。”辛可红也应承下来。葛树贵和陶宗汉坐不住了，大家都有事可干，自己难道只能干待着？邓中夏看出了他们的心思，笑着摆了摆手。

“纠察队的工作最重要，除了负责维护罢工期间的秩序外，还要负责把南来北往的火车彻底堵截在长辛店车站上，让京汉铁路瘫痪，这样才能打痛赵继贤，惊动吴佩孚，我们的条件才有可能被接受，但这也最危险，因为肯定要与反动军警发生冲突，所以，葛树贵同志、宗汉，纠察队就由你们两个来负责。宗汉，你主要是要协助好葛树贵同志。”听邓中夏这么一说，葛树贵和陶宗汉都点点头。

“还有，车站那边的工作也要协调好。”

“没问题。”俩人异口同声。

“另外，在罢工的时候还要宣布几条铁的纪律，首先在罢工期间所有人不许参与赌博；其次不许喝酒和聚众打架；最后，除了纠察队和调查团的成员以外，其他人不许擅自到厂子里去，一切都要听从罢工委员会的统一命令。”

大家伙儿对邓中夏佩服得五体投地，甭看人家岁数不大，可是却心思缜密，绝对有大将风范，大家相信，在邓中夏的统筹运作下，斗争最终会取得胜利的。

散会后，邓中夏特意留下了陶宗汉。

“宗汉，你交给组织的入党申请书我看了，写得很好，是你的真实感受，但有一点我必须提醒你，我们参加革命，不是个人的快意恩仇，我们最终是要解放所有的劳苦大众，我稍微给你改动了一下，你拿回去再重新抄写一遍。”陶宗汉发现，邓中夏改动得非常仔细，显见是花费了一番心思。

“邓先生，谢谢你。我回去就改。”陶宗汉说完，站起身，朝洞外走去，快到洞口时，又被邓中夏叫住了。

“宗汉，听麻哥说咏梅是个好姑娘，我希望你能抓住。”陶宗汉回转身，和邓中夏充满鼓励的目光相碰，腼腆地笑了。

呈文递了上去，赵继贤看了没两行，便把呈文揉成一团，扔进了废纸篓。“穷棒子们想造反啊，还跟我提条件，看我怎么收拾你们。”这时，秘书敲门走了进来。

“局长，您交代的事情已经办妥了，康有为先生同意和您见面。”

“真的？太好了！”赵继贤不由双手击了一下掌。玉帅的寿辰快到了，如何送一份可心的寿礼，着实让赵继贤费了一番心思。送金银珠宝，太俗气，就是把慈禧太后用过的玉如意献上，玉帅也未必上心，所以得另辟蹊径。赵继贤知道，吴佩孚早年读过几年私塾，据说还考中过秀才，常以文化人自居，如果能请得动某位大家，亲自为玉帅寿辰题字或是写一副对子，那玉帅一定高兴。经过一段时间的考察，赵继贤把目光盯在了康有为身上。康有为可谓家喻户晓，可惜维新变法失败，亡命日本，一直隐忍度日，直到民国创建后，才重回公众视野，但毕竟已是明日黄花。虽然知道康有为开出的价码不会低，但赵继贤却乐于接受，因为机会对他来说实在是太难得了。

“那就赶快安排，切记，一定要保密。”赵继贤冲秘书吩咐道，他乐得眼睛眯成了一条缝，早把工人们递上来的呈文忘在了脑后。

呈文递上去一个多月音信全无，邓中夏再次来到长辛店，在罢工前，他还想做最后的努力，派人以“最后通牒”的方式告诉铁路局，如果工人们提出的条件得不到满足，那么罢工将在二十四小时后举行。

“什么？罢工！好啊，来吧，开口就要每人每日涨一毛钱，而且还要全路都涨，只这一项，老子每月就得损失几十万元，我倒要看看，是你们的骨头硬，还是老子的子弹硬。”赵继贤霸道地回应，他不相信，平日里闲散惯了的臭工人，会整齐划一地听从号令，要知道罢工是要齐心的，只要有几个不参与罢工，那就等于白搭，他以为所谓的“最后通牒”不过是虚张声势而已。

听到回话，工人们都很气愤，邓中夏用拳头捶了一下桌子。“那好，明天我们就举行罢工，让赵继贤看看我们工人的力量！”

罢工命令一宣布，接着就由史文彬分派任务，讲演团、调查团都各自忙碌起来，而纠察队则分为截车和站岗两个组，截车又分为三班，誓死不能让一辆车开过长辛店火车站……夜深了，但每个人都没有睡意，一股从未有过的激情，在1922年8月的这个寂静的夜晚，暗暗涌动着……

10

“呜……”汽笛一声长鸣划破了早晨寂静的长空，把沉睡中的人们唤醒，这是罢工委员会发出的罢工命令。笛声过后，厂区里没有了熟悉的机器声，就连一向忙碌的长辛店火车站，这时也是一片死寂。站台中央竖着一面三角大红旗，旗上“纠察队”三个大字分外显眼，两边也插满了各色小旗子，队员们则在站台上待命。

忽然，一列火车从北边远远开来，本来无所事事的纠察队员一下来了精神头，队长葛树贵吹了一声口哨，通知大家集中站在轨道上准备截车，陶宗汉第一个跳下站台，此时列车已然快要进站了。

“赶快停车，赶快停车！”纠察队员们齐声呐喊，同时，挥动着手中的小红旗。火车司机发现了情况，想要停车，不想身边一个拿枪的大兵用刺刀顶住了他的后心，连骂带威吓。

“他妈的，别理他们，开过去。”

车轮还在飞快地旋转，火车越来越近，以陶宗汉为首的几名队员完全急红了眼，他们往前冲了几步，横卧在铁轨上，那阵势无疑表明，今天宁可被轧死，也绝不把火车放过去。纠察队员的这一断然举动，把火车司机吓住了，他马上意识到这是人命关天的大事，所以迅速关上气门，又猛地扳动非常闸的闸把，只听轰隆隆一声巨响，车轱辘被抱紧的闸瓦磨得冒出一股白烟，火车像被什么东西拽住了一样，在惯性推动下又向前挪动了一段距离后，总算“喘着粗气”停了下来。火车司机吓得擦了一把脸上的冷汗，扭头再看那名大兵，脸都变绿了。

这时陶宗汉麻利地站起身，走向军车，边走边大声喊道：“当兵的兄弟们，你们不要上了路局的当，赵继贤满口谎话，其实我们是因为好几个月没开支了，许多人家都没饭吃了，所以才向路局提要求，可是却被路局蛮横地拒绝了，我们没了活路，所以才选择罢工，我们并没有做什么犯法的事情，不信你们下来看看。”

许多当兵的都好奇地把头探出来往车站上看，发现车站一片死寂，但没人敢走下车来。此时，两名身穿黑色制服却衣冠不整的铁路警察摇摇晃晃地跑到站台上，也活该这两人倒霉，起晚了，忙忙叨叨地赶来接班，根本没注意站台发生的变化，他们先是冲军车上的人点头哈腰地赔笑，之后拔出手枪对准了轨道上的陶宗汉。

“你们别在这闹事，快散开，别耽误公事，否则老子开枪了。”俩人还像以前一样耍着蛮劲。

“好啊，有种你就往这儿打。”陶宗汉边说，边拍了拍胸脯，一副毫不畏惧的样子。不远处的葛树贵看到了，赶忙迎上前，而其他纠察队员也赶了过来。那两名警察看看周围，这才发现形势不对，想跑已经来不及了，他俩已被团团围住。

“干吗，你……你们想要干吗？”刚才还趾高气扬的两名警察，现在吓得连句完整话都说不出来了。几名纠察队员上前把他俩的枪给下了，同时掏出绳子把俩人捆了个结结实实，俩人心里这叫一个苦。

“对不住了，二位，据我们调查团的人报告，警察在卢沟桥抓了我们六个人，你们也只能受些委屈了，什么时候我们的人被放回来，你们才能走。”陶宗汉说话的声音很大，就为让车上当兵的听到，“车上的，告诉你们长官，让他通知卢沟桥那边，我们来个走马换将。”说完，陶宗汉让几名纠察队员押着两名警察朝罢工委员会走去。而军车上的士兵大都存了个看热闹的心态，只由一名排长模样的官派了个小兵出去送信。

局面僵持到傍晚时分，那六名被扣压的工人被放了回来，罢工委员会这边也把两名警察放走了。但是路局仍没有答应工人们提出的要求，因而罢工还在继续着……

因为长辛店发生了罢工，使得京汉铁路处于瘫痪状态，大量滞留的车辆向站外延伸一两里地，旅客怨声载道。而赵继贤犹如热锅上的蚂蚁，在办公室里走来走去，他没想到，这次工人竟然会这么团结，尽管郭长泰使了种种威逼利诱的手段，愣没一个复工的。“这帮穷棒子一定受了赤化党的挑唆。”就在他焦头烂额的时候，远在洛阳的吴佩孚打来了电话。

“你是怎么搞的，一条生龙活虎的铁路线让你搞成个死泥鳅，你还想不想干了？”吴佩孚的怒火正从电话那边烧过来。

“玉帅，属下失职，您放心，我会尽快处理好的。”赵继贤已然动了杀机。

“但要记住，尽量不要搞出人命，我刚刚向外界提出了‘保护劳工’和‘重开国会制定宪法’的号召，我不想授人以柄。”

“可是玉帅，那帮穷棒子提出的条件实在太苛刻了……”

“不就是要求涨工资和八小时工作制吗？答应，全答应他们，这条铁路要尽快恢复。继贤呀，这个时候，南边的陈炯明，北边的张作霖，还有西边的冯玉祥，万一谁要是起兵来犯，你让我如何调兵遣将？破财免灾，以后有的是机会收拾那帮穷棒子。”

“……”赵继贤的嘴唇动了动，但没吱声，按他的意思，这次就要采取铁的手腕，一举将长辛店机厂新成立的工会铲除干净，以防后患。可既然吴佩孚都发话了，他也只好照办。

“好吧，玉帅，我尽快安排人和他们谈判。”赵继贤的脸涨成了猪肝色。

罢工委员会决定派电务修理厂总干事赵文元为谈判总代表，主要是看重这个人正直机敏，见过大世面，同时肯为工人说话。谢德清、陶宗汉为副代表，另外其他几百名工人跟随，同去与路局代表谈判，谈判地点就设在前门火车站西边一家铁路饭店内。火车一进站，陶宗汉就发现从站台一直往门口都站满了士兵，个个凶神恶煞一般，陶宗汉轻蔑地笑了笑，扭头看了一眼赵文元，见他依然一副沉稳模样，不禁暗中挑了个大拇指。而此时谢德清的脚步却有点滞重，陶宗汉轻轻拉了一把。

“德清，别怕，我们有好几百名兄弟呢！”

“我没怕，我就是没想到会有这么多当兵的。”谢德清努力挤出一丝笑，这个时候只见士兵当中闪出一个戴肩章挎指挥刀的胖子，后面还跟着一伙挂着盒子枪的人。

胖子边走边摇头，“不行，你们这么多人不行，哪个是谈判代表？

出来。”

赵文元跨出几步，大声说：“不用乱嚷嚷，我就是总代表，这两位是副代表。”胖子听了，脸上的肥肉稍微动了动，仿佛是打招呼的意思，侧身指了指旁边的一座高楼：“那就里面请吧。”

“对不起，我们不能在枪口底下谈判，要谈就请把士兵都撤走。”这时工人们拥了上来，紧紧围住赵文元。胖子见这阵势，马上换了一副嘴脸，咧开嘴“嘻嘻”笑了一声。

“好说，兄弟这么做，不过是表示对各位的欢迎嘛。”而他心里的怒火却直往上拱。“要不是大帅有令，老子今天……”胖子在心里恶狠狠地说道，但他还是朝身后挥了一下手，那些当兵的果然全部撤走了。胖子接着做了个“请”的手势。

可是赵文元依然纹丝未动，“我们这次罢工，是我们铁路内部自己的事情，您是一位军人，跟您没什么关系，您对我们如此热情，我们还真不敢当。”

胖子一下僵住了，本来他摆出这个架势，是想吓唬一下谈判代表，没想到一点作用没起，正尴尬之际，饭店的大门开了，从里面走出一个穿长袍马褂、瘦小枯干的人，看上去像个当官的，只见他满脸堆笑，冲赵文元连连拱手。

“不要误会，兄弟我就是咱们本路的总段长，奉赵局长之命和各位谈判。这位是北京宪兵司令部车庆云司令，是赵局长请来帮着说合事的，各位里面请。”

于是三位代表跟着总段长以及车司令一块儿进了饭店，而那几百名工人则像罗汉般守卫在饭店门口。

代表们刚坐下，车庆云便想来个下马威。

“你是总代表？”他冲赵文元眨眨眼，“我搞不明白的是，你们工人这么闹，难道就不怕死吗?”

“死?”赵文元轻轻笑了笑，“死谁不怕? 可比起没自由、没前途的日子，我们工人宁可拼上一死，也要一搏，你也看到了，死是吓不倒我们工人兄弟的。”一番话说得车庆云张口结舌。

“我们还是言归正传吧。”见车庆云讨不到便宜，总段长只好转入正题，“你们提的九个条件，敝人都看过了，敝人觉得除了上人革人那两条还要再请示上峰外，别的都可以答应。”话音未落，他瞥了一眼三名代表，发现只有那名叫谢德清的代表神情稍显紧张与兴奋，而其他两人依旧面不改色，“不过，关于增加工资这件事，敝人认为只给长辛店的工人涨，哪怕再多涨点都没关系，至于全路……我看还是算了吧。”这招狠毒，显见是在孤立长辛店机厂。

“不行，我们罢工又不是为了我们自己，要是全路不加，我们绝不复工。”赵文元的回答斩钉截铁。

“对，绝不复工。”陶宗汉随声附和，而谢德清的嘴唇动了动，并没有发出声音。总段长和车司令都惊愕在那里，这和他们印象中的“臭工人”形象相差实在太远了。这时，从门外走进一人，凑在总段长耳朵边悄声嘀咕着什么，声音太小，其他人什么也听不到，却见总段长微微点了点头，面露笑意。

“各位，我会把大家的意见禀告给局长，相信有局长亲笔签字认可的回文不久就会下来，我看今天的谈判就先到这里吧，各位不妨先回去，这么多人挤在这里，敝人也实在不好安排。这样吧，让这位兄弟带两个人留下来等候局长批文，其他人还是先回长辛店吧。”总段长说着，指了指谢德清。

总段长说得有些道理，这么多人守在这儿，也确实不是个事儿，赵文元把目光投向陶宗汉，陶宗汉点了点头。

“那好吧，德清，辛苦你了。”

于是谢德清和另外两名工人被留了下来，其他人则坐火车返回了长辛店。总段长将谢德清单独叫到一个房间，拍了拍谢德清的肩膀说，“谢老弟年轻有为，有人想见见你。”

“谁?”谢德清不由紧张起来。

“老弟别怕，是你的老熟人，郭兄弟，出来吧。”总段长话声一落，从里屋走出一人，原来是工厂前任大总管郭长泰。

自从罢工委员会的呈文递上去后，郭长泰觉得自己大总管的位子算是坐到头了，于是，他连夜逃离了长辛店。路局和厂方代表的谈判，他自然非常关注，当听说代表中有个叫谢德清的人时，他思想活络起来，邓长荣曾跟他提到过这个人，认为此人值得拉拢，可惜一直没来得及采取行动，现在看来正是时候，于是他派人密告总段长。

“郭总管，您……”谢德清一见来人是郭长泰，说话都不利索了。

“是德清老弟吧？早就听说过你，来，今天我做东，大家谈了半天了，肚子也早就饿了，隔壁包间，我已经订下一桌，请吧。”说着，郭长泰拉着半推半就的谢德清朝包间走去。

夜深沉，谢德清幽幽醒来，一时不知身处何地，愣怔了一会儿，方才想起昨晚喝多了，就连怎么回的房间都记不清了。这个时候，床轻微动了一下，谢德清发现自己身边竟然睡了个女人，此时女人也醒了，但仍睡眼惺忪。

“你醒了，没想到昨晚你还真够生猛的，嘻嘻。”女人说着，妩媚地笑了一下。而谢德清一下清醒过来，天啊，我都干了些什么？万一让工友们知道，那我……他一时懊恼不已，尽管脑子还有些晕乎，但他还是站起身来，想尽快离开这个是非之地。

“站住，想走？玩够了，抬屁股就走人，世上哪有这么好的事?”女人此时坐直了身子，朝谢德清冷笑道。此时门开了，郭长泰从外面走了进来。

“怎么样？德清老弟，玩得还快活吧？”

“郭……郭总管。”谢德清明白，这一切都是郭长泰安排的，人家设好了局，就等自己往里钻呢，唉，谢德清不禁长叹一声。

“德清老弟，人生在世，及时行乐是正道。你参加工会不就是为了将来能出人头地吗？现在赵局长给了你机会，你为什么不及时抓住呢？跟着那些穷棒子们闹事能有什么前途？”郭长泰步步引诱。

“赵……赵局长？”

“是啊，赵局长对老弟关爱有加，特意嘱咐我要好生招待你，老弟，你的福分可不浅呢！”说着，郭长泰拍了拍谢德清的肩膀，故意加了点劲道。而谢德清明白，自己唯有屈服的份，否则他们把这一切抖搂出去，那自己就根本没法再在厂内立足了，工友们的唾沫都会把他淹死。

“说吧，你们想让我干什么？”谢德清很不甘心地问。

“痛快，我就爱跟德清老弟这样的人打交道，很简单，你在工会里，要及时把他们的动态报告上来，让赵局长做到心中有数就行了，放心，赵局长不会亏待你的。”

“那……那两个人怎么办？”谢德清想起了和他一块儿留下来的那两名工人。

“他们？他们现在可能还沉醉在温柔乡里呢！他们肯定不会说出去的，你尽管放心好了。”郭长泰一身轻松，拿下了谢德清，以后就不会成为睁眼瞎了，他面露笑意，“德清老弟，在下告辞，你们继续。”说完，他暧昧地眨了眨眼，继而大笑着转身离开了房间。

谢德清欲哭无泪，一失足成千古恨，自己竟然成了……成了众人唾骂的工贼，他万念俱灰之下，突然瞥见床上的女人正冲自己淫荡地笑着，想着自己就是毁在了这个女人手里，心里涌起一股报复的念头，他几下扒光了刚刚穿在身上的衣服，低吼一声，像只狼一样扑向了床上的女人……

还算不失信，第二天，带有赵继贤亲笔批复的回文就交到了谢德清手里，谢德清等人当即送交给罢工委员会。赵继贤被迫答应了工人们提出的所有要求，“八月罢工”取得了完全胜利。但是中间有个小插曲，狡猾的赵继贤把工人原来提出的每人每日增加一毛，故意写成了每人每月增加一毛，企图蒙骗过去，幸亏被及时发现，史文彬又派陶宗汉前去交涉，赵继贤倒也认账，爽快地修改了文件，就是这一次，陶宗汉亲眼见到了京汉铁路局最大的官儿。

八月二十六日，罢工委员会发出了复工令，当天上午八点钟，由北京开出了复工后的第一辆旅客列车。

罢工胜利了，工人们的工资也涨上去了，而且以前拖欠的工资也一并补齐了，工人们的脸上有了笑模样。陶一丁自然也欣喜万分，领到工钱的当天，在陶宗汉的陪同下，老两口专门去拜访了老袁家，算是两家人的正式会面。从现在起，再攒上几个月的工钱，到明年元旦过后，筹办婚礼的钱也就准备得差不多了，大家都喜笑颜开。

“爹、娘，我看不如把婚礼放在明年五一节吧？”陶宗汉小心翼翼地提议道，他知道，这样的场合，自己不适宜插话，但是他太想在那天结婚了，作为一名工人，五一节就是自己的节日，他希望在这一天用婚礼的形式见证他的幸福。两家老人相互望了望，也觉得这样的提议挺好。

“文才兄弟，那咱们就听孩子的，婚礼定在明年五一节吧？”

“成，全听你们安排。”袁文才端起酒盅，和陶一丁碰了一下，两家人发出快意的笑声。而一直躲在里屋的袁咏梅，此时也已羞得粉面通红。

然而，让两家人甚至所有人都没有想到的是，一场更大的风暴紧接着席卷而来……

11

由于八月罢工的胜利，不少地方都派代表向长辛店机厂学习成功的经验，回去后也纷纷成立了工会，京汉铁路沿线各大站相继有了自己的工会，于是成立统一的京汉铁路总工会。在适当的时候再成立全国总工会的提议，便摆在了年轻的共产党人面前，而由党所领导的中国劳动组合书记部责无旁贷地肩负起这一使命，书记部的负责人正是邓中夏。邓中夏认为，成立京汉铁路总工会的时机已经成熟，经过与高君宇、罗章龙等人反复磋商，最后决定于1923年2月1日，在郑州召开京汉铁路总工会成立大会。喜讯传出后，京汉铁路工人奔走相告。按着邓中夏的安排，郑州分工会事先向当地政府及铁路当局呈报立案。

赵继贤听了以后，一口茶水差点喷了出来，但他还是忍住了，脸上竟然还挂出了少有的笑容，“成立总工会当然是好事，这样吧，1月28号是星期天，我决定调到2月1日放假，让更多的人能赶来参加成立大会，同时，我还要签发100张往返免票，用于外地代表前来参会，你们看怎么样？”

代表们一时都蒙了，本以为要有一番唇枪舌剑，甚至都有被抓起来的心理准备，没想到路局方面这么痛快就同意了，自然也就无话可说了。然而代表们刚走，赵继贤马上就拨通了京汉铁路南段处长冯沄的电话。

“冯老弟，穷棒子们想要成立总工会的事，想必你也听说了，我认为这次绝不能再由着他们折腾了，一旦总工会成立，今后谁还会把路局放在眼里？我这个铁路局长不就成了一个摆设了吗？所以我们必须马上去洛阳觐见玉帅，请玉帅定夺。”

“局长说的是，那我们分头去。”

“不必，我现在就在郑州，你马上过来，坐我的车去，路上我们还可以再合计合计。”说完，赵继贤挂断了电话。

洛阳位于河南西部，黄河中下游，因地处洛河之阳而得名，乃中国四大古都之一，除众多文物古迹外，洛阳牡丹同样闻名于世，世人称之“洛阳牡丹甲天下”。而此时正值隆冬，不要说万物萧条，就是繁花似锦，赵继贤也无心赏玩。

吴佩孚之所以选择洛阳作为自己的落脚地，主要有两方面考虑：其一，避免不必要的尴尬，此时名义上的直系大佬还是曹锟，但实权已牢牢掌控在自己手里，彼此心中难免有疙瘩，所以还是少见、甚至不见为妙，而遥控则是一个比较好的方式；其二，洛阳的气候比较湿润，同时地理位置又居全国之中，对于将来用兵雄霸天下，位置比北京更加优越。此时吴佩孚正秣马厉兵，为他武力统一全国做着充分准备，当看到赵继贤和冯沄一同前来，有点出乎意料。

“你们这是……”

“玉帅，那帮穷棒子想要成立总工会。”赵继贤急切地说道。

“哦？”吴佩孚淡淡地说，“在哪里成立啊？”赵继贤一五一十地汇报了情况。吴佩孚表面看不出什么态度，心里真的有些后悔了，当初提什么“保护劳工”的主张，真是自缚手脚，一旦总工会成立了，那还不公然与路局为敌，今后路局的威信何在？吴佩孚心中盘算着，仅仅是长辛店的八月罢工，就使老子每年少收入八十多万元，这么折腾下去，老子的军费从何而来？

赵继贤摸透了吴佩孚的心思，他上前一步，摆出极其诚恳的姿态，“玉帅，不能再犹豫了，我和冯沄这次来洛阳，就是恳请玉帅使出霹雳手段，震住那帮工人，京汉铁路不能再出事了。”

“恳请玉帅早做定夺。”冯沄在旁附和，而吴佩孚的目光在俩人之间逡巡着，最终像是下定了决心。

“我命令，”赵继贤、冯沄立马腰杆一挺，一直站在身边的副官也马上掏出纸笔，“郑州第十四师师长靳云鹗、郑州警察局长黄殿辰，务必要对总工会的成立加以防范，必要时采取断然措施加以制止，另赵继贤坐镇北京，对长辛店机厂等要害部门加以防范，冯沄坐镇汉口，出了事情唯你等是问。”

“是。”几个人打了一个立正，有了这把尚方宝剑，心中的一块石头落了地。

就在吴佩孚与赵继贤、冯沄密议的时候，京汉铁路沿线各路代表已经在赴郑州的路上或者准备启程了。大会会务组特意租下了五洲大旅馆、大金台等处作为下榻处所，同时为了开好大会，还把郑州最大的戏院——普乐园租下，作为总工会成立会址，正可谓万事俱备。

然而，会议即将召开的头一天，郑州警察局局长黄殿辰突然带领一队军警闯入总工会筹备处——郑州玉庆里 4 号，当时工作人员正在做着最后的准备工作，军警的闯入打乱了紧张的工作秩序。

“停下，都停下。”黄殿辰声色俱厉地大喊，“大帅有令，禁止在郑州召开总工会成立大会，郑州是军事区域，你们擅自召开大会，实属胆大妄为，已电令靳云鹗司令禁止你们开会，否则将以武力对待。”

这时，一位身穿朴素制服的中年人走上前，他是筹备处负责人，态度不卑不亢，“此次召开大会，我们已经呈报铁路局批准，何况赵局长已经答应调换休假，并填发了往返免票，到时还要加挂二等客车以方便代表们出席大会，这些都表明成立总工会是得到路局批准的。再说，中华民国临时约法规定，国民有结社、集会的自由，此番如果自食其言，那将如何向民众交代?”

“这……”黄殿辰自知理亏，张口结舌无以对答，但他马上自找台阶，采用恫吓的手段以期达到目的，“反正大帅已有电令，如果你们拒不服从，到时可别怪我没把丑话说到前头。”说完，他转身而去。其实他这次来，不过是想起点敲山震虎的作用，如果能够唬住对方当然好，如果不成……黄殿辰冷笑了起来。

总工会筹委会并没有把黄殿辰的话当回事，决定成立大会按原计划在普乐园举行，为此，党派出了中共中央执行委员、中央特派员张国焘，中共武汉区委书记陈潭秋，中国劳动组合书记部副主任罗章龙等参加并指导大会。京汉铁路16个工会组织按照会员的人数多少，选出了65名代表参加成立大会，再加上各路来宾共三百多人，可谓风云际会。

二月一日，总工会成立大会如期举行，虽然天气有些凛冽，但人们热情高涨。上午10点，全体代表和来宾以及一千多名京汉铁路工人，在郑州站前五洲大旅馆的广场上整队出发，前面以武汉工团乐队为先导，后面则高擎着“庆祝京汉铁路总工会成立”的横幅，人们抬着牌匾以及各地送来的贺幛、锦旗等，浩浩荡荡地向普乐园进发。然而当走到距离普乐园不到百米的时候，黄殿辰带领一千多名军警横枪阻拦。

“站住，再往前走别怪我不客气。”

“为什么不让我们过去？让开，我们要进会场。”走在前面的史文彬大声抗议。此时的普乐园已被军警落锁，并贴上了封条，工人们义愤填膺。

“让开，让我们过去。”工人们齐声呐喊。

“还反了你们了？拦住，给我拦住。”黄殿辰持枪在手，许多军警也都将子弹上膛，这更激起了工人们的怒火，人群开始涌向普乐园会场，一场冲突不可避免地发生了。

军警们挥舞警棍，不少工人当场受伤，所有的礼品都被击落在路旁，那幅“京汉铁路总工会”的牌匾更是被当场砸烂，但工人们还是冲进了普乐园，队伍像潮水一样涌进会场，军警们拦也拦不住。大会副委员长史文彬几步蹿上主席台，他首先示意乐队奏乐，然后振臂高呼：“京汉铁路总工会万岁！劳动阶级胜利万岁！”于是工人们齐声呼应，声音盖过了黄殿辰的吼叫声。此时，工人们自觉地肩并肩，手挽手地将军警拦在外围。史文彬即兴发表演说，他谈到了总工会成立的宗旨，叙述了艰难困苦的筹建经过，他的讲话激起了全体与会者的共鸣。最后，史文彬代表筹委会宣布："京汉铁路总工会成立了！"一时鼓乐齐鸣，欢声雷动。之后，京汉铁路总工会法律顾问施洋、京汉铁路江岸分工会委员长林祥谦等人相继发表了慷慨激昂的演说，而与此同时，会场守门的工人与军警已发生了肢体方面的激烈冲突，更大规模的流血事件一触即发。张国焘、陈潭秋等人紧急磋商，为了避免赤手空拳的工人出现更大的伤亡，总工会既然已经宣布成立了，那么接下来的全体大会可以另行举办。筹委员同意了这一建议，宣布散会，工人们方才冲出军警包围，纷纷散去。

当天晚上，张国焘、罗章龙、史文彬等人来到一个离郑州车站不远的工人家里，召开紧急会议，商讨针对当前情况的对策。很显然，总工会成立大会被破坏，事情不能就这样结束了，要让吴佩孚知道工人团结起来的力量。

"看来只有实行全路总罢工这一条路可走了。"不用过多解释，与会众人很快达成共识。罢工由总工会统一指挥，并提出严惩凶手、公开道歉，总工会重新挂匾等要求。此次罢工，不达目的，誓不罢休。

"关于罢工时间，我看就定在 4 号上午 12 点，怎么样？"张国焘说着，巡视了一下众人，大家稍稍考虑了片刻，纷纷点头。应该说这样的时间安排还是合理的，首先各位代表要先回到各自工会，然后再分头组织，两天的时间已经很紧迫了。

"我们长辛店分会肯定没问题，我们保证坚决执行总工会的决议。"史文彬首先发言，"目前人手紧张，党可以抽出更多的力量放在南段，我们毕竟有上次罢工的成功经验。"

"但是，长辛店位于整个京汉铁路的龙头，长辛店工会又是我党组织成立得最早的工会之一，敌人肯定会集中力量加以破坏，你们一定要小心。"张国焘仔细叮咛道。

"放心吧，张国焘同志，我们肯定听从总工会安排，决不屈服于任何邪恶势力。”史文彬响当当地回答。

“谢谢你，文彬同志。”张国焘紧紧握住了史文彬的双手。会议决定，史文彬自己返回长辛店，独自领导北段的罢工。当夜会议结束后，史文彬便坐上了北上的火车，心急如焚地赶回长辛店。

12

史文彬一回到长辛店，马上召集委员们开会。这些天大家都等得心急如焚，陶宗汉的嘴角甚至起了大泡，他热切盼望着郑州方面传来好消息。尽管每个人都清楚，过程绝不会一帆风顺，但人的内心都愿意朝好的方向展望，当看到史文彬一脸严肃地出现在大家面前时，大家的心里自然无比沉重。史文彬叙述完郑州方面的情况，又分析了目前的形势，众人怒火中烧的同时也带有一丝隐忧。

“这么说，这次要是不成功，工会就完了，咱们的自由、尊严，也就不能提了？”陶宗汉说出了大家的心思。

“不错。这次要不然妥协，大家还过以前没有工会的日子；要不就是我们取得罢工胜利。可是看目前的情况，这次罢工不容易成功，谁也不能预测吴佩孚会采取什么手段，所以大家都要有必要的准备。”

大家听到“妥协”两个字，又都坚定地摇了摇头。谢德清显得尤其激动，“邓先生不是说过，‘不自由，毋宁死’吗？咱们大家伙儿为了争自由，顶大是个死，怕什么！”

“就是，舍得一身剐，敢把皇帝拉下马，这次大家伙儿跟他们拼了。”陶宗汉拍了拍自己的胸脯，葛树贵、辛可红都纷纷表态，史文彬的脸上闪过一丝欣慰。

“但是这次一定要跟大家伙儿讲明白，这次罢工，不是为了涨工钱，即便路局答应，给涨多少钱也不行。我们一切的行动都要听从总工会的安排，这是一条铁的纪律。”史文彬顿了一下，继而从兜里掏出早就在火车上拟好的具体行动计划，严肃地说道，“根据总工会的决定和刚才大家讨论的原则，现在我开始分配任务，大家记住，这是一场战争，决不能有一丝一毫的大意。”大家伙儿说明白，所有的准备工作都要在这一个晚上完成，任务十分紧迫。

“另外，宗汉，你腿脚利索，辛苦你连夜进城去找邓先生，把我们这里的情况向邓先生通报一下，听听他的意见。”

“好咧。”陶宗汉爽快地答应。因为负责劳动组合书记处北方局的工作，邓中夏并没在长辛店，但是长辛店的工友们还是信服他。

身为委员长的史文彬坐镇工会，负责协调各方面工作。自打回到长辛店，史文彬连家都还没有回呢！繁忙的工作已使他暂时忘记了家的存在。后半夜，总算安静一些，史文彬拿起笔伏在桌子上起草罢工文件，但他已有两天两夜没合眼了，困魔不时侵扰着他，最终他的头一沉，磕在了桌子上。其他人见了，相互做了个“安静”的手势，他们太想让史文彬多睡一会儿了……

等到史文彬再次抬起头来的时候，却发现众人都望着他吃吃发笑。史文彬莫名其妙，被人拉到镜子跟前一照，不禁自己也哑然失笑，原来自己的脑门上清清楚楚地印着“罢工”两个黑字，他赶忙到窗边的洗脸盆边，用凉水把脸冲洗干净，顿时觉得清朗了许多。此刻的窗外，天边已经出现了一丝鱼肚白。

中午十二点，罢工的笛声沉闷却有节奏地拉响，蓄势待发的工人们像潮水一样，分五路涌向了娘娘宫，大家伙儿的手里都举着昨夜赶制出来的小旗子，上面写着“争自由”“争人权”“惩办赵继贤”等口号，有的甚至墨迹还没有干透呢！娘娘宫地方本来就不是很大，一两千人聚集在一起，整个场子就被完全占满了。

史文彬手上拿着总工会命令罢工的电报稿跃上了高台，“工友们，我们去郑州开会的代表向大家表示歉意，我们的总工会叫军阀吴佩孚给砸了，吴佩孚出尔反尔，不许我们成立总工会，还派军队包围了会场，把旗子、牌匾全都毁了，最后还把我们全都围困起来……”史文彬说不下去了。

“这帮兔崽子，这么干就不行，我们绝不答应。”葛树贵气得脸都憋红了，带头高喊。

“就是，我们绝不答应！”

史文彬接着用更大的声音说道，“尽管那些当兵的在会场外围着，可是我们还是在会场里头成立了总工会。”

这时葛树贵跳上了高台，带头振臂高呼，“总工会万岁！”顿时会场响起一片呼声，震动云霄。史文彬的眼眶有些湿润了，他等大家伙儿的声音渐渐平息，用尽力气放大声音喊道，“工友们，总工会是我们的命根子，大家伙儿为了成立工会受了多少辛苦，办到今天这种规模，说什么也不能散了，有我们一天，就有总工会的一天，今天的总罢工，要靠我们全京汉铁路两万工人一条心，死活为了我们的总工会……”在场的每个人都能听到史文彬颤抖的声音。

“服从总工会命令，罢工，罢工！”

“坚决罢工到底，不得总工会的命令至死不复工！”

这时，史文彬展开新起草好的罢工宣言，示意大家安静下来，“……民国约法上说民众有集会、结社之自由权，工人亦为人民一分子，何以我工人无之！语云：‘不自由、毋宁死。’我们要争我们的自由，争我们的人格。我们要与侵略我们自由的人宣战！一切行动均听总工会的指挥……”

“听总工会指挥！”“听总工会指挥！”

邓中夏在睡梦中被陶宗汉吵醒了，鉴于现在非常时期，他晚上睡得很晚，听到陶宗汉的声音，他开门拉着陶宗汉坐在床边，听了陶宗汉的汇报，并仔细看了史文彬起草的文件，邓中夏也觉得形势万分紧迫，举行全路总罢工看来是唯一可行之法，但他的心里又有一丝隐隐的不安，他又不能把这种情绪表露出来。

“宗汉，你们的决议我举双手赞成，劳动组合书记处也会全力支持你们，我会密切关注事态的发展，我们要随时沟通。”

“好的，邓先生，我们都信任你。”陶宗汉诚恳地说道。虽然知道陶宗汉一定很累了，但邓中夏并没有挽留他，他知道长辛店更需要陶宗汉这样的年轻人。他安排陶宗汉吃了一顿丰盛的早餐，为了赶时间，更为了节省陶宗汉的体力，特意为他叫了一辆黄包车。分手之时，邓中夏握着陶宗汉的双手。

“宗汉，答应我，无论发生什么事，都要首先保证自己的安全。”陶宗汉用力点了点头。

陶宗汉急急忙忙赶回长辛店，把邓中夏的意见转达给了史文彬，史文彬心里踏实了，有劳动组合书记部作后盾，他信心满满。

京汉铁路总工会在宣布罢工仅仅几个小时后，长达两千余里的京汉铁路便全线瘫痪了，这出乎吴佩孚、赵继贤等人的意料，其实从破坏总工会成立那天起，他们就预料到工人们很可能会罢工，只是没想到风暴来得这样快，规模这么大。处在风口浪尖上的赵继贤更是如坐针毡，他急忙召集北京宪兵司令部车庆云、第十四混成旅旅长时全盛、宛平县县长汤小秋等人，在他的办公室开了个秘密会议。

“各位，今天把大家召来，实属不得已，奉玉帅口谕，一定要不惜一切代价，尽快平定这场工人暴乱，恢复京汉铁路的全线运营。众位心里都清楚，京汉铁路全长两千余里，北京长辛店是龙头，中原郑州是心脏，而汉口则是龙尾。玉帅决定，在这三个地方同时动手，而重中之重还是长辛店，这里是赤化党的一个基地，所以兄弟我特意恳请玉帅，派十四混成旅三个营的兵力协助兄弟平定暴乱，时旅长，辛苦你了。”众人都把目光投向一个身挂东洋刀，腰插盒子枪，脚蹬高腰黑皮靴的军官身上，那人抱拳拱手。

“兄弟时全盛，奉大帅令，来长辛店平定暴乱，没想到工人的行动太快，铁路瘫痪了，我的人最快后天才能从保定赶来。”

“当今之际，是先派人和他们谈判，以利诱之，如果对方就此瓦解那当然好，如果不成，也可为我们争取时间，同时还可以麻痹对方，汤县长，这件事情就拜托你了。”

“不敢当，兄弟一定效力。”汤小秋回答得战战兢兢。在自己的地盘上出了这样的大事，他深恐上边怪罪，直到发现赵继贤并无意追究，心里的一块石头方才落地。而赵继贤则把目光移向了郭长泰。

“郭总管，你说的那个叫谢德清的人来了没有？”

“来了，就在外面候着呢。”郭长泰点头哈腰。

“让他进来吧。”

谢德清低着头，跟在郭长泰的身后。昨天一整天，谢德清都想寻机逃离长辛店，可是如果那时离开，目标太明显，万一中途被发现，自己还不得被愤怒的工人揍死，所以他没敢轻举妄动，直到罢工了，大家群情激愤，谁也没有过多的精力关注他了，他才瞅准时机跑了出来，直接找到了郭长泰。像今天这样的场合，面见这么多的官儿，谢德清不禁有些胆怯。

“你是谢德清？”

“我是。”谢德清冲赵继贤点头哈腰。

“我问你，长辛店工会那几个领头儿的，他们的家你都认识吗？”

“认识，我都很熟。”

“那好，时旅长，这个人就交给你了，到时去家里抓人，见一个抓一个，务必要将那个叫史……史文彬的缉拿归案，他是暴乱匪首。”

“没问题。”时全盛笑着拍了拍腰间的盒子枪，吓得谢德清两腿有些发软。看着谢德清走出屋外，郭长泰向赵继贤进言。

“赵局长，我看是不是让陈炳权那老东西出来和工人们谈谈。”说完这句话，郭长泰立马就后悔不迭了，上次长辛店机厂八月罢工，赵继贤都没想到让陈炳权出山，这次当然更不会了，好不容易刚把这帮老东西挤走，岂能再请回来？自己真是多嘴！郭长泰的表情不禁有些讪讪然。赵继贤倒没有责备郭长泰，只是不满地瞪了他一眼。

“各位，打起精神，尽快平定暴乱，待事成后，我为各位向玉帅请功。”众人轰然叫好。

13

转天清晨，许多工人在街上看见厂子里的老烟筒，忽然像平时一样冒出淡淡的青烟，不一会儿，又传来“叮叮当当”的敲打铁器的声音。

“咦，莫非工厂又开工了？”工人们惊讶得面面相觑，“难道……难道总工会下令复工了？”许多人涌向工会去打探消息。

“大伙儿都别慌，总工会并没有下达复工令，我马上派人去看看，如果是我们内部出了工贼，我们决不答应。”史文彬安慰着众人。

“史叔，那我和可红去吧。”陶宗汉请命，史文彬点头同意。

陶宗汉和辛可红急匆匆往厂里赶，却见几个工头正沿街跑着，手里还敲着锣，不住地叫喊：“大伙儿听好了，现在厂里已经开工了，谁要是再不上工的话，厂里可就要开革了！”这么一喊，许多人便聚在一起交头接耳。陶宗汉和辛可红心里更加起急，一溜烟儿地跑进了工厂。等赶到发出响声的厂房里一看，稀稀拉拉的几个人正在有气无力地抡着大锤，可奇怪的是，大锤底下并没有砧子，也没有任何铁活，只是几个人围着一块好好的铁板，在“叮叮当当”地一通乱砸，再看那几个人，竟没有一个脸熟的，陶宗汉的心里已基本有数了，但心细的他还是要得到求证。

“你们是谁，来这儿干啥？我们正在罢工呢!”陶宗汉先发制人。

“我们是海下（大沽口）做买卖的，不知道你们这里正在闹罢工，是交通总长派人招我们来的，给的工钱比我们卖鱼虾多多了，所以我们就来了。”一位岁数稍大一点儿的人搭腔道。

“那就不怪你们，但我们都是苦兄弟，我们为了争自由、争人权才闹罢工的，你们这么叮叮当当地一敲，别人还以为复工了呢!”陶宗汉耐心地讲道理，人们便都停下不敲了，这时去老烟筒那儿调查的人也回来了。

“你们猜怎么着？是跑了的郭长泰带着几个人在往烟筒里运煤呢，可他们哪儿是干这活儿的料啊，瞅他们那㞞样，累得正坐在那儿喘气呢!”说罢，自己兀自笑了。情况都搞清楚了，原来是郭长泰一伙人在暗中捣鬼，陶宗汉立刻赶回工会报告。史文彬听完汇报，马上派人分头把情况传达给全体工友，大家伙儿听了，也都放了心，这真是一出居心险恶的闹剧。

这件事处理完，汤小秋就走进了长辛店机厂工会，对他的到来，工会里没人理睬，连个打招呼的人都没有，大家伙儿心里清楚，这是黄鼠狼给鸡拜年——没安好心。出于礼节，史文彬起身相迎。

“汤县长来此何干?”史文彬的咬文嚼字，显然带有嘲讽意味，但汤小秋毫不介意。

“史委员，兄弟今天来，是做说和人的，怎么样，大家有什么要求，尽管提出来，要涨工钱的话，我可以去跟赵局长说，长一毛不行，咱就长两毛……”

“汤县长，让工人们复工，条件其实很简单，我们总工会的罢工宣言上都写得清清楚楚，当前最重要的事，就是将被砸毁的牌匾重新挂上，同时严惩凶手。”史文彬打断了汤小秋的絮叨，义正词严地说道。这时办公室外面已围了不少人，大家伙儿随着史文彬的话喊了起来，“我们要人权，要自由！”“我们要赵继贤、黄殿辰的脑袋！”

汤小秋扭头向窗外瞅了瞅，继而把脑袋摇得像个拨浪鼓，“我看这要求提得未免高了点儿，再说了，你们要他们的脑袋有什么用？又不能吃，又不能喝，我看咱还是来点实惠的，这次我就替你们局长做回主，给大家伙儿开双支，大家立马复工，可好？”

“汤县长，我看你也不要再多费唾沫了，我们已有宣言在先，没有总工会的命令，决不复工！”史文彬的话掷地有声。

“看看，何必把话说得那么死呢！我实在是为大家着想。俗话说胳膊扭不过大腿，万一出了什么意外，兄弟我也实在担当不起啊！”

“谁让你担当了，你这是狗拿耗子多管闲事！”陶宗汉瓮声瓮气地喊了一声，看到他黑铁塔一样的身躯，汤小秋不由愣怔了半刻。这个时候，葛树贵站起身。

“对不住了，汤县长，要不您先请回吧。”话虽说得客气，但分明就是逐客令，汤小秋弄了个大窝脖，他站起身，虽然知道此行的目的重在麻痹工会，可如此的不留情面还是让他下不来台。

“那好，既然大家不给我这个面子，那今后无论出了什么事，我都不负任何责任。”

“你又负得了什么责任，还是快滚吧。”听到有人高喊，大家哈哈大笑起来，汤小秋灰溜溜地走了。

“他们这是唱的哪一出啊。”关上房门，葛树贵低声嘟囔着。史文彬则一副沉思状，是啊，出了这么大的事，赵继贤却躲在幕后，派来个汤小秋，这是什么意思？而且罢工已经一天多了，吴佩孚并没有什么举措，这不正常，太不正常了，史文彬心里涌上一丝不安。

傍晚的时候，史文彬的担忧得到部分证实，据外线调查团反映，目前正有大批部队从涿县往北行进，估计是奔长辛店来的，而市里的宪兵部队也正朝丰台集结，看来是要南北合围长辛店，同时，大街上的巡警人数也突然增加了，他们这是要干什么？难道要动武吗？大家的心里不免有些紧张。

“我看咱们还是要早做准备。”葛树贵思量了一会儿慢慢说道，“要不这样，史委员，你还是先出去躲一躲吧，俗话说，留得青山在，不怕没柴烧，有我们在这儿顶着，就是和军阀拼了，我们也不会屈服。”

“我不会躲出去的。我不能把厂里三千人丢下不管！再说了，自从参加革命时起，我就做好了牺牲一切的准备。”史文彬铿锵有力地说，并站起身看着聚在院子里的工人们说：

“军阀要想残害我们，我们更要团结起来，才能抵抗敌人，决不能在敌人面前没骨头。咱们争自由、争人权是正大光明的事，往前走，咱们就是有自由有人权的人，往后退，就成了奴隶了。”

“争不到自由，争不到人权决不罢手，死也不能屈服。”院子里的工人们齐声呐喊。

为了反击敌人的分化活动，更为了坚定自己的信心，当晚，史文彬起草了第二份向全国发表的宣言，并于第二天（即2月6日）向外发布。宣言表示：我们本着全路一致的精神，各分会什么条件都不提，专听总工会的命令，总工会叫我们怎么办，我们就怎么办。在罢工事件未解决以前，总工会的指挥就是我们至死不变的信条……

赵继贤看了这份宣言，不由连声冷笑，“时旅长，兵马调动已然到位，接下来全看你的了。”

“放心吧，赵局长，既然这帮工人不怕死，那就让他们尝尝我时某人的厉害。”时全盛的语气透出了杀机。

夜漆黑，仿佛一口大锅倒扣下来，伸手不见五指，西北风从傍晚一直刮到后半夜，天冷得出奇。把守工会的纠察队员们，在刺骨的寒风里站岗，手和脸像是被刀割一样，大家伙儿在院子里来回走动，不时把手放在嘴边哈气取暖。忽然，一阵刺耳的狗叫声，紧跟着人声嘈杂，甚至还有女人、孩子的哭喊声，把死气沉沉的黑夜闹得天翻地覆。

“莫非……莫非那帮龟孙子真动手了?”几个人面面相觑。

事实恰被他们猜中，时全盛亲自坐镇火神庙，将其手下特务连兵分几路，去各工会委员的家中抓人，最重要的一路由连长亲自带队，谢德清引路，直奔史文彬家而去。史文彬今天刚好在家，从郑州返回长辛店后，他一直吃住在工会，今天回家，一来，这几天没怎么合过眼，他想稍微歇一会儿；二来，在他的潜意识中，觉得目前形势凶险万分，这次回来就有了与家人诀别的意味了。半夜的惊叫声，使得熟睡中的史文彬一下惊醒了，这时院门被当兵的一脚踹开，士兵们把院子围得水泄不通。

“史文彬，看你还有什么好折腾的，快出来。”特务连长扯着沙哑的嗓音高叫着。史文彬倒十分镇静，他安慰着吓得直哆嗦的老婆。

“别怕，我又没犯罪，他们不敢把我怎么样。”史文彬说着，还轻轻拍了拍老婆的肩膀，之后，整理好衣服，走到了院子里。

“我就是你们要找的史文彬，你们要干什么?”

“干什么?妈的，愣着干什么?还不给我捆了。”特务连长一声令下，上来几个人把史文彬五花大绑起来，史文彬想反抗，可哪里是士兵们的对手。这时，只见那名连长踢了一脚一直低着头的谢德清，“你他妈哑巴了，他到底是不是史文彬?”

谢德清头戴一顶毡皮帽子，围着围巾，只露出两只眼睛在外面，显然是害怕被人认出来。

“是他，绝对没错。”谢德清的态度十分肯定。

“带走。”士兵们往前推搡着史文彬，史文彬的老婆从屋里冲出来，死死抓住史文彬。

“你们不能带他走，老总，求求你们，放了他吧。”

“松手，臭娘们儿，小心老子毙了你。”特务连长拔出手枪，恫吓着史文彬的老婆。女人何曾见过这阵势，吓得一下松了手。当史文彬经过谢德清身边时，狠狠地朝他啐了一口唾沫。

“呸，你这个工贼、叛徒，工友们早晚会找你算账。”

谢德清被啐了个满脸花，想发火，可是碰到史文彬喷射着怒火的双眼，一下又胆怯了，他用围巾把脸擦干净，跟着几名大兵径自走出了院外。

史家院子的喧闹声，自然惊动了街坊四邻。袁咏梅脸色苍白，在那一刻，她想到了陶宗汉，立刻条件反射般的朝陶宗汉家奔去，在快到陶家的时候，看见一队士兵从陶家院子里出来，一副怏怏不快的样子。谢天谢地，幸好他们没有抓住宗汉哥，袁咏梅顿时觉得两腿发软，几乎站立不住。

由于没有防备，那一晚的突然行动，使十多名工会委员不幸被捕，而更惨烈的流血事件也随之而来……

14

因外出巡视，葛树贵和陶宗汉都逃过一劫。但是，当兵的抓人，这么大的动静还是惊动了他们俩，两人怕工会出意外，所以直接返回工会。好在工会并没有受到士兵冲击，可也聚集了好多人，大家都在议论士兵晚上抓人的事。因为绝大多数工会委员都被抓走了，现在该怎么办？

“大老葛，现在只有你挑头领着大家伙干了，我们都听你的。”有人提议。

“对，我们都听你的。”许多人附和。葛树贵知道，这个时候没什么可谦让的，于是，他拍了拍胸脯。

“大伙儿别急，咱们得想个办法，现在大家就分头去通知会员，召集大家伙儿集合，天亮后我们去火神庙警察局要人，一定要把被捕的委员们要回来。”

“对，咱们去要人，要不回来就和他们拼了。”陶宗汉挥舞着月牙斧，情绪激动地说道。

1923 年 2 月 7 日清晨在一片不安与躁动中来临了。工会门口已聚集了上千人，每个人情绪都很激动。葛树贵从院子里走出来，此时的他，身穿青布短袄，粗大结实的右手紧紧握着一把大铁锤，站在台阶上，皱着眉头高声喊着。

“工友们，咱们的工会委员都被当兵的抓走了，但我们决不能屈服，走，到火神庙要人去，不给人，咱们就和他们拼了。”

“走，要人去。”众人跟着一起大喊。

于是，由葛树贵打头，另一位工友杨诗田打起现写的“要求释放被捕工人”的大旗，上千人浩浩荡荡地涌向了火神庙，不知是谁起头唱起了歌。

头顶共产党，
怀揣革命心，
手拿团结刀，
别妻离子，
死也光荣。

歌声嘹亮，气壮山河。一眨眼工夫，工人们就来到了火神庙前。此时的火神庙，已被时全盛当成了临时司令部，一帮士兵雁别翅一样单腿跪在庙前的平台上，手端步枪，子弹上膛，甚至连刺刀都上好了，完全是如临大敌的样子。时全盛站在中间的台阶上，而工人们则与士兵临街对峙，这时，葛树贵走上前。

“你们抓了工会的人，我们来要人……”

“放屁，你们还想要人，小心把你也抓了。”时全盛不耐烦地打断了葛树贵的话，在他个人经历中，何曾正眼瞧过这些工人。

葛树贵急红了眼，举着手中的大铁锤，就往庙门口冲，边冲边喊，“工友们，别怕，往前冲啊，他们有枪，咱们有血，他们用武力，咱们也用武力，咱们不怕他们。”

“冲啊，拉开战线跟他们干。”杨诗田挥舞着大旗，辛可红仗着年轻，率先冲了上去，两股人流碰撞在一起，地方本来就狭小，刺刀根本施展不开，士兵们竟有了向后退却的意向。时全盛慌了，从腰里抽出指挥刀，刀尖向上一扬，这是一个信号，只听“啪啪啪”几声枪响，士兵们开枪恐吓，继而枪声响成一片，子弹擦着工人们的脑袋“嗖嗖”地向上飞去，打得大街两旁的瓦片噼里啪啦地直往下掉，枪声好比点燃了炸药包，工人们心中的怒火更加难以抑制了。

“工友们，夺他们的枪啊。”杨诗田手持大旗向工友们喊道。率先冲上去的辛可红，更像是一头猛虎扑向了士兵，士兵的队伍开始出现了混乱，时全盛向后倒退了两步，一梭子子弹射向杨诗田和辛可红，二人当即中弹倒地。

“可红！”跟在辛可红身后的陶宗汉急红了眼，昔日的伙伴就这样倒在了血泊中，他心中的悲愤可想而知，“我跟你们拼了！”就在他往前冲的一刹那，一双有力的大手拽住了他。

“宗汉，你回来。”葛树贵使劲拉着陶宗汉。

“师傅，可红他们已经……我要为他们报仇。”

“所以你更不能去，咱们不能都死在这儿，留下根才好报仇，一定要记住师傅的话。”葛树贵有力地拍了拍陶宗汉的肩膀，眼看着年轻的辛可红倒下了，葛树贵心如刀绞，在那一刻，他做出了一个决定，那就是要留下像陶宗汉这样的年轻人。只见葛树贵几步冲上前，拾起了杨诗田手中的大旗。

工友團结

“兔崽子们，老子跟你们拼了！”大旗一扬，葛树贵率先冲上前去。

“呯”的一声枪响，一颗子弹射入了葛树贵的胸膛，他的身子一趔趄，血洇红了衣服，他努力支撑了一下，终于倒了下去。

“师傅。”陶宗汉狂喊一声，就要死命往前冲，另外两名老师傅手疾眼快地抱住了他。

“宗汉，听你师傅的，快走！”

这个时候，时全盛调来的马队赶到了，于是火神庙前变成了一个真正的战场，骑兵们挥舞着棍棒，冲入工人的队伍，一下就把队伍给冲散了，咒骂声、叫喊声，甚至还有因痛苦而发出的呻吟声交织在一起。时全盛异常兴奋，脸上的笑容狰狞且丑陋。这场交锋，工人当场牺牲三人，重伤三十多人，轻伤无数。

就在同一天，在汉口江岸也发生了大屠杀，江岸分会委员长林祥谦、大律师施洋等三十多人牺牲了，这就是震惊中外的“二七大惨案”。

“官兵杀人了，官兵杀人了。”满大街都是惊慌奔跑的人。袁咏梅听着，更为陶宗汉担忧，在家里坐不住，干脆走到了巷子口，她身边的袁咏菊也同样为陶宗汉担心，袁咏菊在心底深处已经悄悄喜欢上了陶宗汉，只是因为姐姐和陶宗汉的婚事几乎已成定局，姑娘才把她的爱加了一层保护网。姐妹俩在巷子口左右张望，还是袁咏菊眼尖，她一眼就看见了匆匆跑来的陶宗汉。

“姐，快看，宗汉哥在那儿。”

陶宗汉的步履有点踉跄，他的腿被骑兵用棒子打了一下，虽然没有大伤，但也已经红肿了，特别是他的身上还溅有不知是谁的血迹，使他看上去很是狼狈。看到眼前的陶宗汉，袁咏梅的眼里蓄满了泪水。

“咏梅，罢工被军阀镇压了，我得走了，这个仇早晚得报！”说到这儿，陶宗汉不知是伤口痛还是心痛，他痛苦地龇了一下牙，“我不能回家了，你跟我爹娘说一声，我不在的时候帮我照看一下他们，你自己也要保重……”

“宗汉哥，我会照顾好叔和婶的，你放心吧。可你走了，那我们的事……”袁咏梅欲言又止，她知道，让陶宗汉逃走，是目前保证他活命的唯一办法，否则当兵的肯定会把陶宗汉抓走。然而人的感情往往不受理智所控，陶宗汉这么走了，谁知什么时候才能回来？袁咏梅顿时泪如雨下。

“宗汉哥，你等等我。”站在旁边的袁咏菊转身飞快地朝家中跑去，她知道，这个时候的姐姐早已方寸大乱。袁咏菊回到家，将家里能找到的现钱都拿了出来，另外又找出一件袁文才的外衣，虽然知道陶宗汉穿着肯定会有些小，但总比那件血衣强多了，起码不那么扎眼了。当她返回来的时候，发现陶宗汉已面露焦急之色。

“宗汉哥，这些东西你拿着，在外面用得着。”袁咏梅感激地望着妹妹，一句话也说不出来，陶宗汉还想推辞，却被袁咏菊生硬地塞进怀里，“让你拿着，你就拿着，等形势缓和了，马上回来，我们等着你。”

陶宗汉望着姐俩儿，泪水涌了上来，他用大手胡乱抹了一把，“那……那我走了。”说完，转身急匆匆地朝南奔去，几次陶宗汉都想回头再看看自己心爱的女人，可都忍住了，他必须尽快逃走，为了给师傅葛树贵、好友辛可红，更为了给许多在这场斗争中失去生命的工友报仇，他要顽强地活下去。

长辛店南头紧挨着赵辛店村，过了赵辛店村的小桥基本上就安全了，因为赵继贤不可能把网撒得那么大。陶宗汉沿路躲过士兵的巡逻，终于来到桥前，一想到过了桥，就算离开镇子了，他不由松了口气。此时，桥边站着两名士兵，岁数稍大点的也就三十出头的样子，二人嘴里都叼着烟卷。陶宗汉本想绕道躲开他们，不想却被发现了。

“站住，干什么的?”

“老总，我是前面村子的，我娘病了，我去镇子上抓药。”

“药？你抓的药呢?”

“……”陶宗汉一时哑口无言，但他还算机智，“唉，老总，这不赶上前面出事了嘛，我还哪儿敢再去药铺呀，算了，今儿算我倒霉。”

“行了，小李子，让他走吧，好歹是个孝子。”岁数稍大点儿的兵边说，边冲陶宗汉挥了一下手，“小子，记住了，下次出来先看看皇历。”陶宗汉千恩万谢地快速过桥，但是腿上的棒伤却使他不由自主地一瘸一拐。

“站住，你的腿怎么回事？我看你小子鬼鬼祟祟的，一定是参加暴乱的工人。”那个叫小李子的士兵突然大喝一声，端着枪朝陶宗汉走来。陶宗汉也顾不了许多，像没听见一样向桥中间奔去。

“嗨，果真是暴乱分子。”小李子把子弹推上膛，“站住，再不站住我就开枪了。”陶宗汉根本不听那一套，只顾前行。

“呯”的一声枪响，走到桥中间的陶宗汉下意识地站住了，而子弹则打向了天空。原来，那名年长的士兵抢先一步，把枪筒朝上抬了一下，否则陶宗汉早就中弹倒地了。

“小李子，得饶人处且饶人吧，我看他岁数和你差不多，又不像是坏人，积点德吧。哎，小子，还不快走。”年长的士兵朝陶宗汉喊道。陶宗汉惊魂未定，回过头来，感激地朝年长的士兵深深望了一眼后，疾步而去。

良乡，既是北京南郊，也是京城的南大门，陶宗汉的二姐陶慧敏不久前嫁到这儿，姐夫牛跃进开了一家杂货铺，日子过得虽不算富裕，但足可温饱。陶宗汉的出现，让牛跃进着实吃了一惊，那时已是深夜，两口子都已然入睡，一阵急促的敲门声把牛跃进惊醒了。

“谁呀？”牛跃进本能地预感到不是好事，陶慧敏也被吵醒了。

“姐、姐夫，是我呀，我是宗汉。”

“宗汉？”两人低声惊叫，睡意全无，随后马上翻身下床，快速将陶宗汉迎进屋里。真是消息比人跑得快，天刚擦黑的时候，村子里就听说长辛店士兵杀人了，越传越玄乎，最后，竟说成了血流成河，听得陶慧敏胆战心惊，她为家里人，尤其为陶宗汉担心。

“宗汉，来，快坐下，姐给你倒杯水去，对了，宗汉，你一定饿了，你等着，姐给你做饭去。”陶慧敏忙前忙后。

“姐，不用那么麻烦，整点简单的就成。”忙碌了一天，这个时候的陶宗汉真的感到了饥肠辘辘。

一碗热乎乎的糊糊端上来，陶宗汉喝得那个香，仿佛几辈子没吃过似的，看得陶慧敏心里直发酸。

“宗汉，慢慢吃，这儿还有窝窝头呢。”

一碗稀粥垫底，陶宗汉抓起一个窝头，津津有味地吃起来。这时，牛跃进悄悄拉了陶慧敏一把，示意她到外面去，陶慧敏愣了一下，便跟了出来。

“慧敏，宗汉不能留在咱家，得让他走。”

“让他走，你让他去哪儿？”陶慧敏惊诧万分。

“去哪儿都行，就是别在咱家，走得越远越好。”

“不行，我不让他走，他可是我的亲弟弟啊！”陶慧敏很是激动。

“慧敏，你怎么这么不晓事，宗汉肯定被政府通缉了，咱家到时肯定会被人搜查，到那时，我们不但保不住宗汉，还会被牵连上。”

“可是……他才二十二岁，外面兵荒马乱的，我怕……”陶慧敏说不下去了，脸上泪水横流。

“姐，姐夫说得对，我不能连累你们，我马上就走。”陶宗汉推门走了出来，原来，夫妻俩的对话都被他听到了。

“宗汉，你……”

“没事，姐夫说得对，与其在这儿等着被抓，还不如到外面去闯闯，说不定就是条生路。姐，我不在的时候，你要替我多去照看咱爹、咱娘。”陶宗汉说着，眼望着夫妻俩。牛跃进窘得满脸通红，想说点什么，可就是说不出口。

“宗汉，你等会儿。”陶慧敏说罢，转身回屋，不一会儿，她拿着一个包袱出来，里面有一双鞋，两件牛跃进的衣服，还有几个窝头，“宗汉，这个包袱你拿着，还有这个也拿上。”陶慧敏塞到陶宗汉手里的是两块大洋。

“不，姐，你们也不富裕。”陶宗汉想把钱重新塞回陶慧敏的手里。

“兄弟，叫你拿着，你就拿着，否则就是看不起我。”尽管有些心疼，但牛跃进还是大方地开了口，他这么一说，陶宗汉也就不好意思再推辞了。

“那姐、姐夫，我走了，你们保重。”陶宗汉把包袱往肩上一背，迈步走出了院子。

“宗汉……”陶慧敏低声叫了一声，后面的话再也说不出，眼泪已止不住地流了下来。陶宗汉仅仅顿了一下脚步，并没停留，很快就消失在暗夜里。

夜沉风凛，陶宗汉漫无目的地一路狂奔，前方的道路如何，是坦途、是荆棘……他并不清楚，他只知道要毫不停歇地走，走，走……

15

京汉铁路工人大罢工，在军阀吴佩孚的血腥镇压下失败了。“二七惨案”发生后，总工会紧急召开会议，会上，为了避免更为严重的流血事件，被迫发布了复工令，于是工厂的秩序正在恢复当中。

袁文才每天都进厂察看，事情变成这个样子，他更为一家人的饭碗能否保住而担心。作为女儿，袁咏梅主动承担了大多数家务，只为能让父亲更加安心。可是那天袁咏梅却病了，早晨的时候，袁咏梅想起身，她的身子动了动，试图坐起来，可试了几次都没成功，觉得身子软软的，而且还头晕得厉害。

“爹，娘，我姐病了，好像还发烧了。”袁咏菊发现姐姐有些异样，走过来把手搭在袁咏梅的额头上，焦急地说道。袁文才、张翠姑夫妇俩赶过来，自然也发现了不对劲。

“我看还是去镇上的医院吧。”袁文才不无焦虑。于是一家人搀扶着袁咏梅急匆匆地朝镇医院奔去，路上恰好碰上陈季秋。

厂子里发生罢工这么大的事情，陈家当然听说了，但是说心里话，从陈炳权到陈季德，再到陈季秋，谁也没想到会发生这么严重的流血冲突。

“怎么可以这样，怎么可以这样呢？那可是些没有武器的工人呀！”陈炳权顿足捶胸。

“爹，您消消气。”陈季德安慰道。

“暴行，真正的暴行！要发动全国所有有良知的人，谴责这场暴行。”陈季秋气得脸颊通红。

“行了，老二，你就别再点火了。”陈季德埋怨了一句陈季秋。全家人商议了一下，为了不引起赵继贤的猜忌，从现在起，全家人更要深居简出，不招惹是非，不轻易发表意见。

当陈季秋骤然见到袁家人时，脸上闪过一丝尴尬。自从听说袁咏梅和陶宗汉已然订下婚约后，他就决定退出了。而此时见到袁咏梅生病的样子，他情不自禁地焦急万分。

“咏梅，你怎么了？”

“好像是发烧了，我们正想往医院去呢！”袁咏菊焦急地回答。

“那……那我跟你们一块儿去。”陈季秋帮着袁家人一同把袁咏梅送到了医院，经过细致检查，没发现大问题，大夫说吃点药，打两针也就没事了，继而医生把陈季秋叫到了外面。

“恭喜你，小伙子，你夫人怀孕了，刚刚两个月，这些日子要少干活儿，多吃点营养的东西……”大夫后面说了些什么，陈季秋什么也没听到，只呆呆地立在那儿，脑子里只有那几个字在来回闪现，“袁咏梅怀孕了，袁咏梅怀孕了。”

一座高高的铁路桥，将桥西的工厂与桥东的长辛店古镇连接起来，每天在上面行走着来来往往无数的人，袁咏梅自打记事时起，铁桥就屹立在那里，虽经岁月侵蚀，已经有些破旧了，但毫无疑问，铁桥还会继续挺立下去，默默注视着人世间的喜怒哀乐。但是今天，袁咏梅就将在这里结束自己年轻的生命，当听到陈季秋悄悄跟自己说怀孕了的消息时，袁咏梅被彻底打蒙了，天啊，这怎么可能，有数的几次啊，怎么就……

可如今，那个和自己山盟海誓的人在哪儿？普天之下，怎么就没有他们这对可怜人的安身之地呢？陶宗汉是死是活，今后还能不能再回到长辛店，谁的心里也没谱，难道自己就带着个身份不明的孩子，在众人的白眼下一直生活下去？孩子会幸福快乐吗？一想到这些，袁咏梅的心从里往外都凉透了，她没有了活下去的勇气。

天完全暗下来，桥上过往的行人渐行渐少，甚至好几分钟也不见一个行人过来。袁咏梅就像个屈死的冤魂一样，不愿离开她生命终止的地方，呆立在桥头已近一个钟头了。

“跳下来吧，跳下来就一了百了了。”似乎有个声音在召唤着她，袁咏梅知道，那是天神，她长出了口气，仿佛将人世间所有的烦恼都抛弃了一样，她打算像鸟儿一样飞翔起来。然而就在她打算纵身一跃的关键时刻，一双有力的大手拦腰把她抱住了。

“咏梅，你怎么会这么傻呢！”一句责备的话却饱含着无限的爱意。

那是一个多么温暖的怀抱啊，有着诱人的、男人的气息，同时又是一个坚强的，足以让人依靠的臂膀。袁咏梅甚至能感觉到陶宗汉那熟悉的、热烈的气息，这种气息让她很迷恋。当袁咏梅睁开了眼，发现抱着自己的人竟然是陈季秋时，不觉羞红了脸，残酷的现实将袁咏梅短暂的美梦彻底击碎。

“是你！你为什么要救我，你让我去死吧。”

“死很容易，但是你想过没有，你的离去会给你的父母、妹妹，还有那些爱你、关心你的人带来多大的伤害，这些你都想过吗？”这么说着，陈季秋的眼睛也红了，“何况你还这么年轻，这么漂亮，不，我不允许你这么作践自己，绝不允许。”

“你有什么资格来管我？”袁咏梅语含讥讽。

“因为……因为我喜欢你，咏梅，从我见到你的第一天起，我就深深地喜欢上了你，这些你都应该知道。现在，我只想和你说一句话，嫁给我吧，咏梅，我发誓，我会永远好好待你，好好珍惜你的。”陈季秋的语气极其真诚。

“不，陈季秋，我不需要怜悯。”

“这不是怜悯，这是爱。”陈季秋终于说出了那个字，此时他两眼深深地望着袁咏梅，而袁咏梅的心也震颤了，她能感觉到面前这个男人挚诚的感情，但是……

“不，陈季秋，你这是头脑发热，你应该找一个和你相配的姑娘，而我……我已经不再完美。”

“不，在我心里，你是最完美的，答应我吧，咏梅。”陈季秋诚恳地说道。

此时，袁咏梅泪流满面，她现在脑子里很混乱，在她万念俱灰的时候，陈季秋给了她一棵救命稻草，她感激的同时又被陈季秋的真诚所打动，我该怎么办？袁咏梅犹豫了。突然间陈季秋将他温润的嘴唇贴上了袁咏梅的唇，当他发现袁咏梅在慢慢地回应着他时，陈季秋欣喜万分。

第二天，陈季秋向家里人公布了他和袁咏梅的恋情，仿佛是意料之中，遭到了全家人的反对，尤其是母亲叶秀岩，她简直无法容忍，自己一向最看好的儿子，竟然想和一个从未受过良好教育的普通工人家的姑娘结婚，哪怕如陈季秋所言，那姑娘美若天仙且极其贤惠，那也不行。

“娘，您没见过咏梅，见了您一定喜欢，您要相信儿子的眼光。”

“我不见，老爷，你倒是说句话呀。”叶秀岩向陈炳权求救，她以为只要陈炳权和自己站在一个战壕里，那就能彻底拆散这对鸳鸯。

陈炳权半天没说话，他心里只是奇怪，老二怎么偏偏迷上了袁咏梅，难道是一时的心血来潮，又或者是那位姑娘用了什么手段媚惑了儿子？不管怎么说，婚姻自古讲究门当户对，这是基础，基础不牢安能永固？想到这儿，陈炳权清了清嗓子。

“老二，听你娘的，和那个姑娘散了吧。”陈炳权一发话，叶秀岩更有底气了。

“为什么呀？你们怎么就看不上工人家的姑娘呢？我不，我偏不。”陈季秋执拗地说道。

“老二，听爹娘的话吧，爹娘肯定会为你寻下一门门当户对的亲事。”陈季德在旁边劝道。

“大哥，说句真心话，你的婚事是爹娘为你寻下的，当然也是‘门当户对’，可是你觉得幸福吗？”陈季秋真的有点慌不择言了，竟然揭起了陈季德的伤疤，好在陈季德的媳妇并不在场。当初陈季德喜欢上一家小杂货商的女儿，因为父母所谓的八字不合，被活活拆散了，因此娶了现在的媳妇，可是日子一直过得别别扭扭，直到现在，陈季德有时还夜宿在茶行里。听陈季秋这么一说，陈季德的脸红了。

“大哥，对不起，我不应该这么说。”陈季秋发现自己说错了话，真诚地向陈季德道歉，继而话锋一转，“爹、娘，从小到大我一直都听你们的，你们叫我干啥我干啥，包括出洋留学，但这次我要自己做回主，咏梅我娶定了。”

“你……”叶秀岩手指陈季秋，一时说不出话来。

“另外，我还要告诉你们，咏梅已经怀上了我的孩子，我不能抛弃她。”说完，陈季秋转身离去，留下一屋子惊愕着的家人。

和家里吵翻后，陈季秋公然在外面租了一间房，和袁咏梅同居了，这是无声的，以实际行动与家人对抗！

第二章　只认使命不认命

1

四月，对于牡丹之城——洛阳来说，是一个花的世界，各地游客纷至沓来欣赏着这一人间绝色，心中的惬意可想而知。而今年的 4 月 22 日，恰逢洛阳新主人——吴佩孚五十大寿，自然名流汇集，唱主角儿的吴佩孚更是意气风发，虽然这一年许多激进的报刊对他镇压工人运动进行了猛烈抨击，但吴佩孚内心对此十分不屑，那帮无病呻吟的穷酸文人懂什么，这帮工人仅仅罢工几天，就让老子损失了几十万大洋，如果不采取断然措施，后果必将是国将不国。

吴公馆内，吴佩孚的出现，使得大厅里掌声一片。

“各位，兄弟我非常感谢众位能莅临洛阳，兄弟乃一介武夫，能有今日，不过是机遇使然，时光如白驹过隙，倏忽之间，子玉已年过半百，然当今国家尚处四分五裂之局面，民众无不盼国家统一。子玉不才，愿在有生之年，实现民众愿望，来，各位，我们干杯。”

“祝玉帅早日实现宏愿。”

大厅里祝福声一片，接着是各方宾客向吴佩孚进献寿礼，礼物无论多么精巧，其实离不开“金银”两字，虽然吴佩孚的脸上一直充满笑意，但内心实则索然，这个时候，司仪高声喊道：

“京汉铁路局局长，兼直鲁豫两湖巡阅使署军法处长赵继贤。”

只见赵继贤空着两手走了出来，他的身后跟着一位衣着素净，六十开外的老人。吴佩孚不禁愣了一下，以往，赵继贤的寿礼可是最为贵重，今天赵继贤唱的是哪一出？

“玉帅，我今天隆重向你介绍一人。”说着，赵继贤手指那位长者，“此位便是鼎鼎有名的康有为先生。”

“啊！”大厅里不禁传出一阵惊叹声。康有为的大名实在是如雷贯耳。虽说维新变法失败后，康有为逃亡日本，更因其支持帝制，反对共和，得到不少人诟病，但毕竟盛名还在，他能来参加吴佩孚的寿诞，自然提高了宴会的品位。

“南海先生（世人对康有为的尊称）能参加晚辈的寿宴，实在是蓬荜生辉啊！”吴佩孚大喜过望。要知道，吴佩孚秀才出身，虽后来投效北洋，成为直系军阀的第一战将，但他始终都愿意以文人自居。

“哪里，玉帅乃我北洋杰出人物，今后国家统一全仰仗玉帅了。今日长素（康有为号长素）来得匆忙，未及备有礼物，这样吧，老朽愿献寿联一副，玉帅以为如何？”

“太好了，快，笔墨伺候。”吴佩孚惊喜万状。想想吧，康有为给别人题寿联，天下能有几人有此福分？

不大工夫，下人们就将笔墨摆好，却见康有为轻挽袖口，笔蘸浓汁，稍微思索了片刻，便笔走龙蛇。

“牧野鹰扬，百岁功名才半世；洛阳虎踞，八方风雨会中州。”

“好！”四方贺声不断。

“南海先生谬赞了，子玉实不敢当，来，上酒，大家今日一醉方休。”说着，吴佩孚亲自搀扶康有为坐好，同时面带欣喜地望了赵继贤一眼，目光中满是赞许。赵继贤的心里热乎乎的，本来因为京汉铁路工人罢工的事而心里惴惴不安，此时一块石头落了地，接下来的觥筹交错，自然也就放开了手脚。

赵继贤每次到洛阳来，大都下榻在离吴公馆不远的帝都大酒店，因为距离不远，每次从吴公馆告辞，除非刮风下雨才乘坐自己的车，大部分时候他都包租黄包车，因为这样，他会觉得有种别样的风情。今天沐浴在和煦的春风里，本来就心情极佳的赵继贤自然不会错过享受这别样风情的机会。但赵继贤没有想到的是，有一个人在不紧不慢地跟踪着他，为了防止卫兵们发现，这个人和他的距离虽然较远，但一直没有让赵继贤脱离自己的视线。这人每每见到赵继贤，眼里几乎要喷出火来，几次把手伸入怀中，他的怀里有一把锋利的匕首，而怀揣复仇利器的这个人便是陶宗汉。

陶宗汉辗转到洛阳，本来是想要刺杀吴佩孚，为那些在罢工中牺牲的工友们报仇，哪怕牺牲掉自己的性命也在所不惜，为此，他做了精心准备。吴公馆在洛阳尽人皆知，不费吹灰之力就能找到，可是如何才能混进戒备森严的吴公馆，这着实让陶宗汉伤透了脑筋。恰好这个时候，洛阳供电局公开招工，陶宗汉仗着在长辛店机厂练就的底子，不算太费力就谋了一个线路维修的职位，头半年跟着师傅学徒，他的师傅姓狄，名劲松，是个随和的人。虽然薪水极低，仅够糊口而已，但陶宗汉已很知足，关键是有了这层掩护，只要吴公馆的线路出现了故障，他就不愁进不了吴公馆。然而他错了，一个多月的时间内，吴公馆内只后厨出现了一次小故障，但也是经验丰富的老师傅亲自去，根本轮不到他这个新手，供电局害怕耽误吴佩孚的大事呢。为此，陶宗汉颇为沮丧。

前一阵子，陶宗汉意外得知，这个月吴佩孚要过五十岁生日，既然无法靠近吴佩孚，那么杀死他一个亲信也是好的，这个最佳人选莫过于赵继贤。如果说酿成“二七惨案”，吴佩孚是幕后真凶，那么赵继贤便是急先锋，他的双手沾满了工友们的鲜血。好在八月罢工的时候，陶宗汉曾见过赵继贤一面，至今记忆犹新，他相信只要守候在吴公馆外，早晚会碰到赵继贤，吴佩孚过生日，赵继贤这个走狗能不来参加吗？果然，功夫不负有心人，机会终于来了。

帝都大酒店是洛阳最为豪华的酒店，陶宗汉穿着维修电工的服装，背着一套工具，遇到有人拦阻，他便用手指指上面，让人以为是楼上的某个房间电路出现了问题，因而倒也通行无阻。他看见赵继贤一行进入了酒店电梯，便稍微加快了步伐，注意到电梯停在了八层，不禁咬了咬牙："赵继贤，今天就是你的死期。"

出了八层电梯，陶宗汉一眼就看到在过道的尽头，一间屋子的门口站着两个门神似的警卫，不用说，那个房间必然是赵继贤住的。陶宗汉一步步走去，他似乎能感觉到报仇后，师傅葛树贵、好友辛可红以及牺牲的其他工友们来自天堂里的笑声。陶宗汉那只紧握匕首的手都微微出了汗。这时，忽然一个房间的门打开了一条缝，一只有力的大手猛地拽住了他的胳膊，在他还没有反应过来的时候，便把他拉进了屋里，在那一瞬间，陶宗汉有种坠入深渊的感觉。就在陶宗汉无意识地将要惊叫出声的时候，那人的另一只手准确无误地捂住了陶宗汉的嘴巴。

"别出声。"那人声音不大，但足够严厉。陶宗汉扭头看到那人的面庞，惊得下巴颏差点掉到地上，这人竟然是他新拜的师傅——狄劲松。

"师傅，你怎么会在这儿?"

"嘘。"狄劲松示意陶宗汉别说话，他用心听了听，只听外面两名警卫似乎在朝这边走动。

"顺子，你干吗去?"

"我刚才好像听到那边有响动，去看看!"

"许是你听岔了，再说了，这是酒店，你还能不让别人住宿？别人进进出出的咱们管不了，咱只要保证局长的安全就行了。"

“倒也是，那什么，你接着说，小凤仙后来咋样了……”

脚步声渐渐远去，狄劲松不禁松了口气，“你还问我，要不是因为你，我能到这儿来？你知不知道，你这么做是很危险的。”

“我不怕，大不了一命抵一命。”

“你这可是无谓的牺牲，你根本得不了手。你知道赵继贤的房间里还有没有警卫？他现在可是格外小心呢！”狄劲松的语气缓和了许多。见陶宗汉不言语，他弯腰，从一只皮箱里取出一套西服：“换上它，我们马上离开这里，你这一身行头太扎眼了。”听狄劲松这么一说，陶宗汉才发现狄劲松也穿了一身西服，别说，还挺精神的，想想也是，出入这样的场合，穿上这身行头才不会引起别人的注意，因为大家都这样打扮嘛，自己当初怎么没想到？换好了衣服，陶宗汉和狄劲松一前一后离开了帝都大酒店。

四月的风多少还有些寒意，俩人一路无话，来到一处低矮的平房前，那是狄劲松的家。

“其实从一开始我就知道，你来洛阳，不是为了谋生。咱们小老百姓，谈论像吴佩孚这样的大人物，无非是饭后的消遣，而你问得好像太细了，而一谈起那场大罢工，你的眼里就冒出火来，这在你来说只是一种自然流露，可细心的人一定会有所怀疑。听你的口音，是京城一带的，难道是从长辛店过来的？”见陶宗汉默默地点了点头，狄劲松会意地笑了，“这就对了，你来洛阳是想要刺杀吴佩孚，为死难的工友报仇，本意是好的，可是目标很难达到，不仅是吴佩孚，就是赵继贤，你也不可能成功刺杀。就算成功了，他们还会派来个李继贤、王继贤，而世界依然还是这个黑暗的世界，那我们革命的意义何在？”

现在，陶宗汉几乎可以肯定，狄劲松是一个和邓中夏一样的人，是引导大家伙儿起来革命的，是党的人，此时的陶宗汉眼里满是崇敬。

“我们革命的目的，就在于推翻这个黑暗的世界，建立起一个像苏俄那样人民当家作主的国家，而不是个人的快意恩仇。我们革命的目标一旦实现，像吴佩孚、赵继贤那样的人，自然也就失去了生存空间，处罚他们自然是水到渠成的事，你说是吧？”

陶宗汉深深地点了点头，他很后悔自己的莽撞，当初邓先生也这么开导过自己，自己怎么就忘了！

“师傅，那您说，我该怎么办？”

“为了安全起见，我觉得你最好离开洛阳。目前我们党中央就在上海，我估计，邓中夏同志也很可能在上海，要不你去上海吧，上海的空间比洛阳更为广阔。”

听说邓中夏很可能在上海，陶宗汉当即决定动身前往，在如今这个倍感迷茫的十字街头，陶宗汉真的希望邓中夏能给他指点迷津，于是当天晚上，陶宗汉乘火车离开了洛阳，直奔上海而去。

狄劲松分析得没错，邓中夏这个时候确实在上海。原来，“二七惨案”发生后，北洋政府马上公开通缉了邓中夏，可是邓中夏宁愿冒着生命危险，坚持处理各项善后工作，直到接近尾声，才遵从中央指示前往上海。

陶宗汉到达上海后则干起了老本行，在上海滩拉起了洋车。本来，他按照狄劲松的介绍，去找了那家位于法租界交通站的小杂货铺，可是，原来的主人早在一个月前就搬走了，这就意味着这个交通站已经被党组织废弃了，陶宗汉一时和组织失去了联系。但陶宗汉不想离开上海，他想在上海寻找组织，寻找邓中夏，只要能找到他们，不管吃多少苦，他都能坚持。

2

轰轰烈烈的京汉铁路工人大罢工，在军阀吴佩孚的任意践踏下失败了，工人们被迫复工了，可是却遭到了疯狂报复，仅长辛店机厂，许多人就被厂方开革了，尤其是工会委员和那些活跃分子的家属，几乎无一幸免，这其中就包括陶一丁、陶宗法父子，他们受到了陶宗汉的牵连，两个人都被开革了，这无疑使陶家陷入了绝境。万般无奈之下，父子俩只好硬着头皮找到了新任大总管谢德清。

谢德清这段时间过得志得意满，靠着出卖工友利益，他爬上了这一炙手可热的职位，不仅没有丝毫的愧疚，还时常感叹上苍对自己的厚爱。其实谢德清本没有机会当上大总管，是郭长泰主动让位。那天，郭长泰请谢德清喝酒，这让谢德清受宠若惊。

“德清，本来局长想要亲自请你，毕竟这次你是有功的，如果没有你，赤化分子史文彬，说不定就逃之夭夭了。但局长实在太忙了，许多事情千头万绪，所以，局长就委派我来请你吃顿饭，主要是想听听今后你有什么打算?”这话听起来就有股论功行赏的意味了。

“那怎么敢当。”谢德清激动得有点语无伦次了，“我嘛，也没什么要求，只要有个工头当当，就像邓长荣那样，我就心满意足了。”

“德清，不是我说你，你的志向也太小了点，要当咱就当大总管。”

“不是……那个……”谢德清几乎不太相信自己的耳朵了，何况自己当了大总管，那郭长泰当啥呀?

“德清，我知道，你觉得大总管的位置还是我的，其实不然。我现在就明白告诉你，我不打算做了，我的岁数大了，精力不如从前了，我已向局长请示，给我个闲职养老足矣。其实，我正有意向局长推荐你，让你去干大总管呢！你去干，我放心，局长也放心，怎么样，你来干大总管如何?”

“我行吗?”谢德清兴奋得两眼放光。

“当然行了，你只会干得比我更好。但你要记住，是局长给你这个位置的，你要为局长当好这个家。”

“那当然，不仅局长，您同样是我的再生父母。”谢德清的答话俨然已是一副大总管的派头了。而郭长泰则在心底暗自笑了，“真是个大傻瓜，那个位置是那么好坐的吗？罢工时死伤了那么多人，有多少工人对那个位置上的人恨之入骨，甚至想抽筋扒皮，居然还有人愿意往火坑里跳，不是傻瓜是什么？”其实郭长泰不是不想当大总管，只是他实在没有勇气接着干下去了，金钱和生命相比，孰轻孰重还用说吗？有谢德清去顶雷，实在是再好不过了。

谢德清眼瞅着秘书敲门，将陶氏父子领了进来，可是却装作什么也没看见的样子，摇头晃脑地哼唱着京剧名段《苏三起解》。

“大总管，陶一丁、陶宗法父子俩请求见您，我不让进，可他们非要见您，您看……”

“好了，我知道了。”谢德清扭过脸，上下打量着陶氏父子，“怎么着，看意思我要是不见的话，你们还要放把火，把这房子点了不成？”谢德清语含讥讽，“告诉你们，现在不是你们闹暴乱那会儿了，你们那时不是还喊我工贼，还想杀了我吗？”

“大总管，我们从来没有那个想法，我们只想好好做工。”陶一丁谦卑地说着。

“我呸！陶老头，你敢说你没入工会？就你家那个混小子，那时多活跃呀，上蹿下跳的，谁不知道他就是邓中夏的马前卒，你敢说你们全家没受他的影响？鬼才相信！”

“大总管，真的，我们全家都劝过那个臭小子，可是他不听呀，求求你了，大总管，就让我们父子俩复工吧。”

“复工？现在想起复工了，早干吗去了，当初敲锣打鼓地喊着让你们复工，可是你们谁来了？你以为工厂是你们家后院，想来就来，想走就走？”

“大总管，你要不让我们复工，那我们全家就只有等死这一条路了，求求你了。”说着话，陶一丁拉着陶宗法给谢德清跪了下来，而谢德清依然还是一副无动于衷的样子。

“陶老头，你还是省省吧。今天你就是把头磕破了，也不可能再上工了。局长有令，凡工会委员及活跃分子的家属均不得复工，我也实在是无能为力。”

“不，大总管，您有能力，只要您一句话，俺们父子就能复工，连张老三那样的人，不是也复工了吗？”这最后一句话，着实惹恼了谢德清。张老三并不是工会委员，也不是活跃分子，相反，在罢工期间，曾入厂偷盗，被纠察队员发现，为了能复工，竟把自己颇有些姿色的老婆献给了谢德清。对此陶一丁并不知道，他只单纯地觉得像张老三这样的人都能复工，还不是谢德清一句话的事。如果谢德清让他们父子复工，哪怕拿出全部的家底，他也认了，“大总管，这十块大洋是我们家全部的积蓄了，就请您收下吧。”

谢德清抬腿便踹了陶一丁一个窝心脚，他以为自己的奸情被陶一丁当作要挟的筹码了，“滚，立刻给我滚。告诉你陶老头，只要我当大总管一天，你们就甭想再进厂上工，滚！”谢德清恼羞成怒，而陶一丁根本不知道自己怎么就惹恼了谢德清，一时惊愕在那里。陶宗法急忙将散落在地上的银元捡起，一脸谄笑地望着谢德清。

“大总管……”

“滚，你们听不懂话吗？”谢德清盛气凌人。

这时秘书走进来，推搡着陶氏父子。此时的陶一丁，脸上满是绝望之色。

一弯冷月孤寂地悬挂在天边，让人觉得愁苦而无助。在知道哀求谢德清无果后，陶李氏便一个劲儿地劝解陶一丁，苍白无力的话，尽管知道说也无用，但还是要说，总比一家人干坐着唉声叹气要好得多。儿媳妇杨大妮则识趣地做了一大家子的饭，无非是窝头、咸菜外加一小锅小米粥，结果食之比嚼蜡还要难受，大家早早地便各自回屋睡了，自始至终陶一丁像个牵线木偶一样任由家人摆布。夜深了，陶一丁却异常清醒，听着陶李氏轻微的鼾声，他无比沉重地叹了口气，想到陶李氏自从跟了自己，几十年含辛茹苦，几乎没吃过几顿饱饭，他感到十分羞愧，自己还是个男人吗？临了一家人还要为吃饭发愁。陶一丁啊，你干脆死了算了，活在这个世界上还有什么意思？一想到死，陶一丁心里涌起的不是恐惧，而是一种解脱了的超然，这样像狗一样地活着，有的时候甚至连狗都不如，活着真是一种罪过！陶一丁轻轻下地，他最后看了一眼陶李氏，眼里两颗混浊的泪珠滚了下来。

陶一丁来到外屋，搬来一个小凳子放在屋子中央，自己踩在凳子上，又从腰间解下腰带，将其一头从房梁上穿过，与另一头打了一个活扣，陶一丁想要悬梁自尽，他仿佛看到了一条通往天堂之路。也许冥冥之中真的有股神秘力量，陶李氏竟然在这个时候醒了，本来她就对陶一丁不放心，所以睡得格外轻，醒了之后发现陶一丁并不在床上，便本能地感到了不安。

“老头子，老头子。”她叫了两声，不见回答，便穿鞋下炕，来到外屋。眼前的一幕，吓得她魂飞魄散，陶李氏发出一声歇斯底里的喊叫。

“老大，快来呀，快来救救你爹。”

陶宗法被惊醒，率先跑过来，大家齐力把陶一丁救下来，多亏抢救及时，陶一丁有惊无险。

“老头子，你这是干啥呀，你走了，让我们全家可怎么过呀？”陶李氏抱着陶一丁失声痛哭，家中自然也是悲声一片。

出路在哪里？被工厂开革了，周围小厂又没有一个肯要的，陶宗法决定进城去碰碰运气，这也许是最后一条生路了。

“爹，您别着急。工厂不让进，咱可以干别的，北京城这么大，肯定能找到活儿干，大不了跟老三一样去拉洋车。”

“你少跟我提他，我没有这个儿子。”一听到老三陶一丁心中的怒火依然没有熄灭，要不是因为陶宗汉，陶家也不会走到目前山穷水尽的地步。

天明时分，还没等陶宗法动身去城里找活儿，谢德清便派人过来传话，说是让他们去厂里上工。陶氏父子听说后，一时不敢相信自己的耳朵，但来人一再声明，这是大总管亲自吩咐的，他们这才信了。昨天他们那般苦苦哀求都无济于事，怎么才过一天，谢德清就改变主意了？他们很纳闷，难道是有贵人相助？那个贵人又是谁？父子俩同时想到了袁咏梅。记得当初陶宗汉被邓长荣开革后也是袁咏梅助其复工的，除了袁咏梅他们再也想不出还有谁会对他们伸出援助之手。虽然陶家人对袁咏梅不清不楚地和陈季秋生活在一起感到愤慨，为陶宗汉喜欢上这样的姑娘而感到不值，但不管怎样说，是袁咏梅帮了他们，从而救了这个家，于情于理陶家都不能装聋作哑，故而陶一丁在上班后的第二天，还是亲自找到了陈季秋和袁咏梅那个温馨的“小家”。

陶一丁到的时候，陈季秋还没有回家，袁咏梅坐在床头正专心致志地缝制一件小孩儿衣服。此时的袁咏梅身材虽已显形，但并不笨重，为了给将要出生的孩子一个应有的名分、一个完整的家，她接受了陈季秋的求婚。陈季秋对她的感情是真挚的，她感觉自己很幸运，也很幸福。虽然陈季秋的父母不同意他们的结合，袁文才及袁咏菊也对她突然决定嫁给陈季秋感到很费解，但是袁咏梅宁可这么没名没分地和陈季秋生活在一起，接受家里人对她的指责，也要把她和陶宗汉的结晶生下来。此刻袁咏梅的心情是愉悦的，一扫当初的惶恐和不安，尘埃落定后的她，满心期待着孩子的降临。袁咏梅一直没有忘记陶宗汉临走时的托付——尽量关照陶家二老。以往，她和陶家非常亲近，不仅帮忙干家务，还经常给二老买些可心的吃食，二老都会乐于接受并且面含笑意，那是一种对未来儿媳妇的欢喜。现如今，她去陶家却遭到了陶家二老的冷遇，对此她有心理准备，但也委屈得直想哭，好在还有妹妹可以求助。于是袁咏菊成为她与陶家联系的纽带，而袁咏菊也乐于干这件事。

陶家父子俩双双被工厂开革的消息，就是袁咏菊在第一时间告诉她的。袁咏菊知道，姐姐肯定会去求陈季秋，而只要陈家肯出面，估计问题不大。事情也确如袁咏菊所预料，陈季秋很痛快地答应了袁咏梅的请求，并亲自找到了谢德清。

谢德清一下惊愣住了，他搞不清楚，一贫如洗的陶家怎么会和陈家拉上关系，而且陈季秋还向他奉上了50块大洋的酬谢。看在大洋的分上，更看在陈家雄厚实力的分上，谢德清顺水推舟地答应了。所以，就有了陶一丁和袁咏梅的这次既尴尬又情不得已的相见。

“陶叔，您来了，快坐。”袁咏梅赶忙给陶一丁让座。

“陈太太，我是来当面向您致谢的，要没有您，我们陶家就完了。我也拿不出什么谢礼，就给您磕个头吧。”说着，陶一丁竟然真的跪下来，恭恭敬敬地给袁咏梅磕了一个响头。

“陶叔，使不得，春桃，快，快扶陶叔起来。”那名叫春桃的女佣上前想搀陶一丁起来，陶一丁却倔强地拒绝了。

“陈太太，您还是别这么称呼我了，我实在承受不起。以后您要是有什么需要我们出力的活儿，尽管开口，我们保证随叫随到。如果没什么事情，那我就先回去了。”陶一丁说着，站起身退出屋外，眼睛始终没有朝袁咏梅的脸上瞅。床头那身小孩儿的衣裳深深刺痛了陶一丁。“儿啊，这就是你看上的女人，你刚走几天啊，她就和别人……”陶一丁在心里为陶宗汉鸣屈。

望着陶一丁渐渐远去的背影，袁咏梅欲哭无泪。

几个月后，袁咏梅顺利产下一子，孩子是最好的亲和剂，先是叶秀岩忍不住偷偷地跑过来看望小孙子，继而陈炳权的态度也发生了变化。在子女的婚事上，最终屈服的绝大多数会是父母，陈炳权夫妇也不例外，在孩子“百日”那天，陈家大宴宾客，算是为陈季秋、袁咏梅补办了一场迟到的婚礼，袁咏梅算是正式嫁入陈家。袁咏梅给孩子取名为陈怀恩，意为永远感恩。不久，袁咏梅让陶宗汉的妹妹陶慧玲进陈家当了一名女佣，又出资让陶宗汉的弟弟陶宗臣和自己的弟弟袁咏松一同上学读书。然而许多年以后，袁咏梅对自己的这一安排后悔不迭，因为她没有想到，见了世面的陶宗臣却由此染上好逸恶劳的习气，并从此走上了一条不归路。

3

1925 年的秋天，一身褴褛的陶宗汉风尘仆仆地来到了广州东园，他是来寻找邓中夏的。

陶宗汉在上海的那两年间，并没有找到邓中夏，倒使他熟悉了上海底层人的生活。三个月前，他拉一位客人去上海大世界，将一份《文汇报》遗忘在车上，等到陶宗汉发现，早没有那位客人的身影了。闲来无事的时候，他顺便看了看报纸，结果发现报纸上绝大部分版面都刊登着省港大罢工的消息。从这张报纸上，陶宗汉意外发现，原来这场中国工运史上赫赫有名的大罢工，其总决策、总指挥竟然是邓中夏，而且邓中夏还把罢工委员会设在了广州东园。这让陶宗汉喜不自禁，他当即决定去广州寻找邓中夏。于是他用打工所得的工钱买了一张去广州的火车票。两年了，陶宗汉在上海靠拉洋车维持着生计，始终没有忘了寻找党、寻找邓中夏，在他心中，只要找到了邓中夏，就算找到了党，找到了未来的出路。他时常会想起远在长辛店的家，并苦苦思念着家中的亲人以及心中的恋人，然而因为军阀的存在，他有家不能回，这种失落所造成的苦闷可想而知。

"请问你找谁？"门卫很客气地拦住了陶宗汉。

"我找总指挥邓中夏，麻烦你转告邓先生，就说长辛店陶宗汉找他来了。"陶宗汉急切地说道。门卫疑惑地望了望陶宗汉，之后吩咐另外一个人好好把守大门，而自己则急匆匆地进去通报。很快，邓中夏迎了出来。

“宗汉，真的是你呀！”邓中夏喜出望外。几年了，从外形看，邓中夏的变化并不大，但是眉宇间更显出成熟男人的沉稳有度，双目熠熠生辉，闪烁着智慧的光芒。

“邓先生，我……”陶宗汉一时百感交集，禁不住流下了泪。

“来，宗汉，我们里面谈。”说着，邓中夏拍了拍陶宗汉，两个人一同走进了邓中夏的办公室。

“宗汉，跟我说说你这几年的情况。”邓中夏在陶宗汉的身边坐下，面含微笑地望着陶宗汉。于是陶宗汉就把自己这些年的境遇一五一十地向邓中夏倾诉。邓中夏听得很仔细，其间还有几次主动寻问，那态度，真像是一位良师在给提出问题的学生答疑解惑。

“邓先生，今后我想还跟着你干，跟着你干，我浑身都是劲儿。”陶宗汉说完，热切地望着邓中夏。

“宗汉，你能这么信任我，我非常感激，我们这里也很需要人手，但是，为了你长远考虑，我觉得你还是应该去从军。”

“从军？”陶宗汉睁大了眼睛。

“不要这么吃惊嘛。”邓中夏宽厚地笑了笑，“宗汉，你不知道，现在广州成立了国民政府，国民党和我们共产党正式合作，我们共同的敌人是帝国主义列强及其走狗，也就是盘踞在各地的大小军阀，因此，我们组建了国民革命军。过不了多久，国民革命军就将挥师北伐，以武力统一中国。目前，革命军正在招兵买马，这正是好男儿建功立业的大好时机。”

“可是，我行吗？”陶宗汉将信将疑。

“当然行了。对了，叶挺将军的独立团，有个铁道支队，他们的任务就是为部队铺路搭桥，起着急先锋的作用，他们目前正在招人，宗汉，你在铁路工厂干过，有这方面的经验，他们肯定会收你。”

“那国民革命军会攻打吴佩孚吗？”

“当然会，如果不出意外的话，北伐的第一个目标就应该是直系军阀吴佩孚。”

“那好，我去。”陶宗汉这下回答得干脆利索。邓中夏先是愣了一下，想到陶宗汉对吴佩孚抱有刻骨的仇恨，他当然可以理解，而陶宗汉的报仇又和革命的大方向不相违背，那还有什么可以苛责的呢？相信随着革命经验的不断丰富，随着对革命认知的不断理解，陶宗汉最终会明白，革命不仅仅是报仇雪恨，这么一想，邓中夏温和地笑了。

“那你稍微等会儿，我给你写封推荐信去。”说着，邓中夏起身来到写字台前，提笔“刷刷刷”，转眼就把推荐信写完了，“宗汉，只要我们共同努力，革命的目标就一定会实现。”于是，两双有力的大手紧紧地握在一起。但让陶宗汉没有想到的是，这一次的匆匆会面，竟然是他和邓中夏的永诀。

不出意料，陶宗汉很顺利地被铁道支队招入，和他分在同一房间的有个个子不高，但很敦实的小伙子，一双大眼睛显得尤其明亮，听口音竟然也是河北、京城一带的，陶宗汉立马就有了一种亲近感。

“哎，大个子，你是哪儿的人？”那人倒很爽快，主动和陶宗汉打招呼，“我叫曹进忠，涿县人。”

“那我们算是半个老乡了，我叫陶宗汉，是长辛店机厂的，你是干什么的？”

“我是铁路上跑车的，这么说，咱们还是一家人了，吃的是一锅里的饭。”说完，曹进忠“哈哈”大笑。这真是他乡遇故知，陶宗汉和曹进忠亲切地交谈起来，自然，二七大罢工是不可缺少的话题，谈到罢工遭到反动军阀的残酷镇压，牺牲了那么多的工友，俩人自然是怒火中烧。

“大个子，等到革命军正式北伐了，吴佩孚那老小子的好日子就到头了，我们要让他血债血偿，这就叫不是不报，时候未到。”

“对，血债血偿。”陶宗汉应声回答，语气铿锵而有力。

4

谢德清的日子过得无比惬意，镇子上最漂亮、最懂风情的赛圆圆姑娘，在他真金白银的轮番炮轰下，终于缴械投降，谢德清由此进入了温柔乡。

“他妈的，这才是人过的日子。”谢德清在心里感叹。每次尽兴，无论多晚，他都要回家，因为家里有位河东狮，着实让他心存惧意。外面春风和煦，吹拂在脸上有股麻痒的感觉，这正是一年当中最舒服的季节。今晚谢德清和赛圆圆缠绵得有点过头了，时间都快至子夜了，镇子上的行人日渐稀少，没来由地，谢德清打了一个冷战，好在走过前面的小巷就到家了，他不由为自己的胆怯自嘲地笑了。忽然眼前一黑，他的头被什么罩住了，随着“呼呼”的击打声，他的后背、腰、腿等处被棍棒重击，剧烈的疼痛使他感到了前所未有的恐惧，“扑通”一声跪在了地上。

“狗工贼，今天就让你知道当工贼，出卖工友的下场。”

“好汉们饶命，求求你们饶了我吧，我也是没有办法呀。”谢德清挣扎着低声哀求。

“饶了你？也不问问史文彬会不会答应？那些被你害死的工友会不会答应？”说话者愤怒的声音让谢德清十二万分地后悔了。罢工刚结束那会儿，他倒是留了几个保镖在身边，可是事情都过去两三年了，他那根紧绷的神经难免有些松懈，何况今天又是去赛圆圆那儿，带着保镖显得碍手碍脚，谁能想到，人家在暗中早就摸准了他的行动规律，今天显然是有备而来。

“好汉，饶了我吧，你们要什么我都答应。”

“我们要的不多，只要你的一条狗命而已。”话音未落，棍棒带着呼哨声重重打在了谢德清的后脑上。谢德清连哼都没来得及哼一声，便趴在地上，痛苦地抽搐了几下便不动了。

“呸，狗工贼，这就是你的下场。”一名看似领头的人恨恨地吐了口唾沫，之后从怀里掏出一块白布，上面写着鲜红的几个大字“血债血偿”，盖在了谢德清的身上，“我们走。”几人趁着夜色各自散去。

谢德清的尸首第二天被发现，第一时间就传到了新任铁路局长王广臣的耳朵里。由于在1924年爆发的第二次直奉战争中，吴佩孚败北，虽然没有到溃败的程度，但直系从此退出了北京政坛，赵继贤当然也随着吴佩孚南逃。奉系张作霖入主北京政府，因此好好的京汉铁路被两大军阀拦腰断开，北段归张作霖，南段归吴佩孚，这样主管长辛店机厂的主人又换了一拨。本来，像谢德清这样的人死了，并不是什么大事，他就是不死，也该请他挪窝了，可问题的关键是死者身上覆盖着的那块写有“血债血偿”字迹的白布，这就使问题复杂化了，这说明，这是一起蓄谋已久且计划周密的复仇行动，不是某个人的快意恩仇，而是针对那场罢工。天啊，事情都过去这么长时间了，本以为赤化党在长辛店的影响已经微乎其微了，可是现在看来，火焰并没有被扑灭，随时都有死灰复燃的可能，这最让王广臣感到可怕。更为可恶的是，一些报刊记者好像唯恐天下不乱，探听到一星半点的消息便在报纸上恶炒，他想把这件事情捂住都不可能了，大帅早晚会听到风声，与其到时被动，不如主动上报。于是，王广臣一五一十地向上峰做了汇报。上峰严令他限期破案，王广臣不敢怠慢，亲自来到长辛店查找蛛丝马迹。妓女赛圆圆吓得浑身乱颤，只一口咬定，那天谢德清来她这里吃花酒，俩人极尽欢娱后，谢德清一定要回家，她拦也拦不住，就让他走了，谁想到竟然会发生这样的事呢！

“谢德清，你这个遭天杀的，怎么死不行，偏偏是从老娘这里走了之后被杀，你让老娘以后的生意还怎么做呀。”赛圆圆撒泼似的哭号，让王广臣心里很烦，他转身带着卫队走了。从赛圆圆这里到谢德清的家，不过一里多地，平时人来人往很是热闹，可那天出事时却在深夜，而谢德清被杀的地方又是整个路段唯一比较偏僻的地方，查遍了周围住家，竟然没有一个目击者。唉，说不定有也不愿意承认，这年头谁愿意惹祸上身呢？破案的线索就此中断，案件成了一宗悬案。

袁咏梅又怀孕了，这是她和陈季秋的第一个孩子，她当然十分在意。几年来，安逸的生活使得她平添了一种成熟女人的韵味，更由于一有空闲，陈季秋就会教她学习一些文化知识，使得袁咏梅逐渐有了知识女性的娴雅风度。小怀恩快三岁了，陈季秋将其视如己出，小怀恩也特别依赖陈季秋，看到父子俩亲热的样子，袁咏梅有时甚至会产生一种错觉，陈季秋和陈怀恩就是一对亲生父子。

全家人为袁咏梅的再次怀孕而高兴忙碌，但是，袁咏梅却心事重重，原因就是妹妹袁咏菊的婚事。那天，母亲张翠姑来看望她，并给她带来一篮子鸡蛋，闲聊的时候，就谈到了这个问题。如今袁咏菊也进厂了，在管理区域做了一名服务人员，活儿不累也干净，无疑，这与陈家的势力脱不了关系。厂子里一些有点实力的单身男子中，有不少人向袁咏菊抛出了橄榄枝，甚至还有死缠烂打的，可是袁咏菊丝毫不为所动，这能不让张翠姑心急吗？张翠姑没少催促，姑奶奶你倒是自己找一个呀，也不见动静。

“梅子，你一定要想法劝劝你妹，这样下去不行啊。”

“娘，您别着急，我会劝说菊子的。”

“这死丫头，也不知中了什么邪，她要是看上哪家男子，实在不行，咱拉下脸皮，主动去提亲还不行吗？总这么耗着，什么时候是个头呀，岁数也一天天大了，我真怕……”张翠姑说不下去了。

“娘，看您说的，好像菊子多大似的，到今年不才二十二，再说了，菊子长得那么漂亮，肯定没问题。”袁咏梅宽慰着张翠姑。

“其实你妹的心思我还能看不出来，她也看上了那个臭小子，只不过你和那个人有婚约在前，我这个当娘的也只好装聋作哑。可现在，那个臭小子去了什么地方，如今是死是活都不知道，你妹又是个死心眼，我是真的有点担心呀！”张翠姑的一番话让袁咏梅无言以对，正尴尬的时候，袁咏松背着书包从外面走了进来。这一段时间，袁咏松经常下课后连家也不回，直接就来找陈季秋，碰到陈季秋在，两个人便在书房里嘀嘀咕咕，袁咏梅虽然不知道他们在说些什么，但能看出来，袁咏松从心里往外崇拜陈季秋，他几乎把陈季秋当成偶像了，这让袁咏梅既骄傲又欣慰。

“姐，姐夫呢，他回来了吗？”袁咏松开口就问，看到母亲也在，愣了一下，“娘，您也在啊。”

“你姐夫还没回来呢，他说今天学校里有事。”

“噢。”袁咏松显得有点落寞，“姐夫既然不在家，那我就先回去了。”袁咏松失望地往门外走。

“小松，吃了饭你跟娘一块儿回去吧。还有，姐问你，最近你和你姐夫在嘀咕些什么呀，神神秘秘的？”

“咳，这是我们男人之间的事，说了你也不懂。”袁咏松轻轻摇了摇头，“我还是先回去吧，娘，要是太晚了，我来接你。”说完，袁咏松朝门外走去。

“这孩子。”张翠姑的眼里满是笑意，儿子在她眼里是最孝顺，也是最棒的。因为袁咏松的出现，使得刚才颇有点沉重的话题被搁在了旁边，张翠姑的心情渐渐好转起来。

转天，袁咏菊来看望姐姐，特意送了点儿袁咏梅爱吃的枣糕。袁咏梅知道，这是母亲特意安排的，姐俩儿在屋子里一边做针线活儿，一边闲聊，袁咏梅有意往婚事这方面引。

“菊子，姐问你，你进厂也有些日子了，难道就没有一个你中意的男人？”

“就那些人？嘁，不瞒你说，姐，本姑娘还真没看上眼。”

“这么说，你心里已经有人了？他……他是谁?”袁咏梅心虚地没有点明，在她心底深处，真的希望妹妹喜欢的人不是陶宗汉，其实连她也不明白，自己这是一种什么心态，按理说，自己已经嫁人了，陶宗汉的未来她无权干涉，她和陶宗汉也不可能再有什么亲密的关系了，可是人有的时候就是这么怪。

“姐，连爹娘都看出来他是谁了，难道你会不知道？我就是喜欢宗汉哥，以前因为你和他的关系，我可以不表示出来，如今不同了，我可以正大光明地喜欢他了。”

“可是他如今在哪儿，是死是活我们都不知道啊！”

“可我相信，宗汉哥一定还活着，而且也一定会回来的。”说这话的时候，袁咏菊的眼中放出一种异样的光芒。袁咏梅一时不知说什么才好了，只能在心里发出一声长长的叹息。

很快，七月流火的盛夏到来，这时从南方传来消息，说国民革命军正式誓师北伐，一路势如破竹，打得吴佩孚只有招架之力，很快兵锋直指长江重镇——武汉。陈季秋这些日子显得情绪十分高涨，那种兴奋是一种不自觉的流露，当然，整个陈家都在为北伐军的每一次胜利而欢欣鼓舞。

这天，当陈季秋和袁咏梅两人回到自己屋里时，陈季秋不仅关紧房门，而且还把窗帘拉得很严，随后他从柜子底层取出一个包裹，把它递到袁咏梅跟前。

“咏梅，我知道你明天要带怀恩去教堂做礼拜，我想让你帮我把这包东西亲手交到亨特神甫手里，这件事情对于我来说很重要，我不想让任何人知道，包括爹娘以及我们最亲近的人。这件事情只有你去做才不会引起别人怀疑，因为你以前在教堂做过工，现在又是亨特神甫的教徒，每周你都要去教堂做礼拜，周围很多人都知道。”陈季秋一脸严肃地对袁咏梅说道。

“好，我答应你。”袁咏梅神色庄重地回答，她虽然很好奇，却没有问陈季秋包裹里装的是什么东西，又是做什么用的，因为她相信自己的丈夫不会做出伤天害理的事情。而陈季秋也没有向妻子坦白自己的真实身份，这是组织所不允许的。

夜色温柔，陈季秋听着袁咏梅发出的均匀的呼吸声，思绪却飘向了很远。其实早在念大学的时候，他就对孙中山的三民主义推崇备至，后来在美国，他结识了一名华侨，其实也是国民党的海外党员，是他最终发展了陈季秋。陈季秋回国后，鉴于陈家在长辛店的特殊地位，他被派回了长辛店，秘密发展组织。如今北伐军吹响了统一全国的号角，他也被组织唤醒，他觉得终于可以一展身手报效祖国了。

第二天，袁咏梅在女佣春桃的陪同下，领着陈怀恩到教堂做礼拜。教堂位于镇子中央，离陈家并不远，但因为袁咏梅有了身孕，所以还是租了辆黄包车。

亨特神甫是英国人，面色红润，一双蓝眼睛显得深邃而赋有神采，他对袁咏梅并不生疏，正是由于他的布道，才使袁咏梅最终成为一名信徒。袁咏梅走进教堂的时候，亨特神甫像往常一样站在他应该站的位置上，看见袁咏梅进来，他的脸上露出温和的笑意，同时，轻轻点了点头。袁咏梅找了一个空位坐了下来，因为担心小怀恩吵闹，她让春桃带着怀恩在院子里玩耍。每一次的礼拜都仿佛是一次心灵的洗礼，袁咏梅感到身心格外轻松。这次袁咏梅没像以前那样，做完礼拜就随众人一同离去，而是特意留了下来，等众人都散尽了，她才从自己随身带的包里取出那包东西。

“神甫，有人让我把这包东西交给你，我给带来了。”

“谢谢你，夫人，你知道吗？你做了一件很有意义的事情。”亨特说着，接过那包东西。正这时，忽听外面一阵骚乱，春桃在大声地喊叫，无疑在向袁咏梅发出危险的信号。

“你们这是干什么呀，少奶奶，他们把小少爷吓哭了。”

袁咏梅迅速和亨特交换了一个眼神，亨特敏捷地转身，把那包东西藏在了神像后座的一个暗箱里，看上去相当隐秘。刚刚停当，门便被推开了，从外面走进几名巡警。

“对不起了，神甫，上峰有令，为严防革命党破坏，要加强巡视，我们要搜查这里。”

“上帝呀，这是主布道演讲的地方，你们怎么可以这样？”

“我们不相信你们那个主，这世道，钱才是我们的主，是不是，弟兄们？”一个看似领头模样的人说罢，放声大笑，而跟随在他身后的巡警们也肆无忌惮地笑着。笑声在这样一个庄严肃穆的教堂里显得极其放肆，亨特气得脸色发白，而心情却紧张到极点，如果不能阻止他们，一旦那包东西被搜出来，自己受连累不说，关键是接下来的行动将受到影响，甚至于影响到北伐大业。可是硬挡显然又不是办法，在那一刻，他有点手足无措了。

“我说这位爷，您不信教，可也不能亵渎圣明的主呀。再说了，这里怎么会有革命党，革命党破坏一个教堂又有什么用？我看各位爷也都累了，这大清早的，连杯热茶也没来得及喝，这点小意思，全当是送给各位的茶钱了。”说着话，袁咏梅掏出几块大洋，塞进了那名领头人的手里。那人立刻眉开眼笑，这样的行动，对于他来说，无疑是白遛腿，既然得了好处，也就见好就收了。

“得嘞，看在夫人的面子上，咱们走人。”那人挥了一下手，一行人走出了教堂。袁咏梅和亨特神甫不由得舒了口气。

“夫人，你真机智。”亨特由衷地赞叹，而袁咏梅则一脸苦笑，好在只是一场虚惊。在往回走的路上，袁咏梅的心里难以平静。

“难道季秋和宗汉所干的事是一样的？”袁咏梅对陈季秋有了一个全新的认识。

5

经过严格的艰苦训练，陶宗汉被正式编入叶挺独立团铁道支队，并跟着这支部队挥师北伐。独立团铁道支队，可说是北伐军先锋中的先锋，而陶宗汉每次战斗都异常勇猛，很快就被提拔为班长。

这天，陶宗汉接到一件十分重要且万分紧急的任务，那就是炸毁京汉铁路，因为北伐军势如破竹，使得吴佩孚感到了生存压力，为此他求救于老对手张作霖，出于兔死狐悲的心理，张作霖这次很痛快地答应吴佩孚，一同抵抗北伐军，此时，京汉铁路不仅成为重要的物资供给线，更是兵员运输线。为了迟滞对方调兵遣将，炸毁京汉铁路就显得极其重要，为此，团长叶挺还把他的警卫排长区振鹏派过来，之所以选择陶宗汉，主要是地下组织将炸药藏在了长辛店天主教堂，而陶宗汉恰好就是长辛店人，对那里相当熟悉，同时又在铁路大厂干过，条件可谓得天独厚。陶宗汉很爽快地接受了任务，同时他又选了一个助手，那就是曹进忠。

越往北走，陶宗汉的心情越不能平静，阔别家乡几年，这次又回来了，然而他不但不能回家，不能探视朝思暮想的恋人，甚至不能以真面目示人，他现在是长着一脸络腮胡子，已至中年的茶叶商人，曹进忠是他的账房，区振鹏是他的伙计。虽然在过关卡的时候，也遇到了严密的盘查，但陶宗汉应对得当，同时又有银元开道，所以基本上畅通无阻，很快便来到了涿县境内。

“进忠、振鹏，明天一早我去长辛店天主教堂取炸药，你们俩在附近勘查地形，看看有没有合适的爆炸地点。我考虑了，长辛店太靠近北京城，再说那儿又发生过二七大罢工，反动军阀一向对那里很重视，在那里寻找爆炸点过于危险，爆炸点必须是人少而且南北车辆必须经过的所在。”两个人点头称是，于是，他们在涿县县城内的一家客栈投宿，第二天天还没亮，陶宗汉便赶往长辛店。

一别几年，小镇一如往日，是进出北京城的必经之地，永定河水依旧静静地流淌着。几年前，那场轰轰烈烈的罢工似乎真的已成为历史，但陶宗汉知道，火种在这里从来也没有熄灭过。

天主教堂离当初发生血案的火神庙不远，为了安全起见，陶宗汉并没有去瞻仰故地，他知道，这个时候完成任务是第一位的，因此，他直接奔向天主教堂。然而，在离教堂门口十几米远的地方，他猛地停下脚步，机警地闪身躲在了一棵老槐树后面。

教堂门口，袁咏梅在春桃的搀扶下，正从里面走出来，身后跟着调皮的小怀恩。袁咏梅的身子比以前更显臃肿，但脸上却溢满幸福的微笑。这时，小怀恩因为淘气，一不留神被绊倒在地。

“怎么了，怀恩，摔疼了没有？走路也不小心点。”袁咏梅心疼地责怪道。

“没事，娘，我是逗你玩呢。”陈怀恩没事人似的，站起身拍打了两下屁股，冲袁咏梅挤眉弄眼。

“你这孩子，吓死我了。”袁咏梅嗔怪道，但听得出来，语气里满是关爱，母子俩登上一辆黄包车渐行渐远。

陶宗汉那双湿润的双眼一直追随着袁咏梅的身影，

刚开始认出袁咏梅，他激动而兴奋。袁咏梅和以前不一样了，漂亮了，更有一种成熟女人的味道。然而当陶宗汉听到一个小孩儿管袁咏梅叫娘，同时，他又看见袁咏梅显怀的身子时，那种兴奋的心情一下跌落谷底，袁咏梅结婚了！他一时呆愣在那儿，一动不动。等袁咏梅带着孩子离去后，想到自己这几年杳无音信，生死不明，终究是自己亏欠了袁咏梅，心里也就有些释然了。看得出来，这几年袁咏梅过得很安逸，也很幸福，这让陶宗汉又由衷地为袁咏梅感到高兴。可那个小男孩儿看起来已经三岁左右了，袁咏梅怎么会有那么大的孩子？陶宗汉的脑子灵光一闪，他想到那些和袁咏梅缠绵的夜晚，忽然有了一种大胆的假设，也许……可能……陶宗汉的心里有了一丝波澜。

教堂没有多大变化，虽然亨特神甫比几年前见老了，但却依然神采奕奕。陶宗汉做为一名远来的游客，对教堂的建筑装饰显得极有兴趣，而亨特神甫则耐心地在旁解说。

“神甫，没想到长辛店还有这样一座宏伟的天主教堂，可见主的力量无处不在，正所谓‘礼从虔奉上帝而兴’。”

“贤由勤读圣经养成。”亨特说完，两眼放出异样的光彩，这是接头暗号，于是两个人相互微笑着点了点头，“先生，请稍等片刻。”亨特说完，急匆匆回到自己的房间，从里面取出袁咏梅不久前送来的那包东西，又返回了教堂大厅，“先生，这是你要的东西，愿主保佑你，希望你们的行动能够成功，阿门。”

“神甫，谢谢你。”陶宗汉由衷地说道。

“不，不要谢我，要谢你就谢刚才走出去的那位女士，要不是她的机智，这包东西恐怕早就被巡警搜走了。”

“难道是咏梅？”陶宗汉心里不由一惊，他想不明白，袁咏梅怎么会参与到北伐的革命中来。

因为任务急，告别亨特神甫后，陶宗汉迅速返回了涿县。曹进忠、区振鹏选择的爆炸地点是涿县县城外的一个铁路桥，位于陈庄、李村之间的一个三不管的交界地带，陶宗汉又亲自察看过，自然十分满意。如果把铁路桥炸毁，那整条京汉铁路就会陷入暂时的瘫痪状态，想要修复好，起码需要几天时间，而战场形势瞬息万变，这几天时间，极有可能决定战斗的最终胜负。行动定在子夜，整个白天三个人都待在旅馆里养精蓄锐。

夜幕降临了，几个人收拾停当，结清了店钱，便朝预定地点赶去。让他们三人没有想到的是，这次张作霖援助吴佩孚，是出自真心实意。张作霖何其精明，在自己没做好充足的战争准备之前，他并不想直接面对国民革命军，他心中对国民革命军的战斗力还是颇为忌惮的，北伐仅仅两个月时间，国民革命军便已从广东直抵长江南岸，照这样进行下去，席卷全国也指日可待，所以他希望吴佩孚能多坚持一段日子，最好和国民革命军拼个两败俱伤，他好出面收拾残局。而确保京汉铁路的畅通，是实现其战略构想的必要保障。然而全线维护，张作霖又实在抽不出那么多的兵力，于是和吴佩孚商量好，卢沟桥至保定一段归他，以南地段归吴佩孚。处于日暮西山的吴佩孚当然只有答应的份儿，他盼星星盼月亮似的希望东北军能早日参战。

即便是卢沟桥至保定这一段铁路的维护，张作霖也多少有点力不从心，于是听从手下建议，动员各村、各镇成立护路队，每支队伍三四十人并配备枪支若干，由保甲全权负责，如哪一段出现问题，轻者追究责任，重者直接枪毙，当然，奖励也还是有的，如果不发生任何问题，保甲月奖大洋十块，队员则每人十斤小米。虽然会有一定支出，但张作霖的如意算盘是，战争不可能持续，有个一年半载，双方都将筋疲力尽，到那时，自己再出手，得到的可是大片江山，这点支出又算得了什么！

从外表看，京汉铁路的运营及保障都和以前一样，没什么变化，但那只是假象，实际却是外松内紧，白天松，晚上紧，而且几乎没有死角。像那座铁路桥，便由陈庄和李村轮流派人巡视，这些内情，陶宗汉他们并不知晓，客观情况也不允许他们了解得更多。当三人来到桥底下的时候，四周黑漆漆一片，除了偶尔几声蛙叫虫鸣，没有半点人活动的气息。

“开始吧。”陶宗汉下达命令。按照事先约定，由曹进忠安放炸药并最终引爆，因为以前在进入路局工作前，曹进忠在一家鞭炮厂工作过，对炸药有一定的了解，而陶宗汉和区振鹏则负责警戒。于是三个人分头行动，炸药

虽然不多，但威力巨大，足以炸毁整座铁路桥，曹进忠寻找到一个支点，把炸药小心地放好，牵出导火索。

“宗汉，准备好了。”曹进忠激动得声音有些发颤。

“那就点火吧。”

话音未落，忽听远处传来一阵狗吠，继而有人发现这里有灯光闪动，“什么人在桥底下，你们是干什么的?”听得出来，来人正飞快地朝这边奔来。

“宗汉，我们被发现了。”

“我去抵挡一阵，你们要快。”区振鹏说着，从腰间拔出双枪，走出了桥洞子，紧接着枪声四起，陶宗汉也掏出了手枪。

“进忠，点火，我们掩护你。”陶宗汉冲出去和区振鹏一起阻击着敌人。然而对方却十分狡猾，他们分东西两个方向包抄过来，这下陶宗汉一方就有点顾此失彼了，他们只顾着从西面过来的敌人，而东面却毫无防范。曹进忠点燃了导火索后，正要走开，忽然从东面飞身扑过来一人，看到了燃烧着的导火索，想要过去将其摁灭。而一旦导火索灭了，则一切前功尽弃，曹进忠顾不了多想，欺身上前，和那人扭打在一起。陶宗汉发现身后有异常，想要回身去救曹进忠。

“宗汉，别过来，冲出去告诉团长，我们……”

话没有说完，只听“轰”的一声巨响，接着火光冲天，铁路桥被炸塌了。陶宗汉的眼泪刷的一下流了下来，他知道，曹进忠最后嘱托自己的，便是告诉团长，他们已经胜利完成了任务。剧烈的爆炸声使敌我双方都惊愣了片刻，继而醒悟过来，铁路已然被炸毁，那名保甲更像是疯了一样，命令手下玩命地往上冲，务必要活捉眼前的革命党，这样他或许才有可能活命。但其手下慑于区振鹏的枪法，进攻显得畏畏缩缩。陶宗汉和区振鹏都明白，一旦对方绕过被炸毁的铁路桥，两边的人汇合起来，对他们形成合围，那情形将万分危险。

“陶班长，对方人太多，你跟着我，我们并肩往前冲。”区振鹏作战经验丰富，主动承担起指挥的责任。借着夜色，两人一前一后，杀将出去。即便是在黑夜，区振鹏神奇的枪法还是令对方胆寒，他的几次点射，都令对方人员倒地。很快，他们便撕开了一个口子，及时地冲了出来。那名保甲眼见不好，大叫起来。

“追，给我追，千万别让他们跑了。”

恼羞成怒的敌人，以更加密集的子弹朝他们射来，突然，一颗子弹击穿了区振鹏的小腿，他趔趄了一下，倒在了地上。

“振鹏大哥，你怎么了?”

“我……我中枪了，你一个人赶紧冲出去。”

“不，我们一起走。”陶宗汉想去搀区振鹏，却被区振鹏一下甩开了。

“陶班长，你快撤，我掩护，否则我们谁也逃不出去。”说话的工夫，区振鹏回身向对方射击，虽然知道区振鹏说的是实情，可是陶宗汉又怎么舍得抛下他一个人!

“快走，陶班长，我快不行了，我们不能全牺牲在这里。”区振鹏厉声向陶宗汉喊道。这下陶宗汉清醒了，最后深深地望了一眼区振鹏，转身飞奔而去，枪声在身后激烈地响起，之后又渐渐地停息了。陶宗汉的脚步不自觉地慢了半拍，他抹了一把涌出来的泪水，继而向南飞奔，他现在要早一些返回部队，向团长报告这里发生的一切，相信这也是曹进忠和区振鹏共同的心愿。

6

听了陶宗汉的汇报，北伐军司令部经过紧急磋商，决定立刻发动对武汉三镇的攻击，趁着张作霖的援军未到，给吴佩孚以最后致命的打击。于是，在北伐战争中有名的汀泗桥与贺胜桥战役打响了。经过浴血奋战，吴佩孚的部队最终土崩瓦解，他自己也仓皇北逃，接着，北伐军一鼓作气，攻克武汉三镇。吴佩孚被迫逃往河南信阳地区，而他的大部队也被北伐军消灭或改编了。随后，吴佩孚无奈向全国发布通电，宣告下野，一代枭雄就这样退出了政治舞台。

尽管立功受封，而且北伐军彻底打垮了吴佩孚，可以说为曹进忠、区振鹏以及二七死难的工友报了仇，但陶宗汉却没有想象的那么高兴。军营依旧，可是到哪儿去找曹进忠、区振鹏这两位好兄弟的身影呢？陶宗汉无比惆怅，而他的眼前也总浮现出曹进忠憨厚的笑容。

"大个子，你在厂子里抡大锤，那可够辛苦的。"

"大个子，你的师傅原来是二七英雄，真了不起。"

……

1926 年 12 月，国民政府从广州迁到了武汉，这表明轰轰烈烈的北伐战争取得了阶段性胜利。陶宗汉从失去战友的悲伤中走了出来，信心满满，相信用不了多久，他就会跟随北伐军继续北上，重新返回长辛店。然而，形势的发展并未像共产党人所料的那样，北伐胜利的凯歌声中已经出现国共分裂的杂音。

1927 年 4 月 12 日蓄谋已久的蒋介石突然在上海发动反革命政变，大肆屠杀中国共产党人。紧接着，身处北京的张作霖也挥起屠刀，中国共产党的创始人之一李大钊先生惨遭杀害。消息传来，天地同悲，然而更严峻的问题摆在每一个革命者面前，中国革命的前途何在？共产党人究竟该往哪里去？

天气闷热得叫人喘不过气来，队伍在沉闷中急速地行进，至于要开拔到哪里，许多人并不知情。这些日子以来，陶宗汉的心里被悲痛和愤怒填满了，同时他发现队伍是向南进发，这么说，他不是离家乡越来越近，而是越来越远了。因而在悲愤之余，还多了一丝惆怅。

"排长，我们这是去哪儿呀？"行进途中，有战士这么问陶宗汉。陶宗汉此时已是一名代理排长了，而他总是摇摇头。不是他不想告诉战士，而是他真的不知道。

队伍行进了一些时日，最终来到了一座高大且威武雄壮的城门楼前，只见城门楼上，镶嵌着“南昌城”三个有力大字。南昌？我们到这里干什么？陶宗汉更加糊涂了。这个时候的南昌城驻扎着不少部队，仿佛整座城市都变成了一座兵营，几天后，陶宗汉心中的疑问解开了。

1927 年 8 月 1 日凌晨，在中国近代革命史上具有深远意义的南昌起义爆发了。由于局部区域内参与起义的部队人数远远高于反动部队，所以起义部队很快就占领了南昌城。消息震惊了蒋介石和汪精卫，南昌作为华东地区的一座省会城市，其战略位置以及政治影响力不言而喻，所以他们分别在南京和武汉，以最快的速度向南昌调兵遣将，分四路向南昌城合围。为了保证革命的有生力量，总前委决定放弃南昌城，向南方转移，之后，在数倍于己的敌人的围追堵截中，部队伤亡很大。在一次遭遇战中，陶宗汉负伤了，他的左手臂被子弹击中，他所在的连队也被打散了，幸亏后续跟上来的朱德的队伍接纳了他，才使得他没有成为离群的孤雁。

由朱德、陈毅所率领的南昌起义保留下来的武装，从粤北辗转来到湘南，在中共湘南特委和当地农军的配合下，发动了湘南暴动。这次暴动大大提升了部队士气，也使部队得到了短暂的喘息。为了提高战斗力，在这期间，部队进行重新整编，成立了工农革命军第一师，朱德任师长，陈毅任党代表。

一轮明月当空，月光如洗，整个营地都仿佛沉入了梦乡。这晚，轮到陶宗汉值勤，他背着步枪，笔直地站在哨所上，同时目光警惕地巡视着周围，他的伤已然痊愈，只是不断地奔波使得他看上去更加清瘦，也更壮实了。这时，陶宗汉看见几个人向他这里走来。

“谁？口令。”陶宗汉机警地端起了枪。

“是我，朱德。”来人操着一口浓重的四川口音，听上去让人倍感亲切。是师长，陶宗汉没想到，这么晚了，师长还没有休息。朱德身材魁梧，一张典型的国字脸，透着军人特有的威严，他身穿一身普通的战士服装，外表看不出是这支部队的最高统帅，脸上挂着随和的笑容。

“小同志，冷不冷啊！一定要注意保暖，不要着凉。”说着话，朱德转身对随行的一名团长吩咐道：“记住，无论部队多么困难，也一定要保证站岗同志保暖，决不能让他们受冻。”

“是，师长。”那名团长打了一个立正。

“小同志，一定要提高警惕，你们的责任重大啊。”

“是，保证完成任务。”陶宗汉响亮地回答。

朱德听到陶宗汉一口京片子，不禁问：“小同志，你是北京人?”

“报告师长，我是北京人，家在长辛店。”听了陶宗汉的回答，朱德似乎兴趣更浓了。

“长辛店？我听说那里有个铁路工厂，有好几千人呢，是个大厂，几年前发生的二七大罢工，那里就是发源地之一，是我们党早期工人运动的中心呢。”

“师长，您也知道二七大罢工？我就是因为参加了罢工，才离开了长辛店，参加了咱们的队伍。”

“噢，这么说还是位老同志喽。”朱德笑着打趣了一句，继而笑容一敛。“二七大罢工，包括北伐革命，尽管我们都付出了惨重的代价，但是我们党从中汲取了宝贵的经验教训，虽然目前的革命形势还十分严峻，但最终的胜利一定会属于我们的。”朱德的话语虽然不多，但铿锵有力，给人以信心。

“忘了问了，小同志，你叫什么名字?”

“报告师长，我叫陶宗汉。”陶宗汉打了一个立正。

“陶宗汉。”朱德自言自语地重复了一遍，“陶宗汉同志，你要相信党，胜利一定会属于我们的。”说完，朱德转身离去。

陶宗汉望着朱德高大的背影，心中涌起一股暖流，让他没有想到的是，他和朱德的交往这才只是个开始……不久，朱德、陈毅率领着部队，经过艰难险阻，终于上了井冈山，从此，鱼入大海，鸟向蓝天，展现在陶宗汉眼前的是一片广阔前景……

7

时间很快转到了1928年的年底，这一年，东北少帅张学良宣布东三省改易旗帜，南京国民政府在名义上实现了全国统一，北京也正式改名为北平，而长辛店铁路机厂也由此进入国民政府统治时期。

出乎许多人意料，国民政府任命的第一位厂长竟然会是陈季秋。父子两代领导着同一家工厂，这样的喜事少有，陈家为此大摆宴席，邀请各界名流同庆。袁咏梅作为陈季秋的太太盛妆出席，她仪态大方，热情得体。然而，没有人知道袁咏梅心中郁郁寡欢，她现在终于知道，陈季秋所谓的革命，其实和陶宗汉的革命是两回事，他们根本就是两路人，甚至水火不容，她不敢想象，将来万一有一天，两个人枪口对着枪口，她该去帮谁？她和陈季秋的孩子陈怀礼也快两岁了，而陈怀恩过了年就要上小学了，这样一个四口之家，在外人看来绝对是幸福美满的，她还有什么不知足的呢？然而，袁咏梅就是高兴不起来。这个时候，有人为陈氏父子献了一副贺联：

创业者主事事兴人和

明白人当家家富厂强

有人叫好，这马屁是拍给父子俩的。

才识本超群，兼之学贯中西，与年俱进

切磋曾励我，愧矣材同头筲，有志未能

这是吹捧陈季秋，希望将来能得到他的提拔，听起来肉麻得叫人难以忍受。袁咏梅借故来到庭院里，虽然气温有些低，但这里空气清新，总比里面乌烟浊气强，她不由轻舒了口气。

其实，袁咏梅在心里还是十分感激陈季秋的，结婚几年来，陈季秋不仅丝毫没有摆少爷公子的谱，对袁文才、张翠姑夫妇俩还相当孝顺，从某种意义上讲，他把整个袁家给托了起来，不仅出资让袁咏松远赴国立交通大学学习，而且还把陶宗汉的弟弟陶宗臣也招进厂里，成为他的一名秘书，对陶家也给予了必要的关照。一个男人，对自己妻子前恋人的家庭，能够做到这样，你还能强求什么呢？这么一想，袁咏梅也就释然了，她现在唯一纠结的，还是妹妹袁咏菊的婚事，这已成为全家人的一块心病了。

前些日子，陈季秋忽然提起，想给袁咏菊介绍一个对象，对方是陈季秋在艺员养成所上班时的同事，名叫杨光宇，现年 25 岁，小伙子长得玉树临风，学识渊博，学贯古今，而且还下得一手好围棋。陈季秋在艺员养成所期间和他是一对棋友，一有空闲，两人便切磋棋艺。杨光宇的家在扬州，只身一人来到北平，生活多少有些不习惯，成个家或许会好些。袁咏梅听了，也觉得这个主意不错，可是就这么介绍给袁咏菊，肯定会遭婉拒的，于是两口子合计了一下，找个理由约袁咏菊到家来，然后，陈季秋下班后拉杨光宇一同到家，说是棋瘾上来了，想下两盘棋。就这样，两个懵懂着的年轻人稀里糊涂地就认识了，之后又有一两次的“偶遇”，应该说，路是已经铺好了，只是不知进展如何？正在胡思乱想着，却见陈季秋急匆匆地走了过来。

“咏梅，你怎么跑到这里来了，不舒服吗？”

“没有，我就是想出来透透气。”

“走吧，大家向老爷子敬酒呢，你不在可不行。”说着话，陈季秋上前拉着袁咏梅一同回了屋。

主客皆欢，待客人们散尽，家里一切也都打理妥当后，陈季秋、袁咏梅两口子回到自己房间，天已经很黑了。也许是人逢喜事精神爽的缘故，陈季秋丝毫也看不出疲倦的样子，房门关上，他一把拥住了袁咏梅。

“咏梅，我今天太高兴了，你知道吗，其实我并不在意厂长这个头衔，我所在意的是，我多年来以实业报国的愿望终于有了施展的舞台，用不了多久，天下太平了，我们就可以好好建设自己的国家了。”

“季秋，我也为你感到高兴。”袁咏梅偎依在陈季秋宽广的怀里，有了一种自然的依赖感，于是两个人都沉默着，感受着彼此的心跳。突然，陈季秋扳过袁咏梅的身子，四目相对，迸发出两股炽热的火花，陈季秋俯下身，一双温润的唇准确地贴在了袁咏梅的嘴上，袁咏梅稍微停顿了片刻，便热情地迎合上去。

一番云雨，两个人都感到了前所未有的惬意。窗外，一弯冷月孤悬在天边，月光如水银泻地，在这寒冷的冬夜给人以一丝温暖。

“季秋，我觉得这次可能又有了。”

“有就有呗，我现在已经有两个儿子了，正好需要一个女儿。”陈季秋微闭着双眼，他还在回味着刚才的激情碰撞。

“美得你。”袁咏梅假意嗔怪了一句，继而幽幽地说道，“其实我也很想有个女儿。”说完，羞涩地笑了一下。她忽然想起了妹妹的事情，遂又敛起了笑容。

“季秋，问你一件正经事，咏菊和那个叫……叫杨光宇的，他们的事儿进展得怎么样了？”

经袁咏梅这么一问，陈季秋拍了拍后脑勺，“本来想跟你说来着，一忙差点忘了，我估计这回有戏。昨天我问了杨光宇，这小子还跟我保密呢，说到时候让我大吃一惊，呵呵，我倒巴不得呢！”

“真的?”袁咏梅不禁也面有喜气，但愿杨光宇和妹妹在感情上能够开花结果，袁咏梅在心中祈祷着，她忽然想到了生死未卜的陶宗汉，心里不禁涌起一番惆怅。

袁咏菊真的和杨光宇来往了，但并非如袁咏梅所期望的那样进展神速。袁咏菊起先是不设防的，不期而遇的一个人，又有什么可防范的呢?可“偶遇”的次数多了，她便开始起疑心了，但袁咏菊没有否认，当自己单独和杨光宇在一起的时候，并没感到反感，反而早已被杨光宇的谈吐吸引了。杨光宇说的那些东西，有的对袁咏菊来说并不陌生，因为早在几年前，她就听陶宗汉提起过，像什么“劳动光荣”“劳工神圣”……而有的却是听也没听说过，诸如“打土豪，分田地”“建设苏维埃”等，天哪，难道杨光宇是和陶宗汉一样的人?

可是，交往归交往，一想到关系往深层次发展，袁咏菊又犹豫了，她的心底还有陶宗汉留下的影子，不可能一下子就接纳杨光宇。杨光宇当然也觉察到了，所以那天，他找到了袁咏菊，说了一番语重心长的话。

“咏菊，你应该明白，你姐夫把我介绍给你的用意，我对你其实十分满意，当然，我知道现在让你完全接纳我，时间尚早，我只是希望你能给我足够的时间，给我一个公平的机会。”杨光宇话语诚恳。而袁咏菊则满脸通红，她没有抬眼望杨光宇，也没有说一句话，而是转身跑开了，只留下杨光宇摇头苦笑。

不久，厂子里有人去武汉出差，回来后带来一个令人悲愤不已的消息，那就是陶宗汉被杀害了，那人还撕下了一张告示带了回来，在告示上，所列的名单上都打了一个鲜红的“×”，其中就有陶宗汉。告示上还说，这些人都是共党分子，妄图推翻政府，所以才被正法。此事在厂子里传开后，那些胆小怕事的人都不愿意再与陶家人来往了。

陶家得知消息后，不敢公开祭奠，只悄悄地烧了些纸，陶一丁仿佛一下老了十岁，苍老、疲惫写满了脸上，而陶李氏则大病了一场，几乎花光所有积蓄，方才保住了一条命。从外表看，陶家人并无多大变化，只是比以前更加沉默寡言了，但知情人都知道，陶家这次元气大伤。正因如此，袁咏梅才更加尽力竭力地照顾陶家，最大限度的弥补陶家因为失子所带来的痛苦。但看得出来，袁咏梅受到的打击也很大，只不过碍于陈家媳妇的身份，不能随意表达出来罢了。

“闺女，我们家小三没福，他还不到三十岁啊!”一天，陶一丁面对着袁咏梅，不禁吐露了心声。这几年袁咏梅对陶家的照顾让陶一丁感觉到袁咏梅对他们一家人的真诚，因此，他现在对袁咏梅的称谓，早已由“陈太太”变回了从前。

“陶叔，宗汉不在了，以后我就是你们的闺女，我替宗汉为你们尽孝。”陶一丁和陶李氏闻言，不禁失声痛哭。

最令袁咏梅担心的还是妹妹袁咏菊，表面上看袁咏菊并没有什么变化，照样上班、吃饭、睡觉，但袁咏梅发现，妹妹做事经常丢三落四，而且老是发呆，这样的精神状态令人揪心。可自己毕竟已经成家，不能老盯着妹妹，于是袁咏梅想到了杨光宇，便托陈季秋带话给杨光宇，让杨光宇这些日子多关心一下袁咏菊。

那天，下班后的袁咏菊浑浑噩噩地朝家里走，当走到大街上时，不知不觉地就走上了快行道，这时迎面开来一辆卡车，卡车司机拼命地摁喇叭，可袁咏菊好像没有听到一样，千钧一发之际，从背后冲过一人，猛地把袁咏菊撞向了一边，自己却被卡车巨大的惯性剐倒了。

“撞人啦，撞人了。”街上顿时乱了起来，突然的变故使得袁咏菊惊醒过来，她愣怔了一下，方才明白是怎么一回事，赶忙奔向那名被撞倒的人，这才看清原来是杨光宇。下班以后，杨光宇去找袁咏菊，听说袁咏菊已经走了，便直奔袁咏菊的家，没想到刚走到大街上，便遇到了惊险一幕，杨光宇想也没想便出手救下了袁咏菊。

“杨光宇，你怎么样了，快醒醒，快来人啊，他受伤了。”

这个时候，卡车司机已把车停下，从车上跳了下来，发现杨光宇躺在地上一动不动，样子挺吓人，便赶忙招呼人把杨光宇架上车，在袁咏菊的陪同下，直接驶向医院。在路上，杨光宇就醒了，经医生全面检查，除有点轻微的脑震荡外，脚踝部骨裂，需要卧床休息一段时间，总体并无大碍，袁咏菊这才放下心来。

一场意外事故，倒使得两个人的关系亲密起来。那段时间，袁咏菊负责照看杨光宇，她对杨光宇有一种负罪感，所以伺候得格外周到细致。杨光宇博学多才，却没有书呆子气，他的幽默风趣常常会使袁咏菊发自内心地大笑，袁咏菊渐渐从失去陶宗汉的悲伤中走了出来。

因为出了二七大罢工，无论是吴佩孚，还是张作霖，乃至后来的国民政府，都没有放松对长辛店地区的戒备，生怕这里的革命之火重燃起来。而共产党也从来没有放弃过这块工人运动的根据地，杨光宇便是中共北平市委派到长辛店地区开展工作的。很快，二七大罢工六周年纪念日就要到了，为了告知广大工友共产党从来也没有离开过长辛店，杨光宇决定搞一次活动——在长辛店镇的大街小巷张贴革命标语。应该说行动很隐蔽，同时也很成功，许多人都看到了标语。

“中国共产党万岁！”

“二七革命斗争万岁！”

甚至于连火神庙警察局的门口，都出现了“二七烈士不朽”的鲜红标语，人们私下里议论纷纷。

“难道共产党又回来了？”

“这下可好了，咱们有盼头了。”

……

国民党当局慌了，京汉铁路尤其不能出事，这是当局下的死命令。于是警察四下出动，希望能找到蛛丝马迹，但是杨光宇严格控制了活动参与人员的范围，除了杨光宇和袁咏菊外，还有另外两名骨干，也是杨光宇发展党员的培养对象，因而绝对可靠，可惜最终还是出事了。

艺员养成所内有一名女教员，对杨光宇心有所动，主动向杨光宇表明心迹，可是却遭到了杨光宇的拒绝，杨光宇的心都被袁咏菊占据着，他又怎么能再接受别的女人？那名女教员起先不死心，有事没事缠着杨光宇，有时还趁杨光宇不在，主动帮他收拾屋子、洗衣服，虽然被拒绝了数次，但她热情不减。一次，杨光宇出去上厕所的时候，那名女教员又来了，本打算替杨光宇打扫房间，结果发现了几张新写好，杨光宇还没有来得及藏好的标语，她如获至宝，打算以此要挟杨光宇，没想到杨光宇不为所动。

“几张捡来的标语能说明什么问题？我早就跟你说了，我不喜欢你，我的心里已经有人了。”

“难道为了她，你都不怕我去警察局告你？”

“难道你就没听说过‘生命诚可贵，爱情价更高’？算了，跟你说，你也不会懂的。”杨光宇的眼里满是鄙夷不屑，最终两人不欢而散。但杨光宇还是把问题想简单了，他以为那不过是女教员说的狠话而已，为防意外，他借口家中有事，连夜逃走了，也没走远，只在丰台一个朋友家里躲了起来，后经打听，什么事没有，杨光宇也就放心了，事情的全部经过，他并没有向党组织汇报，他觉得这样一件小事不值得去惊动组织，结果他却为此付出了惨重代价。

二七纪念日过后没两天，正在给学员们上课的杨光宇，被一群突然闯进教室的警察带走了，在他的宿舍内还搜出了一些进步书刊，再加上那名女教员的出首，杨光宇是一名共产党员的身份确凿无疑。杨光宇坦然承认，二七纪念日的活动是他组织、策划、实施的，但问及同伙，杨光宇却闭口不谈，尽管用尽了酷刑，仍难以撬开杨光宇的嘴，这令反动当局十分恼火，最终决定将杨光宇枪决，为了更有威慑力，地点选择在离长辛店机厂不远的西山坡。

阴冷潮湿的牢房，在这样一个寒冷的冬季，显得更加冻人骨髓。杨光宇心情坦然地面对着自己在这个世界上最后一个晚上，他的心中有遗憾，那就是没能和自己心爱的姑娘携手终生；他的心中有恼恨，那就是他低估了斗争的残酷性，对自己的大意心生愤恨，但是他对自己选择的道路却无怨无悔。

“明天她会来送我吗？一定的，她一定会来。”杨光宇自言自语地说着，这一晚，他想得最多的人，除了远在扬州的父母，便是近在咫尺却永远也不可能走到一起的恋人袁咏菊。

天蒙蒙亮，由于一个晚上都没有闭眼，袁咏菊显得很憔悴。杨光宇的被捕，对袁咏菊的打击是巨大的，其实在她的心里已然悄悄为杨光宇留下了位置，她现在需要做的，只是把自己对陶宗汉的思念忘掉，找回属于自己的幸福，可是命运之神却跟她开了一个天大的玩笑。袁咏菊从来没为自己的安全担忧过，她相信，杨光宇是条硬汉子，不会出卖任何人，所以她从没想过逃走，相反，她还去找过陈季秋，希望陈季秋能通过自己的关系网，救下杨光宇。可是她失望了，陈季秋不仅拒绝了她，而且还告诉她，杨光宇的案子是大案，凡涉及共党的案子谁也帮不上忙，他让袁咏菊离杨光宇远一点，行刑的时候最好不要去。但袁咏菊决定，她不仅要去，还要把自己最美丽的一面展现在杨光宇的面前，所以袁咏菊很早就起床了，仔仔细细地梳妆打扮，她把自己想象成了将要出嫁的新娘。

西山坡上从来没有会聚过这么多人，许多认识、不认识的工友，以及艺员养成所的学员们都自发地来为杨光宇送行，虽然他们无力救下杨光宇的性命，但他们要为英雄送行。这么多人，自然引起了警察局长的恐慌，他紧急命令局里所有人员都赶到刑场，一旦有个风吹草动，将不惜任何代价镇压，可见他心里紧张到了极点。

杨光宇来了，他的身上被五花大绑着，平时文质彬彬的一个人，短短几天时间便被折磨得风采尽失，走路一瘸一拐。杨光宇的目光在人群中逡巡着，他在寻找着那个熟悉的身影，他没有失望，他看到了，他心中的恋人今天是那么美丽。两个人的目光终于碰到了一起，杨光宇看到了袁咏菊脸上滑落的泪水，他轻轻摇了摇头，冲袁咏菊展现了一个男人刚毅果敢的笑容。袁咏菊则把脸上的泪水擦净，微笑着回望杨光宇，她要把自己最美的一面展现在杨光宇面前，让他铭记于心。

平汉路变成了贫寒路，
失业的工人流落在街头！
琉璃河变成了流泪河啊，
眼泪比河水还要多！
长辛店变成了伤心店，
伤心的事儿说不完！
工人哪个能吃饱！
工人哪个能穿暖！

这是二七罢工后，流行在广大工友们中间的一首歌谣，不知是谁率先朗诵起来，于是许多人纷纷加入，声音越来越大，这是控诉、是呐喊，更是责问，什么时候平汉路不再贫寒，琉璃河不再流泪，长辛店不再伤心啊？人们心中的怒火在焚烧。

“停下，都停下！”警察局长惊慌失措，疯狗一样地狂喊，“行刑，快行刑！”

枪声响了，震惊了所有人，袁咏菊只觉身子一软，眼见就要栽倒在地上的她，被一双大手搀扶住了，袁咏菊发现那是袁文才。

“爹。”袁咏菊低吟了一声，便倒在了袁文才的怀里。

追随起义部队上了井冈山的陶宗汉，在红一师里担任了排长。井冈山的战斗的生活虽然艰苦紧张，且每时每刻都要面临死亡的威胁，但陶宗汉却感到无比充实。红军队伍在不断壮大，而根据地也在战斗中逐步巩固，这些变化都是他亲眼所见，他能感受到每一位红军战士心中的那份喜悦。更让他难以忘记的是，这一年初秋，他光荣地加入了中国共产党，在队部一间不大的房间里。房间布置得庄严肃穆，墙正中挂着一面鲜红的党旗。陶宗汉站在入党介绍人何长工的身后，右手握拳，面对着党旗庄严宣誓。和何长工相识，实在是上天的安排，陶宗汉所在部队的党代表正是何长工，一个偶然的机会，何长工知道陶宗汉来自长辛店，显得很是兴奋，因为何长工也曾去过长辛店，为了筹集勤工俭学的费用，还曾短期进厂做工，为此，经毛泽东提议，他的名字改成了何长工。当听了陶宗汉的汇报后，自然对陶宗汉有了深刻印象，经严格考核，何长工觉得陶宗汉已经符合一名共产党员的要求，批准入党，所以才有了这一庄严时刻。

“我志愿加入中国共产党……决心为共产主义事业奋斗终生，永不叛党。”

陶宗汉眼中蓄满了泪水，在这一刻，他想到了邓中夏、史文彬，当然还有牺牲了的葛树贵、辛可红……他觉得自己肩上的担子更重了。

“陶宗汉同志，祝贺你。”何长工热情地握住了陶宗汉的双手。仪式完成后，几个人步入里屋，陶宗汉发现里面坐着一位年轻的红军女战士，陶宗汉不由愣了一下。

“陶宗汉同志，给你介绍一下，这位是何香草同志。”那名女战士站起身，冲陶宗汉敬了一个军礼，之后大方地冲陶宗汉伸出双手，陶宗汉机械地上前握了一下，他还没弄明白，这到底是怎么一回事。

“陶宗汉同志，可能你还在疑惑，组织上为什么要把何香草同志介绍给你，我现在就郑重地宣布，经组织周密考虑，决定委派给你一项十分重要、同时又无比艰巨的任务，那就是重新潜回上海，做地下联络站的负责人。因为你曾经在北京、上海、广州等地待过，有丰富的城市生活的经验，尤其难能可贵的是，你在上海拉过洋车，对上海的街道十分熟悉，这是别人所不具备的得天独厚的条件，对完成地下联络的任务很重要。同时，考虑到工作的复杂性以及安全性，组织上决定为你配备一名女同志作助手，她就是何香草同志，你们将扮作夫妻潜回上海，到了上海，那边的同志自然会为你们安排住处以及工作。陶宗汉同志，你能不能完成任务？”

“保证完成任务。”陶宗汉响亮地回答。这是入党后党组织交给自己的第一件任务，自己怎么能不努力完成呢？这么想着，他偷眼瞟了一下何香草，没想到何香草也正在瞅向自己，两个人均不由自主地红了脸。

第二天，陶宗汉和何香草便秘密离开了根据地，以逃难夫妻的身份几经辗转到达上海。陶宗汉依旧拉洋车，而何香草则进入洋和纺织厂做工，他们以此作为掩护，做党的地下工作。

8

当了厂长的陈季秋心情并不愉快，他先前的那种以实业报国的雄心，在不到一年的时间里已然消磨殆尽。工作上处处受到掣肘，关键是他几次想要提高工人的工资待遇的建议，刚一提出便被铁路局局长压下，局长的理由很简单，两个字“没钱”。想想也是，国民政府虽然名义上统一了全国，可是却党派林立，新一轮的军阀混战格局已逐渐形成，蒋介石需要从根本上消除异己，武力解决必不可少。同时各地风起云涌的工农运动，星星点点的根据地已成燎原之势，这是蒋介石的心腹大患，必欲除之而后快，而“剿匪”也需要武力支撑，要维持庞大的军队开销，军费从哪里来？老百姓摊呗，所以涨钱还是最好别提，能维持现状已然不错。但是陈季秋心里却觉得十分委屈，工人们食不果腹，怨气朝哪儿撒？还不是骂他这个厂长心黑手辣，喝工人们的血！他不想担这恶名，所以他想到了辞职。

“咏梅，我不想干了，我想辞职。”卧室里，陈季秋心事重重地和袁咏梅商量。袁咏梅的心思起先并没在陈季秋的身上，这段时间她一有空就去陪袁咏菊，因为杨光宇的牺牲，袁咏菊的情绪一直很低落，为此陈季秋一直自责。

“咏梅，我真没想到，杨光宇竟然是名共党分子，我也是上当受骗了，否则绝不会把他介绍给咏菊。咏梅，你放心，咏菊的事我会放在心上，一旦有合适的再给她介绍。”

袁咏梅理解地握紧了陈季秋的双手，什么也没说，只是在心里深深地叹了口气。她知道，正因为杨光宇和陶宗汉太相似了，所以妹妹才会动心，再想找到这样一个合适人选，那可是太难了。由于袁咏梅的陪伴，袁咏菊总算渐渐走出了心理阴影，袁咏梅紧绷的神经刚刚放松了些。如今，听到陈季秋忽然说到想辞职，袁咏梅不由吃了一惊，这才发现丈夫这些天憔悴了许多，不由心生愧疚。

“季秋，对不起，这些天我没能很好地照顾你，怎么，是不是工作不顺心？”袁咏梅说着，站起身，给陈季秋倒了杯水，放在桌子上，“这件事，你跟爹商量了吗？”

陈季秋无言地摇了摇头，“咏梅，我知道现在工人们都生活很苦，我想替他们申请涨工钱，可是报告打上去，上峰不但不批准，还对我一番斥责，不仅工资一分钱没涨，而且已有两个月欠发工资了，你知道工人们都在骂我什么吗？”

袁咏梅轻轻靠在陈季秋的肩膀上，沉默了一会儿，“季秋，我劝你还是不要辞职，你想过没有，你一旦辞职了，如果派来一个真正喝工人血的家伙，那工人们的日子岂不更加难过？人有的时候是需要受点委屈的，尤其是想干大事的人。季秋，我知道你想把厂子搞好，所以就更需要忍耐。前些天，在你的促成下，咱们工厂的浴池不是兴办起来了吗？这可是从来也没有过的大好事，我爹说，工友们都很高兴。”

“真的？工友们都这么说？咏梅，你也相信我？”陈季秋渴望的眼神紧紧盯着袁咏梅。

“我相信你。”袁咏梅重重地点了点头。

阳光和煦，春风吹拂，正是一年当中少有的舒适时节。这段时间，在长辛店机厂铁路扶轮小学校门口，经常出现一个身穿灰色大褂的卖烧饼的年轻人，这人二十岁出头，说着一口标准的浙江话。他做的烧饼香酥可口，深得学校师生喜爱。每天，袁咏梅都要到小学校接送上下学的陈怀恩，不是她不相信家里的佣人，而是她把这当成一种锻炼身体的方式，因为她又怀孕了，而这次的妊娠反应比较厉害，医生特意叮嘱她要注意锻炼身体，从家里步行到小学校，距离不远不近，刚刚好。袁咏梅经常会买点烧饼，如果陈怀恩饿了，就让小孩子先填补点，多数情况都拿回家里，因为老爷子挺好这一口。一来二去，袁咏梅便和小伙子熟络起来，知道小伙子名叫胡胜生。在等陈怀恩的时候，袁咏梅偶尔还会和胡胜生闲聊几句。袁咏梅发现，虽然小伙子靠卖烧饼为生，但谈吐毫不粗俗，有的时候对事物的看法甚至还有几分见地，这就更让袁咏梅有点刮目相看了。

其实袁咏梅并不知道，胡胜生是继杨光宇之后，党组织派到长辛店地区的又一位播种者，他只不过是以卖烧饼掩护身份罢了。这些日子让胡胜生颇感难办的是，如何才能不露痕迹地融入工人当中去，继而发展团结广大工人。认识袁咏梅，让他认识到这或许是个机会，于是话里话外，胡胜生便向袁咏梅流露出想要换一个住处的想法，原因是现在租住的房间租金太高，自己还要吃喝，实在有些吃不消，希望有可能的话，袁咏梅帮助他找一间便宜点的房子，因为胡胜生知道，袁咏梅不仅是厂长陈季秋的老婆，而且她的娘家就在长辛店，父亲是厂子里的老人，一定认识不少人。袁咏梅起先有点吃惊，觉得和胡胜生不过是萍水相逢，这个人怎么就提出这样的要求？可是看到小伙子一副可怜巴巴的样子，袁咏梅的心还是软了，答应帮忙问问，成不成不敢保证，胡胜生自然是千恩万谢。

袁咏梅想，胡胜生求自己找房子，只想多存下点辛苦钱，所以找房子的标准当然不能过高，于是一次在回娘家的时候，她便有一搭无一搭地向父亲袁文才提了一下，没想到几天后，袁文才还真给回信儿了，说是厂子里有个叫王元瑞的木工，正打算出租房子，不妨叫胡胜生过去瞧瞧。袁咏梅很高兴，便给胡胜生带了话，胡胜生欣喜异常，和袁文才一起去看了房。那是一处大杂院，住的人几乎全在厂子里做工，在外人看来，这里的条件实在不怎么样，房屋低矮不说，环境还嘈杂，可是胡胜生却十分满意，当即决定租下来。

就这样，胡胜生在大杂院里住了下来，没过多久，同院的人便都觉得胡胜生为人挺好，待人和气，说话做事都向着咱们工人，谁要是在厂子里受了气，回来后也都愿意找胡胜生聊聊。说也怪，跟胡胜生这么一聊，心中的疙瘩自然也就解开了；一旦遇到难办的事，经胡胜生一点拨，按照他的法子去做，困难多半也会迎刃而解。渐渐地，胡胜生便成为大杂院里的主心骨。

王元瑞有一个六七岁的孩子，挺聪明，可是穷人家的孩子哪有钱念书呀，所以整天净跟煤核儿打交道，小家伙招人喜欢，和胡胜生混得挺熟。一次，胡胜生推心置腹地对王元瑞说："大叔，您家孩子真的挺聪明的，不念书可惜了，再说了，咱们工人的后代如果不念书，那以后吃的亏可就大了。"

"我也这么想啊，可是家里哪儿有闲钱啊，你婶子身子也不大好，收上来的那点租金还不够给她买药的呢！"

“这样吧，如果您相信我的话，就由我先教着，孩子总归是要读书识字的。”

“那敢情好，我早就看出来了，你是个有学问的人，我是求之不得啊！只是……你也看到了，我家实在是太穷了，我……”

“大叔，这你就客气了，您能给我提供一个住处，我感谢还来不及，哪儿能管您要钱呢！”

于是胡胜生每天晚上都要抽出一点时间，到隔壁王元瑞的家里去教小孩子读书识字。王元瑞两口子也尽量给予胡胜生一些关照，两家关系处得像一家人似的。

一天，王元瑞从永定河里钓了条大鱼，兴冲冲地拿回家，让老婆炖了后，请胡胜生过来吃饭。胡胜生打了两瓶低价白酒，两个人边喝边聊。

“小胡，像你这样有学问的人为什么不找个挣钱多的差事，整天卖烧饼能挣几个钱？”王元瑞显得推心置腹。

“我能有什么学问，只是比大叔你强点罢了，能找到什么好差事？不过大叔你这么一说，我倒想考考咱们的艺员养成所，听说那里的学员毕业后都能进厂，工资要高一些。”胡胜生显得极真诚，这是他考虑很久的计策，他想通过考进艺员养成所，进一步多接触工人群众，以便尽快把党组织建立起来。

“嗯，你这样想也不错，毕竟养家糊口是第一位的，那好吧，明儿我去给你问问，好像最近就要招生了，如果行的话，我就顺便给你领张报名表回来。”说着，王元瑞一口喝干了杯中酒。

两天后，王元瑞果真给胡胜生领了张表格回来，“小胡，快把表填了，听说下个月就要考试了，对了，在亲属一栏，你就说我们是表亲戚，这样对录取有利，听说工厂家属在录取时优先考虑。”胡胜生笑着将表格接了过来。

真正考试那天，胡胜生没有出摊，直接去了考场，考题对他来讲并不难，他答得十分顺利，是全场第一个交的考卷。

“小胡，考得咋样?”一走进大杂院，早已等候在那里的王元瑞略带紧张地问道。

“应该没问题吧。反正都答上来了。”胡胜生回答得自信满满，王元瑞也就放下心来。

然而发榜那天，俩人都去看了，可是看了两遍也没找到“胡胜生”这个名字，这是怎么回事，难道落榜了?

“不可能。”胡胜生难得一见地十分气愤，“这里面一定有鬼。”他的脸涨得通红。

“小胡，别着急，我有个熟人在艺员养成所，这次恰好管招生，我去问问情况。”王元瑞安慰着胡胜生。

也就不到一刻钟的工夫，王元瑞领着一个人急匆匆地赶来，那人上下瞅了瞅胡胜生，继而叹了口气。

“你就叫胡胜生?”见胡胜生点头应允，那人上前拍了拍胡胜生的肩膀，“唉，小伙子，可惜了，你的考试成绩倒是第一，可是你的算术底稿纸并没有上交，所以你被取消了录取资格。”

“什么?”胡胜生气得简直要跳脚大骂了，“岂有此理！再说了，考试的时候也没有声明必须要将底稿上交呀，不行，我得去告他们。”

“唉，小伙子，实话告诉你，你的名额是被别人顶替了，那个人的后台是交通部的一名科长，谁让咱没有后台呢！认了吧。”

“就是，小胡，天下乌鸦一般黑，你去告了，谁会管你的事情呀。”王元瑞在旁帮着劝解。胡胜生很快冷静下来，自己现在的任务就是想法沉下去，秘密团结工人，想进艺员养成所，不就抱着这个目的吗?自己这样大张旗鼓地打官司，不是更会引起敌人的注意吗?这么一想，他很为自己一时的冲动感到惭愧。

于是，胡胜生每天还是卖他的烧饼，但却一天比一天更忙了，每天总短不了有人来找他，来得最勤的两个人，王元瑞都认识，一个是电工孙茂林，另一个是大厂镟螺丝母的马进。只要他们一来，胡胜生就领着他们一起到远处山坡上去说话，胡胜生给王元瑞的解释是，这两个人是他新结拜的把兄弟。其实经过这一时期的工作，胡胜生已经在长辛店的工人中间发展成立了一个党支部，孙茂林、马进便是支部成员，他们秘密地进行活动。起先，胡胜生打算发展王元瑞，几次话里话外地试探，胡胜生发现王元瑞只是热衷于老婆孩子热炕头的生活，政治热情不高，也就打消了念头。为了不给王元瑞带来不必要的麻烦，有些事情胡胜生还是主动隐瞒了王元瑞。但让大家没有想到的是，一向老实巴交的王元瑞，竟然摊上了官司，而且还是一场糊涂官司。

9

一天早晨，王元瑞由家里往外走，因为工厂上班的时间还没到，王元瑞想先到大街上买点东西，又有几个月没发工资了，王元瑞心里烦闷，也就没有心情看地里已经透青的麦苗儿，更没留神面前背后过来过往的人流。

“站住！还往哪儿走?”突然涌现出十几个警察，上前拦住了王元瑞的去路，王元瑞吓得一个愣怔，抬头一看，只见几支黑光油亮的枪口正对着自己的胸口，有两个家伙不问青红皂白，掏出大绳就把王元瑞捆了起来。

“哎，你们这是干什么?”王元瑞吓坏了。

“干什么？你就是共产党，他妈的，捆了你还不老实。”一个看上去像是领头的人，气哼哼地说着，抬手就给了王元瑞一个大嘴巴，“给我押走。”

“哎，等等，这到底是怎么回事呀？你们还讲不讲理!”王元瑞试图挣扎，而那名警察接着朝着王元瑞的屁股就是一脚。

“他妈的，为了抓住你，老子忙了七天七夜，到底把你给逮着了。”

“还想跑，你跑了，弟兄们的赏金到哪里去要，还不走快点!”一个家伙干脆用枪托砸了一下王元瑞，王元瑞觉得肩膀一阵刺骨的剧痛，其他警察推搡着王元天瑞一直来到了宛平县警察局。警察局里出来一个瘦猴儿模样的人，一看绑了个人来，立刻露出两颗大黄板牙。

“哎哟，又抓了一个，就是上次说的那个共产党？”

“没错，为了抓住他，弟兄们可算吃尽了苦头。”

“得嘞，这下可以到局长那儿请赏了，告诉你们，可别少了我一顿酒。”说着，几个人连声大笑，仿佛王元瑞就是他们的一个聚宝盆。

“哎，长官，你们再仔细查查，他们说我是共产党，这可是没影的事啊！”王元瑞看到出来一个人，顾不得三七二十一，连忙为自己申辩，没想到那瘦猴儿把眼一瞪。

“嚷嚷什么！告诉你，早就查清楚了，不会冤枉你的，你们先把他关在一个严实地方，这可是个要犯，都给我上点儿心。”瘦猴儿一挥手，就叫下属把王元瑞押下去了，王元瑞还想再说几句，警察根本不给他机会。

屋子里又黑又潮，虽然已进入三月，但北平的天气乍暖还寒，王元瑞的心更是凉透了，这不是飞来横祸吗？自己怎么就成共产党了？共产党倒是听说过，那还是二七罢工的时候，像史文彬那样的人就是共产党，可以后再也没见过共产党。当时厂子里有一些人，大都是工会骨干分子，因为怕被当局抓捕，早就抛家舍业地逃走了，听说不少人参加了共产党。但是，好歹人家真正干过，死了也不冤，那自己呢，这叫什么事呀？早知道今天沦落至此，当初还不如就加入共产党算了，王元瑞越想越觉得委屈，便扒着牢门，拼命地敲打门窗。

“长官，我真不是共产党，你们再去查查呀！”

“是不是不由你说，你给我放老实点，否则有你好受的。”一名巡警不耐烦地冲王元瑞吼道，王元瑞吓得不敢吱声了，“呜呜”地哭了起来。

天已经黑了，王元瑞的老婆左等右等不见人，厂子里早就下工了，这老东西能去哪儿呢？找人一打听，心里更毛了，原来王元瑞一整天都没去上工，莫非出了什么事？女人坐不住了，就去找胡胜生商量。事发突然，胡胜生也不明所以，答应找熟人打听打听，正这时，院子里涌进一群警察。

“哪个是王元瑞家的?”警察气势汹汹地询问，那女人只得战战兢兢地上前。

“去把房门打开。”女人还在犹豫着，另一人上前推了她一把，女人一个趔趄。

“快点，耽误公事，小心连你也抓了。”战战兢兢的女人打开了房门，一群立功心切的警察“呼啦”一下涌进了屋里，一通乱翻，最后连顶棚也掀去一角，有个人还爬上去看看上边藏没藏东西，炕也被砸坏了，炕坯被揭起来，连炕道都看了，忙了一溜够，却什么也没有找到。女人搂着孩子，想问又不敢问，不知道王元瑞在外面闯了什么祸，只剩下悄悄地抹眼泪。警察们看看实在没什么可搜的了，便一个个垂头丧气地走了，自始至终也没给女人一个说法。

警察刚闯进院子的时候，胡胜生心里一惊，还以为自己暴露了，可见警察进来后，直接找到了王元瑞的家，便知道自己并没有暴露，于是，他回到屋里，把一些紧要文件带在身上，一旦发现紧急情况，也好迅速处理掉。之后，他透过玻璃窗，密切注视王元瑞家的事态发展。他发现这帮警察凶神恶煞似的，但个个神情中透着一种兴奋，仿佛贪婪的人在找寻将要到手的宝藏。他本能地预感到王元瑞出大事了，十有八九被警察逮住或是已然逃往他乡，莫非……莫非王元瑞是自己的同志？胡胜生下意识地摇了摇头，以他对王元瑞的了解，竟然一点迹象都没有，这实在太不可思议了。这时，见警察们悻悻地走了，胡胜生才从房间里走出来，而另外几家住户也都出来了，大家涌向了王元瑞家。

“大婶，他们怎么说?”胡胜生看到屋子里一片狼藉，开口问道。

“什么也没说，进屋就是一个劲儿地瞎折腾，我到现在也不知道发生了什么事。我们家那口子要是有个三长两短，那我们娘儿俩可怎么活呀！”女人放声大哭，吓得小孩子也跟着哭了。

“大婶，别着急，明天我找人去警察局问问，好歹先把大叔的去向打探出来，然后咱们再想办法。”

夜已深，就是心里再着急，也只能这样了。第二天，胡胜生和孙茂才两个人去了趟宛平县警察局，一打听，原来还是大案，王元瑞是市里通缉的要犯，两个人都愣住了，请求见一下王元瑞，警察却连声冷笑。

“见？告诉你吧，我都见不着，现在关在单间，轮流有人看守，估摸着这两天就转到市里去了。”再问到底因为什么抓的王元瑞，对方却一字不答，两个人干着急，可也无计可施。回来后，跟王元瑞的老婆一商量，大家凑了二十多块大洋，下午趁天黑之前，再次赶到警察局，怎么着也得见见王元瑞本人吧，人到底是死是活，受没受罪都不知道，谁的心里也没底。然而还是晚了一步，王元瑞已被转押到市里了，众人一听，全都傻眼了。

接下来的几天，胡胜生也不出摊了，他和孙茂才、马进一起到北平城里，如无头苍蝇般到处乱打听，但凡是北平的监狱，他们几乎都走遍了，还是一点头绪也没有，这可真叫人着急。就在他们快要绝望的时候，马进忽然提起来，他有一个远房亲戚在国民党的军队里当连长，现在刚好驻扎在北平，不妨找他去问问，只是死马当活马医呗，另外两人听了，觉得也只有试试了。

那名连长听了马进介绍，心里已然有了底，被抓的那个人肯定是共产党，这是大案要案，凡是犯了这种罪的人大都被关押在北平铁狮子胡同卫戍司令部内。但他并不点破，只是满不在乎地说道：“这事好办，我带你们去问问。”说是说，人却不动窝，拿眼斜睨着马进。马进知道，他这名所谓的远房亲戚，是个六亲不认的主儿，谁找他办事，他必雁过拔毛，哪怕是天王老子也不成，于是赶紧塞给他几块大洋，那连长笑着掂了掂，抬腿朝前走去。

卫戍司令部大门外有二十多警卫把守，横眉立目的样子有点瘆人。那名连长倒是个万事通，和这里的人很熟的样子。

“老三，你小子可又胖了，过两天我请你喝酒。小四，这两天怎么不来打牌了，上次赢了我不少，我还想着捞回来呢。哎哟，吴队长，您可比以前更精神了。”说着话，那名连长冲马进使了一个眼色，马进赶忙迎上前去。

“长官好，向您打听点事。”说着，马进悄悄往那人手里塞了几块大洋，那人本来一脸的不耐烦，此时却笑了笑。

“吴队长，他是我的一个远房亲戚，向您打听一个人。”听完马进的介绍，吴队长撇了撇嘴，用手往司令部的后院一指：

“你们到后门去问问，关押的犯人都在后门，有个叫刘财的狱官，你们找他就成。”说完，吴队长没事人似的回到了值班房里，再也没看马进他们一眼。

胡胜生、马进几个转到后院，倒是很顺利地找到了刘财，把情况一说，刘财笑呵呵地点了点头。

“你们说的那个人倒是在我这里，三十多岁，中等个儿，前几天抓住的，没错，就是他。”

“那长官，能不能让我们见见他。”

“这个嘛，也不是不可以，他妈的，天天守着个破监狱，吃不得吃，喝不得喝，嘴里都他妈淡出鸟来了，你们听没听说，最近东来顺从蒙古新进了批牛羊肉，吃过的人都说好，啧啧。”刘财说着，还故意吧唧了两下嘴。胡胜生等人便明白，这个人是个吃货，想东来顺的涮羊肉了，没办法，只好咬牙请刘财到东来顺撮了一顿。胡胜生心里这个疼啊，可是谁让自己有求于人呢？

“那……那你们下礼拜三来吧，我让你们见见。”酒足饭饱后，刘财剔着牙，笑嘻嘻地说着。

总算得了个准信儿，回来后跟大家伙儿一说，王元瑞的老婆又眼泪吧嗒吧嗒直往下掉，胡胜生在旁边安慰了几句，商量好，礼拜三的时候，大家陪着王元瑞的老婆一块儿去。到了那天，胡胜生特意带上自己烤的烧饼，王元瑞也好吃这一口，大家伙又找到了刘财。刘财倒也没难为他们，吩咐手下把王元瑞带了出来。

几个人把目光投向了王元瑞，只见他头发长长的，脸上黑黑的，还戴着手铐脚镣，只几天工夫，便被折磨得像个老头儿了。几个人心里都不好受，尤其是王元瑞的老婆，眼泪更是“刷刷”地往下流。

“当家的，你可吃苦了。”

“大叔，他们为什么抓你呀？”胡胜生提出了问题的关键。

“我也不清楚，我在街上走得好好的，他们就说我是共产党，也不由我分辩，就给抓了起来。”

“凭什么说你是共产党，总得有证据吧？”

“到现在也没人跟我说，连堂还没过呢！”王元瑞就像是迷失的孩子突然找到亲人一样，眼泪汪汪的。

“行了，时间到了，别磨磨叽叽的了。”刘财不耐烦地招呼手下往牢里推搡着王元瑞。

“当家的，当家的。”王元瑞的老婆上前想抓住他，被别的警察推到了一边。

“孩儿他妈，照顾好小龙。”王元瑞撂下这句话，便被人押走了。整个探视过程连五分钟都不到。大家伙儿只知道是以共产党的名义抓走的王元瑞，可因为什么指证王元瑞是共产党，依然还是一头雾水，好在人还活着。

几天后的一个晚上，终于轮到王元瑞过堂了，他被警察押着走进了审讯室。王元瑞左右看看，审讯室里布置得还真吓人，四处全是明晃晃的大刀，旁边还有皮鞭、老虎凳……正中座位上坐着一个四十多岁的大胖子，在他的两边站着两排杀气腾腾的巡警，见了王元瑞，那胖子的白眼球往上一翻。

“你就是王方瑞?”

“我叫王元瑞。”

“胡说，你叫王方瑞，还想抵赖不成?”

“长官，我真的是叫王元瑞，不信的话，你让我们厂里的人来认。”

“不用到厂子里，我这里就有人可以指证。”那胖子盛气凌人，“你们去把柳云青带过来。”几名警察领命而去，不过一袋烟的工夫，他们就押着一个二十多岁、学生模样的人走进了审讯室。

“柳云青，既然你已经全都招了，那你就再认认，这个人是不是王方瑞。”柳云青战战兢兢地走上前，仔细地将王元瑞打量了一番。

“长官，我不认识这个人，他不是王方瑞。”

“胡说，你再认认。”

“长官，他真的不是王方瑞，我已经陷害了不少人，可不能再陷害无辜了。”柳云青几乎是痛哭流涕。

“他妈的，难道真的是抓错了？你，去把通缉文告拿来。”一名警察转身而去。不一会儿将文告拿来，胖子发现真是文告写错了，可这事又不好深究，因为发文告的人都有后台，他的火气只有冲下属发。

“全他妈是饭桶，连个共产党都抓不住，要你们有什么用?”胖子气急败坏。

胡胜生回来后，就立即研究如何营救王元瑞，商量来商量去，也没有一个好办法，正一筹莫展时，刘财给带来了一个好消息，说是警察局承认抓错了人，答应释放王元瑞，可是要交 50 块大洋的取保金。

“不是承认抓错了吗，为什么还要交取保金?”胡胜生气不打一处来。

“抓错归抓错，但弟兄们这些天的辛苦不能白出呀，再说了，这年头，发现抓错了，还能给你放人，你们就念阿弥陀佛吧，那被枪毙的屈死鬼有多少？反正我把话带到了，交不交钱，你们自己看着办，监狱里的地方大着呢，不怕多那么一两个人。”刘财说话语气蛮横，然而细想也不无道理。于是大家伙儿分头去筹措资金，几天后，钱便凑齐了，交给了狱官刘财。

王元瑞第二次过堂，其实就是走个过场了，主审还是那名胖子，胖子这次倒是蛮和气。

“王元瑞，我说你是情屈命不屈呀，是你命中该有此劫，我们决定对你的案子从宽处理，你被释放了。”

“释放了？”王元瑞开始似乎没听清，继而像是反应过来，“那长官，这都过去这么多天了，我回去还能不能上工啊？”

“没把你枪毙就算是便宜你了，再说了，这又隔着机关，谁还管你这破事。”胖子不耐烦地撇了撇嘴，“滚，快滚，再不滚还把你关进去。”旁边有警察把前些日子探监时，王元瑞老婆送来的衣被卷成一个包袱卷，扔给了王元瑞。王元瑞也不敢再多说什么了，灰头土脸地返回到家中。

王元瑞的担忧不幸成为现实，在他被抓的这些天，厂里的位置已被别人顶替了。他去找工头理论，工头听也不听，只是一个劲儿地强调，王元瑞的位置不能空缺太久，他安排别人也是没有办法的事情，王元瑞苦苦哀求，可是一点用处也没有。有人悄悄跟王元瑞说，那个顶替王元瑞的人恰恰是工头的一个表侄。回到家后，王元瑞连气带急，再加上在监狱里把身体搞垮了，竟大病一场，幸亏抢救及时，方才捡回了一条命。但王家经此一劫，已到了濒临崩溃的边缘，关键是还欠了一屁股的饥荒，没了工作，这一家人该怎么过？

王家的灾难，胡胜生全都看在眼里，心中自然也为这黑暗的世道悲愤，更为王家鸣不平。而这个时候，厂方又拖欠了工人好几个月的工资，工人们意见很大，到处都是不满的情绪。胡胜生心中便萌发出再组织一次罢工的念头，他找了几个骨干一商量，结果一拍即合，于是他们分头行动，为罢工开始悄悄地做准备。

10

“命令，鉴于叛徒王广臣对我党造成的危害极大，组织决定，派你小组将其伏杀，以维护党组织的纯洁。”组长陈敬庭的语调没有任何感情色彩，但陶宗汉却听得激情澎湃。这是他到上海后第一次参与特科行动，神出鬼没的特科小组，不仅令敌人，尤其是那些可恶的叛徒闻风丧胆，只要被特科小组盯上，就可以说离死神降临不远了。

“王广臣叛变后，躲在沪西警察局里不敢露面，他以为这样就会万无一失，但是他错了。沪西警察局里有我们的眼线，我们对王广臣的行踪了如指掌，他打算后天晚上坐火车离开上海，到南京去邀功请赏，为了安全起见，他特意选择在真如火车站上车，沪西警察局老牌特务卢鼎鑫全程陪同。我们决定在真如火车站将其击毙，但考虑到真如火车站周围环境比较复杂，而你，陶宗汉同志，你的公开身份是人力车夫，应该对那里的地形比较熟悉，所以组织上临时决定，抽调你参与此次行动，你有什么意见或者建议吗？”

“没有意见，保证完成任务。”陶宗汉语气坚定地说道。

“这次任务十分机密，任何人都不能泄露，后天下午七点钟，我们在真如火车站前的孙记包子铺会合。”陈敬庭说完，一脸严肃地和陶宗汉握了握手，转身离去。

陶宗汉回到上海一条里弄的家，这个家摆设虽然过于简单，甚至可以说是寒酸，但却被何香草收拾得纤尘不染。何香草是个勤快而且很会持家的女人，两个人打工所得的那点收入，除去日常开销，每月总还有点节余，在恰当的时候，便以陶宗汉党费的名义上交给组织。

一般情况下，何香草白天都会去洋和纺织厂上班，挣一份辛苦钱，和普通的纺织女工没什么两样，只是在接受陶宗汉分派给她的任务时，才会展现出果敢、机智的一面，而且何香草的组织纪律性极强，除非陶宗汉主动向她介绍，何香草绝不多问不该属于她知道的事情。但女人的心毕竟是敏感的，今天，她还是觉察到了陶宗汉的异样。

“宗汉，我知道你又接受新任务了，而且这一次不同以往，但无论怎样，我都希望你能平安回来。”夜很深了，何香草在给陶宗汉缝一件破旧的上衣，并没有抬头看陶宗汉。但陶宗汉还是能感受到何香草心潮涌动，一不小心，针头扎了何香草的手，何香草惊慌地抖动了一下手指。

“怎么了，香草，手是不是扎破了，让我看看。”陶宗汉一把抓过何香草的手。

“没……没事。”何香草想要抽回，用了一下力，并没成功，脸却红得像天边的彩霞。陶宗汉被自己的举动吓了一跳，自己真的是无意识的举动，但既然抓住了，他便不再想松开。其实，不知从什么时候起，连他自己都没有意识到，他看何香草的眼神变得柔和了。有一次，在梦中，他梦见自己拥抱了何香草，醒来后不断地自责，何香草是组织上派来的助手，是自己的同志，自己怎么能抱有那样的心思呢？然而，这样的自责并没有什么实效，梦中的想法一旦落到现实中，竟是那么的强烈，但陶宗汉还是努力克制着自己。而如今，四目相对，陶宗汉甚至能感觉到何香草的身子在微微抖动，陶宗汉用力把何香草搂进怀里，两团炽热的火球终于融合在了一起。

“香草，等这次任务完成了，我就向组织申请，我们正式结为夫妻。”许久，待两人情绪稍稍稳定后，陶宗汉温情脉脉地向何香草说道，而何香草只是羞涩地点了点头。

行动那天，陶宗汉准时来到真如火车站前孙记包子铺，过了一会儿，陈敬庭也来了，两个人像不认识似的各自找了座位坐下，只是不易觉察地点了一下头。各自点了些吃的，便坐等夜幕降临。这是一年当中最热的时节，火车站前广场总有一些纳凉的闲人。陶宗汉四顾环绕，观察附近的情况，感觉这里最适合于行动之后逃逸了，看来连老天也看不惯作恶之人。不久陶宗汉见陈敬庭走出了铺子，自己便跟了出去，加入了纳凉者的队伍，没有人怀疑他们的行踪。

差不多八点半的时候，一辆黑色轿车由远处驶来，停在了广场上，从车上走下两男一女，陶宗汉看到王广臣的照片，一眼就认出其中一个男的便是王广臣。另一个人则是卢鼎鑫，至于那个女的，则是王广臣新婚不久的妻子。陶宗汉和陈敬庭相互变换了眼色，从左右两个方向包抄过来，没有人意识到枪击将在几秒钟后发生。

“卢兄，多谢这些日子陪伴，兄弟到南京后，如蒙上峰重用，定不忘卢兄今日之恩。”

“哪里，广臣兄弟肯定前程似锦……”说到这儿，卢鼎鑫已然发现事情不妙，只见两个面目不清的人飞奔而来，他的脸色大变，边从兜里掏枪，边冲王广臣大喊：“广臣兄弟，快……”

然而还是晚了，陶宗汉的枪响了，子弹准确地将卢鼎鑫的脑袋击穿，他最后一个“跑”字还没有来得及说出口，便倒在了血泊中。王广臣下意识地惊愣住了，也就是一眨眼的工夫，陈敬庭的枪也响了，王广臣连哼也没哼一声，便赶赴黄泉去了。这个时候广场上已是一片混乱，惊慌失措的人们就像没头的苍蝇一样到处乱跑，不远处的警笛也吹响了，陶宗汉把枪口转向了女人。

“别杀我，求求你别杀我，我的孩子是无辜的。”女人吓得跪了下来，用手护住了自己微微隆起的腹部。这样的情形大大出乎陶宗汉的意料，做父亲的再可恶，可是尚未出生的孩子毕竟是无辜的，陶宗汉求救似的把目光转向了陈敬庭。陈敬庭犹豫了几秒钟，冲陶宗汉挥了一下手。

“快撤。”这算是答应放过女人了，陶宗汉稍稍松了口气，径直朝人流量多的地方散去。然而跑了没几步，也许是第六感提醒着陶宗汉，似乎有什么地方不对劲，他站住脚，回转身，却看到了惊骇的一幕，只见女人从包里掏出了一把小巧的手枪，对着陈敬庭的背影就是一枪。

“组长。”陶宗汉大叫一声，同时手中的枪也响了。女人应声中弹，但她还是朝王广臣的尸体跪爬过去。

“广臣，我……我替你报仇了。”之后女人便躺在地上一动不动了。

陶宗汉一把扶住了陈敬庭，子弹击中了陈敬庭的后背，血已然洇红了背心，陶宗汉为自己的过错而内疚。但此时不是说话的时候，警察正向这里涌来。

“组长，组长。”

“宗汉，你快走，我掩护。”

“组……”

“快走。”陈敬庭此时趴倒在地上，一边向追来的警察射击，一边拼着最大的力气向陶宗汉说道。陶宗汉望了陈敬庭最后一眼，转身朝附近低矮的居民住宅区飞奔而去，只要进入了那片杂乱区域，就是有一个连的警察也休想抓住陶宗汉。果然，陶宗汉很快摆脱了警察的追捕，而附近也听不到枪声了，陶宗汉知道那意味着什么，泪水止不住地流了下来。

看到陶宗汉平安回来，何香草的脸上写满了笑容，心头悬挂着的石头总算落了地。但是何香草很快发现，陶宗汉并没有完成任务后应有的喜悦，反而十分消沉。

“宗汉，怎么了，任务不是都完成了吗？”

“可是……可是陈敬庭同志却牺牲了，而且完全是因为我。”陶宗汉接着便把事情的经过向何香草复述了一遍。何香草听了以后，半天没有说话，而是握住了陶宗汉的双手，不住地摩挲着。

“宗汉，这件事情虽说你也有责任，但不完全怪你，怪只怪我们的敌人过于凶残。革命者并非无情，我相信，许多同志处于你那种情形，都会心生恻隐的，因为未出生的婴儿毕竟是无辜的。宗汉，你不应该这么自责，你要振作起来，我们只有更加出色地完成任务，才是对陈敬庭同志最好的纪念。”

陶宗汉抬眼望着何香草，从何香草温柔且坚定的目光里，陶宗汉感到了一股无形的力量，先前的萎靡一扫而光了。接下来，陶宗汉向组织汇报了行动的全过程，并做出了深刻的检查，鉴于当时的情况比较特殊，组织上对陶宗汉只进行了严厉的批评，并没有进行任何形式上的处罚，而且在不久之后，组织上也批准了陶宗汉和何香草正式结为夫妻的申请，这样更加有利于今后工作的开展。

11

由于准备工作细致，同时保密工作也做得十分到位，胡胜生所领导的罢工让国民党当局猝不及防，从而起到了应有的震慑作用，而罢工所提出的条件同样也合情合理。首先，要补发所欠工人的工资，如不能全额补发，最起码也要补发三个月的工资，让许多揭不开锅的家庭得以喘一口气；其次，不能无故开革工人，像王元瑞这种情况的缺工，错在当局，不能将其开革，而且还应以上工计算工钱。这样的条件即便摆在法庭，当局也是无话可说，何况此时中原大战刚结束不久，获胜的南京国民政府迫切需要一个稳定的环境，以便对南方的中央红军进行围剿，京汉铁路这条生命线绝对不能再生祸事。于是工厂表面上全盘接受了工人们所提出来的条件，罢工取得了基本的胜利，工人也复工了。工厂看上去一如既往，但实际却暗流涌动。

陈季秋显得憔悴了很多，他万万没有想到，在自己担任厂长期间，工厂会发生罢工这样的事情，虽然事情很快被平息，但对他心里造成的创伤却一时难以修复。他一直以为，自己当厂长的这几年，一直在努力为工人们谋取利益，虽然大多数情况下并没有如他所愿，但他并没有像许多高级管理者那样中饱私囊。他虽然算不上优秀的厂长，起码还算称职，但即使如此，这样的倒霉事还是让他碰上了，他心中的痛苦没处述说。更为关键的是，此次工人罢工，一定有人暗中指挥，而这个人肯定是共产党，不抓住他，长辛店的星星之火很可能死灰复燃。

调查的切入点放在了近来入住长辛店的外来人士身上，因为长辛店地区自二七罢工后，已经平稳了八九年，如果不是外来力量的推动，那么祸事早就应该发生了，这样才符合情理。经过拉网式筛选，一个卖烧饼叫作胡胜生的年轻人浮出了水面。陈季秋刚听手下报告这个人的时候，心里不由一动，但也只是一闪而逝，一个卖烧饼的，为了招揽生意，会和许多认识、不认识的人套近乎，这很正常，但很少有人往家里招人。像胡胜生这样，家里访客不断，那就绝对不正常了。

“你们给我盯紧了，尤其那个叫马进的，他好像是罢工委员会的？”

“对，那帮人里属他最活跃。”宛平县警察局长点头哈腰地应道。他知道，陈季秋明面的身份是厂长，暗地里却是军统的人，他惹不起。

“那你们不妨把他请进局子里，吓唬一下，不妨用点刑，但是记住，千万别把人打残了，一旦残废了，那就不好收场了。”陈季秋吩咐道。

“可是……不是说罢工委员会的人，咱不能秋后算账吗？”

“对共党分子另当别论。”陈季秋语气阴冷。

陈季秋回到家里，恰好晚饭吃涮火锅，一家人围坐在一起其乐融融，袁咏梅又买了些烧饼做主食，陈炳权十分高兴。初夏的时候，袁咏梅又为陈家添了一位千金，如今已能满地爬了，其憨态可掬的样子，常令陈炳权忍俊不禁，须知，这可是老陈家第一个孙女啊，陈炳权能不宝贝？老人亲自为小姑娘取了个名字陈佳雨。即便是今天这样的家庭聚会，老爷子也把陈佳雨抱在怀里，他才不管别人怎么想呢。而陈季秋则掰了块烧饼塞进嘴里，有滋有味地嚼着，看似漫不经心，实则有所预谋。

“咏梅，这家的烧饼做得真不错，还是你以前常买的那家吗？”

“是啊。”袁咏梅的身体恢复得不错，胃口也很好，她没有多想，点头应道。

“听你说，这个人的住处还是你给介绍的，他叫什么名儿，多大岁数了？”

“咳，就是他常在小学校门口摆摊，我接送孩子的时候，顺便高兴就买他几个烧饼，也就是个脸熟，谁想到他会求到我头上，让我帮他找房子，估计也是被逼急眼了，于是我就跟我爹提了一下，刚好他一伙友有房要出租，就介绍给他了，也实在是赶巧了。我不知道他叫什么名儿，只听别人管他叫老胡，其实据我看，这个人岁数并不大，也就二十多岁的样子吧。怎么忽然问起这个？”袁咏梅不禁警觉起来，她以为陈季秋怀疑自己行为不端，看上去有些愠怒的样子。

“没什么，就是好奇而已，因为中午宗臣吃的也是烧饼，给我尝了一个，味道不如这家的。”情急之下，陈季秋把陶宗臣拉了出来，总算消除了袁咏梅的疑惑。而陈季秋的心里也踏实了，他倒不是担心妻子和胡胜生有什么私情，就怕袁咏梅万一被胡胜生给赤化了，那到时候可就不好收拾了，好在什么关联也没有。这时，袁咏梅悄悄捅了他一下，朝坐在下首的陈季功努了努嘴，陈季秋便发现陈季功的目光有意无意地在追逐着一个俏丽的身影，那是女佣陶慧玲。陶慧玲在陈家不知不觉已做了几年工，已由一个小姑娘长成亭亭玉立的大姑娘了，莫非三弟对陶慧玲……陈季秋下意识地摇了摇头。

马进这天轮休，想去北平城里买点东西，正值全厂上工的时间，所以巷子里的人并不多，加之又是一年当中最冷的季节，更少有人出来闲逛了，因而显得太过冷清。马进边走边低着头在想着什么心事，突然，觉得好像什么地方不对劲儿，便抬起了头，发现面前站着两个人，黑铁塔般挡住了去路，待马进要转身往回走，身后也同样站着两个人，马进深感不妙，刚要高喊“救命”，却被人用手绢捂住了嘴巴，马进只觉一阵天旋地转，便什么也不知道了。

幽幽醒来的马进，一时没明白自己在什么地方，等到看清了周围的摆设，不禁吓了一跳，什么老虎凳、皮鞭、碗口粗的麻绳……每件东西都让人触目惊心，这里……这里莫非就是警察局里的阎罗殿——审讯室，难道自己加入共产党的事情暴露了？马进努力稳定了一下自己的情绪。

“马进，你醒了？那就好，今天把你带到这里来，到底因为什么，我不说，想必你也明白，你要是老实交代呢，有你享不尽的荣华富贵，如果对抗政府，就别怪我不客气。”一位坐在正位上、上了点岁数的警察厉声说道。

“长官，你说的是什么意思，我听不明白。”马进装傻充愣。

“不明白？那么好，我问你，你是不是共产党，你们的领导人是不是那个叫胡胜生的年轻人？”

“没有的事啊，长官。因为工友们信任我，才让我当的罢工委员会的委员，我们决定罢工，实在是因为过不下去了，并没人指使。”马进极力否认。

“哼哼，看来不给你点厉害，你是不会老实交代的。”年长警察狞笑一声，吩咐手下人用刑。还别说，一番折腾下来，马进愣是只字未吐。年长警察似乎有点黔驴技穷了，正这时，一名小警察从门外跑进来，在年长警察的耳边嘀咕了几句，年长警察赶忙走出了审讯室，工夫不大，又重新返回，这次年长警察脸上满是笑容。刚才他受到了一位“高人”指点。

“行，马进，算条汉子，不过咱们再做一个游戏，如果这次你能挺过来，那我就信你说的，你不是共党，来啊，把东西抬上来。”只见三四名警察抬着一个玻璃大缸走了进来，再看大缸里面，满满一缸的蛇，虽说个头不算大，可是那么多蛇在那里蠕动着，看着就叫人从心底产生一股凉气。

“来人，把他的衣服扒下来。马进，你听着，这里面只是些小草蛇，不会要了你的命，我要把它们一条条地放在你身上，任它们在你的身上爬呀、爬呀，哎呀，那种感觉真的没法说。”年长警察的语气似乎都陶醉其中了。马进此时脸色煞白，冷汗都冒了出来，从小他就对这类爬行动物怀有天生的惧意，他可以挺住各种酷刑，可就是怕这黏黏糊糊的小动物。眼瞅着年长警察用工具挑起了一条草绿色小蛇，马进吓得惊叫一声昏了过去，再次醒来，马进的意志彻底崩溃了，把他所知道的全都交代了。

陈季秋这几天感冒了，没有去厂子里上班，而是待在家里养病。他时刻关心着对胡胜生调查的情况，并告之手下，一旦有了结果，马上向他汇报。他现在是军统方面在长辛店地区的主要负责人，关键时候可以直接向宛平县警察局下达命令，只是他的这层身份隐蔽得很深，即便是家里最亲近的人也不知情。书房里，两名身穿便服的警察在向陈季秋汇报调查结果，陈季秋冷静地听着，其实，那名向警察局出招的高人正是陈季秋，他是从一本书上学来的，叫作心理摧毁法。

“既然证据确凿，那就立刻抓捕，而且要将犯人转至北平市局，这是大案，上峰肯定会十分重视。”

“明白。”两名警察站起身告辞，陈季秋礼貌地送到书房门口，却见袁咏梅青着脸往大门外走。

“咏梅，你干吗去？”

袁咏梅仿佛没有听到陈季秋的问话，而是更加速度往门外疾奔。陈季秋意识到了什么，快速朝袁咏梅奔去，在袁咏梅拉开房门的一刹那，闪身挡在了前面。

“咏梅，你不能去。”

“走开。”

“不管怎样，你今天无论如何不能出这个家门半步。你们两个还不快走！”陈季秋冲两名警察命令道，那两名小警察如梦初醒，急匆匆地走了。这边陈季秋上前拽住了袁咏梅的胳膊，把她往卧室里拉，袁咏梅拼命想要挣脱，可是根本不是陈季秋的对手，最终被陈季秋推进了卧室。

“咏梅，我知道你想干吗去，你是不是听到我们刚才的对话了，想给那个卖烧饼的人报信？”

袁咏梅没有正面回答陈季秋，而眼泪却不争气地流了下来。是的，刚刚她本想给陈季秋送一杯咖啡，外带给那两名客人送两杯茶，结果在书房门口就听到了他们的对话，原来……原来那个卖烧饼的小伙子是共产党，是和陶宗汉有着同样追求的人，而且这个人还是那样年轻，为人那么仗义，可是陈季秋竟然要逮捕他。袁咏梅知道，所谓的抓捕将意味着什么，所以她想到了要去给老胡报信，可没想到还是晚了一步。

“你知道吗，他才刚刚二十岁出头，还没有尝到生活的滋味，就被你……”袁咏梅说不下去了。而陈季秋则顿了顿，在他看来，这和年龄没关系，谁让他要反抗政府呢！这就是他应该为自己的行为付出的代价。

“咏梅，你清醒点好不好，政治斗争从来就是残酷的，有多少尚未懂事的孩童都成了政治斗争的殉葬品，这个胡胜生是个危险的共党分子，不把他抓起来，说不定还会有什么大乱子。”

“同时还会把你头上的顶戴花翎换成更大一点的吧？”袁咏梅语含讥讽，“陈季秋，你听好，我没想到我的丈夫竟是这么一个冷血动物，为了自己的仕途，竟然不惜将那样一个年轻的生命送上刑场。”袁咏梅说完，把脸转向一边，不再看陈季秋。而陈季秋则呆立在那里，他清楚地听到袁咏梅喊出了他的全名，而且语气是那么的冷，自打结婚后还从没见过她这种口气。他想上前搂住袁咏梅，袁咏梅后退一步，冷眼瞅着他，他不禁有些讪讪然，陈季秋没想到，因为一个胡胜生，夫妻俩的关系竟然搞得这么僵。

胡胜生在毫无防备的情况下被警察带走了，当时他正在教王元瑞的孩子算算术，警察冲进来不问青红皂白，将胡胜生捆了个结结实实，而王元瑞一家也被吓得不知所措。

“长官，你们是不是抓错人了？”王元瑞试图为胡胜生申辩。

“闭嘴，再多说连你也铐起来。”一名警察大声申斥着王元瑞。王元瑞也就不敢再吱声了，他眼睁睁地看着胡胜生被他们抓走了，虽说心里也着急，可真的是什么办法也没有。

胡胜生被抓走之后，王元瑞、孙茂林等人到处托人打听消息，过了没多长时间，就得到消息，胡胜生被国民党当局押往了汉口，并在那里对其进行了严酷的审讯，因为毫无收获，恼羞成怒的国民党当局最终将胡胜生杀害了。至于为什么会被押往汉口而不在北平行刑，那就没人知晓了。

不久，马进疯了，据说是被吓疯的。那天，不知是哪个狭促鬼往马进家的院子里放了许多条蛇，蛇都不大，而且是青绿色的草蛇，根本咬不死人，但这些蛇有的爬进了马进家的屋子里，马进老婆吓得哇哇大哭，而马进则手指那些蛇，脸色白得瘆人。

“胡胜生，你饶了我吧，胡胜生，你别过来。”

马进两眼失神地跑出了自家院子，自此，长辛店一带便多了一个疯子，一个没人同情的疯子。

12

时间仿佛像一把无形的钝刀，眨眼工夫陶宗汉已经32岁了，就在这一年夏末，何香草平安地生下一子，陶宗汉为儿子取名为陶志坚，寓意儿子要有一个坚强的革命意志。添丁入口，使得原本拮据的日子更加捉襟见肘，而且也比以前更加忙碌，但陶宗汉的心里始终被快乐的情绪充溢着，那种天伦之乐是任何东西代替不了的。何香草也觉得自己被幸福包围着，一度甚至忘了还处在白色恐怖之中。然而这种愉悦并没有持续多长时间，那天，刚出月子不久的何香草抱着孩子在院子里晒太阳，却见陶宗汉一脸悲切地回来了，她很奇怪，因为陶宗汉很少这么早就回家，见了自己和儿子就好像没有看见一般，径直走进了屋里。何香草本能地觉察一定出了大事，于是她抱着孩子紧跟着走进屋里，随手把房门关死。

只见陶宗汉仰面躺在床上，目光无神，而眼泪却止不住地往下流，俗话说“男儿有泪不轻弹”，究竟发生了什么事，令陶宗汉如此伤心？何香草抱着孩子挨着床边坐下。

“宗汉，发生了什么事？你说出来，说出来心情就会好受些。”

“邓……邓先生牺牲了。”

“啊！”何香草也一下呆住了，邓中夏牺牲了！邓中夏牺牲了！她能理解这消息对陶宗汉的打击多么巨大，她曾不止一次听陶宗汉提起邓中夏，每次，陶宗汉都是以对老师的崇敬来述说他与邓中夏的交往，可以说，没有邓中夏，陶宗汉也绝对走不上革命的道路，邓中夏是陶宗汉的引路人。何香草一时也不知道该说什么才好了，她把孩子抱进里屋哄睡着后，又来到陶宗汉的身边，默默地抓起陶宗汉的双手，那双手冰凉，似乎没有一点温度。

“宗汉，想哭你就哭出来，别老憋着，要不你会憋出病来的。”何香草自己先有了哭腔。

哪有斩不除的荆棘？
哪有打不死的豺虎？
哪有推不翻的山岳？
你只须奋斗着，
猛勇地奋斗着，
持续着，
永远地持续着，
胜利就是你的了！
胜利就是你的了！

陶宗汉轻轻吟诵着，语气中的悲愤之情溢于言表，“这是邓先生在狱中写的一首名为《胜利》的遗作，由一名崇敬他的狱卒偷偷带出来的。你听听，在那样艰苦的环境里，邓先生依然那么乐观，对胜利充满了渴望。香草，你只知道我心中充满了悲伤，但是我告诉你，我的心中更充满了仇恨，其实邓先生完全有可能脱离险境，是因为叛徒告密，才使得先前一切的努力付之东流，我恨那些可恶的叛徒。”陶宗汉说着，愤慨地捶了一下床板。

1933 年 5 月 15 日，邓中夏在法租界被捕，当时他化名为“施义”，被捕后与敌人进行了斗智斗勇的周旋，始终没有暴露真实身份，党组织也进行了卓有成效的营救工作，邓中夏差点获得保释。然而就在关键时刻，和邓中夏一同被捕的全国赤色互济总会援救部部长林素琴，因为忍受不了敌人的酷刑而叛变，并供出邓中夏的身份。国民党当局获知情况后欣喜不已，因为邓中夏在党内有着极高的声誉，肯定掌握着大量不为人知的秘密，国民党当局希望从他的口中了解到更多情况，于是迫不及待地将邓中夏“引渡”至国民政府首都——南京。然而还是让他们失望了，尽管用尽了各种酷刑，邓中夏始终忠贞不贰，国民党没有从他的嘴里得到任何有价值的消息，恼羞成怒地将邓中夏杀害在南京雨花台，牺牲时邓中夏年仅 39 岁。

入夜，陶宗汉在家里偷偷祭奠邓中夏，没有遗像，没有花圈挽联，只有一杯清酒。

“邓先生，你放心地去吧，我们一定会为你报仇的。”说着，陶宗汉端起酒杯，敬天、敬地，最后将酒洒向了大地。陶宗汉的双眼再次潮湿了，他仿佛看到邓中夏正乐呵呵地向他走来，那份自信谦和让陶宗汉永生难忘。

“香草，我已经向组织申请了，为了向反动派表示我们不屈的斗争，我建议将邓先生的这首小诗油印数百张，我们把它张贴在上海的大街小巷。上级已经同意了我的申请，我们就是要让反动派知道，他们杀害了一个邓中夏，会有千百个邓中夏站起来，胜利终将是属于我们的。”陶宗汉语气坚定地说道。

几天后，上海的许多街道、码头都出现了邓中夏的那首遗诗，许多市民纷纷围观，被赶来的军警驱散。上海宪兵司令部还出动大量警力，恨不能将上海掘地三尺，可也是毫无线索，事情最终不了了之。

1934 年，惨淡的新年过后，陶宗汉的情绪好不容易才有所恢复，可是让他没想到的是，他平生第一次，也是唯一一次和上级发生了激烈冲突，这次冲突使得他，包括何香草都被停职检查，但也因为这一次的冲突，虽然遭到党内严厉处罚，可也意外地保住了一家老小的性命。

事情起因是何香草所在的洋和纺织厂，日方老板强奸了一名叫晓霞的纺织女工，晓霞不甘受辱，投井自杀了，只留下一个年迈的母亲以及年幼的弟弟。孤儿寡母闹到厂子里，希望厂子能多负担一些抚恤金。可是被厂方拒绝，母子俩还受到工头蛮横地殴打，这事在厂子里激起了极大愤慨。也不知道到底通过什么渠道，陶宗汉所在的党小组组长李大力知道了这一情况，愤慨之余，便决定利用现有力量，广泛发动群众，在纺织系统开展一次罢工运动，矛头直指作恶多端的日方资本家，行动本身也契合了国内日益高涨的抗日情绪。可陶宗汉听说后，沉吟片刻。

“我不同意在当前形势下举行公开罢工，那样的话，虽然会打击反动派的嚣张气焰，但对他们的统治基础不会造成太大影响，相反，我们的力量反而会暴露，有可能还会造成重大损失。”

陶宗汉的话令与会者感到吃惊，尤其是李大力，他简直不敢相信，一个参加过二七大罢工的老同志，居然会反对罢工。

“陶宗汉同志，我没有想到，像你这样有着丰富工人运动经验的老同志会提出反对意见，本来我还想让你出面组织并领导这场罢工呢！看来是我看错人了。同志们，我们时刻要牢记，革命本身是要流血牺牲的，我们革命者在投身革命的时候，早已将个人生死置之度外，我们不怕牺牲！”

陶宗汉听着后面的话，句句剜心，仿佛他就是一个人人唾弃的怕死鬼，他的脸涨得通红，“正因为我参加过二七罢工，所以深有体会，现在的情形跟以前不一样，再说党让我们留在上海，是为配合苏区的革命斗争，无谓的流血牺牲，只会给党的事业造成极大危害。”

“你……”陶宗汉最后一句话，深深刺痛了李大力，他是从苏俄留学回来的，自认为马克思主义掌握在自己手中，怎么会接受一个工人出身、没什么文化、并不了解马克思主义的人的反对意见呢，他当即拍案而起，“陶宗汉同志，鉴于你的错误言行极其严重，我建议组织上停止你在党内的一切工作，作出深刻的检查，在党组织进行研究之后，你的工作再另行安排。”

陶宗汉万万没想到，自己只是在党内会议上提出了自己的意见，竟然会遭受这么严重的处理，他想要再说点什么，可是李大力已然不再听他，转而去部署接下来的任务了。因为何香草和陶宗汉的夫妻关系，何香草的工作也被暂时停止，罢工前期的所有准备工作，他们都没有参与。

罢工举行了，因为准备工作比较充分，时间的选择也十分恰当，是在春节前两天，各家各户都在准备迎接新年的时候，可以说打了敌人一个措手不及。应该说罢工取得了成功，先是洋和纺织厂，继而又有两三家纺织厂紧随，一时之间颇具声势。起先日本资本家死硬，愣是不给受害方家属公开道歉，也不答应复工所提出的任何条件，这就激起了公愤，尤其是上海报界的介入，起了推波助澜的作用，再加上全国人民日益高涨的抗日情绪，最终形成了大规模的反日罢工运动，这下日方资本家慌了，不仅公开道歉，而且答应了所有复工条件，罢工取得了全面胜利。可胜利归胜利，陶宗汉所担心的情况还是发生了，许多党团员因为出面组织罢工而暴露身份，进而遭到反动政府的秘密逮捕，李大力等人被捕后，表现得相当坚强，没有一个人叛变，最终都被反动派杀害了，可是这样的牺牲，本来是完全可以避免的。

幸运的是，陶宗汉夫妇因为被停止了工作而没有暴露，他们接到组织通知，继续潜伏下来，等待组织的唤醒。

13

袁咏梅和陈季秋之间的关系还在僵持着，尤其是胡胜生在汉口被害的消息不知怎的就传到了袁咏梅的耳朵里，表面上看，袁咏梅并没有什么变化，一如既往地扮演着少奶奶的角色，但她看陈季秋的眼光始终是冷冷的。陈秋季一时想不出打破僵局的办法来，因而一直苦恼着。

这天恰逢周末，已经考上北京师范大学的陈季功从学校返回家里，一家人围坐在一起吃晚饭。陈季功突然发现情形有点异样。

“爹，慧玲呢，怎么没看到她？”憋了半天的陈季功终于忍不住问道。

“噢，她被辞退了，你哥在厂子里给她安排了个活儿，不累，挺好的。”陈炳权的语气淡淡的。

被陈季功这么一问，袁咏梅才回想起来，是有几天没见到陶慧玲了。这么些年下来，陶慧玲已经融入这个家庭当中，平时没觉得，时间一长还真有些不适应。这几天因为她和陈季秋的关系很紧张，所以她也没太在意。

“不是说陶家老太太的身子不舒服，让她回去照看几天，怎么就辞退了呢?”袁咏梅说着，目光犀利地望了陈季秋一眼，陈季秋的脸一红。

“这是咱爹的主意，觉得慧玲的岁数也不小了，老在咱家帮佣也不是个事，不如趁早在厂子里谋个职，最好能再学点东西，对女孩子将来有好处。”陈季秋一边解释，一边心虚地望着袁咏梅。

“那总得跟我打声招呼再辞吧，我还算不算家里一员了?”陈季功嘴上嘟囔，胡乱扒拉了几口饭，便扔下饭碗朝屋外奔去。

“老三，你去哪儿?”叶秀岩朝着陈季功的背影喊道。其实根本不用问，大家都明白，陈季功是去找陶慧玲了。上了大学的陈季功现在几乎毫不掩饰自己对陶慧玲的好感，他觉得自己已经长大成人了，叶秀岩望着陈炳权一脸无奈。

“看我干什么，吃饭。”陈炳权气哼哼地说着，好好一次家庭聚餐，愣是给搅得没有了食欲，陈炳权胡乱扒拉几口之后，干脆背手回了上房，惹得大家面面相觑。

屋里气氛很沉闷，陈季秋正在对着棋盘打谱，棋盘上黑白子交错，正在进行一场激烈的大搏杀。袁咏梅气恼地来到桌子前，“你说，这是不是你和老爷子共同设下的套，想要拆散一对有情人，不必这么大费周折吧?”袁咏梅语含讥讽。

“是爹主动找的我，向我提出了那个建议，我觉得没什么不好，所以就答应了。慧玲在我们家帮佣，毕竟不是个长久之计，你想想，老三对慧玲的那点意思，你我都看出来了，还能瞒得过老爷子？设身处地地想想，老爷子想阻止这桩婚姻，自有他的一番道理。不过婚姻这种事，关键还得看两个人的造化和缘分，缘分到了，挡也挡不住。”说完，陈季秋望着袁咏梅，伸出双手拥住了袁咏梅，袁咏梅依然无动于衷。

老袁家又欣逢了一件大喜事，袁文才的宝贝儿子袁咏松两年前自国立交通大学毕业后，先是在上海的一家大公司谋了个差事，近期因表现良好，被公司派往美国学习两年，这可是一个千载难逢的好机遇，一旦学成必将受到重用。在出国前，袁咏松特意回家探亲，这就多少有点衣锦还乡的意味了。本来陈季秋打算全权操办接风宴，可是袁文才发话了，这是老袁家的大喜事，他就是砸锅卖铁，也不能丢了老袁家的脸面，如此一来，陈季秋倒不好再插手了。

接风宴最终定在西单繁华楼雅座单间，尽管花去了不少银子，但袁文才高兴，嘴笑得从来没有合拢过，而袁咏松则一身西装革履，显得十分帅气。全家人都喜气洋洋，仿佛多年来的憋屈一扫而光。此时，只有袁咏菊有点郁郁寡欢，好在大家都有些习以为常了，主角儿袁咏松端起了第一杯酒。

“爹、娘，儿子感谢你们养育了我，儿子今后只有加倍努力，让二老有个安乐祥和的晚年生活。”袁咏松一口喝干了杯中酒。

“看看，这孩子，跟爹娘还客气上了。”

“慢点喝，小心呛着。”袁文才、张翠姑老两口嘴上这么说，心里却乐开了花。儿女个顶个地有出息，他们的晚年生活还有什么可愁的呢？

“姐夫，其实我们全家，尤其是我，最应该感谢的人还是你，没有你的帮助提携，就没有我的今天，也没有我们全家人的现在，你是我们的大恩人。”这话说在了点子上，袁文才、张翠姑纷纷点头，细想想，老袁家的生活走上上坡路，还不是从袁咏梅嫁给陈季秋那时开始的。如今的生活，大富大贵谈不上，起码不愁吃穿了，和以前相比真是一个天上、一个地下，“姐夫，大恩不言谢，这杯酒我干了，我知道你不胜酒力，你随意就好。”袁咏松说着，一饮而尽，他这么一来，陈季秋也站起身，一仰脖，把杯子里的酒全倒进了嘴里。

“咏松，坐下，怎么一家人说起了两家话，你能走到今天这一步，全是你自己努力的结果。怀恩、怀礼，你们两个一定要向舅舅学习，将来成为一个对社会有用的人，听见了吗？”兄弟俩大的12岁，小的8岁，都已懂了点事，便纷纷点头。

席间，心里最不平静的当属袁咏梅，是啊，如果不是因为陈季秋，老袁家不知会混成什么样呢！对于怀恩，陈季秋一直视同己出，这么多年从未有丝毫变化，就冲这一点，自己还有什么不满意的呢？这么想着，袁咏梅投向陈季秋的目光也变得柔和起来。

袁咏松走后，无论是老袁家，还是老陈家，甚至是老陶家，生活没有什么波澜，只是在这期间，袁咏梅不幸堕了一回胎，为此袁咏梅伤心了好长一段时间，起因是母亲张翠姑突然走了。张翠姑的身体一向很好，那天在收拾屋子的时候，猛然倒了下去，送到医院，人已经不行了，医生诊断为脑干出血。忙活母亲的丧事加之悲伤过度，袁咏梅随之也大病一场，人虽然脱离了危险，可是孩子却没了，而且医生还说，袁咏梅以后很可能再也怀不上孩子了，这个打击对袁咏梅来说实在太大了。

“没关系的，反正我们已经有了怀恩、怀礼，还有佳雨，你为我们老陈家已经立下了汗马功劳，接下来我们的任务就是好好地培养他们，让他们都能成为有用之材。”陈季秋安慰着袁咏梅，渐渐地，袁咏梅也就开朗起来。

1935年年底，北平爆发了以抗日救国为宗旨的一二·九运动。陈季秋始终密切关注事态的进展，他敏锐地预感到，随着日本侵略者的步步进逼，中日之间早晚要有一场大仗要打，到那时，国家和民族的命运将何去何从，个人和家庭的命运走向何方……这一切的一切都令陈季秋感到很茫然。但有一点可以肯定，他是绝对不会当汉奸的，万一北平沦陷，他决定举家逃亡，能走多远就走多远。

这天，陈季秋被秘密召进军统北平站，站长亲自接见了他。

“陈季秋同志，奉戴老板手令，跟你谈话。你是老同志，又是党国的功臣，北伐时期就立有殊功，后来又破获了多个共党地下组织，这些戴老板都是知道的，今天找你来，是有一项艰巨的任务交给你。”

“属下保证完成任务。”陈季秋打了一个立正。他想不明白，究竟是什么任务会让戴老板亲自下达指令，他本能地预感到，这项任务绝非等闲。

“当前的形势你也知道，日寇的气焰十分嚣张，狼子野心已直逼我平津、华北地区，万一日寇步步紧逼，一场大战势不可免，而华北一旦守不住，敌后的地下抗战则是长期且艰苦的，你有一个很好的公开身份，那就是长辛店机厂的厂长，所以戴老板命令你潜伏下来，到时想法争取日本人的信任。”

“戴老板的意思，一旦北平沦陷，我就公开投敌?”陈季秋语音发颤。客观条件无论多么险恶，他都不怕，他怕的是一旦自己投敌，将会众叛亲离，而他又不能做任何辩解，哪怕是对自己最为亲近的人，那真是比锥心还要难受百倍啊!

“有的时候忍耐比牺牲还要令人敬佩。”站长说着，握紧了陈季秋的双手，“今后，你的斗争会异常艰苦。当然，这是戴老板未雨绸缪，希望我们今天的秘议只是空谈，局势还有缓和的余地。”站长最后这么说。

然而，他们美好的愿望最终还是落空了。1937 年的 7 月 7 日，这个原本寻常的日子却改变了中华民族的命运，无数人的生命轨迹也因之发生了变化。

第三章　挺直的腰杆儿

1

1937年7月7日夜，日本军队在北平西南卢沟桥附近演习时，借口一名士兵“失踪”，要求进入宛平县城搜查，当即遭到驻扎此处的第二十九军严词拒绝，日军遂向中国守军开枪射击，接着又炮轰宛平城，二十九军将士奋起反击，这就是震惊中外的“七七事变”。那一晚的枪炮声，使得整个宛平城几乎没有睡熟的人，虽说这些日子以来，零星的枪炮声几乎天天都有，许多人也习以为常了，但这个晚上尤其激烈，令大家伙儿都有些提心吊胆。

第二天早晨，住在宛平县城里的长辛店机厂老工人刘景德，老早就起来了，一个晚上的枪炮声搅得他几乎没合过眼。天刚蒙蒙亮的时候，好不容易迷糊了一小会儿，可是讨厌的蚊蝇又跟他唱起了对台戏，一气之下，干脆起床了，他想早点去看看厂子受没受影响呢？

刚一拉开院门，刘景德就被一名士兵友好地拦住了，“老乡，你去哪儿？现在外面乱得很，上峰有令，老百姓一律不许擅自离开宛平城。”

“长官，我得去厂子里上工啊，要不工头问起来，我怎么说呀。”刘景德心里挺着急。

“那也不行，这是为你好，子弹可没长眼啊！”

正说着，忽然传来一阵轰隆隆的声音，日本人又在往城里打炮了，其中一颗炮弹竟然就在街对面的铁匠铺里炸开了，离刘景德家也就不到五十米的距离，吓得刘景德再也不敢说话了，一扭头返回了屋里，老婆搂着两个孩子瑟瑟发抖。

“别怕，仗打不起来。”刘景德劝说着老婆，而自己却一把拉上了窗帘，他这才发现自己的手心全是汗。

直到第三天上午，枪炮声忽然稀落了，县城里的人们遂小心翼翼地打开自家院门，朝外东张西望，发现大街上的士兵也不似前几天那么多，甚至还有两三家店铺悄然开张了。刘景德趁着这工夫，径直出了宛平城，直奔工厂而去，一路上，他的心里直打鼓，无缘无故两天没上工，不知道工头会怎么处罚呢！

然而一进工厂，刘景德简直不敢相信自己的眼睛，昔日，疲疲沓沓、死气沉沉的局面不见了，取而代之的是一幅热火朝天的场面，工友们都在忙，甚至连走路都脚底生风。

“哎，这是咋回事？”刘景德拉住了一名小伙子，问道。

“你不知道？”那人似乎很吃惊，“二十九军和日本鬼子干起来了！”

“知道啊！”刘景德心里话，“那炸弹差一点儿就打进我家了。”

“那不结了，我们这是在为二十九军抢修枪炮呢！插不上手的，可以去那边。”说着，小伙子朝货车场的方向指了指，“那边专门有为二十九军磨大刀的，二十九军的大刀片可厉害了，听说在喜峰口时，就砍得鬼子呼爹叫娘的，好了，我不跟你说了，我得忙去了。”小伙子说完，一溜烟跑了。

刘景德也兴奋起来，这帮可恶的日本鬼子就欠揍，好好的不在你们自己国家待着，跑到这儿打仗，忒坏了。进了厂房，却见常跟自己一块儿下象棋的好友马腾飞，正在为枪炮装配加工好的配件。马腾飞是名高级镶配匠（钳工），干这活儿真正是张飞吃豆芽——小菜一碟。马腾飞抬头见了刘景德，不由呵呵一笑：

“刘悔棋，你怎么才来呀，快，镟床（车床）的活儿都忙不开了。”两人下棋的时候，因为刘景德老悔棋，一气之下，马腾飞就这么叫他，一来二去竟叫顺了嘴。刘景德也没工夫跟马腾飞掰扯，三步并做两步来到自己床子跟前，徒弟罗小文见了，展眉一笑。

“师傅，您总算来了。”

加工被损坏的枪炮配件，不用说，镟床的活儿最多、最累，刘景德明白，多加工出一个配件，就能多修好一把枪支，就会多干掉几名日本鬼子，所以他干活从没像今天这么认真、仔细、高效。论技术，厂子里凡认识他的人，没有不佩服的，整整一上午，他出的活儿没一个次品，可是人也累得够呛。

“徒弟，你来，我歇会儿。”

刘景德觉得自己的两条腿都快不听使唤了，站得时间太长，腿都僵硬了，勉强刚在凳子上坐好，罗小文就给他端来一碗绿豆汤。

“师傅，您喝，这是厂子里特意给大家伙儿熬的。”

“呵呵，太阳从西边出来了。”刘景德笑着调侃了一句，以往无论活儿多重、多累，也没有这种情况发生呀！看来在打小日本这个问题上，厂子里那帮人还不算糊涂。这时，刘景德却见本家侄子刘宏生在忙里忙外地搬运东西，小伙子长得身材魁梧，高高大大，是名铆工，今天赶上轮休，也没回家，跑这儿帮忙来了，天气本来就热，小伙子就像是从水里捞出来的，浑身湿漉漉的。

“宏生，悠着点，别中暑了。”刘景德笑眯眯地提醒道。

“知道，叔，你也当心点。”小伙子说着，抱着一箱新加工好的榴弹炮的配件走出了厂房。刘景德笑着点了一下头，一仰脖，喝光了碗里的绿豆汤，重新站在了床子前开工。

与此同时，陈家客厅里正在召开紧急会议，卢沟桥事变，打乱了固有的生活轨道，短短两天时间，事变的影响已辐射全国。南京国民政府发表严正声明，号召国人起来抗击日本侵略者，保卫全华北，全国各类团体纷纷响应，甚至已有人捐钱捐物，支持二十九军抗战。但陈炳权以近七十年的生活阅历，把问题看得更深更透，那就是以目前二十九军的装备而言，实难与日军进行长时间的对抗，暂且不说南京的蒋介石只是名义上统一了全国，平津地区、东北地区他一直不曾插手，万一他再存一个让二十九军和日本人拼个两败俱伤，再从中渔利的龌龊心思，那倒霉的还不是老百姓！老爷子必须为陈家谋一个长久的安身立命之计。

参加会议的除陈炳权外，就是陈季德、陈季秋兄弟俩了。老三陈季功近段时间和家里闹得挺僵，还是因为陶慧玲。陈炳权不知从哪儿得到消息，说是陈季功根本没和陶慧玲断了联系，还经常到厂门口去等陶慧玲，然后两个人再到镇子上的小饭馆一同吃饭，那样子极其亲密。此事陈季秋知道也不加阻拦，为此，老爷子把陈季秋臭骂一通。后命人找回了陈季功，先是好言相劝，后又是严厉责问，中心点便是让陈季功放弃陶慧玲。可是好说歹说，陈季功偏不为所动，最后父子俩不欢而散，没过多久陈季功便搬出去住了。仅就这一点而言，陈季功像极了陈季秋，真不愧是亲哥儿俩！有的时候，陈炳权对此也很无奈。因为有了这一出，再加上陈季功毕竟还年轻，从做事稳重的角度考虑，还是有所欠缺，故而就没让他参加。

“老大，老二，今天把你们哥儿俩叫来，原因你们也知晓，据我看，中日之间的这场仗小不了，万一北平守不住，那我们该怎么办？”陈炳权来了个开门见山。陈氏兄弟相互望了望，陈季德先发话了。

“爹的意思是问我们，是弃是守？”

陈炳权点了点头，弃便是放弃目前所拥有的一切，举家南迁，究竟迁到哪里，要看形势而定。而守就是坚守这块土地，战斗一旦不利，有可能会沦为亡国奴，那就意味着忍辱负重，甚至是牺牲。两相比较，“弃”的活面较大，虽说四处飘零，但比起当亡国奴来要有尊严。

“反正我是不打算走的，我都快七十岁了，正所谓人逢七十古来稀，早就够本儿了，就守着长辛店不动了。关键是你们哥儿俩，老陈家不能没有后呀，谁去谁留，就由你们哥儿俩自己定夺吧。”

问题一下简单了，原来老爷子早有打算，让一人走，一人留，从目前情形而论，这是最妥当的。一念及此，陈季秋刚要开口说话，却被陈季德挥手拦住了。

“老二，你先听我把话说完，我觉得还是你走比较合适，你毕竟有二子一女，子嗣比我兴旺，再说，你在外面认识的人也比我多，会更快适应外面的环境，由我来坚守家业，并负责为二老养老送终更合情合理，我毕竟是老大。”

陈季德的话其实正合陈炳权的心意，他把目光转向了陈季秋，希望陈季秋能答应下来，没想到陈季秋断然拒绝了。

“大哥，还是你走更好，你是陈家长房，怀文又是长房长孙，陈家香火的延续没有比长房更适合的了。再说了，我毕竟是一厂之长，我走了，那厂子岂不更加混乱不堪？”陈季秋的理由听上去也蛮有道理。其实陈季秋必须要争取留下来，就在几天前的一个晚上，上峰再次秘密召见了他，正式向他下达了潜伏命令，并交代了今后联系的方法。为了取得日本人的信任，陈季秋的家属也必须留下来，可是这些理由他根本不能放在台面上去说。陈炳权望望哥儿俩，心中很是欣慰，哥儿俩都抢着把危险留给自己，有这样的手足之情，世间什么样的事情办不成呢？

“老二，我看就听你大哥的……”

“爹，不行，大哥必须得走，大哥走，对外界的影响小，大哥经常跑外，不会太引起外人关注，而我行吗？再说了，大哥做生意是把好手，可是论和各色人等交往，大哥，不是我吹，你还真不如我。何况还有三弟需要关照，你的精力根本应付不下来，还是那句话，我留下，大哥你走。”

任陈季德怎么劝说，陈季秋就是不松口，以至哥儿俩争得脸红脖子粗，在这件事上陈季秋少有地霸道，连陈炳权都有些诧异。因为到后来，陈季德答应撤走，可他提出至少要带怀恩，或者怀礼一人走，就是这样陈季秋也不通融，须知，那也是陈季秋的血脉啊！

“老二，我看就听你大哥的，至于要带哪一个孩子走，你去和梅子商量，等到局面缓解了，立马再回来。老大，这两天你去把茶庄的生意打理一下，交给一个可靠的人，你们要尽快转移，越快越好。”听陈炳权这么一说，陈季秋也就不再争执了。

和袁咏梅商量，袁咏梅的意思是让陈怀礼走。因为陈怀恩毕竟不是陈家的骨血，而陈季秋坚持让陈怀恩走，态度固执得听不得半句劝，最终袁咏梅不得不让步。

几天后，陈季德带着老婆，还有怀文、怀恩两个孩子，举家往南方撤走了，没想到这一别，竟是永诀！

2

战斗打得异常惨烈，二十九军顽强的抵抗精神大大出乎骄横的侵略者意料。在他们看来，平津地区经过多年筹划，应该唾手可得，何况他们所面对的部队，缺少枪支弹药不说，有的甚至还在使用冷兵器时代的大刀。可偏偏是舞动起来的、寒光闪闪的大刀让他们吃足了苦头。据说有个叫赵登禹的师长，趁着夜半时分，亲自率领一拨敢死队悄悄摸上阵地，愣是靠大刀片子夺回了白天失守的阵地。战斗的胶着使日方的伤亡超过预料，被逼无奈之下，只能连续调兵，战争呈僵持状态，而且越来越惨烈。

二十九军的伤亡也不小，有不少伤员都被抬到设在厂子里的临时安置所，镇医院、铁路医院都纷纷抽调人员进厂救治，可是伤员实在太多了，医护人员根本忙不过来，于是袁咏梅、袁咏菊姐妹俩便主动组织了一支妇女救援队，第一个报名参加的竟是陶慧玲。虽然在她们的成长过程中，也经历了军阀混战，但不管怎么说，战场离她们还是比较远的，她们所体会到的，不过是因为打仗，厂子里开不出工资，使生活更加困窘而已。如今战斗就发生在身边，那些伤员本来都是一个个壮实的小伙子，他们也都有父母兄弟姐妹，可为了国家，他们什么都能舍弃，甚至自己的生命。袁咏梅就目睹了一名二十岁出头的小伙子，因为流血过多死亡。那些天里，袁咏梅除了身体的劳累外，心里的负荷也是沉重的，每阵亡一名将士，她的心都会为之颤抖，这就是战争的残酷性。

陈季秋这些日子吃住都在厂子里，他需要现场组织协调，以便更快、更好地抢修枪炮。这天，从战场上拉进来一门几近毁掉的大炮，随行的一名连长，几乎是哀求地说：

“老乡，麻烦你们一定要把它修好，它可是一门功勋大炮呀，那次一炮打过去，击毙小日本包括一名中佐在内的十多名鬼子呢！拜托各位乡亲了。”

工人们听说之后，“呼啦”一下围拢过来，围着大炮指指点点。陈季秋听说后，立刻指派能工巧匠先对大炮进行拆解，能用的零件清洗干净后继续使用，不能用的立马重新加工。

刘景德已经好几天没回家了，困了就歪在凳子上眯一会儿，醒了就吃点东西、喝点水接着干，在他的印象中，工厂从来没有这么热火朝天过。刘景德和马腾飞都被抽调过来参与修复大炮，就连马腾飞最小的徒弟吕旺也跟着干得劲头十足。小伙子刚满二十，平日里心灵手巧，爱鼓捣点新玩意，马腾飞打心眼里喜欢，常对人说，这小子是个干镶配匠的料，那种关爱劲儿不亚于父子。大炮的瞄准装置被彻底打坏了，需要重做，小伙子在原有基础上加以改进，琢磨出了一个新的瞄准装置。

“师傅，大炮修好后，我跟支前大队一块儿去，我要亲自看看这东西好使不。”

“可以，不过一定要当心点。”马腾飞笑呵呵地应允了。

战场上横七竖八地躺着许多阵亡的将士，吕旺有生以来第一次见到这么多的死尸，未免有点胆战心惊，原来战争、死亡离自己真的就这么近。这只是两次冲锋之间的一次短暂间歇，士兵们见到重新焕发出霸气的功勋大炮，无不欢欣鼓舞。

重新进行部署后的日本兵又发起了新一轮进攻，一时之间枪炮声、喊杀声交织在一起，吕旺何曾见过这阵势，不禁给吓得呆住了。

“老乡，别怕，有我们呢，咱一炮打过去，管叫小鬼子鬼哭狼嚎。”有士兵安慰着吕旺，吕旺这才想起此行的任务，不禁为自己的胆小而有些惭愧，他迅速调整好瞄准装置，冲身边的一名士兵挑了一下大拇指。

“轰”的一声巨响，炮弹呼啸着扑向了日军最密集的地方，火光冲天，日本兵倒下了一大片。

“好啊，打中了，打中了。”吕旺高兴得站了起来，完全忘记这是生死瞬间的战场，等到身边的士兵想一把拉住他蹲下已经晚了，一枚子弹袭来，吕旺中弹倒地，脸上的笑容就此定格。

听到吕旺倒在战场上的消息，马腾飞脸色铁青。这孩子可怜，从小父母双亡，马腾飞一直把他当亲生儿子看待，心中的难过可想而知。刘景德则无言地拍了拍马腾飞的肩膀。

陈炳权亲自率领长辛店乡绅到二十九军军部劳军，大家有钱出钱、有力出力，凑了五千多块大洋，以及粮、油、衣、被等物资，军长宋哲元亲自接待，他对乡亲们的大力支持表示感谢。

“乡亲们，你们的深情厚谊，我宋某人代全军将士心领了。军人以保土守边为职责，对于任何敢于入侵之敌，我辈军人必将给以痛击，不将侵略者赶出国门，我们誓不罢休……”

正说着，忽见一名副官急匆匆地跑了进来，将军对副官莽壮的行为颇为不满，瞪了下属一眼。

那名副官欲言又止，最后干脆把手中的电文直接递到宋哲元手中，宋哲元接过来一看，脸色不禁变了。陈炳权心知情况有异，便打算告辞，却被宋哲元拦住了。

“就在刚才，我一三二师师长赵登禹将军不幸壮烈殉国了。”宋哲元语音发颤，眼中的热泪夺眶而出。陈炳权也一下呆住了，这消息让所有人悲痛欲绝。

“宋将军，我陈某人愿意再捐大洋一千块，支持贵军多买枪支弹药，狠狠打击这帮龟孙子，为赵将军报仇。”陈炳权声音哽咽，在他的带动下，不少乡绅再次解囊，宋哲元唯有抱拳拱手以示谢意。

“各位乡亲，我宋哲元在此发誓，誓与日军血战到底。”

“誓与日军血战到底。”军部里群情激愤。

宋哲元说话算话，他几乎拼光了老本，继赵登禹阵亡后，副军长佟麟阁也壮烈牺牲。可是，国民政府的援军却迟迟未能抵达，而日军的兵力却呈几何级数增长，二十九军面临全军覆没的危险，宋哲元最终无奈，下令全军撤出宛平城，沿京汉铁路向南撤退。

3

北平西南，距离长辛店机厂西北七八里，有个叫杨家坟的小山村，村民世代靠种地为生。因为离市区，哪怕是长辛店镇都有些远，商品流通比较匮乏，尤其是油盐酱醋、针头线脑一类的日用品，更到了急需的地步。

这天，村头来了个挑货担的货郎，看上去岁数也不小了。担子里的货物虽然数量不是很多，但品种繁杂，质量看上去也还可以，因而一下子就受到了男女老少的欢迎。

“哎，大兄弟，给我打一瓶酱油。”

“我要一袋盐。”

“有小孩儿吃的糖果吗？”

“有，有，慢慢来。”货郎小哥忙着找货，不大会儿工夫，许多商品已然告罄，还有一些没有买到东西的人都问，“大兄弟，啥时还来呀？你这算是帮了我们大忙了。”

“大叔、大婶，要不我看这样吧，你们帮我打听一下，这里有没有房子要出租的，反正我是一人吃饱，全家不饿，我就把家安在这里了，今后大家伙儿买个什么东西，尽管来找我。白天没事的时候，我还可以到邻近的村子转转，东西能多卖点就多卖点，这样既方便了我，也方便了大家。”

“哎，这主意倒不错，还是买卖人，脑子转得就是快。”

“好像听说老邢头家有房子要出租，大兄弟，你跟我来，我带你去认认门。”有人热心地引路。

老邢头看上去也就五十多岁，但面相显得相当老，而且精神也不大好，所幸房子还是不错的，坐北朝南，虽说面积不大，但住一个人没有任何问题。老邢头对房客也很满意，于是当场成交。货郎小哥每个月除房钱外，再多付点钱，算是在邢家搭伙吃饭的费用。

这名货郎小哥其实就是陶宗汉。卢沟桥事变，震惊了国人，更促进了国共两党合作的步伐，从而使党的工作重点发生根本性转变。就是在这种大形势下，组织上对陶宗汉的工作进行了重新部署。

“陶宗汉同志，组织上考虑到当前工作的重点是抗日，华北尤其是北平地区敌后抗日工作更加重要。你的家乡在长辛店，对那里的情况比较熟悉，所以决定派你重回北平，组织抗日力量，尤其是想法破坏平汉铁路（即京汉铁路，因为北京改称北平，故而称作平汉铁路）这条日军的重要补给线。”

“保证完成任务。”

“因为这次任务的特殊性以及危险性，组织上考虑只让你一人前去，至于何香草同志以及你们的孩子，组织上会秘密把她们转移到延安，你还有什么要求吗？”

“没有了，感谢组织考虑得这样周详。”

潜入北平后经过仔细分析，陶宗汉决定把工作重点放在长辛店铁路机厂。首先，这里是平汉铁路的龙头，对整条铁路来说，有着无形的影响力；其次，自己是在那里长大的，对那里的环境相当熟悉，便于开展工作；最后，也是最重要的，那里是二七大罢工的策源地，群众基础牢靠。组织上也赞同陶宗汉的想法，但也有一定顾虑，毕竟那里认识陶宗汉的人比较多，万一被敌人认出来，不要说工作，就连人身安全都成问题。关于这一点，陶宗汉也想到了，他决定不先回工厂，而是以货郎的身份在周围村子里转转，然后再寻找机会，就这样，陶宗汉孤身一人来到了杨家坟村。

老邢家的家庭成员极其简单，老邢头的老伴儿早些年去世了，老头儿也没再找，两个儿子也没成家，家里就仨光棍。

“唉，家里这副穷样子，有哪个姑娘愿意嫁过来呀。”老邢头一提起两个儿子的婚事，便愁得摇头叹息，“虽说都在大厂里上工，可是又有什么用呢？从前虽说也拖欠工资，但总还有个盼头。如今倒好，日本人来了，以后还不知道是个什么情形呢！现在连每天上工、下工都还搜身呢！”老邢头说着，连着咳嗽了好几声。陶宗汉暗道一声“真巧”，他正想着如何不显山不露水地进一步结识厂子里的工友时，没想到老邢头的两个儿子就在厂子里上班。

一天黑，邢氏兄弟回来了，陶宗汉特意开了一小瓶烧酒，四个老爷们儿一边喝着小酒，一边有一搭无一搭地聊了起来。陶宗汉把话题有意识地往工厂上引，邢氏兄弟便口无遮拦地把他们所知道的情况一股脑地都倒了出来。

原来，北平沦陷后，日本人全面接收了工厂，并把厂子改为“华北交通株式会社长辛店铁路工厂”，委派了一批日方管理人员，当然，中方的走狗也用了不少，代表人物便是厂长陈季秋。

“你说的可是以前老厂长陈炳权家的二少爷？”陶宗汉几乎是冲口而出。

“咦，宗大哥，你以前来过长辛店？”邢家老大邢映元颇觉诧异，陶宗汉目前化名宗汉，只是把姓去掉而已。

“没有，我以前在郑州的时候，认识了一位叫曹进忠的朋友，他以前是大厂的，我们俩挺聊得来，他跟我讲了不少工厂里面发生的故事。”陶宗汉心里一惊，赶紧掩饰地说。

“原来是这样。”邢映元也没有多想，“可不是，这孙子看上去人五人六的，当厂长的这几年，凭良心说，对工人们也还不错。可是日本人一来，这孙子第一个打起了膏药旗，为日本人跑前跑后。为此，他家老爷子都快跟他脱离父子关系了。也是，一个连老祖宗都不认的人，生出的孩子一准儿没屁眼儿。”邢映元恶狠狠地说着。

“映元，不许乱说话。”老邢头急忙阻止了邢映元。

“爹，你不知道，现在上工有多憋屈，早晚两次都要脱衣检查，跟防贼似的防着大家伙儿，派来的那些日本人一个比一个横，陈季秋这孙子连个屁也不敢放。偏偏老天爷对他还格外有恩，不但给了他一个貌美如花的老婆，嘿，老婆还给他生了两个儿子、一个闺女，这世道真没理可讲。”老二邢映红也在旁搭腔说道。

陶宗汉的心骤然收紧了，他知道袁咏梅嫁给了陈季秋。没想到陈季秋居然当了汉奸，袁咏梅和这样的人生活在一起，会有什么好结果呢？陶宗汉的情绪一下低落下来。

4

陈季秋感到自己已经到了众叛亲离的边缘。当知道陈季秋接受了日方伪厂长的职务之后，当天晚上，陈炳权喝令陈季秋跪下，几乎是声泪俱下地训斥这个不肖子。

“老二啊，当初让你走，你死活不走，说是要照顾工厂，难道你就是这样照顾工厂的？听爹一句劝，去把那个厂长职务给辞了，爹就原谅你，咱们踏踏实实地过普通老百姓的日子，等着那帮畜生滚出中国去。”陈炳权最后已带有哀求的语调了。陈季秋的脸色纸一样的白，他的嘴唇哆嗦着，就是发不出声音来。

“老二，快答应你爹吧，别让你爹着急。”叶秀岩也在旁边帮腔。

“爹，恕儿子不孝，儿子不能啊！”陈季秋咬牙说道。

“滚，我没你这个儿子。”陈炳权气得浑身乱颤，站在旁边的袁咏梅一下愣住了，她万万没想到陈季秋会这样，难道当了几年厂长，他就这么贪恋官位？袁咏梅给陈季秋使眼色，可陈季秋却装作没看见，让袁咏梅很下不来台，最后袁咏梅一扭头，奔回自己的房间，趴在桌子上哭了起来。

“你走吧，这个家已经容不下你了，出去后，别说你是我的儿子。”陈炳权发现陈季秋竟然连袁咏梅都不理，看来是铁了心，老爷子心里的失望可想而知。

“老爷……”叶秀岩还想劝和爷儿俩，被陈炳权粗暴地拦住了，吓得不敢出声了。陈季秋失魂落魄地站起身，自打接受任务时起，他就预料到会有这样的结局，可他还是觉得心如刀绞。今天离开了家门，和家人就咫尺天涯，那是一种怎样的痛楚啊！

垂头丧气的陈季秋回到自己的房间时，却见袁咏梅红肿着双眼，正坐等自己。看见陈季秋进门，袁咏梅站起身，走向了陈季秋，目光深深地望向陈季秋的心灵深处。

“季秋，你说实话，你这么做，是不是另有隐情?”

陈季秋心里一惊，细看袁咏梅，发现袁咏梅的目光中有探究、有渴望、有不解，他稍稍放下了心。其时很多时候，陈季秋都想把自己的真实身份告诉袁咏梅，自己这么做，其实是在为国家而战，但每次他都忍住了，这是组织要求，同时也是为了家人的安全，就像今天，他从这个家里搬出去，从安全角度来讲，对家人未尝不是一件好事。

“哪儿有那么多的隐情!”陈季秋苦笑了一下，开始默默地收拾东西。袁咏梅的心已凉到极点，她想冲着陈季秋大骂，可又怕污了自己的嘴，在那一刻，她为自己感到深深的悲哀。

就在这天晚上，陈季秋搬离了陈府。在厂内有几幢颇具异域风情的别墅式建筑，那是早些年管理工厂的外国大佬们居住的。陈季秋让手下人收拾出一套比利时风格的建筑，自己搬了进去，吃住、办公都在那里，看上去惬意无比，实则内心充满痛苦。他表面上要充当日本人的马前卒，日本人的许多决议都是他负责组织实施的，在众人眼里，他就是个汉奸走狗。那天早上，他出门时，发现院子里满是发着恶臭的垃圾，显然是有人故意恶心他，他虽然没有声张，找人给清理了，但内心几乎要崩溃了。

意识到长辛店机厂对于平汉铁路的重要性，尤其这里曾经是二七大罢工的重要策源地，共产党对这里的影响根深蒂固，日本占领军对这里的治安尤其重视，特意从东北关东军抽调松本一郎中佐全权负责。松本一郎来了以后，先组建了一支特种部队，由一个叫加藤的人率领，其实，就是专门负责饲养军犬，对付那些抗日志士。经常在夜半人静的时候，可以听到撕心裂肺的喊叫声，那是狼狗在吃人了，无形当中一种恐怖的气氛笼罩在工厂上空。

当然，松本一郎这么做，就是想从心理上摧毁抗日志士的意志。可是工厂的生产状况却一直上不去，工人们出工不出力，十天半月修不好一台车，管理人员使出了九牛二虎之力，可也是摁下葫芦起了瓢。虽然中方厂长陈季秋对日军很“忠心”，可也无力改变这种局面。生产的滞后已严重影响到了平汉铁路的运输，日军要武力占领中国，这条铁路就是条生命线，这种半死不活的状态一定要改变。

对付中国人，还是要用以华制华的策略，由此松本一郎想到了陈氏父子。陈季秋目前是工厂中方厂长，为皇军所用，不在话下，可陈家老爷子陈炳权尚还赋闲在家，不妨把他也请出来，出任长辛店地区维持会会长，以陈氏父子的影响力来促进长辛店地区的稳定，进而构建一个大东亚共荣圈的典范，应该还是有希望的。主意一打定，松本一郎就来找陈季秋商量，想让陈季秋领着他去陈家拜访陈炳权，没想到陈季秋却是一脸难色。

“太君，这件事情我恐怕难以完成，我刚和家父大吵了一架，我被彻底赶出家门了，您看……”陈季秋显得极为尴尬而又局促不安。关于陈家父子彻底闹翻这件事，松本一郎也听说了，但他总觉得不像是真的，好像是在演戏，看今天陈季秋的神情，难道真的是闹僵了？松本一郎也有点吃不准了。

“陈先生如果觉得为难，我也不勉强，那就由陶宗臣君陪我走一趟吧。”松本一郎朝站在门边的陶宗臣招了招手，“陶先生，陈先生的家，您应该也认识吧?”

“认识，认识。”陶宗臣鸡啄米般地连连点头，他怎么也没想到松本一郎会点他的将，这让他有点受宠若惊。日本人一进占长辛店，陶宗臣便紧跟陈季秋的步伐，做了日本人的走狗，他不知道陈季秋的真实身份，故而他的投靠是真心实意的，而且很快就得到了好处，他被委以特务队副队长的虚衔，在厂区内也算是威风八面的人物。对于他的行为，陶一丁夫妇，甚至陶宗法都苦苦相劝，可得到的却是陶宗臣的反唇相讥。

“爹，大哥，你们也都别劝我了，我算是看明白了，这天下早晚是日本人的，陈厂长怎么样，那还是留过洋的呢，现如今，跟着日本人走得近乎着呢！咱家住在长辛店已经好几代了，先是老实巴交的农民，后是老实巴交的工人，什么时候也没显赫过。现在就是一个机会，日本人正是用人之际，谁投靠得早谁就会得到重用。”

“那你就不怕祖宗神灵怪罪?”陶一丁的声音冷冷的。

“祖宗?！他保佑我什么了，要不是陈厂长关照，我他妈连工作也没有。”陶宗臣说完扬长而去，气得陶一丁连连跺脚，大骂“孽子”，可是却一点办法也没有，真正是儿大不由爹。

陶宗臣领着松本一郎一行叩响陈家大门的时候，陈炳权正坐在客厅的沙发上闭目养神，前几天他病了一场，病情来势汹汹，几乎将老爷子给击倒了。医生检查之后，说问题不大，就是心情过于忧郁，吃点药，好好调理调理就好了。叶秀岩本打算趁这个机会把陈季秋叫回来，却被陈炳权拦住了。

“你别叫他，叫他我连药都不吃了。”叶秀岩知道陈炳权的犟脾气，故而没敢去叫。好在身边还有袁咏梅，陈怀礼、陈佳雨也都长大懂事了，有他们在，这个家多少还有点模样。

“陈老先生，敝人早就对您仰慕已久，应该早来拜访的，因为诸事缠身，拖到现在才来，还望您老人家见谅。”松本一郎操着一口流利的汉语，身着浅灰呢子西装，看上去文质彬彬，像个学者。

“恕老朽眼拙，好像没见过阁下。”

“那我就自我介绍一下，敝人松本一郎，大日本帝国关东军本部中佐，受司令部派遣，来到长辛店，主要是维护地方稳定。”

“噢，那您到我家有何贵干？你应该去找警察局局长。”陈炳权眼皮没抬，也没让座，就连杯水也没让佣人端上来，一副拒人于千里之外的表情。松本努力压制住心中的不快。

“是这样的，老先生的公子陈季秋先生，现在是我们大日本帝国的朋友，我也想请老先生出山，出任长辛店地区维持会会长，陈家父子共同为建设大东亚共荣圈出力，是有利于百姓的好事啊！”

“你不要跟我提那个畜生，我没这个儿子。”陈炳权粗暴地打断了松本一郎的话头。

“哎，老先生，这就是你的不是了，父子之间为了一些小事情发生争执，这也是难免的，怎么能老放在心上，您说是不是？”

“我们家的私事，好像不劳阁下操心吧？”陈炳权语含讥讽，弄得松本一郎颇有些下不来台。

“那好，我们不提陈先生家的私事，还是那句话，敝人想请老先生出山，就任长辛店地区维持会会长……”

“对不起，老朽年老体衰，你也看到了，老朽刚刚才吃了药，实在没有精力去管其他事情，你还是另请高明吧，春桃，代老朽送客。”说完，陈炳权竟闭上了双眼，不再看松本一郎一眼。松本一郎僵在那里，悻悻地想发火，但理智告诉他，不能鲁莽，陈家毕竟是豪门大户，影响力、号召力在长辛店地区首屈一指，为了长远考虑，他必须忍耐。

离开陈家老宅，松本一郎狠狠地朝地上啐了一口唾沫，“不识抬举，早晚有让你服软的一天。”

“太君，您也别太生气，老头儿就这脾气，否则能跟陈厂长的关系处成那样？等他想明白了，也就水到渠成了。”陶宗臣谄媚地说着。话虽是这么说，可松本一郎却耗不起，他需要把生产尽快搞上去，否则他的压力将越来越大。

“陶先生，我本来想请陈炳权出山，和陈厂长一起把厂子的生产搞上来，这样下去不行啊，你在厂子里也有几年了，听说你的父亲也在厂子里工作，你说说看，怎么才能把工人们的积极性调动起来？”

“那还用说，给大家伙儿涨工资呗。”陶宗臣心里这么想，可不敢说出口，日本人来了以后，甭说涨工资，能保证开支就谢天谢地了，以前国民政府管的时候，还能向上提提要求，如今倒好，谁提就给谁往狗队里扔，谁还有那个胆量？陶宗臣心里的这些小九九，转了三转，说出口的却是另外一番话。

“太君，现在工人们大都心里不服，他们都自认为手头有点技术，就不服从管理，只有把他们这种骄傲的心理打掉，他们才会口服心服，他们从来都对技艺精湛的工匠打心眼儿里佩服，只要你技术比我好，你让我干什么我就干什么，要不说，师傅的话大如天呢，师傅技术好呀。”

松本一郎听了，不由点了点头，陶宗臣的话给了他一个启发，如果在厂子里搞一场技工比赛，由大日本帝国选派的工匠对长辛店机厂的工匠，比赛分车工、铆工、钳工三项，得分多者为胜。以大日本帝国雄厚的工业基础，这场比赛不难获胜。胜了，这帮工人还有什么骄傲的资本？对，要从根本上彻底摧毁工人们的对抗心理，这场比赛一定要搞，而且还要大肆宣传，松本一郎为自己的独创想法满意地笑了。

然而刚回到办公室，松本一郎就被一条消息彻底打蒙，工厂里新进的一批钢材神秘失踪了，“查，给我彻底地查。”松本一郎歇斯底里地咆哮着。

5

其实钢材是陶宗汉组织人偷走，并成功运往了根据地。事情的成功首先得益于邢氏兄弟。秘密发展邢氏兄弟加入地下抗日组织，几乎没遇多大阻力，哥儿俩都对日本人怀有刻骨的仇恨，尤其是邢映元。他师傅家有个叫小雪的姑娘，和邢映元挺合得来，两个人虽然还没有公开那种关系，但你有情、我有意的事情是不言自明的。邢映元本想，等家里的穷样子多少有点改观了，就正式向师傅家提亲，可是没想到一个日本兵无意中看上了小雪，持枪闯入小雪的家，愣是把小雪给糟蹋了，羞愤难当的小雪当天就投井自尽了，而当时师傅正在上班。小雪的娘已于几年前死于一场车祸，真正是父女俩相依为命。女儿惨遭不测，师傅由于悲伤过度，承受不了巨大的打击，精神垮了，好端端的一个家就被小日本给毁了。邢映元当时就发誓，一定要为师傅和小雪报仇，可是苦于没有挑头人，自己一个人无异于以卵击石，现在好了，有了陶宗汉大哥组织，报仇的事情就有了盼头了。于是哥儿俩又暗自联络了十几个人，经陶宗汉甄别考察，都绝对可靠。有了人，就不愁干事，可是干一件什么事情能对日本人产生巨大震慑作用呢？陶宗汉思前想后，决定从日本人眼皮子底下盗走紧俏钢材，在日本人所谓的示范区里发生这样的事情，不是更能打击日本人的嚣张气焰吗？可这件事情也同样充满了危险，必须提前谋划好每一个细节，哪怕一点小小的漏洞，都有可能使事情功败垂成。

“钢材从厂里运到厂外不成问题，我认识一个皇协军班长，这家伙嗜赌成性，在他当值的时候经常会召集手下聚众赌博，到时我可以找几个人尽情陪他玩，映红去招呼他手下把门的弟兄，这时候别说把钢材运出去，就是把火车头给开出去，这家伙也未必知道。”邢映元的一句话，引得大伙儿一阵哄堂大笑，稍显紧张的气氛缓和了一些。

“钢材运出去后，我们可以组织人手用驴车运走，问题的关键是，要运往根据地是不可能的，目标太大，而且也不是一天两天就能办成的事。我的意见是，最好能装上火车，运到一个离根据地稍近，同时又有咱们的人负责接应的地方，之后再偷偷地把钢材卸下来运往根据地，这样最为稳妥。”办法虽是个好办法，可是如何才能神不知鬼不觉地将钢材装上火车，并成功运走呢？几个人一时有些束手无策。

“我看要不这样吧。”应声而入的却是老邢头，他冲陶宗汉笑了笑，“其

实我早就知道你不是个安分的买卖人，我猜想你以前也在大厂干过，我们说的大厂里的一些事情，你一点也不吃惊，而且问得还很懂行。我不管你是谁，但我认定你是一个好人，他们哥儿俩跟着你，我放心。我要跟你说的是，早些年我在车站上干过，认识一个火车司机，他曾经参加过二七罢工，对你不知有没有用?”

“真是太好了。”陶宗汉惊喜得一拍大腿，不管有没有用，试试再说，何况这个人还参加过二七罢工，陶宗汉的心里多少有了点儿底。

第二天，老邢头就带着陶宗汉去了长辛店火车站。因为那里离工厂很近，为防万一，陶宗汉特意装饰了一番，他身穿灰色长衫，头戴礼帽，还配了一副宽边墨镜，看上去像个生意人，和以前的形象天差地别。然而很不巧，那名姓施的火车司机，刚下班，正值轮休，再问他家，在丰台那头呢!陶宗汉和老邢头一商量，干脆直接赶往丰台，费了九牛二虎之力，在临近中午的时候，才在一家小酒馆里找到了那名火车司机，他正在一个人喝闷酒。

“施师傅，还认得我吗？我，老邢头，原来在站上打扫卫生的。”老邢头热情地打着招呼，那人只是拿眼睨了一下老邢头，摇了摇头，看得出来，此人的情绪很低落。

“施师傅，我今儿个给你介绍个人，就是他，宗汉，是个跑买卖的，他有事要跟你商量。”说着，老邢头主动坐到了靠窗的位置上，负责监视街面上的情况。这边，陶宗汉就势坐在了那人的身边。

“施师傅，听邢大哥说，您曾经参加过二七罢工?”一句话，惊得那人差点跳起来，但发现陶宗汉并无恶意，遂有些迷惑地望着陶宗汉，“其实我也参加过二七罢工，只是罢工失败后，我就辗转各地去了。”姓施的火车司机这才仔细打量了陶宗汉一番。陶宗汉的坦诚让他感动，然而一个素昧平生的人为什么要跟我说这些？他的狐疑，陶宗汉当然心知肚明，于是陶宗汉直奔主题。

“施师傅，我今天来找你，其实是想请您帮个忙，我有一批钢材想搭您的火车运出去。”听完陶宗汉的话，那人吃了一惊。

“你是……”

“我是谁并不重要，关键我们这么做，可以让小日本看看，咱们中国人不是软柿子，是有骨气的，而且我还向您保证，我们计划得很周详，这边有人装车，那边有人卸车，您只要把火车的发车点以及停车站事先告诉我们，您就算为抗战立下了大功。”陶宗汉的态度很真诚，他伸出双手，握住了施姓司机那双略显冰凉的手。

施司机之所以一个人喝闷酒，是因为他刚刚受了汉奸、特务队队长王玉杰的窝囊气。

施司机家有一尊祖传的明代铜质鎏金释迦牟尼佛像，这事被他早些年的一个徒弟告诉了王玉杰，而王玉杰偏又有收藏古董的嗜好，于是串通工头给施司机施压，要他把佛像交出来，否则就定他一个抗日分子的罪名，不仅工作要丢，恐怕连命都保不住。万般无奈之下，施司机只好将宝物“奉献”给了王玉杰，可是心里毕竟难过，一连数天闷闷不乐。今天听了陶宗汉的提议，心想，这事一旦成功，也让王玉杰那个王八蛋尝尝厉害，说不定小鬼子还会一气之下崩了他呢！他决定帮陶宗汉。

“宗汉兄弟，你我都是中国人，又都参加过二七罢工，我相信你，那咱就联手搞他一回。”施司机说着，猛地将杯中酒喝了个底朝天，呛得他接连咳嗽了好几声。

“那好，咱们一言为定，到时你把行车计划告诉邢大叔，剩下的由我来安排。”陶宗汉没想到事情会这么顺利，而且还有另外一个好消息，那就是司炉工还是施司机一手带出来的徒弟，绝对可靠，这让陶宗汉喜出望外。

几天后，老邢头带来消息，说是后天晚上有趟车发往汉口，沿途停靠不少站，是由施司机亲自驾驶。陶宗汉听了以后，决定就在那天行动。他让邢氏兄弟分头去组织人手，而他则通过秘密途径，向党组织汇报了上述情况，希望组织上到时派人在邯郸站卸货。之所以选择邯郸，主要是因为那里离根据地近，同时邯郸站小，敌人防范措施比较薄弱，而我方的地下组织力量比较大。一切都在有条不紊地进行着。

行动那天晚上，邢映元、邢映红兄弟俩来到工厂南门值班房，负责在这里守卫的是皇协军的一个班，班长姓赵，平时就爱打牌、推牌九、玩麻将什么的，只要是赌钱的玩意儿，他都喜欢，而手下人摸准了他的脾气，为了哄他高兴，时常故意输给他点钱，这更加刺激了他的赌性。邢氏兄弟是机车厂的，离工厂南门很近，没事的时候喜欢到值班房套近乎，为凑热闹也玩过几把麻将，就为跟姓赵的班长混个脸熟，坦白讲，家里缺点烧火的煤、点灯的油……都需要从工厂往外带，这就需要这帮看门狗的关照，一来二去也就相互认识了。今晚邢氏兄弟特意提了两瓶酒，一只烧鸡外带一包猪头肉，美其名曰承蒙赵班长长期关照，一点小心意而已。

“映元、映红，你们哥儿俩也太客气了，正好，咱们先喝着，一会儿玩儿圈麻将，上次让你们哥儿俩赢了，这次，我一定要赢回来。”

“那好啊，只怕赵大哥不但没赢回来，再在老伤口上添新疤，那可就不妙了。”邢映元的一番话引得众人大笑不止，于是大家围坐一桌，推杯换盏地畅饮起来。酒过三巡，眼见大家均微有醉意，邢映元向邢映红使了一个眼色，邢映红会意，便站起身。

“赵大哥，您先好好喝着，我去把外边的几位兄弟叫进来，这天也怪冷的，让他们也喝点酒暖和暖和。”

“行，难得映红兄弟想得周到。”赵班长头也没抬，撕下一只鸡大腿津津有味地啃着。

邢映红出得门来，却见看守南门的几名士兵正围坐在岗哨周围，眼望着值班房，眼里既有羡慕，又有嫉妒，而嘴里的哈喇子都快要流出来了。

“弟兄们，赵班长叫你们进去呢，快去吧，我替你们看会儿，这大冷的天，不会有什么事。”

那几个人一听，喜得眼睛都眯成了一条缝，再也不管三七二十一，纷纷朝值班房奔去，直到那几个人都进入了值班房，邢映红才机警地向四周看了看，并没发现什么特殊情况，于是他快速地朝离南门有百八十米远的一个地方奔去，那里是机车厂厂房后面的背阴处，工厂围墙事先被参与行动的工人掏了一个不大不小的洞，并用一些废弃物遮挡着，以免让不相干的人发现。邢映红按事先约定，学了两声猫叫，于是等得早已有些不耐烦的工友们，迅速将遮掩物去除，将刚运到这里的钢材顺着洞口，递到了厂子外面，外面由陶宗汉率领的接应人员将钢材直接装上驴车，为防止驴叫，驴都被勒紧了嘴巴，而周围又都有工友放哨，一旦发现不测，大家会在第一时间撤退。钢材全部装上驴车后，用苫布盖好，马不停蹄地运到了长辛店火车站，为了掩人耳目，驴车是从铁路职工上下班常走的小道进的站，负责看守道口的人事先也被做通了工作，亲自将驴车护送到煤水车前，司炉工干脆下车来帮助装车，前后不到十分钟，钢材便被运上了煤水车，并巧妙地用煤伪装好，众人随之迅速散去。期间站长从值班室出来上厕所，发现这边情况有点异样，想要过来探个究竟，却被施师傅半路拦住了，说是自家有些土特产想要运到南方去卖，希望站长通融，并悄悄塞了好几块现大洋给站长。站长也就笑呵呵地收下了。当火车安全驶出长辛店火车站的时候，陶宗汉不由长出了口气。

特务头子王玉杰，接到松本一郎的命令后，哪儿敢怠慢，马上带人仔仔细细地勘察，后来在狼狗的帮助下，找到了那个洞口，看来钢材就是从这里被运送出去的。这里离厂南门并不远，却是个灯下黑的地方。但细细推敲，他觉得不对，难道那天值班的都死绝了，哪怕有一个人看见，这帮兔崽子也不至于得逞吧？王玉杰把他的怀疑告诉给了松本一郎。松本一郎马上将那天负责南门值班的皇协军找来，不用上刑，赵班长便全招了，气得松本一郎连赏了赵班长好几个耳刮子。于是邢氏兄弟自然浮出了水面。

“王桑，你去把那兄弟俩给我抓来，我们要顺藤摸瓜，破获这股抗日地下组织。”

“是。”王玉杰赶忙领着人追捕邢氏兄弟。然而让他沮丧的是，邢家早已人去屋空，翻遍所有东西，也没有找到他想要的有价值的线索。听了汇报后，松本一郎自然暴跳如雷，他知道，这次遇到了一个强劲的对手。

原来，陶宗汉早就想到了日本鬼子唯一的突破点，所以钢材转移成功后，就连夜动员邢氏兄弟和他们的老父亲一道转移到门头沟地区，那里活跃着一支规模虽说不大，但是凭借山区有利地形，不断给予敌人打击的游击队——斋堂游击队。而陶宗汉自己则转移到一个新地方，继续领导着地下抗战。

6

陈季秋变了，他除了当汉奸，还公然勾引了自己的小姨子——袁咏菊。两人同住在一幢独立的小楼里，难说不会引起各种各样的流言蜚语，这一来二去就传到了老鳏夫——袁文才的耳朵里。袁文才起初不信，可毕竟传言有鼻子有眼，再说那幢小楼离他上工的地方也不远，下班后袁文才便悄悄来到小楼附近，恰好看见陈季秋和袁咏菊两个人有说有笑地从楼里走出来。陈季秋的小车就停在院门外，看他们那种亲热劲儿，就知流言并非空穴来风。袁文才气得浑身发抖，他刚想上前痛骂这对狗男女，却被一双手轻轻拉住了，他回头一看，却是大闺女袁咏梅，袁咏梅的眼里满是热泪。

“梅子，你等着，我找他们算账去。”

“爹，您别去，您还嫌咱家不够丢人吗？”袁咏梅的悲愤可想而知。

“那他们也太……唉！”袁文才气得蹲在地上，用双手不断捶打着自己的头，“我这是造的什么孽啊！”

“爹，咱们走吧，免得让人家笑话。”袁咏梅用手抹去眼边的泪水，上前搀起了老父亲。

“陈季秋，你这个畜生，总有一天要遭报应的。”袁文才恶狠狠地咒骂着。

其实这是陈季秋和袁咏菊在人前演的一出戏。自打从陈家搬了出来，工作上相对便利了许多，但也有不利的地方。陈季秋和上级联络的地方是一家坐落在长辛店大街上的咖啡店，装饰风格时尚，吸引了不少青年男女，像这样的地方，孤身男人去一两次尚可，老去，特别是像陈季秋这样身份的人，难免会引起别人的猜疑，何况一些情报陈季秋也不便亲自传送，这就需要一个联络人，而这个人最好是名女青年，还能起到麻痹敌人的作用。经过慎重考虑，陈季秋选上了袁咏菊，一来袁咏菊是袁咏梅的亲妹妹，经过这么些年的观察，他发现袁咏菊胆大心细，赋有正义感，很多方面很像袁咏梅，这是一个可以发展的对象；二来他一旦和袁咏菊走近，必然会引起关注，尤其是袁家人，包括袁咏梅在内，从客观上讲，会使亲人们更加安全。所以陈季秋利用手中职权，将袁咏菊调到他的办公室工作，专职他的女秘书。在此时间，陈季秋秘密地和袁咏菊深谈了一次，袁咏菊在震惊之后，心中涌起的是敬佩之情。当初，袁咏菊对姐夫卖身求荣的行径深感不耻，她甚至不想来这里工作，可恰逢这阵子，有个日本工程师对她穷追不舍，搞得袁咏菊身心俱疲，直接拒绝吧，又怕惹恼了日本人，可一味地躲避又不是个事儿，而到陈季秋身边工作，就少了许多这样的麻烦。没想到陈季秋却是这样的身份背景，她觉得姐夫真是一个勇于担当、敢于牺牲的真爷们儿。于是袁咏菊毫不犹豫地答应了陈季秋的要求，接下来就是打情骂俏、出双入对……直至流言四起。

今天，陈季秋和袁咏菊又一次光临那个叫稻草人的咖啡店，他们看上去就是一对热恋中的情人。陈季秋身穿一件深色呢子大衣，戴一顶黑色礼帽，显得斯斯文文，而袁咏菊则是一身职业女装，里面是艳丽的大红毛衣，真是光彩照人，二人在预定的位置上坐下，点了他们最喜欢的卡布奇诺。

“姐夫，我刚才好像看见我爹和我姐了，他们现在一定恨死我了。”

“咏菊，对不起，让你受了这么大的委屈，等抗战胜利了，我一定亲自向他们解释。”

这个时候，门口又进来一对青年男女，男的完全是副花花公子的模样，也戴着一顶几乎和陈季秋一样的礼帽，进门后随手把帽子挂在了衣帽钩上，两顶礼帽紧紧挨在了一起，之后，那对男女便来到一处灯光比较昏暗的地方坐下，悄悄私语，不时发出阵阵笑声，那笑声听上去有点浪，引得不少人侧目而视。

“咏菊，我们走吧，这里太吵了。”

“好吧。”袁咏菊喝光了杯中的咖啡，站起身，挽着陈季秋的胳膊，一同朝门口走去。陈季秋不经意间拿了刚才那位小伙子的礼帽，穿好外衣，和袁咏菊偎依着走出了咖啡馆。其实这是事先约定的传递消息的方式，陈季秋把写好的情报藏在礼帽的夹层里，而那名看上去不太靠谱的小伙子，则是军统地下组织的成员，他把情报拿到手后会迅速转交给上级组织。而今天所传递的情报非同一般，事关一场战局的成败。

1938 年 6 月至 10 月，在武汉，中日两国都投入了大量兵力，进行一场史上空前的大会战，这场会战事后被历史学家称为“武汉会战”。由于国军在正面战场上的拼死搏杀，给日军造成很大杀伤，日军指挥部不得不接二连三地从各地抽调兵力，而平汉铁路则再次成为重要的运输大动脉。陈季秋刚刚得到确切消息，日军又有一个旅的兵力从北平调往前线，运兵车将于三日后子夜时分启动。情报顺利传出去的第四天，在河南新乡，那列运兵车被地下抗日组织炸毁，死伤日军无数，同时也迟滞了日军调兵遣将的速度，日军华北统帅部得知情况后大为震惊。

如果说陈季秋的汉奸是假戏，陶家三子陶宗臣的汉奸就是真做了，他现在专职干起了特务队副队长的职务，而且还干得不遗余力，对此陈季秋暗自悲叹，他曾想过远远地把陶宗臣支走，最好是出洋留学，但陶宗臣根本不为所动，他为此深深地苦恼着，袁咏菊为此没少开解过他。而与松本一郎的关系也日益亲密，这是陈季秋没有想到的。陈季秋为了给皇军效力，竟然不惜跟家里人闹翻，这让松本一郎很是欣赏，然而让他们真正走近的媒介却是围棋。

那天，松本一郎路过陈季秋所住的那幢别墅，索性走进来拜访陈季秋。当时陈季秋正在一个人打谱，而松本一郎在学校时便痴迷黑白子，虽说从军这些年手生了，但只要一有机会，松本一郎还是会找人过把瘾的，也许这是天下棋迷的通病吧。

“陈先生也爱下棋，正好今日有时间，我想向陈先生讨教一盘。”对于这样的要求，陈季秋当然不便拒绝，于是两人收拾棋子，对弈起来，这才发现两人棋力相当，真正的棋逢对手，经过一番厮杀，陈季秋以微弱优势取胜。

“陈先生棋艺高超，今天时间有些晚了，打搅陈先生休息了，改天我一定再登门请教。”

“请教不敢当，相互切磋吧。”

谁知松本一郎还真说话算数，过不多久又约陈季秋下了一盘棋，之后便成为常态，开始时是在陈季秋的住处，后来松本一郎也邀请陈季秋去他家里，一来二去两人竟像是朋友一般了，下棋的过程中两人也会聊一些棋以外的内容。松本一郎甚至打趣说，他等着喝陈季秋和袁咏菊的喜酒呢，搞得陈季秋和袁咏菊都很尴尬。有时陈季秋想，要是没有这场战争，他和松本一郎说不定真会成为无话不谈的好朋友。而如今他们的关系就像是棋盘上的黑白子，外行人看来，棋子间相互纠缠，显得很亲密，而内行人一眼就明白，那是在进行一场生死搏杀，也许这就是造化弄人，陈季秋也只有摇头苦笑。

这天，松本一郎又来找陈季秋下棋，但明显不在状态，开局不久便落于下风，陈季秋诧异地望了松本一郎一眼。

“松本君，你心里有事？”

“陈先生是皇军的朋友，我也就不瞒陈先生了。”松本一郎说，“昨天，华北派遣军司令长官召开会议，会上尤其强调平汉铁路的重要性，长辛店铁路工厂的生产一定要搞上去。我想了一个晚上，以前的一个想法我觉得可以试试，那就是在厂子里搞一场斗工比赛，我想通过这样一场比赛，树立我们大日本帝国的威信，那些怠工的工人们也会口服心服，陈先生以为如何？”

“可以啊，那帮工人就服技术比他们好的工匠，还是松本君办法多。”陈季秋表面上附和，而心里却暗叫一声“苦”。比赛一旦输了，那对工人们的自信心是多么大的打击啊！最为关键的是，由谁挑头？如果没人挑头，工人们就有如一盘散沙，根本不可能获胜，而这样的角色，自己又不可能出面担当，由爹亲自来吗？多危险啊！陈季秋觉得自己的心被剧烈地刺痛了，因为心不在焉，结果他一步走错，导致满盘皆输。

“陈先生，今天这盘棋，你我各下了半盘好棋，既然陈先生也赞成搞这场技能比赛，那我就叫他们把海报贴出来，等春节过后，大日本帝国的技师来了，这场比赛就可以正式举行了，到时再把北平城有名的报社记者请来，这样一场盛会肯定会引起不小的轰动。”松本一郎说罢，站起身，向陈季秋告辞。

7

斗工比赛的海报在工厂北门张贴出来后，引起轩然大波。海报公然承诺，获胜的工人不但会得到高额的奖金，而且还会被送到日本，向日本本土技工传授技艺，时间为半年，薪水等同于大总管。条件看上去很诱人，工人们议论纷纷。但有点见识的人觉得日本人的话不可信，万一输急眼了，日本人会不会恼羞成怒而当场杀人？除去这些，关键是比赛由谁领头呢？虽然这个领头人不必亲自上场比赛，但他必须要有声望，而且能够把大家伙儿的心拢住，这样众人才能心往一处想，劲儿往一处使，这样的人有吗？

陶宗汉自然也知道了这一消息，他忧心如焚，恨不能亲自出面组织工人们一战，但显然是不可能的，他的身份一旦暴露，日本鬼子马上就会找上门来，比赛成为泡影不说，还会连累更多的人。可是如果厂子里不组队参加，那就等于不战而降，日本人肯定会借机大肆宣扬，这对敌占区人民的抗战意志会是一次不小的打击。陶宗汉觉得松本一郎的这一招很毒辣。正当陶宗汉举棋不定的时候，有人敲门，他从门缝里窥出去，却见陈家三公子陈季功站在门外，陶宗汉眼前不由一亮。

陶宗汉目前住在南岗洼一户普通庄户人家，户主是个四十多岁的光棍，以前也在大厂干活，二七罢工后被厂子开除，这些年一直靠打零工过活，甭说结婚，就连养活自己都成问题，让陶宗汉住进来，起码还有一份房租的收入。这人也怪有意思的，陶宗汉搬来后，他把正房让给了陶宗汉，自己则住进了厢房，而且还在临街的方向又开了一个门，说是自己走着方便，这样一弄，倒把自己整得像个外来户。陶宗汉觉得不好意思，在原先谈定价钱的基础上，每月又多加了一块大洋给他。不过这样一折腾，方便了陶宗汉，许多的临时会议都在这儿召开，俨然成了一个秘密的联络地点。

陈季功现在的公开身份是艺员养成所的一名教员，实际他在上北师大的时候，就秘密加入了共产党组织，曾组织参加了一二·九运动。毕业后，他又回到长辛店，在组织关系上归陶宗汉领导，而陈季功和陶慧玲的婚事，由于陈炳权的反对，一时还处于僵持状态。松本一郎叫嚣的所谓斗工比赛，陈季功第一时间就知道了，他的心情很复杂，于情于理，这样的比赛由陈家人组织牵头是最好不过的。但现如今陈家还有谁可担当呢？大哥陈季德走了，二哥陈季秋做了汉奸，不可能让老父亲亲自挂帅吧？陈季功又思前想后，唯有自己出面这一条路可走。

“慧玲，看来只有我来出面组织了，可是厂子里的事情我一点不懂啊！”陈季功沉吟了片刻，“顾不了那么多了，我去向爹请教，他老人家总比我知道的多。”说着话，陈季功站起身就想往外走。

“季功，你想到参加比赛的后果了吗？”陶慧玲的语气出奇冷静。

“我知道，日本人根本就是毫无信义。我们胜了，他们自然会恼羞成怒，反正生杀大权掌握在他们手上，大不了是个死罢了。而如果我们败了，这正是他们所希望的，虽然不会有生命危险，但那样活着岂不比死还难受？实际上我们已是华山一条路了。”

“这么说，你已经想清楚了？”见陈季功坚定地点了点头，陶慧玲的脸上也呈现出一种悲壮，“那么好，季功，我完全支持你，让我跟你一块儿去见老爷子吧？”

“你？你见我爹干什么？”陈季功一脸狐疑。

“你紧张什么，我又不是去吵架，我就是担心你，怕你跟你爹又戗戗上。”陶慧玲努力挤出一丝笑容。

“噢。”陈季功松了一口气，“慧玲，你先在家等我，我出去办件事，我们晚上一块儿去见我爹。”陈季功说着，扶陶慧玲在椅子上坐好，“我这里有些报纸杂志，你可以看看，我教给你的那些字，读这些东西没问题。”说完，陈季功闪身出了宿舍房门，他要去向陶宗汉请示汇报。

听了陈季功的陈述，陶宗汉半天没有言语，他为陈季功的坦荡、勇气以及敢于牺牲的精神所感动。

“不，季功，我们再想想，看还有没有其他的办法。”

“老陶同志，在长辛店机厂，谁比我们陈家更有影响力？没有了，这个时候我们陈家人只有挺身而出，我们才有一线的获胜机会，那些有技术、有水平的工人师傅才敢站出来，否则敌人将不战而胜，这对抗战的士气该是多么大的打击！而陈家目前只有我才是合适人选。”

这是实情，据最新消息，狡猾的松本一郎又强硬地拉陈炳权出来做大赛评委，为“公平”起见，中日双方各两名评委，如果陈炳权不参加，替补候选的人很可能又是一名可耻的汉奸，这样的话，评委席中三对一，剩下那名中方评委再公平正直也是没有用的。为确保评委的公正，陈炳权只有出任，自然就失去了担当中方主帅的机会，松本一郎要的就是这个效果，最好那帮中国工人不战而降，这才是不战而屈人之兵。

“小陈，我代表组织谢谢你。”陶宗汉紧紧握住了陈季功的双手，他两眼有些潮湿了，“你的请求我会尽快向组织请示的，同时我会建议组织做好善后工作，有可能的话，所有参赛人员会尽快撤往边区。”这是陶宗汉所能想到的最好的补救办法了。

夜色朦胧，陈季功领着陶慧玲回到了久违的家，说是“久违”，其实也不确切，虽然名义上搬到了学校给的宿舍里，但陈季功还会时不时地悄悄回去看看母亲叶秀岩、二嫂袁咏梅以及侄子和侄女。大家只是瞒着陈炳权一人而已，有几次，陈炳权睡得比较早，他还偷偷跑到父亲的寝室，看望熟睡中的老父亲，所以缺的只是回家常住罢了。

开门的是袁咏梅，她早料到陈季功会来，“老三，爹在书房等你，慧玲，你跟我来。”说罢，袁咏梅领着陶慧玲去了自己的房间，而陈季功则直接去了书房。

陈炳权的书房布置得古色古香，正中一幅“淡泊铭志”的横幅很显眼，陈炳权看似闭目养神，实则内心起伏不已，听到开门声，他并没有睁眼。

“老三吧？”

“是我，爹。”

“我就知道，家里出了这么大的事，你一定会回来的，而且以前你还回来看过我，你是爹的好儿子。”一席话，说得陈季功的双眼瞬间潮湿了。

“爹，我……”

“什么都别说了，我知道你这次回家的目的，爹只问你，你都想清楚了？日本人狠毒得很。”

“爹，我都想清楚了，为了长辛店机厂，更为了中国工人的脸面，咱老陈家不能低头。”

“好，是我陈炳权的儿子。”陈炳权再也抑制不住自己激愤的心情，“只是，儿子，万一……实在是苦了你了。”

“爹，您老不是常说，是男人就要有骨气，敢于担当吗？”

“是啊，我陈炳权有儿如此，此生夫复何求？老三，你先看看这个。”说着，陈炳权递给陈季功一张折叠起来的信纸，这是一封简短的信。

“爹，斗工比赛，我长辛店机厂必须应战，否则将大挫抗战士气，出战选手我已拟定，分别为：车工刘景德、钳工马腾飞、铆工刘宏生。他们均技术精湛，足可放心，至于领头人，我想爹心中已然有数。另，信看后即毁，勿告他人，切记为念。子，季秋。”

“这是二哥写的信？”望着那熟悉的笔迹，陈季功有点不相信自己的眼睛。

“是你二哥，我们都误会他了，至于他是延安还是重庆方面的人，爹不知道，但你二哥绝对不是汉奸。”陈炳权的语气带着无限的欣慰。

那天早上，陈炳权照例去东山坡上遛早，顺便打一趟太极拳，这是他辞职后养成的一种习惯，这么多年了，除非遇到恶劣天气，他几乎都坚持。东山坡上人不多，陈炳权的太极拳打得还真有模有样，忽见袁咏菊挎着一个菜篮子不紧不慢地走来，看样子是去镇子上买菜。陈炳权本想装作没看见，袁咏菊和陈季秋不清不楚的关系，让陈炳权想不出来如何搭讪，没想到袁咏菊没事儿人似的朝自己走来。

“老爷子，锻炼呢！您起得可真早。”袁咏菊倒主动打起了招呼，这更让陈炳权尴尬了，他的嘴巴张了张，连自己也没听清楚说的是什么。袁咏菊和他擦身而过，迅速将一个信封塞进了他的手里。

“回家再看。”袁咏菊低声说了一句，继而又提高了嗓音，“那您接着练吧，我还得去买菜呢，去晚了就买不到新鲜菜了。”袁咏菊说完，径自离去，整个过程快得让陈炳权没反应过来，只是机械地把信封装进兜里，哪里还有心情锻炼，胡乱比画了两下，便回家了。关上房门，陈炳权急不可待地拿出信封，那是陈季秋写给他的便笺，看过之后，陈炳权老泪纵横，他终于明白了儿子的苦心。

“这件事情不要告诉任何人，知道的人越少，你二哥就越安全。”说着，陈炳权划着火柴，将便笺烧了。

“我知道。”陈季功也为二哥感到骄傲。

陈炳权看着陈季功，心乱如麻。斗工的赛场实际就是没有枪炮的战场，甚至有可能是有去无回的战场，每一个战士都必须有从容赴死的决心，这就显得无比悲壮，可是陈季功毕竟还那么年轻啊！陈炳权的心在那一刻似乎都被撕裂了。

这时，一阵轻微的敲门声让陈炳权抬起了头，门开了，叶秀岩的身后跟着袁咏梅和陶慧玲，见到陶慧玲，陈炳权微微愣了一下。

“老爷，慧玲这孩子有话要跟您说。”叶秀岩眼圈红肿，说话的声音也

握手，以此来稳定大家的情绪，他知道，这个时候说一些苍白无力的话根本没用，反而会让选手们更紧张。

由陈家三公子陈季功挂帅出征的消息在厂内传开后，工人们都很振奋。按照陈季秋提供的名单，陈季功先后找到刘景德、马腾飞、刘宏生三人，三人对出战倒是没什么意见，只是一想到万一日本人翻脸不认人，便都犹豫不决。这时发生了一件事，促使三人最终下定了决心。

货车场有个老木匠，本来技术是一流的，可那天发烧感冒，因为怕日本工头责罚，并没请假，结果在加工一个配件时出现了差错，按规定接受经济惩罚是应该的，可是日本工头的辱骂却极其难听，最后竟在那名老木匠脖子上挂着一个大木牌，上面写着“我是中国猪”，并让他绕着厂区走了一圈。老木匠连羞带气加上还生着病，终于晕倒了，人没送到医院就不行了。这下工人们愤慨了，这么活着还有什么尊严？刘景德、马腾飞、刘宏生不再犹豫，为了中国工人的荣誉，他们同意出战。陈季功暗中告诉他们，比赛后会尽快将他们转移到边区，边区有我们自己的兵工厂，三个人不仅能为抗战出力，还能发挥自己的特长，只是为了安全起见，不能带家属，但陈家会负责照顾他们家属今后的生活，这让三人减少了后顾之忧，应战的信心更强了。

“工友们，我们一定会胜利的，有这么多人支持我们，大家好好发挥，我们一定会胜利的！”陈季功在比赛前最后一次给大家伙儿打气。

主持赛事的是宛平县伪县长，他见松本一郎向自己点头示意，遂站起身，故意清了清嗓音。

“安静，兄弟我有幸蒙松本一郎先生邀请，主持这场具有特殊意义的技工挑战赛，这表明大日本帝国是真心实意来帮我们进步的。”

台下有了讥笑声，不远处“砰”的一声巨响，有人在用汽锤锻打坯件，在这个场合听起来有些搞怪。那名伪县长知道自己的开场白遭到围观者的嘲讽，为防止万一，他干脆直奔主题。

“下面有请几位选手上台。”中日双方的三名选手闻言，走上了主席台。领头的一位日本人，长得虽然不是很高大，但却一脸凶相，目光从来就没有平视过。据介绍，此人叫武宫正夫，是名镟床工，他的对手是刘景德。武宫正夫家可说是世代做工，他自己从小就进厂当学徒，学得一身精湛技艺。中日战争全面爆发后，他去了南满铁路机厂担任技术指导，平日里骄横得很，根本没把刘景德放在眼里，就连刘景德朝他抱拳施礼，他也只是从鼻孔里“哼”了一声，根本没有还礼，刘景德了然一笑，不再理会他的傲慢神情。在之前准备的时候，大家曾讨论过选手间见面行什么礼的问题，普通应该是握手，可哥儿几个都怕脏了自己的手，决不能跟这帮畜生握手，可不施礼似乎又不妥当，毕竟咱是礼仪之邦，最后决定行古老的抱拳礼。第二位日本人却很魁梧，方面大耳，彬彬有礼，他叫小林英树，是名铆工。他冲比他年轻的刘宏生也还了个抱拳礼。小林英树本来有个幸福的小家庭，可因为这场战争小家濒临破碎。他的父亲开了一家小型工厂，小林英树高中毕业后没有考上大学，便进了父亲开的工厂做铆工。甭看小林英树学习上不尽如人意，但论学技能却一点就通，没过多久已能独当一面，老父亲也就释然了，子承父业也是一个不错的选择。然而天有不测风云，日本政府不断加强对中国的侵略，也引起国内一些有识之士的反对，小林英树的父亲就是其中之一，他利用各种场合宣扬自己的主张，认为日本必须和邻近的中国和睦相处，才能为自己赢来广阔的发展空间，他甚至还说出了一旦开战，日本必败的预言，这自然引起日本军界某些人的不满。于是，一场离奇的车祸夺走了小林英树父亲的生命，小林英树的家庭以及工厂也不断遭到日本浪人的袭扰，最终因无力经营而转手。小林英树则率领全家几经辗转，来到了中国东北，在南满铁路机厂谋了一个职位。这次比赛小林英树本不想来，可是军方却以他的家人相威胁，要求他不仅要来，而且还要获胜，否则他就再也见不到他的家人了，因而小林英树的心理压力非常大，几天都没有休息好，现在眼中还带着血丝。最让人嗤之以鼻的是第三位出场的人，此人叫苟斌，是个十足的汉奸，在南满铁路工厂，人们都称之为“狗腿子”。只有他是积极响应，并凭借其出色的钳工手艺入选 ，他想通过这次比赛获胜，提升自己在日本上司心目中的地位。三名日方选手，应该说心态各异，一位不屑，一位无奈，而另一位则跃跃欲试，总之，大赛的气氛由于双方选手的出场而骤然紧张。

“下面我宣布比赛规则，三项比赛分为镟工、钳工、铆工，胜一场得一分，全场比赛获得分数多者为胜。由于时间关系，三场比赛将同时进行，每场比赛的规则各位选手已经知晓，赛前将由各当值裁判再次重申，下面比赛开始。”

松本一郎带头鼓起了掌，稀稀落落的掌声也随之而起，和现场刻意营造的热闹气氛有点不协调。

钳工的比赛看似简单，由两位选手共同为一把锁配钥匙，在规定的时间内看谁配出合格的钥匙多，谁就获胜。所谓合不合格，检验起来也很容易，现场开锁便是。打不开锁的钥匙不计数。配钥匙最能检验钳工的综合技能，比赛时间为两个小时，马腾飞和苟斌听到口令后，便各自忙活起来。

铆工的比赛其实还包括焊工，铆焊铆焊，铆和焊有的时候是不分家的。这次先比焊工的活儿，两人分别将同一厚度的钢板焊接在一起，然后由评委先对焊接外观质量进行评测，包括焊接的平滑度，焊瘤的大小以及有无气泡等，这些检测比较直观，又当着众多记者的面，评委一般很难作弊。之后再由同一个人对加工好的试件进行统一再加工，即按统一标准加工成统一的试样，再送工厂试验室用同一台机器检测，看哪个试样承受的拉力更大，同时还要将其折弯成规定的角度，看哪一个试样会出现裂纹，如果都出现裂纹，则比较裂纹大小，裂纹小的获胜，这样的检测几乎都由机器完成，人为作弊的可能性不大，只需全程有人监督即可，评委席中陈炳权以及一名叫宫本的日本人同时监督。焊接外观质量的检测结果首先就给了日本人当头一棒，两样作品摆在那里，刘宏生的作品显然比小林英树的更规范，不要说内行人，就是外行也能一眼看得出来。

“刘先生，你的技术是这个。”小林英树真诚地向刘宏生挑起了大拇指，这让刘宏生很感意外，一时间竟有点拘谨地笑了，“但是刘先生，我不会轻易输给你的。”

趁着试样被拿到试验室试验的工夫，两个人又开始了铆工的比赛，即按图纸要求现场锻打出合格的坯具。锻打看起来是个力气活儿，可是力量大却不见得能干好，关键是对力量的把握，拿捏得准才能出效率。这个关口应该说两人不分胜负，毕竟是轻车熟路的活儿。接下来是两人各展绝活儿，小林英树让人拿上一块事先准备好的正方形的枕木，中间被掏空了一个坑，正好可以放进去一块带金属表壳的怀表，然后把它们倒扣在一块砧板上，双手抡起大锤，只听他发出一声怒吼，“砰”的一声巨响，大锤砸在了枕木上，继而又连砸两下，他才从枕木内取出怀表，打开金属盖，让众人观看，却见怀表丝毫未受损伤，而且还在正常运转，“哇!”许多记者发出了惊叹声，这力道拿捏得恰到好处，但凡出现一点差错，怀表都将不复如初。众人于是都把目光投向了刘宏生，看看他用什么绝活儿来扭转乾坤。

刘宏生只是轻松地笑了笑，这表明他已经胸有成竹，“小林先生，看来我们想到一块儿去了，伙计们，把咱们的东西也搬上来。”

两名工友抬着一块磨盘上来，磨盘中间有一个小槽，却见刘宏生径直走到陈季秋的面前，“陈厂长，借您的手表用一下。”

陈季秋赶忙摘下手表，递到刘宏生的手上，刘宏生把手表放进槽内，只是这次表面朝上，之后在槽上放了一块枕木，他抡起大锤连砸了三下，巨大的声响让人心里直打战，有人分明看见那块磨盘裂开了。

“天哪，磨盘碎了。”有人喊道，磨盘都碎了，那手表……

刘宏生把大锤放在一边，上前取出了那块手表，向众位记者展示，几个记者靠近端详着手表，听到“嘀嗒嘀嗒”的走表声。

“天啊！奇迹，简直是奇迹。”记者惊叹，继而鼓起了掌，这无疑直接宣告了刘宏生的胜利。小林英树也看到了那块完好如初的手表，两人的想法虽然如出一辙，但无疑刘宏生的技艺更高一筹，小林英树在这个时候显示出失败者应有的风度。

“刘先生，这场比赛您赢了，祝贺您。”不用等到焊接试样的化验结果出来，小林英树已预感到自己失败的命运了。

与此同时，车工的比赛在一间隔离出来的小房间里举行，两台同一型号的车床由两名选手抽签决定使用哪一台，这样做为的是显得更加公平。比赛分两个阶段举行，第一阶段，两人按照同一图纸的要求，用同样材质的材料，在规定的时间内加工从螺栓到螺丝各种零件，装配完整的算一套，最终谁完成的套数多为胜。武宫正夫拿眼斜视了一下刘景德，实在难以看出对方有什么特别之处。在他看来，这样的比赛是多余的，大日本帝国既然已经占领了这里，谁不听话，拉出去砍了就是，他就不相信世上有不怕死的人。但上边既然要比，他就要全胜而归，否则会有损大日本帝国的脸面，从这个意义上说，他也是压力巨大，虽然态度傲慢，但干起活儿来却一点儿也不敢马虎。因为加工的产品属于常用配件，两人干起活儿来那熟稔的动作有如事先设计好的，但渐渐地还是有了差距，刘景德看似不慌不忙，但总比武宫正夫快了那么半拍。最后一个零部件，刘景德只要加工好一个螺丝，就可以以多一套的优势获胜，而加工好一个螺丝并不需要多长时间，连一分钟都用不了。裁判长——那位宛平县伪县长看情形不对，慌忙举手叫停了比赛，这样，刘景德和武宫正夫同样以五套成品的战绩打平，但旁观者都明白，这一回合刘景德显然是吃亏了，裁判吹了偏哨。可身为亡国奴，这样的比赛又有多少“公正”可言？大家只是敢怒不敢言。

武宫正夫也暗叫一声“惊险”，他这才开始仔细地打量对手，说实话，这个中国人在人群当中绝对是个毫不起眼的角色，但人不可貌相，武宫正夫还是收起了轻视之心。

第二阶段的比赛则是展示绝活，双方各自现场制作自己最为拿手的作品，之后让对手按样品制作，谁制造不出来或者加工成了废品，谁就算失败。应该说第一阶段打平并不光彩，武宫正夫心知肚明，因而他决定绝地反击。

武宫正夫看似漫不经心地加工出粗细长短各不相同的小钢棍，接着又挑扣出不同的螺丝扣，最后就像小朋友玩的拼接玩具一样，几个小钢棍靠螺丝扣连接起来，竟然成了一把冲锋枪的模型。恰好松本一郎来这里观战，铆工比赛的糟糕战绩让他心凉，而钳工一时又难分胜负，他就想看看车工比赛的情况，当他看到了那个精致的冲锋枪模型，不禁精神为之一振，刚想叫好，却见刘景德微微笑了笑，刘景德的泰然自若的表情让松本一郎刚刚有些放松的神经又紧张起来，赛前他几乎没有想过会失败，如今他却有了一丝不祥的预感。

果不其然，刘景德也依样画葫芦地完成了冲锋枪模型的制作，两个模型放在那里，就像是一个模子里刻出来的，要说差别也只是在毫厘之间，而且还无关作品的好坏。

“现在该我表演了。”刘景德说着，从随身带的工具包里取出一块铜质坯料，把它卡在卡盘上，他这是想干吗？在场不少人都是行家里手，自然知道铜这种材料，质软，属于不好加工的品种，弄得不好，极易变形。在这么重要的比赛当中，这小子不选十拿九稳的东西比拼，万一失误了怎么办？工友们的心提到了嗓子眼。

却见刘景德将床子调为中速，不紧不慢地走刀、进刀，认真地倒角。起先大家并不知道他做的是什么东西，渐渐地模样出来了，原来刘景德当众镟了个铜质葫芦，葫芦虽说不是很大，但却玲珑剔透，十分精巧。懂行的人都宏生在根据地的兵工厂一直工作到抗战胜利，可惜的是，内战初起，在兵工厂转移的途中，刘宏生牺牲了，他没能看到中华人民共和国的成立。

9

陈炳权自打陈季功出车祸去世后，大病了一场，病情最为严重的时候，医生都通知叶秀岩和袁咏梅做好心理准备了，为此，叶秀岩几次都想去叫陈季秋，她真怕父子俩近在咫尺，万一没能见上最后一面，那岂不是千古遗恨。但叶秀岩还是忍住了，她并不知道陈季秋的真实身份，她只是怕老爷子生气，万一再气出个好歹可怎么办？好在老人凭借顽强的求生意念，愣是挺了过来，但是精气神却大不如从前了。

有一天，陈炳权梦到了陈季功，醒来后他一把握住叶秀岩的双手，嘴唇嚅动着，却不知该怎么说，最宠爱的小儿子不清不楚地没了，虽然知道是日本人暗中下的黑手，可是又无从报仇，那种痛楚可想而知，剩下的生活对于他而言，还有什么意义呢？但是，他不能就这么去死，他还有二儿子陈季秋在战斗着，他要默默地做儿子最坚强的后盾，这个时候，死比活着容易多了。一想到陈季秋的安全，他决计要顽强地活下去。

陶宗汉在第一时间知道了陈季功牺牲以及刘景德、马腾飞失踪的消息，他及时把情况通报给组织，希望组织上通过各种渠道，揭露日本侵略者丑陋的嘴脸。考虑到因为斗工比赛的失败，松本一郎想从自信心上彻底打垮长辛店机厂的工人，进而达到其彻底征服的野心并未得逞，他肯定不会善罢甘休，那么松本一郎该从哪里入手呢？陈炳权，肯定还会是陈炳权！虽然陈炳权绝对不会再和日本人合作了，但松本一郎很可能会从陈炳权的亲人下手，迫使陈炳权就范，而什么人最能牵动老人的心呢？无疑是孩子。一旦松本一郎拿孩子做筹码，那么陈炳权还能承受得了吗？一旦陈炳权受不了压力而投敌，那对长辛店地区，甚至是平汉铁路沿线的抗战形势都会产生不小的负面影响。陶宗汉把自己的担忧及时向上级进行了反映，上级经研究决定，先将陈炳权转移到斋堂游击队，然后再秘密转移到晋察冀根据地。

早在抗战之初，陈季德夫妇就带着儿子陈怀文、侄子陈怀恩离开长辛店，去南方了，如今陈季功牺牲，陈季秋与其父反目，搬出去住了，家里除陈炳权夫妻俩外，只有儿媳袁咏梅以及她的两个孩子。人口少，对于转移是有好处的，而且陈季功牺牲前向组织所反映过，其兄陈季秋实际是军统留下来的地下抗日组织成员，这多少让陶宗汉心里有些许欣慰。陶宗汉经过慎重考虑，决定冒险见一次陈季秋，一方面转移陈炳权的工作需要找人去做通；另一方面陶宗汉觉得自己手头的力量有限，毕竟有老人孩子，不便之处甚多，为了确保行动成功，需要军统方面的配合。

自打老伴儿去世后，袁文才一直自己独自生活，在家里没个说话的人也就罢了，在厂子里也没人愿意搭理他，袁文才知道，这全拜那个“汉奸”女婿所赐，加之袁咏菊和陈季秋暧昧的关系，使他更成了笑柄，别说别人，有的时候袁文才自己都羞于与人交往。起先的时候袁咏梅还经常来家里照顾，把他换下来的衣服洗干净，把凌乱的屋子收拾一下，可是最近因为陈炳权身子不太好，险些把老命都丢了，袁咏梅就把更多的精力放在了照顾公公上，回家的次数自然也就少了，袁文才也不介意。可是那天袁咏菊回来了，也不多言语，埋头收拾屋子、洗衣服，之后给老头儿做顿可口的饭菜，将买来的熟食放在桌子上，扭头就走。

“把那些东西拿回去，我不吃汉奸买的东西。”

“您要不吃的话，倒掉就是，反正下次我还买。”说完，袁咏菊继续朝前走。

“你……”袁文才无话可说了，那么好吃的东西倒掉实在可惜，往往袁文才说归说，最终还会把袁咏菊带来的美味消灭掉，一来二去，袁咏菊只要一有空闲，就回家照顾父亲，有那么一两次，竟意外遇到了袁咏梅，这种情形之下的见面，姐妹俩的尴尬与局促可想而知。此后，两人似乎是商量好了，袁咏梅只在休息日的时候回家，而其余时间袁咏菊来，次数多了，袁文才的心也被软化了，好几次他都想让袁咏菊留下，尤其是天色已晚的时候，他都有些不放心，但袁咏菊还是要回到陈季秋那里，因为她不知道陈季秋有没有临时任务交代给她。但老父亲的关爱之情她还是感觉到了，父女俩之间的对话虽然不多，但先前的那种温情又重新回来了。

这天，因为给袁文才洗衣服，袁咏菊出来就有些晚了，她走在熟悉的小巷里，有些走神。陈季秋这些天心情很郁闷，因为从重庆方面得到消息，身为国民政府副总裁的汪精卫前些日子从重庆叛逃了，还公然发表声明支持日本政府，汪精卫的叛国行为引发了一连串的负面反应，陈季秋为此愤慨不已，该怎么安慰他呢？

袁咏菊想得出神，脚步却没有慢下来，突然一双有力的大手拽住了她。

“别出声，是我。”

袁咏菊惊得险些叫出声来，以为遇到劫财劫色的流氓了，可是听声音又有些耳熟，一时没有挣扎。那人的胳膊非常有力，将袁咏菊拉到了一个无人往来的阴暗处。

“咏菊，是我。”那人松开了袁咏菊。

“你是……宗汉哥！”袁咏菊几乎不敢相信自己的眼睛了，愣在那里，“你……你不是已经……”

“咏菊，详细经过以后再说，我希望你带话给陈季秋，就说我想见他，时间是明天中午，地点是丰台丰泽园饭庄，事情万分紧急，事关陈家老爷子的安危，你记住了？”

袁咏菊被陶宗汉严肃的语气吓住了，她有太多的话想问陶宗汉，可陶宗汉根本不给她机会。陶宗汉机警地朝四周看了看，没有发现异常情况，便快速朝小巷尽头走去，不一会儿，便消失在巷子的拐弯处。

陶宗汉从出现到离去，总共不超过三分钟，给袁咏菊的感觉就像是做了一场梦，她试着咬了一下嘴唇，有痛感，原来这不是梦啊！宗汉哥并没有死，他没死！袁咏菊的心中涌上一股暖流，她甚至感到一阵眩晕，她靠墙镇定了一会儿，方才继续朝前走去。

第二天是个晴朗的好天气，为了安全起见，陈季秋和袁咏菊一出门就叫了辆黄包车，做出一副进北平城逛街买东西的样子，偏巧出门遇见了来找陈季秋下棋的松本一郎，松本一郎看到他们要出去，一副很失望的样子。

"咏菊，要不你自己去吧，我留下来陪松本先生。"陈季秋假意客气道，而袁咏菊则露出一副不满的神情。

"噢，不，不，我哪儿能耽误你们的事情呢，下棋的事以后再说。"松本一郎赶忙回绝。

"那松本一郎先生，我们晚上再下吧，没办法，咏菊爸爸的生日快到了，咏菊得准备一件像样的礼物。"

"应该的，应该的。"松本一郎笑着摆了摆手，望着黄包车渐行渐远。

赶到约见地点已近中午，秋之菊雅座包间内，陶宗汉正在一口一口地品茶，他想真是造化弄人，他和陈季秋的相识，缘于袁咏梅，彼此都把对方当成了情敌，之后因为个人信仰的不同，各自走上了不同的发展道路，而如今两人又戏剧性地坐在了一起，陶宗汉自己也不禁哑然失笑。看见陈季秋、袁咏菊两人走进来，陶宗汉站起身，他示意袁咏菊把门关好。

"季秋兄弟，你好。"陶宗汉向陈季秋伸出了双手，关于见面的称呼，陶宗汉考虑了好久，如今虽说国共合作，但称其为"同志"显然不恰当，而直呼"陈厂长"，似乎又太过生分，再说那毕竟是伪职，琢磨再三，决定以兄弟相称，这样显得亲近。

"宗汉兄弟，你好。"两双手紧紧握在了一起。

坐下后，也顾不上寒暄，陶宗汉直奔主题，“季秋，关于你的身份，是季功同志告诉我的，季功是个好同志，你们老陈家在这场战争中表现出的民族气节以及牺牲精神令我敬佩。我们经过仔细研究，认为斗工比赛我们虽然取得了胜利，挫败了松本一郎的企图，但松本一郎绝不会罢手，他肯定会反扑，接下来很可能会进一步胁迫陈老先生。为安全起见，我们建议将你们一家先安全地转移到门头沟山区，以后再找机会前往晋察冀根据地，今天把你约来，就是想好好商量一下这件事。”

陈季秋有两个没想到，第一个没想到的是陶宗汉的坦诚；第二个没想到的是共产党方面想得如此周全，他也曾想过陈家的出路问题，可一直没有答案，陶宗汉的想法是个不错的选择。

“宗汉，我没想到你们考虑得这么周到，我先代表我们全家向你表示感谢。”

“这么说就太客气了。”说着，陶宗汉话锋一转，“现在有两个难题，第一要努力劝说陈老先生，这个工作就得麻烦咏菊了。”

“我？”袁咏菊莫名所以。

“对，目前的情形，我和季秋都不方便出面，我想请你去见一下咏梅，把我们的想法告诉她，让她去劝说老爷子，情况可能会更好，这事一定要快，而且还要保密。第二个难题便是我们的力量有限，万一惊动了日本宪兵，一场战斗在所难免，一方面要保证陈老爷子一家的安全，另一方面还要阻击敌人，我怕不能顾全，所以季秋兄，我们需要动用你手头的力量。”

“没问题。”陈季秋感激的心情无以言表，接下来，两人又详细商谈了行动细节。

早上，袁咏梅习惯性地挎着菜篮子出门，打算去镇上的市场买菜。如今陈家把佣人都辞退了，许多事情都由袁咏梅亲力亲为。刚走出巷子口，忽然走过一个四十多岁的中年妇女，此人姓张，住家离袁咏梅的娘家不远，袁咏梅认识。

“哎哟，咏梅呀，正好碰上你，你妹妹让我捎话给你，叫你赶快回家呢，别是老爷子有什么急事吧?”袁咏梅一听，一下紧张起来，也顾不上买菜了，转身就朝娘家的方向跑去。

“谢谢你啊，张姐。”

“没事儿，捎个话还谢什么!”张姓妇女笑着回应一声。

袁咏梅急匆匆地回到家里，却没看到老父亲。

“别找了，爹没事儿，上工去了，是我找你。”见袁咏梅扭头想走，袁咏菊一扭身挡在了前面，“听我说完你再走不迟，所有的事情都不是你想的那样。”听袁咏菊这么一说，袁咏梅便站定了。

事情的真相原来是这么震撼人心，自己的丈夫不但不是人人唾骂的汉奸，而且还是一个英雄，更为离奇的是，本以为早已死去的陶宗汉竟然还活着，袁咏梅几乎都不相信自己的耳朵了。

“咏菊，你没逗我吧?”

“我没工夫跟你开玩笑。”袁咏菊还是一本正经，“姐，你今天别问那么多，我也回答不了你，今天就是想跟你商量个事儿，需要你去劝说陈老爷子，你们全家赶紧离开长辛店，因为松本一郎不会善罢甘休，我们怕他会用家人却胁迫老爷子。所以，你一定要做通老爷子的工作。”接着，袁咏菊就把商量好的计划告诉了袁咏梅，计划很周详，时间很紧迫，袁咏梅的心再次紧起来。

“姐，最后跟你说一句，不管你信不信，我和姐夫之间是清白的。”在袁咏梅迈出门槛的刹那，袁咏菊这么说道。袁咏梅回头望了袁咏菊一眼，深深地点了一下头，也快速离去。

陈炳权一听说让他离开，脖子一拧，说：“这就是我的家，我哪儿也不去！”

“爹，你就听我一句劝，咱们一块儿离开长辛店，撤往根据地吧。”袁咏梅几乎是在哀求了。

“咏梅，你也不用劝了，我已经是年近古稀的人了，这把老骨头哪儿都不去。”

“可是爹，您想过没有，松本一郎是不会罢手的。”

“有什么招儿，让他尽管冲我来好了，大不了是个死，想让我当汉奸，除非太阳从西边出来。”

“可万一他们对怀礼、佳雨动手怎么办？”袁咏梅的这句话戳到了陈炳权的软肋，“爹，那天我去学校门口接佳雨，就发现几名可疑人员，万一他们是特务，就说明松本一郎已经准备行动了。”

“那……那你带两个孩子走，我还是要留下来，我不能让我的儿子孤军奋战，我要在精神上给他支持。”陈炳权固执地说。话说到这个份儿上，袁咏梅已不好再说什么了，她把目光转向了叶秀岩，希望叶秀岩能帮自己说两句话。

“梅子，你也别劝你爹了，我看这样吧，你带两个孩子走，我留下来陪你爹。”这是个折中的方案，同时也是可行的，袁咏梅知道再劝也是毫无意义，遂把这一情况以最快速度通知了袁咏菊，袁咏菊又通知了陶宗汉。这么一变，对于行动而言风险降低了许多，毕竟人少了而且还都是年轻人，何况老两口不走，还可以起到麻痹松本一郎的作用，但陶宗汉在心里还是为陈炳权捏了一把汗。

10

行动计划制定得很详尽，考虑到袁咏梅作为一名虔诚的天主教徒，这些年来一直没有中断到长辛店天主教堂做礼拜，所以由她带着两个孩子去教堂，不会引起敌人的怀疑。长辛店天主教堂历经岁月的洗礼，看上去依然宛如新建，只是亨特神甫显得老了。

袁咏梅事先把准备带走的东西暂时存放在亨特神甫那里，主要是几幅字画，那是陈炳权花费毕生精力收藏的，先前由陈季德带走了一部分，剩下的由袁咏梅带走。袁咏梅到教堂后，先换上一身普通的农妇装束，两个孩子也换好装，拿上东西从后门出去，陶宗汉等候在那里，并开车把他们送到门头沟。那是一辆黑色伏特，是由陈季秋提供的。没想到就是这辆黑色伏特引来了意外麻烦。

麻烦的制造者是陶宗臣，自打当上特务大队副队长之后，有一段时间，他过得趾高气扬，然而渐渐地，他发现自己处处受制于队长王玉杰，王玉杰为了打压他，有的时候还故意当着许多下属的面给他一点难堪，而陶宗臣也只有忍气吞声的份儿，他知道，在松本一郎那里，王玉杰的位置比他重要得多，为了能够取而代之，只有立下大功。可是立功不是那么容易的，因而陶宗臣很苦恼，有事没事，他常常在长辛店大街上溜达，抱着捡金砖的念头，希望机会能凭空砸到自己头上。

天主教堂的后门临着一条僻静的小巷，平时不要说小轿车，就是黄包车也很少停在那里，起先陶宗臣并未起疑，他骑着自行车都走过去老远了，总觉得哪里好像不对劲儿，便停下车，扭头往回看，发现那辆黑色伏特还停在那里，而从车里走出一人，似乎很着急的样子，不住地往教堂里看。天哪，那个人竟然是二哥陶宗汉！虽然陶宗汉已和十几年前相比大不一样，外人很难分辨出，但一个人的行为习惯是难以改变的，陶宗臣是陶宗汉的亲弟弟，他怎么会认错？陶宗臣在那一瞬间高兴得差点蹦起来，原来二哥没死！那么他回到长辛店为什么不回家？他鬼鬼祟祟地跑到教堂后面干什么？二哥一定是加入了共产党，他们这是有行动！陶宗臣顿时忘记了兄弟相逢的喜悦，此时，他满脑子想的是立大功的好机会到了，只要跟紧了陶宗汉，还愁不能破获他们的地下组织？还愁以后的荣华富贵？他迅速跳下车，从腰间拔出手枪，就要冲上前去。

“宗臣，你怎么在这儿?”这个时候却见陈季秋从小巷的另一头走了过来。其实陈季秋有点不放心，过来瞧瞧，没想到就看见了陶宗臣。要是陶宗臣没发现情况，他也就不现身，躲在一边不让陶宗臣看见也就是了，谁想到陶宗臣偏偏多事，而且还掏出了手枪，陈季秋知道情况不妙，他必须抢先制止陶宗臣。

“陈厂长?”陶宗臣在看到陈季秋的瞬间，脑子里也曾闪过一丝疑问，“他怎么会在这里?”但随即就被一种意外欣喜掩过，他知道，有了陈季秋的帮忙，他获胜的机会将更大，“陈厂长，快，我发现我二哥了，陶宗汉，共党分子。”

“哪儿呢?”陈季秋一副大喜过望的样子。

“那不，就在前边。”陶宗臣手指前方。这时只见教堂的后门打开了，在亨特神甫的带领下，袁咏梅领着两个孩子从里面走了出来，陶宗汉忙着给他们往车里让，并没有发现陶宗臣和陈季秋。

“站住，哪儿去？二哥，这么些年不见了，回来了怎么也不回家去？爹虽说不待见我，但可稀罕你呢!”陶宗臣语含讥讽，同时用枪指着众人，“都站好，否则别怪我不客气，亨特神甫，好好的经你不念，瞎掺和世俗的事干什么？陈厂长，这下我们可……”陶宗臣后面的“立大功”三个字没说出来，就被陈季秋用枪柄砸昏了。但陶宗臣在倒地的瞬间，还是下意识地扣动了扳机，清脆的枪响打破了小镇的宁静。

“不好，你们快撤，我掩护。”陈季秋冲陶宗汉吼道。巡警和日本宪兵朝这里奔来，陶宗汉果断地上了车。

“季秋!”袁咏梅隔着车窗玻璃，深情地向陈季秋喊道。

“爸爸！”两个孩子虽说十分害怕，但似乎也预感到他们的父亲处境十分危险。

“咏梅，照顾好两个孩子，记住，你的丈夫没有做任何对不起国家、对不起你的事。”陈季秋躲在一棵树后，一边奋力抵抗，一边大声喊道。这个时候枪声已成一片，几名军统地下组织成员也在伏击点阻击着敌人，这为陶宗汉争取了时间。车子发动了，像离弦的箭一般射了出去，出了小巷上了大道，本来去门头沟要向北开，但陶宗汉偏偏向南驶去。因为在事先勘察地形的时候发现，南边人少车辆也少，一旦被敌人发现，走南边易于摆脱敌人的追击。车很快开到了九子河上的那座桥边，当初陶宗汉就是从这里逃离长辛店的，没想到历史来了一个轮回。镇子上的枪声引起了守桥士兵的注意，负责守卫的是皇协军的一个班，胖班长站在瞭望岗亭里朝北观望，却见一辆小轿车风驰电掣般地朝这里奔来，胖班长心知不妙。

“快，下路障，弟兄们，给我打起精神来，你去把车拦住。”胖班长指挥一人去拦车，那人不情愿地走向桥头，冲前方挥手，陶宗汉不但没刹车，反而加大了油门，汽车急速向桥头冲来，那人吓得“妈呀”一声尖叫，窜到了旁边，汽车呼的一声冲了过去。

“妈的，给我打。”胖班长急了，朝汽车开走的方向连发几枪，士兵们赶紧从哨岗旁推出备用的两辆带斗的摩托车，紧急发动起来，“追，一定要追上他们。”胖班长气急败坏，率先跳到了斗子上。

过了小桥有两条路可走，往南直奔良乡，往西则是云岗地带，那里多山，但道路崎岖。陶宗汉选择的路线是向西，因为他发展的几名党员会在那里接应。车子驶过了一个十字路口，这时原本待在路边看风景的几个农民打扮的人纷纷站起身，推着小车上了路，等到胖班长领着人赶到时，其中一人看上去很害怕的样子，推动的独轮车把持不住，倒在了一边，车上本来装满了土豆，现在倒好，土豆滚得满地都是，其他人趁机哄抢，抢到手的就放在自己车上藏了起来。

“我的土豆，我的土豆。”那人急得大叫，这么一来，摩托车不得不紧急停住了。

“你们赔我的土豆，这可是我们全家的命根子啊!”那人嚷嚷着似乎还想找胖班长理论，却被胖班长一把推了个趔趄。

“赔你个头，妨碍老子公事，小心老子毙了你，还不给我滚。”

“不行啊，老总。”那人似乎还想纠缠，胖班长晃了晃手中的枪，那人便胆怯地站住了，继而委屈地蹲下身子。因为这么一折腾，黑色伏特早已不见了踪影，摩托车只得循着公路往下追，好在没过多久，就看见了那辆伏特车，原来它已停靠在路边，而里面的人早已没了踪影。

“他妈的，让他们跑了。”胖班长沮丧地骂了一声。

“班长，他们在那儿。”一名士兵突然发现宝藏似的手指远处，胖班长顺着方向一瞅，只见几个模糊的影子正在向山上爬，半山腰的地方有个不大的村庄，而村子后面则是一片树林子，一旦让他们躲进了树林，那就是鱼入大海了。

“快追。”胖班长的精神不由一振，拔出手枪率先追了上去。因为有孩子，所以陶宗汉他们的速度不可能太快，因而距离在逐渐拉近，胖班长的心不由一阵狂喜。这个时候，忽然从村子里传出了吹吹打打的声音，一队迎亲的队伍从村子里走出来，看来这家还挺有实力，呼啦一下竟有二三十人，红通通的一片，仿佛红色的浪潮席卷而来，刚才还清晰可见的人影瞬间就被淹没了。胖班长心里一个劲儿地起急，今天这是怎么了，处处不顺？等到娶亲的队伍过去之后，哪里还有人迹可寻?

“唉。”望着有些空寂的山村，胖班长叹了一口气。

镇上枪声刚起的时候，松本一郎就打电话让王玉杰去看看，到底发生了什么事，王玉杰对此不忧反喜，因为这意味着又要有功可立了，于是叫上二十多人，骑上自行车飞速赶往事发地，等他赶到时，枪声已渐渐稀落，现场查验，己方死伤十余人，对方被击毙四人，有一人因为弹尽而被俘，当被俘之人被押到他面前时，王玉杰不由愣住了。

“陈……陈厂长，是你!”

陈季秋因为打光了所有子弹而不幸被俘，此时他怒视着王玉杰，脸上满是鄙夷不屑的神情。

“狗汉奸，早晚有你遭报应的一天。”

“呵呵，那我就先看看你的下场，带走。”王玉杰恶狠狠地说道。

松本一郎没想到陈季秋是抗日组织成员，难怪皇军许多军事机密被泄露，应该都是陈季秋所为，为此松本一郎恨得牙根痒痒的，但他很快恢复了理智，立刻叫齐人杀向了陈季秋暂时居住的那幢别墅，说不定袁咏菊也是一名抗日分子。然而搜遍整幢别墅，别说袁咏菊，就连一点有价值的线索也没有找到，可见陈季秋事先都做了周密安排，松本一郎觉得，想让这样的人屈服，肯定不容易。

“去，给我把陈家院子围起来。”松本一郎声嘶力竭地冲王玉杰吼道，王玉杰吓得赶紧布置去了。

按着陈季秋的安排，袁咏菊一大早便坐上了开往北平城内的火车，先是在海淀附近一个姓霍的人家暂居，等待陈季秋的消息，如果三天内陈季秋派人或者亲自来接她，就表明事情一切进展顺利，如果没人来，说明出了问题，袁咏菊就千万别回长辛店了。

三天过去了，袁咏菊没有等到想见的人，她的心有如刀绞。姓霍的中年男子开了一家贸易行，在全国许多地方都有分号，他不是军统的人，只是陈季秋大学时的一个同学，知心密友而已。陈季秋很细心，他知道袁咏菊能够帮自己，只是出于一个中国人正直的良心，并无意卷入党派之争，所以给了她这样一个安排。霍老板后来在济南的一家分号为袁咏菊谋了一个职位，袁咏菊在那里安心地工作，直到抗战胜利后，方才回到长辛店机厂。

11

这里并不是牢房，只是一间独立的居室，说是居室，指的是里面的布置装饰与平常住家没什么两样，而且房间的暂时入住者也没有戴手铐脚镣，看上去是个自由身，唯一不同的地方便是四周警卫森严，表明这里的“主人”其实是个重要囚犯，他，就是陈季秋。一连几天，松本一郎并没有提审陈季秋，也没有把他打入死囚房，而是把他关在了这里，一日三餐也还算丰盛。陈季秋倒也没辜负松本一郎的苦心，吃喝照旧，他要看看松本一郎到底会有什么花招？

这时，门开了，从外面走进了头上缠着绷带的陶宗臣。那天，在事后清理现场时他们才发现陶宗臣并没死，他只是被砸晕了，而且脑袋上有个寸把长的伤口，流出的鲜血已然结痂，于是被送到了医院进行紧急处理，连松本一郎都到医院慰问，这让陶宗臣激动不已，心想，总算引起日本人的关注了。谁知接下来松本一郎就派给他一项艰巨任务，那就是劝降陈季秋，并且答应，只要陈季秋投诚过来，陶宗臣就有享不尽的荣华富贵。可是以他对陈季秋的了解，这项任务几乎不可能完成，但他硬着头皮还得来。

果然，陈季秋见了陶宗臣，只是冷笑了两声，“宗臣，我没想到你会陷得这么深，我真后悔当初把你调到我的身边。”

陶宗臣尴尬得神色变了变，自己还没开口，倒被陈季秋抢白了几句，不禁有些恼火，但他还是故作镇静。

“陈……”陶宗臣顿了一下，一时不知该怎样称呼陈季秋，“陈大哥，我还是管你叫大哥吧，因为在我心里一直把你当作大哥看待。”

“不敢当，我要是和你称兄道弟的话，我陈氏祖宗也饶不了我。”

“你……”陶宗臣气得噎住了，继而话锋一转，“陈季秋，你是读了不少书的人，难道不明白，人生在世就那么几十年，为什么不让自己活得好一点、舒适一点呢?”

“可是我更知道，一个背叛祖国的人，连祖宗神灵都不会认他的。陶宗臣，难道你就不怕死后是个孤魂野鬼吗?”陈季秋的语气突然严厉起来。而陶宗臣也被陈季秋的话吓着了，他下意识地朝左右看了看，仿佛阎王真的派黑白无常来抓他一般。

“哼，死后的事谁又能知道？我只是明白地告诉你，如果你不能跟皇军合作的话，那么你将死得很难看。”

“滚。”陈季秋怒喝一声，同时手一扬，原本放在桌子上的一个茶杯呼啸而去，陶宗臣没有防备，正好打在他的脑袋上，立刻鼓起了一个大包，这下倒好，旧伤未愈，又增新伤。

“我只后悔，那天为什么没有用枪把你毙了。”

“你……”陶宗臣捂着脑袋，气急败坏，守在门口的卫兵听到叫声，担心陈季秋接下来会有什么举动，端着枪冲了进来，陶宗臣则悻悻地走出屋外。

陶宗臣的失利本在松本一郎的意料之中，之所以派陶宗臣前去劝降，无非是抱着试试看的态度而已，故而松本一郎并没有过多为难陶宗臣，他把目光转向了站在旁边的王玉杰。

“王桑（日语谐音），我看你刚才说的办法不妨一试。”

就在刚才，王玉杰向松本一郎建议，不妨把陈炳权抓来，让他去劝说陈季秋，别看老东西表面上铁骨铮铮，说不定是故意装的，有的时候人越老越怕死，陈季秋可以不顾其他，难道连父子之情都不顾了吗？松本一郎听了，心中一动，这主意当真不错。

陈季秋没想到还会和老父亲相见，父亲病重的时候，他真想偷偷去看望，可理智最终战胜了情感，他知道那样做不是父亲所希望的，他知道只要自己安全地活着并且顽强地战斗着，老父亲就会一直悄悄地关注着自己，父亲在用他特有的方式鼓励着自己，而如今……

“爹！”

“老二。”陈炳权看到陈季秋并没有受刑，内心得到些许安慰，自从家里被一帮特务围住后，陈炳权就知道陈季秋凶多吉少，抑或是袁咏梅他们没有跑出去。陈炳权的心里不踏实，直到王玉杰把自己抓来，让他去劝降陈季秋，陈炳权方才明白，袁咏梅和两个孩子已经顺利逃走了，否则松本一郎自然会用孩子和老婆去胁迫陈季秋。

“爹，他们没把你怎么样吧？”

“我一个糟老头子，还能怎样？老二，爹今天能见到你，已经心满意足了，你要记住爹常说的话，做人要有骨气，不求青史留名，起码也要对得起列祖列宗，而且能活下去就要活下去，不管多难都要坚持。”说完，陈炳权突然起身，从身上掏出一个小酒瓶，“松本，你以为中国尽是些怕死之辈吗？告诉你，中国有血性的汉子多得是。”说完，陈炳权把酒瓶里的毒酒一饮而尽。

“哈哈，痛快，人生自古谁无死，留取……”陈炳权的话只说了一半，剧烈的疼痛使得他站立不稳，摇晃着几乎要摔倒。

“爹！”陈季秋哭着上前扶住了陈炳权，其实他是有时间去阻止陈炳权喝毒酒的，但他并没有行动，他知道这是父亲的心愿，父亲就是要用自己的死，断了松本要挟自己的恶毒想法，同时鼓励自己顽强地抗争，他不能违拗父亲的意愿，他只能抱着父亲渐渐变冷的身体而低声饮泣。闻讯赶来的松本一郎看到这一幕，不禁万分沮丧。

“统统给我带走。”

接下来松本一郎使出酷刑想让陈季秋开口，虽然他也知道，这种可能性几乎为零。果然，各种酷刑用尽，陈季秋除了开口大骂外，松本一郎没有收获任何有用的信息。

短短几天时间，一向风流倜傥的陈季秋就被折磨得遍体鳞伤，但他坚强不屈。今天他被架到审讯室，发现那些常用刑具被放在一边，取而代之的是几名日本宪兵站在松本右边，他们的手上都牵着跃跃欲试的狼狗，大概这就是让人谈虎色变的加藤特种部队吧。而松本的左边则摆放着一张棋盘，熟悉的围棋子静静地待在棋罐中，等待着主人去指挥它们冲锋陷阵。

“陈先生，我们又见面了，很遗憾，我们是以这样的方式相见。”

陈季秋“哼”了两声，对于这种无意义的寒暄，他懒得搭理，现在他的心中只想着他心爱的女人以及他那三个可爱的孩子，他们都还好吗？在新的环境里，他们生活得怎么样？有一个人他不敢去想，一想心中就撕裂般地疼痛，那就是他的母亲叶秀岩。母亲含薪茹苦地把他们兄弟抚养大，却在她风烛残年的时候遭到这样的变故，陈季秋心痛万分。

松本一郎尴尬地顿了顿，“陈先生，摆在你面前的有两条路，一条路……”说着，松本一郎指了指旁边的棋具，“我们还可以像以前那样喝酒、下棋，我们会成为无话不谈的棋友，说实话，有你这样一位棋友，我倍感荣幸。”

“那另一条呢？”

“另一条？噢，不，我相信陈先生是聪明人，不会选择另一条路的，所以不说也罢。”

“还是说说吧，是不是就是它们？”陈季秋冷笑着指了指那些凶恶的狼狗。

“这是加藤先生的特种部队，进到里面的人都太可怜了，他们会被这些狼狗撕咬得面目全非，死相十分恐怖，我不想让陈先生最后的人生归宿这样凄惨，其实我们完全可以做朋友，像……”

陳炳權之靈
陳秦秋之靈

“够了。”陈季秋打断了松本一郎的话头，“要是和你做了朋友，那我才是畜兽不如了，好了，带我去该去的地方吧，爷要是哼一声，就不是英雄好汉。”说完，陈季秋不再看松本一郎，而是将目光投向了窗外。窗外，阳光灿烂，这也许是他人生中最后一次享受阳光的温暖了，陈季秋脸上浮现了宁静的微笑，而松本一郎恼怒地将棋子一下扒拉到地上。

“带下去，让狼狗狠狠地咬。”几名凶残的日本宪兵扑上前，拖着陈季秋就往外走。就在当天，陈季秋牺牲了，就像他所说的，自始至终都没有哼一声，他勇敢地和狼狗搏斗着，并最终打死一只狼狗，使另一只受到重创。松本一郎知道后，惊得半晌没有言语，他内心对陈季秋钦佩不已。

陈家大院内张灯结彩，叶秀岩雇人仔仔细细地布置了一番，仿佛要过新年一样，她还亲自炒了几样菜，又从镇子上的饭馆里叫了几个陈氏父子都爱吃的菜，满满摆了一桌，就像以前过节一样，她把每个酒杯都斟满了酒，之后，她端起酒杯，冲着主位的空椅惨然一笑。

“老爷，您也跟我喝一杯，吃完这顿团圆饭，我们就可以团聚了，在那边，我们会好好照顾老二和老三，我们一家人再也不分开了。”叶秀岩脸色平静，喝干了杯中酒，就在这天晚上，叶秀岩在家中服毒自尽。

第二天早上，街坊邻居发现了陈家的异样，撞开门冲进去，发现了这凄惨的一幕。消息传开后，工厂里不少工人都对陈家的民族气节心生敬佩，大家自发地凑钱葬了叶秀岩，之后就像商量好了似的，不约而同地消极怠工，工厂的生产状况进一步恶化。

消息同样传到了斋堂游击队，队部内布置起一个简易的灵堂，陶宗汉领头祭奠了在这场战争中牺牲的所有陈家人，他想不出什么话来安慰袁咏梅，她已经两天不吃不喝了，这样下去怎么行？

这天，陶宗汉来看袁咏梅。

“梅子，你不能这么消沉下去，你必须得振作起来。”

“我真笨，我跟他生活了这么些年，他是什么样的人我应该清楚，我怎么会误解了他，让他最后那么不快乐，我真蠢，我真恨死自己了。”袁咏梅仿佛没有听到陶宗汉的话，呆坐在床上自言自语。看着袁咏梅憔悴的面容，陶宗汉痛惜不已，这样下去袁咏梅就真的垮了。陶宗汉抓起桌子上的半杯水，猛地朝袁咏梅的脸上泼去，被凉水这么一激，袁咏梅打了一个冷战，仿佛才从梦境里走了出来，她怔怔地望着陶宗汉，突然“哇”的一声大哭起来。

“宗汉哥，我心里真的好难受。”

“我知道，我知道。”陶宗汉轻抚着袁咏梅的双肩，“难过你就痛痛快快地哭一场，有什么委屈就跟我说。”

袁咏梅终于把憋在心中的悲苦全部发泄出来，哭声虽然凄惨，但陶宗汉却很欣慰，他知道，坚强的袁咏梅闯过来了。情绪平静下来后，袁咏梅感到饿了，喝了碗小米粥，就上床休息了。陶宗汉则去和组织联系，安排下一步的工作。

几天后，袁咏梅带着两个孩子出发，秘密取道晋察冀根据地，而陶宗汉没有随行，因为他的身份已经暴露，不能再回长辛店，组织上派他去了天津，在那里继续从事地下抗日斗争，直到抗战最终胜利。

12

1945年盛夏的一天，工人们照常没精打采地到厂子里上工，敏感的人已然发现，平日里凶神恶煞般的日本兵比以前温和了，不再动辄训斥工人，这是怎么了，难道要变天？这时，镇子方向有人燃放鞭炮，没多会儿厂子里也鞭炮齐鸣。

“怎么回事？发生什么事了？”不明所以的人追问。

“日本人投降了，我们胜利了。”

“我们胜利了！”大家伙儿奔走相告，长辛店大街人流如织，自打长辛店陷落后，人们很少有笑容，而今八年了，人们终于等到了胜利的曙光。

这一天，从长辛店火车站走出一个身材高大，身着国军服装的中年男人，他就是身为北平军事调处执行部官员的陶宗汉。抗战虽然胜利了，可是没过多久，战争的阴云再次笼罩在这个古老国度的上空，国民党不顾全国人民主张和平的呼声，频繁地向各解放区发起挑衅行为，遭到全国许多有识之士的抨击，重压之下，国民政府不得不摆出姿态，在北平成立了所谓军事调处执行部（简称“军调部”），其官员主要由国共两党成员组成。陶宗汉到军事调停处报到后，便马不停蹄地赶到了长辛店。从二七罢工失败逃出长辛店后，二十多年过去了，这是他第一次以公开的身份返回家乡。

家还是老样子，只是比以前更加破败了。陶宗汉推门走进去的时候，屋里围坐着许多人，都愁眉不展的。看到有人进来，陶一丁抬起头，睁着混浊的双眼往门口瞅，许是逆光的原因，他并没有看清来人是谁，就看见对方身穿笔挺的军装，这把老人吓了一跳，语气里都含有了哭腔。

“老总，人都被你们抓走了，我们可都是良民，什么伤天害理的事都没有做啊！”

“爹，是我啊，您的儿子宗汉。”

“宗汉？”陶一丁有点不相信似的凑近前，仔仔细细地端详，“你真的是宗汉啊！宗汉，你可回来了，你可回来了！”

听说是陶宗汉回来了，全家人惊愕半天才反应过来，陶李氏快步扑进了陶宗汉的怀里，“宗汉，让我看看，早些年，他们都说你死了，还看到了榜文，我跟你爹伤心得大病了一场，抗日那会儿，老四说你回来了，还说看见你了，我说那怎么不让你哥回来，这小子支支吾吾的，也没说出个所以然来，我就以为他是说着玩的，兴许是认错人了，这么看来，他没认错。回来就好，回来就好！”陶李氏泪眼汪汪。

让陶宗汉欣喜的是，姐姐陶慧敏一家也搬来了长辛店，姐夫牛跃进进厂做了工人。听家里人介绍，抗战胜利了，老四陶宗臣被当作汉奸收押了，和他一同收押的还有大汉奸王玉杰。弟弟陶宗臣的结局应该是在陶宗汉的意料之中，但是依他判断，陶宗臣的罪行不至于是死罪，但判个几年徒刑还是有可能的。

“爹，娘，你们放心吧，老四虽说被抓进去了，可罪不至死，最多判个几年也就出来了。老四这次走了弯路，让他受点苦也是应当的，出来后重新做人，还是大有希望的。”陶宗汉早已把当初陶宗臣想要抓他立功的事忘在九霄云外了。听陶宗汉这么一说，家里本来愁苦的氛围减轻了不少。说话间，一个小男孩引起了陶宗汉的注意，这孩子也就五岁左右的样子，长得浓眉大眼，很是精神，躲在陶慧敏的身后，一副害羞的样子。

“二姐，这孩子……”

“唉。”陶慧敏叹了口气，“是慧玲的儿子，名叫陈怀义，怀义，快叫二舅。”这么一叫，小男孩更加胆怯了。陶慧玲和陈季功的事情，陶宗汉先前就知道，毕竟慧玲是自己的亲妹妹，而陈季功又是不畏牺牲的英雄，现在英雄有后了，陶宗汉自然百感交集。

“慧玲呢，她怎么没在？”

“上工去了，抗战胜利后，国民政府又派了一个叫贾象乾的新厂长来，这人还不错，有人向他反映了慧玲的情况，当年陈家出事后，慧玲便被日本人辞退，如今孤儿寡母，生活实在困难，贾厂长便破格让慧玲进厂做工了，安排的活儿不累，就是负责管理工具，算是对抗日英雄的一种慰藉。慧玲当然高兴，这下他们母子的生活有了着落，这不，今儿大家都歇工，只有她进厂加班去了。”陶慧敏向陶宗汉解释道。

陶宗汉抱起了陈怀义，仔细瞅，孩子的眉眼还真有些像陈季功，“怀义，舅舅不知道你在家，没有给你带礼物，下次一定给你买玩具。”

这个时候，陶李氏和儿媳杨大妮已把晚饭做好了，虽然远谈不上丰盛，可却是战后一家人的团圆饭。陶慧玲加班回来了，见到陶宗汉自然十分高兴。陶宗汉见妹妹老多了，生活的艰辛在妹妹身上留下了苍老的痕迹，心中便多了一股惆怅。而姐夫牛跃进一直有些不自在，陶宗汉早就看出来了，觉得牛跃进一定是为当年没有收留自己而感到惭愧，想到此，陶宗汉一把拉住了牛跃进。

“姐夫，来，今天我们好好喝一杯，说实话，我真没想到，你也进厂上班了，这多好，一家人挨得近近的。”

“我……”牛跃进不敢抬头看陶宗汉。

“什么我、我的，一家人没那么多讲究，过去的事就翻篇了，咱们过日子得朝前看，是不是？大哥，你扶着爹坐那边，我和姐夫坐这边。”席间，陶宗汉向全家人讲了他这些年的经历，听得大家都大张着嘴，比听说书艺人讲三国故事都入神。

“三儿，你怎么就这么愣，那子弹可没长眼啊，万一……”陶李氏抚着胸口，她的心现在还“怦怦”直跳，她为儿子的安危担忧。

“娘，您放心，儿子命大，那子弹见了我都会拐弯的。”陶宗汉故作轻松地一笑，“爹、娘，我打算过个三两天，就去看看老四，家里需要给他带点什么东西，事先准备出来，天渐渐凉了，尤其是过冬的衣物，更要提前准备好。”一提到陶宗臣，全家人的情绪立刻低落下来。陶宗汉也感觉出来了，于是他有意转换了话题，他把目光移向了大哥陶宗法。刚才通过聊天，陶宗汉了解到继老大陶学谦之后，陶宗法又有了老二陶学文，这老二相当争气，也考上了国立交通大学，为了减轻家里负担，小伙子一边读书，一边做工，居然还拿到了学校的奖励基金，可惜的是，这次肯定见不着面了，可是陶学谦怎么也还不回来呢？

“大哥，我大侄子哪儿去了，这半天也没见着他的影儿，该不是要结婚了吧？”他这么一说，陶宗法的脸红了一下。在陶宗汉的印象里，侄子陶学谦是二七罢工前出生的，如今也是个二十多岁的大小伙子了，正是青春萌发的时候。

“唉，结个什么婚啊，这小子生性木讷，跟姑娘说话脸就红，谁会跟他呀，这事儿都快愁死我了。”

“我说大哥，你也是瞎操心，我侄子怎么了，心灵手巧，厂子里许多老师傅都向他挑大拇指呢！老三，你不知道，学谦的心思全在学技术上了，进厂这几年，论技术，那是这个。”陶慧敏说着，自己也竖起了大拇指，不由呵呵笑了起来。

“我怕他就只知道钻这个，别的方面不开窍，那不就傻了。”

“没有的事儿，这么好的孩子怎么会没有姑娘喜欢？大哥，放心，儿孙自有儿孙福，来，咱们喝酒。”陶宗汉说着，端起了酒杯。

听陶宗法说，陶学谦近来正在琢磨一个胎具模型，有点走火入魔了，天天泡在厂子里，外面天塌下来也不管不顾，“成，有这股劲头，就没有干不成的事。”陶宗汉在心里赞叹着，虽然至今还没有见到陶学谦，但陶宗汉在心里已然对侄子欣赏有加了。

听说陶宗汉回来了，昔日厂子里的工友都来看望，大家问长问短，想起了在二七罢工中牺牲的葛树贵、辛可红，又一阵唏嘘，聊着聊着，便聊到了当前的形势上。有个叫赵三立的工友无意向陶宗汉透露了一件事情，说他的一个朋友前些日子在海淀见着了王玉杰，这小子非但没蹲大牢，相反还当上了抗日救国军的团长。

“这是什么世道，汉奸倒成了抗日英雄了。”

“三立，你说的是真的？”

“当然，我那朋友认识王玉杰，以前也在咱厂上班，后来被王玉杰挤走了，他还能不认识王玉杰？”

“宗汉，这也不是什么新鲜事，有多少比王玉杰大的汉奸，只要肯花钱买命，给那帮接收大员手上塞金条，甚至还把老婆、闺女献上了，到头来不都没事了。现在老百姓都说‘盼中央，想中央，中央来了更遭殃’，这帮孙子干的事，有的真比日本人都不如。”大家议论纷纷，而陶宗汉的心情却越发沉重起来。

两天后，陶宗汉和姐姐陶慧敏就赶往北平第一监狱，探望狱中的陶宗臣。陶宗臣明显比以前瘦了，主要是精神萎靡，整个人看上去就像是出水后等死的鱼。陶宗汉和陶慧敏不由心一酸，尤其是陶慧敏，眼泪差点流了下来。

“二姐、三哥，你们都来了，你们一定要想法救我出去呀，我实在不愿再在这里待下去了。”陶宗臣似乎忘记了当初他想抓陶宗汉的事，见面就向陶宗汉求情，“三哥，你现在是官员，你的话他们能听，我怕呀，我怕他们枪毙我。”

“老四，别这么想，你的罪还不到枪毙的份儿上，你放心，我会给你找个好律师，力争给你减刑。”

“减刑？不，三哥，我不想坐牢，这里根本就不是人待的地方，我想出去。”

“可是，你犯了罪，就要为你的行为承担责任。”

“别跟我说什么责任！三哥，直说吧，你是不是还记恨着我？我知道，连王玉杰那小子都出去了，还当上了一个狗屁团长，他的罪过可比我大多了，他为什么能出去？”

“老四，你听谁说的？”

“前天我手下的一个兄弟来看我时说的。哥，算我求你，你现在是大官，跟他们说说，我保证，出去后一定好好干活儿，绝对不再胡闹了。”陶宗汉想说点什么，可一时又不知从何说起。陶宗臣是他的亲弟弟，他做梦都想着陶宗臣能重获自由，可是让他去托关系、走后门，一来把他们全家都算上，也没有那个财力；二来他也不愿意那么去做。

“老四，你听我说，我……”

“你不愿意救我，那就算了。看守，带我回去，我不愿意再见他们了。”陶宗臣打断了陶宗汉的话头，转而面向陶慧敏，“二姐，谢谢你来看我，回去跟咱爹咱娘说，老四不孝，他们的养育之恩无以回报，只有等来世了。”

“老四……”陶慧敏已是泣不成声，她伸出双手想要抓住陶宗臣，但陶宗臣已跟着看守朝里面走去，手铐脚镣发出的“哗啦哗啦”的声音，听起来尤其刺耳。

“老三，老四的事你一定要放在心上，不管怎么说，你们毕竟是亲哥儿俩呀！”出了监狱大门，陶慧敏忍不住替陶宗臣求情，她不是不信任陶宗汉，她只是觉得陶宗臣太可惜了。

“姐，难道你也不相信我，老四的事就是我的事。”陶宗汉应承道。

接下来，陶宗汉走访了许多家律师事务所，希望能为陶宗臣聘请一位资深律师，可是许多律师听了他的陈述之后，纷纷婉拒了，真实的原因，便是这件案子没什么油水可捞。现如今，有那么多的汉奸想要活命，他们个个发国难财，为他们打赢一场官司，也许下半辈子都生活无忧了。像陶宗臣这样一个小汉奸的案子，即便官司打赢了，也没啥油水。陶宗汉那几天急得上蹿下跳，就在这个时候，军调部的一个官员，算起来还是陶宗汉的“上级”，约见了他，而且态度还十分热情，这让陶宗汉颇感意外，因为这位党国要员，一向对他这个“共党”下级摆冷脸子的。

“宗汉老弟，坐，你看，我们共事的这些天，合作还是很愉快的，虽然在某些问题上存在分歧，但也不是不能解决，我是真心把你当朋友看待的，可你就有点见外了嘛。”那人一副推心置腹的样子。

"长官这么说是什么意思？我不大明白。"

"就是令弟的事情，我知道这几天你一直都在忙着找律师，其实那些个律师顶个屁用！这事你直接找我呀，告诉你，令弟的事情我能全权摆平。"

"噢！"陶宗汉在一瞬间喜上心头，继而又冷静下来，"长官肯于帮助，我自然十分高兴，只是无功不受禄，我……"

"哎，你我之间还有什么不好说的，我是真的为党国惜才，只要你肯于脱离共产党，我保证不仅令弟的安危没有问题，而且你也将有享不尽的荣华富贵。"

"那就谢谢长官了，恕宗汉不能从命，一个人的信仰是不能随意改变的。"说完，陶宗汉敬了一个标准的军礼，转身走出了房间，而那名长官气得狠狠地把烟灰缸掼在了地上。

终于有一个年轻的律师肯接手陶宗臣的案子了，小伙子刚从国外回来，入行不久，有一颗正直的心。他仔细地了解了案情的方方面面，准备工作十分充足，结果在开庭的时候，他舌战群儒，数次将控方人员驳得哑口无言，最后法院被迫休庭，延期再审。

陶宗汉心中悬着的一块石头总算落了地，庭审经过几家小报报道，也引起了一些人的关注，想必最终审判结果不会太离谱。正是怀着这种较为轻松的心情，陶宗汉决定去拜访老袁家。因为袁咏菊为陶宗臣的事，特意出庭作证，证明陶宗臣并不是有意陷害陈季秋，陶宗臣事先并不知晓营救老陈家的事，这对减轻陶宗臣的罪行很有必要，所以于情于理陶宗汉都要登门致谢。

袁文才这些日子可谓喜事不断，自打袁咏菊出走后，这几年老头儿一直孤身一人，过的是清锅冷灶的日子，出来进去的连个说话的人都没有。日本人一投降，先是袁咏菊回来了，重新进厂负责全厂后勤，管着几十号人，颇受厂长贾象乾的重视。接着更大的惊喜接踵而至，分别数年的儿子袁咏松带着一家三口回来了，袁文才一下升格为爷爷，自然喜得合不拢嘴。

袁咏松因为系留洋归来，又曾在大学里当过助教，他进厂自然得到厂方重视，厂长安排他从事技术工作，薪水也不少，因此妻子秦苏红完全没必要再出去工作，可以在家里专心打理家务。其实秦苏红也是上过洋学堂的新式女性，她和袁咏松相识，就是袁咏松在大学里任教的时候，她其实是袁咏松的学生。因为袁咏松的归来，本已显露衰败迹象的老袁家又枯木逢春。陶宗汉到的时候，老袁家一家人正围坐在一起吃晚饭，袁文才热情地邀请陶宗汉上桌，陶宗汉无法推辞，就在袁文才的身边坐下了。

袁文才一直对陶宗汉另眼相看，虽然陶宗汉和袁咏梅最终没能生活在一起，但是几年前陶宗汉冒险将袁咏梅母子三人安全地送到根据地，使得他们能平安地渡过那段艰苦时光，躲过了松本一郎的迫害。事情的经过，袁文才早听工友们传开了，因此他对陶宗汉，不仅仅是喜欢，又平添了一种感激之情。

“宗汉，你回来了，我正想当面向你致谢呢！当初要不是你照顾着梅子他们母子，谁知道会有什么凶险呢！”

“袁叔，快别这么说，我今天来，主要是来看看您，其次是向咏菊表达谢意，为了我们家老四，咏菊可是费心了。”

“哎，这本来就是应该做的，是吧，菊子？”袁文才说着，笑眯眯地望着袁咏菊。袁咏菊微笑着点了点头。虽然抗战时，她意外和陶宗汉重逢，但那时环境险恶，所有的心思都在如何营救姐姐一家人身上，根本无暇顾及感情，这次不同了，大家都在为和平建国而努力，没有了生与死的考验。但袁咏菊却惊诧地发现，以前那种脸红心跳的感觉没有了，她居然可以心如止水地面对陶宗汉了，也许经过这么些年的磨砺，尤其是与杨光宇那次刻骨铭心的爱之初体验，以及和陈季秋的那段似是而非的情感经历，让袁咏菊更加成熟了。

听袁咏松介绍，他公派美国留学没多久，全面抗战爆发，因而延误了回国日期。抗战期间他设法回国，辗转于大西南，先后在两所大学任教，如今抗战结束，全国将进入和平建设时期，而他学的也是机车车辆专业，就想重回长辛店，用自己所学来振兴工厂。

“袁叔，咏松的这个想法好啊，等我脱了这身军装，也回咱们工厂做工。”这是陶宗汉的真实想法，在外漂泊这么些年，唯有在长辛店，他才觉得有种归属感。

1946 年 6 月，内战全面爆发，军调部随之解散。陶宗汉奉组织命令，星夜赶往东北，就在这个时候，对陶宗臣的审判也下来了，是死刑。陶宗汉听说后，知道这是国民党当局故意给他难堪，谁让他拒绝了上司的“好意”呢？陶宗汉心中的怒火无处诉说，对这个黑暗的国民政府则更加愤恨。

到东北后，陶宗汉担任了东北民主联军某团政委，不久，何香草也带着孩子们赶来和他团聚了。

第四章　天安门上太阳升

1

1948年12月，辽沈战役刚刚结束不久，身为某师政治部主任的陶宗汉，突然接到新的任务，让他火速交接工作，秘密返回长辛店，领导那里的地下斗争，保护好那里的工业设施。上级之所以选派他，主要考虑到他自幼生长在长辛店，同时又有丰富的敌后斗争经验，而且领导找他谈话时着重强调，此项工作十分重要，连毛主席都亲自签署了命令。陶宗汉早就听说毛主席年轻时曾两次去过长辛店，没想到过去了这么些年，主席的心里依然没有忘记长辛店，这让陶宗汉激动不已。

再次回到朝思暮想的故乡，陶宗汉顾不上感怀，马上投入到工作之中，他在第一时间紧急约见了长辛店地区地下党员赫承凯、顾启祥等人，怕引起特务的注意，地点选在了相对偏僻的南岗洼一处农户家中。听了几个人介绍，陶宗汉对工厂这几年来的变化有了一个大致了解。从生产经营上讲，几年来工厂实际上没有太大变化，还是以修理蒸汽机车为主，因为国民政府每年需要支付内战所需的庞大资金，所以对工人们的工资还是经常克扣。厂长贾象乾虽说为人较正直，但也无力改变现状；而主管生产的副厂长郑文铸，以前曾到美国留过学，有怀才报国之心，眼见国民党的腐败，失望之余徒增愤慨，这两个人在工人中具有一定威信。

“那么有没有可能从这两个人入手，进行统战工作，这对于我们和平接收工厂作用巨大。”

“我看还是有可能的。”赫承凯公开身份是工厂里的一名技术人员，归袁咏松领导，但也有机会接触到郑文铸，对郑文铸的为人有一定了解，“据我所知，郑文铸还是比较爱国爱厂的，他肯定不希望工厂在自己的手中毁掉，他的工作我可以去做，通过他，我们不难接触到贾象乾。”

“这个思路我看行。”顾启祥表示同意，而陶宗汉自然也没有意见。

第二天临近下班的时候，赫承凯兴冲冲地找到了郑文铸。

“郑厂长，我又得到了一本奇书，你看看。”赫承凯从随身带的皮包里取出一本不厚的线装书，残破，却显示出岁月的痕迹。郑文铸一看，是《江湖残局一百谱》，一本十分有名的棋书，郑文铸以前听说过，可一直没机会欣赏到，他是有名的象棋迷。

“老赫，你是从哪儿找到的?”郑文铸很是兴奋。

“也是凑巧，那天我去逛市场，发现有卖旧书的，就过去看了看，结果就被我找到了这本书。”

“你真有福气。”郑文铸的语气不无羡慕。

“郑厂长，您要是喜欢，这本书就送给您了。”

“那怎么好意思。”郑文铸推辞道，但看得出来，他是真心喜欢。

“不就是本书嘛，正好您学到手之后，也好直接教我一些杀招，我还省工夫琢磨了呢!”赫承凯笑呵呵地说道。于是两个人很自然地在郑文铸的办公室里摆开棋局。此时早已下班，热闹的工厂渐渐冷清下来，两个人棋力相当，因而互有胜负。

“郑厂长，现在的局势很不妙啊！共产党在东北已取得全胜，林彪的部队入关参战，那是早晚的事，您觉得傅作义能抵挡住共军吗?”赫承凯像是漫不经心地说道。郑文铸警惕地望了望赫承凯，把玩着手中的棋子，一时不知如何回答，如今保密局的特务满天飞，一个不慎就有可能中了人家的圈套，正所谓语多必失，“其实在这种情况下，每个人心里都在打着小算盘，这不稀奇。我知道，您是爱国爱厂的，如果国民党败了，这么大的工厂，搬又搬不走，那么只有一条路，就是将这个已有几十年历史的老厂彻底毁掉，您能忍心看着它化为灰烬?”听赫承凯这么一说，郑文铸的目光不由紧紧盯着他。

“老赫，看来你今天是有备而来呀。”郑文铸意味深长。

“郑厂长，我不瞒你，我是中共地下党员，我看你为人正直，所以真心地想帮你，如今再跟着国民党走，那可真是死路一条了，只有站到人民的队伍中来，才是充满光明的。”赫承凯的态度十分坦诚。

“你就不怕我出卖你，把你交给保密局?”

“怕的话我就不来找你了，再说，那么做对你又有什么好处?”赫承凯表现得无所畏惧。郑文铸沉默了，这些日子他也在考虑自己的出路问题。扪心自问，这些年自己没欺诈过工人，想必共产党也不会为难自己，看这架势，共产党取得天下只是时间问题。今天赫承凯来，对自己而言，应该算是一次机会，错过了也许就再也找不到了，想到此，他长出了一口气，作出了一个对自己而言十分重大的决定。

“好吧，我听你的，需要我做什么，你尽管说。”

“其实也没什么，就是要在这段时间搞好护厂工作，迎接解放军接管工厂，同时，我们还需要你帮我们引见厂长贾象乾，我们领导陶宗汉同志想亲自跟他谈谈。”

“你说的陶宗汉，是不是也是长辛店人，曾经参加过二七大罢工，抗战的时候也曾回来组织过地下抗战?”

“就是他。”赫承凯坦然承认。

“那好吧，我尽快安排。”郑文铸爽快地应承下来。

几乎同时，北平东皇城根一条胡同尽头，一个看上去不很显眼的宅院内，一间幽暗的书房里，有两个人正在密谈。年龄大一点的是保密局少将参议，负责整个平津地区的事务。另一个人戴着一顶鸭舌帽，在昏暗的灯光下根本看不清他的脸。

“今天把你叫到这里来，主要是落实毛局长的指示。第一，你的职衔将连升二级，特进为上校，恭喜你。”少将参议将委任状递给了“鸭舌帽”，“鸭舌帽”起身接过委任状，“谢参议的栽培！”

“第二，战局发展成今天这个样子，总裁不得不为日后考虑，指示毛局长留派大量精英人员，潜伏在北平，将来和共产党进行长期的地下斗争，你是第一批毛局长亲点的人，你的代号叫作老K。”“鸭舌帽”没说啥，只是挪了挪身子。

“你是长辛店机厂的人，长辛店机厂是共产党工人运动的发源地，你留下来，就是要以其人之道还治其人之身，在适当的时候也组织一场我们的工人运动。”

“瞎扯淡。”一直没吱声的老K几乎在心里愤怒地骂起来了，“这几年你们是怎么坐的江山，难道自己还不知道吗？如果不是民心尽失，哪里会有今天的失败，让我煽动那帮臭工人瞎闹，简直是痴心妄想。”这样的话，老K当然不敢说出口，但他脸上还是流露了不屑。

“当然了，那是有很大难度的，但你潜伏下来，小动作还是可以搞一搞的嘛，你就是钻进铁扇公主肚子里的孙悟空，让共产党的这片天地从此不得安生。另外，和你的秘密联络方式不变，今后你所需要的资金，上峰也会通过不同的途径转给你，你还有什么意见吗？”

“我……”老K嗫嚅着，说不出话来。

“那好，毛局长指示，当前的工作是不能留给共产党一个完整的工厂，如果国军守不住北平，那就炸掉它，不能全炸，起码也要炸掉它的一些重要部门，让它短时间内不能恢复生产，说说你的看法吧。”

老K没说话，他是长辛店人，他爱那个工厂，不想让工厂毁在自己手里，可是这个想法他又不能表达出来，他只恨自己当初一步走错，才铸成了今天这个局面，他如果不接受命令，那他今天就不会活着走出小院，他的家人也将会离奇地失踪或死亡。即便他接受任务，在今后相当漫长的岁月里，他都还要“恪尽职守”，否则身份一经暴露，自己会生不如死，想想吧，在共产党的天下，能有狗特务的安生日子？想到这儿，老K感觉自己是被人绑架了，但现在他不表态不行，“遵命，请参议放心！”他接着说，“我觉得争取厂长贾象乾十分重要，因为我知道的只是工厂的一部分，而他则了解全面，由他协助国军，效果恐怕会更好。”

“好吧，这件事情我去安排人做，你就不必插手了。记住，你现在就是潜入水底的鱼，什么时候需要浮上来，会给你通知的。”少将参议说完，挥了挥手，显露出一身疲态，老K遂躬身退出了屋外。

初冬的北平已有丝丝寒意，老K不由得裹紧了大衣，竖起了领子，像幽灵一样离开了东皇城根……

2

贾象乾从平汉铁路局办公大楼里走出来的时候，显得有点心事重重。今早一上班，局长一个电话就把他召来，局长办公室里还有一个身着戎装的军人，据局长介绍，他是国军某工兵营营长。贾象乾纳闷，局长十万火急地把自己叫来，就是让他认识一个工兵营营长吗？局长说，平津会战打得不可开交，平津地区眼看守不住了，为了党国利益，不能把一个完整的长辛店机厂交给共产党，国军在撤退前必须将其彻底毁掉，这位国军营长就是负责执行炸毁任务的，这项工作需要贾象乾协助，最好是提供一张准确的平面图。

“贾厂长，做好这样事情，你就是党国功臣，到时候就跟我一块儿往南方撤吧。”局长亲热地拍着贾象乾的肩膀。

“那兄弟我就等贾厂长的消息了，不过要快，最多三天，长了，兄弟也不敢保证局势的发展了。”那位营长客气地对贾象乾说。

三天！三天后自己所钟爱的厂子就将毁于一旦，而且自己还是最主要的帮凶，贾象乾蒙了，在回去的路上，他在想，虽然自己在厂子里干的时间不长，但对这个有着悠久历史的工厂已经有了很深的感情！绝不能让工厂毁在自己手里！贾象乾像是给自己打气般地挥了一下拳头，可是，那帮家伙是什么事情都干得出来的，万一……

“贾厂长，到了。”汽车忽然在一个地方停了下来，从时间上估算，显然还不到厂子，贾象乾拉开汽车玻璃上的纱帘，往外瞅了瞅，却是临街的一个颇具规模的餐馆，这个时候正是用餐高峰，他诧异地望着司机，不知道为什么把自己拉到这儿来。

“贾厂长，有个人想见你，在厂子里目标太大，所以就选择在这儿与您见面。”司机倒也坦诚。贾象乾自忖，自己以前并没有亏待过司机，他总不会设计陷害自己，这么想着，贾象乾下了车，跟随司机走向了位于两楼的雅座包间。

雅座包间里坐着两个人，其中一人贾象乾认识，是副厂长郑文铸，而另一人则长得高高大大，面容和善，见贾象乾进来，也赶忙起身。

“老郑，你这是搞的什么鬼?”贾象乾一时不明就里。

“贾厂长，别紧张，我给你介绍一下，这位是中共地下组织负责人陶宗汉，对于这个名字您应该不会陌生，他参加过二七大罢工，是咱们厂的老工人了。”

“啊!”贾象乾愣了一下，赶忙伸出手，“幸会，幸会。”两个人的手象征性地握了一下，继而落座。

“贾厂长，你我虽然是第一次见面，但对您，我并不陌生，民国三十四年，抗战胜利那会儿，有个叫袁咏菊的姑娘，曾是抗战英雄陈季秋的搭档，她回到长辛店后，是您力排众议，重新留用了袁咏菊，使得英雄能够笑慰于九泉。”

“应该的，您这么说，算是抬举我了。”因为搞不清楚陶宗汉的意图，究竟是敌是友也说不清楚，在称谓上，贾象乾谨慎地用了一个“您”字，陶宗汉当然也听出来了，但他佯装不知。

“我只是实事求是。”陶宗汉的语气渐渐加重起来，“如今的形势已经越来越明朗，蒋家王朝的败亡只是时间问题，我今天托郑厂长约您，就是想请您能及时认清形势，站到人民当中来。”陶宗汉开诚布公的话，贾象乾显然是听进去了。他望了望坐在旁边的郑文铸，见郑文铸庄重地点了点头，便知道郑文铸已然被说服。

“您能够对我以诚相待，我自然也知无不言。实不相瞒，刚才局长约见了我，目的只有一个，那就是让我帮助国民党工兵营将厂子炸掉，我不想那么做，厂子已然走过了五十多年的风雨历程，让它毁在我手里，这样的罪人我不能当。”

“是啊，厂子不是哪一个人，也不是哪一个政党的，它属于国家，您能这么想，我真应该替广大工友谢谢您，厂子是他们养家糊口的根本啊！我们找您，就是想请您出面组织护厂队，在这个关键时刻保卫我们的工厂。”

“我当然责无旁贷，只是……”贾象乾犹豫了片刻，“我还是有些担心，保密局的人心狠手辣，万一……”

“这点我们已经替您考虑到了，您的司机张春阳，去年就已经成为我们的同志了，该同志胆大心细，身手敏捷，由他来保护您的安全应该没有任何问题，您的两个孩子目前都在外地上学，我已经报告上级，上级会通知当地的地下组织，妥善保护他们的安全，特务们最容易下手的就是您家三公子，孩子太小，还在铁路扶轮小学读书，每天都由您太太接送，从明天开始……”说到这儿，坐在陶宗汉身边的郑文铸站起身走了出去，而陶宗汉也停下话头，端起茶杯，喝了口茶，不大一会儿，郑文铸领进一个人，却是顾启祥。

“贾厂长，他叫顾启祥，是厂子里的一名铆工，也是我们的同志，您太太每天出门坐黄包车，这些天就由他拉，您也叮嘱一下您太太，尽量减少出行，把危险系数降至最低，我们的敌人越是在临近失败的时候，就越加疯狂，我们一定要加倍小心。”

贾象乾没想到陶宗汉考虑得这么周到，他不由站起身，握住了陶宗汉的双手。

“陶同志，谢谢，您放心，明天我就组织护厂队，把厂子所有重要部门都保护起来，迎接解放军的到来。”

“谢谢贾厂长，这件事情我们要做到外松内紧，以免给厂子里的工友们造成不必要的紧张情绪。”

“我知道。”贾象乾回应道。

陶宗汉原以为大局已定，可是三四天过去了，还没见贾象乾有任何举动，他察觉事情有些不对。其实陶宗汉并不知道，他和贾象乾约见后的第二天早晨，贾象乾在自家信箱中发现了一封莫名其妙的信，信封上没写任何字，里面却有一枚闪着亮光的子弹，吓得贾太太一声尖叫，贾象乾知道，那是保密局的人在向他发出警告，怎么办？告诉那个叫陶宗汉的人吗？贾象乾下意识地摇了摇头，保密局的人在暗处，陶宗汉并不知道谁是隐藏在自己身边的特务，再说那个叫张春阳的人，年纪轻轻能有什么经验，万一一个疏忽，那倒霉的还不是自己！要不就按局长说的办，让工兵营的人彻底毁了工厂？不，坚决不干。思前想后，贾象乾决定采取拖的战术，不管将来谁坐江山，实业总是要搞的，到时自己还干老本行，从事技术工作，也不至于把命搭进去。让贾象乾没想到的是，即便这样，保密局的人仍不放过他。

那天贾太太像往常一样，坐着顾启祥拉的黄包车去铁路扶轮小学接孩子，快到学校门口的时候，忽然看见两个人一左一右地架着一名小学生往外走，学校的一名女教师跟在后边，想要阻拦什么，而那名小学生正是贾象乾最小的孩子。

“放下孩子，你们要把我孩子带到哪里去?”贾太太没等车停稳，一个箭步便跨了出去，厉声质问那两个人。

“是贾厂长叫我们来接孩子的，他要带孩子去城里吃饭。”其中一人高声说着。

“你胡说。我是孩子母亲，我怎么不知道。”

“贾太太，你可来了，这两个人非要带走您的孩子，我拦都拦不住。”女教师看见了贾太太，一副如释重负的样子。

“你们到底是什么人？为什么要把孩子骗走。”顾启祥大声喝问，那两个人眼见阴谋败露，不觉露出了凶相，其中一个从怀里掏出了一把手枪。

“快闪开，少多管闲事。”

“不好了，特务要绑架人了。”顾启祥大声呐喊，由此引来了许多接孩子的学生家长，学校里的一些老师也迅速围拢过来。

“不许把孩子带走。”

“收起你们的破枪。”

“今天你们胆敢开枪，我们就揍扁了你们。”

“小子，愣着干什么，朝这儿打。”顾启祥指着自己的胸脯，向两名特务怒吼。那两名特务相互望了望，也胆怯了，拨拉开群众，灰溜溜地走了。

这件事让陶宗汉警醒了，陶宗汉提议，为了安全，孩子这些天还是先别上学了，只安心在家待着，落下的功课他会去动员学校派老师过来及时补上。贾象乾接受了这个建议，同时想到特务为了逼他就范，竟然打起了孩子

的主意，心中的愤怒无以言表，他下了决心，要站在共产党一边。第二天，护厂队就建了起来。巧合的是，国民党当局在不久前刚刚加强了工厂警备所武装力量，已经有了百十来条枪，本来是为了挽救其失败的命运，对工厂加强警备的一种措施，没想到材料股有个职员名叫弓麟，他和警务所长的关系很熟，而弓麟又是党的发展对象，于是，陶宗汉派弓麟去做警务所长的统战工作，一切进展顺利，结果这百十来条枪有相当一部分用来武装了护厂队。那天，国民党工兵营想要硬闯进厂，结果，护厂队队员们在前，上千的工友手拉着手站在身后，形成一堵无法穿越的人墙，对峙了半天，最后工兵营沮丧地撤退了……

3

1948 年 12 月 14 日，那是值得长辛店机厂数千老少爷们终生难忘的一天，因为这一天，长辛店解放了，工厂回到了人民手中。

直到几十年过后，老工人边德贵还能回忆起那天发生的事情。那天早上，边德贵打开房门正准备上班，突然发现门外站着几个军人。边德贵自然给吓了一跳。

“大叔，您早啊，不要害怕，我们是解放军。”有个大个子军人朝着边德贵笑着说道。边德贵这才注意那些当兵的，个个穿着土黄色棉军装，戴着山羊皮帽子，说话又亲热又和气。

“解放军？那是属于什么党啊？不清楚！”

“属于共产党呗。”还没等大个子开口，后边一个十七八岁的小伙子抢先说话，于是在场的人都笑了起来。

“共产党？知道，二七罢工那会儿，就是共产党领导的，抗日那会儿，有支部队叫八路军，听说是归共产党管的。”

“没错，大叔，解放军就是以前的八路军，现在叫中国人民解放军了，我们是来解放北平的。”大个子向边德贵解释道。

“哎呀，那可真是大水冲了龙王庙，既然是八路军，那就是自己人，快，干吗都在外边冻着，进屋里暖和暖和。瞧这大冷天，孩子他妈，烧两壶热水来。”于是，边德贵把战士们拉进屋里，热情地招呼着。等到忙乎得差不多了，才猛地想起上班这回事，于是撒丫子就朝门外跑去。

“孩子他妈，帮我照顾好解放军。”边德贵都跑出门了，还不忘叮嘱一句，引起身后一串欢快的笑声。

边德贵来到工厂大门时，发现门口站着两个解放军战士，而且还一个劲儿地冲他点头，边德贵呵呵地笑着回礼。边德贵并不知道，此时工厂已由解放军接管，接管组组长便是老二七人陶宗汉。向陶宗汉宣布任命书的，是新任中共北平市委书记彭真。

应该说，彭真是长辛店机厂解放后第一位来厂视察的高级领导干部，解放当天他就来到了工厂，这实在让陶宗汉没想到。陶宗汉、贾象乾两位厂领导负责接待，地点就在贾象乾的办公室。

“陶宗汉同志、贾象乾同志，我这次来，主要两项任务，第一，是来看望大家。长辛店虽说解放了，可却百废待兴，希望工人师傅们能以满腔热情投入到生产中，以出色的工作成绩支援全国解放。当然了，有些困难希望组织解决的，也可以提出来，我们商量着解决；第二，就是下达任务。你们知道，长辛店虽然解放了，但北平还没解放，国民党军队在撤退的时候，把卢沟大铁桥给炸毁了，使得我们用于解放北平城的各种军事物资，包括人员调动都十分困难，我希望工人师傅们能以最快速度将卢沟大铁桥修好，以实际行动支援北平解放。”

“我们保证完成任务。”陶宗汉和贾象乾同声说道。

“很好。”彭真摆了摆手，“我主要是想听听你们目前有什么急待解决的困难。”

“这……”陶宗汉顿了一下，“彭书记，我们最大的困难就是工人师傅们的吃饭问题，国民党统治时期物价飞涨，工人们一月的工资也买不到多少粮食，更可恶的是，许多奸商故意囤积，不卖给工人师傅，不瞒您说，许多家庭根本就没有隔夜粮了，吃不饱饭，就是有再大的热情，干劲儿也上不来。”

“就是，就是。”贾象乾也连声附和。

“原来是这样。”彭真沉吟了片刻，“陶宗汉同志，你看这样行不行，组织上马上调配一车皮的小米，以最快的速度运抵工厂，每人分发一定数量，以解燃眉之急，这全当是工人们解放后第一个月的工资了，你们以为如何？”

“太好了。”陶宗汉表示，“彭书记，有了这些粮食打底，我保证，再苦、再累的任务，我们长辛店机厂也能完成。”

“那好，陶宗汉同志，你们要尽快召开全厂工人大会，把党的方针、政策传达给每一位工人师傅，要让他们安心工作。好了，我就不打扰你们了。”说着，彭真站起身分别握握陶宗汉和贾象乾的手，上车离去。

边德贵走进熟悉的厂房，却见里面空空荡荡，他有些诧异，正犹豫着，忽听有人喊他。

“老边，瞎忙什么呢？快走，南门广场上集合开会，听说是修理厂老陶家的儿子当新厂长了，快走啊。”

“哎，来了。”边德贵应了一声，赶忙跟了出去。

工厂南门广场上，此时已是人头攒动，每个人的心情都很激动，又都怀揣着不安，不知道共产党来了，他们的日子会怎么样。只见主席台上一个人正在高声说着什么，由于人声嘈杂，边德贵并没听清，他赶忙找了个位置坐下来，这时却听旁边两个人在窃窃私语。

“爹，还真是老三，老三真的当厂长了?”

“不是厂长，是接管组组长。”

“还不都一样。”

说话的是陶一丁、陶宗法父子，边德贵并不认识他们，但也听出了一丝关联。这个时候会场的秩序渐渐安定下来，陶宗汉那铿锵有力的声音也传进了边德贵的耳朵里。

“工友们，下面我宣布中国人民革命军事委员会公告：自即日起，工厂照常生产，所有在职人员都原职原薪留用……”一阵热烈掌声打断了陶宗汉的话头，陶宗汉示意大家安静。

“我再告诉大家一个好消息，就在刚才，中共北平市委书记彭真同志来看望大家了，他向大家问好！当得知大家目前生活都很困难，尤其缺少粮食的时候，彭真书记当即指示，特批一车皮的小米拨给工厂，按工资多少，每人可以领取不同数量的小米，我粗略估算了一下，大概每人可以领取三百到四百斤小米，以解大家燃眉之急，这是共产党发给我们的第一个月工资。”

“好!”边德贵忍不住大声叫好，这些小米够全家吃一阵儿的了，他都记不清楚家里有多少天没吃上一顿饱饭了，他经常觉得对不起全家老少，共产党来了，先干了一件让人拍手称快的事。

“共产党万岁!”边德贵不禁带头喊起了口号。

“毛主席万岁!”

于是会场上欢声雷动，这是工友们发自肺腑的呼声，陶宗汉的双眼有些潮湿了，他等大家的情绪稍稍稳定一些，方才接着说道。

“我接到上级交给我们工厂一件紧急任务，那就是抢修被国民党炸毁的卢沟大铁桥，谁愿意去可以自愿报名。”

“我去。”还没等陶宗汉的语音落定，边德贵第一个报名。

“好，请这位师傅站到台前来。”陶宗汉冲边德贵招手，他发现边德贵长得不胖不瘦，人很精干。

“我也去。”“我也去。”……报名者络绎不绝，不一会儿人员就满了，还有没报上名的，显得有点不甘心。

“没报上名的同志先安心坚守岗位，这也是为解放战争做贡献嘛。”陶宗汉安慰着大家。

4

指令：老K，长辛店机厂已入共军之手，你应想办法为党国雪耻，切记！

老K关掉电报机，这是他成为老K以后接到的第一个命令，命令虽然没有指示他具体干什么，但是不久前他和保密局北平站站长的密谈，重新浮现在眼前。

“看来贾象乾是死心塌地地投靠共产党了，要没有他，共产党也不会成立什么护厂队，长辛店机厂也早就化为一片废墟了，对于这样一个背叛党国利益的人，一旦有机会就要将其锄杀。”

“属下明白。”

“党国就是因为有了你们这样的精英，复兴大业才有指望，来，我们干了这一杯。”

就在谈话的当天晚上，这位站长便坐着飞机逃走了。老K在心里虽然不痛快，但命令还是得要执行，而杀一个像贾象乾这样的人，应该还是比较容易的，他开始琢磨杀掉贾象乾的计划。

本以为陶宗汉会在接管工厂后的当天晚上，回家与家人团聚，毕竟自打抗战胜利后到现在，又是几年过去，家里人惦记着他，他应该也惦记着家里人。可是苦等了一个晚上，也没见陶宗汉回来，陶一丁就想到，陶宗汉一定带人连夜抢修卢沟大铁桥去了，于是天还没亮，陶一丁就招呼全家起床，让儿媳杨大妮把家中仅存的一小口袋棒子面拿出来。

“去，蒸一锅窝头，我给老三送去。”

“可是，爹……”杨大妮有点踟蹰，这可是全家仅存的口粮了。

“让你去，你就去，没听会上讲吗，马上就有小米发给大家了。”杨大妮还想辩解，万一共产党承诺的小米发不下来怎么办？可陶宗法在旁边悄悄捅了捅她，她就不吭声地下厨房去了。

开完全厂大会的当天晚上，陶宗汉便领着好几百人直奔卢沟桥。当他们赶到的时候，发现已有一队解放军先行赶到了，此时远处不时传来“轰轰”的打炮声。一个三十多岁、中等个儿、大眼睛，有点连鬓胡子的战士来到陶宗汉面前，冲陶宗汉敬了一个军礼，他已看出陶宗汉是修桥大军的头儿了。

“报告领导同志，我是连长，已经接到你们来抢修的通知。请你让工人师傅们先等一等，我们先到桥上检查一下，看看有没有隐藏的炸药，以免发生危险。”

“好吧，你们也要小心点。”陶宗汉示意大家原地休息，借着朦胧的月色，陶宗汉发现大铁桥损毁得还是挺严重的，紧东头被炸毁了两个桥孔，其中一座桥墩被完全炸坏了，整个桥孔塌到了冰冻的河水里，使得桥上的铁路完全中断。

“这帮兔崽子。”陶宗汉恨恨地骂了一声。

不一会儿，那名连长又回到了陶宗汉身边，喘着粗气。

“领导同志，桥上没有危险物，那两个桥墩损毁最为严重，我觉得咱们得先搭个临时桥墩，先通车要紧，北平解放就在眼前，咱不能因为桥的问题而影响北平解放，您觉得呢？”

“我看行，只是目前河上结着冰，咱不能在冰上垒桥墩，那样不结实，咱

得把冰砸开，先填上石子，然后再码枕木，这样才结实。”

“这主意好。”连长说着，叫来几名战士，“听工人师傅的，咱们先把冰砸开。”于是战士们挥舞着各式工具，开始砸冰。陶宗汉也让工人们加入，现场冰花四溅，热火朝天。不大工夫，便形成了一个面积颇大的冰窟窿，而冰层下面的水流却很急，试了几次，根本没法码放枕木。

“这样不行，陶厂长，我看咱得先钉上几个木桩，然后用麻布口袋把沙子装好，用沙袋挡坝，这样才管用。”边德贵大声说道。

永定河两岸种了不少柳树，陶宗汉让工人们砍伐备用。此时已是深夜，施工不便，陶宗汉命令大家原地待命，并临时搭了几个帐篷，而他自己则带着几个人连夜回厂，组织人去准备沙子、麻布口袋等物，同时让贾象乾带领一部分人准备修桥人员的一日三餐，天亮的时候先把热乎乎的早饭送过去。

天蒙蒙亮的时候，陶宗汉带人将修桥急需的物资运到了卢沟桥边，大家伙儿都摩拳擦掌，跃跃欲试。

“陶厂长，我们开始干吧。”

“不忙，先等等，一会儿贾厂长就会给大家送来热乎的早饭，大家吃完饭再干。”

“那不得耽误一段时间，现在解放军可等不起呀！”几个性急的工友自觉干了起来，有人往麻布口袋里面装沙子，有人将砍下的树干钉入河流下面的泥土中，之后又将沙袋靠着木桩放入水底，果然效果很好，因为有木桩可以依靠，沙袋稳稳地钉在了原地，只是这样一来，河中间的水流速度更大了，水的冲击力更强了，所以必须下到河里去才能将枕木固定好。此时正值隆冬腊月，人穿着厚厚的棉衣站在岸边，都觉得手脚发木，再下到冰河里，那滋味可想而知，不少人有些发怵。

“扑通。”一声水响，只见那名解放军连长率先跳入冰冻刺骨的河水当中。

“扑通。”又一声水响，边德贵跟着跳入水中，接着“扑通”“扑通”又有数人入水，陶宗汉也想跳入水中，却被赫承凯拦住了。

“陶厂长，你不能下去，你得指挥大家伙儿的行动。”说着话，赫承凯也跳入了水中。

陶宗汉赶忙组织人去桥西边弯道处扛枕木，一根湿漉漉的粗方木，足有一百二三十斤重，陶宗汉率先扛起一根，于是大家如下山猛虎般，一人一根比赛起来。有细心人从附近住家要来了锅和水，在篝火上烧一壶热水，也好给泡在水中的同志们适时地送去点温暖。

这时，陶宗汉发现爹和大哥一起走了过来，爹的怀里还抱着个大布包。

“爹！你怎么来了？”

“还说呢，晚上也不知道回家，给，这是新蒸的窝头，别饿着。”陶一丁语气里满是关爱。陶宗汉忽然觉得好像哪里不对劲儿，可也顾不上多想，他一接过窝头，转身就直接走进了简易帐篷里。

“同志们都饿坏了吧？来，快吃，新出锅的窝头。”帐篷里挤着几个刚上岸的下水人员，吃着尚还有点温乎气的窝头，喝着刚烧开的热水，尽管身上的寒冷还没有完全驱散，但每个人都感到了温暖。这时，贾象乾带着后勤人员也赶到了，热乎乎的小米粥外加窝头、咸菜，使得卢沟桥边一下热闹起来。

中午时分，大家伙儿干得正起劲儿，眼瞅着桥墩就要建好了，忽听天上传来“嗡嗡”的声音，仿佛夏季里令人生厌的蚊蝇声，大家抬头往天上看，却见从东北方向飞来一架飞机，许多人从来没有经历过战场，见了飞机不禁有点心慌，甚至有的还四处乱跑。

“大家不要乱跑，赶快找地方趴下。”陶宗汉扯着嗓门大喊，并就手拉住一名乱跑的青年工人，将他摁在一棵树后。大家伙儿见陶宗汉如此沉着冷静，也就不像先前那么慌张了。这时那名连长已经换上了一身干净的军装，指挥几名战士架起了机枪，对着空中的飞机严阵以待。而那架飞机似乎也感觉到了危险，只是围着大铁桥绕了三圈，之后就朝东飞走了，大家伙儿这才松了口气，继续干活。

忙活了一天，天傍黑的时候，桥墩的搭建已临近尾声，晚上第一列火车应该就能通行了，这时远处传来了密集的枪炮声，人们的心不免紧张起来。

“大家不要怕，咱们前边有队伍，他们打不到这里来。”听那位连长这么一说，大家伙儿的情绪方才稳定了，于是放心大胆地干，终于赶在亥时把大铁桥修好了。当第一列运满解放军战士的火车驶过卢沟大铁桥时，车上的战士们齐向站在桥头两边的修桥大军敬礼，在那一刻，每一个参加修桥的人，心里都充满了骄傲。

回到工厂，陶宗汉立刻被厂内外鲜活的生活气息所吸引，走在工厂生活区，家家户户都冒起了炊烟，这情景已许多年没有见到了，大人孩子个个都说说笑笑，马路上熙熙攘攘好不热闹，原来彭真书记指示的那一车皮小米以最快速度运抵工厂。从下午开始，大家就按顺序领小米，有的拿口袋背、有的用自行车驮、还有的用三轮车拉……厂门口人来人往，活像是赶大集。当然，最高兴的还是孩子们，他们蹦啊、跳啊，还有的在唱歌，唱的是新学来的歌：“没有共产党就没有新中国……”孩子们都知道，从今天开始，他们就不再挨饿了，等待他们的将是丰衣足食的好日子……

工厂里则是另外一番景象，工人们在贾象乾的带领下，正不分昼夜地抢修枪炮，不少车间都灯火通明。是啊，生活得到初步改善的工人们，心情异常舒畅，劳动热情也空前高涨，有不少人甚至吃住都在厂子里。

“陶组长，你怎么还回厂了，都回来这么多天了，也没回家看看。”贾象乾在机车车间见到陶宗汉，马上开口说道。

“没事，我来感受一下大家伙儿的劳动热情。”

“这里有我照应，你就放心吧，再不回去，于情于理都说不过去了。”

贾象乾严肃地说着，用手推了推陶宗汉。

“行，我回去还不成？那这里你就多费心了。”陶宗汉走出了厂房大门。

又是几年没回家了，对家的思念难以名状。然而一走进那条熟悉的小巷，陶宗汉的心里还是不由有些紧张起来，从没有过的一种恐惧、担忧袭上心头，这种不同一般的心境在上午看到陶一丁的时候就涌现过，现在则更加强烈了，他不由加快脚步，最后甚至小跑起来，等到了家门口，他很急促地拍打着院门。

“爹，开门。”他大声喊着，当陶一丁打开院门，陶宗汉都没有和父亲打招呼，而是直接冲进了堂屋。堂屋里的灯光虽不甚明亮，但陶宗汉还是一眼就看到了母亲陶李氏的遗像端端正正地挂在墙上。不祥的预感得到了证实，原来上午他是因为没有看到陶李氏而心生不安，几年没见到儿子，陶李氏如果身体健康，不可能不来看自己，只不过那时因为抢修大铁桥正在关键时候，陶宗汉的心思全扑在了那里，刚刚，他还想着母亲大概只是生病了，没想到……

“娘。”陶宗汉扑通一声跪倒在母亲的遗像前，眼泪不禁流了下来，想着自己含辛茹苦的母亲，一生为了他们兄妹几个操碎了心，而在临终之时自己又不在身边，心中的那种痛无法述说，“娘，儿子不孝，没能在您老人家床前尽孝，儿心中难受啊。”跟着走进来的陶一丁只是深深地叹了口气。过了好一会儿，陶宗汉的情绪稍稍稳定了些，陶一丁方才缓缓说道。

“你娘是老四走的那年，因为过于悲痛而染上了不治之症，也就撑了三个月。说起来，全是那个遭天杀的国民党，如果不是他们冤杀了老四，你娘也不会……”

正说着，陶宗法夫妇进来了，身后跟着他们的两个儿子：陶学谦、陶学文。

“老三，你平安回来了，这就好，娘地下有知，也是欣慰的。学谦、学文，快来见见你们二叔。”陶宗汉看着两名高大后生，心中得到了一丝安慰。尤其是对陶学文，上次回家时，因为陶学文在外地上大学，所以阴差阳错并没有见到他，现在看到小伙子眉清目秀，大学毕业后也进厂工作了，陶宗汉更是欣喜异常。

“这样好，大哥，这才叫子承父业啊！咱们全家父一代、子一代都跟工厂有缘。”

“可不是嘛。”陶宗法随声附和。这时，陶慧敏一家、陶慧玲带着儿子陈怀义也都来了，陶宗汉看着八九岁的陈怀义，心中自然感慨万千。一家人围坐在一起，吃了一顿香喷喷的小米饭，听陶宗汉说这几年的经历，又喜又悲的。那一晚，陶宗汉坚持要为母亲守灵，谁劝都没有用。结果那一晚，陶家的灯亮了一宿。

5

厂里来了许多文艺团体，他们一方面慰问演出，一方面深入火热的生活，收集宝贵的创作素材。厂长贾象乾十分高兴，他平素最喜爱京剧，是个铁杆票友，尤喜黑脸包公，据说有一次在丰台大戏院，一位主演因为偶感风寒，无法出演，而那时戏票又全都售出了，为救场，贾象乾仗义地客串了一把，居然蒙混过关，由此可见功力非同一般。长辛店解放后，贾象乾就想搞一台演出，专门慰问解放军，而压轴曲目，便是由他主唱《铡美案》选段。这个提议一经提出，便得到陶宗汉的肯定。

1949 年的春节在人们的欢声笑语中如期而至，工厂南门出车线旁搭起了一个临时台子，各种合唱队、秧歌队以及文艺团队轮流表演，工人们的脸上洋溢着快乐的笑容。临近中午时，期待中的《铡美案》选段终于登台了，黑脸包公一亮相，便赢来了满堂彩。

人们听得如醉如痴，没人注意到远处的一幢小楼内，一扇窗户悄悄打开了，从里面伸出一枝黑洞洞的枪管，那是一把带有瞄准镜头的狙击步枪，一个黑衣人将枪头瞄准了在台上的“包公”，此人的嘴角抿过了一丝冷笑。

“贾象乾，你的死期到了。”他扣动了扳机，“啪”的一声脆响，子弹正中“包公”胸膛，“包公”“啊”的一声倒在了台上。

“有特务。”

“杀人了，抓特务啊!”

会场上的人们慌乱得四散奔逃，负责维持现场秩序的张春阳最先发现了疑点，他现在已调入工厂新成立的保卫部门任干事。张春阳顺着枪声张望，发现了那扇打开着的窗户以及一个一闪而逝的身影，他拔出手枪，快速地朝那幢小楼飞奔而去。

这幢小楼是机车车间的办公用楼，管理人员大都在此工作，尽管是春节，不用上班，但因为有联欢活动，所以来的人并不在少数，听到枪响，许多人都从各自的房间里跑出来。

“出什么事了?”

“哪里放炮?”

张春阳快速奔上二楼，来到打开窗户的那个房间，一下把门撞开，门并没锁，张春阳的身子趔趄了一下，差点摔倒，他定睛一看，屋子里早就没人了，而那把狙击步枪则还搁在桌子上，显得十分扎眼。

“这间屋子是谁的办公室?”张春阳冲跟在后面的人嚷道，但是大家你看看我、我看看你，没有一个人答声，这个时候走过来一名四十岁上下的中年人。

“小同志，这间屋子是会议室，不是哪一个人的专用办公室。”说话的是机车车间新上任的主任。

“那这间会议室的钥匙平时都由谁保管?”

“没有专人保管，就放在走廊的柜子上，谁用谁去拿就是了。”说着话，那名主任让人去查看钥匙还在不在原位。不一会儿，回来的人一脸沮丧，证明钥匙已不见了踪影，这说明特务是厂内人，对这里的环境相当熟悉，一击得手后马上离开现场，换副嘴脸混入普通工人中间，就像是鱼入大海一样，这个人心思缜密，在行动之初就设计好了退路，张春阳不禁有种失败的沮丧。

重新回到戏台上，现场已被保卫人员维护好，闻讯赶来的陶宗汉和贾象乾，目睹了好好的联欢会被特务彻底破坏后的情景，愤怒可想而知，要不是有一项接待任务，他们也会出席联欢会。他们接待的是新成立的铁道部派来的两位同志，同时还有一位解放军代表。会上正式宣布工厂改名为“铁道部长辛店铁路工厂”，并任命陶宗汉为解放后第一任厂长兼党委书记，贾象乾则调到部里任调研员，希望他们尽快做好交接手续。同时另有一件十分重要且保密级别很高的任务，那就是配合部队研制新式坦克发动机，这种发动机一旦装配坦克后，可使坦克性能得到大幅提高，此项目代号为 R4 工程，那名军代表向陶宗汉、贾象乾展示了制造发动机的图纸，并且一再表示，要抓紧时间研发，争取尽快投入批量生产。

“没问题，支援解放战争是我们义不容辞的责任。”陶宗汉当即表态。这时，有人报告说是南门出事了，于是部里来的同志和那名军代表便起身告辞。陶宗汉让保密员邓玲仔细将图纸收好，方才和贾象乾赶往出事地点。

扮演包公的演员已经气绝身亡，他并不是厂子里的人，而是保定的一名京剧演员，这次来厂是体验生活的。据反映，其人一向为人谦和，不太可能有什么仇家。那就基本可以肯定，特务本来想杀的人应该是贾象乾，只是不知道临时换了演员而将其误杀了，这样的推理应该站得住脚。可是现场的线索相当有限，于破案几乎没有什么帮助。既然特务们的目的没有达到，那就说不定他们还会对贾象乾下手，想到这儿，陶宗汉将目光转向了张春阳。

“张春阳同志，我命令你加强对贾厂长的安全保卫工作，一定不能有任何闪失。”

“我保证完成任务。”张春阳响亮地回答，而一旁的贾象乾知道特务刺杀的对象是自己时，脸则有点发白。

一间昏暗的屋子里，老K懊恼地抽着香烟，还是人算不如天算，他的计划相当周密，却因为一个偶然而失败了，这样的挫折简直让老K沮丧到了极点，莫非连老天都不庇佑党国了？这是老K的一处隐蔽场所，距离长辛店铁路工厂有相当的距离，就连老K的家人都不知道这个地方。上峰刚发来指令，先对他的行动表扬一番，接着在表示遗憾的同时，又向他下达了新的追杀令。贾象乾这个倒霉蛋，被保密局盯上，看你还能蹦跶几天！老K想。

交接工作很顺利，明天贾象乾就要举家迁往北平市里了，他特意来到长辛店天主教堂，和新就任的神甫李云鹏话别。李云鹏和贾象乾不仅是教友，而且两人都喜爱京剧，经常在一起探讨表演上的得失，几年来结下了深厚友谊。贾象乾今后搬到城里去住，虽说离得并不算太远，但两人再想见一面，也不像现在这么容易了，所以告别是必须的。

张春阳现在是贾象乾的司机兼警卫，他的神经一直高度紧张，生怕自己一个疏忽而造成大错。车开到教堂院外的时候，贾象乾吩咐他在车里等着，自己只是去和李云鹏说几句话而已。张春阳起先也答应了，但是敏锐的张春阳还是感觉哪里有点不对劲儿，具体是哪儿，他一时也说不清，所以就跟着下了车，陪着贾象乾一同朝教堂院内走去。教堂里静得出奇，就像是一座废弃的空庙，对，就是这种静，太诡异了，也太不正常了，最起码也应该有一些为教堂服务的人员来回走动吧！张春阳的手里一直紧握着手枪。突然，二层的一扇窗户悄然打开，张春阳一个箭步上前，用肩膀奋力将贾象乾撞向一边，贾象乾没有防备，一下跌倒在地，这时枪响了，子弹打在地上溅起一个耀眼的火花，相信只要慢了那么一两秒钟，贾象乾就会中弹倒地。接着，张春阳手中的枪也响了，窗户后面的那个人一声惨叫，倒在了地上，接着又有两个人从教堂里面冲出来，手中的枪像毒蛇的信子，喷射着吃人的火焰，张春阳一个就地十八滚，接着连发两枪，那两个人也就此去见了阎王。教堂里忽然又静了下来，贾象乾躲在墙角处，不知是退是进，而张春阳护在他前面，机警地环视四周。

“行，年轻人，身手不错。”循着声音望去，却见一人缓缓地从教堂里面走出来，手中一把小巧的手枪指着李云鹏。李云鹏在他的胁迫下步履有些踉跄，“别动，动，我就打死他。贾象乾，你的运气不错，有个身手还算敏捷的保镖。”

“年轻人，把枪放下。”那个人的声音陡然凌厉起来，目光转向了张春阳，“快放下，否则我就毙了他。”

“千万别开枪。”张春阳摆了摆手，做出要把枪放在地上的姿态，目光却紧紧盯着李云鹏，两个人用目光进行了无声的交流，就在那人脸上闪过一丝得意的瞬间，两个人几乎是同时行动，李云鹏迅速低下身，将那人的身体闪出了大半个空间，那人一愣神，张春阳手中的枪响了，子弹准确地射入了那人的心脏，那人连哼都没哼一声，仰面倒在了地上，整个过程也就是一眨眼的工夫，看得贾象乾呆立在那里。枪声引来了执勤的解放军。听李云鹏神甫讲，今天一大早，就有三四个人以参观者的身份混入教堂，然后突然掏出手枪，把教堂里的人全都劫持了，并把他们关在一间黑屋里，只留下了自己。为了防止意外，战士们又在教堂内外仔细搜寻了半天，并没有发现可疑情况，很显然这又是一次针对贾象乾的暗杀行动，现场死了四名特务，他们后面有没有幕后黑手？听了汇报后的陶宗汉认为，肯定有，但螳臂当车是阻挡不了历史前进步伐的。

6

初春的风虽然还有些凉意，但春天的气息已然渐浓了。一连三四天，陶宗汉都吃住在厂子里，虽然家离厂子并不远，可是一忙起来他就忘记了时间，等到想起来了，已是深夜，干脆就在厂子里凑合了。这天，当他拖着疲惫的身躯慢慢往家里走时，在巷子口，他看见了一个熟悉的身影，他的精神不由一振，那是袁咏梅。

“咏梅，你是什么时候回来的？”袁咏梅将要调回长辛店铁路工厂的消息，陶宗汉早在十多天前就知道了，只是不知道她具体哪天回来。这时工厂刚接到一项紧急生产任务，为了修复被国民党败兵炸毁的津浦铁路，国家急需一万块道夹板（连接铁路用的鱼尾板），而且要求一周内完成，这是解放后工厂接到的第一批国家下达的生产任务，同时又事关支前，所以必须要干好。陶宗汉紧急部署安排，并亲自“督战”，一忙就把这事给忘了。

“昨天刚回来，上午去人事科报了到，分配在宣传科，主要从事对外宣传报道，同时筹备厂报的创刊工作，今后在适当的时候，我们工厂也会有自己的报纸。”

几年未见，袁咏梅还是那么年轻漂亮，而且这种漂亮又融入了中年女性豁达、睿智的一面，因而显得更加迷人。

陶一丁见了袁咏梅，自然也十分高兴，“梅子，什么时候回来的？看你，越长越漂亮了，一点也不见老，孩子们呢？”

“陶叔看您说的，我昨天刚回来，怀礼和佳雨也跟我一块儿回来了，怀礼在延安的时候，被组织上送往苏联学习，学的是机车车辆制造，正好进厂从事技术工作，而佳雨则分在了铁路医院当护士，我对他们还算满意。”

“可不是呢！孩子们都挺有出息。”陶一丁见两人有正事要谈，便借口有事走出了正屋。

听袁咏梅介绍，分别的这些年，她先是在晋察冀根据地，后来又去了革命圣地延安，在那里袁咏梅进入抗大学习，成了一名战地记者，通过她的笔，描写在敌后战场上浴血奋战的八路军战士的事迹。抗战胜利后，她一直在大西北。三大战役胜利结束，中央考虑今后可打的大仗不多了，工作的重点也逐渐朝和平建设上转，让更多的年轻人投入到祖国的建设，袁咏梅是第一批响应号召，复转地方被重新分入长辛店铁路工厂的。

“好，回来了就好。”陶宗汉没想到，革命的大熔炉会把袁咏梅锻造成一名记者，要知道，袁咏梅在和陈季秋结婚前可是大字识不了一箩筐，这真叫人匪夷所思。尤其让陶宗汉感到欣慰的是，火热的斗争生活，彻底改变了袁咏梅的人生观，她已由一名虔诚的天主教徒成长为一名共产党员。

“宣传工作我也不大懂，好在我们处在一个火热的年代，会有不少的素材，我认为当前工厂锻造道夹板，就有很多先进事迹值得挖掘，我给你提供一个素材，说不定对你很有用呢！”接着陶宗汉就向袁咏梅说起上午的见闻。

上午，在工厂锻工车间举行了锻造一万块道夹板誓师大会，锻造道夹板，锻工车间是主战场，决定着这场“战役”能否取得最终胜利。锻工车间主任王凤主持大会，陶宗汉讲话，其实根本不用打气，工人们的情绪早已被调动起来，让陶宗汉感到惊异的是，在大会现场他看到了边忠全、边德贵父子，以及边德贵年仅 14 岁的儿子边孝正。边德贵，陶宗汉是认识的，抢修卢沟大铁桥时边德贵紧随解放军跳入冰冷的河中，给陶宗汉留下极其深刻的印象，如今祖孙三代奋战在一起，尤其让陶宗汉难忘。

“咏梅，想想吧，一家数代人都服务于一家工厂，这是一种怎样的情感？而且据我所知，边家上一代当家人是咱们厂最早的一批工人，算上边忠全，边德贵已是第三代，我尤其看好边孝正那个半大小子，年纪不大，有把子力气，真像我年轻时候，如果他将来也能进厂的话，那可是一家四代啊！这样的情形，全国也不多见吧？”

出于一个记者的敏感，袁咏梅当即掏出纸笔，记录下来。然而工作的事情一谈完，一种难以说清的尴尬便充斥在两人之间，毕竟以前曾有过一段刻骨铭心的恋情，只是因为命运的捉弄，他们才和婚姻擦肩而过，而如今陈季秋已然去世多年，袁咏梅的生活不应该是这种状况，她应该拥有一个全新的生活，这是陶宗汉真实的想法。

“咏梅，我……”陶宗汉很为自己的笨嘴拙舌而沮丧。

“宗汉哥，我知道你要说什么，还是别说了，目前这样的生活，我觉得挺好，今后只要几个孩子争气，我也就心满意足了。只是不知道怀恩怎么样了，这么多年也没有个音讯，实在让我放心不下。”袁咏梅的脸瞬间涨得通红，她差点就要把陈怀恩的身世说出来，可还是犹豫了。本来今天来找陶宗汉，袁咏梅就是想吐露实情的，她觉得应该让陶宗汉知道事情的真相，总瞒着陶宗汉，对陶宗汉而言那是不公平的，于是她顿了一下，似乎是下定了决心。

“宗汉，其实我今天来，是想跟你说，怀恩那孩子，其实……”

“咏梅，怀恩是个好孩子，这全赖你和季秋兄调教有方，等到战争彻底结束了，我们再慢慢去找，一定会有怀恩的消息，我相信怀恩不仅还活着，而且还相当有出息。”听陶宗汉这么一说，袁咏梅便咽下了后面的话，她知道，以陶宗汉的机敏，应该已猜出了大概，有些话还是烂在肚子里比说出来强，于是袁咏梅起身告辞。

“咏梅。”陶宗汉叫了一声，袁咏梅回转身，望着陶宗汉，“咏梅，你在宣传科工作，接触的人多，如果有合适的，别忘了给咏菊介绍一下，咏菊，她……她应该有一个幸福的家庭。”

袁咏梅在心里发出一声长长的叹息，这何尝不是她所惦记的呀，可一个女人如果在年过四十的时候还没能把自己嫁出去，那她不是曾经被伤害过，就是心中一直有人，让她重新燃起爱的火焰，难度可想而知。袁咏梅苦笑了一下，什么也没说，径直走了出去。

屋里只剩下陶宗汉一人，他睡意全无，从袁咏梅的神态分析，陶宗汉更加确定了陈怀恩就是自己的孩子，但是他不能相认，他要对得起牺牲的陈季秋。夜深人静，陶宗汉不禁想起了何香草以及他的两个孩子，不知他们在东北过得怎么样，什么时候一家人才能团聚呢？陶宗汉抬眼望了望窗外，一轮皎洁的明月悬于远空，这是一个难以入眠的月圆之夜。

7

第二天一上班，袁咏梅便赶到了锻工车间，嚯，这哪里是个车间呀，简直就像一个战场，人们进进出出，进来的都是往这里运原材料的，一万块道夹板，那得需要多少材料啊！车间里的备用料根本就不够使，于是许多人就到利材车间或是工厂南门外去找旧的、废弃了的铁轨，那东西都是现成的钢材，打出的活儿一准儿棒，一旦找到了就用小车往锻工车间送。而那些往出走的，多半是送已经打好的道夹板，有的道夹板出去时还热乎着呢！陶宗汉早已坐镇指挥，红通通的炉火映红了陶宗汉的脸，他根本就没注意到袁咏梅，他在专心致志地盯着一个打铁的汉子，那汉子也就四十多岁，很健壮，袁咏梅猜想，那个人可能就是边德贵，她相信女人的直觉，于是径直走上去。

“边师傅，听王凤主任说，您昨天晚上没回家，吃住都在厂子里了？”陶宗汉说话的声音很亮，他怕边德贵听不到。

“回家还不就是个吃饭睡觉，再说了，这活儿不干完，哪能睡个踏实觉啊！陶厂长，您想想，一万块道夹板，那就是射向敌人的一万发炮弹，看那帮龟孙子还敢玩假和谈的把戏不！”

“说得好啊，边师傅，不过咱也得悠着点，我进厂房可有好一会儿了，您就一直坐在汽锤前，不大离也得下来歇歇吧，一定还没吃早饭吧?”说着，陶宗汉举了举手中的布包，那是他带来的早饭。

“就是的，边师傅，听陶厂长的，起码咱先吃点东西，才有力气干活儿不是？陶厂长，您不知道，昨儿边家祖孙仨都想留下来，被我好说歹说，边忠全师傅和他孙子才依依不舍地走了……”王凤的话没说完，却见身材高大的边孝正推着满满一车的胚料走过来，虽然时令已是初春，但清明还未到，北方尚还处在乍暖乍寒的时候，但边孝正却脸颊红扑扑的，额头已有了豆大的汗珠。

“我说你怎么这么早就来了。”

“哎哟，主任，他昨天晚上就没走，跟他爷在利材车间备料呢。”有人冲王凤喊道。

“这……唉，你们这一家子啊！”王凤也不知道说什么才好了。

“小边师傅，那你爷爷睡会儿没？他吃没吃早饭？”陶宗汉关切地问。

“吃了，我爷被人劝着，早上三四点钟的时候睡了会儿。”

“这就好，那你过来跟你爹一块儿吃早饭吧。”说着话，陶宗汉冲王凤使了一个眼色，两人一同上前，连劝带拽地把边德贵从操作台上拉了下来。边德贵许是一个姿势待长了，下来的时候腿都有点迈不开步了，两个人扶着他在凳子上坐好，陶宗汉把吃的东西放在了桌子上。这时，在旁边看了半天的袁咏梅，才有机会插话，全当是一次现场采访了。

“边师傅，您好，我是工厂宣传科的，我们打算对这次劳动竞赛进行全方位报道，你们全家祖孙三代这么热爱工厂，动力是什么呀?”

“动力？那还用说，共产党来了，咱翻身做主人了，工厂好了，我们自然也荣光。”

“那么你呢？你说说看，小边师傅。”袁咏梅转向了边孝正。

“我？”突然被问到，边孝正一下涨红了脸，“我……我就觉得解放了，咱能吃饱饭了，谁能让咱吃饱饭，咱就给谁干活。”

“你这小子，就知道吃。”边德贵笑着擂了边孝正一拳，大家伙也都哄笑起来。

吃过早饭，边德贵顾不上休息，就准备再上操作台，陶宗汉拦都拦不住。

“陶厂长，您不知道，这锤我都使了十多年了，对它的脾性我最了解，我们就是多年的朋友。”

“那也得注意身体，王凤，安排个人接替边师傅。”

“别呀。陶厂长，我这锤没保险，万一别人一失神给弄坏了，修修就得几个小时，甚至几天时间，这工夫得出多少活儿呀。”

“不行，人是最关键的，休息会儿再上吧。”说着话，陶宗汉指着王凤，“我告诉你，我先去别处转转，不许边师傅上，等我回来再说，要不唯你是问。”陶宗汉不等答话，转身离去。

那是打道夹板的第四天，正是攻坚战的关键时刻，就连陶宗汉吃住都在锻工车间，此时车间里各种照明设备全部打开，就跟白天一样，工人们干起活来龙腾虎跃，陶宗汉负责全面指挥，虽然忙碌，却有条不紊。尽管目前完成打道夹板的任务是重中之重，但陶宗汉始终也没看轻安全保卫工作，特意组建了护厂队，协助保卫部门的同志做好安全防范工作。刚解放，蒋伪特务肯定不甘心于失败，他们一定会有所举动，这个时候的安全保卫一点也不能马虎。袁文才就是护厂队的，他和另外几人组成一个小组，他是小组长，主要是进行巡视，发现隐患立即制止，制止不了的，要第一时间报告保卫科。今天，他们照例在厂内巡逻，当转到机车车间时，忽然发现一个身影一闪而逝，因为现在锻工车间是主战场，所以机车车间就没有以往那么多人了，可那人见了护厂队后，显然是在有意躲避，这引起了袁文才的注意。

“站住，你在那儿干什么呢？”袁文才大声喊道。没想到那人听了以后，不但没停下，反而加快了脚步，最后竟朝厂南门方向飞奔而去。

“站住。”袁文才大吼一声，“你给我站住。”见那人丝毫没有停下来的意思，袁文才急了，也意识到情况不好，“你们去追，我去看看这龟孙子到底干了些什么？”于是，其他人去追那个可疑人，而袁文才则来到刚才那可疑人停留的地方，那是个堆放废品的地方，袁文才在那里发现了一枚已然启动了定时器的炸弹，他二话没说，抱起那枚炸弹就朝车间外跑。此时的他根本不像年逾六十的老人，然而在奔出车间几十米后，炸弹就爆炸了，袁文才瘦小的身躯瞬间便倒了下去。

巨大的声响惊动了陶宗汉，他迅速地和王凤交换了一个眼神，“王主任，你负责这里，我去看看发生什么事了。”说着，急匆匆地朝外跑去，凭经验，他知道那是炸弹的爆炸声，难道这次特务得手了？他一时心急如焚。赶到机车车间出事地点时，却见袁咏松抱着一个残缺不全的尸首哭倒于地，陶宗汉的心不由一紧。听了护厂队介绍情况，终于证实了牺牲者正是袁文才，陶宗汉深深地叹了口气。

袁咏松当时在附近的修车车间处理一项技术问题，听人说老父亲在机车车间出事了，第一时间赶了过来，虽说尸首已残缺不全，可骨肉至亲，他当然不会认错，当即哭倒于地。张春阳随后也赶到了，他向陶宗汉汇报，那名特务是客车车间的一名木工，平日里好逸恶劳，被特务组织拉下了水，这次奉命炸毁机车车间，被发现后潜逃无路，最后畏罪自杀。

“知道他背后主使之人了吗？”陶宗汉急切地问道。

“这个人临终前说出，他是奉老 K 的命令行事。”

“老 K 是谁？他说了没有？”

张春阳摇了摇头，案件随着这个人的自杀再一次陷入困局，不过好在知道潜伏在工厂内的敌特组织的头目代号叫老 K，尽管不知他是谁，但可以肯定的是，这是厂子里的人，他所策划的几次事件，如果不是对厂子十分了解，也不会处处击中要害。虽然老K是个危险人物，但陶宗汉有信心，只要时刻绷紧一根弦，老K总有露出水面的一天。这时闻讯赶来的袁咏梅一看袁咏松伤痛欲绝的样子，立马知道了是怎么一回事，她的身子一软，便瘫倒在地上，周围的人马上扶起她，姐弟二人抱头痛哭，他们为失去一个好父亲而哀伤，陶宗汉看在眼里，也只是叹了口气。

为袁文才申请烈士的报告，很快就得到了有关部门的批复，工厂特意授予袁文才“护厂英雄”的称号，袁文才的壮举也激励了大家伙儿，很快以一万一千多件道夹板超额完成了任务。那天，在工厂俱乐部举行了庆功大会，铁道部副部长刘建章亲自到会，会上公布了追认袁文才为烈士的决定，刘建章亲自把“护厂英雄”的锦旗授给袁氏姐弟，并号召全厂职工向袁文才同志学习。接着，刘建章朗声说道：“通过这次紧急打造道夹板的劳动竞赛，可以看出长辛店铁路工厂的职工发挥了‘二七’革命精神，是一支让党和人民相信的队伍，我代表铁道部，向长辛店铁路工厂授旗。”

刘建章双手举着七八尺高的大红旗，上面绣着八个金光闪亮的大字——再接再厉、奋勇直前。陶宗汉从刘建章的手中接过红旗，全场掌声雷动。陶宗汉的心里也很激动，这是工厂解放后得到的第一面红旗，今后无论过去多少年，它将永远镌刻在工厂的历史画卷中！

8

很快到了五一劳动节的晚上，也就是七八点钟的样子，长辛店大街中部一个叫晓月圆的饭店内，人满为患。在一个不引人注意的角落，一对年轻的恋人正举杯对饮，男的三十二三岁，长得风流倜傥，举止温文尔雅，他就是工厂刚聘任的专家刘克非。刘克非乃留洋博士，不仅有才，而且儒雅，自然成为厂内许多年轻女性追求的偶像，而刘克非却将他的丘比特之箭射向了工厂资料室保密员邓玲。此时，邓玲显然被幸福的光圈所包围，面色红润，两眼放出异样的光彩，然而也只是短暂的一瞬，在她的心底里忽然有了一丝隐隐的不安，她与技术科工程师陶学文已然相处了一段时间，厂子里许多人都知道，并且大都认为他俩是郎才女貌的一对，而她一旦就这样将陶学文抛弃，那人们不知道会怎么议论她呢！诚然，陶学文有一个当厂长的叔叔，可是和刘克非相比，无论哪一方面都差了很多，在邓玲的眼里，陶学文就是一个书呆子，生活中一点情趣都没有，而邓玲天性又是一个爱生活、懂浪漫的女人，难以想象，将来两人一旦结合，将会是一种多么枯燥乏味的生活！当然，邓玲的这点心思并没有逃出刘克非那双含情脉脉的眸子。

“玲，别为那些事伤脑筋了，我们干一杯。”说着，刘克非举起酒杯，一双俊目火辣辣地望着邓玲。而邓玲则略带愧意地笑了一下，心里像喝了蜜一样，随着一杯杯葡萄美酒下肚，邓玲的脸灿若桃花。

晚上十点钟，正是新成立不久的北平市人民广播电台播放《今日晚十点》栏目的时候，此时厂区内除了上夜班的，早已人去室空，偌大的工厂显得有些空旷。门卫老许则坐在传达室的门口，端着个茶杯，抿了一口，他的手中有个半新不旧的话匣子，是厂里聘请的留洋专家刘克非给大家伙儿的，说是门卫值夜班辛苦，可以用它来收听点节目，解解乏，但特别声明，只能是晚上九点半以后才可以听，否则就算是违反纪律。大家伙儿都为刘克非的善解人意而竖大拇指。而今天老许刚听了两句，还没咂摸出滋味来，却见工程师陶学文穿着厂子里新发的工作服，头戴工作帽，低垂着头，一路急急地走来，看样子是要回家，可却不那么精神，显得有点萎靡不振。

老许和陶学文是在工厂俱乐部认识的，今年过新年的时候，工厂为了活跃气氛，特意举办了解放后第一届全厂象棋比赛，而最终杀入决赛的正是老许和陶学文。虽然决胜局老许惜败陶学文，但两人惺惺相惜，尽管岁数上差了不少，但最终成为忘年交。自从知道小伙子目前恋爱出现危机后，老许就想着找个机会和小伙子好好聊聊，甭说现在和邓玲的关系还没断，就是真断了，也不能消沉下去，如今解放了，人的观念也要更新了，好男儿志在四方，又何愁无妻？

“瞧这小子那熊样。”老许不由摇了摇头，冲着陶学文喊道，“小陶子，精神点，明儿我请你喝酒，咱爷俩儿再好好杀上两盘。”

陶学文仿佛正在想着什么心事，听到老许叫他，诧异地抬起头，朝老许这边望了望，什么也没说，只是挥了挥手，之后接着走他的路，根本没有和老许聊一聊的意思，搞得老许有些尴尬。

“唉，我这又是何苦。”老许不由自嘲了一句，转身回到了传达室，并把门关紧，接着听广播，听得刚入迷，无意间一抬头，透过窗玻璃，猛然看见刚刚走出工厂大门的陶学文又转了回来。

“这小子今儿是怎么了，好好的五一节不在家过，来来去去地瞎折腾？”老许嘟哝了一句，本想走出传达室的大门，拦住陶学文，问上几句，可一想到刚才陶学文的态度，他又觉得自己是多此一举，“何必呢，随他去吧。”老许决定今晚不再搭理陶学文。

此时陶学文已走进工厂大门，正朝办公大楼走去，在一束灯光的照耀下，老许不由自主地“咦”了一声，随即摇了摇头，不知怎的，老许今天就是静不下心来，莫名其妙地有些心慌意乱，他赌气地关掉话匣子，可一时又不知干点什么好，老许头一次感觉到长夜漫漫。

第二天一上班，邓玲像往常一样，一路哼着歌曲，飘向了办公室，待必要的准备工作都做好后，她打开了保险柜，这是她每天必须要做的一项工作，检查各类保密文件是否完好无损。然而今天她却一下惊愣住了，虽然R4机密图纸还好好地待在原地，但已和节前最后一天下班时摆放的样子明显不一样，这说明在此期间，有人背着她悄悄打开过保险柜。邓玲心知R4

技术图纸一旦泄密，会对国家造成不可挽回的损失，而工厂也将声誉扫地。

“不好，R4 图纸泄密了。”邓玲一下瘫坐在椅子上，脸色瞬间也变得煞白……

这个五一节陶宗汉过得比较惬意，之前，厂工会应运而生，这表明，在二七斗争多年后，先辈们的夙愿终于得以实现，为此工厂召开了庆祝大会，同时，厂子里的各项工作已逐步转入正轨，虽然是一个百废待兴的局面，可是欣欣向荣的景象已然不是遥远的事情。更让人欣喜的是，何香草带着两个孩子从东北过来团聚，何香草调入厂工会，任妇女工作部主任，而两个孩子，老大陶志坚，已 16 岁，转入铁路中学上高中；老二陶志新，12 岁，也在铁路中学上初中。虽然这次夫妻间的分别时间并不长，但是结束了战火中的奔波，自然有种劫后余生的喜悦，尤其让陶宗汉欣慰的是，儿子陶志坚长大了，对事情有了自己的分析见解。那天他竟然给陶宗汉讲起了驳壳枪、勃朗宁、左轮手枪等各种武器的优劣性能，让陶宗汉这名老红军不禁瞠目结舌。

节前，从湖北长江北岸拉进厂一台破旧的蒸汽机车，机车是被国民党飞机击中的，车身损毁十分严重，可它又是辆英雄机车，从东北一直随军南下，就像是头不知疲倦的老牛。如何使死车复活，恢复它以往的神韵，是继打道夹板后又一件摆在全厂人面前的难题。对这辆待修机车，陶宗汉已经两次组织专家进行“会诊”，无奈这种型号的机车国内十分少见，工厂修了这么多年的机车，这种型号还是第一次碰到，对它的内部构造，尤其是成百上千个管路不十分了解，所以不敢贸然对其动“手术”。

“二叔，我看不行的话，那辆机车先等一等，最近铁道部不是要在咱们厂举办机车研讨会吗？到时会有不少专家学者、能工巧匠汇聚咱厂，咱不妨请教一下高人，我就听说南口厂有个修理机车的巧匠，号称‘机车大夫’，到时咱来个专家‘会诊’，把修车方案确定下来不就行了。”陶学文向陶宗汉提议。关于“机车大夫”的传奇故事，陶宗汉也听到不少，此人名叫陈发，岁数和自己差不多，难道他的技艺真像传说中的那么神奇？

“也好，到时我们也向人家好好学学。”陶宗汉接受了侄子的建议，死车暂时被搁置下来，也就在这个时候，陶宗汉接到了保卫科长、姐夫牛跃进的报告，说 R4 图纸泄密了。陶宗汉听了以后大吃了一惊，立刻脚不沾地地来到资料室，听邓玲详细汇报情况后，陶宗汉觉得事态严重，一旦敌特将 R4 图纸的胶卷携带出去，将会对我军造成不可挽回的损失，遂在第一时间向北平市军管会公安科报了案。

9

军管会公安科接到报案后十分重视，立刻派来了他们认为最有办案能力的刑侦一队队长向英杰。向英杰赶到工厂的时候，陶宗汉以及主管安全、保密工作的副厂长倪云飞，保卫科长牛跃进接待了他。陶宗汉没有想到向英杰很年轻，也就三十岁上下，关键这个人还是一等残疾，只有一只左胳膊，右边袖子空荡荡的，便想，此人能在刑侦一队站稳脚跟并当上队长，一定有特殊才干。寒暄过后，向英杰便被领到了工厂资料室，保密员邓玲正坐在那里，两眼红肿，显见是刚刚哭过。

案发现场没有发现有用的线索，门窗没有被破坏的迹象，说明特务分子是用钥匙打开的房门，作案后又从容逃去，甚至还有时间仔细将现场重新恢复原样。而从作案时间来看，选择人们最容易放松警惕的节假日的晚上十点钟左右，可谓狡猾，早了，进出厂门的人很多，容易被发现，而太晚，夜深人静，资料室又紧挨着门卫值班室，一旦里面灯光闪动，哪怕只是微弱的灯光，也容易引起门卫注意，说明对手的老谋深算，并且他还深知工厂里的内幕，不是家贼，起码也是内外勾结吧！这么想着，向英杰心里有点数了。

“你叫邓玲？看样子我的岁数比你大点有限，我还是叫你小邓吧。”向英杰温和地说道，他不得不承认姑娘的美丽。但姑娘显然已被眼前发生的事吓蒙了，对于向英杰的问话，她既没点头，也没摇头，只是局促不安地站在那里，两手不停地绞动着。

“小邓，不要紧张，你坐下嘛。”向英杰宽厚地笑了，他在努力化解姑娘心中的恐惧。向英杰知道，在大多数人眼中，像他们这些经常和特务打交道的人，个个都严肃得近乎冷酷，威严是有了，可无形中与外界筑起了一堵墙，他现在需要做的，就是要拆掉这堵“墙”，让邓玲放松下来，做到知无不言。果然，向英杰的努力没有白费，邓玲的情绪渐渐平静下来，挨着向英杰坐下。

“小邓，你是怎么知道图纸被人窃密了？”

“向队长，是这样的，我知道，我的工作十分重要，所以每天下班前，我都要在保险柜上留下只有我才知道的标记，而且这种标记过几天我就更换一次，五一节前最后一天，我在 R4 图纸下压了三根头发，可是今天早上，我却发现头发不见了，而且我的这一工作习惯，从来没有向外人、哪怕是我的父母都没透露过。”

“原来是这样。”向英杰不由为姑娘的心细而点头称赞，这么看来，特务虽然很了解工厂内幕，可是却不知道姑娘的这一工作作风，尽管资料室内恢复得几乎让外人看不出，可还是露出了马脚。由此可以断定，特务虽然侥幸得手，可是他（她）并不会想到案情会这么快被发现，因此很可能会就此打乱他们的部署，那么窃密胶卷也就不可能这么快就被转移出去，相反，为了保险起见，特务反而会将它小心地收藏好，期待一个合适的时机再将它转移出去，这无疑给破案赢得了宝贵时间，这么想着，向英杰的脸上也露出些许笑容。

“陶厂长，我想问一下，像 R4 这样级别的保密图纸，在厂子里都是些什么人可以借阅到?”向英杰转向了陶宗汉。

“一般是副厂长以上的厂级领导，另外几位特聘的技术专家也可以，而一般工程技术人员想要借阅，也要有我们几位厂级领导的签字，但无论是谁，都不能将它借出资料室，当然，借阅期间也不能拍照或记下任何笔记。”陶宗汉说着，脸上露出些许无奈，“我们知道，R4 图纸的重要性，在保密工作方面，倪厂长、牛科长以及邓玲同志都做了不少工作，可还是让特务抓住了机会，这说明我们工作还是有疏漏的地方，以后需要整顿，但是……”陶宗汉面对着向英杰，脸上满是诚挚，“向队长，R4 新产品的研制，是国家机密，事关军队的装备改善，如果不能尽快破案，一旦图纸外传，特别是被敌人掌握，我怕……”

向英杰赞同地点了点头，他又转向了邓玲。

“小邓，我想知道，昨天晚上你和谁在一起?”

“这……”邓玲闻言，一下面色通红，见向英杰不动声色地直视着自己，便知道这个问题根本躲不过去，遂放低了声音，“和……和刘克非在一起。”

“刘克非?”向英杰转向了陶宗汉。

“就是工厂特聘专家，主持新产品开发工作，尤其是柴油机的研制，他更加专业。”陶宗汉向向英杰解释道，而向英杰则不置可否，他在等待邓玲的下文。

“我们一起去了晓月圆饭店，直到晚上十点多钟，他才送我回宿舍。”

“你能确定当时是十点多钟，你看表了?”

“没有，但我能确定，虽然那时我喝得有点多，可到宿舍以后，广播电台正在播放《今日晚十点》的栏目，栏目正在组织市民讨论如何建设新北平，迎接中华人民共和国的大讨论，我每天都听，昨天听了几句就睡着了。”说到这儿，见向英杰还在看着自己，便不好意思地笑了笑，“我的收音机是刘克非送给我的。”声音小得似蚊子叫。

“这就是了。”向英杰暗自说道，以邓玲的经济能力，不可能买得起那么贵重的东西，这么看来，姑娘和那名留洋博士恋情已有了相当基础，看看也没什么可以讯问的了，向英杰便随着陶宗汉几人回到了厂部会议室。

“陶厂长，请把昨晚值班的门卫请过来吧，有些话我要问问他。”

牛跃进马上出去了，在这个空当，陶宗汉和向英杰聊起了家常，这一聊不要紧，让陶宗汉对向英杰刮目相看，甭看俩人差了十多岁，可向英杰的经历并不简单，他是四川宣汉县人，贫农出身，1933 年 8 月，14 岁的向英杰参加了红军，15 岁入了党，经历过长征，历任宣传员、指导员、县委书记、团政治主任等。抗战时，向英杰是八路军 62 团团长，那时的他也就二十岁刚出头，在别人看来还是个毛头小伙子，可在革命队伍里向英杰已指挥成百上千人和鬼子厮杀了，他的右臂就是在山西娘子关的战斗中不幸被炸掉的。

“向队长，你的经历很有传奇性，都可以写成一部小说了。”

“陶厂长的经历也让我钦佩，您是参加过二七大罢工的老同志，值得我们学习。”

正说着，门卫老许在牛跃进的带领下，来到了厂部会议室，老许的神情有点拘谨。

“老许？来了，请坐。”向英杰热情地打着招呼，“老许，请你仔细回忆一下，昨天晚上你值夜班时，有没有特别情况发生？”

“特别情况？”

“就是有点反常的人或事。”

“这个……”老许头摸了一下头，“其实我也说不太准，反正一直都还可以，就是……就是小陶子，技术科的工程师陶学文……”说到这儿，老许望了一眼陶宗汉，他当然知道，陶学文是陶宗汉的亲侄子。

“学文，他怎么了？”陶宗汉没想到这里面还有陶学文的事，不禁冲口问道，继而又觉不妥，遂向向英杰解释道，“陶学文是我侄子，这孩子表现一向稳重。”而向英杰则理解地点了点头。

“其实也没有什么，就是昨晚陶学文出厂，可是没过几分钟，他又返回来了，之后我也没看到陶学文再走出厂门，出出进进的有点奇怪而已。”

“大概是什么时候的事？”

“晚上十点多钟吧，对，没错，当时我正在听《今日晚十点》的节目。”

又是十点多钟，看来昨晚十点钟，还真是一个热闹的时间，向英杰这么想着，将目光投向了陶宗汉等人，大家均心有灵犀地笑了。

为了早日破案，向英杰决定这段时间不返回市里了，吃住都在厂子里，以便随时掌握第一手资料，陶宗汉便临时派张春阳协助向英杰。让陶宗汉没有想到的是，他很随意的一招，竟使这对搭档前后合作了几十年，成为工厂日后一道亮丽的风景线。

10

由于工作上出现重大失误，尽管邓玲及时发现案情并主动报案，但她还是受到了组织上的严厉批评，虽然没有停职检查，但当众检讨对姑娘的自尊也是一个极大打击，事后，邓玲一脸麻木，将自己关在宿舍里，羞于见人。

“玲玲，你开门嘛，你不要这样。”陶学文在门外焦急地敲着房门，他是那种典型的知识分子，鼻梁上架着一副秀气的眼镜，就像是从百年书斋里走出来的老古董。看得出来，陶学文很爱邓玲，因此态度上甚至有些低三下四，此时陶学文手上捧着尚还冒着热气的饭菜，可怜巴巴地望着门里。

“玲玲，就是有天大的事，你总得先把饭吃了，否则身体会吃不消的。”他几乎搜尽了肚子里所有的体贴话，可那扇门依然无情地阻隔在他面前，正当他感到技穷的时候，门却突然打开了，邓玲一脸怒容。

“你烦不烦啊，就不能让我安静会儿。”

“玲玲，你吃饭，给。”陶学文说着，将饭盒递上前。

“不吃！”邓玲大吼一声，甩手将门关死。门外的陶学文既尴尬又无助，他分明已感觉到，邓玲的那股无名火，不仅是因为当众做检查，一定还有对自己的厌恶，相比较那个人，他不过是一名普通的技术人员，虽说有一个当厂长的叔叔，可叔叔铁面无私，于他又有什么帮助呢？而那个人不仅学问好、家庭背景也好……甚至长相也不赖，陶学文痛苦地坐在了台阶上。

令向英杰困惑不解的是，如果邓玲说的是实话，那刘克非就可以解除嫌疑了，因为晚上十点钟的时候，他和邓玲在一起，根本不可能分身去作案。可他是案发前最后一个亲密接触过邓玲的人，他完全有可能在盗取资料室的钥匙后实施罪恶的行动，可是邓玲一口咬定，他们一直待到晚上十点多钟，如果真是刘克非作的案，他又是如何使的分身法？

晓月圆饭店生意还算兴隆，其名字大概缘于著名景观——卢沟晓月。向英杰和他的临时助手张春阳一走进饭店，立即引起了经理的注意，亮明身份后，饭店经理的脸上闪过一丝不安。

“向队长，我们向来本分做生意，并没有做违法的事情呀！”

“谁说你违法了，今天我们来，只是向你核实一件事情，五一节的那天晚上，这两个人来过这里吗？如果来过的话，又是几点走的？”向英杰说着，示意张春阳将刘克非、邓玲的照片递了过去，那名经理仔细地看了会儿。

“向队长，那天的客人实在太多了，我也没有特别在意，这样吧，我让服务员认认。”说着，经理拿着照片跑向前台，不一会儿，便带着一个高个子服务员走了过来。

“小赵，你跟向队长说说那天的情形。”

“向队长，这两个人我记得，那天就坐在 10 号桌。”小伙子说着，指了指不远处，那是一个灯光相对比较昏暗的角落，不太引人注目，别的食客不容易发现他们，可坐在那里，却可以随时环视全场。

“那你注意到没有，他们又是什么时候离开饭店的?”向英杰追问了一句。

“那倒没有，因为当时太忙了，谁也没注意。”

向英杰默然，看来想从晓月圆饭店寻求案件的突破，似乎不太可能，接下来走访跟邓玲住同一宿舍的李娜，结果也无收获。

李娜和邓玲都是从部队下来后，服从组织分配进的工厂，她俩的家都在市里，厂子里像她们这种情况的人还有不少，于是工厂专门腾出一座二层小楼，专门用作单身宿舍，男生住在一层，女生在二层，每层都有人专门管理，当然，这种情况只是暂时的，工厂正着手兴建更大、更规范的单身宿舍楼，但这需要时间。李娜的家离厂子说远不远，说近不近，她常常周末回家，一般要待到星期一早上才直接进厂上班，下班后才回宿舍，案发那天是五一节的晚上，李娜更没理由待在宿舍里了，所以也就无法证明邓玲究竟是什么时候回到的宿舍。一切巧合得近乎完美，但换一个角度去思考，假设刘克非是那名隐藏的特务的话，那这些所谓的“巧合”就只能说明他的老道与心机了。于是，向英杰决定直接走访刘克非，来一次面对面的交锋。

这天晚上已经六点多钟了，离下班快过去一个小时了，守在厂子外边的向英杰和张春阳才看见刘克非身穿工作服，头戴工作帽，急匆匆地从厂子里出来，看样子只是去找个地方吃饭，之后还要进厂加班。两人猜对了，刘克非今天还真是很忙，他刚刚参加了一个“会诊”，诊断对象就是那台趴窝的死车。这次请来的“主治大夫”就是有“机车大夫”之称的南口厂老工人陈发。陈发这次能来到久闻大名的长辛店铁路工厂，自然抱着学习和交流的心态，没想到对方的态度竟是这样热情，由主管机车修理的副总工程师袁咏松亲自相请，前去为一台宣判“死刑”的机车诊治，该是一种多么大的信任，同时也表明对方没有大厂的架子，完全从干好工作的角度出发，陈发自然答应前往。

这台老式德国造机车，优点是性能稳定可靠，缺点是线路复杂，不易维修，早在几年前陈发曾经主持修理过一台这样的机车，目前在国内为数已然不多，同时又听说这是一台英雄机车，解放战争中做出了突出贡献，陈发觉得更应该把它修好。

现场会的规格很高，就连长辛店铁路工厂厂长陶宗汉都来了，陈发提出了自己的意见，认为只要精心维修，死车不仅可以复活，还会焕发青春，只是拆卸的时候一定要小心仔细。陶宗汉当即拍板，此次修理，临时由陈发挂帅，工厂配以精兵强将，至于陈发的组织关系，由工厂出面去和南口厂协商，算是暂时借调，工厂尽全力给予最高待遇。

“陈师傅，您觉得怎么样？”陶宗汉一双虎目满怀热切期望，陈发面对这种殷殷之情，欣然同意，于是事情就这么定下来。临时的骨干小组有厂内修车能手陶学谦、技术骨干陶学文以及车工、木工、钳工等各方巧匠，留过洋的刘克非也加入其中，为一台机车的修理组成这么一个庞大的阵容，在工厂历史上从来没有过，大家说干就干，马上进行拆车。陈发说，所谓拆得好，才能修得巧，修理机车最简单的道理。在陈发的指挥下，大家伙儿一直干到吃晚饭。而刘克非想着吃完饭再回去瞧瞧，这里面可学的东西实在不少，虽然他主攻的是柴油机，可是这台蒸汽机车却有不少可以借鉴之处，所以他连衣服都没换。正当刘克非出了厂门，走上陈庄大街时，迎面走来了向英杰和张春阳。

“是刘专家吧？”

“您是……噢，向队长，怎么，找我有什么事吗？我们厂近来可没少给您添麻烦。”刘克非一副淡定的样子。关于 R4 图纸泄密一事，已在厂内高层领导传达，当然也包括刘克非这样级别的特聘专家。

“哪里，抓捕潜藏的特务是我们义不容辞的责任。刘专家，我们想知道，五一节那天晚上，你在哪里？”向英杰的话锋突然一转，直视着刘克非。

“怎么，你们怀疑我？”刘克非的脸上闪过一丝怒意。

“没有，我们只是例行调查。”向英杰的回话不愠不火。

“那好，我告诉你，那天晚上我和邓玲在一起，我们正在谈恋爱，现在政府提倡男女平等，我们正常地谈恋爱，这没有什么错吧？”刘克非说着，挑衅似的望着向英杰，见向英杰没有答话，自己似乎也觉得无趣，遂接着说下去，“我们十点多钟才从晓月圆饭店回来，我把她送回宿舍，再回到工厂特意给我安排的寓所，已经是十一点多了，不信的话，向队长可以去调查，如果我刘克非撒了谎，你们可以派人抓我，对不起，向队长，我还有其他事，不能奉陪了。”说完，刘克非便不再搭理向英杰，自顾自地走了。

“向队长，对不起，他这个人就这样，一向狂傲得很，在厂子里，就连陶厂长有时候都对他礼让三分。”张春阳赶忙向向英杰解释，以免引起向英杰的不快。

“狂傲？”向英杰笑了笑。刘克非的态度是有些狂傲，甚至嚣张，但换一个角度思考，这会不会是他心里没底，虚张声势呢？向英杰凝望着刘克非远去的背影，若有所思。

11

陶学文被带进向英杰在厂内的临时办公室时，神情紧张，一进门便连声说道：“我没犯罪，我没犯罪。”

“谁也没说你犯罪了呀。”向英杰说着，示意陶学文坐下，“别紧张，我们只是想了解点情况，五一节那天晚上，你是什么时候离开工厂的？”

“十点多吧，怎么了？这些天我一直这样，厂子里有几辆待修理的死车，我们为了把它们修好，一直在研究方案。”

“可那是五一节呀，你难道不回家过节？”

“我家就在工厂生活区，抬腿就到了，再说了，我有一个当厂长的亲叔叔，我不努力点能成吗？那还不叫人戳脊梁骨。”陶学文的话里已有了股莫名的怨气。

“可是，据我验证，从厂门口到你家，慢行也就十多分钟，你那天不到十点半出的厂门，据你父亲反映，直到十一点多你才回到家里，我想知道，这中间的四十多分钟，你在做什么？”向英杰的语气虽然不紧不慢，却有股慑人的威力。

是啊，四十多分钟，陶学文完全有可能像门卫老许说的那样，再次返回工厂，盗取 R4 图纸，然后再快速返回家，时间上完全来得及。可既然这样，陶学文为何在厂门口一出一进反复两次，好像在故意示威似的，如果是蓄谋已久的犯罪，哪有犯罪分子反复出现在同一个地方的道理？难道是陶学文走出工厂大门后，突然产生了盗取 R4 图纸的念头，然后快速行动，这其实是个纯粹的临时举动？看来也不像，因为现场伪装得实在太好了，除了邓玲有意放置的那三根头发外，几乎就没有破绽，不是刻意为之，绝难办到。更何况特务盗取的是图纸，又不是现金，所以这是政治犯罪，而非普通的刑事犯罪，政治犯罪因为目的性明确，绝不会是一时的冲动。向英杰一边思考，一思观察着陶学文，陶学文则显得有些慌乱，脸色煞白。

“向队长，我……我真的没有窃取 R4 图纸。”

“我知道，可是你要证明你自己，就要把你那天的行动毫无保留地告诉我们。”

“我……我去了刘克非所住的专家公寓楼，我……我想暗算他，是他夺走了我的恋人。”陶学文的脸通红，头不由自主地垂了下来。

“那你见到刘克非了吗？”

“没有，因为到了那里之后，我的头脑又清醒了，我后悔自己居然会有这样龌龊的念头，后来就回家了，向队长，我真的没有窃取 R4 图纸。”陶学文可怜巴巴地说道。

看来陶学文说的是实情，否则他不会承认自己有报复情敌的想法，这是一种隐秘的心理犯罪，一般情况下是不会轻易说出来的。可如果那名特务不是陶学文的话，那么冒充陶学文进入厂区实施犯罪的人又会是谁呢？为什么门卫老许会将两个人当成了同一个人？向英杰决定来一次现场模拟。

时间依然是晚上十点多钟，陶学文穿着五一节那天晚上穿的工作服，戴着工作帽，一路急匆匆走来，他低垂着头，走出工厂大门后，没过两分钟又照原路返回。

“停！向队长，我想起来了，那天我还在纳闷，为什么同一个人出来进去的怎么就有些不一样了呢？具体哪儿不一样，当时我也没在意，原来是在工作帽上。陶学文，我熟悉，这小子经常把工作帽反戴着，那天陶学文出去时也是反戴工作帽的，后来的那个人却正戴着工作帽，难怪当时看着有些不顺眼。”门卫老许终于反应过来。

原来如此！如果两个体态差不多的人，穿着相同的服装，一个从厂门口出去，而另一个人紧接着从厂门口进来，确实很容易使人产生一种错觉。可是特务忽略了一个重要细节，那便是穿衣习惯，一个人习惯于反戴工作帽，除非是特殊场合，经人反复提醒，一般是不会改变的，而特务恰恰在这里犯了一个致命的错误。

从外表上看，刘克非的身材确实和陶学文非常相像，只不过平常两人的生活习惯、审美情趣大相径庭，很少人会将他们联想在一起。难道真的会是刘克非？如果真是，五一节的那天晚上，他又是怎样完成时空大挪移的呢？

第二天是厂休日，但向英杰和张春阳都不约而同地来到办公室讨论案件线索。向英杰沉思着，而张春阳一拍后脑勺，说道：“向队长，你看会不会是这样？”

张春阳的一句话把向英杰吓了一跳，他探询地望着张春阳，而张春阳则略带歉意地笑了。和向英杰接触的时间虽说不是太长，向英杰也仅仅比他大了十多岁，可张春阳却对这名“老”红军从心底里佩服，不仅以前战功卓著，而且破案条理清晰，张春阳是把向英杰当成老师看待了。

“向队长，你记不记得，邓玲一口咬定五一节那天晚上他们是十点多才离开的晓月圆饭店，可是无人作证，唯一的证据便是邓玲所说的，回到宿舍后，收听广播电台播放的《今日晚十点》栏目。可是那时邓玲已处于一种昏醉状态，暂不说她听广播很少听这类访谈节目，就是偶尔收听，处于她当时的那种状态，也基本上听不出个所以然来。甭忘了，这些日子广播电台一直在搞市民座谈，如何加快城市建设，迎接中华人民共和国成立的话题，这类座谈节目，如果不是天天听、仔细听的话，昨天和今天的内容几乎分不清。”

“小张，你是说刘克非完全可以用前一天的节目录音来迷惑昏醉中的邓玲？”

“向队长，我认为这种可能性很大。我们不妨设想一下，那天晚上，刘克非事先经过精心策划，他先将邓玲灌醉，然后借送邓玲的名义跟随她回到了宿舍，当然，时间绝对不是十点多，我估计顶多是九点多的样子，刘克非故意播放早已准备好的录音，给邓玲以错觉，那是晚上十点多，当时早已是华灯初上，昏醉中的邓玲又如何能分得清到底是几点？再说，和邓玲同宿舍的李娜又回了父母家，他们宿舍以及邓玲自己又没有手表、挂钟一类的东西，邓玲自然是一直糊涂着。”说到这儿，张春阳羞涩地笑了一下，露出了年轻人稚嫩的一面。向英杰打心里喜欢上这名小伙子了，所以他也只是宽厚地笑了笑，等待着张春阳的下文。

“接着，刘克非盗取了资料室的钥匙，然后迅速来到厂门口，陶学文自从恋爱失意后，这段时间经常会在工厂里耗得很晚才回家，刘克非从不同的渠道当然不难打听到，他自然注意到自己身材与陶学文差不多，所以栽脏给陶学文几乎是水到渠成。果然，五一节晚上十点多，陶学文离厂，刘克非马上假冒陶学文进厂，不需要过多化装，只要穿上和陶学文一样的工装即可，只是在这时，他犯了一个致命错误，那便是他忽视了陶学文戴工作帽的习惯。刘克非进厂后，立即进行了罪恶的行动，得手后，他绕道翻墙出厂，之后又潜回邓玲房间，把钥匙放归原处，并使一切恢复正常，方才安然返回他的寓所，那时估计已是十一点多了，故而陶学文守在公寓门口，并没有看到刘克非的身影。所以向队长，我建议您马上提审刘克非，我就不信审不出来。”张春阳分析得有条有理，向英杰赞许地笑了。

然而，提审刘克非的手续尚未办好，从工厂内传来一个惊人消息——刘克非跳楼身亡了，时间就在当晚九时许。

12

当向英杰和张春阳以最快速度赶到案发现场，也就是工厂专家公寓楼的时候，现场已被牛跃进控制起来了。专家公寓楼是座三层小楼，入住的专家数量并不多，毕竟刚解放，许多工作刚刚走向正轨。加上今天是厂休日，有些专家进城办事并没有回来，因而整个三层只有刘克非的房间灯火通明且窗户打开，不用问，刘克非就是从那里跳下，结束了自己年轻的生命。

向英杰走进刘克非的房间，看到沙发前的茶几上一片狼藉，酒杯里的酒喝到只剩一半，看样子刘克非在临死前，曾有过一番痛苦的思想斗争，并且苦闷地借酒消愁，觉得自己的罪行早晚会被发现，恐惧、自责、悔恨……总之，种种情感的折磨促使他最终开窗自杀。这应该是合乎情理的解释，况且在刘克非的办公桌上，还有一封用仿宋体写成的遗书，更证明了这个推理的可靠性。

尊敬的厂领导：

我辜负了你们的信任，做出了有愧于国家、有愧于工厂的事情，我是咎由自取。其实，早在国外留学时，由于我的意志不够坚定，被国民党特务拉拢腐蚀，最终堕落成他们当中的一员，成为保密局驻海外的特工。回国后，一直受保密局指挥，此次盗取 R4 机密，就是我奉命潜伏下来后，他们交给我的一项任务。总而言之，我是一失足成千古恨，我只有用我的死来偿还我所造成的罪孽，这是我罪有应得。

刘克非绝笔

向英杰看后，不觉“哦”了一声，他知道，刘克非作为特聘专家，其待遇职权等同于其他厂级领导，因而平时来找他谈论工作的人实在太多了，哪怕是他居住的专家公寓，访客也不少，想在现场找到更多的证据几乎没有可能。另外，寻遍整个公寓，除了一摞刘克非的学习笔记外，并没有发现 R4 图纸的缩微胶卷，向英杰分析有两种可能，一是刘克非有意藏匿，二是有人捷足先登取走了胶卷，之后来了个杀人灭口……不知怎的，出于一种对案件的本能认知，向英杰倾向于后一种假设。

最先发现案情的是管理员老朱，今天是他值夜班，老朱的情绪还没有完全稳定下来。

“向队长，吓死我了。当时我正在打盹儿，忽听外面‘扑通’一声闷响，像是一个很重的麻袋从空中掉到了地上，接着听到有人喊：‘有人跳楼了。’我马上拉开房门，跑到院子里，并抬头往楼上看，发现只有刘专家的寓所灯光明亮，而且窗户是开着的，三层其他房门的窗户都是关着的，当时我就想，该不是刘专家出事了吧？赶过来一看，果真是刘专家。”

“老朱，说说当时的情景。”

“当时我吓蒙了，刘专家显然是头部先着地，脑袋血流不止，肯定是已经没救了，大家便分头去通知牛科长、倪厂长和陶厂长，因为牛科长家离专家公寓楼最近，所以牛科长最先赶来，接着倪厂长也来了，再后来，你们也来了。”

“老朱，听你这么说，你是第一个赶到现场的，你发现什么异常情况没有？”

“异常情况？没，没有。”

老朱显然是吓坏了，一个生龙活虎的人，转瞬就变成了一具尸体，老朱的脑筋一时还转不过来。这个时候，听到报告的陶宗汉也赶到了，他不禁从心底里发出一声叹息。不管刘克非是出于什么原因死的，但凭良心说，刘克非的技术水准还是蛮高的，他曾对陶宗汉说，解放了，不打仗了，工厂肯定会赢来全新发展期，我们要早有准备。然而随着刘克非的死去，他的许多设计理念都付诸东流了，好在他的那些学习笔记还在，希望有朝一日能派上用场，于是他向向英杰提出了自己的要求。

“向队长，如果可以的话，刘克非的这些学习笔记能否留下来，将来或许会对工厂的发展有用？”

“当然，如果我们的技术人员拿回去检查，没有发现异常情况的话，我们一定会将它们转交给工厂，放心吧，陶厂长。”向英杰给予十分肯定的答复，陶宗汉放心了。

第二天，邓玲被带到了向英杰的临时办公室，听到刘克非的死讯，邓玲哭得跟泪人似的，这个可怜的姑娘在短短的数日内连遭不幸，这让向英杰不免为她叹息，可是为了了解刘克非死亡的真相，更为了早日追回失窃的 R4 图纸，他必须清楚地了解刘克非死前数小时的详细活动情况。

“邓玲，你最后一次见到刘克非是什么时候?”

“大概六点一刻左右，我们说好一块儿去逛长辛店大街，顺便看看衣柜，然后一块儿去吃饭。可当我进到他寓所房间的时候，他正在和什么人打电话，见我进来，便匆匆挂了机，对我说，刚接到通知，他晚上要进厂加班，不能陪我了。这一段时间，为了那台死车，他经常这样，所以我也没往心里去，只好失望地走了，没想到……”邓玲抽泣着说。

向英杰感叹，都说恋爱能使人获得新生，看来不假，姑娘刚从工作出现问题的自责中重新振作起来，听说已不再消沉，工作中乐观向上，还对工厂一些重要资料的保管与保密提出了自己的建议。听邓玲说话的语气，显然她和刘克非的关系正在飞速提升，双方都在准备购置结婚用的东西了，以这种发展趋势，相信用不了多久，一对新人就将走进婚姻的殿堂了。可是刘克非却……不，对于一个正处于热恋中的人，一个死前几小时还打算同恋人一同逛街看家具的人，几小时后怎么会突然选择了死亡？这不合情理，除非那一晚发生了重大变故，从而促使刘克非走上了自绝之路。因为自杀的目的，无外乎是为了逃避，逃避无法逃避的现实。

“邓玲，这几天刘克非有什么异常的地方，比方说易怒不安?”

“那倒没有，他还说要陪我去登香山呢。”说到这，邓玲的脸红了，她脑子里浮现了前两天发生的事。那天，邓玲独自一人去香山公园，由于 R4 图纸失窃，她做了检查，可是内心的压力丝毫也没减轻，万一图纸追不回来，那将会给国家造成多么大的损失呀！越想心里越郁闷，不知不觉就登上了香山公园的顶峰——香炉峰，这里不仅是西山群峰的制高点，同时也是北平市的制高点，凭山远眺，远山近景尽收眼底，然而以邓玲当时的心情，却一点情致也没有。她站在一块观景台上，低头想着心事。忽然身后一双有力的大手，一下拦腰抱住了她。

“邓玲，你要干吗？你可不能……”刘克非急赤白脸地说着，那神情似乎一松手邓玲就会纵身跳下山崖，邓玲被刘克非的憨劲儿逗乐了。

“克非？你怎么来了？你以为我会从这儿跳下去，我还没那么脆弱。”

“那就好，你呀，吓死我了。”早上，他去单身宿舍找邓玲，刚走到巷子拐角处，却见邓玲独自一人从宿舍楼里出来，朝公共汽车站走去。她这是去哪儿？刘克非一时迷惑了，他并没有叫住邓玲，只是悄悄跟在后面，直到看见邓玲站在观景台上，他才意识到邓玲有可能要寻短见，所以才忘乎所以地冲了上去。

想到这些，邓玲不由浑身一机灵，和刘克非相处的时间虽说不长，但刘克非的处世风格却深深影响了她，刘克非的一句名言就是：“无论什么情况，自杀都是可耻的。”邓玲忽地一下子站起来冲向英杰喊道：

“向队长，我不相信克非会走这条路，我不相信，克非一定是被人害死的，向队长，您一定要找出真凶啊！”

向英杰想说点什么安慰的话，可就是说不出，许久，他习惯性地甩了一下他那空空的袖子，似乎像是指挥着手下的战士，“相信我们，一切会水落石出的。”向英杰的话，深深打动了邓玲，她抬起头，目光中满是信赖。

13

一般而言，案件中死者的亲属或与之有亲密关系的人，对死者死因抱有一些主观上的认定，这是人之常情，言之死者是被人陷害致死，而非一些别的偶然因素，想必也是一种带有感情色彩的主观推测，对案件的侦破意义并不大，有的时候还会将办案人员引入歧途，一般情况下，向英杰都不会相信。然而这一次，向英杰对邓玲的话却至少相信了一半，因为现在可以肯定，在刘克非死前数小时，曾经有一个人出现过，而正是因为这个人的出现，才直接促使了刘克非的死亡，那么这个神秘的人物到底是谁？

向英杰和张春阳再次来到专家公寓楼，自从 R4 图纸失窃后，工厂为了保护专家的安全，在公寓楼每层都设了一名安全监督员。向英杰逐层询问了每位监督员，大家都没有注意到刘克非死前一晚曾和什么人来往。向英杰提醒道，“那天是厂休日，来找刘克非的人不会太多，大家再仔细想想。”这时，三层安全监督员李大姐突然回忆起来。

“对了，中间我曾下楼打了趟开水，在下楼梯的时候，正好碰到技术科马主任，他经常来找刘专家。”

向英杰和张春阳迅速交换了一下眼神，这可是个重大突破，两人决定立刻走访马主任。

马贵祥，清华大学机械设计与制造专业毕业，经人介绍进入长辛店铁路工厂，自科员一步步干起，工厂机构改革时被任命为技术科副主任，应该说在厂内口碑不错。

“什么？你们怀疑我和刘克非一起串通窃取了 R4 机密？笑话！我被工厂委派，和部队的同志共同参与对 R4 图纸的审定与修改，R4 的核心机密全装在我心里，我跟谁都没透露过，包括每位厂级领导，不信你们可以挨个去问，就连陶厂长我都没对他讲过。”马贵祥气得脸发白，大声分辩着。

“老马，别这样，向队长找你谈话，只是想了解一些情况，绝对没有别的意思。”倪云飞适时地出来打圆场，他了解马贵祥的火爆脾气。

“就是，马主任，我们没有怀疑您的意思，您要是和刘克非串通，那刘克非又何必费那么大的劲儿去盗取 R4 图纸，直接从您这儿获取不就得了，您说是不是？”向英杰半认真半调侃地说道，而脸上则是一副诚恳的笑容。

“怀疑就怀疑呗，反正我是没做亏心事，不怕鬼叫门。我承认出事那天晚上，我去找过刘克非，有些工作上的事情想和他讨论，没想到刘克非的房间里却黑着灯，我敲了半天门，里面也没人应声，我就想，也许刘专家出去了，他一向很忙，反正我的事情也不急，明天再说也不迟，所以我就下楼回家了。不信，你们可以去调查，如果我说了谎话，就把我抓起来枪毙好了。”马贵祥的语气里还有赌气的成分。

“等等，刚才你说刘克非的房间里黑着灯，敲门也没有人答应？”

“是呀，当时我还纳闷，刘克非是不是出去吃饭了？我要不要等等他，因为我自己家里还有事，再说我们要讨论的也不是十万火急的事，所以我就回家了，没想到当天晚上他就……”

排除了马贵祥，那么谁是那个可疑的人呢？从办公室出来，张春阳陪着向英杰慢慢地走着，一方面向英杰想要进一步熟悉工厂；另一方面他也需要细细地梳理一下思路。走到南门出车线，看见一群人正围着一辆崭新的机车兴奋地说着什么，连陶宗汉也在那里。

“小张，陶厂长他们……”

“向队长，你不知道，前阵子工厂接了个棘手的活儿，修理一台英雄机车，那是一台濒临报废的死车。”

“看样子你们成功了？”

“可不，经过大家伙儿的日夜奋战，只几天工夫，车就修好了，今儿是第一次试运行。”

正说着，却见陶宗汉朝这边走来，脸上的微笑显示着内心的愉悦。

“陶厂长，英雄机车复活了？”

“是啊，这样型号的机车，工厂以前从没修过，这次大家伙儿拧成一股绳，只用了不到七天时间，就让死车复活了，这在从前根本做不到！”陶宗汉接着收起了脸上的笑容，“向队长，案子的进展如何？”

向英杰摇摇头，他隐隐地感觉到，对于刘克非的死，侦查方向从一开始就有些偏离轨道。

“陶厂长，小张，刚才我就在想，我们是不是从一开始就陷入了一个想当然的误区。当某人，就当是管理员老朱吧，当他听到声音之后，立刻从值班室里跑出去一看，发现人已经死了，接下来一个最自然的动作，当然就是仰头往上看，当看到除了三层刘克非的房间灯火通明，并且窗户是开着的，而其他房间的窗户都是关着的，而死者又恰恰是刘克非本人时，他自然会想当然地认定刘克非是从他自己的房间里跳下来的，再加上刘克非房间里的布置以及所谓的遗书，是不是很容易让人联想到刘克非是自杀，并且是从他的房间里跳下去的？”

“向队长，你的意思是说……”陶宗汉和张春阳几乎异口同声。

“我们现在已然认定，刘克非的死并非出于偶然，其中有一个至关重要的人物，我们不妨设想一下，有没有这种可能，是这个人亲手杀死了刘克非，然后将他藏在专家公寓楼的某处，趁全楼人员基本不再在楼道里走动的时候，溜进刘克非的房间，打开窗户，伪装了自杀现场，然后再回到楼下他早已准备好的房间，楼层只能在刘克非房间的下面，因为物体的下落过程都是垂直的，不可能横向偏移过大，要知道，一个死人可有一百多斤重呢，水平速度不可能太快，而一层又可以排除，楼层太低，根本伪装不了跳楼的假象，那么剩下的就只有二层了。”向英杰说着。似乎是为了印证向英杰的推理，几个人一回到办公室，就接到市局刑侦科打来的电话，说是经过对刘克非尸体的解剖，发现其体内存有大量乙醚成分，剂量足以致人昏迷，换句话说，刘克非临死前处于昏迷状态，而昏迷的人如何自杀？

于是一行人立刻再次来到了专家公寓楼。不出所料，对刘克非房间的楼下，也就是二层的房间进行了细致的勘察，尽管有人对房间动过手脚，试图抹去一些指纹脚印，可是很快还是发现了蛛丝马迹，提取到一些相对清晰的指纹和脚印，并派人迅速拿到市局做鉴定。这边，向英杰向专家公寓楼的管理主任询问，案发那天负责二层安全管理的人员来没来。

“你是说老张，哎呀，他都有两天没来了，好像自打刘专家一出事，他就请假了。”

“请假了？”几个人都震惊了，现在可以肯定，这名安全管理员老张即使不是潜伏的特务，起码也被特务收买，否则特务不会在专家公寓楼的二层这么轻易作案。接下来几个人询问了老张的家庭住址，直接扑向老张的家。结果也是意料之中，老张的家人也在焦急地寻找他，他已经两天没有音讯了。

“难道老张逃跑了？”张春阳像是在问向英杰，更像是自言自语。而向英杰则有另一方面的担忧，老张很可能像刘克非一样，被人灭口了，不管怎么说，先请求市局对老张进行通缉吧。可是通缉令还没有来得及下达，长辛店派出所就接到报案，有人在西山坡一个僻静的角落发现了一具死尸。向英杰听说后，马上和张春阳一起赶到事发地点，经确认，死者正是专家公寓楼安全管理员老张，老张瞪着一双死鱼一样的眼睛，望着这个他曾经很熟悉的世界，其中有惊诧、有愤恨，当然更多的是不甘心。

“向队长，究竟是谁这么狠心，竟然在这么短的时间内连杀两人？”张春阳的语气里已有掩饰不住的怒意，而向英杰则微微一笑，他现在已经可以肯定凶手是谁了。

“俗话说，再狡猾的狐狸也逃不过猎手的眼睛，小张，我们现在不妨为这个人先画一个大致的轮廓。这个人在他们所谓的‘组织’里应该是刘克非的上级，虽然刘克非在厂子里是特聘专家，享受厂级待遇，可他在组织里地位并不高。刘克非将盗取的R4图纸秘密交给了这个人之后，他也就完成了自己的使命，如果刘克非没被我们盯上，那么他还有活下去的可能，事实上他离暴露只差一步了，自然也就没有再活下去的必要了。说到这儿你也许想到了第二点，那就是这个人了解我们破案的全过程，当他得知刘克非已然进入到我们的视野中时，也必然可以推知，一旦刘克非暴露，那么对他而言就是一个很大的威胁，于是他不惜铤而走险，将刘克非杀死，并伪造了自杀的假象。”

“向队长，有一点我不明白，他们为什么非要在专家公寓楼的二楼行凶，仅仅是因为有老张这名内应吗？”

“这只是一个方面，最主要的原因是三层安全管理员李大姐对工作认真负责，特务不敢在三楼动手，就是怕被李大姐觉察到，他们不能冒这个险。最后一点，小张，你注意到那封所谓的刘克非的遗书没有，那封遗书真正暴露出了特务的身份，遗书的抬头是这么写的：‘尊敬的厂领导’。”

“向队长，你是说……那我们还不赶快采取行动?”经向英杰这么一启发，张春阳已经猜出隐藏的特务是谁了，不禁有些兴奋。

“不行，所有这些，绝大部分都还只是假设，除了在专家公寓楼提取到的指纹脚印，我们并没有真凭实据，就是这一点，狡猾的特务也会拼死抵赖。最为关键的是，R4 图纸的缩微胶卷还在这个人的手中，万一打草惊蛇，我们不能截获胶卷的话，R4 图纸还有外泄的可能。不过我想，只要我们沉得住气，特务必然会露出马脚的，试想，这么重要的情报，台湾方面能不急于得到吗？所以特务肯定会狗急跳墙，冒险将缩微胶卷转移出去，这就给我们造成了机会，我们不妨来个瓮中捉鳖，一举将这个敌特组织捣毁。”接着，他们找到了陶宗汉，详细商谈了下一步方案，一个欲擒故纵的计划悄悄展开……

14

长辛店火车站候车大厅内，有一个人正低垂着头，似乎要把脑袋缩进衣服里，而双耳却在紧张地倾听着周围的声音，他不住地在心里祈祷着：“车，该死的车快来吧。”

总算，车站的广播开始播放他所要乘坐的客车就要开始检票了，他的心里一阵狂喜："再见吧，长辛店铁路工厂，只要我能逃出去，等待我的将会是享不尽的荣华富贵。"他站起身，刚要朝检票口走去，不想迎面却被一堵高大的"墙"堵住，他下意识地抬起头，脸瞬间吓得煞白，冷汗直往外冒。

"宗……宗汉，你怎么会在这里？"

"这句话应该由我来问你，姐夫，你这是要去哪儿，我姐知道你要走吗？"陶宗汉的语气冰凉刺骨。前两天，当向英杰告诉陶宗汉谁是杀死刘克非的幕后黑手时，陶宗汉觉得自己的心被人狠狠地戳了一下，直到刚才，陶宗汉还在幻想着，那个人千万别是姐夫牛跃进，向英杰一定在哪个环节搞错了。然而现实终是无情地击碎了陶宗汉的梦想。

"姐夫，你知道吗，你这么做，毁掉的可是一个家啊！"

牛跃进万分沮丧地垂下头，他现在真的后悔当初进长辛店铁路工厂了，如果自己老老实实在良乡开杂货铺，也就没有后来发生的一系列事了。听陶宗汉说到家他突然像是抓住了最后一根稻草，从衣服里侧掏出了那个缩微胶卷，递给了陶宗汉。

"宗汉，这就是那个缩微胶卷，我交给你，我错了，我一定改，不行的话，我就跟你姐还回良乡，踏踏实实地过日子，你就放过我吧。"

"晚了，姐夫，你不仅反人民，做了可恶的特务，你还亲手杀死了刘克非、老张，你以为我有权力把你放了吗？"说完，身后的几名便衣上前给牛跃进戴上了手铐。望着牛跃进的背影，陶宗汉眼里溢出了泪水，他为牛跃进惋惜的同时，更为姐姐感到心疼，姐姐将如何面对漫长的人生路？

在向英杰的临时办公室里，向英杰第一时间提审了牛跃进，陶宗汉在一旁听了全过程，他没有想到先说话的反而是牛跃进。

"向队长，你赢了，我输得无话可说，我只想知道事情的经过，你是如何猜到我的。"牛跃进心有不甘。

"其实公平地说，你们的行动因为是早有预谋且计划周详，所以取得了初步成功，但有两点你们却失算了。”看到牛跃进一脸惊愕，向英杰丝毫不理会，接着说道，“第一，你们没有想到胶卷没有来得及转移就被发现失窃了，导致你们不敢轻举妄动；第二，刘克非在窃取R4图纸机密时犯了一个小小的错误，那就是他不了解陶学文戴工作帽的习惯，这从而引起了我们的注意，当你知道这一情况时，自然引起了你的恐慌，你深知，一旦刘克非扛不住，你就会不可避免地暴露，于是你被迫动了杀人灭口的念头。”看到牛跃进脸上冒出了虚汗，向英杰知道，他的话句句如重锤一样敲打在牛跃进的心上，牛跃进的心理防线正在一步步走向崩溃。

“我……我想喝水。”牛跃进舔了舔干裂的嘴唇，站在旁边的一名战士递给牛跃进一杯白开水，牛跃进的双手有些发抖。

“其实刚开始，跃入我视野里的是你和倪云飞厂长，因为你们有着几乎相同的有利条件，甚至倪云飞更加便利，因为他毕竟是主管副厂长。但真正让我将目光锁定在你身上的，还是那封伪造的刘克非的遗书。当时我就奇怪，刘克非平时写字从来不写仿宋体，为何他留在世上的绝笔却偏偏用了仿宋体？现在看来是你特意为之，你是怕暴露自己的笔迹。另外，我记得遗书的抬头写着‘尊敬的厂领导’几个字，我们知道，作为主管安全、保密工作的副厂长倪云飞，早已步入了‘厂领导’行列，他所面对的上级只是陶宗汉厂长，他写这类交给上级领导看的东西，要么只写厂长个人，要么是工厂所属的上级机关——铁道部某某领导，而不会是同级的‘厂领导’，而你就不同了，你作为工厂的中层领导，可不就经常面对一些这样的‘厂领导’吗？也许是你平时写报告写得太多了，习惯成自然。”牛跃进听罢，脸上一副懊恼神态，他没有想到一个微不足道的细小失误，就葬送了全局。

旁听的陶宗汉不禁在心里为向英杰击节称赞，甭看向英杰岁数不大，但办事稳重分析事物条理清晰，是个可造之材，陶宗汉由衷地喜欢上了向英杰，但此时一个问题却强烈地闪现出来，陶宗汉几乎是脱口而出：

“牛跃进，你就是那个隐藏的特务老K吧？”

“老K？不，不，我不是老K，其实在组织内部我也只是个虾兵蟹将，我们都受老K领导。”

“这么说你的身后还有人？”向英杰追问道，“那你老实交代老K是谁！”

“我也不知道他是谁，但我知道他心狠手辣，为达目的不择手段，所以我很害怕，我怕将来某一天，我突然会不明不白地死去，所以我想到了逃走，由我亲自把胶卷交给组织，虽然会因此遭受不听命令的处罚，但将功抵过，我还会得到不少封赏。没想到最终还是栽在了你们手里。”牛跃进沮丧地说道。

“那你和老K如何联系？”向英杰厉声问道。

“长辛店大街有一家万山红小卖部，老板是我们的人，老K的指令，每次都由他转交给我。”向英杰迅速和陶宗汉交接了一个眼神，陶宗汉会意，站起身走出屋外，向张春阳下达命令，让他带上几个人，迅速赶往万山红小卖部，将老板捉拿归案，张春阳领命而去，陶宗汉重新回到了屋里，这时却听向英杰在继续分析着案情。

“关于你如何杀害刘克非，这并不难推断。那天下班以后，你特意打电话给刘克非，那时邓玲正好去专家公寓找刘克非，电话中你们匆忙商定了晚上要好好谈谈，于是刘克非借故支走了邓玲。因为三层的管理员李大姐对工作认真负责那是出了名的，你对此有所忌惮，而二楼的老张又被你拉下水，所以选择二楼动手对你来说几乎是水到渠成，只是那时的刘克非根本没有想到，死亡正在向他一步步逼近。你们一见面，刘克非便将胶卷交给了你，而你则趁刘克非不注意，用早已准备好的乙醚突然将刘克非熏倒，所用的剂量足以让刘克非昏迷几小时。接着你行使了你罪恶的计划。关于你如何伪装刘克非自杀现场并顺利地离开专家公寓楼，这就需要老张配合了。据后来李大姐反映，那天的晚饭老张特意带了红烧带鱼，还请李大姐、老朱一同品尝，三人一块儿吃的晚饭，据说时间近半个小时，这么长时间足够你利用了，之后老张又在一个合适的时间将刘克非扔下楼。至于你是如何杀死老张的，无非是把他骗到西山坡，伺机痛下杀手，过程就省略了吧。”听到这儿，牛跃进的嘴唇动了动，他没想到整个行动就像被向英杰看到了一样，碰到这样的对手，他只好自认倒霉了。

“下面你该回答我的问题了，你是如何加入你们那个组织的?”这也是陶宗汉想要知道的，在他的印象中，姐夫虽然私心很重，爱贪小便宜，但同时胆小怕事，没有特殊原因，应该不会加入敌特组织，从骨子里来说，牛跃进就是一个平庸的人。

“所有的过错全来自那次去青岛出差，我和客车车间一名叫张阿财的木工一起去的。”陶宗汉想起来了，张阿财就是去年打道夹板时，妄图炸毁机车车间，致使袁文才牺牲而自己畏罪自杀的那名特务，“到青岛后，张阿财有意识地带着我花天酒地，后来还介绍给我认识了一个叫阿秀的女人。”牛跃进说到这儿，痛苦地闭上了眼，让他终生难忘的那幕丑剧又浮现在眼前。

他和阿秀赤身裸体地被张阿财堵在屋里，阿秀只是嘤嘤地哭泣，仿佛遭受了多大委屈似的，而牛跃进则有口难辩，只求张阿财能够替他保守秘密。

“让我替你保守秘密也行，不过你得答应我一个条件，答应了，我不仅可以保你无忧，还可以吃香的、喝辣的，从此过上人上人的生活。”张阿财一脸得意，从怀里掏出一张纸，递到了牛跃进手中，“你把这个表格填了，我们就是一条绳上拴着的两只蚂蚱了，我怎么可能还去害你呢?”那是一张申请加入保密局的表格，牛跃进当然知道，一旦进了保密局，命就不再属于自己的了。

“不……不，我不能。”

“不填？那么好，你应该知道回厂后是个什么结局，你老婆能接受你在外面鬼混的事实吗？再说了，这些日子的开销，咱们还没有算清呢，我不逼你，但你也要考虑清楚。”

禁不住张阿财的威逼利诱，加之阿秀的色相引诱，牛跃进最终签下了那张“卖身契”，从此后便噩梦连连……

“说说你们组织内的其他成员吧。”向英杰换了个话题。

“我们都是单线联系，具体的成员我也不太清楚，我只知道老K负责长辛店、云岗及石景山地区，张阿财死后，老K就给我派来了万山红杂货铺的老板，作为我们之间联系的纽带，而刘克非也是老K派来协助我完成这次行动的，以前我真不知道刘克非是我们的人，我知道的只有这些，其实所有的策划都是老K所为。”看看已问不出什么有价值的东西了，向英杰便让人把牛跃进押了下去。

老K是谁？这个问题同时困扰着陶宗汉和向英杰，他们把希望寄托到了张春阳身上，希望张春阳能将万山红的老板缉拿归案。然而张春阳给两人带来一个令人沮丧的消息，万山红的老板逃走了。万山红小卖铺是个临街的店面，平日里生意也还不错，据周围商家反映，老板是个精干的南方人，没有家小，便以店为家，吃住都在店里。张春阳赶到时，铺面还没开张，隔壁阳春面馆的老板娘向张春阳介绍，铺面已关张两天了。张春阳便觉出了事情的不妙，用力把门撞开后，哪里还有人的踪影？仔细搜索也未发现任何有价值的线索，这一次老K又抢在了前面。

“他妈的。”很少有的，陶宗汉冒出了一句粗话，而向英杰则重重地叹了口气。目前唯一可做的，便是向市局申请通缉令，通缉万山红的老板，可是他知道，如今局势还很乱，万山红的老板很可能是鱼入大海了，关于老K的线索也就断了。这宗案子虽说保住了R4图纸，可是却让老K逍遥法外，实际上是宗未了的案件，这在向英杰办案的历史上还是首次，他心有不甘，可是以现有的条件想要抓获老K，也是难以实现的。案件暂时告一段落，向英杰决定立刻返回刑侦科，短短的几天接触，竟使陶宗汉有了种依依惜别之情。

“向队长，你任务在肩，我也不多留你了，记住，以后有时间多来工厂转转。”

“一定的，陶厂长，我心中的这个结不了，肯定会不断麻烦你们的。”

说着话，几个人来到楼下，路边，停着一辆卡车，车上有数名全副武装的解放军战士，他们押解的犯人正是牛跃进。

“回去吧，陶厂长，送君千里终有一别，还是那句话，今后我们肯定还会有联系的，小张，帮我盯好老K，一旦有了他的消息，我立马赶到，我早晚要让他落在我手里。”

陶宗汉、向英杰、张春阳，三个人，五只手紧紧地握在了一起……

直到天完全黑透了，陶宗汉才拖着疲惫的身躯返回家中，今天发生了那么多事，尤其是姐夫牛跃进的被捕，让他身心俱疲，他头一次有些惧怕回家了，不知道自己将如何面对老父亲陶一丁以及二姐陶慧敏。陶宗汉知道，牛跃进被捕这件事，想瞒住家人根本不可能，陶宗汉做好了挨批挨骂的心理准备。然而推开院门，院子里静悄悄的，那种静有点让人不安，陶宗汉推开虚掩着的房门，走进屋里，发现陶一丁、陶宗法，甚至妹妹陶慧玲以及何香草都在，只是每个人的脸色都不太好看，唯独不见二姐陶慧敏以及外甥牛志军。这娘俩儿去了哪儿？

“爹，我回来了，你们都在啊。”何香草上前把陶宗汉拉到一边，小声问道。

“宗汉，我问你，姐夫到底咋回事？全厂现在都传开了，估摸要被枪毙，怎么回事啊？”

“香草，你别跟他嘀嘀咕咕的，老三，你过来，我只问你一句话。”陶一丁冲陶宗汉点了点头，陶宗汉撇下何香草，来到陶一丁面前，“别的都不说了，你能不能找找人，救下你姐夫，算是我求你了。”陶一丁面色铁青，紧盯着陶宗汉。陶宗汉脸涨得通红，他“扑通”一声给陶一丁跪下了。

“爹，不是我不想帮姐夫，姐夫犯的过错实在是太大了，他不仅是杀人犯，而且还是反革命呀！您儿子就是再有权，也不能一手遮天！”陶宗汉言辞恳切。

“唉。”陶一丁一声长叹，也不再说什么，站起身走进了里屋，把门死死地关上，陶宗汉的心冷到极点，最终，陶宗法上前扶起了陶宗汉。

“老三，爹心里不好受，听到消息后，我立刻赶到慧敏家，生怕她再出点意外，可我还是晚到了一步，慧敏带着志军走了，没告诉我们去了哪儿，唉，孤儿寡母的！不过换个角度考虑，出了这样的事，慧敏在长辛店还能待得下去吗？”

陶宗汉无言以对，他想着二姐为人和善，在兄弟姐妹当中，二姐最喜欢自己，当初自己逃离长辛店时，要没有二姐给的那几块大洋，自己的逃亡生涯将会更加艰辛，而如今二姐却摊上了这样的事，自己却帮不上任何忙，唯有长叹。

陶宗汉给向英杰打电话，拜托他帮忙找陶慧敏母子，向英杰答应了他。可是天下之大，到哪里去找他们的踪影呢？陶宗汉一时怅然若失。

15

金秋时节，凉风送爽，对于北平城来说，这是一年当中最美的季节。长辛店铁路工厂接到上级通知，组队参加10月1日举行的开国大典。消息传开后，整个工厂沸腾了，许多参加过二七大罢工的老工人更是眼里溢出了激动的泪花，纷纷要求参加盛事。陶宗汉的心情也十分激动，他在极力安抚大家伙儿的情绪。

“放心吧，10 月 1 日全厂放假一天，除留守值班的人员外，我们会为大家多争取名额，但我要强调一点，无论去与不去，全厂都要以多修车、修好车的实际行动来支援全国解放，不能闹思想情绪，大家能不能做到？”

“能。”工人们响亮地回答。

待人们渐渐散去后，陶宗汉却发现陶宗法站在那里，欲言又止的样子，顿感诧异。

“大哥，有事吗？”

“我……算了，不说了。”陶宗法转身就要离去，被陶宗汉给拦住了。陶宗法心里的闹心事，就是陶学文和邓玲的婚事。自打窃密案件告破后，陶学文和邓玲的关系又恢复了，不，经历了那一番挫折，两人的关系快速升温，已到了谈婚论嫁的地步，商定婚礼定于 9 月 30 日上午举行，以此来迎接新中国的诞生。可是陶宗法的心里却不大乐意，他总觉得邓玲太虚荣，而陶学文多少又有点木讷，两个人在一起能有好结果吗，可是儿子乐意，他这个当爹的又能怎样？

“大哥，我还是那句话，孩子们大了，事关他们一辈子幸福，还是由他们自己做主吧，咱们也只是给个建议。”陶宗汉这么说，其实也表明了他的态度，他也不看好这桩婚姻，但并不横加干预。

“唉，也只能这样了。”陶宗法耷拉着头走了。

还真有人闹上了情绪。因为事关开国大典顺利与否，所以选人至关重要。按厂里的规定，选拔的人员主要以参加过二七大罢工的老工人以及世代做工的、踏实肯干的普通工人为主，辅以部分知识分子，但留洋回来的基本上都被排除在外，于是不少人有意见，其中的代表之一就是袁咏松，他直接找到了陶宗汉。

“陶厂长，我有意见，为什么不让我参加开国大典？是不是我工作不够努力，还是因为我不要求进步？”

“咏松，不要这么大的怨气嘛，你的心情我完全理解，不能参加开国大典，并不表示你的工作不出色，只是因为名额实在有限，厂党委要进行多方面权衡，别的不说，厂级领导只有我带队参加，班子其他成员一律留守，其实我也很为难，希望你能理解我！”话说到这个份儿上，袁咏松当然也不好再多说什么了，但看得出来，袁咏松并不服气，陶宗汉也不点破，在这个问题上，他实在无法做到面面俱全。

很快就到了9月30日，临近中午，陶家早已宾朋满座，大家向两位新人送出衷心祝福，小孩子们更是高兴，因为可以有糖果吃了。不管怎么说，这是老陶家下一代中第一桩婚礼，气氛热烈是意料之中的。婚礼开始，作为家长，同时又是证婚人，陶宗汉自然要讲几句话，他除了向一对新人表示祝贺外，更强调两人今后要互敬互爱，为新中国的建设贡献出自己的力量，最后陶宗汉又向大家公布了一条好消息，由工厂参与研制的坦克新一代发动机，代号为R4的新产品，已经试制成功，不久就要进行批量生产，大家听了热烈鼓掌。陶家准备的婚宴虽说不算丰盛，但是完全够得上打牙祭的标准，席间大家欢声笑语，陶宗汉发现，就连陶宗法的脸上也露出了难得一见的笑容，他的心里也为之一宽。

下午，所有参加开国大典的人员，集中在操场上进行列队练习，陶宗汉嗓音洪亮地进行动员。

“我首先强调一点，一定要遵守纪律，听从指挥，不得无故离队；其次，每名职工，都要提高革命警惕性，集会期间不能让生人混入队伍，要时刻防止敌人搞破坏，遇到紧急情况要保持冷静，遇到个人解决不了的问题要及时汇报。最后，明天参加大会的队形，就按今天练习的队形站，大家要记住自己身边的人，不能站错，都听清楚了吗？”

“清楚了。”全场爆发出同一个声音。

接下来按车间、工段每三人为一横队站好后，又以十人为一班，并且指定了班长，讲明行动要听班长指挥，于是又进行了三路纵队齐步走的队列练习，大家都练得一丝不苟，最后又统一走了两遍，竟然有了点练兵的意思。陶宗汉很满意，散会后，他又和倪云飞一块儿检查了要带的东西，主要是安全检查，并责令倪云飞派专人整夜坚守。

10月1日清晨六点多钟，大操场上已是人头攒动，人们穿着崭新的路服，头戴列宁帽，各自带上了一天的干粮，打着红红绿绿的彩旗集合完毕，那种精气神，看上去比过年还热闹。

从长辛店火车站到前门西站，时间本来就不长，那天显得格外短暂，因为车厢内始终被节日的欢快气氛所充斥，大家像解放军战士一样，搞起了拉歌赛。

“货车车间来一个。”于是一首《解放区的天》便回荡在车厢内，刚刚唱罢，又有人喊。

“动力车间来一个。”于是车厢内又响起了“咱们工人有力量……”

陶宗汉听着，看着，不禁想起了邓中夏、葛树贵、辛可红……那些熟悉的身影一一在他脑海里闪过，仿佛并没有离去。

“陶厂长来一个。”不知是谁喊了一声，于是大家齐呼，“陶厂长来一个。”

“唱歌我还真不行，这样吧，我给大家伙儿背诵一首诗吧。”

“好啊。”有人带头鼓掌。

哪有斩不除的荆棘？哪有打不死的豺虎？哪有推不翻的山岳？你只须奋斗着，猛勇地奋斗着，持续着，永远地持续着，胜利就是你的了！胜利就是你的了！

陶宗汉的语音停了足有几秒钟，车厢里一片寂静，继而爆发出雷鸣般的掌声。这是邓中夏的遗诗《胜利》，多少年了，陶宗汉一直也没有忘记，邓先生的遗愿终于实现了，我们胜利了！一瞬间，陶宗汉的眼里噙满了泪水。

天刚蒙蒙亮，火车徐徐驶进了前门西站，大家在站台上重新排好队，高举着标语、彩旗，列着八路纵队，浩浩荡荡向天安门进发。到达广场后，只见人山人海，锣鼓喧天，满城尽是笑靥如花。长辛店铁路工厂的位置是在广场西边，距西三座门约二百米左右，离天安门城楼相对比较近。大家到达指定位置后，陶宗汉让大家原地休息，此时天已大亮，不冷不热，仿佛老天善解人意似的，更使人心情愉悦。

工人们架起了自带的锣鼓，忍不住“咚咚嚓，咚咚嚓”地敲了起来，声音有如雄浑激越的雷鸣。

“小伙子们，悠着点劲儿，别到时候掉链子。”

“放心吧，陶厂长，大典一开始，您就瞧好吧。”

等待的过程激动而又焦急，一些见多识广的工人抓住这空档讲起了历史，其中一人，那语气就像是说书艺人，连陶宗汉不觉也被吸引了。袁咏梅则忙着抓拍各种真实镜头，那可是一个伟大时代的见证啊！应该说每一个能够参加大典的人都是幸运的，陶宗汉在心里感慨着。

当毛主席、周总理、朱总司令以及其他党政领导人出现在天安门城楼上时，广场上三十万群众欢声雷动、心潮澎湃，大家的千言万语只汇成了口号：“毛主席万岁！中国共产党万岁！中华人民共和国万岁！”陶宗汉也在忘情地呼喊着。

“中国共产党万岁！邓先生，这是我替你喊的。”

“中华人民共和国万岁！师傅，这是我替您喊的。”

“毛主席万岁！可红，这是我替你喊的。”

嗓子都喊哑了，陶宗汉仍不停歇。

激动人心的阅兵式结束后，是各界游行群众通过天安门，长辛店铁路工厂的职工们抬着他们自制的一台蒸汽机车的模型，精神饱满地走过天安门，那台机车就是不久前修好的那台死车模型，这是陶宗汉亲自拍板决定的。此时的工人们早忘记了疲劳，他们只想让领袖知道，如今的长辛店铁路工厂已是工人当家作主了，老厂获得了新生，他们感谢毛主席！感谢共产党！而站在游行队伍边的摄影师不失时机地抓拍下这一历史瞬间，成为长辛店铁路工厂最珍贵的影像资料，教育了几代产业工人听党话、跟党走。

回到长辛店已然是晚上九点多了，大家都迫不及待地想要把内心的感受分享给家人。陶宗汉倒没急着回家，他和倪云飞在厂内巡视，欢乐的时候更应该注意安全。此时的工厂到处欢声笑语，甚至比白天还要热闹，细听，工人们都在传唱一首新歌，陶宗汉知道，那是年初的时候，由来厂体验生活的著名诗人贺敬之作词、张鲁作曲的《平汉路小唱》：

……

这个平汉路呀成了贫寒路，

工人饥寒可就无出路，

上班做工真困难（失业的人啊！），

失业的流落在街头。

提壶卖水还算好，

大街上去要饭谁收留？

这个琉璃河成了流泪的河，

眼泪还比（那个）河水多。

这个长辛店成了伤心的店，

伤心的事可就说不完。

那个说不完。

掐着指头天天盼，
多咱才是解放的那一天，
得救的那一天。
……
长辛店来了咱们解放军，
满脸带笑进家门，
那个进家门。
大伯大妈，
兄弟们，还有姐妹们！
别把解放军当外人，
二七罢工谁领导呀？
就是咱们共产党。
今天胜利的回家，
胜利的回家门，
好比那火车，那个进了站，
咱们的苦罪已受完。
……

人民的（那个）天下，
（那个）稳如山。
平汉路再也不贫寒，
自由幸福万万年！

歌声唱出了长辛店铁路工人的心声，陶宗汉笑了，他相信歌词里面唱的，有了共产党的领导，自由幸福当然是万万年！

长辛店

下

自主之路

黄建东　杨忠华　著

中国工人出版社

图书在版编目（CIP）数据

长辛店. 自主之路 / 黄建东，杨忠华著. —北京：中国工人出版社，2019.7
ISBN 978-7-5008-7218-4

Ⅰ. ①长… Ⅱ. ①黄… ②杨… Ⅲ. ①长篇小说—中国—当代 Ⅳ. ①I247.5

中国版本图书馆CIP数据核字（2019）第134494号

长辛店

出版人	王娇萍
责任编辑	吴　迪
责任印制	黄　丽
出版发行	中国工人出版社
地　　址	北京市东城区鼓楼外大街45号　邮编：100120
网　　址	http://www.wp-china.com
电　　话	（010）62005043（总编室）　（010）62005039（印制管理中心） （010）62379038（社科文艺分社）
发行热线	（010）62005049　（010）62005042（传真）
经　　销	各地书店
印　　刷	三河市东方印刷有限公司
开　　本	710毫米×1000毫米　1/16
印　　张	43.25
字　　数	550千字
版　　次	2019年10月第1版　2023年12月第3次印刷
定　　价	98.00元（全两册）

本书如有破损、缺页、装订错误，请与本社印制管理中心联系更换

第五章　活在那个火红的年代

1

一段时间以来陶宗汉忙得两脚朝天，虽说感觉很累，但心里却是敞亮的，毕竟新中国成立了，人的心境和以前大不一样了。然而有的时候，他又觉得很无奈，自己就像是一头拉磨的驴，永远沿着固定的轨道奔波，看上去很忙碌，可是停下来一看，还在原地打转，许多问题没有从根本上解决。就拿生产进度而言，多少年了，一直存在前松后紧的痼疾。开始时，他以为那是在解放前，工人师傅们因为对资本家不满意，故意在干活时拖沓怠工。如今中华人民共和国成立了，大家伙儿的工作热情高涨，这种状况应该从根本上得到了解决，其实满不是那么回事，一到月底，生产任务照样吃紧，尽管全厂上下，包括他在内，每天都干劲十足，可那“痼疾”就像是调皮的捣蛋鬼，总是一到月底就和全厂职工开一次不大不小的玩笑。最让人头疼的是，每每分析造成这种状况的责任该由谁担时，却往往又是一笔糊涂账，根本无从追究。陶宗汉有时就想，自己的文化水平毕竟有限，管理着这么大一个工厂，是不是热情有余而能力不足呢？

这天，已调任主管生产的副厂长倪云飞找到了陶宗汉，一见面，倪云飞便开门见山。

“老陶，我看这样下去不行啊，生产被动的局面必须要扭转，否则提高劳动生产率永远只是个空谈。”

“不瞒你说，老倪，我也是这么想的。”说着话，陶宗汉拉着倪云飞坐了下来，“目前生产的被动局面，是必须要解决的，可是从哪里入手呢？说实话，这些天我一直在想这个问题，对于管理，我承认是个门外汉，老倪，你文化水平比我高，你有什么高见？”陶宗汉两眼充满希冀地望着倪云飞，完全是一副虚心求教的态度。

“老陶，你这么说就谦虚了，对于管理，我们都是门外汉，我在大学学的是工程机械，也是隔行如隔山，但我们有现成的好老师，我们可以向他们请教啊！”

“你是说派人去苏联，向苏联老大哥学习？”

倪云飞沉稳地点了点头。对呀，要学，就要学习最先进的管理方法，而苏联是第一个与我们建交的世界大国，它的工业化水平是相当高的，加之中苏关系一直都不错，派人去那儿学习估计问题不大。其实陶宗汉也想到了这点，只不过这件事毕竟牵涉到出国，需要沟通的环节比较多。但既然和倪云飞想到了一块儿，这就更加坚定了陶宗汉的决心，“老倪，这次我们不谋而合，这样，明天一上班，我们一块儿去部里，向刘副部长请示，由部里出面协商就方便多了。”

“我来找你就是这个意思。”说罢，两人相视一笑。

铁道部主管机车车辆工业的刘建超副部长，已经不止一次去过长辛店铁路工厂，与陶宗汉、倪云飞都很熟。听到秘书报告，他先是愣了一下，继而放下手中的工作，吩咐秘书请俩人进来，一见面，刘建超就热情地和他们打招呼。

“宗汉、云飞，今天你们两个怎么一起过来了？”

陶宗汉和倪云飞对视一眼，按惯例，陶宗汉汇报，倪云飞补充，刘建超边听，边连连点头。

“你们的想法和建议都很好，我会及时向部长反映的。虽说现在已经解放了，但我们从国民党手里接过来的却是个烂摊子，许多方面我们和国际先进水平相比，还有不小差距，这就需要我们迎头赶上，其艰苦程度并不比打一场解放战争轻松多少。宗汉说得很好，要学，我们就要学最先进的。当然，这中间还有许多环节需要沟通，首先要由我们的外交部门去和对方联系好对口的参观学习单位；其次就是经费问题，目前我们的国家还很不富裕，这个参观学习代表团的规模不宜过大，我以为范围可以再广一些，不局限于你们长辛店铁路工厂，要以铁道部机车车辆工业局的名义组团，而学来的东西又可以在全路，甚至全国推广。至于人数组成嘛，要少而精，参观学习的时间不能过短，过短则是走马观花，根本学不到真正有用的东西，而过长经济上又不允许，所以我个人认为三个月至半年为宜，这些都要视情况而定。你们回去后，一定要做好人员的选拔工作。我们选派的人员首先要思想端正，其次技术要过硬，最好俄语也要过关。”

“太好了。”陶宗汉兴奋得两眼放光，“刘部长，那我们长辛店铁路工厂派几人参加代表团合适呢?”这应该是陶宗汉和倪云飞最关心的问题。

“具体人数现在还不好说，但我以为二至三人是合适的，多了恐怕不行。”

尽管人数有点少，但是建议基本上得到了部里同意，这就好比在一堆乱麻中找到了线头，许多工作会由此步入正轨，因而陶宗汉心里还是蛮高兴的。回到厂里的时候，已是中午休息时间，和倪云飞道别后，陶宗汉便朝家里走去。到家却见何香草一脸焦急地坐在客厅里，见了陶宗汉，赶紧迎了上来。

“宗汉，咱爹不见了!”

“不见了?!”陶宗汉吃了一惊，接着下意识地在屋里转了一圈，他能去哪儿呢?“莫非又去找二姐了?”

去年年底，根据国家有关部署，工厂对在职职工进行了摸底调查，像陶一丁这样年过花甲的老人，按照相关政策，准许退休，这样，厂子里一下退下来不少老职工，工厂职工的组成年轻化了，由此也空出了一些岗位，现相关部门正在研究，以便在适当的时候面向社会招工。陶一丁退休在家无所事事，前段时间，他出去遛弯时，偶然遇到一个李姓工友，该工友说他在朝阳区三里屯一带看到过陶慧敏的身影，因为当时距离比较远，他也不敢保证那个人就是陶慧敏，只是看着比较像。陶一丁听说后，不管三七二十一，立马杀向三里屯。

自从牛跃进出事，陶慧敏领着儿子牛志军不辞而别后，陶一丁虽然也埋怨过女儿，但终究还是放心不下，以至寝食不安，一旦听到丁点儿风声，都会亲自跑一趟，最远曾去了南口，当然，他是不会出北京的，因为他坚信，以陶慧敏的生活阅历，她是不会离开北京去外地的。但北京城居住着那么多人，这么找下去什么时候是个头儿呢？过了新年之后，有将近一个月的时间陶一丁没行动。“也许老头儿死心了？”陶宗汉刚想松口气这么想着，可谁知今儿又来了这么一出。

“爹那些个老伙友都问过了吗，爹在不在他们那儿？”

“我让志坚、志新分头去问了，没有找到。”

“那一定又去找二姐了，咱们先吃饭，晚上爹一准儿就回来了。”

陶宗汉并没太往心里去，他觉得父亲这一次出门和往常没什么两样，一定还会在晚上按时回来的。然而这次陶宗汉猜错了，都到晚上九点多了，陶一丁还没回来，这下陶宗汉慌了，急忙到长辛店镇新成立的派出所报了案，其实这个地方就是二七大罢工时惨案的发生地——火神庙，陶宗汉每次经过这里，一想起师傅葛树贵就牺牲在这里，心里都颇不是滋味。负责接待的同志一边安慰着陶宗汉，一边答应尽快通知相关单位协查，一有消息马上告诉家属。第二天下午三点多，派出所打来电话，说是昨天晚上朝阳医院收治了一名被车撞伤的老人，老人的体貌特征很像陶一丁，只是老人刚刚手术完，现在还处在昏睡之中。陶宗汉一听，腿一下子软了，幸亏扶了下桌子边缘，方才站稳。倪云飞听说后，马上叫来司机，拉着陶宗汉、何香草就赶往了朝阳医院。

老人正是陶一丁，关于那场车祸，事后经当时在路口值勤的民警回忆，肇事车辆其实是在正常行驶，是老人突然闯红灯，司机发现情况后虽说也紧急制动，可是巨大的惯性还是把老人给撞倒了，幸亏周围的热心群众把老人直接送到了医院。那位司机为了表达心中的歉意，不但给陶一丁买来了营养品，还想当面给陶宗汉补偿金，被陶宗汉婉拒了。应该说，车祸的责任完全在陶一丁，但他怎么会突然闯红灯呢？

“难道爹真的发现了二姐？”陶宗汉望着病床上睡得像婴儿一样的老父亲，心疼半天。车祸后陶一丁虽说保住了性命，却永远失去了双腿，一想到这些，陶宗汉的心就有如针扎般难受。

醒来后的陶一丁得知失去了双腿，不住地拍打床帮。陶宗汉、何香草在旁边说着劝慰话。突然，陶一丁想起了什么，一把抓住了陶宗汉的双手。

“宗汉，我看见你二姐了，她就在三里屯一带，你一定要帮我找到她。”陶一丁的语气十分急切。

“爹，您放心吧，我一定找到二姐。”

听到陶宗汉如此肯定的答复，陶一丁的情绪方才稳定下来，他静静地躺在床上，两眼望着天花板，像是一尊木雕。何香草悄悄拉了一下陶宗汉，两人退出了病房。

陶一丁出院后，陶宗汉马上拿着陶慧敏的照片，再次来到三里屯，他先向当地派出所求助，希望他们帮忙寻找，同时又找到路口值勤的那位警察，将陶慧敏的照片也留给了他，请他帮忙留意，本来是满怀希望的，可谁承想，陶慧敏依然似石沉大海，音信杳无。

2

派人去苏联学习的事很快落实下来，铁道部经慎重研究，决定派出一个学习代表团，不仅工业系统，就是铁路运输系统也要派人参加，这样分配给长辛店铁路工厂的名额就只有一人，这比陶宗汉预计的要少了两三名，可是考虑到目前国家的困难，陶宗汉也就能理解了。由于名额太少，竞争就显得异常激烈，许多人都想借着这个机会向苏联老大哥多学习点本事，其中的佼佼者当属袁咏松和陶学文，无论从哪个方面来讲，两人的实力均在伯仲之间，名额的最终归属让陶宗汉左右为难。好在还有将近半年的时间，陶宗汉决定，到时以考试的形式择优选定，而考试的重点科目则是俄语。为此，由工厂出面特意聘请了一位外语学院的退休教授，利用休息日对所有竞争者进行辅导。袁咏松和陶学文都暗自憋了一股劲儿，希望自己最终能脱颖而出。

这天，在厂部会议室召开例行生产会，本来，这样的会议都由生产副厂长主持，陶宗汉作为一把手一般不参加，但是今天他来了，在座的各车间主任、职能科室的科长们预感有什么事要发生。

“同志们，我今天来，就是向你们传达市里最近的一次会议精神。大家现在通过各种渠道也已经了解到，目前朝鲜局势十分紧张，大战一触即发，于是有些跳梁小丑疯狂叫嚣要反攻大陆，市里一些地方甚至还出现了反动传单，就连我们长辛店地区也有。我想请大家回去转告职工同志们，不要相信谣言，我人民解放军正在以秋风扫落叶之势，快速、干净地消灭尚还盘踞在大陆的国民党残部，解放全中国已指日可待，相信在党中央、毛主席的英明领导下，我们终将会取得最后胜利。另外，接到上级指示，又将有一些复转军人加入到我们的队伍中来，这说明什么？说明党中央、毛主席早已将目光放在了发展国民经济上面，对于战争的最后胜利，我们成竹在胸。”

许多人激动地鼓起了掌，散会后回到办公室，陶宗汉连口水都没来得及喝，就听到有人敲门，打开门一看，却见向英杰站在门口，一身朴素的装束，脸上挂着陶宗汉熟悉的笑容。

“小向，是你啊！没想到你这么快就来厂报到了！”陶宗汉喜出望外，拉住向英杰坐在了沙发上。向英杰这次来工厂，是接受上级委派，来厂挂职，主要目的是挖出国民党潜伏特务老K。因为老K的存在，给工厂甚至整个长辛店地区带来不稳定因素，上级十分重视，当然，对外宣称是向英杰转业后自愿来厂，担任的是保卫科长的职务。

“陶厂长，我这次把家彻底安在厂子里了，老婆、孩子都跟我来了。因为厂里的宿舍楼正在筹建当中，所以我们暂时先在招待所住下了，过两天，孩子们就去学校报到。”

“小向，困难是暂时的，相信工厂会一步步兴旺起来的。”接着，他们又详细地交换了一下关于老K的看法，不知不觉便到了下班时间，陶宗汉干脆拉着向英杰，“走，小向，我们一起吃饭去。”陶宗汉丝毫也不掩饰对向英杰的喜爱之情，虽然陶宗汉和向英杰差了将近二十岁，但他们双方都感觉彼此很投缘。两人刚走到楼下，却见何香草急匆匆地走了过来。

“香草，你来得正好，我给你介绍一下，这是咱们厂新来的保卫科长向英杰。小向，这是我爱人何香草，现在担任工会妇女部主任。”

“噢，小向啊，常听老陶提起你，前不久工厂R4图纸泄密案就是由你负责侦破的吧？大家伙儿都把你称为神探呢！”何香草虽然是赞叹的语气，可向英杰看得出来她心里有事。

“嫂子过奖了。”向英杰和何香草礼节性地握了握手，“陶厂长，那我先走了，下午我就正式上班。”

“不急，先把家安顿好了再说。”说着，两人挥手道别，随即陶宗汉把目光投向了何香草。

“老陶，快，回家劝劝爹吧，爹又跟桂花发脾气了，把人家桂花都说哭了。”何香草嘴里说的桂花，全名何桂花，是何香草的一个远房妹妹。因为陶一丁在车祸中失去了双腿，平时只能靠双拐行走，行动多有不便，而陶宗汉夫妇俩平日的工作都很忙，陶志坚、陶志新二人的学业也日见紧张，故而家务事就有些顾此失彼。于是何香草提议，从她老家的亲戚当中找一位勤快可靠的小保姆帮助料理家务，一来陶一丁有人照顾，大家也都可以放心；二来何香草的老家在江西的一个贫困县，属于革命老区，人家过来帮忙照顾老人，还可以挣一份收入，以补贴家用。说起来，这是一个双赢的主意，陶宗汉当然答应了。然而何桂花来了以后，尽管人很能干，手脚也麻利，可陶一丁就是不满意，经常无缘无故地发脾气。陶宗汉知道，这是老头儿心里失衡了，气恼自己成了家庭累赘，可怜何桂花就成了出气筒。可是无论以前怎样，姑娘从没委屈地哭过，这次肯定是爹做得太过分了。陶宗汉的脸色便有些难看，一言不发地朝家中走去。何香草愣了一下之后，也紧跟了上去。

然而回到家里，不仅陶宗汉，就连何香草也愣住了，却见陶一丁和何桂花正在下跳棋，两个人斗得正起劲儿，就连他们回来了都不知道。陶宗汉和何香草见了，唯有摇头苦笑，在那一刻，陶宗汉觉得父亲真的老了。

那天，袁咏菊特意找到陶宗汉，说是姐姐袁咏梅晚上要请他们全家吃饭，有件特大喜事要宣布，请他们务必参加。什么喜事还弄得这么神神秘秘的？搞得陶宗汉直瞅袁咏菊。

“看我干吗，去了你就知道了，可别让我姐白忙活啊。”说完，袁咏菊转身走了，甩给陶宗汉一个大大的问号。

饭菜整得挺丰盛，显见袁咏梅下了一番心思，然而等到酒菜都摆上桌，袁咏梅还是没有宣布她的“特大喜事”，这算是吊足了大家胃口。袁咏梅也不解释，只是不时地抬眼看看床头柜上的座钟，这时忽听院门响动，袁咏梅不禁喜上眉梢，她快速走到院子里，不一会儿便领进一名高大后生，后生显得有点拘谨。

“陶叔，你看看这是谁?”袁咏梅指着后生向陶一丁介绍。

后生长得高大魁梧，二十七八岁的样子，骤然站在众人面前，难免有点不自在。

“这是……是怀恩?”陶一丁似乎有点不相信自己的眼睛。而陶宗汉早先一步就猜出来了，但他不好出面相认，他非常感激袁咏梅的苦心，以这样一种方式介绍他们认识，实在是再好不过了。这么想着，他的目光里便多了几许赞赏。袁咏梅分明也感觉到了，但她并没有多看陶宗汉一眼，而是推了一下陈怀恩。

“怀恩，快叫陶爷爷，这是陶叔、何婶。”袁咏梅很自然地做着介绍。

“真是怀恩呀，哎哟，你离开长辛店都有十多年了，我记得还是抗战那会儿的事呢！那时候你才这么高，现在都长成大小伙子了。”陶一丁感慨万千。

大家落座后，就听陈怀恩讲起他这些年的经历，当然，这也是陶宗汉迫切想要知道的。当然他也很奇怪，当初陈怀恩随着大伯陈季德一家迁往南方，如今怎么只有他一个人回来了？这中间又有怎样的曲折呢?

七七事变刚爆发的时候，陈季德奉父命，带领一家并侄儿陈怀恩离开了长辛店，一路往南，最初落脚在武汉，一来武汉是大城市，各方面的生活保障比较充足；二来陈季德还想看看战争的最终走势，他不想离家乡太远。武汉地处京汉铁路南端，交通方便，回家的路也便捷。可是事与愿违，武汉会战，国军战败，武汉失守了，陈季德一家只好接着往南撤，那几年的日子用“颠沛流离”来形容毫不为过，最后他们终于在重庆扎下根。陈季德重操旧业，开了一家名为“蜀山客”的茶庄。重庆人好饮茶，虽说处于抗战最艰苦时期，可茶庄的生意还能勉强维持，生活稳定下来后，两个孩子也就近上了学。尽管战争的威胁时刻存在，但陈季德对孩子的教育从来也没放松过，那几年的时光在陈怀恩的记忆深处成为永恒。期间陈季德也托人探听家里人的音讯，然而得到的却是家破人亡的消息，陈季德为此痛哭流涕，但总算陈家的命脉保存了下来。然而谁也没有想到，噩梦却在抗战胜利后开始了。抗战胜利之初，山城陷入欢乐的海洋之中，刚刚走出大学校门的陈怀恩，那天跟朋友们一起喝酒庆祝，因为高兴，所以拖的时间就比较长，分手道别的时候已然是深夜了。陈怀恩喝得有点多，脚步踉踉跄跄，突然围上来一群人，在陈怀恩还没弄明白是怎么一回事儿的时候，一个布口袋从天而降，将陈怀恩罩住，也不管陈怀恩怎么挣扎，架着就走，之后陈怀恩感觉自己被强行押上了一辆汽车，汽车引擎一阵轰鸣，继而绝尘而去。陈怀恩当时吓坏了，自己是遭到劫匪打劫了？还是……他们这是要把我押到哪里去？一时之间，恐惧蜂拥而来，陈怀恩几乎要昏厥过去。

天亮的时候，陈怀恩被带进了一座兵营里，原来自己被强行抓了壮丁。尽管陈怀恩拼命向长官解释，自己是名刚毕业的大学生，是被错抓了，可那名长官根本不听，错抓了也就错抓了，如果把这小子给放出去，万一被报纸的记者披露出去，再被共军抓住小辫子，那自己头上这顶乌纱帽还要不要了？所以不管怎样，人是不能放的，于是陈怀恩便稀里糊涂地从军了，而且很快就离开了山城。先是跟随那名长官，后来又几易其主，由于陈怀恩有文化，无论哪位长官都很看重他，一直将他带在身边做副官。辽沈战役时，他所在的部队归属郑洞国将军指挥，后来又随郑将军一同向解放军投诚。这次随着解放军大裁军而复员，上级听从他个人意愿，同意他重新回到长辛店，并安排他进长辛店铁路工厂工作。

“这么说，你跟你大伯一家从此失去了联系？”陶宗汉问道，陈怀恩点了点头。

“开始时他们对我看管得很严，直到离开重庆，才算宽松了许多，可大伯一家从此杳无音讯，好在现在重庆也解放了，我们可以派人去找，应该还能找到。”

陶宗汉在心里记下了这件事，他会托人向重庆方面打听的，相信不久就会有消息传来，于是陶宗汉换了一个话题，“怀恩，你的工作人事科是怎么安排的?”

“因为怀恩上过大学，刚成立的铁路中学又缺少教员，所以人事科将他安排在铁中当老师，教高中物理。”袁咏梅替陈怀恩说道，听得出来，她语气中满是骄傲。

“这样好，为人师表，怀恩呀，不简单哪!”说着话，陶宗汉举起酒杯，于是一桌人都向陈怀恩表达真诚的祝福，而陈怀恩则略带羞涩地笑了。

功夫不负有心人，陶学文凭借优异成绩，击败众多挑战者，成为唯一一名入选铁道部派往苏联学习代表团的长辛店铁路工厂的代表。近半年的时间，陶学文学习俄语可以用“废寝忘食”来形容，为此邓玲承担了绝大部分家务，她很支持陶学文。在宣布最终考试结果时，陶宗汉看出了袁咏松心中的失落，为此，他无言地拍了拍袁咏松的肩膀，以示宽慰。

就在这一年的中秋节前，陶学文跟随代表团出访苏联，然而令全家人没有想到的是，这一次的出国却是陶学文个人命运的一个转折点。

3

1950年朝鲜半岛的紧张局势，使得新中国成立后的第一个国庆节在欢乐中略带紧张，许多人都在猜测，局势再这么发展下去，中国会不会参战?因为战火快蔓延到家门口了。果然，10月8日，中央军委命令组建中国人民志愿军，并以最快速度赴朝参战，伟大的抗美援朝拉开了帷幕。在此情形下，北京市总向全市国有企业职工发出了“工厂就是战场，机器就是武器”

的口号，广泛开展大规模爱国主义劳动竞赛活动。长辛店铁路工厂当然也不甘居于人后，无论生产进度，还是成本管控，都达到了史上最好水平。生产扩大了，需要大量的人才，于是工厂第一次面向社会招工，引起了许多人关注，尤其是附近居民不少都想通过考试进厂。

这天，陶宗汉亲自来到招工现场。有工作人员认出了他，刚想和他打招呼，被他摇头制止了。这时，不远处传来争执声，引起了他的注意。

"你们凭什么不要我儿子，是我儿子身体差吗？看看这身子骨，如果连这样的人都不要，那你们还能招什么样的人？"

"边师傅，不是我们不招，是您儿子岁数太小了，刚满十五岁，我们怎么招啊！"

"岁数小怎么了，我儿子干活儿一点也不比别人差，不信你去问问，去年打道夹板的时候，我儿子就进厂帮过工，那时候他干的活儿丝毫不比别人差。"原来是老工人边德贵领着儿子边孝正来招工现场，因为边孝正岁数不符合要求，被工作人员婉拒了，边德贵不服，便和人家理论。紧急赶制道夹板时，边家祖孙三代在工厂忙碌的事迹，经袁咏梅采写，后来以通讯的形式在《工人日报》上发表，引起了人们热议。从那时起，陶宗汉就对边孝正的印象不错，而这次一旦边孝正被招工，则会创下一家四代都是工厂工人的佳话，可是……陶宗汉犹豫了一下，还是走上前去。

"边师傅，您也来了。"

"陶厂长！"边德贵扭头见是陶宗汉，像是抓了棵救命稻草，"陶厂长，我来是为我儿子进厂上班的事，我儿子边孝正，您见过，干活儿是把好手，可他们偏偏不要！"

"边师傅，刚才你们说的我都听到了，您还是先让孩子回家上学吧，等过两年，孩子想进厂了，再来找我。"陶宗汉试图劝解。

"哎呀，陶厂长，孩子要真有那份心，我能不让他上学吗？如今咱也上得起学了，可孩子长这么大，从没进过学堂，再学什么都晚了。我就想，不如趁年轻让他进厂学门手艺，至于文化，咱可以慢慢补上。赶上工厂这次招工不容易呀，可他们偏说孩子太小，我倒要问问，哪家律法说十五岁的孩子不能进厂做工？你们拿出来让我看看！我家孝正能抵得上一个壮劳力，他们凭什么不收？”

边德贵越说越激动，而陶宗汉倒一下卡壳了。倒也是，新中国刚刚成立，百废待兴，好多制度正逐步建立，有关劳动法方面的规定还是空白，陶宗汉还真拿不出证据来。

“那这样吧，就让小边同志先去检查身体，如果身体合格，那就进厂试用，不过我把丑话说在前面，一旦孩子吃不消，立马领回家。”

“行，陶厂长，您就瞧好吧，录取我儿子准没错，孝正，快，谢谢陶厂长。”边德贵一听说孩子进厂有门儿，立刻笑得合不拢嘴，直往前推边孝正，而边孝正则窘得脸红脖子粗，“吭哧”了半天，一句话也说不出来。

这时，旁边一个同样身材高大的小伙子不满意了，他冲着陶宗汉质问道：“您就是陶厂长？那我倒要问问，凭什么要他不要我，我们俩同岁，我哪儿点比他差了？”

小伙子这么一嚷嚷，自然引起了陶宗汉的注意，他不由上下打量了一番，发现小伙子和边孝正还真有些神似，一样的高大身板，一样的充满青春活力，陶宗汉不禁暗自点头。

“小伙子，你叫什么名字？”陶宗汉和颜悦色。

“我叫刘文，怎么了，你们收他不收我，我就是不服！”刘文一副不怕天、不怕地的样子。

“刘文？好，你的父母呢，你总不会是自己来的吧？”陶宗汉面含笑意。这个时候，从不远处挤过来一名中年汉子，看上去老实巴交的，像个比较本分的人。

“我是孩子他爹，孩子想进厂做工，所以……所以我就带他来了。”

“好吧，刘文，你跟边孝正一块儿去体检，身体合格就进厂上班，还是那句话，到时可别打退堂鼓啊。”

“放心吧，我干得绝不会比别人差。”这回，刘文的脸上露出了开心的笑容。

回到办公室，秘书向陶宗汉汇报，说是部里、市里的领导等他有好一会儿了，陶宗汉吓了一跳，以往上级机关来人，需要他接待的，他一般会早早等在办公室，今天部里、市里同时来人，而且事先还没有通知，难道出了什么大事？陶宗汉的心一下提到了嗓子眼，他担心的是，是不是特务分子又有了行动？

没想到领导带来的却是一个天大喜讯——朱德总司令要来工厂视察了。乍一听，陶宗汉有点不敢相信，想想吧，如今国家有多少事需要领袖去处理，可是总司令却惦记着工厂，要来工厂慰问大家，这是一种怎样的关怀啊！陶宗汉惊喜得不知道说什么好了，但他很快冷静下来，知道这件事情非同小可，保证总司令的安全是第一位的。此次同行的部市领导当中有一位是公安局的，他此行的目的就是要把保卫工作落实下来。于是，陶宗汉迅速请来了向英杰，几个人在办公室里紧密磋商，总的宗旨是外松内紧，绝不能让特务分子搞破坏。

一个多月的等待有点漫长，但朱德总司令真的来了。让陶宗汉没有想到的是，朱老总并没有忘记他这个当年的“红小鬼”，一见面就和他热情问话，询问他这些年的情况，这让陶宗汉大为感动。在视察途中，朱老总和蔼可亲地和干部群众谈工作、谈生活，让许多二七职工激动不已，尤其是边孝正，他没想到自己刚进厂，就有机会和总司令握手交谈，以至回到家后，向家里人炫耀时还高举着双手。

“爸、妈，今天我见到总司令了，总司令还和我握手了呢！”那种感觉既骄傲又自豪，边家二老自然喜上眉梢。

在全厂干部职工欢天喜地的同时，却有人躲在阴暗的角落咬牙切齿。一间不大的屋子里，光线本来就不够明亮，主人还故意没有开灯，故而显得更加昏暗。屋里两个人，一人坐在椅子上，而另一人则毕恭毕敬地站着，显得极其谦卑。

“吴天材，你真是丢尽了党国的脸面，今天是一个多么好的机会，在货车车间刺杀朱德，你将为党国建立多么大的功勋，可是你却……”说话之人就是久未露面的老K，他得到秘密情报，说朱德要到厂子里来视察。为此，他策划了暗杀计划，启动了被策反的货车车间材料员吴天材，让他在朱德视察货车车间时下手。没想到吴天材这个废物一见到朱德，不知不觉地就被朱德那种大无畏的气概所震慑，连头都不敢抬起来。吴天材真是后悔上了老K的贼船，可是上去了就没有下来的路，谁叫自己当时就鬼迷心窍了呢？他的这点小心思，当然没有逃出老K的一双贼眼，老K的话像是安慰，更是一种威胁。

“我知道，加入到组织中来，你一直很后悔，但是我告诉你，你不要被共党的宣传给搞怕了，现在的国际形势你也知道，朝鲜战争就是第三次世界大战的导火索，国军马上就会反攻大陆，到那时，我们这些党国的精英，都会得到上峰的嘉奖，你会觉得当初的决定是万分正确的。”说着话，老K从兜里掏出一沓钞票放在了吴天材面前，老K知道，对于自己所豢养的宠物，奖赏是必不可少的，“这点钱你拿去，好好改善一下生活，压压惊，我们和共党的斗争还会继续下去的。”说着话，老K挥了挥手，示意吴天材可以走了。吴天材如遇大赦，拿起桌子上的钱，冲老K弯腰行礼后，急匆匆地逃离了小屋，而老K则愤恨地点燃一支烟，烟雾缭绕中，可以依稀看见他的眼中有泪光在闪动。

4

为了巩固新生的民主政权，更为了支援抗美援朝战争，全国性的镇压反革命运动如火如荼地展开了，许多顽固的反革命分子、隐藏下来的特务分子纷纷落网，对于京汉铁路沿线的老工人来说，巨大的喜讯便是二十多年前镇压二七工人运动的刽子手赵继贤被捕了。为了彰显正义的力量，更为了告慰死去的二七先烈，人民政府决定在汉口召开公审赵继贤的大会，会后将公开处决赵继贤，地点就定在当年林祥谦烈士牺牲的地点——江岸车站前面一个电灯柱子底下。消息传到长辛店，整个工厂都沸腾了，人们欢欣鼓舞，纷纷跑到厂部，要求去参加公审大会。陶宗汉等领导班子成员经过仔细研究，决定派二七烈士葛树贵的大儿子葛文元、二七老工人刘在祥等人前去汉口参加公审大会。

月光如洗，普照着人世间每一个角落，就连死囚牢房，它都毫不吝惜。这应该是赵继贤人生最后一次享受月光的洗礼了，他面如枯槁，死亡的恐惧让他已经几天几夜没怎么合眼了。自打被捕的那一天起，赵继贤十分清楚等待自己的是什么，尽管在他的一生中也见惯了死亡，可那大都是他掌握着别人的命运，他是死刑的宣判者，然而这次不同了，他的生命将被他一向看不起的穷棒子们所终结，他至今也想不明白，穷棒子们怎么就真的夺取了天下，而且时间还这么快，离二七大罢工才仅仅过去了二十多年呀！

赵继贤看着窗外的月光，回想起这二十多年来自己的命运，如果说镇压二七大罢工是他人生的顶峰，之后伴随着吴佩孚的下野，他也就淡出了人们的视野。但凭着在位时的巧取豪夺，赵继贤攒下的资产足够他以及他的子孙快活地生活下去。可谁能想到，共产党只用了三年多一点的时间便建立了中华人民共和国。本来他有机会逃往台湾，他用十几根金条换取了两张飞往台湾的机票，打算带着儿子一同逃走。可谁知到了机场，一名国军师长用枪抵着他的脑袋，生生把那两张机票给抢走了，从而断送了他最后的希望。赴台不成，他便改名换姓，在一个秀丽的小城安顿下来，这一年多虽说战战兢兢，倒也相安无事。谁能想到镇压反革命运动如此轰轰烈烈，连小城都波及了，像他这样的外来落脚者，立马就暴露了。

“玉帅，继贤明天就要追随你去了，玉帅，在那边，继贤还是你的马前卒。”赵继贤仿佛又回到了他任局长时的情景，一直想到下半夜，困得实在不行了，他不禁打了一个盹儿，结果就梦到了吴佩孚，吴佩孚也不说话，只是冲他诡秘地笑着，最后还冲他招了招手，他快速跟上前，结果脚下一个踉跄，他就醒了，而且还惊出了一身冷汗。

一大早桌子上就摆上了入监以来最为丰盛的饭菜，有肉有酒，看来这就是传说中的断头饭了。赵继贤本想“潇洒”地饱餐一顿，黄泉路上不能当个饿死鬼，可是他的手却不听使唤，甚至连端碗的力量都没有了，望着眼前的饭菜，他只想放声大哭。“咔嚓”一声，狱警打开了牢门。

“赵继贤，出来。”

发现赵继贤已经吓得要失去意识，两个狱警架起了他，带了出去。

公审大会现场早已人山人海，人们期待着正义审判的到来。赵继贤被押上了主席台，他的背后插着一个醒目的标牌——反革命分子赵继贤，赵继贤以谢罪的姿态面向民众跪倒。大会主持人宣读了对他的审判，之后，又有二七烈士亲属、健在的二七老工人分头上台控诉赵继贤的罪行，一致要求马上枪毙赵继贤。

“下面，我宣布，将反革命分子赵继贤押赴刑场，执行枪决。”大会主持人宣读着最后的命令。

“打倒旧社会！”

“共产党万岁！毛主席万岁！”

场内有人带头喊起了口号，此起彼伏，响彻云霄。刘在祥和葛文元等几位长辛店铁路工厂的代表，眼里闪动着泪花，他们终于看到了赵继贤应有的下场，他们为死去的亲人感到欣慰。

差不多在相同时间，工厂保卫科接到了一宗报案，货车车间一名叫吴天材的材料员，离奇死在家中。说离奇是因为前一天上班的时候，吴天材还有说有笑，看不出一点异常，可第二天货车车间主任看到他没来，也没请假，工人们领材料也不知找谁，就派人到家里去叫他。吴天材至今没有成家，自己在长辛店大街租了一间平房。来人在门口叫了半天，屋里没有任何反应，而房门也没有上锁，轻轻一拧便打开了，一进屋就发现了惊骇一幕：吴天材仰面倒在床上，面色狰狞恐怖，身体早已变得僵硬了。于是来人飞快地报告车间主任，车间主任又马上报告保卫科。向英杰知道后，一方面上报市局；另一方面率领张春阳等人第一时间赶到了吴天材家里，妥善地将现场保护起来。

从现场看，吴天材像是自杀，屋子里没有搏斗过的迹象，桌子上有酒有菜，仿佛只是他一个人在自饮。现场也没有发现遗书，自杀而不留下遗书，这样的情形很少见，关键是这样的场景多么似曾相识啊！

“小张，这样的情景，让你想起了什么？”

“向科长，我怎么觉得跟刘克非的死亡现场有点相像呀。”

“是啊，只是这个现场过于干净了，一个想要自杀的人还有兴趣大扫除吗？只能说明有人刻意想把自己来过的痕迹抹掉，不管自杀还是谋杀，这个人目的其实只有一个，那就是让吴天材死，而死人是不会开口指证他的。”

“是什么原因促使这个人必须杀掉吴天材呢？”

“还不好说，得等公安人员调查之后才能下结论。但是我有一个预感，这又是我们那位老朋友的杰作。”

“你是说老 K?”

向英杰轻轻点了点头。这时，长辛店镇派出所以及丰台公安分局的人也都赶到了现场，果不其然，经过仔细勘察，除在箱底发现一把手枪外，并没有发现其他可疑的线索，但是仅凭这把手枪，基本上可以断定吴天材是特务组织成员，因为人民政府成立后不久，就要求民众将手中的武器上交，此人隐瞒不交，其特务身份不言自明。此外，在院子里的水池旁，放着一盆已然泡好的待洗的衣服，那是一身铁路制服，经询问，院子里只有吴天材一人在长辛店铁路工厂上班，算是和铁路沾边，其他人全都不在铁路部门。那么这盆衣服可以断定是吴天材的，这又从另外一个侧面印证了，吴天材是被人害死的，而非死于自杀，因为一个准备自杀的人，是不可能还会去洗已经永远也不可能再穿上的衣服的，向英杰可以推测出的案发情形应该是这样的：

昨天晚上下班后，吴天材回到住处，打算把工作服洗干净，所以先把工作服用水泡上，之后回到屋里干其他的事情。这时来了一名神秘的访客，他是谁？到底是不是老 K 本人，姑且不去管他，他也许和吴天材很熟，来了之后就和吴天材推杯换盏起来，可是吴天材并不知道，此人乃是索命的黑白无常，他在酒里下了毒，虽然拼命劝酒，可是自己却滴酒未沾。毫不知情的吴天材就这样被那个神秘人送上了西天，而那个心狠手辣的家伙，在事后居然还能有条不紊地把痕迹抹干净，才从容离去。

向英杰的推理事后得到部分证实，经化验，吴天材所喝的酒中含有剧毒。可是通过调查吴天材的邻居，却没有人看见事发那天来的神秘访客。对和吴天材有亲密关系的人进行调查，每个被调查的人都有确凿的不在场证明，案件一下子又陷入了僵局。

“好吧，老 K，这笔账先给你记上。”向英杰在心里已然断定，这起凶杀案不是老 K 所为，起码也是受老 K 指使，目的只为杀人灭口。因为镇压反革命运动如火如荼，老K感到了不安，遂使出了丢车保帅这招。

向英杰的推断没错，谋杀吴天材是老K迫不得已的行为，一来吴天材是少数几个认识他的人；二来吴天材奉命刺杀朱德，可是他的表现，老K都看在眼里，老K由此深知，吴天材是个色厉内荏的家伙，否则不会吓成那样。当镇压反革命运动的浪潮以排山倒海之势汹涌而来之时，老K感到了惶恐，他觉得自己唯一的弱点便是吴天材，吴天材一旦沉不住气，那自己肯定将暴露无遗，所以老K起了杀机。而整个的谋杀过程和向英杰的推理几乎如出一辙，老K侥幸获得成功，他感到了如释重负，然而也心有余悸。

"看来这段时间不能再采取任何行动了，向英杰进厂了，对我来说可不是个好兆头啊！"老K这么想着，一下关闭了台灯开关，窗外微弱的月光映衬着他惨白惨白的脸，像是一只受伤的狼。

5

一份由铁道部部长亲自签署的紧急命令交到陶宗汉的手里，内容是抽调骨干力量组建抗美援朝工程机械队。陶宗汉的心情有些沉重，抗美援朝已进行了两年多，尽管志愿军战士不怕困难、不怕牺牲，接连取得多场战役的胜利，但是以美国为首的"联合国军"却始终把破坏志愿军铁路补给线作为其实现整个战略计划的重要组成部分，对我铁路生命线进行了狂轰滥炸。因为制空权完全掌握在对方手里，空袭给我方造成了极大危害，不仅志愿军的武器弹药、重要装备要靠铁路运输运到前线，就是朝鲜人民军和老百姓的生活必需品也要靠铁路运输，必须打破美军的封锁线，把铁路线建成摧不垮、打不烂的钢铁长城，从而保证前线的后勤补给，这是紧急命令下发的大背景。陶宗汉当即命令宣传部以广播的形式将命令反复播放，力争做到人人皆知。

第二天上午，在工厂南门交车现场紧急召开了全厂动员大会，会议还没有开始动员，大家伙儿的情绪已是十分高涨。

“我报名。”陶宗汉定睛一看，一名小伙子冲到报名处第一个报名。

“小伙子，你叫什么名字？哪个车间的？”

“陶厂长，我叫张学斌，是机车车间的，我是一名预备党员，又是团支部组织委员，我要听从党的召唤，在国家最需要的时候，担当起一名共产党员的责任。”

“说得好，小张同志用自己的实际行动向党组织交上了一份合格的转正申请。”说着，陶宗汉热烈鼓掌。有了带头的，人们踊跃报名，人数大大超出了部里要求的指标。

已过下班时间多时，机车车间天车女工文晓丽方才走出车间大门，她的眼圈红红的。她是张学斌的未婚妻，两人本来商定要在明年五一节结婚的，可没想到张学斌竟连个招呼也不打，就报名参加了抗美援朝工程机械队，这一走谁知道什么时候才能回来？而且枪炮无眼，万一……姑娘既心疼又生气，刚刚在更衣室里还哭了。车间大门外，张学斌正等候在那里，见文晓丽出来了，马上迎上去。

“晓丽，你怎么才出来？走，今天晚上我请你吃饭。”张学斌笑呵呵地说着。可是文晓丽就像没看见一样，依旧走自己的路，张学斌弄了个大窝脖，停了一下，急忙追了上去，“怎么了，晓丽，谁招你生气了？”

“谁能招我生气呀！你吗？你又是我什么人？”文晓丽停下脚步，语含讥讽。

“我……我是你未婚夫呀！”

“你还知道我们俩的关系？那我问你，报名入朝参战这么大的事，你事先怎么不和我商量一下，你把我当成什么人了，你心里还有我吗？”文晓丽委屈地说着。

“我……我不是怕你担心，拖我后腿吗？”张学斌的脸涨得通红，“晓丽，我错了，我向你承认错误还不行，我保证下不为例！”张学斌指天发誓。

“怎么，你还想有下次？”文晓丽看着张学斌急赤白脸的样子，心中的气恼已消散大半，目光也柔和了许多。

“不敢了，绝不会有下次了。”

“这还差不多。”文晓丽说着，轻叹了口气，“你不要以为别人的思想都那么落后，告诉你，你就放心去吧，家里有我呢，但你也要答应我一个条件。”

“什么条件？你说！一百个也答应。”

“你一定要活着回来，我等着你。”文晓丽说着，深情地望着张学斌。张学斌的心情万分激动，突然，他乘人不备，上前亲了文晓丽一口，继而迅速跑开，脸上洋溢着开心的笑容。

“放心吧，我一定平安回来。”张学斌的声音满是自信，而文晓丽则羞涩地笑了。

就在当天晚上，吃过晚饭后，突然回到家中的陶志坚以找老同学聊天为由，出去串门了，其实他是怕何香草唠叨，干脆躲清闲了。小伙子很争气，今年刚考上北方交通大学，而且还担任了团支部委员，成为党的重点培养对象，不仅学习拔尖，思想品德也毫不落后，铁道部紧急成立入朝机械队的通知，也下达到部属院校，陶志坚是整个大一新生中第一个报名参加的，他今天特意赶回家，就是向家里人宣布这一消息的，没想到却遭到何香草强烈反对。

“什么?！你报名参加入朝机械队了！儿子，这么大的事情你怎么不和家里商量一下，自己就做主了？”

“妈，我需要解释的是，首先，我已经年满十八岁，有权对自己的行为负责；其次，我以为你们会同意我的选择的。”

“同意个屁！你不知道那是打仗吗，你以为是游山玩水?”何香草气急败坏地说道。

“妈妈同志，我首先提醒您，说话不能粗鲁；其次，您是名老党员，支援抗美援朝、保家卫国，不要说党员，就是一名普通群众都知道，那是一名公民应尽的义务。”陶志坚故意笑嘻嘻地说着，他想以一种轻松的姿态，缓解母亲心中的不安。

“你……”何香草一下噎住了，她求救似的将目光转向陶宗汉，希望陶宗汉能替她说两句，没想到陶宗汉却一个劲儿地和稀泥。

“吃饭，我肚子已经咕咕叫了，天大的事情也得把肚子问题先解决了，是不是?”说着，陶宗汉冲陶志坚丢了一个眼色，他的意思当然是想让陶志坚先出去躲一躲，由他来做何香草的工作，陶志坚何其聪明，立马会意，所以吃过晚饭后便一溜烟地跑了。

“说吧，怎么办吧?”何香草赌气地坐在了陶宗汉的身边。

“什么怎么办？我觉得志坚这么做，才像是我儿子，我完全支持。”陶宗汉旗帜鲜明地表明了自己的态度，继而话锋一转，“香草，不是我说你，我们都是老党员了，平日里老是做别人的思想工作，怎么轮到自己，思想就开了小差。都知道入朝参战，条件艰苦，甚至还有生命危险，可是你不去，我不去，怎么能保家卫国？我们越是当领导干部，就越要以身作则。”

“你别跟我讲大道理，如果党让我冲锋陷阵，我决不退缩，我什么时候畏惧过？可是……可是志坚毕竟是我们唯一的儿子啊!”何香草说到这儿，眼圈一红，说不下去了。何香草的话当然也触动了陶宗汉心中最柔软的部分，战争的残酷性他当然清楚，难以想象，也不敢想象，万一儿子有个三长两短，他将如何去面对接下来的生活？他当时愣了一下，然而还没等他再开口，忽然听到院子里传来敲门声，陶宗汉和何香草对望一眼，何香草站起身去开院门，和何香草一同走进屋里的却是袁咏梅。袁咏梅双眼红肿，看得出来情绪有些激动，一进屋，来不及坐下，直接奔到陶宗汉面前。

“宗汉哥，你一定要帮帮我。”

“别着急，咏梅，到底发生了什么事？慢慢说。”陶宗汉安慰着袁咏梅，听袁咏梅一说，他的心里倒沉稳了。原来，袁咏梅的女儿陈佳雨自打卫校毕业后，分配进工厂职工医院当了一名护士。这次部里的紧急通知也传达到了职工医院，陈佳雨在医院率先报了名，同样也没和袁咏梅商量。袁咏梅知道后心里惦记着女儿，悄悄哭了一场之后，决定来找陶宗汉。

“咏梅，听你说了事情原委后，说实在话，我心里很欣慰，不瞒你说，我儿子志坚在北方交大也报名了，咱们两家的孩子能够在关键时候挺身而出，说明这些年来我们的心血没有白费，孩子们都长大了，我想季秋兄地下有知也会笑慰九泉的。”提到陈季秋，袁咏梅和陶宗汉的目光都跳动了一下。

“当然，作为家长，为孩子们担忧，这是正常的，也是人之常情，我作为志坚的父亲，心里自然也担心。但我们不能以此为借口，拖了孩子们的后腿，更不能动用我们手中的权力，去为孩子们开后门、拉关系。我们都知道，为了打赢这场战争，毛主席他老人家都把长子毛岸英同志送入了朝鲜战场，我们又有什么资格去阻止孩子们呢?”一席话说得两位母亲哑口无言。

“诚然，战争的残酷性我们都曾亲身经历，但是孩子们却没有深刻体会，我们要告诫他们，光有勇气与热情是不够的，还要学会动脑子，要尽快适应战争，争取减少牺牲。我们不惧怕牺牲，但是不必要的牺牲绝不可以。”陶宗汉最后的一番话，算是给两位母亲吃了半颗定心丸，但一想到那是战争，两位母亲的心不可能完全放下来。

经过仔细筛选，长辛店铁路工厂入朝参战的 14 名代表被秘密集中起来，由陶宗汉亲自向他们传授战场上的经验。一个月后，在长辛店火车站，这些令人骄傲的工厂代表登上了北去的列车，没有锣鼓喧天，没有披红挂彩，一切都是静悄悄的，有的只是亲人们的嘱托。袁咏梅在陈怀恩、陈怀礼的陪同下，看着陈佳雨登上火车，她强忍着眼中的泪水。而陶宗汉则一一和每一位代表握手，他希望能借此传递给年轻人自信、勇敢以及乐观向上的精神。几乎同一时间，在西直门火车站，何香草在女儿陶志新的陪伴下，也为陶志坚送行，陶志坚的脸上始终挂着自信的笑容。

“妈，您放心吧，我一定会平安回来的。”

“志坚，听妈的话，在外面一定要照顾好自己，你爸因为要为厂里的代表送行，所以就没来送你。”

“我知道。小妹，我走后，你一定要照顾好咱爹、咱妈，当然，还有爷爷。”

“哥，我知道。”陶志新不住地用力点头，她舍不得哥哥走。

一声汽笛响，火车缓缓启动，站台上的人们向远去的亲人们挥手道别，同时把一份挂念留在心中。这一批批祖国的铁路儿女，会在沈阳集结，组成若干小分队，进行短期培训后，将奔赴抗美援朝最前线。

夜幕降临了，工厂里除了执勤和夜班岗位，大都已经回家了，忙绿了一天的厂区显得有点宁静，然而厂长办公室里却灯光通明，陶宗汉在仔细聆听向英杰的汇报。

“陶厂长，情况就是这样，我认为吴天材的死，很可能是老K所为，虽然我们已有怀疑目标，但苦于没有证据，更怕打草惊蛇，所以进一步的行动还是要相当谨慎。”

“是啊，当前还是以外松内紧为前提，尤其全厂都在为抗美援朝而努力生产，台湾那边又叫嚣着反攻大陆，我们要做到万无一失。”

“放心吧，陶厂长，厂内所有重要部门我都暗中安排了人手，老K不行动，算他明智，否则马上就是他的死期。”向英杰信心满满。

“那就好，小向，安全保卫工作真是一刻也不能放松，你转告同志们，同志们辛苦了。”经向英杰这么一介绍，陶宗汉放心了，他相信向英杰的能力，在当前形势下，保障安定团结是第一位的，只有这样，工厂才能为抗美援朝做出自己的贡献。现在，陶宗汉可以全身心地抓生产了。

6

京郊南口镇，本来是个不大也不繁华的镇子，可却因为一条铁路的诞生而名扬四海，这条铁路由詹天佑主持修建并负责监督施工，是中国首条完全自行设计的铁路，它就是京张铁路。伴随着铁路投入运营，一家不大不小的铁路工厂也应运而生——南口铁路工厂。这天，在工厂生活区的一个小酒馆内，有位五十岁出头的“老”师傅正在喝闷酒，许是从小经历的磨难较多，此人看上去面相有些显老，关键是精神还比较颓废，为什么这么说呢？因为他已经连续好几天来此独饮了，所谓酒入愁肠愁更愁，酒馆老板看出了此人心里的不痛快。

“陈发师傅，您不能再喝了，再这么喝下去，身体可要吃不消了。”

“你别管我，让我喝，只有喝了酒，我心里才算痛快。”陈发固执地还要酒，酒馆老板却拖着不给，“怎么，怕我不给你酒钱？”陈发瞪着一双猩红的大眼，似乎要和酒馆老板决斗。

“哪儿能呢！实话告诉您吧，陈发师傅，您可是咱们南口厂的宝贝，堂堂的‘机车大夫’，我是怕您喝坏了身体，我可担不起这个责任。”酒馆老板吐出了实情。

“机车大夫?!”陈发苦笑了一下，“可现在哪儿还有我‘出诊’的机会哟。”陈发道出了心中的苦闷。

原来，铁道部工业局对现有机车车辆企业进行产业重组，南口铁路工厂由原来的修理工厂转型为配件加工厂，不再修理整车，所以一下子“病人”

没有了，而他这个机车大夫自然也没有了施展才干的舞台。

1901 年陈发出生在北京昌平南口前桃洼村一个贫苦家庭，今年才刚满 52 岁，他感觉自己还是能上马杀敌的“老黄忠”，可如今看来，虽说一身是胆，但除徒增烦恼外，又有什么实际意义呢？

陈发这么一说，酒馆老板也哑口无言了。这时，从旁边桌子边站起一人，身材魁梧，五十多岁的样子，此人正是陶宗汉。陶宗汉上前从酒馆老板手里接过酒瓶，冲酒馆老板温和地笑了笑，示意这里可以交给他。酒馆老板看到陶宗汉的衣着打扮，像是一名领导干部，而且态度和善，不像是坏人，犹豫了片刻，便去招呼其他客人了，而陶宗汉则在陈发的对面坐了下来。

“陈发师傅，您还认得我吗？”

陈发此时喝得已有些晕乎，抬眼看了一下陶宗汉，觉得似曾相识，可一时又想不起在哪儿见过，于是轻轻摇了摇头。

“我是陶宗汉，长辛店铁路工厂的，您想起来没？”

“陶宗汉？”陈发说，“看着面熟，你是长辛店铁路工厂的，那你找我干吗？”

“我来给您提供‘病人’，好让您这个大夫有‘出诊’的机会呀。”陶宗汉笑呵呵地回应道，原来，刚才陈发和酒馆老板的对话，他都听到了。其实，陶宗汉这次来南口，就是冲陈发而来。当看到铁道部产业调整的方案后，陶宗汉第一时间就想到了陈发。南口厂不再修理机车了，那以修车见长的陈发不就英雄无用武之地了吗？说实话，那次陈发帮助长辛店工厂修理濒临报废的死车，使英雄的机车重新焕发出青春，给了陶宗汉相当深刻的印象，他当时就想，如果陈发能来长辛店铁路工厂就太好了，可是当时也只是想想，不能那么去做，否则跟挖墙脚有什么区别？而现在情形不同了，为了能让老英雄焕发出第二春，他觉得可以尝试一下，当然，阻力肯定不小，第一个难关就是南口厂未必会痛痛快快地放人。

所以，陶宗汉来到南口后，并没先去见陈发，而是直接拜访了南口厂厂长，向人家诚恳地说明来意，希望对方能够同意。意料之中地，当然是遭到了婉拒。

“这恐怕不行，机车大夫陈发可以说是我们南口厂的一面旗帜，现在虽说我们不修车了，但是即或陈发师傅就这么待着，我们也毫无怨言，我们需要他。”

“可是，您想过没有，这么做，对陈发师傅公平吗？他的岁数并不大，还可以为党、为国家工作许多年，就这么荒废着，不是太可惜了吗？他应该有更为广阔的发展空间。”在来之前，陶宗汉对陈发的经历进行了一番调查，发现陈发竟然和自己同岁，这真是冥冥之中的一个巧合，连陶宗汉自己都感到惊诧不已。

听陶宗汉这么一说，那位厂长倒一时沉默了，而陶宗汉还试图用真情去打动对方，“我们都是共产党的干部，管理着国家的企业，不能像以前的资本家那样目光狭隘，我们要给每一位职工提供发挥才干的机会，让他们……”

“好了，陶厂长，你不要再说了，你看这样行不行，只要陈发师傅自己愿意去长辛店，那我们南口厂就绝对放人。”

“真的，那太好了，太谢谢你们了。”陶宗汉一愣之下，赶忙向对方表达谢意。在陶宗汉看来，只要南口厂答应放人，那接下来的事情就是水到渠成，尤其是当他知道陈发这些日子相当苦闷，常常独自一个人喝闷酒时，陶宗汉觉得更有把握了。然而陶宗汉想错了，陈发并没有这个打算。

“你给我提供病人，让我出诊？”陈发似乎没有弄明白陶宗汉的意思。

“就是我想请您去我们长辛店铁路工厂，我们是修理大厂，会为您提供更为广阔的空间，您看怎么样？”陶宗汉诚恳地邀请陈发。

“去你们厂？”陈发吓了一跳，脑子有点清醒了，侧过脸仔细地瞧了瞧陶宗汉，这下他想起来了，面前这个人正是长辛店铁路工厂的陶宗汉，人家身为大厂厂长，亲自跑到南口来请自己，这让陈发心里涌起一丝感动，然而一转念，陈发又下意识地摇了摇头。

“怎么，陈发师傅，您不愿意去？”陶宗汉的心不由收紧了。

“我……”陈发一下卡壳了，“陶厂长，你的好意我心领了，可是，你看看，我都是这把岁数的人了，还是别瞎折腾了吧。”陈发说着，又拿起酒杯喝了起来。陶宗汉则紧紧盯着陈发，半天没有言语。

“陈师傅，我今天突然向您提起这件事，您可能没有心理准备，这样吧，您回去好好想想再回答我，好不好？我个人觉得这是有益于国家、有益于个人的一件大好事。”说着，陶宗汉上前取走了陈发手里的酒杯，扶起陈发，“陈师傅，我先送您回家，看脚下别滑着。”

此时天已完全黑透，南口小镇的宁静祥和，和长辛店还真有几分神似，陶宗汉自信地笑了一下，他似乎已摸准了陈发的脉搏。

第二天下班的时候，陶宗汉准时等候在南口铁路工厂大门外，大概一刻钟左右，陈发才从厂子里走出来，等到他看见陶宗汉的时候，想躲已经来不及了，遂勉强地笑了笑，算是打过了招呼。

“陈师傅，今天我请您喝酒怎么样？”

“陶厂长，你就别费心了，你们厂我是不会去的。”

“陈师傅，结论先别下得那么早，今天咱老哥俩好好唠唠，如果之后您还是决定不去我们厂，那我无话可说，再也不会缠着您了，您觉得怎么样？”

经陶宗汉这么一说，陈发就不好再拒绝，也就跟着陶宗汉又来到了那家小酒馆，不过这次陶宗汉订了一个单间，方便两人谈话。

“陈师傅，首先声明，请您去我们厂工作，一来是企业调整的大环境所致，客观上使这件事情成为可能；二来您曾经帮助过我们修复一台死车，您的敬业精神以及精湛的修车技艺，我是十分佩服的，所以我们真心希望您能来我们厂；第三，我个人认为，去我们厂，就目前而言，更有利于发挥您的特长，为社会创造出更大的财富。”

陈发一言不发，只是默默地喝了口酒，他其实有自己的苦衷。

“昨天我回到旅馆后，又设身处地为您想了想，觉得您不愿意去我们厂，无非是有这么几点原因。第一，南口厂对您一直很好，您觉得就这么离开南口厂，从心理上好像有所亏欠，对不起厂子；第二，南口对于您来说是故土难离，您生长在这里，对这里有感情；第三，换了一个全新的环境，需要重新熟悉，万一不适应了怎么办？正所谓开弓没有回头箭，到时再想回来都不可能了。下面我就一一给您答复，首先，无论南口厂还是长辛店厂，都是我们这个国家的工厂，如果南口厂不转产，尽管我很欣赏您，也绝不会来这里请您；其次，南口和长辛店虽说离得有点远，但毕竟都在北京，以后的交通也会越来越便利，什么时候您想回来看看，厂子都会给您提供方便；最后，一个新环境，当然需要去适应，但您曾在我们厂短暂工作过，那里的工人师傅们热情，赋有正义感，相信很快您就能融入其中，而且我还向您保证，南口厂给您的待遇，包括住房、子女入学和上班等实际困难，我们都会按政策予以解决，保证您没有后顾之忧。”

陶宗汉说完，静静地望着陈发，而陈发也不言语，一时之间，沉默的气氛令人有些尴尬。

“如果不是这三条原因阻止您去我们厂，那么只有最后一条了，您怕到了长辛店铁路工厂后，一旦遇到崴泥的活儿，会砸了您‘机车大夫’的招牌，您只是想躺在以往的光荣簿上等退休罢了。”陶宗汉的语气淡淡的。

“什么?！你……”陶宗汉的最后一句话，无疑惹恼了陈发，“你去厂子里问问，我陈发干活儿什么时候畏惧过，就冲你这句话，你们厂我是去定了。”

“好，君子一言，驷马难追，我等的就是你这句话。”陶宗汉的脸上立马绽放出难得的笑容，他为自己的激将之法感到得意，而陈发也冷静下来。

“陶厂长，我陈发从小没读过什么书，但是听《三国》，还是知道刘备三顾茅庐的故事，我陈发何德何能，劳你从长辛店跑到南口，又一再劝说我，你放心，我既然答应了你，就不会给你丢脸的，我们把杯里的酒干了，算是定下了君子协定。”说罢，陈发端起酒杯，和陶宗汉碰杯后，两人一饮而尽。

陶学文从苏联学习归来后，积极在工厂里推行计划作业法，即一台待修理的机车入厂后，按照规程，先将任务量化分解到各个车间，再根据任务量的多少、缓急，制定出完成计划的时间表，由生产科分派到各个车间，然后再按照时间表来检查任务完成进度，超前完成的奖励，拖后完成的自然也有惩罚措施。对于工厂来说这可是一件新鲜事，建厂这么多年，从来也没有什么生产计划和企业管理秩序，许多人听也没有听说过。不过试行的头几个月，效果立竿见影，例如以前上半月交不出车，一个月的生产任务总要在最后几天才能完成，那时机车车间摆放着一大堆点着火交不出车的火车头，而现在虽然也有车头“扎堆”的现象，但总的来说缓和了许多，相信随着计划的逐步完善，这种“前松后紧”的现象会得到彻底好转。但陶学文因此也得罪了不少人，因为一旦有计划延后者，追本溯源，总能找到责任人，责任人被追究，势必心里不满意，一腔邪火便撒在了计划作业法的发明人——陶学文的身上，货车车间技术员陈怀礼便是其中之一。

陈怀礼自打进厂后，因为背负着祖父辈的荣光，工作上倒也勤勤恳恳，对于计划作业法，以前上学的时候，他也曾听说过，可是总觉得以工厂目前的管理水平，推广为时尚早，故而也没往心里去。那次一台待修理的货车，因为一个关键部件已完全损坏，需要重新加工，这就需要技术员现场测绘，任务到了陈怀礼手里，因为那几天袁咏梅病倒了，他全力伺候，时间一长，就把这事给忘了，结果就耽误了生产进度，陈怀礼为此被责令做出深刻检查，在经济上受了一定处罚，这都不是主要的，关键是据传言，陈怀礼本来有可能被提拔为车间副主任，出了这样的责任事故，提拔的事被暂时搁置了，这种传言没人去验证真伪，但有一点却是实实在在的，陈怀礼就此恨上了陶学文。有人就看见，陈怀礼和陶学文两个人走了个脸碰脸，陈怀礼却把头高高地抬起，就像没看见陶学文一样，昂首挺胸地走了过去，搞得陶学文尴尬不已。

陶学文为此承受了巨大压力，那天吃过晚饭，陶宗汉特意赶到哥哥家里。陶学文结婚后，因为没有住房，一直跟父母生活在一起。陶宗法一家吃罢晚饭，正坐在堂屋里闲聊天。

“学文，不是我说你，你搞的计划作业法，得罪了不少人，现在厂里许多老伙友见了我都爱搭不理的，唉，咱这又是何苦呢!”

“就是爹，我早跟他说过，他还不服气呢。”邓玲在旁边帮腔。而陶学文则一言不发，在苏联，他确实看到了优秀企业在管理方面的卓越之处，和它们比起来，工厂还差了许多，比如现场管理、比如成本核算……但他觉得推行计划作业法是最迫在眉睫的，因为这是一个企业走向现代化的根本，因为有了计划，所以才会井井有条，然而推行起来却困难重重……

“爹，我不同意您的看法，我觉得学文的做法是对的，厂子这几个月的变化，大家有目共睹，我认为，推行计划作业法势在必行。”一向少言寡语的陶学谦却插话了，这时忽然传来敲门声，打断了陶学谦的话头。邓玲站起身去开门，陶宗汉随着走进了屋里。

“聊什么呢，这么热闹?”陶宗汉笑呵呵地说着。

“二叔，他们都在说我呢，当然，主要是关于计划作业法的推行。”

“噢，说来听听。”陶宗汉一副很感兴趣的样子。听完陶学文的介绍，陶宗汉渐渐收起了笑容，显得很严肃。

“学文，我今天来，不是以你二叔的身份，而是以厂长的身份来告诉你，推行计划作业法，对我们厂而言是一定要贯彻执行的，我代表工厂党委表态，完全支持你。当然，任何新事物都会有一部分人不理解、不支持，这没关系，相信随着时间推移，计划作业法的好处会逐步显现出来，反对的声音也会越来越小的。”说到这儿，陶宗汉转问陶宗法，“大哥，我很欣慰，我的两个侄子，一文一武，文的方面学文就不说了，武的方面学谦也相当棒，他搞的几个工装技改，给工厂节约了大量资金，都不简单呢!”一番话，说得陶宗法“呵呵”地笑了，他从心里为两个儿子感到骄傲。因为陶宗汉定下了调子，故而接下来的谈话就显得轻松许多，尤其是陶学文，露出了这些天少有的笑容。

7

此时的朝鲜，可遍地焦土，满目疮痍。从全国各地抽调的近三千名铁路职工，迅速在沈阳集结，统一更换成中国人民志愿军服装，分配到所属各部队。紧接着，部队首长召开动员大会，经过短暂休整后，队伍迅速开往前线。不知是巧合还是上级有意安排，张学斌、陶志坚、陈佳雨三个来自长辛店的年轻人被一同分在了铁道兵某师，三人均喜出望外。

师部根据各人专长进行了具体分工，陶志坚因为是大学生，文化底子厚，被留在师部做参谋兼职文书，有时也随施工队到前方做“战地记者”，为报纸写稿；陈佳雨身为护士，自然被分到了师部卫生所。只有张学斌，因为来自铁路大厂，技术水平高，被派去学习开推土机，其实也有点赶鸭子上架，许多人都没接触过这铁家伙，张学斌虽然也从没摸过，但因为在大厂的环境中熏陶，对各类机械并不怵头，仅仅几天时间便能熟练掌握，为此部队首长很是欣赏。

陶志坚所在的铁道兵某师，是一支以东北军垦兵团为主的部队，一向作风顽强，敢打硬仗，他们所承担的路段，首站就是个战略要地，这里曾发生过多次惨烈战斗，志愿军入朝后，就在这里取得了第一次战役的胜利。因为时有恶仗发生，战场根本来不及仔细清扫，他们抵达的时候，甚至还能闻到硝烟未散的气味。陈佳雨就是因为看到了一截挂在枯树枝上的大腿而失声惊叫起来。

“佳雨别怕，有我们呢!”陶志坚轻声安慰着陈佳雨，同时吩咐几名战士迅速清理战场，陶志坚很沉稳，没有一丝慌乱。看到比自己还小两岁的陶志坚如此镇定，陈佳雨有点儿难为情。

修建铁路极其艰苦，总共一百多公里长的铁路，不仅要穿山越岭，而且还要跨越数条大江，所经之地大多还是坚石，和平时期修建尚有一定难度，何况是在战争期间，修建过程中美军飞机还会时常光顾，他们送来的“礼物”可是成百上千吨的炸药，往往是一段铁路刚刚修好便被炸毁，于是只好重修，修好后再被炸毁，于是又重修……如此不断反复，使铁路得以顽强地延伸着。

因为我方的雷达不多，不能对敌机进行有效监控，所以对敌机的警戒只能采用防空哨，即在公路上，每隔一公里设一哨位，一处发现敌机就鸣枪，接着一个传一个，就像是古代传递军情的烽火台。而每听到报警的枪声，施工人员就要立刻躲进防空洞，等敌机空袭过后再继续施工，为了保证人员的绝对安全，师首长反复强调，这是一条铁的纪律，然而那天，张学斌却违反了纪律。

施工队刚从国内运来一批崭新的推土机，张学斌领到一台，他感到浑身干劲儿鼓鼓的，那天的进度出奇地快，大家伙儿都铆足了劲往前赶。突然传来了防空哨响，大家伙儿立刻跳下推土机，朝防空洞里跑。而张学斌却着急，因为他的推土机正开到土坡的高处，他想把它开下土坡，藏在一个比较

隐蔽的地方，他实在舍不得这么好的推土机毁于敌机之手。等到他把推土机藏好，跳下来准备跑向防空洞时，敌机到了，霎时工地成了一片火海，炸弹爆炸所产生的热浪几乎要将人烤熟。防空洞里的战友们发现张学斌并没有进来，都为他捏了一把汗，尤其是陶志坚和陈佳雨，急得恨不能冲出去寻找。新的一轮轰炸总算结束了，敌机趾高气扬地飞走后，大家急不可待地从防空洞里出来，寻找着张学斌。

“张学斌，你在哪儿？快出来。”陶志坚大声呼叫。

“张学斌，张学斌。”陈佳雨焦急地喊着，她的眼里蓄满了泪水，她真的怕再也见不到张学斌了。

“我……我在这儿呢！”张学斌费力地应道，可是声音却不大，好在陈佳雨耳尖，她顺着声音望过去，结果就发现了张学斌。原来张学斌发现自己已经无法返回防空洞时，干脆就近跳进了一个弹坑内，趴伏在地上。正是这灵机一动的做法救了他一命。可是爆炸掀起的土浪几乎要将他活埋，而且巨大的爆炸声使他的双耳一度失聪。陈佳雨细心地为张学斌进行了一番检查，发现张学斌身上并没有受伤，这可真算是一个奇迹。然而师首长听说之后，大发雷霆，他先对张学斌爱护国家财产的动机表示了肯定，继而话锋一转，显得极其严厉。

“但是，针对这种行为，我要进行严厉批评。师党委已经三令五申地强调过，敌机来了，要在第一时间躲进防空洞，不管什么情况，人身安全始终是第一位的。同志们，为了抗美援朝的胜利，尽管我们不怕牺牲，但是无谓的牺牲绝不允许，生命对于我们每个人，不，对我们每一个家庭都是至关重要的，祖国的亲人们都盼着我们能平安返回祖国，所以张学斌同志的这种行为绝不允许再发生，而且张学斌本人也必须做出深刻检查。”

结果，张学斌在施工队全体队员面前做了检讨，并且心服口服。

因为背井离乡，且又时刻有生命危险，每一位志愿军战士都比平时更加思念祖国，思念亲人们。张学斌、陶志坚和陈佳雨一有空闲，便常常聚在一起聊工厂、聊学习，尤其是张学斌，聊得最多的当然是未婚妻文晓丽。

“你们不知道，晓丽不仅长得漂亮，而且贤惠，对我出国参战完全支持，还主动承担起照顾我爹妈的任务。本来我们说好五一节那天结婚，要不是因为我入朝参战，我们现在应该正在为婚礼忙碌着呢!”张学斌的语气不乏自豪。

“学斌，说实在的，你主动报名参加志愿军，从而使你们的婚礼延期，难道你就一点不遗憾?”陈佳雨好奇地问道。

“遗憾当然有，但美国佬都要打到咱们家门口了，咱一个大老爷们儿能忍下这口气？不管怎么样，先收拾了美国佬再说，姑娘只要心里有你，什么时候也不用担心她会跟别人跑了。”张学斌说着，忽然幽幽地笑了一下，望着陶志坚和陈佳雨，“志坚、佳雨，说实在话，我倒觉得你们俩挺合适的，怎么样，考虑考虑我的提议?”说完，张学斌大笑着跑开了，搞得陶志坚和陈佳雨满脸羞红。

说起志愿军战士最大的心愿，除了多打胜仗外，最激动、也最牵动人心的，莫过于来自祖国的家书了，战士们平时把这种愿望都压在心底，并不显露出来，而一旦信使到来，则立刻就会被包围，那种期盼的心情不言自明。那天，张学斌终于等来了望眼欲穿的来信，当时他正在施工间隙，信先送到了师部，是陶志坚亲自去取的信，张学斌知道了，一下就飞到了陶志坚跟前，伸手就要夺信，却被陶志坚轻轻闪身躲开了。

“学斌，信在我这里，你要想得到，是有条件的。”陶志坚故意逗着张学斌。

“什么条件？你说，我都答应你。”张学斌很急切。

“很简单，回国后，请我和佳雨好好吃一顿，要有红烧肉。”

“没问题，回国请你们俩吃红烧肉。”张学斌一口应承，陶志坚便把信交给了张学斌，他发现张学斌激动得脸都红了，就悄悄退出了屋外。张学斌坐在桌子旁，一看那娟秀的字体，他就知道是文晓丽写来的。

亲爱的学斌：

你好！

自从你报名参加志愿军，已经有两个多月了。本来早就应该写这封信，可是厂里告知，你们这批入朝参战的人员都在紧急训练当中，还没有分到部队里去，不让太早写信，后来我又被派去参加由工厂宣传科举办的学习班，主要是为刚刚创刊的厂报当通讯员。没错，学斌，我们厂有了属于我们自己的报纸，名叫《红旗》。这样一拖，信就写得晚了点，你不会怪我吧？

学斌，叔叔、婶婶的身体都很好，虽然当初他们对你的举动不理解，甚至还和你吵了架，但那是因为他们爱子心切，你毕竟是他们的长子，是他们的主心骨。但经过这段时间学习，他们的思想也转过弯了，他们都以你为骄傲。学礼和学强在学校里的表现都很出色，期末的时候，双双被评为优等生。家里的一切你都可以放心。倒是你，学斌，你一个人在那样一个危险的环境里，一定要注意自己的身体，你一定要平安回来。

说起工厂，我知道你一定很想知道它的变化，因为在你心中，除了亲人朋友外，工厂是最重要的。目前工厂正在广泛开展“查定”工作，什么叫查定？你肯定不知道，我第一次听说时也稀里糊涂。简单说就是查工时定岗位，根据工时多少，确定岗位人数，为此工厂特意成立了查定队。

此外，工厂还来了一名叫亚罗申科的苏联专家，查定的方法就是他来了以后向工厂建议施行的，这老头儿还来过咱们车间呢！我觉得以后咱们工厂肯定会有大变化。

至于咱们车间，新近从南口厂调来了一个叫陈发的老师傅，他可真是个能人，一来就接连帮助解决了好几个难题，听说他有个外号叫“机车大夫”。

……

学斌，你回来后一定会看到一个全新的、不断进步的工厂，真希望你能早点回来，我现在天天听广播，你们取得的每一个胜利都叫我激动，那里面无疑也有你的一份功劳，盼望着你们凯旋的那一天……

想念你的晓丽

张学斌的眼圈里满是欣喜的泪水，他仿佛又看到了自己的爹娘和两个兄弟，尤其是文晓丽那俏皮的微笑……

8

到底是大厂，陈发发现这里的舞台比南口厂更加绚丽，他觉得听从陶宗汉的劝说，来到长辛店铁路工厂，这步棋算是走对了。在工厂他被分配到机车车间阀动工段，每天要和大量进厂等待修理的机车打交道，充实而紧张。工友们对他的到来都报以热情，这让陈发很感动，工作起来又有了以前那种“拼命三郎”的劲头，虽然只是牛刀小试，却也初见锋芒，几台车的修理，因为他的丰富经验，少走了不少弯路，自然赢得了工友们的称赞。

陈发发现，和他同一个工段有个三十岁出头的小伙子，每次修车，都跟在他身后，轻易不说话，但只要陈发和技术科的人员讨论问题，小伙子都会十分仔细地倾听，有的时候还偷偷在本子上记点什么，因为来的时间短，陈发一时没记住小伙子的名字。

“小伙子，能让我看看你记的是什么吗？”一次，当技术人员走了以后，陈发笑呵呵地向小伙子问道。而那名小伙子却一下涨红了脸，有些害羞地将本子递给了陈发。原来小伙子记的都是自己和别人讨论问题时所交流的经验，说实话，因为文化底子薄，陈发自己都没系统地总结过，陈发不禁对小伙子刮目相看。

“小伙子，能告诉我你叫什么名字吗？”

“我叫陶学谦。”陶学谦小声地自我介绍。

“陈师傅，他是陶厂长的侄子，是咱们车间的革新迷。”有人好心地向陈发介绍。

一天，辽宁彰武机务段突然给工厂打来电话，说他们有一台机车出了毛病，一开车气室内就产生异响，机务段的同志自行修理了好几次都没有修好，而且异响还越来越大，现在都影响正常使用了，听说长辛店铁路工厂有个“机车大夫”，专门根治机车的各种疑难杂症，所以特意打来电话求助。厂里接到电话后，当即决定派陈发去，征询陈发选谁当助手时，陈发毫不犹豫地挑选了陶学谦。

正是初春时节，东北大地乍暖还寒，陈发和陶学谦风尘仆仆赶到彰武机务段时，受到热烈欢迎。陈发是个急脾气，寒暄过后，连杯热茶都不喝，就想去看那台出了问题的机车。段上的人觉得过意不去，段长亲自陪着来到了那台机车前。在路上陈发就琢磨机车产生异响的原因，已经归纳了几种可能性，等看到“病人”后，他的心里更有底了。陈发让司机连着启动了好几次，排除了设想的问题，最后得出的结论是胀圈松了，这也正好解释了为什么机务段的同志越修声音越大，原来是把问题弄反了，他们在修理的时候，还在继续松胀圈，问题可不就越来越大了！陶学谦迅速把自带的胀圈安装好，然后又重新调试了一下，再让司机发动机车，结果这次异响一点也没有了。

“谢谢您，陈发师傅，您真不愧‘机车大夫’这个光荣称号呀!”段长激动地握住了陈发的双手。

“哪里，这都是同志们共同努力的结果。段长同志，没什么问题的话，那我们就回去了。”

“别呀，陈发师傅，大老远地来了，帮我们解决了大问题，不吃顿饭就走，那就是看不起我们，再说了，我们彰武虽说比不上北京，但有些景致也还是不错的，回头我让他们陪您去转转，也算没白来彰武一趟。”那位段长热情相邀。

“不行，厂子里还有一大堆活儿呢!这样吧，便饭我们吃了，按着规定，绝不搞特殊，旅游就免了吧，我们明天一早坐火车回北京，你看怎么样?”

经陈发这么一说，段长也就不好再说什么，老头儿耿直的性格、一心为公的品德感动了每一个人。为了表达谢意，段长特意让食堂多加了两个菜。

第二天，陈发和陶学谦就登上了回程的火车，在车上，陈发不无歉意。

“小陶，跟我出这趟差，哪儿都没转，连在旅馆多歇两天都没有，怨我了吧?”

“哪能呢!陈师傅，跟着您，我就是想多学点东西。再说了，您这么急着回去，还不是为了工厂。”陶学谦诚恳地说着，而陈发则欣慰地笑了。

回来后，陶学谦被自己的一个想法折磨了好几天，最后干脆跑到了陶宗汉家里，他想直接向叔叔陈述自己的想法。那时陶宗汉正在审阅《红旗》报样刊，陶学谦的到来有点让他出乎意料。

“学谦，有什么事吗?”陶宗汉放下手中的报纸。

“二叔，我想拜陈发师傅做我的师傅，在我们之间建立一种真正的师徒关系。”陶学谦的脸通红。和陈发接触的这些天，陶学谦对老头儿精湛的修车技艺佩服得五体投地，只想早日把这门绝技学到手，而如果不名正言顺地拜师学艺，学到的永远只是皮毛。陶宗汉显然没有料到陶学谦会有这个想法，在他的印象中，陶学谦少言寡语，爱琢磨新东西，三十多岁了，还没有成家，也着实让人揪心。看来，小伙子并不木，把问题看得清清楚楚的，属于茶壶里煮饺子——心里有数的那种人，他的这个主意实在是太好了。

“学谦，说实在的，我没想到你会这么想。”

“可是，不知道陈师傅会不会同意。”

“没关系，明天我替你去说。但是，我有言在先，跟着陈发学技术，你的压力可不小，你要做足吃苦的心理准备。”

“放心吧，我绝不会给咱老陶家丢脸的。”陶学谦语气坚定地说道。

第二天，陶宗汉在第一时间就来到了机车车间，直接找到陈发，不明就里的陈发吓了一跳，他还以为厂子里发生了什么大事。

“陶厂长，您……您有事？”

“有事，而且还是好事，只是不知道您同不同意？”

“什么事呀？”陈发越发糊涂了，能有什么事情，让一个大厂长得征求自己同意？

“我给您送个徒弟过来，不是别人，就是我侄子陶学谦，您看怎么样？”乍一听到陶学谦想拜自己为师，陈发有点意外。

“这个……陶厂长，您容我考虑考虑。”陈发并没给出一个肯定答复，这出乎陶宗汉的意料，可他又不能以厂长的权势硬压，毕竟收徒是自愿的，于是他以要开会为由，讪讪地走了，看得出来，他神情很是沮丧。陈发望着陶宗汉的背影有些发呆。

晚上，陈发把这件事情和老伴儿说了，老伴儿倒很赞同。

“老头子，这下你的技术就有传人了，挺好的呀。”

“好个屁，你不知道自古教会徒弟饿死师傅的道理？现在工厂重视我，还不是因为咱有这套技术，等到用不上咱了，谁还会在意你，这里又不是南口。”原来陈发担心自己是半路出家到的长辛店，根子不硬，怕被嫌弃，老伴儿想想，似乎也是这么个理儿，也就不再多说。因为陈发没给一个准信儿，拜师的事情似乎要不了了之，没想到一个突发事件，令陈发改变了主意。

拜师没有成功，陶学谦并没有气馁，一有空闲就到陈发所在的班组，虚心向陈发学习，有时陈发会加以点拨，更多的时候则视而不见。那天，因为拆解一辆旧车，陈发往家走的时候，天已经黑透了。

“陈师傅，我送送您吧。”陶学谦热情地说道。

“不用，小陶，你去忙你的去吧。”陈发本能地拒绝。

“没事，反正我年轻。”陶学谦笑了笑，陈发也就不再多说。小巷僻静，以前经常走，但今天陶学谦却有一种莫名的不安，也许是出于年轻人本能的警惕，他突然觉得情形有点不对，背后一阵冷风袭来，他跨上前一步，猛地用肩膀撞了一下陈发，陈发完全没防备，趔趄了一下，而就在这时，一把锋利的尖刀刺中了陶学谦的后背，陶学谦“啊”的一声大叫。

“陈师傅，有坏人。”陶学谦忍痛大叫了一声，而陈发也发觉情况不对。

“来人啊，抓坏人呀。”陈发大喊。那名刺客发现失手，想要再次进攻，时机已然失去，那个人顾不上补刀，发了疯似的一路狂奔而去，陈发也不去追赶，他扶住了陶学谦。

“小陶，你受伤了，快，去医院。”陈发架着陶学谦就往医院方向走，这时赶来的群众也伸手相帮。好在只是皮外伤，陶学谦住院观察一个晚上后，就出院了。

厂里知道事情原委后，十分重视，尤其是向英杰，亲自向两人了解情况。初步分析，陈发来到工厂没多长时间，平时为人一向随和，不会和人结下这么大的仇怨，以致想要刺杀他。这很大可能是特务分子精心策划的一次行动，暗杀陈发，一方面他是不可多得的人才，一旦刺杀成功，将给工厂带来巨大损失；另一方面也许还会挑起两个厂子互为埋怨，扰乱厂里的生产。

陈发很内疚，要不是陶学谦奋力一挡，那自己说不定就……事后小伙子并没提拜师的事，但陈发却坐不住了，他主动找到了陶宗汉。

“陶厂长，拜师的事情我同意。”

“好啊，陈师傅，我就等你这句话呢。”陶宗汉开心地笑了。

一个星期后，拜师仪式如约在机车车间举行，为了在全厂掀起勇攀技术高峰的热潮，这次的拜师仪式特意搞得很隆重，考虑到陶宗汉身份的特殊性，所以仪式由新调任机车车间担任主任的向英杰主持，向英杰工作的调整，主要是为了迷惑老K，同时也可以让向英杰更深入地了解工厂。拜师仪式开始了，向英杰甩着他那只空袖子，还未说话，笑意先写满了脸上。

“今天由我来主持这个仪式，我十分高兴，陈发师傅自从调入我们工厂以来，他精湛的技术得到了公认。可是这门绝技如何才能传下去呢？这就指望年轻一代要勇于钻研、认真学习了。在这一点上，陶学谦同志为我们做出了榜样，希望今后，他们一个能倾心传授，一个能悉心学习，为我们厂多修车、修好车做出新的贡献。”现场响起了热烈掌声，等掌声停下后，向英杰接着说道：

“古人拜师一般要行跪拜礼，现在已经是新社会了，那一套已然过时了，但是尊师重教的品德却不能丢。学谦，去向你师傅敬杯茶，道声辛苦，也算是你做徒弟的一番心意。”

陶学谦郑重地双手端着茶杯，来到陈发面前，恭恭敬敬地鞠了三个躬，“师父，您喝茶！师父，您辛苦了！”

坐在椅子上的陈发乐呵呵地接过茶杯，啜了一口，连声说“好”，笑得双眼眯成了一条缝，这时场内再次响起了掌声，这算是拜师仪式的最高潮。之后，在向英杰的邀请下，陶宗汉即兴讲话，他首先向这一对师徒表达了衷心的祝贺，同时也提出希望，尤其希望全厂青年职工能够积极向上，在接下来的二季度的劳动竞赛中，取得优异成绩。

小屋有些阴冷，老K吸了口烟，神情相当沮丧。刺杀陈发行动的失败，让他有种赔了夫人又折兵的感觉，相反倒促成了这对师徒关系的确立，好在派去的人还算机灵，及时逃脱了，否则后果不堪设想。本来，他已经决定这段时间偃旗息鼓，可树欲静而风不止，台湾方面得知大陆效仿苏联，在搞国民经济第一个五年计划，于是发来指令，让他搞点动静，他思前想后选择了陈发，看来今后目标得换，厂里对陈发的安全保卫肯定有所防范了，那么下一个倒霉蛋会是谁呢？老K其实已有所确定，他阴阴地笑了。

9

有人说，战场是块试金石，它可以锤炼人世间的友情、亲情，但同时又是亲和剂，会使两个原本陌生的年轻人从相识、相知到相恋，陶志坚和陈佳雨虽非路人，但如果不是因为抗美援朝，他们是很难有机会彼此相互吸引的，因为他们生活在两个完全不同的圈子里。而如今，经过战火的洗礼，他们的心已然紧紧地靠在了一起……

这天，施工队就近住在一个靠山的小村庄里，村子也就二三十户人家。夜深了，战士们都睡熟了，整个村子被一种宁静祥和的气氛所笼罩，让人感觉不出这是一个被战火包围着的家园。这时有两个黑影悄悄溜出村子，爬上了村子后面的小山，他们就是陶志坚和陈佳雨——一对处于热恋中的年轻人。

“志坚，听学斌说，现在工厂正在学习苏联先进的管理经验，面貌和咱们刚离开时相比，已大有改观，我真想立刻就回去看看。”

“我也想，我还想我的学校，想我的老师和同学。”陶志坚说着，握着陈佳雨的手不禁用了点力气，陈佳雨感觉到了，不禁甜甜地笑了一下。

“志坚，入朝参战，耽误了你的学业，你不后悔吗？”

“不后悔，佳雨，你看。”说着，陶志坚指着远方，虽然他们并不能看到什么，但是却无法阻止他们的想象，“祖国就在那个方向，正因为我们在这里战斗，远在祖国的亲人们才会享受和平，才能一心一意地建设我们的国家。佳雨，你不知道，在学校里，老师和同学们都以我为榜样呢！”陶志坚的语气不乏骄傲，而陈佳雨则轻轻点了点头，她刚要说她在医院里的趣事给陶志坚听，忽然听到远方传来“嗡嗡”的叫声，两个人都愣了一下，还是陶志坚反应更为迅速。

“不好，敌机来了。”

果然，几架敌机呼啸着从远方飞来，“佳雨快跑！赶紧通知同志们。”说着，陶志坚一个箭步飞奔了出去，而陈佳雨也紧跟其后。敌机从他的头上迅速飞过，接着“轰轰”的巨响打破了小村庄的宁静，敌人的炸弹霎时把这里变成了一片火海，叫喊声、哭闹声、呻吟声乱成一片，前后不过几分钟时间，敌机便耀武扬威地飞走了。

陶志坚和陈佳雨冲进村子里时，村子一片狼藉，因为事发突然，完全没有准备，故而损失惨重，几台推土机被完全炸毁，还牺牲了不少人，这其中也有施工队的战友，更多的是普通的朝鲜村民。不幸的是，和陶志坚同住一屋的张学斌牺牲了，一颗炸弹正好在屋子里爆炸，如果陶志坚当时不是外出，则很可能也会被一同炸死。不能想象，就在一个多小时前，张学斌还在和陶志坚快乐地交谈，憧憬着回到工厂后的情景，他甚至还调侃说，等着喝陶志坚和陈佳雨的喜酒！而如今两人却阴阳两隔，再也听不到张学斌那爽朗的笑声了。陶志坚的眼泪“唰”地一下就流了下来，他几乎不能相信眼前的一切都是真的。

“学斌，学斌。”陶志坚几步扑到了张学斌的遗体旁，他多么想重新唤回张学斌啊！陈佳雨的眼里也噙满了泪水，但她还是努力控制住自己，同时试图劝解着陶志坚。

“志坚，你别这样，学斌他……他已经牺牲了。”陈佳雨知道，短短的几个月时间，陶志坚已经和张学斌建立了深厚的情谊，这里面有友情，更有生死与共的战友情。张学斌的牺牲，陶志坚一时难以接受，“志坚，我和你帮学斌换一身干净的衣服吧。”说着，陈佳雨默默起身，从院子里打来一桶水，以她女性的细腻，仔细地为张学斌清洗血污。陶志坚也仿佛清醒过来，他一把抹去脸上的泪水，和陈佳雨一道，为张学斌换衣，他们要让好友以最佳的姿态和亲人们道别。

在清理张学斌的遗物时，陶志坚发现了文晓丽写给张学斌的那封信，信已经被鲜血染红了，同时还有一封张学斌尚未来得及寄出的回信，他们都小心地把这些东西收好，交给了组织，他们知道，组织上会把这些遗物转交给张学斌最为亲近的人。

从厂长办公室里出来，向英杰的心情是沉重的，就在刚才，陶宗汉跟他说，他们车间优秀青年张学斌在朝鲜战场上牺牲了，烈士的遗物中有一封写给青年女工文晓丽的信，陶宗汉让他转交，并且一再叮嘱，一定要做好文晓丽的思想工作，绝不能让姑娘发生一点意外，否则就对不起牺牲的烈士。向英杰的心里很纠结，张学斌和文晓丽的关系，他听别人说起过，说实话，向英杰对张学斌并不熟，张学斌报名参加志愿军时，向英杰刚来到机车车间，人员还没有全部认清，只不过在动员会上，张学斌第一个报名，引起了向英杰的注意与欣赏。如今这么一个优秀的小伙子永远地离开了，让他的亲人们如何接受得了？考虑来考虑去，向英杰觉得还是直截了当地道明真相好，正所谓长痛不如短痛，于是，回到办公室后，他让人请来了正在上班的文晓丽。

文晓丽脸色苍白，她似乎已隐隐觉察到了什么，连声音都有些发颤，“向主任，您……您找我?”

“文晓丽同志，坐，坐嘛。”向英杰递给文晓丽一杯水，“文晓丽同志，今天找你来，是有一件事情要告知你。”向英杰不自觉地顿了一下，“不过，你一定要坚持住。”

“主任，什么事?”文晓丽一下从座位上站起来，“是不是，学斌他……”

“张学斌同志在朝鲜战场上牺牲了。”

……

猜测得到证实，文晓丽只觉一阵天旋地转，幸亏向英杰眼明手快，上前扶住了文晓丽，并搀她在椅子上坐下。文晓丽想哭，可是觉得嗓子像被什么东西堵住了，不仅哭不出来，似乎连声音都发不出来，脑子里一片空白。

“文晓丽同志，张学斌同志在朝鲜战场上表现十分优秀，是我们工厂的骄傲，他的牺牲实在是一个意外，是美国鬼子夜间空袭了他们住的小山村，我们的人当时没有防备，所以造成了很大损失。厂里决定，要以张学斌同志为榜样，立即在厂内掀起一个向张学斌同志学习的热潮。”见文晓丽还是呆呆地坐着，向英杰不由重重地叹了口气，同时，他从公文包里取出一个信封，“文晓丽同志，这是张学斌同志写给你的信。”

双手捧着张学斌的信，文晓丽的手止不住地抖动，突然，她“哇”的一声哭了出来，声音凄厉而无助，向英杰却心里一宽，哭出来就好了，不哭不闹，那才叫人揪心呢!

亲爱的丽：

你好!

非常高兴收到你的来信，我甚至都有点得意忘形了，但是你别笑，我的战友和我的表现都差不多，因为同在异国他乡，能够收到来自祖国亲人的问候，那种幸福是什么也无法取代的。

丽，首先我应该谢谢你，你替我承担起支撑这个家庭的重担，我是家中老大，赡养老人与教育弟弟是我义不容辞的责任，可现在都压在了你一个人身上，你实际上是在尽一个未来儿媳妇的职责，就凭这一点，你的善良贤惠，在我的战友中已广为传颂，大家都羡慕我，说我找了一个好媳妇。

其次，丽，在信中你还提到了这些日子来工厂的显著变化，我看了以后真恨不得立刻飞回去，亲身感受一下那点点滴滴的变化。我们都应该庆幸，我们生活在一个日新月异的伟大时代，我们的努力、我们的付出，必然会创造出前无古人的业绩。我已经想好了，等我们任务完成了，胜利回到祖国怀抱时，我还回咱们工厂，还回机车车间，我离不开工厂。

入朝的这些天，紧张而充实，我们的任务就是铺设铁路，保证运输大动脉的畅通，可是美帝国主义却仗着他们的空中优势，不断派飞机来炸毁铁路，于是我们就重新把它修好，有些路段往往要经过几次拉锯，但是我们的铁路依然在顽强地往前延伸。

丽，那天我犯了一个严重错误，当敌机来轰炸时，我为了把那台推土机隐藏好，没有及时躲进防空洞，为此师首长严厉地批评了我。他说，在战场上，什么时候人都是第一位的，我们要善于保护自己，不要做无谓的牺牲，要对得起远在祖国的亲人。听了师首长的话，我深刻认识到了自己的错误，丽，你放心，这样的错误我是不会再犯了，我要更加珍惜自己，我一定要胜利返回，回到你身边……

文晓丽泪眼模糊，失去张学斌的那种痛是直入骨髓的。

“张学斌，你这个大骗子，你不是说要胜利返回，重新回到我身边吗？可是，你在哪里，你在哪里呀？”文晓丽向天质问，可是天空亦无语。

10

拜师仪式后，陶学谦对陈发越发尊重，每天都比以前还要早到，不仅把阀动工段休息室的卫生搞好，还要帮师傅把开水打来，不管刮风下雨，从来没有误过。而对师傅所传授的每项技能，他都悉心学习，融会贯通。可能连陶学谦自己都没有感觉到，这些日子以来，他开朗了许多，有的时候甚至还主动和陈发聊天，当然，聊得最多的还是这段日子以来工厂的变化。

“师傅，也真神了，自从苏联专家来了以后，咱们厂的变化可真不小，听说又要搞成本核算了。”陶学谦边说，边主动给师傅点烟。陶学谦发现陈发的烟瘾很大，抽的是典型的关东烟，闻着有股辛辣味。陶学谦自己不抽烟，可为了师傅，有的时候就得强忍着，但也有忍不住的时候，有几次被烟呛得直咳嗽。陈发也有所觉察，故而他主动减少了吸烟量，只是实在抗不住了，才吸上那么几口。而今天，陈发却主动摁灭了烟头，笑眯眯地看着陶学谦。

“小陶，你知道我是怎么学会抽烟的吗?”

“不知道，您给我讲讲呗。”说实话，虽然结成了师徒关系，但陶学谦对陈发的过去却知之不多，只知道陈发出生在1901年，和二叔陶宗汉同岁，土生土长的南口人。

“我刚进厂那会儿，不认字，也不会看图，再说那时候师傅都不愿意带徒弟，即便带了也不好好教，没办法，只有自己偷偷学，等别人下班都走了，我就一个人爬到机车底下，想要看看它的内部构造。可是那么大个机车，上面又有那么多的零件，根本搞不清楚哪儿跟哪儿是相通的，哪儿跟哪儿又是阻断的，我就顺着管路一端，往那一头捋，可是捋着捋着，问题来了，管路常常会钻到配件里面去，在配件里面，谁又和谁是相通的呢？我又不能把它拆开来看。为了解开这个扣，我可没少下心思，直到有一天，我看到一个工友在工歇时间拿着烟袋锅子吸烟，我就灵机一动，下班后我也买来了一套烟袋，然后趴到机车下面，吸一口烟，从管路一头使劲儿往里吹，烟一会儿就从另一头儿冒出来了，于是这条管路的工作原理我就搞明白了，以后再遇到不明白的管路，我就还用这个办法，一来二去，虽然学到了不少东西，可是这烟袋锅子算是放不下了。”陶学谦没想到师傅抽烟还有这么一段传奇故事呢！

“师傅，今后只要您想抽烟了，尽管抽，千万别顾及我。”

正聊着，忽见车间主任向英杰急匆匆地朝他们走来，此时正是午休时间，向英杰这个时候来找陈发，肯定是发生了急事。

“陈师傅，快，刚接到厂部电话，说是咱们上星期刚修好的一台机车，在良乡试车的时候，车轴突然发热冒烟了，我们跟车试行的同志都很着急，所以打来电话，让咱们马上派人过去。”

“成，向主任，我们现在就出发。”陈发说着，向陶学谦使了一个眼色。陶学谦立马起身，奔向工具柜，为师傅准备必带的工具。跟陈发出差，修理的机车多了，陶学谦也积累了相当丰富的经验，他知道，像这类车轴温度过高的现象最为危险，严重的可能会造成车轴折断的重大事故，而修理车轴发热的问题，也是最为头痛的，以往常常是把车拉回工厂，利用天车等大型工具，先将机车解体，然后把车轴取出来才能修理，其实有的时候毛病并不大，只是车轴运转的时间长了，局部产生了微小变形，从而使摩擦系数增大，产生了大量摩擦热，只要把那些微小变形打磨下去，使车轴的摩擦阻力变小，这个难题也就解决了，可是实际操作起来，困难还是不小。

“徒弟，带上我那个新家伙。”陈发向陶学谦吩咐道。

“知道，给您带着呢！”陶学谦响亮地回答，而向英杰则一头雾水，不知道他们说的是什么，看看这个，又看看那个，陶学谦刚想解释，却被陈发用话岔开了。

“向主任，我们准备好了，车呢?”

“噢，对了，还是修车要紧。”向英杰情不自禁地笑了一下，“陶厂长亲自指示，派小车班的同志直接送你们去良乡车站，车就在北门外等着呢!”说着话，几个人急匆匆地朝北门跑去。

陶学谦知道，陈发修理车轴发热已经不止一次了，对里面的详情一清二楚，可是长期以来却想不出一个有效的、能彻底解决的办法。每当听到大轴发热的消息，陈发便不停地抖落着双手，一副焦急的样子，“糟了，又得拆车，老这样下去得给国家糟蹋多少钱啊！不行，一定得找出一个就地能把问题解决好的办法出来。”为了这个目标，陈发白天钻到机车底下仔细观察，晚上躺在床上翻来覆去地琢磨，结果就想出了一个“就地刮瓦”的办法，为此还征求过好几位老师傅，大家都觉得可行，可就得对刮刀进行量身定制的改造，使之变小，使刀口更适合于车轴表面的曲度，这是一个新尝试，从来也没有人试验过，就连陈发自己也不知道能不能成功，所以他并没有急着向向英杰讲明，而是想先试试看，万一失败了，再加以改进。

车到良乡，师徒俩立刻就赶到了那台待修理的机车旁，陈发二话没说就钻到机车下面进行仔细观察，之后吩咐大家用顶镐把弹簧顶起来，而自己则再次钻到机车底下，拿出自制的刮刀一点一点地刮轴瓦，机车下面空间窄小，再加上锅炉还生着火，四面又不透风，汗水淹得他的眼睛根本睁不开。

“师傅，您歇会儿，我来。”陶学谦想要替换陈发，却被陈发拒绝了，这是一次新的尝试，陈发丝毫不敢大意，一直到把轴瓦刮干净，陈发才从车底下钻了出来，浑身上下就像是被雨淋了一样，但陈发并不在意，而是直接上了司机室，其他人也纷纷登上了火车。

“再试试吧。”陈发向司机发布命令。

机车缓缓地启动了，逐渐加速，等开出老大一段距离再看，车轴并没有发热，大家都兴奋地笑了，而陈发还是一脸庄重，直到下午，机车重新开回工厂，陈发的脸上才露出了一丝笑容。

“就地刮瓦”的试验获得了成功，经过不断完善，全厂推广，从此后，车轴发热的老大难问题得到了彻底解决，因为不用再返厂修理，为工厂节约了大笔修车成本，而修车效率也得到大幅提升。通过这件事，陶学谦深深体会到，所谓“匠心”，关键还是一个“心”字，只要用心，革新其实并不难，师傅正是把全部心思都扑在了机车上，才会产生“就地刮瓦”的大胆设想，并最终获得成功，自己不仅要把师傅的技艺学到手，更要学习这种精神。为此，陶学谦的干劲更足了，他的这种付出，不仅让他的技术突飞猛进地提高，还让他收获了一生的幸福。

最先发现端倪的是陈发，机车车间机械加工段有名年轻的机加女工叫范爱茹，在陶学谦的帮助下革新了一套螺盘卡具，使加工效率提高了一倍多。范爱茹很是感激，知道每天中午陶学谦都不回家吃饭，而是要留下来陪师傅，姑娘便常常带来鱼、肉等荤菜和师徒俩共享。开始的时候，陈发并没觉得异样，两三次之后，老头儿忽然明白了，自己这不是当了电灯泡嘛！于是陈发便找各种理由离开，给两个年轻人留下充足的空间，两人在一起后，陶学谦的性格不知不觉也有了变化，有的时候，小伙子还会哼唱两首歌曲，是以往从没有过的。

“小陶，师傅问你一件事，你一定要如实回答。”一次工歇，陈发郑重其事地问陶学谦，搞得陶学谦有点紧张。

“师傅，您说，我对您从来没撒过谎。”

“那么好，你告诉师傅，你觉得范爱茹这姑娘怎么样?”此话一出，陶学谦的脸立刻像蒙上了一层红布。

“师傅，好好的，怎么问这个?”

“你别打岔，你只需如实回答。说实话，师傅觉得这姑娘真的挺好的，而

且对你也有意思，也就是你这个木头疙瘩，一点反应没有。”陈发的语气里满是怜爱。

“我……我也觉得挺好，就是……就是人家未必看得上我。”陶学谦的心里还是发虚。

“别的你不用去管，师傅这么一大把年纪了，看人还是心里有数。小子，有你这句话，师傅的喜糖算是吃定了。”说完，陈发笑呵呵地走了，他直接去找了向英杰，把大致情况一说，向英杰也十分赞成，他马上把车间女工委员找来，让她去探听范爱茹的态度，女同志之间毕竟好交流，结果当然是水到渠成。原来范爱茹早就注意上陶学谦了，她发现这名小伙子踏实肯干，技术好，最主要的，陶学谦从不张扬，自己的亲叔叔当厂长，可却从来不挂在嘴上，这样的男人有责任、有担当。陶学谦帮她改进工装，不过是客观上提供了两人相处的机会罢了。没过多久，厂子里便传出了木讷小子陶学谦和机车车间最漂亮的青年女工范爱茹搞对象的消息，大家都说，甭看陶学谦“傻”，可是傻人有傻福，以前不开窍，那是因为没有遇到像范爱茹这样的姑娘罢了。陶一丁听说后，高兴得当晚让何桂花去把陶宗法一家叫来，全家高高兴兴地吃了一顿非年非节的团圆饭，自然，陶宗汉的心里也万分高兴，他为侄子感到欣慰。

工厂掀起了一股扫盲运动，起因是全国范围内的第一次扫除文盲运动正大规模掀起，但是真正触动陶宗汉的，还是发生在运输车间的一件令人啼笑皆非的事。有名司机是个文盲，运搬票上的字不认识，可是又不好意思当面向别人请教，仅凭猜测，就把东西运走了，结果造成了南辕北辙的笑话。后来运输车间内部自己开展了速成识字班，让司机们从最普通、最常用的地名认起。这件事让陶宗汉想到，切实提高职工文化素质，是完善工厂管理的一条捷径，于是在厂里开办了工人扫盲夜校，让忙碌了一天的工人，晚上在这里能得到知识的灌输，成果还是显著的。有个叫高文生的工人，通过半年的刻苦学习，竟然在《红旗》小报上发表了文章。而陶宗汉自己也没闲着，他把自己当成了一名小学生，跟着苏联专家亚罗申科学习。

亚罗申科接近六十岁，精力旺盛，有着年轻人一样的充沛精力，不仅幽默风趣，而且作风严谨，实践经验丰富，他是从钳工、司炉工、火车司机一直成长为铁路工厂的厂长。这次来中国，是帮助指导全路铁路工厂的管理工作，他把工作的第一站放在了长辛店铁路工厂，这让陶宗汉兴奋不已。陶宗汉一直有一份担忧，那就是自己文化底子薄，管理这么大的企业，万一由于自己的能力所限，迟滞了工厂的发展该怎么办？现在好了，上级给他派来了一位好老师。

这天晚上，陶宗汉特意买了两瓶衡水老白干，叫上陶学文一同去招待所看望亚罗申科。陶学文现在是亚罗申科的兼职翻译。都说苏联人爱喝酒，看来不假，亚罗申科看到陶宗汉手中提着酒，很高兴，非要拉着陶宗汉坐下来一块儿喝酒。

“陶宗汉同志，现在是休息时间，喝酒并不违反规定，再说我们是朋友加同志，怎么能错过喝酒的机会呢?”经亚罗申科这么一说，陶宗汉不禁哑然失笑。他让陶学文到专家招待所服务部，买来了几样下酒小菜，两人小酌起来。

“亚罗申科同志，工厂目前生产计划、财务计划、采购计划等都在按部就班地推行，您认为除此之外，工厂目前最迫切，同时也最需要做的是什么?”抿了一口酒之后，陶宗汉开门见山地请教。

“整合，对现有资源进行重新整合。”亚罗申科显然是深思熟虑过了。

“整合?”陶宗汉一下没听明白。

“是的，我建议工厂将现有的机械加工能力进行一次重新组合，统一成立一个机械加工车间，现在的情况是：许多车间都有机加能力，可是不够均衡，有的忙不过来，有的又过于清闲。统一起来后，资源可以有效利用，同时，机械加工车间还可以按照计划，提前生产常用配件，然后统一归由备品库管理，将来哪个车间需要，哪个车间就填票领取，只要账目符合，不但不会造成浪费，还可以大大提高工时，从而扭转工厂常用配件急需的困境。”亚罗申科说完，端起酒杯，喝了一大口，可能是他没想到中国酒也这般烈性，辣得他直吸溜嘴，惹得陶宗汉哈哈大笑。亚罗申科的这个建议非常好，说到陶宗汉的心坎里去了。

“太好了，亚罗申科同志，你的这个建议，我会立刻召集人商议，尽快贯彻实施，另外，关于质量管控方面，您有什么建议给我吗？”前段时间，一台新出厂的机车出现了严重质量问题，引起使用方的极度不满，不仅给工厂造成了经济损失，还影响到工厂声誉，因而陶宗汉十分重视。

“关于这个问题，我给出两个答案，首先，为了提高外观质量，使加工尺寸的合格率进一步提升，要尽快建立量具检验站，要对我们所使用的尺子严格把关，想想吧，我的厂长同志，如果我们用一把根本就不合格的尺子去测量，那得出的数据能准确吗？其次，要重视理化检验工作，一个产品的质量包括两个方面：一个方面是它的外观尺寸；另一个方面则是它内在的性能指标，而这尤其重要，如何保证我们加工出来的产品，其性能指标达到设计标准，这就要靠有效的试验手段来检验，同时，理化试验还可以对废品加以分析，指出其在生产过程中的缺陷，从而使错误不再犯。一名优秀的理化工程师，他所做的废品分析报告，对提高产品质量、降低费用，可以起到至关重要的作用，再有，就是要尽快采用电磁探伤技术……”

亚罗申科口若悬河，听得陶宗汉连连点头，他越发感到，要想建立一个一流的企业，他和他的同志们要走的路还很漫长……

那一晚上的交谈，对陶宗汉来说可谓终生难忘，接下来不长的时间，大家都感受到了工厂的变化：

1. 计划中的机械一车间已在破土动工；

2. 规模虽然不大，但在路内绝对属于领先地位的量具检验站建成并投入使用；

3. 派出专人去外厂学习电磁探伤技术；

4. 理化室从东德进口了一台 100 吨的材料试验机，虽说花去了不少外汇，但陶宗汉觉得值。

同时，陶宗汉还派陈怀礼和陶学文一道跟随亚罗申科学习，为工厂培养后备人才。

11

1953 年的朝鲜战场，经过五次战役，骄横的联合国军被我英勇的志愿军打到了三八线以南，7 月 27 日双方在板门店签订了停战协议，历时两年零九个月的抗美援朝战争结束。作为最可爱的人，陶志坚和陈佳雨终于胜利归来了。那天，在长辛店镇举行了热烈的欢迎仪式，作为家长，陶宗汉、何香草还有袁咏梅都受邀参加，并戴上了大红花。何香草和袁咏梅眼里闪动着激动的泪花，多少个日日夜夜，她们为孩子们担心，现在好了，他们终于回来了，而令陶宗汉欣喜的是，经过战争的洗礼，儿子成熟了，像个顶天立地的男人了。欢迎仪式刚结束，他们本想叫上两个孩子去镇上的饭馆吃一顿，没想到陶志坚却郑重其事地说道：

“爸、妈、袁阿姨，你们先回去吧，我和佳雨想先进厂瞧瞧。”陶宗汉知道，他们是想去张学斌所在的机车车间，看看战友生前工作过的地方，也是了却战友生前的愿望。

“好吧，记着，快去快回，今天晚上咱们和袁阿姨一家一块儿吃顿团圆饭，庆祝你们凯旋。”

“放心吧，我们去去就回。”陶志坚说着，拉着陈佳雨跑远了。

陶志坚和陈佳雨来到机车车间，找到一位四十多岁的中年女工，向她打听文晓丽的情况，那名女工重重地叹了口气。

“你们别找了，文晓丽已经调走了。”

“调走了？”陶志坚和陈佳雨几乎异口同声。

“是的，自打张学斌牺牲后，文晓丽受到的打击实在是太大了，她几乎快要崩溃了。想想吧，这么一个车间，两个人从前在这里卿卿我我的，突然一个没了，现在触景生情，谁能受得了？文晓丽的家人考虑到再这么下去，整个人就毁了，所以就让她调离了工厂。”

“那您知道她调到哪儿去了吗？”

“不知道，听说厂里遵从她家里人的意愿，不向大家公布文晓丽的去向。”那名女工说完就要离去，却被陶志坚拦住了。

“阿姨，再等一下，请问张学斌的家人还在厂里吗？”

“好像他父母提前办理了退休手续，也离开工厂了。因为他们不是我们车间的，所以我也不清楚，要不，你们去人事科问问吧。”女工说完，转身走了。

陶志坚和陈佳雨便来到人事科，一问，果然，张学斌的父母不久前双双办理了病退手续，工厂根据有关政策，给予了最高额度的退休保证金。可是当他们按着人事科所提供的家庭住址去找张学斌的家人时，也是人去屋空。

“志坚，我们还找吗？”

“不找了，就让他们从失去亲人的苦痛中慢慢脱离出来，安静地生活下去吧。”陶志坚理解了他们的苦心，而对战友的那份情，他也只有深深地埋藏在心里了。

家里的晚宴不算丰盛，只是何香草和袁咏梅各自做了几个孩子们爱吃的炒菜，但是气氛却很热烈。让陶宗汉颇感遗憾的是，袁咏菊和陈怀恩并没有来。陈怀恩说是在家忙着备课，估计袁咏梅从心里也不愿意让他来，她还是怕陶宗汉一旦把持不住，被何香草看出点苗头，情形将会很尴尬。最让陶宗汉不放心的还是袁咏菊，很长一段时间了，袁咏菊很少参加这类聚会。她把自己封闭得很紧，无论是陶宗汉，还是袁咏梅，甚至何香草，都想为袁咏菊做点什么，可是谁都不敢妄动，袁咏菊的倔强脾气，他们都是知道的，尤其是陶宗汉，他还真的领教过袁咏菊的“厉害”。

有一段时间，无论是袁咏梅，还是何香草，都热心地为袁咏菊介绍对象，当然，所介绍的男士都是她们认为十分优秀的，只是由于这样那样的原因，使得这些男士在个人问题上都遇到了不同程度的挫折。在陶宗汉看来这是一件好事，所以不但未加阻拦，甚至还暗中鼓励，大家都想让袁咏菊早日找到属于自己的“幸福”。可是有一点他们却没有想到，当事人袁咏菊是个什么心情。

那天下班都有好一会儿了，陶宗汉收拾好桌面上的东西，正准备回家，袁咏菊推门走了进来，这让陶宗汉很惊讶。因为虽然都在一个工厂上班，但袁咏菊平时很少来办公室找他。

“咏菊，你来了，什么事，咱家里说去。”

“宗汉哥，还是在这儿说吧。”陶宗汉看出来袁咏菊的情绪有点不大对头，遂给袁咏菊搬来了一把椅子，而袁咏菊也没有坐下来。解放后，袁咏菊现在是工会文体干事，专门负责职工的业余文化生活，可是看情形，袁咏菊这次来，好像并不是为了工作。

“咏菊，说说看，到底什么事，有宗汉哥为你做主呢。”陶宗汉故显轻松。

“我能有什么事，我就是想让您转告嫂子一声，以后我的事能不能别这么‘热心’了，我也跟我姐说了，宗汉哥，我真的很累，身心俱疲。”

“她们……”

“我知道你要说，她们都是为我好，想让我尽快找到终身幸福。可是宗汉哥，找到了男人，和他结了婚，一起生活，难道就真的得到幸福了？我看未必。只有两个人真正地相知、相爱，那样的生活才能称得上幸福。宗汉哥，你放心，只要遇到能真正让我动心的男人，我会考虑和他结婚的。”

“……”陶宗汉的嘴巴张了张，却没发话。我的傻妹妹呀，天底下的优秀男人固然很多，可是像杨光宇、陈季秋那样的出类拔萃的俊杰毕竟是凤毛麟角啊！陶宗汉在心里叹息着。

自从那次交谈之后，袁咏菊的生活平静了许多，但是这种平静，说实在话，是许多人所不愿意看到的。可是又有什么办法呢？此时，几个女人在厨房里忙碌着，陶宗汉和陶志坚却在屋里进行一番长谈。

“志坚，经过战争的洗礼，爸爸发现你比以前成熟了，这让我很欣慰。关于你和佳雨的交往，我和你妈都不反对，因为在战火中培养起来的感情，是最经得起考验的，我和你妈都为你们祝福。我今天想问你的是，你对未来是怎么打算的？”陶宗汉完全是一种朋友聊天的语气，这让陶志坚倍感亲切。

“爸，我和佳雨沟通了，我们都觉得现在还年轻，结婚的事情尚早，要抓紧时间多学点对国家有用的东西，佳雨打算到铁路总医院去进修，使自己的业务水平更上一层楼。”

“很好，我支持你们。”陶宗汉本来也不赞成年轻人过早地结婚成家，因为一旦有了家庭的拖累，一个人的进取心就会减弱不少，没想到父子俩想到一块儿去了，“佳雨去进修，那么你呢？你是不是还回交大继续上大学？”

“不，爸，我不想再回交大了，今年我想重新参加高考，我想投考哈尔滨工业大学。”

“噢？”这真出乎陶宗汉意料，但他不露声色，相信这么重大的决定，儿子不是心血来潮，“理由是什么？说出来听听。”

“爸，以前我的理想是成为一个像詹天佑那样的铁路工程师，把铁路修遍祖国的山山水水。但是经过这场战争，我发现，发展我们国家的铁路事业并不是最迫在眉睫的。当前是急需把我们的军事工业搞上来。不可否认的是，抗美援朝我们所以能够取得重大胜利，靠的是志愿军的大无畏精神以及中朝人民之间的友谊，使得美帝国主义陷入人民战争的汪洋大海之中。但是，如果我们的武器装备足够先进，那么就会减少许多伤亡，如果战场上的制空权不是一面倒地偏向美国，那么我们修建铁路的过程就不会那么艰难，而张学斌很有可能就不会牺牲。”陶志坚的语调不由低了下去，张学斌的牺牲，对于陶志坚来讲，是心中一个永远的痛。

“所以，你就决定改学军工了？”

“是的，爸，您支持我吗？”

“我支持你，不过，志坚，你想过没有，等到将来毕业后，你的工作地点很可能会很艰苦的。”

“我有这个心理准备，我不怕。”陶志坚语气坚决，这让陶宗汉彻底放心了。

这一年高考，陶志坚如愿考取了哈尔滨工业大学，几年后，他又考取了本校的研究生，毕业后没两年，陶志坚就被组织调走了，去了哪儿，家里人并不知道。后来，陈佳雨也从铁路总医院调走，去向依旧保密，陶宗汉知道，那一定和陶志坚的工作有关，陶宗汉欣慰的同时，也一直牵挂着不知去向的儿子。

12

第一个五年计划已到了攻坚之年，工厂的各项工作逐步走上正轨，生产能力逐年递增，成本损耗却呈下降趋势，现在陶宗汉的精力可以转向其他方面了，这其中最主要的，当然是修建一座二七革命斗争纪念馆了。

早在三年前，工厂就向北京市政府提出了申请，然而因为各种原因，申请未获批准。为此，陶宗汉退而求其次，决定先成立一个二七文物展览室，等将来条件成熟了，再建二七纪念馆。就在这个时候，陶宗汉却很少有地发了一通脾气，起因恰恰是他一向看好的青年工人边孝正和刘文。

说起来，两名年轻人自上次招工进厂后，表现一直积极向上，仅仅六个月的时间便同时出徒，如今又同时当上了工长，各自领一个小组干活，两个小组白班、夜班轮流倒换。年轻人总是争强好胜的，两个人都想自己所带领的班组能更胜一筹，这本没有错，关键是劲道有点用偏了。两个人不是相互激励，共同进步，而是都设法防着对方，害怕对方超过自己，所以一旦有了好点子，也不告诉对方，趁手好使的工具也都被防贼似的藏起来，一下班就将工具紧紧锁在箱子里，有时怕对方把锁捅开，还藏到老远的地方去。后来又在一些鸡毛蒜皮的小事上相互指责对方，甚至还差点打了起来。

那天早上快上班的时候，刘文小组的成员都在更衣室里换衣服，一个晚上的夜班，每个人都疲惫不堪，但是却心满意足，因为他们班完成的任务量又超过了边孝正带领的班组。如今两个小组像是掐红了眼的蟋蟀，你刚刚创造一个班次出成品活儿五百件的纪录，我就要达到六百甚至七百件，谁都不想甘居人后。这时，边孝正率领着一拨人怒气冲冲地走了进来。

“刘文，我说你们这么做可有点不地道吧?”

“什么?”刘文一时不明就里。

“什么？你还装不知道！我问你，我们组小刘的工作柜是你让人给撬开的吧？他搁在里面的扁形铲又怎么会出现在你们班上?”边孝正质问道。

“边孝正，你别血口喷人，我们绝不会干这么肮脏的事!”

“那扁形铲怎么会出现在你们班上，那可是我们组长花了好几天时间才琢磨出来的。”有人在一旁起哄。

“哟哟，好像天底下就你们边大组长会搞技术革新似的。”刘文小组有人冷嘲热讽，双方嚷嚷起来，有人推搡了一下对方，现场情绪就有点要失控的样子。这个时候，车间主任王凤听到风声赶了过来。

“干什么，干什么，还嫌事情不够多是不是？小边，带着你的人先去工作，你们这叫什么样子！”王凤显然很生气。边孝正看到主任都出马了，也就不再多说什么，领着人朝工段走去。王凤回过头对剩下的人说：

“同志们忙了一个晚上，都先回家休息去吧，刘文，你跟我来。”说着，王凤率先朝主任办公室走去。走进办公室，王凤先示意刘文坐下，开口说道：“刘文，现在只有我们两个人，你给我说实话，你们到底撬没撬工具柜?”

“主任你……连你也不相信我。”

“不是我不相信你，出了事情，组织上总是要调查的。”

“那我可以以一个预备党员的人品向你保证，我们没有干那件事，至于为什么两件扁形铲那么相似，这完全是一个巧合，如果你还不相信，可以去调查，查出来确实是我指使人干的，我甘愿受罚。”说完，恼怒的刘文转身走出了主任办公室，这让王凤尴尬不已。

回家的路上刘文越想越生气，一种委屈的感觉一直堵在胸口里无法排解。以至于几天后发酵成一场大闹车间的事件。原来，刘文在生产上是个能手，在锻工车间提起“快手刘”来，那可是人人知晓，然而正所谓既生瑜何生亮。边孝正的实力不亚于刘文，甚至有时候还辗压着刘文，这让刘文不服气，就把一腔怨气全撒在了领工员李九胜的头上，认为李九胜偏心，把好干的活儿都派给了边孝正小组，而自己的小组大多是修车配件上的零活儿。这种活儿干起来麻烦不说，关键是不出数，费了力气还没有成绩，刘文心里当然就不舒服了。

那天，李九胜又拿着一个现车配件的图纸找到刘文，说是机车车间急等着用呢，量也不多，也就十几个。刘文粗算了一下，还不够拆换卡具的工夫呢！想着前几天受的气，他的脸立刻就拉了下来。

“哎呀，这活儿实在不好干，要不你找别的小组干吧。”刘文有意推托。

“要不这样吧，我给你们开试验票，这横竖总行了吧?”试验票所记的工时比普通票要多，干一件顶干两三件呢，这下刘文无话可说了。

然而等到活儿干完，刘文去取工作票时，李九胜却怎么也不给开试验票了，相反还认为刘文无理取闹。

“我告诉你刘文，这是一般的活儿，根本不可能给你开试验票，这是规矩，我们都得按规矩办事。”

“可当初是你说给开试验票的，我们才接的这活儿。”

“我没说，你有证据吗?”

两人你一言我一语地争吵开了，引来许多工友，他们上前把两人拉开，才避免了进一步冲突。然而就在当天下午，车间的黑板报上就对刘文进行了公开批评，原来事情反映到车间，车间主任王凤觉得李九胜敢于坚持原则，而刘文作为预备党员，安排活儿挑三拣四不说，还在车间里大吵大闹，哪里有党员的风范，所以就同意上墙批评刘文。小伙子哪儿受得了这个，铁青着脸回了家。第二天一上班，刘文就找到了王凤，而王凤正一脸怒气地等着刘文。

“刘文，我正找你呢，这是你干的吧?”王凤把一块小黑板摆在刘文面前，正是昨天的黑板报，批评刘文的那一栏被人擦得乱七八糟。

“这……这不是我干的!”刘文矢口否认。

“不是?! 不是你，那你说说还能有谁? 难道车间对你的批评还错了不成? 刘文同志，我要郑重提醒你，作为一名预备党员，不能把尾巴翘上天去。”

“我说不是我干的，就不是我干的，你不能冤枉好人。”刘文气得脸红脖子粗，一摔门，干脆走了。

“你……”王凤愤怒地拍了一下桌子。

事后，车间党支部紧急召开会议，鉴于上次撬工作柜的事情还没有调查清楚，这次又出现了这样的恶劣事件，为了以儆效尤，决定给刘文一个警告处分。这个决议报到党委组织部的时候，组织部的马部长是个很有经验的老同志，他知道这么一来，有可能就毁了一名很有前途的小伙子。本着对同志高度负责的精神，马部长就把情况汇报给了陶宗汉，希望陶宗汉给拿个主意。陶宗汉觉得马部长做得很对，等马部长离开后，陶宗汉就把王凤叫来了。

王凤不知道发生了什么事，当他急匆匆赶到厂长办公室的时候，额角上还渗出了细密的汗珠。

“王凤同志，今天找你来，也不是什么大事，你们车间关于对刘文同志的处理意见，我看到了，我先说说我的看法吧。”陶宗汉的态度渐渐严肃起来，“首先我觉得车间做出这样的决议有点草率，两件事情，你们都认为是刘文自己或指使他人干的，可刘文并不承认，当然有可能是他在撒谎，可万一真的冤枉了人家呢？车间是不是还需要进一步的调查，不能主观认定。其次。”说到这儿，陶宗汉放缓了语气，“即便真是刘文做的，我也觉得处分过重了，小伙子毕竟年轻，如果我记得没错的话，他和边孝正同岁，刚满22岁，是个充满青春朝气的年龄，可以说生活之路才刚刚展开，如果给了一个党内警告处分，小伙子万一想不开，再来个自暴自弃，岂不毁了一个人的一生？我们不但是领导干部，更是为人父母，换个角度考虑，如果刘文是我们自己的孩子，那我们会怎么想？你说呢，王凤同志？”

“陶厂长，经您这么一说，我也觉得车间的决议过于草率了，我向您承认错误，回去后车间会认真调查事情原委的。”王凤真诚地说道。陶宗汉则语重心长地说：

“这就对了，刘文肯定是有错误的，但目前还是以批评教育为主，我相信小伙子本质是好的，只要教育有方，会成为可造之才。你们可以通过车间党支部，尤其是刘文的家属多做些思想工作，对了，刘文成家了吗？”

“刚成的家，爱人也是我们锻工车间的，名叫张爱华，是名党员。”

“好嘛，让这位小张同志多做做刘文的思想工作，双管齐下，我对刘文还是抱有信心的。”

刘文心里委屈极了，同时也很担心，处分真的背上了可怎么办？他百无聊赖地打开收音机，可是啥都没听进去。这时，张爱华从外面走了进来，看到刘文这副无精打采的样子，不禁叹了口气，这哪里还有快手刘的风采？她走过去关了收音机。

“你干吗？我还听着呢！”

“听什么听！告诉你刘文，再这样下去，你整个人就毁了，一个人犯了错误不可怕，关键是要正确地认识到自己的错误，并能努力改正自己的错误……”

“连你也这样说，我究竟错在哪儿了？”刘文猛地坐了起来，提高了嗓门。

“一个人所做的事，到底错没错，不能用自己的眼光去看，咱们都是共产党员，所以要从党的利益上去看待问题，即便黑板报不是你擦的，可你在分配活儿上是不是挑肥拣瘦？还有，关于工作柜的事，你有没有真正配合车间进行调查？共产党员对待工作难道是这样的吗？”张爱华温声细语地开导着刘文，刘文听着渐渐低下了头。

“你别说了，现在说什么都晚了，车间要给我个党内警告处分，这个处分一背上，我算是全完了。”

“谁说要给你处分了，你是听谁说的？”

“他们都这么说，你等等，难道……”刘文猛一抬头看着张爱华。

“告诉你吧，报告打到陶厂长那里，陶厂长给拦下了。今天上午王主任找到我，也向我承认车间的决议草率了，决定不再给你处分了。你看看人家，那么大的主任，有了错都勇于承认，咱有了错为什么不能向组织检讨呢?”

“你说的是真的，车间不给处分了?”刘文两眼冒着兴奋的光芒。

“谁还会骗你，不过话说回来，以后咱真得吸取教训，还有，咱要帮助车间把事情原委搞清楚，王主任现在担心是有坏分子从中捣乱，想要挑拨你和边孝正的关系。”

“行，我一定配合车间。”刘文一下从床上跳起来，兴奋得直在屋里来回走动，张爱华看着他那孩子样，只能无奈地摇摇头。

经过细致调查，李九胜浮出了水面，一段时间以来，李九胜在分配任务上，确实存在偏向边孝正小组的倾向，而边孝正为人正直，也不可能事先去买好李九胜，那么李九胜这么做的目的何在？是不是为了挑起边、刘两个小组的纷争，从而搅乱工厂正常的生产秩序，须知，锻工车间一直是工厂的重要生产基地啊，同时，车间烧锅炉的师傅证实，那天下班后，曾看到一个很像李九胜的人靠近小黑板，听到有人来，那人急忙溜走了，这个信息很重要，陶宗汉听说后，立刻找来向英杰，经研究，决定对李九胜进行讯问，然而李九胜已不见了踪影。

“唉，又让老K抢先了。”向英杰顿足长叹，“看来，撬工具柜也是这个李九胜捣的鬼。”

“没关系，我相信老K早晚会露出狐狸尾巴。”陶宗汉拍拍向英杰的肩膀说。

不久，《红旗》小报上刊载了边孝正、刘文两个小组开展劳动竞赛的报道，称这种互帮互助式的协作竞赛，使两个小组实现了共同进步。

这天交接班的时候，刘文正在换工作服，边孝正走了过来，真诚地向刘文伸出了双手。

“刘文，我向你道歉，上次是我误会你了，希望你不要介意。”

“哪儿能呢？我们还是无话不谈的亲兄弟，不过，我们小组可绝对不会服输的。”刘文赶忙握紧边孝正的手。

“刘文，我想跟你商量一下，我有一个不算成熟的想法，现在我们两个小组是一天两班倒，而如果我们两个小组合并成一个大组，那么人员就可以进行重新组合，一天来个三班倒没问题，这样既增加了时效，又不会搞得太疲惫，你觉得呢？”

“这……这太好了。”一愣之下，刘文也觉得这是一个好主意，看来边孝正真是下足了心思，“这样，孝正，马上要上班了，等有时间，咱们再好好合计合计这件事。”说着，刘文跑出了更衣室。

一天，厂务会议后，王凤被陶宗汉特意留了下来。

“陶厂长，还是您的办法好。现在边孝正和刘文两个小组步入了良性竞争的轨道，两个人都成为了车间骨干，我算是服了您了。”

“王凤同志，今天特意把你留下，有件事想和你谈谈，上次谈话，我从你那里知道刘文已经成家了，可是边孝正似乎还没有吧，他和刘文同岁，应该也不小了，有对象了吗？”

“没……没有吧。”王凤没想到陶宗汉会问到这件事，平日里只顾着抓生产，这样的“小事”还真没放在心上，王凤不禁有点窘迫。

“那就动员工会的同志多关心一下年轻人的生活嘛，可以搞一些联欢活动，为单身的小伙子、大姑娘们创造一些多接触了解的机会。我们共产党的干部不要只注重生产，职工的生活也要时刻放在心上。”

“是，陶厂长，您说得对。”王凤连连点头。

“那咱们就说好了，我就等着吃边孝正的喜糖了。”陶宗汉打趣道。

“我保证完成‘任务’。”王凤响亮地回答，两人同时大笑起来。

13

转眼中秋节到了，陶宗汉偶然从《红旗》报上看到一首名为《保住红旗》的宝塔诗。

大
红旗
全国争
咱们工厂
一把夺得了
但要红旗永保
以下几条要记牢
专家的建议执行好
切实贯彻部令三〇一
平衡地完成任务最重要
彻底消灭工伤事故第一条
消减返工延修产品促质量高
管叫大红旗插翅难飞有腿难跑

陶宗汉起先只是奇怪，难道诗还可以这样写？然而再一看署名，陶宗汉吃惊得简直下巴颏都快要掉下来了，作者竟然是妹妹陶慧玲！要知道，中华人民共和国刚成立的时候，陶慧玲连自己的名字都写不好，厂里开展扫除文盲活动后，陶慧玲也只是认识了几百个字，粗粗能够读懂报纸而已。如今只过去四五年时间，陶慧玲竟然可以写诗了，而且还发表了，尽管只是工厂小报，但也是公开发表了呀！公平地说，诗写得过于直白，缺少文采与韵味，在地市一级的刊物上肯定发表不了，但那毕竟是一位刚刚脱离文盲的女工写的，而且还是一名年过半百的女工，这就是扫盲工作带来的成果，陶宗汉真心为妹妹感到高兴。下班的时候，陶宗汉小心地收起那张报纸，打算给妹妹送去。然而刚走到门口，猛然想起今天是中秋节，有一件更为重要的事情得去办，因而马上打电话叫来了陶学文。陶学文不知道什么事，直到进了大门还懵懂着。

“学文，又得麻烦你了，咱们一块儿去看看亚罗申科。”

“今天？”陶学文有点不乐意，今天毕竟是中秋节呀！

“对，就今天。小子，咱们讲‘每逢佳节倍思亲’，苏联人也不例外呀，人家不远万里来到中国，帮助咱们把工厂搞好，过节了，去看看人家嘛。”

“噢，对，对。”陶学文不禁也笑了。

两个人特意绕道去了趟小商店，陶宗汉买了盒月饼，之后直奔外国专家招待所。真让陶宗汉说中了，亚罗申科这个时候真有些想家了。当周围的人都在阖家团圆的时候，亚罗申科想起了远在苏联的亲人们。这时，忽听有人敲门，亚罗申科愣了一下，待发现陶宗汉站在门口时，不由喜上眉梢。

“陶厂长，你……你怎么来了？”

“我不可以来吗？”因为这几年彼此相处得很融洽，俩人已成为不错的朋友，故而陶宗汉开了个玩笑。

“当然可以了，我十分欢迎，可今天是中秋节呀！”

“所以，我就更应该来看看老朋友了。”陶宗汉说着，把那盒月饼递给了亚罗申科。

“谢谢，谢谢老朋友在这个时候还会想起我。”亚罗申科心中涌起一丝感动，他连忙把陶宗汉让进屋。屋里一股浓郁的茶香扑面而来，桌子上，一套精美的紫砂茶具给人以古朴端庄的美感，原来，老头儿正自己品茶思乡呢！陶宗汉早就听说，亚罗申科这段时间痴迷上了中国茶道，看这阵势还真有模有样。

“亚罗申科同志，看来你对中国茶道很感兴趣，正好，我也喜欢喝茶。和你一块儿喝酒，我还真有点怕了，我都忘了醉了几次了。”亚罗申科“哈哈”大笑。

“今天我们两人以茶代酒，应该别有一番滋味。”落座之后，话题自然就谈到了工厂。

“亚罗申科同志，非常感谢这些年来，你对我们的大力帮助，你的许多有益的建言，使我们在前进的道路上少走了不少弯路，也使工厂步入了快速发展的轨道，我很想听听你对工厂未来发展的建议。”陶宗汉诚恳地说道。

“那我就开诚布公地谈谈我的看法，从工厂长远发展考虑，当然是要转型生产内燃机车，依我看，机车车辆的发展趋势，必然会是内燃机车取代蒸汽机车，但工厂在近期的发展目标，还是以能自主生产蒸汽机车为目标，因为以现有的技术与装备水平来看，短期内生产内燃机车不切实际。”

“那您认为以工厂目前的生产能力，什么时候能够成功实现生产蒸汽机车的目标呢?”

“这个应该很快，毕竟工厂已经修理机车这么些年了，技术上已然相当成熟了，缺少的只是批量生产的能力而已。”

“那我们什么时候能够转产内燃机车呢?”

亚罗申科没有回答，他端起面前的茶盅，向陶宗汉示意了一下，之后自己满饮了一杯。在亚罗申科看来，工厂无论在技术准备上还是生产能力上，都跟生产内燃机车有着不小的差距，现在并不具备转型的条件。但陶宗汉却十分乐观，他相信人的创造力是无穷的，生产内燃机车对于工厂来讲，是个不算缥缈的梦想。谈话自然而轻松，但让陶宗汉没有想到的是，这是他和亚罗申科最后一次畅谈，不久之后，亚罗申科奉调回国了。

在回家的路上，因为觉得时间尚早，陶宗汉又特意绕道去了趟妹妹家。对于陶宗汉的到来，陶慧玲有点出乎意料。陈怀义已长成了一个大小伙子，高高的个子，帅气的脸庞，小伙子明年就要考大学了，他看上了北方交通大学，和当初陶志坚考取的大学一样，而且专业还选定的是柴油机制造。

“怀义，说说看，你是怎么想起要考北方交大的？”

“二舅，我就觉得，我们厂将来肯定要转产内燃，学习柴油机一定会大有作为。”陈怀义说话的声音虽然不大，可在陶宗汉听来却异常兴奋，小伙子有想法，将来一定是个可造之才，他当即表示赞成，再看陶慧玲，陶慧玲自然也一脸喜气。于是他从兜里掏出了那张报纸，交到陶慧玲手中。听说妈妈写的诗发表了，陈怀义当然很兴奋。

“在哪儿呢？二舅，让我看看。”

“妈，您真棒。”陈怀义给母亲竖起了大拇指。

“瞧这孩子！”陶慧玲也很高兴，“二哥，我只是写着玩的，一点文采都没有。”

“不能这么说，文字朴实也是诗歌的一种美。”陶宗汉发现，通过扫盲班的学习，陶慧玲变得比先前有气质了，娴静之中有了一种中年女性的成熟之美，这让陶宗汉很是欣慰。

离开了陶慧玲的家，陶宗汉心情出奇的好，他抬眼看着一轮皓月，不禁自言自语，“老人们常说的‘十五的月亮十六圆’，我看今天的月亮就不赖，愿我的家人、我的工厂，每天都像月亮一样的圆满，一样的明亮。”

第六章　光荣与泪水

1

时间来到了1958年，这是一个极不寻常的一年。这年五月，中共中央明确了今后一个时期社会主义建设的总路线，辽阔的祖国大地到处是“大干、快上、赶英超美”的壮观场面。

陶宗汉从部里开会回来，他摩拳擦掌，“社会主义建设一泻千里，我们必须要大干、快上!”然而，当他把想法与向英杰交流时，却和向英杰少有地发生了一场争执，起因是工厂要搞大跃进，就必须扩大生产规模。人数要扩充，这当然可以理解，可是一下要从社会上招工几千人，乖乖，这等于将工厂规模扩大了近一倍，此时已身为生产副厂长的向英杰表示反对。前两年因工作安排，向英杰已经正式转业，但抓捕老K的任务却始终没有卸下，为此，他可以直接和市公安局长取得联系。

“工厂要扩大规模我当然赞成，可是步子是不是迈得大了点？几千人一下进厂，他们吃住的问题怎么解决？工厂对他们又如何管理？那可全是些天不怕地不怕的愣头青啊！万一出了工伤事故，不但要影响生产，关键是如何向家属交代?”向英杰把他的担忧表达出来，这有点出乎陶宗汉的意料，他没想到，向英杰，一名参加过万里长征的老红军，会跟大跃进的大好形势唱反调，陶宗汉当即站起身，把房门关死，但是说话的语气已有了几分严肃。

“向英杰同志，我没想到你的思想会这么保守，你没看最近的报纸吗？大跃进的形势那么好，我们农民兄弟都豪迈地喊出：‘人有多大胆，地有多大产’的豪言壮语，难道我们工人老大哥就甘拜下风吗？中央提出用15年左右的时间赶上英国，难道只是提提就拉倒了，不真抓实干，怎么实现赶英超美的目标？”

“可是……”向英杰还要据理力争。

“当然，你的担忧也不无道理，但我们共产党人最大的优点就是敢于迎难而上，你所说的那些困难，只要我们用心去对待，就没有解决不了的。何况，这也是部里的决定，我们只能坚决地、毫不动摇地去执行，而且一定要执行好。”

“既然这样，那我坚决服从。”向英杰无话可说，参加革命这么多年，坚决地执行上级命令，是他为人做事的一项铁的准则，哪怕自己心中存有疑惑，那也义无反顾。

招工通告张贴出去后，在社会上引起很大反响，影响力大大超过解放后工厂第一次面向社会招工。这天，陶宗汉又特意来到招工现场，忽听身后一名小伙子大声喊道：“对不起，劳驾，借个光儿。”

陶宗汉定睛一看，发现此人十八九岁的样子，浓眉大眼，长相很英俊，穿着也干净利索，但是人却有些偏瘦、偏矮，站在陶宗汉身边，比陶宗汉足足矮了多半个头。发现自己挡了人家的道，陶宗汉笑着闪开身子，小伙子一扭身奔到了前方一张办公桌前。

“我……我报名。”

“报名？姓名？”工作人员头也没抬。

“黄向荣。”

“家庭住址？”

“海淀黄庄。”听说小伙子住在海淀，工作人员不由抬起头，从海淀到长辛店，坐车怎么也得近两个小时，再说海淀离市里毕竟近些，在市里找份理想工作不是更方便吗？工作人员的疑问也正是陶宗汉想要知道的。

“小伙子，海淀离长辛店这么远，你不在附近找工作，为什么想进工厂呢?”

“上学的时候，我就听说这里是二七大罢工的策源地，毛主席、邓中夏等许多领导人都曾来过这里，解放后，朱老总、彭真同志也多次来这里视察过，所以我非常想成为工厂里的一员。”

这样的回答令陶宗汉十分满意，他对黄向荣自然增加了一分喜爱。原来黄向荣去年高中毕业后，没有考上大学，在家待了几个月。一个偶然，他从报上得知长辛店铁路工厂招工的消息，于是就下定了决心来这里应招，没想到却遭到父母反对，原因是工厂离家太远了，黄向荣的父亲答应为他在城里找一份不算太累的工作，但黄向荣偏就想进厂。听说小伙子来还有这段曲折，陶宗汉心中的爱意已表露无遗，他暗示工作人员把体检表发给黄向荣，让陶宗汉没有想到的是，他和黄向荣之间的忘年交才刚刚开始……

几天后，黄向荣和一批同时进厂的青年工人，在人事科的工作人员带领下，来到了新组建的部件加工车间，车间主任就是陈怀礼。原来尽管陈怀礼当初对推行计划作业法有抵触情绪，也曾冷嘲热讽过，可是后来发现此法对工厂益处多多，便极力拥护，加上几年来又接连搞了几项颇有价值的技术攻关，因而被破格提拔。

“热烈欢迎年轻同志加入到我们部件加工车间，我们车间虽然刚成立，不像锻工车间、机车车间的名头那么响亮，但我们有信心赶上甚至超过他们，因为我们骨子里具有不服输的精神，相信在不久的将来，我们车间会成为整个工厂的骄傲，同志们有没有信心?”车间会议室里，陈怀礼发表着热情洋溢的讲话。

“有。”全体青工声音响亮地回答，陈怀礼满意地笑了。因为事先和人事科有过沟通，对每位青工的岗位基本上已经确定下来，所以青工们被分派给各班组，看着周围的伙伴一个个都被领走了，黄向荣有些心急。

“主任，他们都被领走了，你看我……”

“你叫黄向荣?”陈怀礼上下打量了一眼黄向荣，他不是有意要把黄向荣留下，而是车工班班长到现在还没有来，以黄向荣的身材，适合做一名车工，这是他认真考虑后的决定。

“是啊，我叫黄向荣，主任，您看我的工作是……”

这时，忽听有人敲门，陈怀礼笑着拉开房门，“罗师傅，我猜您也该到了。小黄，这位是车工班班长罗小文，也是你的师傅，将来你就跟着罗师傅学习。”

“小伙子，干车工可是个体力活儿，你得有个心理准备呀。”罗小文打量了一下黄向荣。

“没事，我不怕吃苦。”黄向荣说着，略带腼腆地笑了。

“小黄，罗师傅在咱厂可是鼎鼎有名，罗师傅的师傅，也就是你的师爷刘景德，抗战时大斗日本车工武宫正夫，结果大获全胜，那可是给咱中国工人争了脸的。”说到这儿，陈怀礼顿了一下，“罗师傅继承了刘师傅的衣钵，论车工技术，在咱们厂可称得上是这个。”陈怀礼竖起了大拇指。

“陈主任，话不能这么说，陈家的两代厂长，那才叫这个。”罗小文也挑起了大拇指。黄向荣这才知道，面前的陈主任乃陈家后人，不禁肃然起敬。

“小黄，我希望你不仅要学罗师傅的车工技艺，更要学做人、做事的本色。”

“我一定努力学习。”

2

五月的北京花团锦簇，和煦的春风吹拂在脸上，让人产生一种暖洋洋的感觉，这是北京一年当中气候最适宜的季节。这天，在通往顺义的公路上，行驶着一辆小汽车，车内除了司机外，另有三人：陶宗汉、向英杰以及北京市委工业部副部长张彭。早在几天前，陶宗汉打电话给张彭，听说北京汽车附件厂用极其简陋的设备，制造出“井冈山”牌小汽车，他们想去参观，希望张彭部长能够亲临指导。张彭听说后，当即就答应了，于是才有了这次同行。

北京汽车附件厂规模不大，就人数而言，相当于长辛店铁路工厂一两个车间而已，但他们却敢为天下先，在行业内竖起了标杆。因为有张彭部长在，对方极其重视，由厂长亲自陪同。陶宗汉和向英杰都极其兴奋，尤其是向英杰，不断地挥动着他仅有的左手。

“张部长，这次参观学习，我的感受实在是太深刻了，我觉得我的思想也彻底解放了，人家汽车附件厂，无论从规模上还是机械化程度上讲，都跟我们厂存在着不小的差距，但人家愣是研制出了小汽车，我们没有理由不迎头赶上，我们有信心自己制造出蒸汽机车。”向英杰说着，向陶宗汉使了一个眼色，陶宗汉也赶忙附和。原来，陶宗汉和向英杰早就有试制蒸汽机车的想法，可他们不清楚市委的态度，所以借调研为名，把张彭约出来，实际上是想探听市委领导的意见，张彭如何不知？

“两位的双簧演得不错嘛，看来试制蒸汽机车是你们厂领导班子事先商量好的，那市委肯定支持，六十年的修理老厂也该朝制造的方向上走一走了。但我有一个小小要求，你们的机车能不能争取在‘七一’前制造出来，那样就可以向党的生日献礼了，当然，时间上紧了点，我的意思是，试制蒸汽机车，还是以质量为上。”

“没问题。”陶宗汉和向英杰异口同声。张彭想多了解点情况，他估计工厂肯定做了精心准备。

“那我问问你们，试制蒸汽机车，你们选定的是哪种型号，对于机车车辆，我虽然是个外行，可也知道目前在线上跑的车型品种繁多，大概有一百多种机型呢！”

“我们经过慎重研究，决定选用‘建设型’蒸汽机车，该款机车在两年前由大连机车车辆工厂副总设计师瞿赳同志主持设计，该车型是在原有‘解放型’蒸汽机车的基础上，加以现代化改进，是我国当前货运主型蒸汽机车，和其他国家相比，也具有较先进的水平。”向英杰字斟句酌，他是主管生产的副厂长，几年来通过不断学习，对目前我国在线运营的机车车辆型号以及各自优缺点了然于胸。张彭对向英杰的回答很满意，但他心里还是有点不踏实，毕竟离七一满打满算也只有四十多天了，这么短的时间，想要完成从修理到制造的跃进，这能行吗？陶宗汉看出了张彭的心思，他故意采用了一种轻松的语调。

“张部长，在决定向市委汇报之前，我们已先向铁道部请示了，部领导十分支持，答应向我们敞开所有大门，机型、图纸任由我们挑选，有了这把尚方宝剑，我们才有底气呀！”

“好呀，敢情你们早就下好了套，专等我往里面钻啊。”张彭说罢，哈哈大笑。

由于得到铁道部和北京市委的大力支持，长辛店铁路工厂研制蒸汽机车便正式提到日程上来。消息传开，一时间各种议论都有，赞成、拥护的占大多数，但难免也有异音，其中有的便传到了陶宗汉的耳朵里，细想想，也并非毫无道理，毕竟制造机车不是一件小事情，在全国也只有大连和青岛的两家工厂能够制造，而且数量还非常少，长辛店铁路工厂自开工以来，从来也没有人提出过制造机车，而且时间还这么短，是不是有点不自量力了？经慎重考虑，陶宗汉决定召开全厂动员大会。

这天，工厂南门出车线的广场上人头攒动，万人动员誓师大会在这里举行，陶宗汉主持会议。看得出来，陶宗汉十分激动。

“同志们，我向大家宣布一个好消息，党的八届二次会议刚刚胜利闭幕，会上，毛主席向全国人民提出了‘鼓足干劲，力争上游，多快好省地建设社会主义’的总路线。总路线就像一盏明灯照亮了我们前进的方向，全国人民都行动起来了，我们能落后吗？”

“不能！”万人巨吼，声音长贯寰宇。

“可是，我们当中有些人却在困难面前退缩了，说什么四十多天就想造一台蒸汽机车，简直是痴心妄想！在这里，我要向那些落后分子宣战，共产党人不仅敢想，而且敢干，更能干好。那些落后分子只看到了摆在我们面前的困难，却没有看到我们所拥有的优势，我们是一个具有光荣革命传统的老厂，我们有经验丰富的工人师傅，更有朝气蓬勃的年轻一代，最为关键的是，上级机关对我们全力支持，我们没有理由不攻下这座难关，我们一定能够试制成功。我们不仅要高质量地造好这台蒸汽机车，更要在七一以前造好，我们要向党的生日献上我们最为隆重的生日贺礼！”

台下暴风雨般的掌声把陶宗汉的话语打断了……

关掉电台开关，老K颓然地仰面倒在床上，台湾方面来电，让他最近采取点行动，给大陆如火如荼的“大跃进”泼点冷水。如今工厂正在为试制第一台蒸汽机车而跃跃欲试，从时机上讲，应该是有机可乘。但老K却不想有所行动，原因是多方面的：第一，老蒋跑到台湾已经快十年了，连抗美援朝这样的大好机会都没有抓住，今后还想要反攻大陆，纯粹是自欺欺人；第二，刺杀陈发以及挑唆边刘小组，最终都没有成功，对他的自信心是巨大打击；第三，也是最为关键的，他从心底里有点怵向英杰，别看向英杰已经升任生产副厂长了，但老K心里清楚，继任保卫科长的张春阳，是向英杰的死党，工厂从来也没有放松过对特务的防范，尤其是试制蒸汽机车期间，他相信一定是外松内紧。

“你们在台湾吃香的喝辣的，倒让老子去卖命，想得美!”老K在心里愤愤地想。可是台湾方面的指令不去执行，他也知道后果很严重，老K决定，此番只对个别人下手，利用当前的政治形势，如果能将陶宗汉的左膀右臂给砍掉，估计对台湾方面也能交差了，这么想着，老K阴阴地笑了。

3

制造蒸汽机车，对于工厂来说，毕竟是大姑娘上花轿——人生头一回，虽说千头万绪，但因为准备充分，各项工作都在有条不紊地推进着。一台蒸汽机车上有几万个零部件，都要一个一个地现做，其中有一千多件要用钢水、铁水、铜水铸造，然后再到床子上精加工。要铸造就得要先做木模型，然后再翻砂，于是模型工就成了这场“战役”的急先锋。所以开完动员大会，陶宗汉就把主管新产品开发的副厂长袁咏松叫到厂部会议室，因为货车车间主任患病住院，袁咏松暂时代理，同时还拉来了部件加工车间主任陈怀礼。

“咏松，今天把你找来，主要是为了新造机车上使用的零部件，制造这些零部件，需要做上千件木模型，而且给你们的时间只有十天，你看看能不能按时保质保量地完成?”毕竟是老二七出身，陶宗汉对生产流程的关键问题还是抓得很准的。

“我们保证完成任务。”袁咏松很自信地回答。

“坐下，先别忙着打包票。这次交给你们的任务时间紧数量多，有什么困难尽管提出来，工厂会尽全力为你们解决。”

“陶厂长，我们最大的困难就是缺少图纸，没图纸，我们就是有一身力气，也不知道该怎么使呀！”

“这点你放心，在大连机车车辆工厂的大力协助下，我们借来了几千张图纸，工艺科的技术人员已将这些图纸分类，同时进行了 33 项技术改进，使其更加合理，在此基础上编制出了工艺文件，制定了操作规程，明天一上班，你就可以把属于你们车间的图纸全部拿走。”

“那太好了。”袁咏松兴奋得直拍大腿。

“同时，我决定，把工厂全部木工和模型工集中起来，交给你统一指挥，还有，你们车间只有两台机床，上千件的木模型，几乎件件都有镟活儿，这就要歇人不歇马地抢活儿干，人手自然不够，所以，陈主任，这就需要你们部件加工车间大力支持了。”

“没问题，现在试制蒸汽机车是头等大事，我们车间全力支持。”陈怀礼拍着胸脯保证。

“那就好，我让罗小文师傅去支援货车车间，怎么样？”

“好的，我回去就跟罗师傅说。”听说罗小文也来支援，袁咏松的心里更踏实了。

第二天，袁咏松亲自领人从工艺科抱回一大摞图纸，按类别分发给每一位模型工，一霎时，木刨床已经嗡嗡地转动起来，飞溅着的木屑就像是节日里的礼花。大锯、小锯、斧子、刨子一齐上阵，那个热闹劲儿就甭提了，大家伙儿都把内心的喜悦表现在了冲天干劲儿上。这时，黄向荣跟着罗小文也来到了货车车间模型班，工厂试制蒸汽机车的消息，他也早已知道，只是他才进厂，作为新徒工他只有眼睁睁干着急的份儿，但是车间里热火朝天的火热场面还是迅速感染了他。

活儿多，而且要求立等可取，下道工序催得急，所以罗小文那几天干脆吃住都在模型班，从早晨一直干到深夜，没活儿时就在休息室里眯上一小会儿，什么时候来活了就什么时候动手。而黄向荣也陪着师傅做一些力所能及的杂活儿，为罗小文省下不少体力。身为代理主任，袁咏松更是亲自坐镇，需要他出面协调的，绝对亲力亲为，他的双眼几乎熬出了血丝。

让陶宗汉没有想到的是，原本以为十天都很艰苦的工作，在大家昼夜轮番地苦干巧干之下，竟提前四天完成了任务，这就等于为整个工程打下了一个良好基础。陶宗汉很高兴，他也有几天没着家了。上午，何香草打来电话，让他今天无论如何也要回家一趟，说陶一丁对生产蒸汽机车也很上心，非要亲自听他“汇报”情况，别人谁说他都不信，为此还发了脾气。陶宗汉听了以后，唯有摇头苦笑。

恰好第二天是厂休日。陶宗汉觉得自己仿佛要散架了，他有的时候也想，毕竟是奔六十岁的人了，精力、体力都大不如从前了，适当的时候也该退下来了。可是刚躺在床上，迷迷糊糊地似睡非睡时，陶宗汉忽然被何香草推醒了。

“宗汉，你听，外面的雨好大，厂子里别出什么事吧？”

迷糊中的陶宗汉一时没反应过来，愣怔了半晌，当听到外面“噼噼啪啪”的雨声时，他就像是受到惊吓的小鹿一样，一下从床上跳了起来。

“不好，模型班新做好的模型千万别叫雨水给泡了。”

说着话，陶宗汉三下五除二穿好衣服，顾不上拿雨伞便冲出了屋门，等到何香草找出雨伞，哪里还有陶宗汉的身影？终究放心不下，何香草也拿着雨具进厂了。陶宗汉一路小跑着直奔模型班，等到他赶到时却发现很多人已提前赶到模型班，他们将做好的模型用塑料布严严实实地盖好，陶宗汉的双眼瞬间有些潮湿了。

边孝正这些日子心情有些郁闷，工厂试制蒸汽机车这么一件大事，他根本就插不上手。其实他所在的锻工车间，也承担了锻造车架尾梁的任务，可是工厂除了要完成正常的修车任务外，还接到了一批锻造大锤的活儿，此外还要配合全国大炼钢铁的形势，锻铁一百四十七吨，边孝正忙得恨不能长出三头六臂。边德贵看出了儿子不对劲儿，同时制造蒸汽机车的事自然也牵动着他的心，尽管老头儿已在两年前因为工作需要，调入了位于朱家坟的六一八厂，但仍然心系长辛店铁路工厂。

“孝正，工作上有什么不顺心的事，说出来听听？”

“没……没什么。”边孝正还想掩饰，他不想让父亲担心。

“不对，你一定有事，是不是厂子里没让你参加制造蒸汽机车，你的心里有情绪？上次我就跟你讲了，现在厂子是几线作战，完成正常的修车任务是最基本的，同时响应国家号召多炼钢铁，那是根本方针，不能因为生产新机车就动摇了根本。工厂领导就是因为重视你们，才把你们放在了最重要的岗位，你心里应该有数，不能胡想。”

“不是，爸，我不是那么糊涂的人，可是现在进度让问题卡住了，他们还不让我参加，我心里就想不通了。”

“说说看，什么问题？”边德贵不禁皱了皱眉。

“好像是汽锤的力量太小，打不动机车尾梁那么大的活儿，尾梁有一千三百公斤重呢！”

“这么重！”边德贵不禁脱口而出，继而朝边孝正宽慰地笑笑，“没事，孝正，明儿一早我跟你一同进厂，你还安心干你的活儿，咱们厂有那么多的老锻工，相信一定有解决的办法。”

“可是，爸，六一八厂那边……”

“没事，老倪头家儿媳妇是六一八厂检查员，我去跟她说一声，让她帮我请个假。”

第二天，东方的天边才微微有些发白，父子俩早早来到了厂门口，边德贵一进车间大门，就被车间里热闹的景象吸引住了，大家伙儿见了边德贵都热情地打招呼。

“边师傅，您来了，您的身体还好吗？”

“怎么样，在六一八厂还顺心吧？”

大家伙儿像见了亲人似的，把边德贵团团围住，问长问短，搞得边德贵一时不知如何是好，只觉得喉咙有些发紧，这个时候王凤赶了过来。

“边师傅，您来了，是小边同志把您请来的吧？”王凤笑眯眯地望着父子俩。

“王主任，问题我都清楚了，昨天晚上我又仔细想了想，咱是不是可以把砧子拆了，换上一块垫铁，这样就可以加大汽锤的冲程，从而加大汽锤的冲击力量，这样或许行。”

“真是英雄所见略同。”王凤不禁大笑。原来，王凤刚才和几名老师傅商量了一下，也琢磨出了这么个法子，看来大家想到一块儿去了，听王凤一解释，边德贵也笑了。

“王主任，那还犹豫什么，咱们就先试着干一根吧。”边德贵说着，甩掉了身上的褂子，这时边孝正把他自己的一件工作服拿来了，边德贵穿上，一副跃跃欲试的样子，仿佛他还是车间里的一员。

“边师傅，您别干了，出点主意，在旁边指点指点就行了。”

“怎么，拿我当外人了？”边德贵的脸色有些发沉。

“没有，您能来，我高兴还来不及呢！”王凤赶忙辩解，这么一来，他倒不好再拦着边德贵了。

于是，边德贵又拿出当年打道夹板时的猛劲儿，像个大将军一样坐上了操作台。可是新机车的尾梁实在太大了，边德贵干了这么多年锻工，还从来没干过这么大的活儿，一霎时，红红的铁块映红了他的国字脸，眼睛烤得有些发干，嗓子里像冒了烟似的，而身上的汗水止不住地往下淌，工作服就像水洗了一样贴在身上，但边德贵仍卖力地干着。那方铁块随着“嗵嗵嗵”的汽锤声，驯服地改变着形状，旁观的工人们惊讶得交头接耳。这时，陶宗汉来了。原来，打机车尾梁的难题同样也揪着陶宗汉的心，听王凤简单介绍情况后，他直奔边德贵而来。

“边师傅，快下来歇歇吧，剩下的活儿留给年轻人去干吧。”

“陶厂长，您别把我当外人，这台汽锤我熟悉，它可是我的老伙计了。”边德贵乐呵呵地说着。这时，尾梁需要重新加热，边德贵便腾出工夫歇了一小会儿，“陶厂长，虽然我已经调离了咱厂，可是新造蒸汽机车这台戏，不能不让我唱啊！哪怕只是个跑龙套的呢！”

“不是那个意思，您的岁数也不小了，我怕您身子吃不消。”

“没事，您没听说吗？铁匠的身子比钢还硬。”说着话，边德贵伸出胳臂，冲大家伙挥舞着，“看这肌肉，不比你们年轻人差，干它三天三夜都不会怯阵。”一番话说得大伙儿都笑了起来。直到夜里两点，尾梁终于打成了，大家伙儿兴奋地把边德贵抬起来，抛向天空。

向英杰熬得眼睛都红了，几天了，他只在车上打了个盹儿，原来，他亲自带人赶赴天津。锅炉对于蒸汽机车来讲，就是一个动力源，而要制造锅炉，无论从设备上、人力上，还是从技术水平上，工厂都有不小差距，但这个时候也只能迎难而上。在材料准备上首先就出现了难题，原来在北京地区根本买不到符合规格的钢板，材料科的人急得火上房，联系了所有能够联系的单位，终于打听到天津材料厂有这种钢板。向英杰听到汇报后，当即命令备车，车上拉着氧气和瓦斯锅，一应人连夜赶往天津。

赶到天津材料厂时，已经是半夜一点多了，因为材料厂是个重要单位，所以晚上大门紧闭，而钥匙则在厂长手里。向英杰明知道这时候找人不礼貌，可也顾不了许多，打听到厂长家的地址后，直接带人敲开了厂长家的房门，面对惺忪状态的厂长，向英杰一个劲儿地赔不是，说明来意后，厂长很豪爽地握住向英杰的手。

“没关系，大干社会主义，我们就要争分夺秒，否则怎么赶英超美？你们首都来的同志，觉悟就是高。走，我带你们取材料去。”

一进车间大门，大家伙儿就看见了那张巨大的钢板，都兴奋得跳了起来，甚至有的马上就蹲下身子量材料的长短，氧气工也把氧气瓶和瓦斯锅推了进来，马上就要现场切割。

“对不住啊，厂长同志，我们实在是着急呀，这台新机车准备向党的生日献礼，我们必须抓紧分分秒秒。”向英杰在旁边做着解释。

“没事，你们忙吧，只要小心点就行。”厂长被大家伙儿高涨的热情感动了。

经过一夜忙碌，制造锅炉所需要的材料终于备齐了。天刚亮，大家伙儿便启程往回赶。可是负责制造锅炉的技术人员一看却傻眼了，这几张二十公厘厚的钢板，要把它卷成圆筒状，非得用大滚板机才行，可工厂目前没有这套设备，和周边的几家工厂联系，回答也是没有。万般无奈之下，向英杰拨通了张彭副部长的电话，把目前工厂生产蒸汽机车的进度向张彭做了汇报，当然，重点谈到了目前的困难。

“向厂长，你不要着急，我给你们联系一下，你等我电话。”

撂下电话，尽管内心很焦急，但也只能耐心等待，好在时间并不长，张彭的电话就打来了，他告诉向英杰，金属结构厂有这样的设备，而且已经跟他们打好了招呼，人家很热情，听说六十多年的老厂试制新车，而且是北京地区首创，表示全力支持，宁可先放下自己的工作也要帮助长辛店铁路工厂。向英杰听说后，连长向张彭表示感谢。

钢板被加工成符合标准的圆筒状，可是如何把几个圆筒焊接起来，这又是一个难题。焊接不好，将来是要漏水、漏气的。可是这种活儿过去大家都没干过，心里没底。关键是刚卷完的钢板不能用汽车运，否则一旦发生变形，会更加难办，必须想办法就地解决。好在离金属结构厂不远，有个洪兴锅炉厂，人家是专门制造锅炉的，技术水平没的说，于是向英杰亲自出面和人家协商。没想到洪兴锅炉厂满口答应，而且他们一个姓孙的厂长亲自领人干，这让向英杰十分感动。他带了十几名焊工也在现场边干活边学习。

“小伙子，你不能这么焊，这样焊的质量不好，赶紧铲掉重来。”孙厂长的语气很严厉。原来，工厂去的一名年轻焊工为了赶时间，没有按要求平焊，而是采用两边偏着焊的办法，他觉得这样焊的焊缝比平焊只差了一两公厘，估计对焊接质量没什么影响。没想到被孙厂长看见了，“小伙子，这可是咱北京自己生产的第一台火车头啊，谁也不能让它的质量差一点！”那名年轻焊工听了，赶紧把先前焊的那部分用扁铲铲掉了，又按技术要求重新焊接上。

锅炉焊好后运回厂里，进行水压试验，嘿，没有一处漏水，质量顶呱呱！向英杰满意地笑了，直到这个时候，他才觉得浑身上下没有一处不乏的，只想倒头大睡。

6 月 13 日夜里十二点，新机车终于落车了（指给机车安上车轮），也就是从这个时候起，陈发才真正忙碌起来。因为车上各种各样的管子，有粗的、细的、长的、短的，加起来足有一千多米，要让它们规规矩矩地各归各位，非得有他这个“机车大夫”坐镇不可。所有的线路图都在他脑子里装着，所以陈发倒也不慌不忙，带领着阀动班成员，有条不紊地干着，陶学谦更是起到了独当一面的作用，不出两个小时管线便组装完毕，陈发刚想坐下来抽口烟，忽听有人喊道。

“陈师傅，您快来看看吧，自动加煤机怎么不动呢？”

陈发一听，赶紧把烟掐了，直奔煤水车。机车上的自动加煤机，是这一两年才出现的新装置，以前都靠人工加煤烧火，虽然只是一套小装置，可也有瓦，有轴，有摇杆、汽缸等。只要有一件工作不正常，煤就无法加到锅炉里去，如果锅炉烧不起来，又如何叫机车运转起来？

尽管心里起急，可陈发知道，干着急不管用，先得把自动加煤机的毛病找到，然后才能“对症下药”，他很沉着，戴着老花镜干脆钻到机车底下，一件一件地检查自动加煤机上的零件，可是查来查去并没发现问题，他又把汽缸前后进汽的次序重新调整一遍，还是没发现问题。

“不行还是对对图纸吧，别是干错了。”有人小声嘀咕。陈发当然听到了，但他还不想放弃，因为按图纸查找原因，耗费的工时实在太多了，凭他的经验判断，既然各部分零件都是完好的，那一定就是小问题，于是他继续找，过不多久，他终于找到了“病因”，原来是管道里运煤的螺旋杆和管道中间的距离过大，以至叫煤给卡住了。

“学谦，你叫几个人把那里面的螺旋杆拆下来，把它的扣加高，然后再装上试试。”

“好嘞。”陶学谦招呼几个人，按着陈发的吩咐去做，再一试，气门一开，煤就从管道自动飞进了锅炉里，全场爆发出热烈的掌声。

1958 年 6 月 16 日，对于长辛店铁路工厂发展史来说，这一天永远值得铭记。一辆由长辛店铁路工厂制造的编号为 5321 号“建设型”蒸汽机车终于下线试车了！

上午九点整，陶宗汉、向英杰等人陪同铁道部领导，一同为新机车剪彩。在大家伙儿的欢呼声中，火车司机拉响汽笛，扳动前进手柄，机车徐徐启动，驶出了南门交车线，机车后面挂的客车上，跟着许多人，由向英杰亲自压镇，大家的脸上都乐开了花。试车第一站便是长辛店火车站，此时车站上早已彩旗飘舞，职工家属秧歌队自发地集结在这里，看见披红挂彩的机车徐徐驶来，老太太们高兴地扭起了秧歌，那情形简直比过年还要高兴。

机车沿着长辛店到涿县区段在线运行，火车司机看着表盘，指针一会儿指到六十，一会儿又达到七十、八十，最后是以每小时九十公里的速度行进，各部运行平稳，他的心里有了底。而陈发和陶学谦站在车头外面，手扶着扶手杆，静静地听着机车机械部分各阀的运转声，尽管外面风力很大，但他俩却纹丝不动，不敢有半分懈怠。

车到良乡站，站上同样聚集了不少人，大家都想看看仅用了25天就造出来的新车头到底是个啥样。车刚停稳，跟着试车的工友便去摸大轴，发现一点也不烫。

“向厂长，大轴一点也不热。”

向英杰也过去摸了摸，脸上露出了满意的笑容。大轴不烫，说明机车各部运转正常，这台新造的蒸汽机车不仅成功，而且性能良好，这标志着长辛店铁路工厂六十年来只能修车，不能造车的历史从此结束了！

几天后，诗人郭沫若从报纸上看到首都第一台蒸汽机车在长辛店铁路工厂试制成功的消息后，非常兴奋，挥毫题诗：

路线光辉照耀，
党委正确领导，
陈规旧矩焚烧，
大跃进中飞跃。
二十五天时日，
四方大力协调，
机车新型建设好，
不久内燃能造。

4

成功试制蒸汽机车的喜悦还没有完全褪去，陶宗汉便又遇到了一个不大不小的难题。正像向英杰事先所担心的，工厂在短时间内一下招进了几千名新徒工，解决这几千人吃饭、住宿，便成为首要问题。为此，陶宗汉特意把厂内后勤部门所有负责人召集起来开了一个会，会上大家觉得最困难的还是住的问题，现有的男女单身宿舍根本不够住，最后由陶宗汉拍板决定，将工人疗养所、技术馆、夜校、游艺室以及一部分仓库腾出来，专门用做宿舍，这才刚刚把人容下。

这些天长辛店大街可真算热闹开了，时常会看到三五成群的年轻人在工余时间逛街，他们中的大多数都是头一次来到千年古镇，古镇纯朴的民风感染了他们，当然，更让他们激动的是那些二七大罢工留下来的遗址：劳动补习学校、娘娘宫、火神庙……仿佛那些历史并不曾远去，还有让人称奇的是，甭看大街南北长也就五里地，可是却同时汇聚了佛教、道教、基督教等多种宗教元素，体现在建筑上，则有老爷庙、清真寺、天主教堂等，这在整个北京城都是极其罕见的。然而这一天，镇子上忽然来了一队身穿铁路制服的人，见到有卖碗、筷的店铺，几乎就是个全包圆，以至于大街上这类东西都快要脱销了，有人以为发生了什么事，细一打听才知道，原来是厂子里的食堂工作人员上街采购，因为一下多出几千人到食堂吃饭，碗筷都不够用了，让人虚惊一场。

不管怎么说，这些徒工总算初步安顿下来了，可是如何消化这些生力军，让他们尽快融入生产队伍当中，还是个难题。厂子里经验丰富、精力充沛的老师傅毕竟有限，而且带徒弟不像在学校里面学文化，很多时候需要言传身教，不可能一个人同时带很多人，那么一时无法安排岗位的人该怎么办？总不能让他们闲着吧！为此，工厂特意召开了一次厂部办公会议，有人建议不如趁早退回一部分徒工，以减轻工厂压力。最后大家把目光都投向了陶宗汉，而陶宗汉似乎胸有成竹，这也是他考虑了许久之后的决定。

“看来，我们计划中的货车分厂可以提前开工了。”

此话一出，不少人都面露喜色。原来，早在年初，工厂党委会曾经专门讨论通过，为了工厂长久发展，优化产业结构，决定在离工厂八里地之外的卢沟桥畔，再开工兴建一个新厂，行政隶属工厂管理，但成为一个相对独立的分厂，将来厂内所有与货车有关的业务统由分厂来完成，这样会使工厂的生产更加走向系统化、专业化。计划上报铁道部后，得到部里全力支持，只是因为准备不足，尤其缺少施工人手，工程并没急于展开，但是购买用地等前期工作已然谈妥。

“我仔细考虑了，决定先把这几千名徒工，分成几批，每一千人为一批，以一个月为期限，轮流到工地参加基建，剩下的则安心在厂内学习技术，这样，新厂建设与徒工学艺两不误，等到新厂建成后，徒工的技艺也已经成熟，无论在新厂、老厂都能独当一面了。”

“我同意陶厂长的建议。”向英杰率先表态，于是其他人便纷纷点头，这件事情就这么定了下来。

“那么好，第一批徒工由我带队。”陶宗汉很少有地摆起了家长作风，颇有点一锤定音的架势，众人面面相觑，还是向英杰开口了。

“陶厂长，这不行，你得在厂子里坐镇，万一有事需要你拍板定夺，那可怎么办?”

“反正新厂、老厂离得又不远，如果真有事，派个人来通知我，也不会耽误，这不是让我留下来的理由，大家的好意我心领了。但这件事没商量，而且还要定下来，今天凡参加会议的，每两个人一组带队一个月，和谁组合可以自由决定，名单最迟明天下班前报给我。至于这种劳动形式什么时候结束，要看工程进度和厂内生产状况再决定，你们觉得怎么样?”

“没问题。”众人异口同声。

几天后，第一批工程建筑大军便在陶宗汉和张春阳的率领下，赶赴规划中的新厂地址。年轻人聚在一起，总会迸发出青春的火花，一路上欢声笑语，似乎总有使不完的劲儿，就连陶宗汉都被感染了，仿佛自己也年轻了十岁。

“陶厂长，向厂长是一级英模，他手上是不是真有一张免死证啊?”有人向陶宗汉提问。

向英杰是老红军，又是一级战斗英雄，厂子里都传言，他手上有一张毛主席亲自签发的免死证。这种无伤大雅的坊间传说，向英杰听了只是微微一笑，不置可否，于是更加具有传奇性与神秘性。

“你们相信向厂长手上有免死证吗?”陶宗汉微笑着，周围的人你看看我，我看看你，都是一副吃不准的模样，陶宗汉倒“呵呵”地笑了起来，“我们共产党人从来不搞免死证这一套东西，那是封建皇帝玩的骗人把戏。我们提倡全心全意为人民服务，无论你立了多大功劳，只要犯了罪，就要接受人民的审判，像刘青山、张子善，以前哪个不是功劳显著?可是一旦站不稳立场，犯了不可饶恕的罪行，还不是一样被公开处决?所以向厂长手中根本没有免死证，他也从来不需要那玩意儿。”大家伙儿听了连连点头，说话间，施工现场到了。

眼前是一大片庄稼地，因为年初被征用，开春后农民没再耕种，拉里拉杂地长了很多野草。许多人见到这情景，心里不禁有点发怵，我的妈呀，要在这一大片土地上盖厂房、修铁路，还得盖家属宿舍楼，那是多么大的工程呀！这么干下去，虽说一个月一轮换，那也没有个头啊！那什么时候才能学到技术啊?大家伙儿的情绪一下子有些消沉，陶宗汉自然看出来了。

“怎么，心里打鼓了?”陶宗汉环视了一下四周，不禁提高了嗓音，“再造一个新厂，当然是个大工程，其中的困难也会不少，但我们不应该被它吓住，我们要藐视它，同时也要正视它。我们应该庆幸，我们处在一个大跃进的时代，许多前人没有做甚至不敢想的事情，我们这代人都尝试着去开创了。想想吧，再过十年、二十年，这里将诞生出一个现代化的大工厂，到时厂房林立，机器声、马达声轰鸣，那是一幅多么壮观的景象啊！到那时，我们可以骄傲地对我们的后代说，这工厂是在我们手中建成的。”陶宗汉语气激昂，带动众人也兴奋起来。

“同志们，陶厂长说得对呀，正所谓‘人生能有几回搏’，年轻人此时不奋斗，什么时候奋斗呢？”张春阳带头鼓掌，他现在是工厂最为年轻的中层干部。陶宗汉等掌声平息下来后，方才接着说道：

“当然，有些人心里有顾虑，担心这样下去学不到技术，在这里，我可以负责任地告诉大家，绝对不会！首先，在工厂不像在家、在学校，今后，你们要经常接触各种机器，那可都是些铁家伙，用得好，它是驯服的，用得不好，它就是头猛兽，说不定哪天就会咬上你一口，别笑！”陶宗汉指着身边一名小青年，语气有点严肃起来，“我这可不是在开玩笑，解放前，工厂里每年都有死伤事故，就是现在，也不能完全避免，所以这就希望你们要从思想上重视起来，而要想减少工伤事故的发生，熟悉你的工作环境则是很重要的，尤其是你们所要操作的机器。一般情况下，师傅们都不会很快让你们上手，他们要先磨磨你们的性子，在这里参加劳动，就算是一门课程吧。其次，你们在这里搞基建的时间不会很长，一旦初具规模，我们就会请专业的施工队伍来，而且工程建设也会是循序渐进的，也就是说先建成一个厂房，只要能利用，就先利用上，到那时，就会给大家提供更为广阔的发展空间。这段时间，对于你们的成长来说，其实是一个很重要的时期，是你们从一名青年学生到技术工人的转变过程，我希望你们都能顺利过渡，我这么说，你们明白了吗？”

“明白。”众人一词地回答。

初期的工作主要是平整土地，按照图纸要求，挖好符合标准的地基。大家伙儿分工协作，有挖坑的、有运土的，繁忙而不紊乱，张春阳甚至还带头唱起了歌，在歌声中大家的干劲更足了。陶宗汉负责推车运土，他干脆脱了褂子，只穿一件跨栏背心。

“陶厂长，当心别感冒了。”张春阳提醒着陶宗汉。

“没事，是不是看我老了？告诉你们，我还行，小伙子，把车装满点。”负责装车的年轻人恰恰是黄向荣。陶宗汉起先并没注意，这下认出来了，“是你呀，小黄，不要瞅大家，按我刚才说的，只能多不能少。”黄向荣左右看了看，又往车里加了几锹土。

中午，食堂的同志从厂子里运来了可口饭菜，还有解暑的绿豆汤。原来按照陶宗汉的安排，凡是来参加劳动的人员，工厂免费提供一份午餐，算是额外补助，但是有一条，绝对不许浪费。陶宗汉没想到，家里的小保姆何桂花也跟着来了，她手里提着一个布包，看得出来，包里是一个饭盒。

“桂花，我不是说了嘛，中午厂里管饭，不用送过来。”

“香草姐怕您吃不惯，所以叫俺给您送过来的。”

饭盒里是尚有余温的包子，是姑娘中午新蒸的，“桂花，你一定也还没吃吧，你先吃两个。”

“不，陶大哥，这是给你的，家里还有呢！”

“那好吧，你回家吃热乎的，桂花啊，你先回去吧，下次可不能再送了。”陶宗汉说着，温和地冲何桂花笑了笑，之后便来到一群小伙子中间，盘腿坐在地头，把手里的包子分给了几名小伙子，和大家一起吃着食堂送的饭菜。这时候，他想起了那年抢修卢沟大铁桥时的情景，一晃已经过去快十年了，真是天翻地覆啊！陶宗汉没有注意到，不远处何桂花正怔怔地瞅着他，满是崇拜的神情。

自从大批徒工入厂后，陶宗汉只要有时间，都要去单身宿舍看看他们，这在他是一种习惯，更是一种责任。这天，尽管已经很累了，但陶宗汉还是照例去单身男宿舍去巡视。经过一天劳作的徒工此时大都已沉入梦乡，看着这些朝气蓬勃的年轻人，陶宗汉想起了远在天边的陶志坚，那是自己一生的牵挂与骄傲。忽然，陶宗汉发现一个床铺上堆着刚换下来的工作服，而床上却没人。陶宗汉不由摇了摇头，他估计小伙子不知去哪里贪玩了，想到第二天还要上班，工作服肯定没时间洗了，于是陶宗汉亲自把那堆脏衣服拿到水房，悄悄帮着给洗了，还在小伙子的桌子上留了张字条："小伙子，下次一定要先洗好衣服再出去玩。"做完这些，他悄悄地离开了。

其实陶宗汉并不知道，这个空床正是黄向荣的，小伙子的爷爷已近八十高龄，身体近来一直不太好，黄向荣因为惦记爷爷的病情，加之第二天正好轮休，所以下班后就急匆匆赶回海淀了。等到上班的时候，黄向荣早早来到宿舍，打算换好工作服去上班，却发现工作服已经有人给洗了。当看到陶宗汉留下的纸条时，黄向荣知道，工作服是陶宗汉帮忙给洗的，想到人家是大厂厂长，又是一名老红军，黄向荣的心中不仅是感动，更多的是敬佩。

5

这些日子在陶宗汉的生活中，接连出现了几个没想到，他没想到工厂仅仅用了25天时间，就试制出"建设型"蒸汽机车，机车试运行成功的消息发布后，没想到大诗人郭沫若为此还专门赋诗一首，其中最后一句，"不久内燃能造"，更是对工厂提出了新的期望。造内燃机车，是陶宗汉心中一个早就确立起来的梦想，他相信这也是全厂职工心中的一个共同梦想，什么时候朝着理想迈出关键的第一步呢？是时候了，一个跃进的时代，人的想法也应该是跃进式的，陶宗汉为自己这个隐秘的想法而激动着。

一次干部会议上，陶宗汉本来想把自己的想法提出来，让大家讨论，没想到，还没等到他开口，袁咏松却抢先发言。

"陶厂长，我有一个不算成熟的想法，想在这个场合说出来供大家参考。"看见陶宗汉鼓励的眼神，袁咏松接着说，"我们厂既然仅用25天时间就成功试制出了蒸汽机车，那我们何不乘着大跃进的东风，向内燃机车领域挺进呢？从长远眼光看，内燃替代蒸汽，那是必然趋势，而我们厂又是一个有着二七光荣传统的老厂，我们为什么不能敢为天下先呢？”话音未落，人们开始交头接耳。

“袁副厂长说得对，我们就应该乘胜前进。”

“将来的长辛店铁路工厂，应该是一个内燃机车的制造大厂。”

……

与会场上亢奋的众人不同，向英杰静静地坐在那里，似乎在想心事。

“小向，你觉得这件事情怎么样？”

“我？”向英杰仿佛被惊着了，“我完全拥护党委的决定。”听得出来，向英杰的话有点敷衍。袁咏松的提议和党委的决定，其实是两个概念，向英杰有意把它们混淆了，陶宗汉并没点破，会议以举手表决的方式，同意了袁咏松的提议，工厂决定正式向铁道部提出申请，自行试制内燃机车。

会后，陶宗汉特意留下了向英杰，关起房门，陶宗汉语气诚恳。

“小向，现在就咱们两个人，把你心里的想法说出来吧。”

向英杰愣了一下，知道自己内心的真实想法没能瞒过陶宗汉，遂清了清嗓音：“制造内燃机车，我当然没意见，我举双手……算了，我也没有双手，我全力支持。”向英杰说到这儿，自己也笑了，“但是我们现在连批量生产蒸汽机车的能力都达不到，批量生产内燃机车就更达不到了，我们选择的时机是不是早了点？再说了，试制内燃机车，我们前期准备工作并不充足，就连试制机车的型号都没有确定……当然，这只是我的个人想法，既然党委作出了决定，一旦获得部里批准，我一定会义无反顾地执行，争取早日把内燃机车造出来。”向英杰说完，站起身离开了会议室，望着向英杰的背影，陶宗汉陷入了沉思。

工厂关于试制我国第一台内燃机车的报告，报到铁道部后，得到部领导大力支持，经部领导亲自协调，决定从集宁调来一台从匈牙利进口的 ND1

型内燃机车作为试制样机。此消息像长了翅膀一样在厂内迅速传开，广大职工纷纷向厂部、党委递交决心书，要为内燃机车的研制做出自己的一份贡献，工厂为此还特别成立了内燃机车办公室。但是陶宗汉并没有被喜悦冲昏头脑，他清楚，工厂研制内燃机车，实际上涉足的是一个全新领域，难度远远超过研制蒸汽机车，别的不说，只是试制样机入厂后，机车一旦拆解，就得马上进行测绘，制作上万张技术图纸，其工程量可谓空前繁重，这就要求所有技术部门通力合作。为此，陶宗汉决定召开全厂有关车间、科室动员大会，由相关科室派骨干人员参加。这次会议让陶宗汉终生难忘，因为他在这次会议上公然听到了反对声音，而且声音还不止一个。

“我提一点我的看法。”当大会自由发言时，陈怀礼率先发言，“我觉得我们厂在短期内，无法达到批量生产内燃机车的水平，所以现在搞这样的尝试还为时尚早，也许有人会说，我们这是在为后人蹚路，积累宝贵的经验。但是我要说，当前的科学技术日新月异，等到我们的技术力量、设备能力达到生产内燃机车水平的时候，世界上的内燃机车制造水平又朝前迈进了一大步，到时候，我们直接学习最先进的内燃机车不是更好吗？所以，我觉得这样的尝试只能造成不必要的浪费。”陈怀礼的话有如往平静的湖里投入了一粒石子，自然会引起一番波动，大家窃窃私语，继而把目光投向了陶宗汉。然而还没等陶宗汉开口，更大的震惊接踵而至，这一次的引发者却是陶学文，目前他已是技术科长。

“我同意陈主任的意见。据我所知，那台作为试制样车的ND1型内燃机车，动力只有600马力，这样的牵引动力实在太小了，无论是载客还是运货，将来都不太可能有更多的运用空间，那我们工厂试制它又有多大意义？”从技术角度提出异议更加具有冲击力，一时间，陶宗汉竟不知如何回答了。

“我坚决反对陈怀礼、陶学文的观点，他们的论调就是右倾保守主义的论调。”有人在会场上大喊起来，陶宗汉循着声音望过去，发现那是工厂财务科会计陆汝忠，陆汝忠三十四五岁，据反映一向踏实肯干，已被列为入党积极分子。

“静一下。”还没等陶宗汉说话，向英杰率先开口了，“不要乱扣帽子，我们要允许别人提出反对意见，所谓‘兼听则明，偏信则暗’，只有百家争鸣，真理才会越辩越明嘛。”

“向厂长说的没错，可试制内燃机车的方案，是经厂党委研究决定，上报部里批准了的，我们今天开这个会，不是统一大家思想，而是鼓足干劲儿的大会，陈怀礼、陶学文公然反对，我觉得就是公然反对厂党委的决定。”陆汝忠还不服气，“他们的言外之意就是指责厂党委沽名钓誉，这不是向党叫板，向‘大跃进’运动叫板吗?”

“我没有，我只是阐明我自己的看法。”“我是坚决拥护党的，陆汝忠，你不要血口喷人。”陈、陶两人极力申辩。

“陶厂长，我个人觉得，既然大政方针已定，我们就要义无反顾地走下去，在今天这个场合，陈怀礼、陶学文两位同志的发言确有不当，当然，陆汝忠同志也要注意态度，我们是同志式的探讨嘛。”袁咏松的讲话各打五十大板，之后望向陶宗汉。

“我们接着讨论，各车间在试制内燃机车时一定要通力协作……”陶宗汉把话题拉回到正题上，但他有了一丝隐隐的忧虑。

果然没过多久，上级机关突然派人来厂调查，有人将陶学文、陈怀礼在会上的讲话，写成匿名信告到部里，并扬言，因为陶学文是陶宗汉的亲侄子，工厂便有意偏袒右派分子，这一下搞得陶宗汉十分被动。其实所谓的调查，不过是走个过场，在当时的大背景下，调查组已经在来之前就将调子定下来了，而迫于内外原因，陶宗汉也被调查组列为避嫌人员，他根本说不上话。工厂随后召开了批判右派、坏分子会议，陶宗汉并没参加，也就是在这次会议上，陶学文、陈怀礼被正式定性为右派分子，他们两个被压上了主席台，接受群众批判。

“打倒右派分子陶学文。”

“打倒右派分子陈怀礼。”

群众每高呼一声口号，陶学文、陈怀礼的头就会被人往下摁一下，两个人的脸上都露出了痛悔的表情，尤其是陶学文，他恍惚之中看见了妻子邓玲，邓玲的脸上苍白没有血色，冷得好像北极的寒冰，陶学文不禁打了一个冷战。

批判会之后，陶学文和陈怀礼都被勒令停职，像许多右派分子一样，被安排打扫厂内公共厕所，而且还要接受群众监督。陶学文知道，这是具有劳改性质的监督改造，此后，他在厂子里就是个黑五类，而他的事业、他的家庭也从此坠入谷底，陶学文有些绝望了。

“学文，站在这里干吗，怎么不回家?”陶宗汉站在陶学文面前。下班以后，陶宗汉特意绕道大哥家，他知道，陶学文被划成右派的消息，很快就会传到大哥耳朵里，大哥家平静的生活从此将坠入深渊，他实在放心不下陶宗法，结果一拐进胡同，就发现了陶学文，陶宗汉的心被剧烈地扯动了。他知道，侄子本质上就是个书呆子，行为做事总有些书生意气，陶学文能抗住这样的打击吗？好在观察了一会儿，并未发现陶学文有什么异常举动，他的内心稍稍放松了些。

“二叔，我……”陶学文不知说什么才好。

“怎么，遇上点挫折就接受不了了，我告诉你，人的一生总会有各种各样的磨难，经历得多了，也就成熟了，你只要思想转变了，党还会相信你，走，跟我回家。”说着话，陶宗汉上前叩击门环。

门开了，陶宗法苍老的面庞出现在陶宗汉眼前，陶宗汉的心不由一紧，他想跟陶宗法说点什么，可是陶宗法只冷冷地瞟了他一眼，转身走回屋里，陶宗汉显得颇为尴尬，默默地和陶学文一同走进屋子。屋内，邓玲搂着已近七岁的儿子陶建军，两眼已然哭肿，看见陶宗汉和陶学文，她又委屈地哭了起来。

“爸，玲玲，我……我对不起你们。”陶学文低垂着头，一副羞愧难当的样子。

“你逞什么能，就你有本事，就你能？”陶宗法气急败坏。

“大哥，我……”陶宗汉想向陶宗法解释一下事情发生的经过，没想到却被陶宗法拦住了。

“宗汉啊，现在说别的都没用，我只问你一句话，你能不能救救你侄子，学文这孩子从小就没有坏心眼，他就是念书念傻了，否则也不会当着那么多人说那些话。”看着陶宗汉只是局促不安地搓着双手，陶宗汉失望了。

“算了，算我没说，咱家你又帮过谁呢！”陶宗法说着，将目光转向了陶学文，“你啊，唉……”这一声叹息，饱含了作为父亲心中的爱恨交加。

“爸，这件事情怨不得二叔，我听说调查组来了以后，连二叔也被列为避嫌人员了。”邓玲此时倒为陶宗汉说了一句公道话，而陶宗法无言地摆了摆手，转身走出了屋外。

“二叔，我爸心里难受，您别往心里去。”邓玲劝慰陶宗法。陶宗汉蓦然发现邓玲还是蛮坚强的，并没有表现出大祸临头的彷徨，他感觉自己以前错看了邓玲。

“没事，我能理解。”陶宗汉大度地说道，“学文，赶紧吃饭吧，吃完饭好好睡上一觉，记住，天塌不下来。”

“二叔，您也在这吃点吧。”

“不了，我得马上回家去。”陶宗汉不放心家里的老父亲，陶一丁如果听说孙子被打成右派，不知会急成什么样儿呢！陶宗汉出了胡同口，一路急匆匆往家赶。回到家里一看，心中的一块石头落了地，却见陶一丁安静地坐在椅子上，眼睛瞅着天花板发呆，而何香草、何桂花则陪坐在两边，看见陶宗汉，何香草冲他点了点头。

“宗汉，学文的事到底怎么样了？”陶一丁忽然问道。

“爹，没事，学文只要安心改造，组织上还是会接纳他的。”

“这么说，学文技术科长的职务真的被免了？”见到陶宗汉一副无奈的神情，陶一丁重重地叹了口气，“这个孩子呀，这个孩子呀！”

“爹，您别这样，学文那孩子会闯过来的。”何香草在旁边劝说着。陶宗汉只是看着陶一丁，一句安慰的话也没说，他知道，空洞的劝说根本不起作用，悲伤的情绪只能自己去消化，相信时间是一副最好的疗伤药。

然而陶宗汉还是把问题看简单了，不久后发生的一件事，打破了陶家表面上的平静。邓玲离家出走了，她给陶学文留下了一封信以及一张邓玲已经签上大名的离婚协议书，信中称她实在受不了目前这种生活了，再这样下去，她会疯掉的，也许他们的结合本身就是一个错误，让陶学文忘掉她。陶学文找遍了所有他认为邓玲可能去过的地方，却一无所获，陶学文痛心地感觉到，这次邓玲是真的弃他而去了。他双手抓着自己的头发，疯狂地撞击着墙壁，发出“咚咚”的声音，而儿子陶建军则吓得“哇哇”大哭。

“学文，你给我振作起来，你还是不是个爷们儿？”陶宗汉突然厉声喝道，他的暴怒震惊了所有人，连小孩子的哭声也戛然而止，大家都茫然地望着陶宗汉。陶宗汉环视了一下众人，也放缓了语气，“学谦、学文，你们哥儿俩要肩负起身上的担子，尤其是学文，要把孩子抚养大，有什么困难尽管来找我，还是那句老话，天塌不下来。”陶宗汉的话给了大家伙儿信心。

但让人痛心的事还是发生了，一天夜里，陶一丁在睡梦中去世了，死因是心力衰竭，也许是这些日子以来，家里接连的变故，令老人脆弱的心脏再也承受不住了，全家为此陷入了巨大的悲痛之中。

老人的葬礼过后，陶宗汉和袁咏梅有过一番交谈，对于陈怀礼被打成右派，陶宗汉也很痛惜，他觉得自己无法面对袁咏梅。袁咏梅倒是表现得很冷静，虽然鬓角的灰发显示出这件事情对她的打击之大，但她毕竟是一个坚强的女性。

“宗汉哥，你什么都不要说了，有许多事情你也是无能为力，事情既然发生了，就让孩子们勇敢地去面对吧，如果连这点挫折都经受不了，那只能说，这些年我对孩子的教育是多么失败，男子汉就应该勇于担当，他应该像他的父亲一样，用微笑去面对人生。”

“咏梅，谢谢你的理解。”陶宗汉真诚地说着。

没过多久，陶宗法便以健康为由，提前退休了。本来，按着陶宗汉的想法，父亲不在了，哥俩的关系应该是越走越近，可是因为陶学文的事情，哥俩之间仿佛竖起了一堵墙，虽然也聊天、团聚，但陶宗汉能够感受到，他们之间的兄弟之情全不似先前那般亲密了，陶宗汉为此很无奈……

面前一杯小酒外加几样小菜，老K美滋滋地啜了一口酒，他甚至有放声高歌一曲的冲动，但他还是忍住了。

“陶宗汉，现在知道我的厉害了吧！我只是略施小计，你的两员大将就被整倒了，看着吧，好戏还在后面呢！”老K对自己取得的小小成功兴奋不已。是的，写匿名信状告陶学文和陈怀礼，就是老K指使手下人干的，一方面敷衍了台湾方面的指令；另一方面他还借此获得了不菲的赏金，可谓一箭双雕，更关键的，此举大大打击了陶宗汉的嚣张气焰。只是，这样一个欢乐的夜晚，他却只能独自享受，连个可以分享的人都没有，他觉得有点美中不足。有时他也不禁去想，如果自己当初跟着去了台湾，现在会是一个什么情形呢？如今，虽说自己不缺钱，可是物质的匮乏，就是让他搂着一座金山又有什么用？再说了，就是给他一百个胆儿，他也不敢恣意挥霍，如果引起别人注意，那可就惨了。

“这种日子什么时候是个头儿啊!”老K发出一声悲鸣，他像只呆鸡一样望着天上的一弯冷月。

6

试制内燃机车，全厂总动员，每个人都想为解放后我国自行生产的第一台内燃机车出一把力，除此之外，正常的生产任务又不能耽误，为此陶宗汉总揽全局，而向英杰则把更多的精力倾注在试制内燃机车上，两个人虽然配合得相当默契，但都忙得两脚朝天。同时，新厂房的建设也不能松懈，事关几千名徒工的生产、生活，不是小事。还有安全生产，这更不能放松。这天，陶宗汉去部件车间检查，恰好发现一名徒工戴着手套就要上车床干活，而这正是安全操作规程所严格禁止的，陶宗汉当即上前制止。

“小同志，快停下。”那名徒工一脸愕然，待发现来人是陶宗汉时，脸忽地一下红了。

“陶厂长，我……”

“是你，小黄!”陶宗汉也认出了青年徒工正是黄向荣，脸上的怒气更加浓重了，“你难道不知道，车床工不能戴着手套操作吗?你师傅呢?”陶宗汉的声音很严厉。这个时候，罗小文急匆匆跑了过来，刚才他只是去了趟厕所，没想到好奇的黄向荣想背着师傅偷偷过把瘾，幸好被陶宗汉看到了，否则万一出现点意外，那可怎么得了!

“陶厂长，是我的错，我没有教育好小黄。”

“不，陶厂长，操作规程师傅都跟我说过了，是我自己疏忽大意，不关师傅的事。”黄向荣赶紧承认错误。

师徒俩争着把错误往自己身上揽，这让陶宗汉稍感欣慰。但是这样的失误实在不能原谅，陶宗汉要求师徒俩都要做出深刻检查，同时，陶宗汉本想以这件事情作为一个反面典型，要求全厂都要把安全生产工作重视起来。可是陶宗汉太忙了，一回到办公室，他就被试制内燃机车的事情缠住了，就把在全厂范围内大力抓安全生产的事给暂时搁下了。

自打研制内燃机车以来，袁咏松仿佛重新注入了青春活力，尤其听说此次工厂试制的ND1型内燃机车，采用的是电传动方式，他更加欣喜，这是他的主项，于是他向陶宗汉请命，亲自跑到动力车间坐镇，动力车间这次承担了制造发电机的艰巨任务。说艰巨，一点也不为过，在袁咏松看来，工厂一没设备，二没材料，更没技术人才，没别的都可以靠工人师傅们的智慧去克服，唯独没材料，这只能让袁咏松干着急。此时缺的是制造电机必用的矽钢片，可是到哪里去找这种材料呢？北京附近的厂家都问遍了，回复只有两个字："没有"。

陶宗汉当然知道材料短缺成为制造电机的瓶颈，他让材料车间主任把所有可以调动的采购员都发出去了，几天下来没有半点消息，主任急得家也不回了，干脆住在了车间里，就为能在第一时间等到从远方打来的报喜电话。终于盼来了久违的音讯，太原钢厂有工厂急需的矽钢片。主任听了以后，一下蹦得老高，他直接冲向了厂长办公室，把这一喜讯亲口告诉给了陶宗汉。

"太好了，简直太好了。"陶宗汉终于长出了一口气，他立马拨通了运输车间值班室电话，吩咐运输车间准备两辆卡车，明天一早就到工厂北门等他，他要亲自跟车赶往太原。陶宗汉考虑到，他亲自去，一来可以表达工厂的诚意；二来一旦有什么事情，他也可以当场拍板，省得电话里扯皮，耽误时间。也多亏了陶宗汉亲自跟车赶到了太原钢厂，原来那家钢厂的矽钢片存货不是很多，且已被一家电机厂预订了。陶宗汉先是和太原钢厂说好话，之后又亲自打电话给那家电机厂，好说歹说，人家看在他是老同志，又是大厂厂长的面子上，答应匀出一部分给工厂，陶宗汉对人家千恩万谢，这样，制作发电机用的矽钢片终于解决了。两天后，当陶宗汉随车一起返回厂里时，许多人的情绪都很高涨。

“瞧瞧，厂长都成了咱们的采购员了！咱们如果再干不好内燃机车，那可真的是丢脸了。”人们议论纷纷。

动力车间无疑成了主战场，到处都是忙碌的身影，许多人自发地跑过来帮忙，工人们先将那八百多张矽钢片进行粗加工，做成像车轮子那样大小的大圆片，连车间开会用的会议室都变成了临时加工间。等粗加工完了之后，还要在每张矽钢片的周围加工出一百三十二个齿牙，而且这八百多张矽钢片的齿牙必须得完全一样，把这些矽钢片卡紧之后，就成为了发电机的核心部件——转子，可是工厂却缺少必要的加工设备，怎么办？

袁咏松记得一本书里讲过，如果没有专用设备，那就得先制作一个模具，然后用模具把矽钢片压紧，这样就会保证所有加工出来的齿牙一模一样，可是制作一套胎具起码要三个月时间，根本来不及。按着党委部署，新造内燃机车要向建国九周年献礼，从现在起到十一，满打满算也就不到三个月的时间，只是在制造电机上就耗费三个月，那怎么行呢？

袁咏松和动力车间主任一商量，决定召开车间大会，号召大家集思广议，结果有个老工人出了一个主意，他建议先把矽钢片摆放整齐并卡紧，然后在当中钻上几个眼，串上螺丝固定，之后再放到插床上，用插床插出矽钢片周围的齿牙来。大家一听觉得这主意就像是给一本书切边一样，简单实用！而袁咏松却忧心忡忡。

“钻孔好是好，可万一产生涡流怎么办？”

所谓涡流，就是当电流走到钻孔处不走了，会在那里产生热，而热度高到一定程度，就会烧毁整个电机，这可是个大问题。

“袁厂长，我看这样吧，要不咱们去请教一下侯凤林师傅？”有人向袁咏松提建议。侯凤林在厂子里素有“电机大夫”之称，是修理电机方面的专家，和陈发一样，都属于“大夫”级别的权威。五年前他办理了退休手续，目前正在家中养老。

“怪我，我怎么没想到呢？我们马上就去。”袁咏松连声自责。

“不用了，我来了。”大家寻声望去，却见侯凤林已站在了动力车间大门口，老人看上去精神矍铄，精气神一点也不亚于小伙子。原来，工厂试制内燃机车的消息，像长了翅膀一样传遍了四乡八里，侯凤林听说后，再也坐不住了，一定要亲自到厂子里看看，哪怕是给别人加把劲儿，心里也痛快。

“侯师傅，您来了。”不少人纷纷让开了一条道。

“袁厂长，我来了，你们刚才说的，我都听到了，以我的经验觉得可行，以前修理电机时，我们也这么搞过，从来没产生过涡流，不过那都是些小电机，像这么大功率的电机，从没搞过，但我想，电机无论功率大小，原理都是一样的。”

听侯凤林这么一说，不少人纷纷点头，袁咏松颇为踟蹰，一方面他相信老师傅的经验；另一方面觉得毕竟没有理论依据，万一出了事故可怎么办？可工期不等人啊！终于，袁咏松做出了决定。

“这样吧，咱们先干着，我再请人去大学里问问，一旦专家说不行，我们立刻停止。”这是一个折中方案。

晚上，陶宗汉来到了妹妹家，这次陶宗汉是来请陈怀义帮忙的。原来，陈怀义考上了北方交通大学，所学专业是柴油机制造，袁咏松当然也知道，所以他搬动陶宗汉，想让陈怀义到学校去问问，他们这么做到底成不成？

第二天，陈怀义带来了好消息，说他的老师从书本上找到了理论根据，老师傅们提出的法子没问题。大家听了以后，一颗悬着的心总算放了下来，电机的制作便有条不紊地向前推进着。然而就在这个时候，袁咏松却意外病倒了。

袁咏松的病来势迅猛，那天他正在指挥组装电机，突然就倒下了，吓得周围的人一阵慌乱，七手八脚地将袁咏松抬上车赶往医院。经大夫紧急诊治，确诊为胃穿孔及严重贫血，虽说于生命并无大碍，但必须在医院静养一段时间。陶宗汉闻讯赶到医院时，袁咏松正疲惫地躺在病床上打点滴，袁咏梅、袁咏菊姐妹俩正在病床边照顾着，奇怪的是并没有看见袁咏松的老婆秦苏红，陶宗汉顿时想到，传言袁咏松的家庭生活不和谐，看来并非空穴来风。

“咏松，工作归工作，身体一定要当心啊!”陶宗汉在床边坐了下来，“同时我也要向你检讨，作为带头人，平时我对你们关心得不够，这次的教训是深刻的。”

“陶厂长，快别这么说，是我自己的身子骨不争气。”袁咏松有气无力地说着。看着袁咏松身心俱疲的样子，陶宗汉说了一会儿话便告辞出来了，袁咏梅跟着相送。

“我没想到咏松的生活会过得这么糟糕。”在医院走廊里，袁咏梅长叹一声，她把袁咏松与秦苏红关系紧张的事向陶宗汉说了一遍，陶宗汉听了半晌没言语。

“需要不需要组织上出面挽救?”陶宗汉试探地问道。

“我看没必要了，你也看到了，咏松都病成这样了，她连面都不露，以我看，感情确实走到头了，说不定，离婚对咏松倒是一个解脱，只是可怜了鸿达那孩子。”袁咏梅的语调低沉。

“鸿达那孩子有十多岁了吧？我记得都上初中了。”

“十五了，孩子都这么大了，没想到他们俩却……”袁咏梅说不下去了。袁咏松出院后没多久，就和秦苏红办理了离婚手续，孩子的抚养权归秦苏红，秦苏红带着袁鸿达离开了长辛店，这是后话了。

内燃机车的制造又出现了一个大难题，原来，在内燃机车里有一根曲轴，大概两吨多重，即便是八级老锻工也没打过这么大的轴，而且按照标准，起码要用四百公厘见方的原材料才行。可是找遍全厂，才找到了一块三百五十公厘见方的材料，这样就显得过于紧巴了，万一在加工过程中有点失误，那整个材料就毁了，锻工车间主任王凤拿不定主意，就来找陶宗汉了。陶宗汉于是把相关人员都找来，开了个现场办公会。

“大家有什么想法尽管提出来，不要有顾虑，我们大家伙儿可以一块儿合计合计。”陶宗汉说着，用鼓励的目光环视了一下四周，最后，停在了边孝正、刘文两位年轻人身上。现如今，边、刘两人所带的小组，经他们向车间提议，已经正式合并为一个小组，对外统称为“边刘小组”。边刘小组自打成立后，效果是立竿见影的，劳动效率大幅提升，真正做到了互帮互学，互相促进。此时俩人相互望了望，最后还是边孝正清了清嗓音：

“办法我们已经想过不下百遍了，我们认为这块料还是够用的，不过要用角对角的打法，只许将活打圆，不能打长，那就一定够用！”

“之前曾开会讨论过，万一材料不够用，就得派人去鞍山买，同时为了争取时间，还必须用飞机运，那得花多少钱啊！这下太好了。可是这块料足有五千斤重、五尺长，车间里的大炉根本放不下，也就无法锻造，有什么好办法吗？”陶宗汉问。

“陶厂长，没关系，我知道南口厂有这样的好设备。”听了这句话，陶宗汉不由定睛一看，原来是陈发，他颇感诧异，陈发来锻工车间干什么？原来，锻造曲轴的难题已传遍全厂，陈发心里也着急，可锻造不是自己的强项，他根本插不上手，可心里毕竟惦记着，便趁着空余时间到锻工车间看看，没想到正赶上开现场会，他这么一说，陶宗汉欣喜异常 。

“真的?！这真是太好了。”

“是真的，我有一个关系不错的工友，就在南口厂锻工车间，我们以前经常聚在一起聊天，他不止一次地跟我提起过，南口厂锻工车间的设备顶呱呱，所以我不会记错。”陈发语气坚定。于是陶宗汉立刻派人联系南口厂，具体落实锻打曲轴的事项，没想到人家听说是研制内燃机车用的曲轴，立刻答应先把自己的活儿放下，齐心协力为长辛店铁路工厂打造曲轴。

第二天，陶宗汉亲自带队赶往南口，同时也把陈发带上，算是让他回了趟“娘家”。南口厂负责接待的人十分热情，尤其见到陈发，更是热情相拥，问长问短，搞得陈发都有点不好意思了。

巨大的钢料被放进了大焖炉里，整整用了四个小时才把它烧红，可是材料太大了，怎么把它从炉子里拉出来？平常用的火钩子根本不管用，往前一拽，钩子就直了，再说了，这么一大块烧得通红的大铁家伙，谁又能靠近它呢？

“我看要不这样吧。”南口厂锻工车间一位副主任想出了一个高招，“这炉子有后门，后门离天车很近，咱用一根扁铁，把它烧成二道弯，从后门把这个扁铁伸进去，同时那一头和天车上的钢丝绳连上，这样用天车就可以把钢料拉出来了。”

“好，就这么干。”大家齐声叫好。

办法真是好使，钢料乖乖地被拉了出来，霎时金光耀眼，灼人的热浪简直让人喘不过气来。夏天，锻工车间本来就是个高温所在，这下简直成了火焰山。边孝正双手拿着早已准备好的一公尺长的半圆铁，手套都被烤得冒烟了，头上流的汗水淹了眼睛，浸洗了他那黑里透红的脸。为了防止热辐射，边孝正穿了三层衣服，可依旧像被雨淋了一样，所有的衣服都湿透了。热，此时就像一个恶魔，张开它的巨口想要把所有人都吞进去。边孝正有心想要退后两步，可是汽锤已经开动，汽锤的每一下都打在边孝正手中那个半圆铁上，这个时候如果往后退，汽锤直接打在钢料上，钢料就容易被打废，一切努力都将前功尽弃，边孝正只有咬牙坚持住，这是对身体耐热极限的考验，更是对意志品德的磨炼，一直打了半个多小时，第一火才打完。

陶宗汉和刘文等人立刻冲上前，把边孝正扶下来，边孝正觉得头有点发

真的是很不容易。这次女徒工应招进厂，家里总算看到了一丝希望，因为在工厂上班，毕竟有一份稳定且不错的收入，没想到却发生了这样的事。了解到这些情况后，陶宗汉立刻派人去市里，把老妈妈一家接到了长辛店，并调配了一间房子给母子俩住，同时，为了照顾孤儿寡母的生活，工厂特意安排老妈妈在疗养所干杂活儿，又将孩子送入铁路扶轮小学读书，并答应家里一旦生活遇到困难，工厂一定会想方设法解决。原来绝望的老妈妈感激得当场要给陶宗汉下跪，被陶宗汉拦住了。而那名肇事的男徒工，因为心理负担过重，出现精神恍惚、神志不清的状况，被送去医院检查，据说是间歇性精神病的前兆，其家人为了孩子能专心养病，不得已给他办理离厂手续。这样的教训实在太深刻了。

两起事故，使三个家庭遭到了不幸，陶宗汉觉得自己的心有种痛裂的感觉。

“老陶，回屋吧。”深秋之夜，外面繁星点点，陶宗汉站在院子里有些时候了，何香草将一件大衣披在了他的身上。

“没事，让我在这儿好好清醒清醒吧，小向早就跟我提过，这么多徒工进厂，一定要重视安全生产问题，可是生产一忙起来，尤其是试制蒸汽机车、内燃机车，我就忽视了这个问题，这样惨痛的教训，终身都不能忘记。”陶宗汉的语调低沉，他还没有从自责中摆脱出来。

“你还是要振作起来。我相信你已经有了解决办法了。”

陶宗汉点点头，这时，院门开了，何桂花从外面走了进来。本来，自从陶一丁去世后，何桂花看到家里也没什么事情需要她做了，就想重回老家，却被陶宗汉夫妇拦了下来，原因是何桂花正在职工文化补习夜校学习，扫盲的成果很显著，她由当初认识不到一百个字，发展到现在读书看报已然问题不大，同时，何香草还想让这个远房妹妹再学一门技艺，就是将来回去后发展也不会太差。何香草为何桂花选择的是会计专业，所以何桂花现在不仅扫盲，而且还要学习会计基础知识，忙得很呢！

“宗汉哥、香草姐，你们都在呢！”

“桂花，你回来了，这些日子学得怎么样？”何香草询问。

“可学了不少东西，香草姐，谢谢你和宗汉哥，让我学到了这么多知识。”

“说什么呢！桂花，你来我们家可帮了我们不少忙，老爷子多亏你照顾得好，所以少受了不少罪，我们感谢你还来不及呢！”这是陶宗汉的心里话，陶一丁生命中最后几年，也多亏了何桂花的悉心照顾，老爷子过得还算舒适幸福。论年纪，何桂花和陶志坚差不多大，虽然按辈分她和陶宗汉是以兄妹相称，但在陶宗汉看来，何桂花和自己亲闺女差不多。

第二天一上班，陶宗汉紧急召开了全厂主任、科长大会，在会上，陶宗汉做了深刻检讨。

“接连两起事故，给我们的教训是深刻的，我们有相当多同志，当然也包括我在内，对安全生产工作一直停留在口头重视、实际轻视的层面上，借口生产任务重而忽视了安全教育，在此，我向党委做出深刻检查。但是，我今天要说的是，事故发生了，无论怎么弥补，对受害者而言都是于事无补的，关键是我们如何吸取教训，杜绝类似事件的再发生，下面我宣布整改措施。”陶宗汉说着，环视了一下会场，同时端起茶杯润了润嗓子：

“第一，今后安全生产工作要跟各车间、处室的考核联挂在一起，因管理失职而酿成重大伤亡事故的，车间、处室第一管理者就地免职。”下面便有了窃窃私语声，这是解放以来工厂对安全生产最严的一项责任追究制度，大家的注意力一下集中起来。

“第二，关于具体防范措施，除原有管理条例和安全操作规程外，还要再加上几条，小向，你把咱们拟定的新规定向大家公布。”

“第一条，锻工车间钢炉出钢水时，组织纠察队实施戒严，禁止任何无关人员接近；第二条，凡放置氧气罐、液氧罐等危险物品的地方，要有明显提示标志，禁止无关人员靠近，此条同样适用于化验室化学物品的储藏；第三条，凡没有正式出徒的徒工，不能自己单独操作机器，师傅一定要在身边指导；第四条，炉前工人一律穿反皮鞋……”

措施公布后，全厂震动，安全生产工作得到了前所未有的重视，被动的局面得以初步扭转。可是如此一来，却给搞宣传的袁咏梅带来了不便。

《红旗》小报为了宣传大炼钢铁的大好形势，决定配发一组钢炉出水时的照片。袁咏梅带着一名通讯员去锻工车间抓拍炼钢实景，正赶上炼钢炉出钢水，俩人都很兴奋，上前一个劲儿地摁动快门，这时，几个戴有“纠察队”袖标的男工走了过来。

“干什么呢？没看见钢炉正在出水吗？快走开。”一位组长出来阻拦。

“对不起，同志，我是《红旗》报编辑，我们需要一组炼钢照片，配发在报纸上，希望您能支持我们的工作。”

“不行，厂部严令，钢炉出水时，绝对禁止任何无关人员靠近。”

“那……那我们也是在工作呀。”袁咏梅试图争取。

“说不行就不行，你们要再不走，我就上报厂部。”那位组长一点情面不给，搞得袁咏梅干着急。这个时候，车间主任王凤走了过来帮说情，但那位组长丝毫不通融，最后袁咏梅气哼哼地走了，她直接找到了陶宗汉。

陶宗汉听袁咏梅说完，表情一敛，“咏梅，首先我得向你承认错误，当初制定安全管理特殊措施时，考虑得不够周详，太绝对化了，很显然，没有把宣传工作的特殊性考虑进去，今后我让王主任把关，确实因为工作需要，必须在钢炉出水时就近工作的，准许特别关照。”

“是不是还要发个‘特别通行证’？”袁咏梅有意打趣道。

“其次，我倒要劝你好好采访一下那位组长，对于这样一位认真负责的同志，我们要大力宣传，你们不妨为此发一个速写。”

听陶宗汉这么一说，袁咏梅用诧异的眼神望了陶宗汉一眼，随即若有所思地点了点头。

最近何香草去合作社买东西时，发现了一个奇怪现象，那就是几名售货员本来都在有说有笑地闲聊，看见何香草进来，就齐齐地都把嘴巴闭上了。有一次，她买东西出来才发现少买了一样东西，返回去时听到售货员在窃窃私语。何香草觉得她们肯定在议论跟自己有关的事。她径直走到自己认识的一位姓齐的中年售货员面前。

“你们……你们是在说我吗？”那位齐姓妇女愣了一下，继而不好意思地笑了，没肯定也没否认。

“说我什么，我怎么了？”那位齐姓妇女看出来何香草确实还蒙在鼓里，遂走上前，小声说道：“你跟我来。”何香草愣了一下，紧跟着走出合作社大门。

“我先声明一下，我个人绝对认为这件事情是有人故意栽赃，我相信陶厂长绝不是那种人。”

“哎呀，你就快说吧，都急死我了。”何香草的心一下提到了嗓子眼。

“有人说……有人说陶厂长和你家的小保姆……那个什么。”

“胡说八道！谁吃饱了撑的没事干，尽干些生了孩子没屁眼儿的脏事儿。”何香草气得骂出了脏话。

“不是我，我也是听人说的，他们说在工厂北门的布告墙上看到了一张大字报，当然，现在很可能已不在那里了，你去问……”齐姓妇女卡住了，本来想说“去问问陶厂长”，觉得又不合适，生生把后面的话咽了回去。但何香草还是听明白了。去年，工厂紧跟中央指示，为配合整风运动，把工厂北门外的布告墙变成了大字报展示墙，职工有什么意见都可以通过大字报的形式表达出来，工厂派人每两天检查一遍，发现有价值的意见、建议，直接上报厂部，陶宗汉每次都要认真听取汇报，相信这样“有价值”的东西肯定已经到了陶宗汉手里，想到这儿，何香草觉得周身冰凉。

“对不起，刚才我不是在说你，谢谢你告诉我啊！”何香草说着，连东西也不买了，神志恍惚地朝家里走去。

何香草并不认为陶宗汉和何桂花之间有暧昧关系，一来两人年龄的差距摆在那里；二来这么多年的夫妻生活，何香草认为陶宗汉并不是那样的人。可是人有的时候就是这么怪，某种观念一旦在脑子里形成，那就很难彻底清除掉了，想着何桂花所拥有的青春美貌是自己如今不具备的，男人万一把持不住……何香草无精打采地躺在床上，委屈得只想痛哭一场，但同时她也冷静下来，仔细想着事情将如何善后……

天刚擦黑的时候，陶宗汉回来了，这在他来说真是少见。而家里的清锅冷灶却出乎陶宗汉意料，这一段时间由于何桂花要去文化补习夜校学习，晚饭一般由何香草来做，而此时，何香草仰面躺在里屋的床上，陶宗汉便猜测，那件事情可能已经传到了何香草的耳朵里了。

“香草，怎么了，是不是身体不太舒服？”

“舒服？这个家都要被别人占领了，我能舒服得起来吗？”何香草阴阳怪气地回答，很显然，她听到谣言了。

“这么说，你全听说了？”陶宗汉的语气很平静，“香草，我要跟你说的是，那是别有用心的人在恶意诽谤，我和桂花之间是清白的，她之所以在咱们家留下来，也是你同意的，她无非就是想多学点东西，我可以堂堂正正地说，这么些年来，我从没做过任何对不起你的事，就是想也没有想过，这一点，我可以用党性保证。”

“宗汉，不要说了，我相信你。”何香草坐了起来，握住了陶宗汉的双手，她觉得心里踏实了。

突然，院门被人从外面打开，何桂花冲了进来，一头扎进了自己的房间，小屋里传出她低低的饮泣声，那是一个姑娘平白无故遭到羞辱，心中的委屈无处叙说的悲苦。在小屋门口，陶宗汉停下脚步，他示意何香草进去，何香草推门进屋，坐在了何桂花的床头。

“桂花，姐知道你是清白的，有什么委屈就跟姐说，想哭你就哭出来吧。”

抽泣着的何桂花扑进何香草的怀里，而何香草则搂着何桂花，一句话也没说，她知道，姑娘需要一个情感宣泄口，果然，不一会儿，何桂花的情绪稳定下来。

“姐，看来我该走了。”何桂花语气平静，看得出来，这是她深思熟虑后的想法，“姐，你也别劝我了，我已经打定了主意，我再在这里待下去，只会给你们带来更多不便，你和大哥都是好人，我不能让好人为难。”何桂花这么一说，何香草也就没什么可说的了，陶宗汉知道后更是缄默不语。

长辛店火车站内，一辆即将南下的火车停靠在站台边。车上，何香草帮何桂花把行李摆放好，此时，外面飘着零零星星的雪花，离新年还差几天，正是北京地区最冷的季节。

“桂花，回去后要常来信，有什么困难尽管跟我们说，我和你宗汉哥一定会尽全力帮助你的。”

“姐，谢谢你们一家，你们都是好人。”何桂花眼泪汪汪。

“记住，以后有时间常来玩。”何香草尽力劝说着何桂花，而自己的心里也是酸酸的。

火车离去了，在车站一角，一个包裹得严严实实，只露出两只眼睛的男人，眼瞅着远去的列车，阴阴地笑了，他就是老 K，他对自己的又一“杰作”感到满意，那张匿名的大字报就是他用仿宋体写的。而火热的 1958 年也将过去，对许多人来说，这一年无论收获的是喜悦，还是忧伤，都是难以忘记的。

8

转眼到了五一节，这是新中国成立后的第十个劳动节，工厂特意组织了各种各样的庆祝活动，其中在工人俱乐部举办的职工文艺会演，更是重头戏。让陶宗汉没想到的是，演出活动的报幕人竟然是女儿陶志新。去年，陶志新大学毕业后，分配进厂做了一名工程技术人员，因为学的是金属热加工专业，所以被分在了锻工车间技术室。此时陶志新站在舞台正中，楚楚动人，陶宗汉突然间发现女儿长大了。

然而过了没几天，家里却发生了一场“战争”，主角儿是何香草和陶志新，争论的话题却围绕着一个名叫刘学林的小伙子展开。

“不行，我绝不同意，说什么也不行。”这是何香草的声音，听上去不仅蛮横，而且怒气冲冲。

“为什么呀，我觉得刘学林人好、正直，像个男子汉。”陶志新显然在据理力争。

“那也不成，我绝不允许我的女儿嫁给一名铁匠，你别忘了，你可是名大学生。”

“大学生怎么了？大学生就高人一等了？妈，你这种思想可不对，还是个老党员呢！”

“你别跟我说这些……”何香草还想往下说，抬头，发现陶宗汉已然走进屋里，遂咽下了后面的话，只是白了一眼陶志新。

“说什么呢？嘴巴跟机关枪似的。”陶宗汉故意开了一句玩笑。

“问你闺女，她要给你找个铁匠女婿，这下咱家在长辛店可真出名喽。”何香草没好气地说道。

“噢，什么样的铁匠会让我闺女动心？是厂里的吗？”

“就是边刘小组里面一个叫刘学林的人。”何香草气哼哼地说道。这下陶宗汉想起来了，这小伙子是边刘小组里面一名普通组员，可是干起活儿来就像是拼命三郎，而且小伙子身材健硕，有一张他干活儿时的现场照片刚刚刊登在《工人日报》上，他就是看到了照片及文字说明，才记住了小伙子的名字。

“是他呀，我有印象。我说句公道话，小伙子就在咱厂，咱们有的是时间去了解，如果真像闺女眼中的那么优秀，”陶宗汉说着，将目光定在了陶志新身上，接着郑重地说道，“那爸爸就支持你。”还没等陶志新的脸上露出笑容，陶宗汉的话锋接着一转，“但是，如果他只是一个外强中干的角色，那么对不起，我就站在你妈的立场上，到时你再孤军奋战也没用。现在我抗议，我的肚子都叫了半天了，怎么还不动手做饭呀?”陶宗汉夸张的语调惹得母女俩都笑了起来。

其实说心里话，当听说女儿找的对象是个“铁匠”时，陶宗汉的心里也有些失落，但更多的是担忧。他对女儿找什么样的对象，并没有多高要求，实际上只要女儿自己愿意就好。而他所担忧的是，他们的兴趣爱好，包括聊天的话题，能谈到一块儿吗？闺女是不是一时的冲动？光看小伙子的精神劲儿，女儿的眼光还是不错的。可是找对象不能单凭长相啊！陶宗汉决定找一个合适的机会，侧面了解点情况。

那天，临近下班的时候，王凤兴冲冲地来到厂长办公室，推开门的第一句话，令陶宗汉一时没有反应过来。

“陶厂长，组织上交代的特别任务，我可是完成了啊!”

“……”陶宗汉有点懵懂。

“就是您说让组织上多关心青年职工的生活，多给他们提供相互认识的机会，尤其是像边孝正那样的有为青年。”经王凤这么一说，陶宗汉想起来了，不由也笑了。

"这么说，事情有眉目了?"

"岂止是有眉目!"王凤说着，从兜里掏出一包喜糖，"这是小边的喜糖，他一定让我转交给您，他说谢谢您这些年来对他的关心与爱护。"

"这个小边，话可不能这么说，是党培养了我们，要感谢，就应该感谢党，感谢毛主席。"陶宗汉很高兴，剥开一粒糖放进了嘴里，"看来还挺立竿见影的嘛，说说情况 。"

"其实，小边同志的婚姻，根本没让组织操心，对象是人家自己找的。边刘小组的先进事迹被报纸广泛宣传后，引起了一位姑娘的关注，是人家姑娘主动找到小边，正应了那句老话，'女追男，隔层纱；男追女，隔座山'，事情就这么水到渠成了。"王凤边说边感慨，"陶厂长，我们应该庆幸处在一个火热的年代，一个英雄辈出的时代，世上哪有美女不爱英雄的呢!"

经王凤这么一说，陶宗汉的心里一动，"边刘小组的成员个个都是好样的，他们现在的活儿已经干到后年了吧? 这是一个了不起的成绩，前些日子《工人日报》还发了一则消息，照片上的那个叫刘学林的小伙子，不知他平时表现怎么样?"

"小伙子的表现没得说，干起活儿来赛猛虎，而且还善于动脑筋，琢磨出来许多模具，年前还向党组织递交了入党申请书，目前车间已把他列为重点培养对象了，打算在适当的时候，把他从边刘小组里抽调出来，让他独当一面，组织一个能跟边刘小组相抗衡的队伍。"

"好啊，咱们做领导的，就要本着对党、对国家认真负责的态度，关心并培养新人，给他们提供施展才干的舞台。"陶宗汉对车间的做法提出了肯定。

这天吃过晚饭，何香草有事出去了，陶宗汉便把陶志新叫进了书房。陶志新当然知道父亲的用意，心里难免有些紧张。说心里话，长这么大，虽然陶宗汉很少训她，更别提动手揍她了，但陶志新从心里还是有点怕陶宗汉。

“闺女，今儿你妈出去了，咱们可以好好谈谈，我希望你能畅所欲言，把你心中的想法都告诉爸爸，好吗？”父女俩的谈话从来没这么正式过，使得陶志新更加有些局促不安，就连陶宗汉示意她坐下都没看见，陶宗汉不禁也笑了。

“是不是有点过于严肃了？怪我，跟人说话老端着个臭架子。”陶宗汉这么一说，气氛便融洽多了，“我就是想知道，那个叫刘学林的小伙子究竟靠什么赢得了我女儿的芳心？”陶宗汉已经侧面了解了情况，他想要从女儿的嘴里知道更多信息。

“爸，其实从一开始，他并没怎么吸引我，我分在锻工车间技术室，难免会跟班组里的人打交道，尤其是边刘小组，接触的就更多了。学林给我的最初印象，就是一个踏实肯干的小伙子，可在车间，特别是在边刘小组，这样的人还有很多，真正打动我的，是学林的那份勇于担当、心胸开阔的气质。前些日子发生了一件事，我们车间有个姓王的师傅，他父亲得了一场重病，治疗费用很高，而他父亲又没有正经工作，大笔的开销不能报销，这就给家庭造成了沉重负担，于是车间动员大家捐款，学林是第一个。”

陶宗汉不动声色，这样的事没有稀奇之处，放在全厂，肯定会有不少人这么去做，陶志新当然也看出来了。

“学林不仅捐了钱，而且在老人做手术，需要大家献血时，学林又献了600CC的血。”

陶宗汉依旧微笑着，在他眼里，这样的事情也很平常。

“爸，如果我跟您说，学林他们家和王师傅家有旧仇，学林的爷爷当初就是因为和王家争执一块宅基地，一口气没上来而被气死了。学林小时候是由爷爷、奶奶带大的，他对爷爷、奶奶的感情是最深的，您还会觉得这件事情很简单吗？”

“是不简单。”陶宗汉点了点头。这下陶宗汉不由动容了。

“通过这件事，我觉得学林能这么对待王家人，那今后对待自己家里人就更不用说了。爸，女孩子找对象，是不是找一个喜欢你，并把你时刻都放在心上的人最重要？”陶宗汉无言地再次点点头。

“再说了，学林也知道学习，他知道自己最大的短板就是文化底子薄，他只要肯学习，总有迎头赶上的一天。爸，我相信，这一次我没有看错人。”

望着女儿充满自信的神情，陶宗汉知道，选择刘学林，并不是女儿的一时冲动，而是经过深思熟虑的，自始至终女儿都把人最本质的东西看得很重，而把一些外在的、物质的东西看得很淡。陶宗汉觉得女儿成熟了，再不是那个撒娇、耍赖的小女孩了，陶宗汉的内心很骄傲，同时又有那么一丝的失落，女儿长大了，总有一天会展翅翱翔，他忽然闪过自己“老了”的感觉。

9

对于陈发来讲，这一段时期喜事不断，先是去年工厂研制首台内燃机车的关键时刻，陈发光荣入党了，这对一位已经58岁的“老人”来讲，自然有着非同一般的意义。而年初的时候，彭真市长再次来厂视察，在听取了工厂领导的汇报之后，尤其是陶宗汉着重介绍了陈发为工厂做出的卓越贡献，彭真市长对陈发高超的技术水平大加赞赏。

“好嘛，这样爱厂、爱岗的老师傅，尤其还有这么精妙的技术水平，工厂就要大力宣扬，同时，对于这样的特殊人才，工厂还应当破格提拔，我建议，当然，我只是提个建议，你们工厂党委还要专门研究，是不是可以破格提拔陈发师傅为工程师，在工作中，我们不要被一些条条框框所限制嘛。”

“彭市长，其实我们也早有这种想法了，只是一直不好开这个先例，有了您这番话，我们一定尽快研究。”

几天后，经工厂党委研究决定，破格提拔陈发为解放后工厂历史上第一位工人工程师，为此《红旗》小报专门对陈发进行了专访。就在这一年，陈发还被授予了全国劳动模范的光荣称号。陈发激动得一连几天都没有睡好，想想吧，这可是一个劳动者所能得到的最高荣誉了，自己当初决定来长辛店铁路工厂，那是来对了，他觉得是党、是工厂给了自己第二个青春。然而，还有更大的喜讯在建国十周年大庆之后传来。早在年初，中央就决定于10月底在北京召开全国工业、交通运输等方面先进集体和生产者代表大会，简称“群英会”。这次群英会是在周恩来总理的直接关怀下召开的，无论从规模上还是从规格上讲，都是新中国成立十年来最为隆重、最为盛大的。陈发有幸成为北京团代表之一，他能不兴奋？

同样兴奋得难以入睡的还有刚成家不久的边孝正。今年，边刘小组同样被评为全国先进集体，而边孝正本人则和陈发一样，被授予了全国劳动模范的光荣称号，同样也被邀请参加群英会。拿到奖状的当天，一家人围坐在一起高高兴兴地吃了顿“庆功宴”，边德贵高兴得嘴都合不上了，亲自为儿子斟满了酒。

“孝正，爹为你感到骄傲，还记得咱们当初的击掌相约吗？爹承认，你干得比爹好。”边德贵说着，一口将杯中酒饮尽。而边孝正则笑呵呵地为老父亲满上酒，“爹，儿子哪能忘呢？”

那还是在五年前，边孝正第一次被评为先进生产者，小伙子万分高兴，一路兴冲冲赶回家，一进门，就扬起手中的奖状。

“爹、娘，你们看，我得了个奖状，被评为车间级先进生产者。”

“是吗？真好，我儿子进厂没几年，就得了个奖状。”当妈的自然为儿子感到骄傲。而边德贵却不言不语地从桌子上拿起一张纸。

“儿子，看看，你爹我偏巧也得了一张奖状。”

边德贵得的奖状是六一八厂厂级先进，虽然两个厂没有可比性，但显然，厂级先进比车间级先进高了一个级别。边孝正的情绪多少受到了点打击，老伴虽一个劲儿地冲边德贵使眼色，但边德贵却佯装不见，他要激发起儿子更强的斗志。

“所以，儿子，你的奖状跟我的比起来，成色上还差了那么一点，你还是个小伙子，总不能连老头子都干不过吧！得了奖状，高兴归高兴，可你要想到，前面的路还长着呢！”边德贵说着，用力挥了一下手，“儿子，爹要跟你说的是，当了先进咱也不能骄傲，要再接再厉，更上一层楼。”边德贵的一番话，使得边孝正的心中涌起万丈豪情。

“好，爹，那咱们就一言为定，看看谁的进步大。”边孝正说着，伸出右手，和父亲击掌为誓，之后两人“哈哈”大笑。

几年过去，边孝正以及他所领导的边刘小组，取得了一个又一个骄人成绩，但边孝正的心态却越加平和。而这一次，边孝正心中的激动是难以抑制的，因为他不仅可以见到敬爱的人民领袖，还要参加领袖为他们特设的国宴，这是一件多么让人自豪的事情啊！晚饭过后，一家人捧着金灿灿的奖状看不够，家里的灯光一直亮了整宿。

激动人心的时刻终于来临了，10 月 26 日一大早，天也就蒙蒙亮，工厂北门外便停着一辆大轿车，它将载着陈发、边孝正等人去新建成的人民大会堂开群英会。陈发和边孝正穿上了崭新、整齐的铁路制服，一个显得老当益壮，一个显得朝气蓬勃，陶宗汉亲自为他们送行。

新建成的人民大会堂，和东面的历史博物馆交相辉映，成左右拱卫之势，更衬托出天安门的巍峨雄伟。此时，人民大会堂里华灯璀璨，到处洋溢着喜庆气氛，这是人民大会堂建成后第一次召开这样盛大的会议，体现了党和政府对来自基层的劳动模范的尊重与关心。

让陈发感到兴奋不已的是，北京团的代表里真是群星闪耀——六一八厂倪志福、北京三建公司张百发、百货大楼张秉贵、环卫系统时传祥等，和这些大名鼎鼎、耳熟能详的劳模在一起，陈发觉得骄傲自豪，尤其是和倪志福，两人竟由此结下了不解之缘。

会议闭幕的当天晚上，人民大会堂宴会厅里灯光闪烁，周总理亲自设宴款待全体代表，而且为了表示对劳模的尊重，总理特意安排，每桌都由一名部长相陪。宴会的整个过程高潮迭起，人民领袖的风范让全体劳模永生难忘。

“一个来自长辛店铁路工厂的普通工人，能够参加国宴，与周总理等党和国家领导人一同共进晚餐，而且还和敬爱的周总理碰杯喝酒，这是我人生最幸福的时刻！我今后一定要更加努力地工作，把机车修得更好，为铁路工人争光，为工人阶级争光，回报党组织、回报各级领导的信任与关怀。”

这是陈发回到工厂后，在《红旗》小报上发表的个人感受，这是他发自肺腑的心里话。

每到年底，都是厂子里最为忙碌的时候，陶宗汉已经习以为常了。这天刚上班没多久，何香草就急匆匆地来找陶宗汉，说是家里来了客人，而且还是解放军。陶宗汉一时愣了，自己退伍转业已经十多年了，一直跟部队没联系，有解放军找自己，是为什么事呢？

陶宗汉跟着何香草急忙赶回家，果然，屋里站着两名解放军战士，一人像是领导，坐在那里一个劲儿地朝门口张望，而邻居李大妈的怀里则奇怪地抱着个襁褓，陶宗汉面露狐疑之色。

“您就是陶宗汉同志吧？我受部队首长委托，把陶志坚同志和陈佳雨同志的孩子托付给您，这是陶志坚同志给您的一封信。”那人说着，冲陶宗汉敬了一个军礼。

亲爱的爸爸、妈妈：

你们好！一晃多年没有和你们联系，不是不想，而是纪律不允许，

请你们多多原谅！儿子心中时刻记挂着你们。我不能告诉你们我在哪儿，更不能告诉你们我所从事的事业。但是儿子可以骄傲地对你们说，儿子所从事的是一项伟大事业，是对得起国家、对得起人民的，儿子为能成为这个集体中的一员而感到骄傲自豪。

我和佳雨生活得很好，我们已经幸福地组建了一个家庭，就在不久前，你们的孙子出生了，我们给他取名叫陶拥军，小家伙很可爱。可是，爸爸、妈妈，我和佳雨的工作都很忙，实在抽不出时间来照看孩子，再说，北京的条件毕竟比我们这里强多了，所以……

陶宗汉的眼睛潮湿了，他几步走到李大妈跟前，伸手把孩子抱了过来，孩子睡得正香，小脸还带着微笑，看着自己的亲孙子，陶宗汉一时感慨万千。

经过家人一起商量，何香草决定提前退休，在家专心照看小孙子，因为有了陶拥军的介入，陶家的生活从此掀开了崭新一页……

10

送走五九笑脸红，
迎来六〇开门红。
你红我红他也红，
班红组红满堂红。
今年开门咱就红，
往后咱是天天红。
只要咱们思想红，
不愁月月全年红。

总路线红旗红又红，
城市乡村都照红。
人民中国满天红，
日子越过越火红。

《红旗》小报上的一首红字歌，掀开了崭新一页。正当陶宗汉满怀豪情地打算带领全厂职工继续奋战一年，争取更大跃进的时候，一纸调令下达，他被组织调离了工厂，到铁道部机车车辆验收室，负责全路机车车辆的验收检查工作。其实在早些时候，就有了小道消息，一来从根本上讲，陶宗汉对这种没来由的小道消息持抵制态度；二来自己对工厂怀有很深的感情，在潜意识中，他并不想离开工厂，因而根本没往心里去。没想到组织上会这么快找他谈话，一来肯定了陶宗汉担任工厂一把手这些年，带领全厂职工奋发图强，取得了有目共睹的成绩；二来就是征求陶宗汉对工作变动的意见。参加革命这么些年，陶宗汉抱定的信条便是，一切听从组织安排，因而陶宗汉的回答干脆利落。

“没意见，我坚决服从组织安排。”

“那好，陶宗汉同志，你回去后好好想想，谁接替你的工作为好，部里的意思就从你们班子成员里挑选一位组织观念强，工作能力超群，有广泛群众基础的干部提拔上来，部领导想听听你的意见。”

谈话很简短，前后不超过十分钟，然而再次回到工厂，陶宗汉的心境已大不一样了，虽然今后的工作还会和工厂有千丝万缕的联系，可毕竟要离开这里了，这里的一草一木，在陶宗汉看来都有了别样意味，他的双眼有了酸涩的感觉。

对于继任人选，陶宗汉心里早已有数，此人非向英杰莫属，理由很简单，向英杰虽说岁数不算大，但却是名“老”红军，参加过二万五千里长征，政治素养绝对可靠，同时向英杰来到工厂后，先后在多个部门工作过，保卫科、人事科、机车车间……这些年来技术上已锤炼得相当娴熟，更为关键的是，向英杰为人耿直无私，得到干部群众的广泛信任，没有理由不把这样的人提拔起来。

工作交接前夕，陶宗汉和向英杰有过一次深入交谈，那时离新春佳节已然不远，春节后陶宗汉就将到新的工作岗位上班了。在陶宗汉家的书房里，两人面前各自摆了一杯清茶，茶的芬芳氤氲其中，使得谈话的氛围颇显轻松。

“小向，关于工厂今后的发展，我们已交流了不止一次，我们都认为还是要走生产内燃机车这条道，这是毋庸置疑的，虽然说前年工厂试制成功了首台内燃机车，但毕竟马力太小，无法承担铁路运输任务，现已调用教学机车使用，从这点讲，那次的试制有许多不尽如人意的地方，但不管怎么说，还是为我们积累了宝贵经验。”陶宗汉望着向英杰。

“陶厂长，你说的没错，但我觉得，经验对我们来说固然很重要，但我们更大的问题还是人才底子太薄，搞内燃，我们尤其缺少领军人物。自始至终，大多数情况下，我们凭的是一种热情，热情不可能永远支撑我们去克服一个又一个技术难关。当然，在某一领域，我们并不缺乏将才，像袁副厂长、像陈发师傅……但是，他们都不能做到总揽全局。”这正是陶宗汉所忧虑的，他突然想到了什么，站起身，从书柜的底层找出一摞笔记本，放到写字台上。

“说到人才，我倒想起一人，刘克非，相信你还记得吧！虽说他堕落成美蒋特务，并为此送了命，但是他留下的笔记我全看了，很受启发，这些笔记留给你，说不定将来对我们搞内燃有用。”提到刘克非，向英杰也颇感惋惜。

“小向，今后工作中要时刻注意网罗人才，为工厂将来搞内燃机车做好人才储备，说实话，交到你肩上的担子不轻啊！然而当前最主要的还是粮食问题，具体到我们工厂，则是响应市里号召，减员二成，这项工作可不好开展啊！”

这一段时间，全国的粮食供应出现紧张状况，为此工厂还特意派人去支援农村建设，可是粮食问题的解决并非立竿见影，种子撒到地里，总得等它发芽、结果，才会丰收，正所谓春种秋收，这一来一去起码也要一年时间。市里为了应对这一棘手问题，被迫采取了减少城市人口的办法，说实话，也是无奈之举。

“困难再大，也要坚决执行。”向英杰语气坚定。

“一定不能闹出乱子，同时，小向，你要答应我，无论多难，也不能出现饿死人的事情。”陶宗汉这么说，并不是危言耸听，因为前几天何桂花从老家来信，就说老家已经出现了类似事件，陶宗汉听说后，赶忙让何香草寄去了 20 斤全国粮票，虽然不能彻底解决问题，但救急还是可以的。

“我向您保证，绝对不会饿死人。”向英杰用仅有的左手拍着胸脯响亮回答。“还有一个问题！”陶宗汉在这个时候想起了隐藏十多年的特务老 K，觉得自己在当厂长期间，没有将这名隐藏很深的特务抓捕归案，是一个很大的遗憾，“我知道你对老 K 一定没有放松警惕，只要时刻紧绷这根弦，相信无论多么狡猾的特务终将会落入法网，我期待听到你的好消息。”陶宗汉伸出双手，握住了向英杰的左手，两个人都能感到了彼此的力量。

春节放假前，照例是党委班子团拜的时候，其实就是在厂部会议室搞个茶话会，陶宗汉作为党政一把手，一般会有个讲话，感谢大家一年来的辛苦工作，参加会议的则都是各车间、处室的负责人。而今天这个会议，因为粮食问题，以前摆在桌子上的花生、瓜子不见了，代之以一杯清茶，但今天来的人却是最多的，大家也是别有一番滋味在心头，大家知道，今天既是团拜会，更是给老厂长开的话别会。

“同志们，今天我们在这里开一个特殊的团拜会，大家都知道了，我们尊敬的老厂长陶宗汉同志调到部里了，自打长辛店解放，不，自打二七斗争时起，老厂长就生活、战斗在这里。解放后，他带领全厂职工奋发图强，改变了工厂一穷二白的面貌，我们在座的每个人，都受到过老厂长的关心爱护，下面请老厂长给我们讲话。”向英杰示意大家鼓掌，于是会场内掌声雷动，在掌声中陶宗汉站起身。

“我首先要感谢各位这些年来对我工作的支持与理解，没有你们，我们的工厂不会取得今天这样的成绩，我谢谢你们。”陶宗汉说着，向与会众人深深鞠了一躬，会场内再次响起了热烈掌声。

“其次，我相信在座诸位今后会在向厂长的带领下，加倍努力工作，取得更快、更好的成绩。我虽然调离了工厂，但这里是我的根，我还会一如既往地关心着工厂点滴变化，希望在座每一位都不要把我当成外人，我是你们的真心朋友。”陶宗汉说到这儿，再次深深地鞠了一躬。这时厂部会议室外已经聚集了很多人，陶宗汉和向英杰交换了一下眼神，迅速站起身走向了会议室的大门，却见门外站着陈发、边孝正、刘文、黄向荣……许多普通工人自发地集结到厂部。

“陶厂长，您要调走了，这些年您在工厂的所作所为，我们大家伙有目共睹，我只想说，如果没有您，就没有我陈发的今天，我谢谢您。”陈发说着，冲陶宗汉鞠躬致谢。

“还有我，陶厂长。”

“还有我。”

在场许多人都被这景象感动了，袁咏梅、袁咏菊姐妹俩更是心潮涌动，她们俩最近刚刚被提拔为中层干部，一个管宣传、一个管检查，此时她们打心眼儿里为陶宗汉感到骄傲，这情景永远定格在了她们记忆深处……

11

裁员二成，这话说起来容易，实际操作困难却出奇的大，因为那就是近两千人呀！当初轰轰烈烈地把他们招进厂来，如今让谁离开，谁都不愿意，心里憋了一肚子怨气。没办法，工厂专门召开会议，特意出了一项硬性规定，凡是家在农村的年轻徒工，此次一律辞退。条文一出，许多大姑娘、小伙子又是哭，又是闹，他们觉得自己的生活已经融入了工厂，虽然工厂答应支付相应的安置费，从经济角度考虑，这些人并不亏，但还是没有人愿意离开，有人甚至还想去人事科闹事。为此向英杰干脆亲自坐镇人事科，那些蠢蠢欲动的人几下就老实了，乖乖，他可是名老革命，又是一等残废军人，谁有胆量去和他耍横？但也有不服的。

“向厂长，按理说，我们应该响应国家号召，返回农村老家去，为国家的农业建设出力，可是我的心里就是不服，我们毕竟是工厂正式职工，可工厂把我们辞退了，为什么还要用那么多的临时工呢？”

“小伙子，你叫什么名字？”

“陈建国，怎么，想给我小鞋穿？告诉你，我不怕!”也许想到终将离厂，小伙子豁出去了。

“小陈，谢谢你提醒了我，现在我们就去把这个问题解决掉。”说着，向英杰站起身，他先叫小车库派了辆轿车，之后带上人事科长、保卫科长、工会主席以及陈建国等几名青工，坐上车直奔北厂而去。

所谓北厂，其实就是以前工厂投资新建的分厂，因在老厂区的北面而得名，经过一年多的兴建，这里已初具规模，工厂已将原铸钢车间搬到了这里。去年年底到今年年初，有不少农民纷纷涌入城市，形成一股“盲流”，从而使本已困难的粮食供给更趋紧张，而这些农民因为没有户口，又都渴望找到一份临时性工作，以便尽快在城里扎下根来，其中有一部分农民就流进了长辛店铁路工厂，更多集中在北厂铸钢车间。

向英杰一到北厂，就把那些“盲流”召集到广场上，一下来了几百人。大家你瞅瞅我，我瞅瞅你，似乎都觉得事情有点不妙，他们也听说了这位独臂厂长不好惹，于是心里有些坠坠然。

“大家都别慌，今天把大家召来，是宣布一项决定，从即日起，工厂一律不再聘用临时工，已经聘用的，也从即日起解约。大家都知道，目前我们国家粮食生产出现了暂时困难，国家需要大批人去建设农村、发展农村。为此，工厂决定裁员二成，所以根本不可能再接着聘用大家了。不过你们放心，工厂会统一为你们发放一定数额的遣返费，算是对你们以往工作的一份回报。”向英杰话音刚落，会场里一片寂静，继而有人“呜呜”地哭泣。

“天啊，这可怎么办啊，家里都有饿死人的了。”

“就是啊！”

“求求你，向厂长，让我们留下吧。”许多人在哀求，甚至还有想要下跪的，向英杰最见不得这个，他的心软了，然而客观形势又不可能让他留下所有人。

“大家别这样，支援农村建设，是党中央做出的决策，我们每个人都要坚决执行，这样吧，你们当中凡是有一技之长的，都可以到人事科长那里去报名，经考核，成绩合格者，工厂会再考虑留下。”这已是向英杰权限内最大的让步了，“当然，也包括你们，你们也可以相互转告，个别有能力的，工厂会留下。”向英杰将目光转向了陈建国等几名小青年。

“具有什么样的一技之长才可以留下？”有人重燃希望。

“那当然得用得着，只要有需要，一定聘用。”

“我会剃头，这算不算？”

“可以呀，我们有生活服务公司，修鞋、修车、理发都可以，小伙子，你会剃头？正好，我的头发也长了，你可以当场演示一下，怎么样？”向英杰一时心血来潮，让人搬来一把椅子，干脆坐了下来。而那名小伙子开始还有点局促，当意识到这是自己的一个机会时，立马来了精神。他自己常带推子、剃刀，以往下班早的话，他就会在街边摆个地摊，挣个小钱，没想到此时派上了大用场，不出十分钟，小伙子便给向英杰收拾得利利索索。

“不错，很好嘛。”向英杰很满意，“小伙子，你去报名吧，经老师傅检验合格，我们一定留用。”小伙子一听，高高兴兴地到人事科长那里报名去了。这下，许多认为自己有两把刷子的人便纷纷报名，而那些没有报名的，因为没有拿得出手的本事，也只好自认倒霉。这下，几百名“盲流”问题得到顺利解决。而陈建国等人目睹了向英杰处理问题的全过程，自然也心悦诚服，一经宣扬，那些被辞退的年轻徒工心里的怨气自然也就没有原先那么大了。工作进展得很顺利，同时全厂党员、团员积极响应号召，起模范带头作用，使得工厂载员二成的目标不仅按时完成，而且还超额了，这得到了上级的肯定。但是在此期间，向英杰却破例招了一名临时工，不仅没有遭到别人反对，反而赢来一片好评，这又是怎么一回事呢？

一天晚上，忙了半宿的向英杰疲惫地回到家，倒头就睡着了。也不知过了多久，一阵阵敲门声把他从昏睡中拉了起来。

“谁呀？”

“请问，向厂长在家吗？”门外传来一个嘶哑的声音。

“来了。”向英杰马上起身，穿戴好衣服，打开了房门。门外站着一位干巴瘦的老大娘，身后跟着一个十六七岁的半大小子，而这两个人向英杰都不认识。

“大娘，您找我？”

“你就是向厂长？总算找到你了。”老大娘突然颤巍巍地就要给向英杰跪下，被向英杰一把拦住了。

“大娘，别这样，有什么事咱进屋说。”说着，向英杰把两人让进屋。待老人的情绪有些平稳了，向英杰才平静地说道：“大娘，有什么事需要工厂解决的，您就说出来吧。”

“向厂长，我这个孤寡老太婆，是有事求你啊！我老头子死得早，是我一手把孩子拉扯大，十多年前，孩子进厂了，我就想，这下好了，孩子有了一个稳定工作，总算熬出头了，过了两年，孩子也成家了，接着给我添了个大胖孙子，按理说生活就该节节高升了，可是老天爷不公啊！”老大娘说着，许是触动了伤心事，眼泪一下涌了上来。向英杰只是静静地听，老大娘顿了一下后，继续说道：

“前两年我儿子得了一场重病，治病、养病期间花光了所有积蓄，儿媳妇见家里穷得叮当响，再加上我儿子的病情也没有好转的迹象，就跟别人跑了。而我儿子也在年前去世了，家里就只剩下了我和这个可怜巴巴的小孙子。”老大娘说着，拍了拍站在身边的半大男孩。这件事情向英杰似乎听车间主任谈起过，为此他还特意叮嘱工会，给予的抚恤金应尽量从优。今天老大娘亲自带着小孙子来，向英杰的心里已想到是什么事情了。

“向厂长，我想让……想让我小孙子进厂上班呀，要不然今后的日子没法过了。我也知道，你也很难，现在工厂还在裁员呢！我也是没办法了，只能来求你了。”老大娘满脸愁容。

“孩子多大啦?”向英杰打量着那名男孩，也许是营养不良的缘故，男孩长得有点单薄。

“十六岁，他叫陈刚……”

“啊!”向英杰不禁愣了一下，新出台的有关法律规定，企业用工单位，所录用人员必须年满十八，这……

“哎呀，孩子太小了，还不够年龄啊!”

“没有办法啊！向厂长，行行好，给想个办法吧。”

“这……再说，市里规定现在也不许招人呀!”

“那……那可怎么办呀!”老大娘的泪水再次像断了线的珠子扑簌簌地往下落。

“大娘，您别哭了。这样吧，大娘，先让小孙子进厂当名临时工，以后等长大了，如果表现好，而他本人还想在工厂接着干下去的话，那就再正式录用，您看怎么样?”

“太好了，真的是太感谢您了，刚子，快，给向厂长跪下，谢谢向厂长。”

“千万别这样，还是那句话，要感谢，就感谢党和毛主席，小伙子今后要好好干。”半大小伙子重重地点了点头。

12

饥饿就像一个无处不在的恶魔，威胁着许多人的生命，虽说城市人口数量已经减少，可是每个人的粮食定量还是被迫下降了，能痛痛快快地吃上一顿饱饭，是那时许多人心中的梦想。鉴于情况日益严重，工厂党委召开了一次全厂动员大会，号召全体职工开荒种地，利用一切可以利用的空地种粮种菜，为此向英杰在厂部外面的一块空地上，以前种花、种草，现在都种上了老玉米。但是话说回来，毕竟远水解不了近渴，饿急了的人们就像是闹了蝗灾一样，附近山上的野菜都被挖光了，只要能找到吃的东西，连耗子洞都挖。尽管工厂使出了各种各样的招数筹集粮食，向英杰还从自己的口粮中每月挤出五斤粮票，交给厂工会，负责救济生活特别困难的职工，在他的带动下，全厂的车间主任、管理科长都纷纷捐粮，可毕竟杯水车薪，工厂还是发生了工人饿晕过去的情况。

锻工车间一名老锻工，家里孩子多，且又都在长身体的时候，虽说厂子里每个月都补助他五斤粮票，可家里还是不够吃，他为了能让孩子们多吃几口，就自己省点，结果那天刚接班不久，人就昏倒在工具箱前，同事们七手八脚地把他送到厂医院，一检查，是饥饿引发的昏厥，幸亏没倒在汽锤上，否则后果不堪设想。向英杰听说后，也惊出一身冷汗，反复叮嘱工会每月再多给这家五斤粮票，这样的事情以后绝不能再发生了。

从哪儿能搞到粮食呢？向英杰苦苦琢磨着。这时发生了一件事，让他茅塞顿开。

那天，在向英杰家楼下，突然停了一辆军用吉普车，从车上走下一人，身材魁梧，看样子像是部队首长，而且“官”还不小呢！身后跟着几名小战士。小战士从车上抬下两只已经死去的猎物，直接敲响了向英杰家的房门，开门的正是向英杰。

“哎呀，老伙计，你怎么来了？”来人是向英杰部队上的战友，两人有着多年的战斗友情。

“来看看你呀，顺便给你带了样好东西。”说着话，小战士把猎物放在客厅中央，原来是两只肥硕的大黄羊。

“老伙计，你这是干啥？”

“干啥？给你救急呗。我知道你也不容易，家里孩子多，每个又都是长身体的时候，权当是给孩子们打牙祭了！”

“可是，你也不宽裕。”

“老向，跟我就别客气了，我们部队总比地方强，再说两只黄羊也不多。”来人说罢，“哈哈”大笑。送走老战友，向英杰立刻叫来秘书，让他找几个人把两只黄羊都扛到招待所去，秘书迟疑了一下，他知道人家老战友是送给向厂长个人的，向厂长家里也并不宽裕。

“向厂长，要不给家里留下一只吧？”秘书看到了向英杰的几个孩子正扒着门缝往屋里瞅，嘴角的哈喇子都快流下来了。

“一只都不要留，都扛走，就这，恐怕还不够呢!”向英杰果断地说道，他当然也看到了孩子们那渴望的眼神，但他最终还是狠了狠心。秘书见此情景，让人把两只黄羊都扛走了，那天晚上，向英杰的老伴儿一直没给向英杰好脸子看。

第二天临近下班时，全厂所有科长、主任都接到紧急通知，让到招待所会议室开会，届时谁也不能请假，问到底什么事这么着急，回答只有两个字“保密”。

头一个进门的，是机车车间齐主任，他手上还拿着棉丝，一边擦着油泥，一边说：“向厂长，今儿个开什么会呀，我请个假，行吗？还有车等着交哩!”看来齐主任只想打个卯就开溜。

“说了谁也不能请假，怎么就你特殊。”向英杰板着个黑脸，像个包公一样，齐主任见状，不禁嘬了嘬牙花子。

“那我先回去安排一下，一会儿再回来，成不?”齐主任说着，转身就要往外走。

“站住。”向英杰大喝一声，“你给车间打个电话不就得了，来了就给我好好待着。”向英杰的一席话，搞得齐主任眨巴了两下眼，就到隔壁房间打电话去了。

紧接着走进门的，是胡子拉碴的检查科李科长，他凑近身子，笑着低声说：“向厂长，我手头正好有件急事需要处理，要不让副科长老刘代我参加得了?”

“不行!”向英杰提高嗓门，把话砸死，“今天这个会不同一般，我早声明过，不让代替，也不许传达!”

“什么大事，这么机密?”李科长心里嘀咕，可也不敢多问，只得乖乖在一旁坐下。

人陆陆续续都到齐了，大家不免交头接耳，不知道向英杰葫芦里卖的什么药，而向英杰从座位上站起身。

“今儿，咱们开一个特别重要的会，现在请大家先耐心等几分钟，会议马上开始……”

“人都到齐了，您老先生有什么事就讲呗。”许多人摸不着头脑，心里犯着嘀咕。这时，会议室的门“咚”的一声打开了，一股热腾腾的气浪冲进来，食堂炊事员端着几大盆烧好的羊肉，还有两大簸箩馒头、大饼涌了进来。

“这是怎么回事?”大伙傻了眼。

机灵的调度科陈科长马上明白过来，悄悄捅了一下坐在旁边的齐主任，“老齐，这回咱可捞上了。”

向英杰这才喜笑颜开地冲大家伙说道：“这是部队的老战友送来的，同志们常年辛苦，今天算是厂里慰劳大伙吧。但有一点需要说明，肉可以敞开吃，但馒头、大饼的粮票事后还是要交的，同志们啊，现在粮食实在紧张啊，这点还请大家理解。”

“知道，知道。”大家异口同声。向英杰看着大伙狼吞虎咽的样子，自己也咧开大嘴笑了。

当人们都走了，向英杰也打算回家时，食堂大师傅特意端上来两碗羊肉，“向厂长，我们知道羊肉您一点儿也没给家里留，就特意给您留了两碗，带回去给孩子们尝尝鲜吧……”

向英杰望着两碗微温的羊肉，不知说什么才好了。

通过这件事，向英杰得到启发，为什么不向部队求援呢？部队的情况毕竟比地方好多了。当然，这种援助也不是无偿的，工厂有自己的优势，可以帮部队修车、修炮嘛！这样的事情，早在抗战时就为二十九军干过，现在为什么不能呢？于是，向英杰给不少老战友打电话，功夫总算没白费，有一支部队答应支援工厂一卡车粮食，条件是工厂得帮他们修好十多辆瘫痪的汽车。向英杰一听高兴坏了，连忙点头答应。乖乖，有了这一卡车粮食，可以救助多少特困户啊！但同时，如何保证这一卡车粮食的安全存放，则是重中之重，于是，他叫来了保卫科长张春阳。

张春阳这些年在厂内得到了历练，保卫、工会、生产，各个部门都干过，现在又重新回到保卫科，显得比以前老练成熟多了。

“春阳，我跟你说，这一卡车粮食可是厂里的命根子，你一定得给我看好、护好，出了事我拿你是问！”

“放心吧，向厂长，我保证完成任务。”

“春阳，别的我不担心，我担心的是，我们的‘老朋友’老K如果打这一车粮食的主意，估计就不会有好事发生，所以我们切需小心啊！”向英杰语重心长，而张春阳则默默地点了点头。

事情的发展正像向英杰所忧虑的。那天，已是晚上八九点钟，张春阳带着几个人守护在厂工会的院子内，大院里就存放着那一卡车粮食。忽然，外面涌来许多人，个个十分气愤的样子。

“你们要干什么？”张春阳挡在前面，厉声质问。

“我们……”挑头的那个人忽然胆怯起来。

“我们听说厂里要私自把这一车粮食给分了，你们这帮当头的，真是太黑心了，这可是全厂的救命粮啊！你们总干这种昧良心的事。”许多人跟着嚷嚷。

“谁说的？是谁说的？”张春阳剑眉一挑，“这是典型的造谣生事，难道你们不知道吗？向厂长反复强调，这一卡车粮食谁也没权擅自处理，哪怕一斤都不行，粮食都在那里堆放着呢，不信你们可以自己去看。”有两个人跑过去查看。

“他没说谎，粮食都在呢！”这下大家伙儿的情绪稍稍稳定了些。

“不行，万一以后你们私自分了呢?”有人在黑暗中悄悄喊道。

“对呀，你们私自分了，谁又会知道?”

“我告诉你们，这不可能。”随着一声怒吼，大家回头一看，原来是向英杰闻讯赶了过来。向英杰极力压制心中的怒火，“我可以负责任地告诉大家，这一卡车粮食，工会都是登记在册的，每支出哪怕一斤粮食，工会都会有底账可查，你们在这里瞎闹，可是违法的。”

向英杰此时就像一位威震八方的将军，他那只空了的袖子更像是一面战旗，那伙人胆怯起来，向英杰的火暴脾气他们是知道的。

“向厂长，我们信你，只要这一车粮食分得公平，真正给了最需要的人，我们自然无话可说。”说完，这伙人就要离去。

“站住!”向英杰大喊一声，那伙人下意识地都停住了脚步，他们以为向英杰要追究他们的责任，不免都有些紧张。

“你们不要害怕，在这里，我可以答应你们，对于今天这件事，我不但现在不会追究责任，就是以后也不会，但你们要老实回答，你们是怎么想起到这儿来的?”

“我们就是听说你们这些当领导的要私自分粮，所以就来了。”

“你们是听谁说的?”向英杰的声音很严厉，“你别看别人，就说你是听谁说的。”向英杰盯着一个三十出头的年轻人问道，那个人神情窘迫。

“我……我是听刘调度说的。”那个人说着，手指身边一人。

“那么你呢?”向英杰紧紧追问。

“我是听部件车间工具房老张说的。”

“老张，你又是听谁说的?”向英杰紧追不舍，问来问去，落实到一个人头上。

“我是听财务科陆会计说的。”

“陆会计?”

“他叫陆汝忠。”

详细讯问了每个人，几条线索最终都指向了陆汝忠，而陆汝忠根本没来现场，看来这个人有问题。

“春阳，你带几个人守在这里，你们几个跟我来，你们有谁认识陆汝忠的家？”有人应答，于是一行人飞奔向陆汝忠家。然而陆汝忠却没在家，他老婆也在找他。向英杰本能地觉出了不妙，预感老K又抢先一步了。

几天后，陆汝忠的尸体在一个废弃的破房子里被发现，因为工厂要在北厂修建新的家属区，这片地属于被征用地段，村民们早就搬走，整个村子都荒废了。陆汝忠如何会来到这里，没人知道，结束他生命的是一把带有消音器的无声手枪，陆汝忠看上去像是畏罪自杀，因为在陆汝忠的上衣兜里发现了一封简短的、比较特殊的“遗书”，说其特殊，因为在向英杰看来，更像是封挑战书。

向英杰：

你这个疯子，十多年了，你像只疯狗一样，甩也甩不掉，这下你该高兴了，我就是你苦苦找寻的老K，你赢了！

“向厂长，他……他就是老K？”张春阳一脸惊诧。

“欲盖弥彰！”向英杰嘴角挂着一丝冷笑，“春阳，你发现没有，我们的老对手这次有点发慌了，伪装的现场竟然这般拙劣。从子弹的入射角度来看，以陆汝忠的臂长，根本不可能是自杀，这说明什么？说明这次行动老K也是仓促行事，考虑得不似以往那么周详，为什么会这样？无非是老K妄图借着我们出现的暂时困难，来破坏我们安定团结的大好局面，他好来个浑水摸鱼。而这一卡车粮食的由来，也是纯属意外，所以这只是老K的一次临时行动而已。老K没想到，他们所散布的谣言，信者甚少，就是来挑事的，也都听从了我们的劝说。这说明什么？说明党在人民群众中还是具有崇高威望的，人民群众相信党能领导他们走出困境。”

“向厂长，这么说，你对老K已有了怀疑对象？”张春阳试探地问道，向英杰对此不置可否，怀疑的目标当然心中有数，但也只是怀疑，因为那个人一向狡猾，所有的行动并没有人证、物证，在消灭证据方面，老K向来心狠手辣。

“正所谓自作孽不可活，我们和老K总有摊牌的一天。”向英杰说着，转身走出屋外，张春阳紧随身后。外面阳光灿烂，刺得人眼睛有点不适应，但相当温暖，舒适。

13

历史走进了风云际会的六十年代，这些年，由于中苏两党在意识领域的分歧和论争，使得两党、两国的关系日趋紧张，苏联继单方面撕毁两国国防新技术协定，拒绝向中国提供原子弹样品和生产原子弹的技术资料后，又决定撤走全部在华专家，并在中国本已困难的经济上再撒了一把盐，让中国限期偿还所有贷款，很有股落井下石的味道，在许多国人看来，苏联已不再是令人信服的老大哥，而是可怕的“怪兽”。尽管亚罗申科早已回国，可因为他是苏联人，而陶学文、陈怀礼又曾跟着亚罗申科学习过，尤其是陶学文，还专门去过苏联，回来后时常发表亲苏言论，于是有人写匿名信向有关部门检举，有关方面经过所谓的“调查”后，就认定他俩是苏联特务，公安部门对二人的逮捕行动是在一个雨夜同时进行的。

因为已和邓玲离婚，陶学文带着陶建军住在父母家。陶学文的状况没有丝毫改观，还是按时打扫厂区内的公共厕所，而他的父母年纪也都大了，尤其是杨大妮，还需要照顾一家人的衣食起居，多少显得有点力不从心。警察到来的敲门声把杨大妮从梦中惊醒。

“老头子，这是怎么回事呀?”杨大妮吓得不住地哆嗦。

“我怎么知道，去看看不就得了。”此时陶宗法正在听话匣子。小屋里，陶学文正在辅导陶建军功课，小家伙已上三年级了，听到敲门声，陶学文从里屋走了出来。

“爸，您待着，我去开门。”陶学文说着，过去把房门打开，从外面一下涌进几名警察。

“你们……你们干吗?”全家人被吓蒙了。

“你就是陶学文?”警察当中一人指着陶学文问道。陶学文下意识地点了点头，随后，两名警察立刻上来左右夹击，将陶学文夹在了中间，“陶学文，你跟我们走一趟。”

“为什么抓我?”陶学文试图挣扎。

“为什么？这就要问你自己了，你这个苏联特务。”警察的回答冷冰冰的。

“不，我不是。”陶学文想极力挣脱。

“警察同志，你们是不是搞错了，我儿子怎么可能会是苏联特务呢?”陶宗法上前，想要为儿子求情，杨大妮跟在身后，都不知说什么才好了。

“是不是特务，并不是你们说了算，带走。”警察也不管陶家人如何阻拦，拥着陶学文就往外走。

“爸爸，你们放开我爸爸。”陶建军像只暴怒的小狮子，冲向警察。一名警察将他拦住，小家伙还想往上冲，陶学文怕儿子吃亏，反而安慰着儿子：

“建军，听话，爸爸只是跟他们走一趟，说明情况后马上回来，在家听爷爷奶奶的话。”

陶学文终于被带走了，望着儿子渐渐远去的背影，陶宗法想要追上去，可是两腿偏偏不听使唤。

“学文，我的儿子。”陶宗法不禁老泪纵横。

这一天，恰好是袁咏梅的生日，袁咏梅一直住在陈怀礼家，帮他们带孩子，日子过得倒也其乐融融。大儿子陈怀恩一家也来给母亲过生日，吃罢晚饭，一家人正围坐在一起聊天。陈怀恩这些年日子过得倒也平静，他教的课很受学生欢迎，他还是多年的教研组组长，据说校方本来打算提拔他为教导主任，只是因为其弟陈怀礼是右派，这事便搁浅了。此时话题落在了两家孩子上学的问题上，因为战乱，陈怀恩结婚比较晚，可巧的是，他的孩子陈国轩和陈怀礼的儿子陈国雄同岁，9 月份都将上小学了，毫无疑问，首选学校是铁路扶轮小学。这时，响起了急促的敲门声。

“爸爸，你们都别动，我去开门。”陈国轩正是活泼好动的年龄，蹦蹦跳跳地去开门。门开了，陈国轩却惊慌地转身扑入袁咏梅的怀中。

“奶奶，奶奶。”

袁咏梅定睛一看，从门外进来几名警察，其中一人态度还算温和，“你们俩谁是陈怀礼?”话是询问陈怀恩、陈怀礼兄弟俩的，陈怀礼向前迈了一步。

“我就是。”

“好，那你跟我们走一趟。”

上来两名警察，就要把陈怀礼带走，陈怀礼想要挣扎，全家陷入一片恐慌，袁咏梅倒还算镇静。

“请问警察同志，你们带走我儿子，理由是什么?”

“他是苏联特务，难道不应该跟我们走吗?”来人的回答理直气壮，而袁咏梅的心却是一沉，以她的阅历，被安上这样的“罪名”，人是根本保不住的，尤其是现在这样一个敏感时期，加上儿子还有一顶右派的帽子，谁会为右派说好话呢？在这一瞬间，女人的坚强成为了唯一自卫的武器，也是唯一的希望。

“儿子，跟他们走，妈相信，你不会背叛祖国的。”

母亲的话给了陈怀礼巨大的勇气，他也明白，事情既然已经发生了，那就要勇于面对，惧怕与沮丧是没用的，这两年右派的帽子让他坚强了不少。

向英杰在第一时间知道了消息，他的本能反应是，“搞错了，一定是搞错了。”他对陶学文、陈怀礼还是了解的，说他们思想保守，和大跃进唱反调，这或许有可能，但那是可以批评教育的，说他们是特务，出卖国家利益，向英杰绝不相信。为此他给许多熟人打了电话，尤其是过去在刑侦科时的一些老战友，希望能以自己的影响力来挽救陶学文和陈怀礼。但是，所有的努力都是白费，向英杰被客气地婉拒了，他们都认为案情重大，谁也帮不了忙。

“可是，总得有证据吧？”向英杰向自己的老上级抱怨。

“证据？还要什么证据，两个人都是右派，这就足够了。”老上级的火气显然也很冲，而向英杰则彻底哑口，人们有理由怀疑右派分子的一切行径，这也是老上级不肯帮忙的原因。

陶宗汉也回来了，陶学文被带走的第二天，陶宗法就被送进了医院，经初步诊断，心脏出了点问题，听医生讲，和心情长期郁闷有关。陶宗汉为大哥担心，病房里，陶宗汉拉住大哥的手轻轻拍着，而陶宗法老泪纵横。

“大哥，你放心，学文的事我会一直争取的。”

尽管知道这样苍白无力的话说出来也不管用，但陶宗汉还是得说，陶宗法则微微摇了摇头，他觉得自己太累了。

陶学文、陈怀礼的判决很快就下来了，两人均被判以劳动改造，地点在天津茶淀。判决书下来当天，陶宗法的心脏停止了跳动，实际算起来，老人还不到七十岁，走得实在是早了点。陶宗汉想到大哥一生老实巴交，只想靠自己的手艺吃碗安生饭，可是没想到命运多舛，一辈子都在挣扎着，陶宗汉不由泪流满面。

在陶宗法的葬礼上，陶宗汉见到了袁咏梅，同样的打击也让袁咏梅面容憔悴，陡然老了许多，但袁咏梅并没有倒下，她坚定地看着陶宗汉，虽然没有说一句话，陶宗汉却知道她的千言万语尽在其中。

还是有让人感到高兴的地方。厂史资料汇编《北方的红星》近日由作家出版社出版发行了，这还是陶宗汉当厂长时组织编写，发动了全厂职工搞知厂、爱厂、写厂的活动，历经将近两年时间，终于完成了。书散发着醉人的墨香，记载着一个拥有六十年历史老厂的发展历程，一个个人物，陶宗汉是那么熟悉：邓中夏、葛树贵、辛可红、史文彬……记录的历史事件又是那么清晰：痛打邓长荣、二七大罢工、研制蒸汽机车……陶宗汉的眼睛湿润了。厂史的出版，对陶宗汉来说，只是完成了一个未了的心愿，他的心中还有一个强烈的愿望，那就是尽早创建二七纪念馆，让革命的精神得以传承，让二七英烈得以笑慰……

14

经过一年多的整修，旧貌换新颜的工厂俱乐部重新投入使用，而且在国庆节期间开张，居然迎来了京剧大师梅兰芳先生，这下，整个长辛店地区都轰动了。梅先生竟然要亲自上台为工人们演出，这是多大的幸事啊！

为此，向英杰特意请回了陶宗汉，向英杰知道，陶宗汉是个京剧迷，有这样的机会，岂能错过？何况他也知道，陶宗汉心里装着厂子，时刻关注厂子的变化，故陶宗汉一回来，向英杰就领着他到处转转。

此时的工厂，很有点像植物园，虽然厂房依旧，但凡是可以种点东西的空地上，都种上了粮食、蔬菜，有的刚刚收获完，而有的正在成长。

“老厂长，多亏了部队支援的那一卡车粮食，虽说还是很困难，但好在没有发生饿死人的事件。加上这些新收上来的粮食，完全可以支撑到明年开春，到那时，整个国家的形势就会好转了。”

“是啊，小向，这些日子里，你们的工作很不简单，摆在我们面前的困难是解放后最为严重的，好在全国人民相信党，相信毛主席，这就是我们战胜一切困难的动力。”陶宗汉看得很认真，也很仔细，就像自己还当厂长时那样，继而话锋一转，“小向，后来听你说，为了那一卡车粮食，老K又有所行动了，那这次梅先生来到长辛店，梅先生的安全保障没问题吧?”

“放心吧，老厂长，对于老K，我的心中已有几个怀疑目标，我已让张春阳派人严密监视起来，一旦有个风吹草动，立刻抓捕，何况这次长辛店派出所的同志也给予了大力支持。我估计，老K不会贸然行动，这些年他也一直很少行动，他对那一卡车粮食动手，估计也是想趁我们遇到点困难，来个浑水摸鱼，但毕竟是步险棋，所以我认为老K是不会冒险行动的。同时，在剧场里也会有公安的同志暗中保护梅先生的安全，我觉得应该万无一失。”

“那就好。”说着话，两人已转到了机车车间，虽说是放假期间，可被安排加班的人还是不少，许多人见到陶宗汉，都热情地上前打招呼，陶宗汉一一回应。出车线上停放着不少整装待发的机车，像是待命出征的将士，陶宗汉发现都是蒸汽机车，而且大多数还是修理的，新造的极少，这种情况已然延续了好几年，自从工厂成功试制出蒸汽机车、内燃机车后，虽然批量生产内燃机车短期内还达不到，但批量生产蒸汽机车的能力还是有的。可由于国家又在山西大同投资兴建了一家铁路工厂，成为国内生产蒸汽机车的重要基地，许多生产份额都被大同机车厂所占据，所以工厂目前还是以修理蒸汽机车为主。对于工厂今后的发展方向，陶宗汉和向英杰一致认为，还是要朝内燃机车制造大厂的方向迈进，虽然工厂现状离目标还相差甚远，但两人都坚信，只要坚持，就一定能实现。此刻，陶宗汉看到这些整修一新的机车，心里自然十分高兴，不住地摸这摸那，像是抚摸自己的孩子。

“老厂长，一看到咱们自己的产品，您还是这么欣喜。”向英杰含笑说道。

“可不，一看到它们我就精神百倍。”

在向英杰家吃了顿便饭后，陶宗汉和向英杰早早来到工厂俱乐部，比规定的演出时间早了不少，但已有三三两两的人聚集在广场上，每个人都期待着大师的精彩表演。等了将近二十分钟，几辆大轿车开进了广场，梅兰芳先生的演出团队到了，等候在广场上的人立马就要往前涌，都想一睹梅先生的风采，被执勤的警察拦住了。梅先生被保护着进入了俱乐部的休息室，他对工人师傅们的热情始终报以亲切的笑容，一点没有“名角儿”的派头，这点让陶宗汉很是钦佩，他和向英杰对梅先生的到来表示了感谢。

“应该的，毛主席教导我们，文艺要到群众中去，通过这些年的实践，我的艺术得到了升华。长辛店铁路工厂，有着光荣的革命传统，毛主席、朱总司令都曾不止一次地来过这里，我们能来这里演出，感到很光荣。”梅兰芳谦逊地说道。他今年已经六十多岁了，看着还是那么精神矍铄，可是陶宗汉却觉察出来，先生的眉宇间不时显露出疲态，或许是长期在外演出劳累所致。

今天表演的曲目是梅派经典——《贵妃醉酒》，陶宗汉是懂戏的，知道这出戏表现的是杨贵妃和唐玄宗之间的爱情故事，杨贵妃的戏份很重，唱、念、做、打几乎样样俱全，就是一名年轻人演下来，也会有些吃不消，何况是位老人呢！陶宗汉话里话外的意思，就想让梅兰芳注意身体，有些难度太大的动作可以简化或是不做。可是，梅兰芳却婉拒了。

演出开始了，不仅梅兰芳本人，就连每位琴师都十分认真。观众掌声不断，陶宗汉也挺兴奋的，这次回厂，不仅欣赏到著名艺术家的表演，而且还看到了工厂在向英杰的带领下，各项生产工作都按部就班地步入了正轨，照这样下去，工厂将实现跨越式飞跃，把工厂办成国内一流大厂的梦想即将成真。

第七章　鲜花在左，荆棘在右

1

1966 年，一场“文化大革命”运动如暴风骤雨席卷全国，位于京西南的长辛店铁路工厂也变成一片红色的海洋。随着“打倒走资派”的口号声此起彼伏，原有的领导班子成员纷纷被下放车间劳动，而大量的群众组织却应运而生：“红旗协会”“红色造反团”……由于工厂党委等部门的工作已经陷于瘫痪，这些新生的组织无不对权力垂涎三尺，都想乘乱而上，最终，红色造反团占据了上风……

牛志军作为红色造反团副团长，对于这场运动，他举双手赞成，否则他一个特务崽子怎么能有今天？运动如火如荼之时，他从朝阳门街道重新回到了长辛店，只是让他万分遗憾的是，他的母亲陶慧敏却没能和他一块儿回来。两年前，因为劳累过度，陶慧敏积劳成疾，临终前，陶慧敏紧紧抓住儿子的双手，嘴唇翕动着，拼尽了最后一丝力气。

“回……回长辛店去。”

牛志军把这当成是母亲对他的命令与期盼，回长辛店干吗？还不是为他父亲牛跃进报仇！牛志军心中满是仇恨，他一直觉得，当初要不是陶宗汉、向英杰等人，他的父亲也不会被捕，更不会被枪毙。尤其是陶宗汉，还是亲舅舅呢，却亲自抓捕了自己的姐夫，一点都没有顾及姐弟之情，也让自己因父亲的特务身份被歧视。该死，都该死！抱着母亲的遗体，牛志军没有流泪，他默默地办完了丧事，没有通知任何亲戚。后来他从多方打听到，陶宗汉虽然调离了工厂，可向英杰继任了厂长，别看是个断胳膊的人，在全厂可有威信了，他自忖，盲目回去，除了遭人白眼外，不会有别的收获。

这场运动给了牛志军一个天大的机会，运动初起时，他偶然间救了一个造反派头头，那个人在武斗时被人打伤了脾胃，手术治疗需要大量输血，而牛志军的血型恰好和他匹配，牛志军便“无私”地贡献了800cc的鲜血，那人出院后，就把牛志军引为知己。后来牛志军听说长辛店铁路工厂也闹“革命”了，厂领导班子都被赶下了台，觉得自己的机会来了，就想重回长辛店。那人知道后，也没难为他，倒热心地给他写了封推荐信，那个人跟长辛店地区红色造反团团长陈怀恩是多年的朋友，因为有了这封推荐信，牛志军便底气十足地回到了长辛店。陈怀恩倒也重义气，封了牛志军一个“副团长”的职衔。

可是，牛志军很快就发现，他要报仇的目标还难以实现。首先，被大家称为独臂厂长的向英杰，早在运动未起之时，就已借调到四川，派往了大三线的最前沿，暂时担任资阳厂筹建处副主任。牛志军的手臂再长也伸不到四川去，他想亲自将向英杰打倒批臭的目标无法遂愿。其次，他就是对身处北京的陶宗汉也无法下手，他曾带人去冲击铁道部，却被一群解放军战士拦在了大门外，他是干着急没办法。最后一点，也是最为关键的，人的私欲都会无限膨胀，刚开始时，他对副团长的职衔还是满意的，可渐渐就觉出，陈怀恩会时不时地以四两拨千斤的手腕，不动声色地让他在众人面前尴尬现眼，以至于许多团员根本没拿他这个“副团长”当回事，时间长了，牛志军和陈怀恩之间的矛盾便成了秃子头上的虱子——明摆着的，怎样才能彻底打败陈怀恩，使自己登上“团长”的宝座呢？牛志军觉得这是他目前急需解决的一大难题。

“当当当。”有人敲门，声音不大，显见来人十分小心谨慎，牛志军摁灭香烟，站起身去开门。这是他家在长辛店的老宅，他回来后又重新收拾一番。让牛志军没想到的是，来人却是已靠边站的原副厂长袁咏松。牛志军一时有些糊涂，他甚至忘了请袁咏松进门，袁咏松则不管惊愣着的牛志军，闪身进屋后，随手把门关死。

“很奇怪是不是?”袁咏松的嘴角抿过一丝冷酷的笑意。其实袁咏松心里根本看不上这个愣头青，可是没办法，世事变化太快，这种人不仅造反了，而且还成功夺权了，他需要这样的人来使自己摆脱窘境。听到袁咏松的问话，牛志军一头雾水地点了点头，谈话从一开始袁咏松就占据了上风。

“你也坐下嘛，坐下好说话。”袁咏松反客为主地招呼牛志军坐下，而牛志军则一脸茫然。

“我今天来，对你而言，只有好处而没有坏处，我可以帮助你实现你心中的梦想。”

“梦想！我的?”

“是啊，你不是做梦都想挤掉陈怀恩，坐上红色造反团头把交椅吗？我能帮你实现。”

“你?！你为什么要帮我?”牛志军窃喜的同时也满心疑惑。

“当然，帮你的同时也是为了帮我，我现在的处境很不妙，我希望能有所改善，我帮你搞掉对手，你帮我走出困境，你看，情况就是这么简单。”

牛志军笑了，听起来还算合情合理，“说说吧，你如何帮我达到目的?”

“这……”袁咏松顿了一下，继而像是下定了决心，“如果我告诉你，陈怀恩的父亲是名军统特务，他实际上是名特务崽子，那他的团长位置还坐得稳吗?”

“什么?！你是说……陈季秋不是……”

“没错，陈季秋是为抗战而死的，可他的确是军统特务，不信你看这个。”

世界
世界
兵

袁咏松说着，从兜里掏出一张许多年前的旧报纸，上面有抗战胜利后国民政府对陈季秋的表彰令，因为从内心崇拜陈季秋，所以袁咏松一直保存着报纸，没想到现在却派上了大用场，而牛志军简直如获至宝。

“太好了。”牛志军的兴奋溢于言表，继而发现似乎哪里有点不对，他拍了拍自己的脑门，又想伸手去摸袁咏松的脑门，被袁咏松厌恶地闪开了，“你没病吧？这么一来，陈怀恩的母亲袁咏梅不就成特务婆娘了，她可是你的亲姐姐呀！你为什么要这么做？再说了，这张报纸你又是从哪里得来的？你……”牛志军有些惊恐地望着袁咏松。

牛志军的一席话，像针一样扎在了袁咏松的心口上，袁咏松觉得一阵剜心的痛，几乎就要后悔了，然而一想到后果，他还是咬了咬牙，硬下心来。“牛志军，你这么瞅着我干吗？我又不是怪物！袁咏梅是我的亲姐姐不假，可是你不想想，在如今这么一个‘革命’的年代，陈季秋真实的身份还能隐藏多久？组织上早晚会查清楚的，与其到时被动，不如现在主动交代，还能有一个立功表现，我这其实也在帮我的姐姐。我再回答你的第二个问题，关于这张报纸的来历，我不妨跟你说实话，陈季秋毕竟是我的姐夫，他又是为抗战而死，在相当长一段时间，他都是我的偶像，报纸是我一直珍惜收藏的，怎么样，这样的回答你满意吗？”袁咏松的脸上挂着一丝冷笑。

“原来是这样。”牛志军与其说是被袁咏松的一番话说服了，倒不如说他因即将斗垮陈怀恩，进而自己当上红色造反团团长而兴奋着，他宁可相信袁咏松说的是真的。可是冷静下来，牛志军又踯躅了，严格说来，自己也是特务崽子，而且是板上钉钉的，一旦被人揪住了小辫子，那自己岂不是在为他人作嫁衣裳吗？牛志军心中的小九九，被袁咏松猜个正着，袁咏松轻声笑了起来。

“牛团长，你不必有什么顾虑，你跟他们的情形不一样，运动到来，你的表现足以证明，你的思想意识早已经跟你的父亲划清了界限，否则上级也不会那么看重你，共产党人用人从来都是唯才是举，也从不搞株连，而他们却从没向组织主动坦白过陈季秋的真实身份，这就更加说明他们居心叵测，相信我，这次你一定能赢。”

牛志军听了以后，不由上下打量了一番袁咏松，“我说你们这些知识分子呀，脑袋瓜子就是灵，看问题总能提前那么半步，要不然在古代，怎么都叫你们为狗头军师呢！”听到牛志军这一番半是嘲讽半是称赞的话，袁咏松尴尬地笑了笑。

夜深沉，孤枕难眠，袁咏松干脆坐了起来，窗外一轮弯月高悬天际，他忽然莫名其妙地想到，此时台湾的月亮是否也这般可人？他被自己的想法吓着了，不禁摇头苦笑。出卖自己的亲姐姐，对他而言实在有难以启齿的苦衷，谁能想到运动来得如此迅猛，他凭直觉感到，这一次绝不同以往，为此他如坐针毡。诚如他所预料，陈季秋的真实身份，万一被组织上查出来，那么不仅姐姐一家，就连他也脱不了干系，他真的怕自己被连累上，为了自保，他也只能狠心地把姐姐牺牲掉，因为他的真实身份更加可怕，他，就是那名隐藏很深的特务分子老 K。

袁咏松点了根烟抽了起来，他一直拒绝回忆自己是怎么变成老 K 的。一失足成千古恨，为了活下去，他不得不对自己狠，对自己的女人狠。他想起了秦苏红，他心底是深爱这个女人的，但为了儿子袁鸿达，这个他心中最柔软的部分，他必须舍弃掉自己的爱情。

当年，他思虑再三，决定和秦苏红离婚，让秦苏红把儿子带走，让自己和儿子除了难以斩断的血缘至亲外，其他什么瓜葛也没有，这样即使自己将来有一天暴露了，那他们母子也还可以顾虑少些地活下去，这是自己唯一能为他们母子做的事情了。袁咏松希望在未来的某一天，他们能理解自己的这番苦心。

有时候，袁咏松分不清自己究竟是人还是鬼，阴差阳错，他曾间接杀害了自己的亲生父亲，而现在，他又亲手将姐姐推入深渊。

“姐姐，对不起，请你原谅我。”袁咏松发出一声低低的吼叫，像是一只受到伤害的野狼。

2

1967年的二七纪念活动，是在整治一新的工厂体育场举行的。今年的主题是批斗资产阶级当权派，斗争的主要人物则是陶宗汉。

运动初起，陶宗汉就被揪了出来。他其实已离休在家两年，每日里除了读书看报，就是督促陶拥军的学习，日子过得倒也惬意，他心中的愿望就是能活着看到工厂转型成为内燃机车的主造厂家，同时二七纪念馆能够建成，这样，他觉得自己这一生将不再存有遗憾。没想到运动打乱了他平静的生活，他先是在部属机关挨批，接着，长辛店红色造反团的人找上门来，要求把陶宗汉交给他们，因为陶宗汉在长辛店铁路工厂任一把手十余年，其“罪行”罄竹难书。出于“革命”的战斗友谊，总之，没费多大力气，红色造反团就把陶宗汉押回了工厂。

运动一来，陈怀恩就放下书本闹“革命”了，他想以此改变自己的处境。他对自己的现状很不满意，一个破教书匠，十多年都得不到提拔，吃的粉笔末都快把肺堵住了，关键是看不到任何前途，自己的出身并不根红苗正，祖父辈是资本家就不要说了，就是自己也曾当过“国军”，遇事时总被人拿出来说事儿。再加上弟弟陈怀礼又是苏联特务，陈怀恩入党、升职哪还有希望，组织上没对他另眼相看，就已经谢天谢地了。所以运动初起，陈怀恩还是心有余悸的，看到不少人因此而风生水起，其中有的出身还不如自己，通过运动彻底扭转了颓势，他就坐不住了，想在“革命运动”中搏一把。为此，袁咏梅曾苦口婆心地劝说过他，然而鬼迷心窍的陈怀恩根本听不进去。

“妈，你也别劝了，现在的革命形势一片大好，我们不仅要打碎一个旧世界，更要建设一个新世界，下一步，我们就要夺权，由我们来领导工厂走向兴盛。”

“就你们？”袁咏梅脸上挂着讥讽，“可你们懂管理吗？你们会生产经营吗？”

“世界上许多事情就是一个从无到有，从不会到熟知的过程，所以伟大领袖毛主席教导我们：‘世界上的事，怕就怕认真两字，世上无难事，只要肯登攀’……”陈怀恩还想接着往下说，却见袁咏梅冷笑着走开了，只得无趣地闭上嘴。

成功地把陶宗汉弄到手，这对陈怀恩来讲意义重大，只有将陶宗汉彻底打倒搞臭，才能提高红色造反团在职工心目中的地位，因为他清楚地知道陶宗汉在工人群众中的威信，同时，从他个人来讲，他对陶宗汉有种说不清道不明的厌烦情绪。也许是早些年，人们曾传言自己的母亲和陶宗汉如何如何，甚至还有谣传，说他根本就不是袁咏梅和陈季秋的孩子，而是……他也悄悄地和弟弟陈怀礼、妹妹陈佳雨相比较，发现自己长得和他俩还真有点不同，这尤其让他感到愤慨，所以一般赶上陶、陈两家聚会一类的活动，他都主动以备课为由推掉了，从骨子里他不想见到“高高在上”的陶宗汉。而如今不同了，世事轮回，他有了可以打倒、批臭陶宗汉的权力，怎么可能轻易放过？

对于强加在自己身上的罪名，陶宗汉虽然也有不满、愤懑，但他绝不反驳，他知道，在当前的政治氛围下，自己的分辩不仅不起作用，弄得不好还会招致更大的不幸，因而陶宗汉老老实实地站在主席台前，低垂着头，等着被批斗。

袁咏梅素面朝天地来了，她本不想来，可是又放心不下，毕竟……毕竟陶宗汉已是奔七十的人了，她想自己如果能站在那里，对陶宗汉来讲，就是一个无声的援助，因为在这个时候，何香草一样被打倒了，在另一个场地接受审查，不可能再有精力给陶宗汉任何心灵上的支持了。

陈怀恩今天在台上的表现尤其活跃，一方面，他对陶宗汉怀有一种复杂情结；另一方面，则是来自“组织”内部的压力，他要把牛志军的嚣张气焰彻底打下去。

“打倒反动专制陶宗汉！”

“打倒假革命陶宗汉！”

他每带头高喊一次口号，几名红卫兵小将就将陶宗汉的头往下压一下，陶宗汉算是尝到了“坐飞机”的滋味了。陈怀恩似乎还不解气，他甚至亲自上前，狠狠扭住了陶宗汉的胳膊。

“陶宗汉，老实交代你的罪行。”

“陶宗汉，你认不认罪？”

袁咏梅在台下看着儿子发疯般的表演，心如刀绞，这还是自己所认识的那个听话、懂事的孩子吗？孩子呀，那可是你的亲生父亲呀！她清楚地看到陶宗汉的嘴唇在微微抖动，是的，陶宗汉的心理也承受着巨大悲愤。在这一刻，袁咏梅似乎明白了，陶宗汉可能早就知道或是猜到陈怀恩的身世了，只是一直没有说出来而已，她为这个男人宽广的情怀感到骄傲。突然，袁咏梅看到陈怀恩的手中拿了根皮带，挥舞起来就要朝陶宗汉的身上打下去，袁咏梅不顾一切地冲了上去。

“住手！”袁咏梅怒吼一声，跑上前，挡在了陈怀恩的前面，“你……你不能打他。”

袁咏梅的这一举动，大大出乎陈怀恩的意料，他没有想到出面制止的竟然会是自己的母亲！莫非……莫非那个传言是真的？陈怀恩的脸色苍白，紧紧盯着袁咏梅。

“为什么不能？他现在已经不是厂长了，他是反党分子，革命群众有权将他打倒、搞臭，再踏上一万只脚。”陈怀恩面目狰狞，仿佛要将陶宗汉生吞活剥下去。

“谁都可以，但是你不能！”

“为什么不能？为什么?!”陈怀恩歇斯底里的态度彻底将袁咏梅激怒了，她几乎就要脱口而出。

“因为……”

“咏梅！”陶宗汉拼尽全力大吼一声，总算阻止住了袁咏梅后面的话。陶宗汉紧紧盯着自己心爱过的女人，轻轻摇了摇头，袁咏梅的眼泪瞬间夺眶而出，在这一刻，她感受到了一个男人内心山一样的父爱。陶宗汉在这个时候想到的并不是自己，而是儿子，只要儿子在目前社会环境里能够不受牵连，自己受点委屈又算得了什么！如果在这个时候，把那个埋藏多年的秘密说出来，说不定儿子的内心会承受不住，关键是以陶宗汉目前的身份，他又能带给陈怀恩什么呢？除了屈辱，还是屈辱！

这时，牛志军从后台走到前台，他就像只蹲伏许久、等待猎物出现的饿狼，看着时机已到，当然要出手了，他有把握一击得手。

“是啊，陈团长，你当然没有资格打倒反动派，因为你自己就是一个永不改悔的特、务、崽、子。”牛志军最后的这几个字，一字一顿，仿佛炮弹一样直接轰向了陈怀恩。

“你胡说！”陈怀恩几乎要扑向牛志军，被牛志军身后的两名队员拦住了。

“我胡说？”牛志军连声冷笑，他突然提高了嗓门，近似疯狂地大喊一声，“打倒特务分子袁咏梅。”几名红卫兵小将不明所以，懵懂地跟着喊了两声，接着有两人上来扭住了袁咏梅。

“你们干吗？”袁咏梅被突然的变故打蒙，本能地拼力反抗。

“干吗？批斗特务分子呗。”牛志军阴阳怪气地说道。

“我不是，我不是特务。”袁咏梅据理力争。

“还在狡辩，告诉你，我们已经调查清楚了，你的丈夫陈季秋是军统特务，你是他的老婆，肯定也被暗中发展了，打倒特务分子袁咏梅！”

“陈季秋是军统特务”这句话，仿佛一枚重磅炸弹，彻底将袁咏梅炸得失去了知觉，她像个傻子一样呆立在原地。两名红卫兵上前，不管三七二十一，就给袁咏梅剃了个阴阳头，这是对一个女人最大的羞辱。陶宗汉眼看着袁咏梅受辱，他觉得自己的心被一刀刀地切碎了，可是自己又无力去保护，这样的折磨足以让陶宗汉的内心完全垮掉。

“咏梅。”陶宗汉低低地呻吟了一声，痛苦地闭上了双眼。

“牛志军，你以为你根正苗红？你的父亲牛跃进就是名实实在在的特务。”陈怀恩决定绝地反击，自己当不成团长，他也要把牛志军彻底搞臭。没想到牛志军却并不慌乱，反而笑了。

“没错，我曾经的爸爸是特务，还被政府给枪毙了，可是那跟我有什么关系，我在思想上、身份上早就和他划清了界限，我的表现得到了上级认可，我对组织是坦诚的，不像你们，隐瞒组织这么长时间，分明就是对抗组织，是反党、反社会主义的特务分子。”牛志军的一番话，将陈怀恩驳得张口结舌，也许他大意了，完全没想到牛志军会这般巧舌如簧，一时间慌乱起来。而牛志军则根本不给他反攻的机会，趁机振臂高呼。

“打倒特务分子陈怀恩！”

“打倒特务分子陈怀恩！”牛志军的几名手下跟着呐喊，其他队员也不明所以地高喊起来，一时之间竟也声势浩大。

形势突然的变化，把陈怀恩完全打蒙了，他想制止手下那些人，不想让他们跟着瞎起哄，可是却感到喉咙发紧，一句话也说不出来，他只感到天旋地转，接着一下瘫倒在台子上。

3

这座铁路桥，把桥西的工厂与桥东的长辛店大街连接起来，不管世上的风云如何变幻，它已在这里挺立了许多年，冷眼观看世间的悲欢离合。这一天，袁咏梅来到铁路桥上，她觉得自己实在是太累，想好好休息了。那天批斗会过后，袁咏梅失魂落魄地回到家中，她的耳朵里只有一个声音。

“陈季秋是军统特务，陈季秋是军统特务。”

“不，季秋，你是好人，你是为了这个国家才牺牲的。”袁咏梅的内心在呐喊，她不怕自己受辱，但她绝不允许抗日烈士被糟蹋！她决定以死明志！

一连几天，袁咏菊都陪伴在姐姐身边，像个警卫员一样。

“妹妹，我的傻妹妹，你以为这样就能阻止我吗？”袁咏梅不动声色地准备着。她已经选好了赴死的地点。趁着袁咏菊熟睡的时候，她悄悄来到桥头。此时已是凌晨两三点钟，夜深人静，桥头上没有一个人，而不远处的长辛店大街也仿佛睡熟了一样。袁咏梅给自己化了点淡妆，只为让自己看上去气色好些，她不想让天堂之上的陈季秋看见自己时心痛欲裂。

“季秋，我们马上就要团聚了。上一次你就是在这桥上救的我，没想到几十年过去了，我还是选择了这里，我是不是特别没出息，连选个了结自己的地方都没有新意！季秋，今生能够跟你结为夫妻，我无怨无悔。宗汉哥，原谅我没有跟你告别，我在那边会衷心祝福你、保佑你的。”袁咏梅仿佛听到了陈季秋对自己的召唤，她的脸上露出了平和的微笑。

“季秋，我来了。”袁咏梅轻盈地从铁路桥上一跃而下，奔向了陈季秋的怀抱……

袁咏梅跳铁路桥自杀的消息，很快便在厂内传开，大家都唏嘘不已，尤其是许多老职工，都自发地参加了袁咏梅的葬礼。在葬礼上，他们看到了悲痛欲绝的袁咏松，袁咏松哭得连走路的力气都没有了，许多人都为他们的姐弟情深而感叹。

袁咏松的悲伤发自内心，从小他就跟大姐最好，这次出于自身利益考虑，他选择了出卖袁咏梅，但他绝没想到后果竟这般严重，按他原先的估计，袁咏梅顶多就是被打倒，精神上和肉体上会受到一些打击，但他相信姐姐是坚强的，完全可以挺过来，他压根也没想到袁咏梅会选择自杀。

“天啊，是我逼死了姐姐，我是凶手！”

袁咏松不敢看袁咏梅的遗照，他怕姐姐那双美丽善良的眼睛，那双眼睛是那样平和睿智，似乎可以直达人的心灵深处，在这样一种目光的“审视”下，袁咏松觉得自己更加丑陋不堪。

袁咏菊也哭得像泪人，她一直都在自责没有把姐姐照顾好。那天因为过于劳累，袁咏菊躺在床上没多久就睡熟了。那几天，她一直在姐姐家陪伴袁咏梅，每天也都是等袁咏梅睡着以后，她才敢闭眼，好在一连几天都没有什么事，而袁咏梅的情绪经过开导也一天天地“好”转起来，袁咏菊紧绷的神经便有所放松，而疲惫感便汹涌而来。当袁咏菊醒了之后，发现袁咏梅并没在床上，她便高声呼叫。

“姐、姐。”袁咏菊披衣下床，找遍全屋，并没有袁咏梅的身影，她一下就慌了，也不管时间已是后半夜，带上房门就去找袁咏梅。兴许是姊妹连心，说不清楚什么原因，袁咏菊竟鬼使神差地直奔铁路桥，她借助手电筒的光亮，发现了倒在血泊中的袁咏梅。

“来人呀，快来人呀！”袁咏菊歇斯底里的喊叫，惊动了长辛店火车站上的值班人员。

“我怎么就睡着了呢？我如果清醒点，我姐也不会……”袁咏菊不断地重复着相同的话。

“咏菊，这事不怨你，你已经尽力了。”陶宗汉和何香草两人轮流劝说袁咏菊，袁咏菊的情绪才得以稳定，她一抬眼，骤然发现陶宗汉一下衰老了许多，姐姐的死给宗汉哥的打击是沉重的，那种发自心底的痛是无法用语言表达的，但是宗汉哥并没有倒下，他在努力支撑着，而自己非但没有为宗汉哥分忧解难，反而……这么一想，袁咏菊坚强起来。

“我知道了，宗汉哥，香草姐，你……你们也要照顾好自己，多保重!”袁咏菊望了何香草一眼，她实在担心姐姐的去世对陶宗汉的打击过大，可是当着何香草的面，她又不能说得过于直白。

何香草如何不知袁咏菊的话外之意，陶宗汉和袁咏梅年轻时不同寻常的恋情，她当然清楚，为此还吃过醋，不过随着时间的流逝，她完全知道了袁咏梅的为人，并与袁咏梅成了好朋友，尤其是两家成为亲家之后，关系处得更加好了。袁咏梅的意外辞世，也让她流下了痛惜的泪水，此时她也只是点了点头。

“宗汉哥，要不把拥军送过来，我一块儿帮助你们带带?”陶宗汉两口子目前都被打倒了，陶拥军正在长身体、学知识的时候，袁咏菊担心一旦孩子被耽误，可是一辈子的大事。

“谢谢，咏菊，不用了，拥军由志新那两口子看着呢，我们放心。”何香草解释道。运动起来前，女婿刘学林本来已经成为车间后备干部，后因陶宗汉的牵连，他又被重新下放到班组，小伙子倒也很看得开。他和陶志新结婚五年，有了一个可爱的女儿，也已经上幼儿园了，目前他们一家自己单过，当然也住在厂区内。刘学林一直很感激陶宗汉对他婚姻的支持与理解，故而有了这么一个可以报答的机会，他是毫无怨言的。听了何香草这么一说，袁咏菊也就不再多说什么了。

陶宗汉夫妇参加完袁咏梅的葬礼后，虽然回到家时已是很晚了，但是何香草还是悄悄地在他们的卧室里布置了一个简单的祭奠仪式，她知道，这一晚，对于他们来说，注定会是一个不眠之夜，她轻轻拍了拍陶宗汉的双手，无言地退出了房间，把空间留给了陶宗汉。

桌子上放着一张袁咏梅与陶宗汉夫妇的合影，照片里的她盈盈一笑，是那么动人、明朗。陶宗汉不相信袁咏梅就这样走了，他接受不了袁咏梅会以这样的方式告别世界。

“咏梅呀，你怎么就这么傻呢!”

“咏梅呀，你怎么不想想孩子们，不想想我们这些爱你的人？你过去是个多么坚强的人啊！你就这样把我们抛弃了，你不该这样做啊!”

看着照片里的袁咏梅，陶宗汉一遍遍地“责怪”着她，似乎这样的责怪能让袁咏梅复活一样。然而冷静下来，他又觉得袁咏梅是一个视名誉高过生命的人，当她觉得自己的名誉受到诋毁时，她会用自己的生命去捍卫，这才是他所知道的袁咏梅。

“宗汉哥，你看我长得漂亮吗?”这是年轻时的袁咏梅，声音似百灵鸟般清脆悦耳。

“宗汉哥，解放了，我们可以专心于建设了，我们一定会把工厂搞好。”这是步入中年后的袁咏梅，从资本家的阔太太转变为一名“年轻”的革命者，对前途充满信心。

“宗汉哥，你瞧，这有多好，咱们两家成了亲家。”这是正在步入老年关口的袁咏梅，慈祥、平和。

像过电影一样，陶宗汉将他与袁咏梅交往的片段慢慢地在回放，往昔的岁月永远埋在了记忆深处，而如今已是阴阳两隔，陶宗汉不禁泪如雨下。

当袁咏梅的葬礼结束之后，陈怀恩带着妻子和孩子陈国轩离开了长辛店，没有惊动任何人，只给袁咏菊留下了一封极短的信。

姨妈：

我们走了，不要去找我们，你也找不到的。发生了这么多事，我需要静下来好好想想，相信我，我不会自暴自弃，我还会在远方默默地关注着我们的工厂，我还会回来的。

怀恩献上

陈怀恩在批斗陶宗汉的大会上得知自己是陶宗汉的儿子，刹那间就崩溃了。他跑出了会场，并不知道自己的母亲成了这次批斗会的牺牲品。母亲辞世后，他在收拾母亲的遗物时，意外发现了袁咏梅写给他的一封遗书。

亲爱的儿子：

当你看到这封信的时候，妈妈已经离开了这个世界，去和你的父亲团聚了，他在那个世界里太孤单了，需要我的陪伴，但在妈妈走之前，还有些话要对你说，否则，在天堂里我也会不安的。

首先，关于你的身世，是该向你吐露实情了，要不，对我的儿子是不公平的，因为每一个人都有权了解自己的身世。孩子，你的亲生父亲不是陈季秋，而是陶宗汉。妈妈和你陶伯伯从小一起长大，本来已经谈婚论嫁，没想到这个时候发生了二七大罢工，你陶伯伯被迫浪迹天涯，而妈妈在那个时候是那样的无助。在这个关键时刻，你的父亲，准确地说，是你的养父陈季秋出现了，他接纳了妈妈，同时也接纳了还未出生的你，他给了我一个完整的家。

孩子，不要为你的身世而自卑，你应该感到骄傲，因为你有两个如此优秀的父亲。你的养父牺牲在了抗日的战场上，是个可歌可泣的英雄；而你的亲生父亲，经过革命的洗礼，成了一名忠诚的共产党员。孩子，你也看到了，当他从工厂调到铁道部时，有那么多的老工人自发地为他送行，这难道不是民心所向吗？所以说，你的两个父亲都无愧于我们这个国家。

其次，妈妈要跟你说，今后做任何事情，要出于理智而非情感冲动，你是陈、陶两家优秀的子孙，你应该像你的父亲及养父那样，成为对这个社会有用的人，妈妈相信你一定能够做到。

孩子，原谅妈妈以这样的方式和你们告别，妈妈永远爱你，会在天堂为我的孩子默默祈祷……

信未看完，陈怀恩已泣不成声，从信的字里行间，他感受到了一个母亲对孩子无私的爱，也愧对自己的亲生父亲。痛定思痛的陈怀恩决定离开长辛店，寻找心灵能够得到安慰的地方。

就在这一年的九月，工厂的名称，由“铁道部长辛店机车车辆工厂”正式更名为“北京二七机车车辆工厂”，从此，“二七厂”成为长辛店的地理标志，在京城乃至全国传播开来，而在这里工作的人都骄傲地称自己为“二七人”。

4

全面接管权力的红色造反团，并没有能力使工厂安全、有效地运转起来，反而使生产陷入更加混乱之中。牛志军上蹿下跳，几乎使出吃奶的劲儿，也没能扭转被动局面。屋漏偏逢连夜雨，中央最新指示是“抓革命，促生产”，如果生产长期停滞不前，他通过“革命”得来的位置也就岌岌可危了。为此，牛志军亲自去请袁咏松，因为袁咏松毕竟长期担任厂级领导职务，有着丰富的管理经验，没想到袁咏松却谢绝了。

袁咏松拒绝牛志军，有他不得已的苦衷。首先，他看出来了，牛志军手下那些人，靠造反起家，基本上没有管理才干，靠自己一人是孤掌难鸣，还会成为众矢之的，这是他最不愿意看到的。其次，他不想和牛志军绑在一起，万一牛志军马失前蹄，那自己该怎么办？所以，他只答应在幕后帮助牛志军。没想到，袁咏松的担心，很快就得到了应验。

中央为了抓实效，特意在北京选了几个单位作为重要试点，即著名的“六厂二校”（1968年9月，毛泽东主席根据“文革”的形势，决定派解放军8341部队人员组成军管会，进驻北京针织总厂、北京新华印刷厂、北京化工三厂、南口机车车辆机械厂、北郊木材厂、北京二七机车车辆厂六个工厂，以及北京大学、清华大学两所学校，这就是当时以突出“抓革命促生产”典型经验闻名的“六厂二校”），军管会入驻二七厂，全面代行管理，牛志军的“升官梦”彻底破灭，他以及他所领导的红色造反团只有乖乖让道，袁咏松不禁额手称庆。下台后的牛志军从此一蹶不振，最终又灰溜溜地离开了长辛店，重新去找那位赏识他的造反派头头，又维持了几年“风光”。“文革”结束后，他被公安部门批捕，被判了几年徒刑，出狱后也没再回长辛店。

入驻二七厂的军管会主要领导是中央领导的军事秘书贾汀，贾汀之所以会来到二七厂，也是外部环境所致，江青一伙迫不及待地把斗争的矛头指向了中央领导，可是又不便直接下手，所以便想从中央领导的“身边人”入手，他们锁定的目标正是贾汀。出于保护，中央领导决定让贾汀沉下来。而贾汀面对工厂混乱的局面，建议军管会以军事管理方式整顿工厂，从而使秩序得以迅速恢复。

虽然陶宗汉已经退休，但仍被下放到二七厂劳动改造，他被分配在机械一车间，和黄向荣一个班组，而且两个人还使用同一台床子，算是黄向荣领着陶宗汉干。这样的安排让黄向荣喜出望外，而陶宗汉也觉得实在是太巧了。

“陶厂长，您放心，今后您的活儿我全包了，您愿意待着就待着，我肯定不让他们找您的麻烦。”黄向荣一直对陶宗汉当初给予的关照心存感激，何况干车床本来就是体力活儿，陶宗汉都是奔七十的人了，如何吃得消？

“小黄，今后别再叫厂长了，我已经退下来了，你再这么叫，不合适。”

“不，在我心里，您永远是厂长。”黄向荣质朴地说道。

这是一段平静且充实的时光，每天一早，陶宗汉便换上工作服，和黄向荣配合默契地干活，黄向荣上床子操作，陶宗汉就打下手。黄向荣早在几年前就夺得过全厂车工技能比赛一等奖，干活干脆利索，而陶宗汉起先也想试试，可是一上床子真的不行，关键是眼力跟不上了，只好作罢。除了在活儿上尽量照顾陶宗汉外，一旦家里改善生活，黄向荣还会给陶宗汉带来一份，算是让老人打打牙祭。

陶宗汉从心里感谢这段忘年交的情谊，因为它使得陶宗汉渐渐从失去袁咏梅的悲伤中走了出来。一次偶然中的闲聊，陶宗汉了解到黄向荣的妻子在大同机车厂工作，两口子目前还是两地分居。

“怎么会这样？”陶宗汉很觉诧异。

“其实桂菊也是北京人，是响应国家号召分过去的。”蔡桂菊是黄向荣的妻子，1963 年从长辛店铁路技工学校分配去的大同机车厂。

“那你们得想法调到一块儿，老这样下去不行啊！”陶宗汉安慰着黄向荣。

“没门路啊！”黄向荣无奈地说，陶宗汉也只能拍拍他的肩膀。

这时，一个熟悉的身影闪进了门。

“陶厂长、小黄，你们好吗？”

陶宗汉抬头看，惊喜万分。

“你怎么会在这里？”陶宗汉大叫一声，迎了上去。进来的这个人，是早年调去四川的向英杰！

向英杰回北京的经历堪称惊险悬念片。原来，向英杰在已初具规模的资阳厂也被夺权了，而且还被关在一个小屋子里。因为是借调，向英杰的家属都留在了北京，并没有和他一同赶往资阳，向英杰就显得有些孤单，白天是没完没了的批斗，晚上还要写交代材料，心理及肉体的折磨，使本来就身有残疾的向英杰更加羸弱了。这时，冲出来几名青年“侠士”，他们从前作为技术骨干曾到二七厂接受过短期培训，那时向英杰还是二七厂的厂长，曾亲自叮嘱相关部门，本着社会主义企业间相互友好协作的精神，一定要培养、照顾好这些远道而来的小青年。结果这些人在长辛店受到了无微不至的关照，他们心里感谢这位颇具传奇色彩的独臂厂长，看到向英杰遭了殃，于是他们决定效仿古代侠士，来个“劫牢反狱”，把向英杰营救出来，并护送回北京。

那天，已是夜深人静，负责看守向英杰的两名红卫兵“闯将”，被两名战友请去喝酒，结果被灌了个酩酊大醉，这时有几个人推开了关押向英杰的小屋。

“向厂长，向厂长。”

“你们是谁？想干什么？”向英杰警惕地问。

“向厂长，我们来救你出去，我们以前曾在二七厂学习过，我们知道，您是一个好人。”一番话，说得向英杰的眼泪差点流了下来。可是，出了这间小屋，又能去哪里呢？逃跑是那么容易的吗？向英杰知道自己最大的特征，就是独臂，在一群人当中实在太好认了。

“放心吧，向厂长，我们都安排好了，我们会护送您回北京。”

回北京？这或许是最好的选择了。时间不允许过多耽搁，向英杰什么都没拿，就跟随他们走出了小屋。这真是一次计划周详的行动，原来，早就有人替他们买好了回北京的火车票，他们直接将向英杰护送到火车站，在等待检票的时候，遇到了点小麻烦。原来，造反派组织很快发觉向英杰已然逃走，于是派人四处寻找，而火车站、汽车站则是截拦的重点。向英杰的心一下提到了嗓子眼，而就在这时，从候车大厅的一个角落里走出一个“独臂”的残疾人，他穿着与向英杰一样的衣服，快速地朝候车大厅门外小跑而去，甚至还甩动了一下空袖子。

“向英杰，你站住!”前来追捕向英杰的人大喊，而“向英杰”则好像没有听到一样，继续朝前跑，脚步还越来越快了。

“你站住!”那人再次厉声大喊，“给我追。”他朝身后的人下了命令，自己则率先追了出去。这个时候，由资阳开往北京的火车已经开始检票了，真正的向英杰在两名年轻人的护送下，踏上回家的旅途。

回到北京，如何生活也是一个难题，回家？显然不切实际，造反派肯定会派人到家中搜查，说不定会是自投罗网，于是向英杰想到了重回长辛店。可是又有一个难题，他在长辛店属于公众人物，一旦被认出来，还是有可能被造反派揪出来，那可怎么办？一时之间，他和护送的几个人都犹豫不决。

“我看这样吧，我在厂子实习的时候，认识一个叫陈刚的哥们儿，他是自然灾害那年进厂的，是向厂长您特批的，因为那时工厂正在裁人，招他进厂很多困难。据他说，他爸生病去世，他妈跟人跑了，是他奶奶领着他找到了您，经您特批，他才得以进厂，您还记得这事儿吗？”经那人一说，向英杰似乎想起来了，那孩子进厂后一直表现不错，早就是一名正式职工了。

“这事我记得。”

“陈刚一直感激您当初对他们祖孙俩的关照，老说要没有您，他们老陈家真算是完了，他一直想找机会报答您。我看我们不如去找陈刚，他家住在朱家坟，虽说在厂区外，可离厂子又不远，您住在那儿最好不过了，您说呢？”

向英杰当然无话可说，当他们找到陈刚家的时候，陈老大娘一眼就认出了向英杰，激动地一把抓住了向英杰的手。

“向厂长，恩人呀！您怎么找到我家的?”

当听那两人介绍了情况之后，陈氏老大娘一拍大腿，“没问题，我家正好还有一处平房，是我娘家早些年留下的产业，平时闲着也没人住，小刚，回头你找几个人帮向厂长收拾一下。”

“大娘，不用，我自己收拾就行，您可是帮了我大忙了。”

“向厂长，您这么说，我可不爱听，当初要不是您帮助我们，我跟小刚不知道还能不能活下去呢，您可是我们家的大恩人！”

“快别这么说。”向英杰觉得自己喉咙发紧，有些说不下去了。于是向英杰就在陈刚家暂时住了下来，后来从陈刚嘴里得知，二七厂目前已由 8341 部队接管，各项工作已逐步走向正轨，尤其当他听说陶宗汉也重新回到二七厂时，向英杰决定冒险去见见陶宗汉。

听了向英杰的叙述，陶宗汉只一个劲儿地感叹，世上还是好人多！陶宗汉现在住的地方是工厂南门外，地处西峰寺的老宅。解放后，随着工厂的不断改扩建，居住中心已由南向北发展了，西峰寺一带渐渐成了管理死角。向英杰当然知道这处住宅，只是白天怕目标太大，两人相约等夜深人静再深聊。

在陶家老宅，两人谈话的重点，很快还是落在了工厂如何发展上。陶宗汉敏锐地觉察到，新任党委书记贾汀是个务实、肯干的人，工厂目前已结束动荡，朝好的方向发展了，可是社会大环境还是不稳定，那么他们心中制造内燃机车的梦想还能实现吗？谁的心中也没底，因而都有些沉重。

5

一些敏感的二七人发现，最近厂招待所来了不少看似眼熟但又不敢肯定其身份的人。有好事者神秘地说，他们是军队走资派，被安排到二七厂参加劳动。这里边有大名鼎鼎的开国元帅，也有战功赫赫的将军。只有军委会主任兼厂党委书记的贾汀知道，他们到二七厂来是周恩来总理安排的，说是参加劳动，真实是让他们暂时远离运动中心，将他们保护起来。贾汀清楚地意识到，二七厂一下聚集了这么多风云人物，对他们的安全保卫工作当然是重中之重，为此，他把曾经的保卫科长张春阳安排在招待所负责保卫工作。运动初起，本已调到机车车间任主任的张春阳，也被迫靠边站了，被红色造反团安排去看守工厂北门，现在贾汀将他调到招待所，看起来只是一个工作岗位的变化，不牵扯职位升迁，所以不会引起造反派过于激烈的反应，而实际上，贾汀赋予张春阳的权力，完全顶得上一个保卫科长。为了保证老干部的安全，张春阳可以随时来找他，然后再由他调动厂内任何人。

这天已是深夜，张春阳突然领着贾汀造访了陶宗汉，因为有重要情况要和老厂长商量，没想到却意外地见到了向英杰，这让张春阳喜出望外。

“向厂长，您回来了？”张春阳的欣喜溢于言表。

“嘘，小声点，小向是偷着跑回来的。”陶宗汉做了一个噤声的手势，继而发现跟在张春阳身后的贾汀，陶宗汉不禁愣了一下。

“贾书记，你……你请坐。”陶宗汉做了一个“请”的手势。

“老厂长，本来早就应该来看您的，可是军管会刚接手，工厂的生产秩序尚在恢复当中，还要请您谅解呀！”贾汀知道自己的特长在军事领域，对工厂的生产经营、产品开发等方面知之不多，今后少不了要请教陶宗汉等人，因而语气很诚恳。而从陶宗汉的内心来讲，只要是对工厂的发展有好处，让他干什么都成，哪怕只是一名普通工人。

“贾书记，你太客气了。”说着话，几个人相继落座。大家听取了向英杰回北京的经历之后，谈话渐渐转入正题，贾汀向张春阳点了点头，张春阳脸色凝重。

“各位领导，目前，有不少老干部被安排在工厂劳动，对于他们的安全保卫工作是重中之重，我有一个预感，老 K 可能会采取行动。”

“你的依据是什么？”陶宗汉不露声色。

“这么多老干部集中在我们厂的秘密很可能瞒不住老 K，因为据我和向厂长以前掌握的情况来看，几名嫌疑人在我们工厂的位置都不低，他们中的任何一个人都会了解到这些情况，何况这些日子以来，招待所四周所发生的变化也已经引起一些好事者的议论，那么我们有理由推断，在老 K 眼中，如果能成功刺杀其中某位老干部，那就是立下天大功劳，一旦能安全撤到台湾，肯定会高官厚禄，所以老 K 很可能会赌上一把，这将是他赌徒本性的大暴露，当然，这只是我单方面的猜测。”

“小张，你是不是发现了什么可疑情况？”深知张春阳为人的向英杰，这时插话了。

“有一个现象很可疑，招待所有一个服务员叫周晓霞，按理说，她家里的经济条件很一般，根本没有能力享受奢华的生活，可近来周晓霞好像突然发了一笔横财，穿的、戴的、吃的、用的都比以往提高了一大截。但据我们了解，周晓霞并没有其他方面的经济来源，那她的外财从何而来？并且周晓霞还整天愁眉苦脸，好像心中有许多愁事，老说人活着没意思，还不如死了算了，可当有人问她遇到了什么难事，她又从来不说。”

“你怀疑周晓霞被老 K 拉下水，老 K 想通过她暗杀老干部？”陶宗汉紧跟着追问了一句，看来老 K 还真狡猾，正所谓明枪易躲，暗箭难防，从服务员下手，真亏他想得出！见张春阳默默地点头，陶宗汉不免有些心焦。

“小张，那你从周晓霞那里，发现没发现老 K 的蛛丝马迹？”

“我曾暗中派人跟踪了周晓霞，发现近一段时间她和我们厂内一个人来往十分密切？”

“谁？”陶宗汉和向英杰几乎异口同声。

“袁咏松。”

“啊！”陶宗汉望了向英杰一眼，向英杰以前在和他谈起老K时，也表示过对袁咏松的怀疑。因为不少案件的线索被向英杰他们抓住后都很快被掐断，说明在厂领导中有内鬼。向英杰观察过袁咏松，发现他有作案的时间，但苦于没有证据，因此当时陶宗汉和向英杰商量的办法是以防范为主，在工厂的重要部门暗中加防。而对袁咏松，因为怕被他发现，而没有派人跟踪，现在看来，袁咏松十有八九就是老K。想到袁咏松是袁氏姊妹的亲弟弟，陶宗汉的心里泛起了一丝隐痛。接下来，几个人详细商定了一个围捕老K的计划，一张大网正在悄悄铺开……

张春阳分析得没错，老K，也就是袁咏松要采取行动了。其实在袁咏松心里，早就对台湾反攻大陆死心了，再这么潜伏下去，他认为一来意义不大，二来自己暴露的危险越来越大，到时不但性命不保，还会身败名裂。所以通过向台湾方面请示，台湾允许他安全撤走。但当了解到目前二七厂聚集着众多中共高级领导人时，台湾方面欣喜若狂，认为这是一个千载难逢的好机会，便电令袁咏松，让他无论如何也要想方设法行刺一两个“大人物”，只要行动成功，立刻晋升中将，到时再撤退到台湾，将会有享不尽的荣华富贵。这样的许诺，让袁咏松心动，但他并没有被冲昏头脑，他当然知道行动的危险性，何况负责守卫招待所的还是张春阳！可是如果行动成功，他才有到台湾的投名状，再也不用过人不像人鬼不像鬼的日子，想到此，袁咏松决定赌一把。

厂招待所目前已成戒备状态，任何无关人员如无正当理由，根本靠近不了，即便像他这样的厂级领导也是一样。但他手中有一张王牌，那就是招待所服务员周晓霞，说起他俘获周晓霞实在也是无心之举。

应该说是几个月前吧，袁咏松负责接待一个国外参观团，参观团被安排在招待所住宿，无意之中袁咏松发现那个叫周晓霞的服务员长得还是蛮漂亮的。这时的袁咏松已然和秦苏红离婚好几年了，寂寞的鳏夫身体本能在那一刻被神奇地唤醒了，那种复苏的冲动几乎是不可抗拒的。于是袁咏松想方设法地和周晓霞搭上话，从而了解到周晓霞的家里生活十分困难，有一对双胞胎弟弟，而父母又都是附近农民，一年到头忙活，也就够一家人吃饭，根本没有余钱。周晓霞的这份工作，是家里唯一的一份稳定收入。通过察言观色以及多次试探，袁咏松还发现，周晓霞有着许多漂亮女孩子的天生弱点——爱虚荣，喜欢过富足的生活。这正是袁咏松的强项，于是他以金钱及物质为诱饵，很快就俘获了周晓霞。

起先的周晓霞是心满意足的，虽说袁咏松的年龄稍大了点，但这个男人有知识、有才华，关键还有地位，能满足自己的需求，这还不够吗？按周晓霞的理解，这个男人既然占有了自己的身体，那自己就是他的人了，何况袁咏松已经离婚，那他早晚会把自己娶进门，可谁想到……袁咏松却迟迟不提结婚这档子事。许多次，当袁咏松意犹未尽时，周晓霞都有意往结婚这件事上引，没想到却引来袁咏松极度的不满，甚至还冲她发了脾气。

然而那一次完事后，袁咏松并没像以往那样穿上衣服走人，而是轻轻搂住了周晓霞。

“霞，你不是一直想结婚吗？我慎重考虑了一下，觉得你说得很有道理，我的岁数也不小了，也需要再重新组建一个家庭了。”

“真的，你不骗我？”周晓霞一脸惊喜。

“当然，不过，在此之前，你一定要帮我干好一件事，干成了，我保证你跟着我有享不尽的荣华富贵。”

“什……什么事？”周晓霞的神情有一丝紧张。

“看你，紧张什么！”袁咏松笑着搂紧了周晓霞，顺带在她的脸颊上亲了一口，“对于你来说，这件事简单得很，你只需把这件东西带进招待所。”袁咏松从随身带的皮包里拿出一个塑料袋，里面装着一种白色粉末状的东西，“带进招待所后，你再乘人不备，在那帮老东西吃的饭菜里撒上那么一点点，就算大功告成了。”

“这是什么东西？你……你为什么要做这种事，你是什么人？”周晓霞惊恐地坐直了身子，瞪着一双大眼睛望着袁咏松。

“看把你吓的。”袁咏松没事人似的笑了笑，想再次把周晓霞搂进怀里，却被周晓霞闪开了，“其实我是什么人并不重要，重要的是事情成功后，我带着你远走高飞，外面的世界很精彩，我们可以去香港、去澳门，甚至还可以去美国。”

袁咏松有意避开了台湾，但周晓霞就是再笨，也听出了话外之音，她沉下脸，翻身下床，打算离开这个肮脏的地方，却被袁咏松挡住了，袁咏松的脸阴沉着，仿佛罩着一层寒冰。

“站住，想去哪儿？”

“我……我想回家。”周晓霞在那一瞬间，看到了袁咏松眼里的凶光，她感到极度恐惧。

“回家？该不是去举报我吧！告诉你，举报了我，你也脱不了干系，你我目前的这种关系，你能向政府说得清吗？到头来，你不仅是个没人要的骚货，还会被扣上特务的帽子，被判刑、被枪毙，你的家庭也会……”

“求求你，别说了。”周晓霞打断了袁咏松的话头，无力地瘫坐在床边，低声抽泣起来。而袁咏松看到周晓霞这副无助的样子，不由阴阴地笑了笑，他觉得自己已经驯服了这只羔羊。

“所以，霞，听我的，把这件事干了，幸福就属于我们的了。”见周晓霞不声不响地坐在那里，袁咏松突然像饿狼一样扑了上去，“宝贝，来，我想死你了，我们再来一次。”

两个人滚在一起……

6

三月的北京，虽说乍暖还寒，但春的脚步已挡不住地来了。这天，正值周晓霞值中班，按着袁咏松的吩咐，她怀揣着那包毒药来到了招待所，心里忐忑不安。尽管她恨透了那个男人，他不仅无耻地霸占着自己的身体，同时还逼迫自己去干这种丧尽天良的勾当，可是自己能不干吗？周晓霞完全相信袁咏松会将自己搞臭，搞得家破人亡，周晓霞觉得自己现在已经没有退路了，她只有不顾一切地往前冲，或许会博得一线生机……

这时，汪浩将军从外面走了进来，将军已然六十多岁，但却精神矍铄，行动敏捷。运动前，汪浩是某军区司令员、中将军衔，这次到二七厂，他被分在了机械三车间配件班组。汪浩天生是一个随和的人，没有一点官架子，他爱下棋，有时为了一步棋，会和人争得面红耳赤，可过后又小张长、小李短地亲切招呼，工人们也都愿意和他唠嗑。汪浩还有个特殊爱好，那就是嗜茶，每天中午休息时，哪怕不吃饭，他也要喝上一壶茶，这已经成为习惯。此时汪浩看见了有点神不守舍的周晓霞，便笑着打了声招呼。

“小周，想什么呢？这么专注！麻烦你，帮我沏一壶碧螺春来。”

周晓霞定了定神，按照袁咏松的想法，能够除掉“大人物”当然最好，可是“大人物”的警卫人员从来不离左右，实在不好下手，那就只能怪汪浩倒霉了，这么一想，周晓霞咬了咬牙。

周晓霞像往常一样，端着沏好的一壶碧螺春走进了汪浩的房间，汪浩这时正在收听革命样板戏《智取威虎山》。

“汪叔叔，茶给您彻好了。”

“就放在桌子上吧。”汪浩并没马上喝茶，周晓霞便走到茶几旁，把茶壶放下，然而一个不小心，茶壶差点侧翻，溅出的茶水将周晓霞烫了一下。

“啊！”周晓霞发出一声惊呼。

“怎么回事？”汪浩这才将注意力转移过来。

“没事，就是不小心烫了一下。”

“碍不碍事，怎么这么不小心呢！”汪浩像个长辈一样数落着周晓霞，而周晓霞则内心紧张到了极点，她低垂着头，想尽快逃离，当她转身朝门外走去时，迎面正撞见了贾汀和张春阳，周晓霞本能地觉察到事情已然败露，脸色霎时变得惨白。

“周晓霞，这个东西是你带进来的吧？”张春阳说着，晃动着手中的一个塑料袋，周晓霞一下跌坐在地上。

“报告首长，周晓霞已被台湾特务收买，她妄图毒害您，这壶茶水就被她下了剧毒。”

“唉。”汪浩先是吃惊，继而发出一声长叹，他为姑娘的无知而惋惜。

袁咏松抬头看了看墙上的挂钟，时间已指向中午十二点一刻，这个时候工厂已下班，生活区里的熟人会相对少些，不少人正在家里吃午饭。袁咏松今天以身体不适为由请了假，此时他已收拾好一个简单行李，做好了逃跑的准备，但他压根就没想带着周晓霞一块儿逃走，那样目标太大了。但他又不能提早走，否则周晓霞一旦听说后，肯定会放弃计划，他眼瞅着周晓霞怀揣着毒药走进了招待所的大院之后，方才迅速回到住处，这个时候撤走，时机刚刚好。不管周晓霞成功与否，等到政府查明案情，来到住处抓捕他时，他早已逃离了长辛店。当袁咏松打开房门时，却一下惊愣在那里，门外站着陶宗汉和向英杰，身后跟着几名公安人员，袁咏松刹那间就明白，他完了！袁咏松冲陶、向两人惨然一笑。

“你们终于来了。”说着话，他用力咬了一下牙。

“咏松，别……”陶宗汉突然明白了袁咏松想要干什么，他扑上前想要阻止，然而已经晚了，袁咏松事先换上了一颗假牙，假牙里面装着剧毒，就为防范可能出现的异常。此时毒药已然发作，袁咏松疼得一下扑倒于地。

“我……我是罪有应得。”袁咏松说完便气绝身亡。

在袁咏松的随身背包的夹层里，藏着一个小本子，密密麻麻地记载着袁咏松这几年做的事，大概袁咏松是想凭此向台湾方面邀功请赏，同时也记录着他一步步走向人生深渊的罪恶足迹。原来，袁咏松早在上海交大上学时，因为深受其姐夫陈季秋的影响，信奉三民主义，暗中加入了三青团，虽然在抗战时也参加了一些锄奸行动，给予汉奸和日本鬼子一定打击，但这些却不足以掩盖他所犯下的滔天罪行：

1. 1949 年前夕，企图炸毁工厂，结果工厂没炸成，却误炸自己的亲生父亲袁文才，致袁文才牺牲。

2. 妄图暗杀敬爱的朱总司令。

3. 暗杀前厂长贾象乾，却误伤一名京剧演员。

4. 指使手下写匿名信，结果使陶学文、陈怀礼被错划成右派，进而被诬陷为苏联特务。

5. 为了自己的安全，不止一次地杀人灭口。

……

合上小本子，陶宗汉长叹一声，一着棋错，满盘皆输，袁咏松只因早年间一步走错，毁了一生，这个教训实在太深刻了。

袁咏松事件过去不久，陶学文、陈怀礼两人便被无罪释放，扣在他们头上的右派帽子也被组织摘掉，他们俩重新回到了二七厂。贾汀根据他们以前的工作业绩以及充分征询了相关人员的意见之后，经党委会讨论决定，任命陶学文、陈怀礼两人为工厂总工程师、副总工程师。两人又有了施展才华的舞台，当然欣喜万分，尤其是陶学文，把这件事情隆重地祭告了父亲陶宗法。陶学文的儿子陶建军，这时已是一名十七岁的准青年了，他响应国家号召，去北京郊区插队了，并没在家，而杨大妮则眼圈微红。让全家没有想到的是，几天之后，邓玲又重新出现在陶学文面前，也许陶学文重新被重用，担任二七厂总工程师的消息传到了邓玲耳朵里，邓玲这次回来就是想破镜重圆。看得出来，离婚后的这些年，邓玲过得并不幸福，眉宇间有种掩饰不住的疲态。而陶学文却异常冷静，他轻轻掰开了邓玲的双手。

“邓玲，我们再也回不到从前了，以后我们也不要再见面了。”这话冰冷刺骨，邓玲不禁愣了一下。

“学文，你不要这样，以前都是我的错，看在孩子的情分上，我们……我们还是和好吧。”邓玲抛出了手中唯一的一张牌，希望能以儿子打动陶学文。陶学文显然也有所触动，他沉默了片刻，继而抬头直视着邓玲。

“邓玲，我不认为我们现在复婚，就会幸福，而一个不幸福的婚姻对孩子的成长又会有什么好处呢？我们不复婚，你也永远是孩子的母亲。”说完，陶学文转身走进了里屋，并随手把房门关死。

门，有如一堵墙，将陶学文和邓玲分隔开来，邓玲知道，凭她自己的力量是无力推倒“这堵墙”的，她把求助的目光投向了屋里众人：杨大妮、陶宗汉、陶学谦……然而，每个人都如泥雕木塑，邓玲明白自己的婚姻实在是无法挽回了，她不由失声痛哭，掩面而去。

陈发上班来得早，这是他多年的习惯了，无论在南口厂，还是调到二七厂后，一贯如此。然而今天他静静地站立在铁轨上那庞大的家伙——机车旁，心里酸酸的，有一种说不出的感觉。几年前陈发就已经到了退休的年龄，因为看到他身体尚可，而工厂又实在需要他，故而又延聘了几年，现在真到退休的时候了。陈发揉了揉酸涩的双眼，发出一声叹息，他有一种预感，和他朝夕相处几十年的蒸汽机车，也快要“退役”了，这是时代的发展，历史的必然。

“不行了，老伙计，我们都老了，撵不上时代喽。”陈发自言自语地说道。

陈发至今还清楚地记得，当年工厂试制第一台蒸汽机车时，他像个门神一样保驾护航，那是一个多么令人激动的时刻啊！十年过去，今天是他告别机车、告别工作岗位的日子了，他仔仔细细地擦拭着机车上的每一个部件，像是在抚摸自己刚刚几岁的小孙子。

“呜……”又一辆机车刚刚试运行完，开回工厂，不久将会以崭新的姿态驰骋在祖国辽阔的大地上，陈发站直了身子，活动了一下筋骨。

“师傅，您来了。”陶学谦不知什么时候已站在了他的身后，陈发愣了一下，仿佛才从过去回到现实中来，今天要对这台机车进行最后的检修。

“你歇着，学谦，今天这活儿就让我干吧。”

“没事，师傅，我，您还不知道吗？师傅……”陶学谦顿了一下，脸却先红了，“以后您要经常回来看看，我们都需要您。”陶学谦真诚地说着。

陈发的心里一热，眼泪险些涌了出来，他避开了陶学谦的目光，望了望远处，轻轻嘘了口气，“学谦，还是那句话，不要放松学习，工厂转产内燃机车是必然趋势，咱不能打没有准备的仗。”

“我知道，师傅，我现在就在看一些关于内燃机车的书呢!”

陈发欣慰地笑了，对于爱徒，他还是放心的。

一声汽笛长鸣，机车缓慢而平稳地驶出了南门，这是陈发最后一次为机车护航，他像往常一样，手握扶手把，专心地听着阀动系统有无异常，在他的前方，两行笔直的轨道直入云天，陈发忽然觉得自己站在了一个新的起点上……

7

不久，一则天大的好消息传来，敬爱的毛主席在听取贾汀的汇报后，亲自为二七厂未来转产内燃机车下达了指示，这就是“331 批示”。二七厂人沸腾了，伟大领袖毛主席，为一个工厂的发展亲自做出批示，这是多么大的荣耀啊，身为二七人，怎么能不努力工作？此刻，上内燃已成为全厂上下一致的奋斗目标。其实早在去年工厂就独自完成了3000马力柴油机的试制研究工作，为小批量生产大功率柴油机提供了依据，积累了宝贵经验。但是该款柴油机却存在着“两高一黑”（指柴油机爆发压力高、排温高，同时冒黑烟）的致命缺陷。如果柴油机产品质量过不了关，就不可能获得批量生产的许可，那么转产内燃机车就是一个空中楼阁。

五一节刚过，在陶宗汉所住的老宅里，陶宗汉、向英杰、贾汀三人共商工厂发展大计，方针目标是早已定下的，但是，步子该怎么走，怎样才能不走弯路，早日实现毛主席他老人家的指示？成为会议讨论的重点。在贾汀看来，陶、向两人都具有丰富的管理经验，能够为他提供有益的建议。

“我想起了小向说的那句话，工厂转产内燃机车，大家伙儿的干劲儿非常充沛，可因为缺少领军人物，我们经常摸着石头过河，从成效上讲，往往事倍功半，走了不少弯路。”陶宗汉望了一眼向英杰，语调中透着忧心。

“我同意老厂长的看法。”贾汀点头称是。

“老厂长，说到领军人物，我倒想起一人。”向英杰眼中闪着一丝狡黠。

“谁？”陶宗汉和贾汀异口同声。

“说起这个人，在机车车辆行业鼎鼎大名，1958年我们厂试制的建设型蒸汽机车，就是由他主持设计的，他就是大连热力机车研究所总工程师瞿赳。”

陶宗汉对瞿赳当然早有耳闻，瞿赳是我国知名的机械工程专家，长期从事铁路机车设计、制造、实验研发和相关科技的组织领导工作，曾主持设计了我国各类铁路干线货运蒸汽机车，是我国第一代机车设计项目的主持人，是我国内燃机车液力传动的奠基人和主要开拓者，也是筹建大连内燃机车试验研究基地和开展内燃机车研发工作的组织领导者。对于这样一位国宝级的人物，哪个单位肯放啊！向英杰似乎看出了陶宗汉的心思，不由微微一笑。

“当然，直接调入肯定有困难，但我们可以向其他厂学习呀，可以先把人请过来，工厂不是计划要试制6000马力液力传动货运内燃机车吗？这是一个契机，我们把瞿赳请来担任总设计师，至于以后能不能留住，甚至于直接调入，那是下一步的事，这期间我们有很多工作可以做，什么事都讲究事在人为！”就在不久前，瞿赳曾被青岛四方厂借调，研制成功1000马力液力传动内燃机车，向英杰指的就是这件事。

“小向，你这个主意不错，可即使是借调，困难也不小啊。”陶宗汉还是有所担心。

“不怕。”说着，向英杰诡秘地一笑，“老厂长，您别忘了我们手中可是有‘尚方宝剑’的呀！”

“对，对，我们有‘尚方宝剑’，还怕什么！”陶宗汉想到向英杰所指的“尚方宝剑”，就是毛主席的“331批示”，不由恍然大悟。而坐在一边的贾汀却是一头雾水，对于瞿赳，他还是第一次听到，向英杰发现了贾汀的尴尬，遂向贾汀简单介绍了一下瞿赳。

“好啊，对于这样的专家，我们工厂求之不得。”

“所以接下来就要看你如何使用‘尚方宝剑’了！”向英杰笑着调侃了一句，这也是实情，商借瞿赳这样的专家，非经铁道部批准不可，而以目前的情形，无论陶宗汉、还是向英杰，都不适合出面，唯有贾汀去争取了。

“没问题。”贾汀拍着胸脯应允道。

数天后，贾汀应约赶到铁道部，去见部长杨杰，而杨杰对这位“有背景”的下属也很客气。贾汀先向部长汇报了二七厂打算研制6000马力内燃货运机车的设想，得到杨杰部长的大力称赞。

“好啊，目前我们国家正在大力发展铁路运输事业，内燃机车你们造多少，部里就要多少。”

“可是杨部长，这么大的马力，在国内是第一的，不仅二七厂没搞过，别的厂也没搞过，我们需要部里的支持。”贾汀将话题转到了正题上。

“需要部里怎么支持？”杨杰看上去很感兴趣，随即话锋一转，“不过我可事先声明，要钱我可是没有的。”

“我们不向部里申请资金，只需要一个人去二七厂担任总设计师，帮我们把内燃机车弄好，二七厂要搞内燃机车，就连毛主席他老人家都这么说了，我们应该尽快把它搞成。”贾汀适时地抛出了手中的王牌。杨杰当然也知道有关“331 批示”的事，遂不由笑了。

“我说贾汀啊，帮助二七厂搞内燃机车，这是部里统一了的看法，说吧，你们要调谁去？”

“瞿赳。”

“噢！”杨杰不由愣了一下，“这恐怕有些难度，瞿总是研究所的骨干，人家肯定不乐意放人，再说，理由呢？只是帮二七厂搞 6000 马力内燃机车？这个理由不成立嘛，人家大连厂也已经形成小批量生产能力了嘛。”

“杨部长，我们也考虑到了，所以只是求部里协调，商借瞿总到二七厂帮忙，这样可以吗？”贾汀的态度很诚恳，而杨杰则低头考虑了一会儿，终于点了点头。

“好吧，相关工作部里会去做通，你们呀！”杨杰部长最后拍了拍贾汀的肩膀。

同年 9 月，经多方协调，瞿赳被大连热力机车研究所派到二七厂，帮助二七厂研制 6000 马力液力传动货运内燃机车。然而摆在瞿赳面前的却是个巨大难题，6000 马力，这在当时是国内第一，技术上肯定有不少难关，然而这还不是最紧迫的，最为关键的是，瞿赳对工厂设计、生产能力是陌生的。他第一次来到二七厂，虽说这个厂子在业内很有知名度，可工厂以前一直是以修理蒸汽机车为主，很少有机会能请得动瞿赳。而这次合作的时间又相对比较紧迫，二七厂不可能永远把瞿起“商借”下去吧？所以瞿起只能是边干边熟悉，一个车间、一个车间地熟悉，经常忙到晚上七八点钟，二七厂专门派了张春阳全程陪伴。瞿起此次来二七厂，属于“援助”性质，家人并没有一同跟来，工厂考虑到瞿起年龄大了，特意在招待所给他安排了一间朝阳的房子，并叮嘱服务员，无论何时，都要保证供给瞿总热乎的饭菜、足够的热水。

为了做到劳逸结合，更为了消减瞿起思家、想家的心绪，向英杰总会在闲暇的时候，腋下挟着副象棋来到瞿起的房间，非拉上瞿起杀上两盘不可。瞿起比向英杰大两岁，向英杰称其为“大哥”，对弈的结果当然是向英杰输多赢少，但他却乐此不疲，对弈之间，两人也随便聊一些彼此感兴趣的话题，瞿起时常感到一股浓浓的暖意。

8

研发的过程虽然艰辛，但毕竟一步步朝前推进，尤其是新型柴油机的研制，瞿起针对“两高一黑”的缺陷，根据自己多年的实践经验，提出了整改意见，每条都可谓切中要害，全厂各部门密切合作，坚决执行。进入11月，北京的天气已有了凛冽的味道，但人们的干劲儿却很足，而就在这时，瞿起迎来了他终生难忘的一天。

那天，瞿起本打算到柴油机试验站，对试验台位进行最后的调试，刚走出办公室，迎面碰见了张春阳。

“瞿总，贾书记正等着您呢，您忘了，今天有重要的政治任务。”瞿起愣了一下，恍然大悟。原来就在数天前，贾汀告诉他，敬爱的朱老总要再一次来工厂视察工作，瞿起是研制内燃机车总设计师，当然要出席，为此，瞿起激动得当天晚上没有睡好觉，早就听说朱老总对二七厂情有独钟，已先后数次来厂视察，没想到自己临时“客串”，还真赶上了！可随后繁忙的工作一压上来，瞿赳把这件事给忘了。

“哎呀，小张，看看，我连衣服也没换件干净点的。”

“没关系，听二七老工人讲，朱老总随和着呢。”听张春阳这么一说，瞿赳放下心来，一同和张春阳来到党委办公室。

这已是朱德第五次来厂视察工作了，接见的时间虽说不长，但朱老总随和朴实的工作作风，还是深深感动了瞿赳，一想到毛主席、周总理、朱老总等老一辈革命家都在关心着二七厂，期待着二七厂试制新车型成功的好消息，他就感到干劲儿倍增。

这天正是周末，向英杰像往常一样到招待所找瞿赳下棋，招待所里的人并不多，过道里显得冷冷清清。

“瞿大哥，开门呀，是我！”向英杰敲了敲门，可是里面并没有反应，难道出去了？不应该呀，里面的灯光还亮着呢！

“瞿大哥，我来找你下棋来了。”

里面还是没有任何声音，向英杰觉得有点不对劲儿，他喊来了服务员打开房门，一进屋却见瞿赳躺在床上并没起来，又喊了两声还是不见动静，再看，瞿赳面色苍白，已然晕迷。

“愣着干什么？还不快去叫人！”向英杰向吓得有点不知所措的服务员吼道，服务员赶忙跑了出去，不一会儿就来了几名身强力壮的小伙子，大家伙儿七手八脚地把瞿赳抬下楼，楼下已然停好一辆车，车载着瞿赳风驰电掣般地驶向了医院。

经医生仔细检查，确诊瞿赳因为劳累过度，引发了一种慢性病，虽说无碍生命，但要彻底治愈则需要马上手术，可是目前医院血库缺血，而病情一旦拖延，则可能引起其他方面的病变。

“那还犹豫什么？马上手术，血不够用我的。”向英杰说着，伸出了仅存的左胳臂，在向英杰的带动下，几名小伙子也纷纷要求为瞿总献血。经现场抽血化验，向英杰和另外一名小伙子的血型合适。共800CC的血液输入了瞿纠的体内，手术十分成功。

一缕阳光照进病房，屋里温暖如春。瞿赳悠悠醒来，一时不知身处何地，他往四周看了看，发现竟是医院，这才想起来，自己当时正在计算柴油机的一个运行参数，忽然觉得有点头晕恶心，就躺在床上想要休息会儿，之后便什么也不知道了，难道是昏过去了？这时，护士发现瞿赳醒了，脸上露出了欣喜神色。

“瞿总您醒了，太好了，我去通知向厂长。”

“回来，小姑娘。”瞿赳的身体还很虚弱，声音并不大，但小护士还是停下了脚步。

“小姑娘，我……我问你，是谁把我送到这里来的？”

“向厂长和几个年轻人，听手术室里的人说，向厂长还为您输了血呢！”话刚说出口，小姑娘吐了一下舌头，“坏了，他们不让我告诉您，您可千万别说是我说的。”

“好，我不说，我为你保密。”

“那我就去通知他们了，向厂长昨天在过道里守了一夜。”小姑娘说完，快速跑了出去。

不一会儿，向英杰、陶宗汉、贾汀等人随着医护人员走了进来，瞿赳眼望众人，最后把目光落在了向英杰身上。

“谢谢，谢谢大家了。”

“瞿大哥，你这是说的什么话，你还不是为帮助我们造内燃机车累病的，要说感激，是我们应该感激你才对，别的什么都不要说，也不要想，这几天你就安心养病吧。”

“瞿总，你就安心养病，有事我安排人去做。”贾汀在旁边附和道。此时的瞿赳，感受到这个集体的真诚与友爱。

正当北京型 6000 马力内燃机车研制的关键时刻，大连热力机车研究所突然来人，说他们目前正在组织干部下放农村干校，接受贫下中农再教育，而瞿赳也在其中。

“瞿赳是我们大连所的骨干，可越是骨干，越要积极响应党的号召，到农村去，农村广阔天地，大有作为，连毛主席都这么说，所以你们二七厂这次必须放人。”来人语气很冲，而贾汀则不露声色。

“别急，有什么事慢慢说。”

“贾书记，能不急嘛！瞿赳老待在二七厂不下乡，我们所里的工作也不好开展呀！”

“理解，都理解，可是这位同志，你们大连所的做法有点问题。瞿总是我们通过组织协调，经正当手续借调到我们二七厂来的，虽然组织关系没有过来，可是这段时间，他的考勤、工资都是归二七厂管理，商调函上明确写着，借调期限至北京型 6000 马力内燃机车试制成功，所以在这期间，瞿总下不下乡，应该由我们来决定，你说是吧？”

“这么说，你们二七厂是不打算放人了，你们这么做就是公开对抗‘文化大革命’，你们想到后果了吗？”

“哎哟，我说这位同志，大帽子可不敢给人乱扣，我们没说不放人，可是放人总要有个组织程序吧，瞿总是通过部里协调，借调到二七厂来的，如果我们就这么把人交给你们，一旦部里问起来，我们如何向部里做出解释？所以，要想让我们放人，你得有部里的证明，否则只有等我们的新车型试制成功，到时候我们自然会开个欢送会，欢送瞿总。”贾汀的脸上笑模笑样，但听得出来，语气里也有了“硬”的成分，而且句句在理，令来人无可辩驳。最后来人只得无功而返，瞿赳虽说躲过了下乡，但他的爱人和女儿最终还是去了农村干校。

9

6000马力内燃机车试制过程中最大的拦路虎挡在了面前，因为大型万向轴需要加工花键套，可是工厂没有关键设备——大型拉床，相关人员紧急打电话，问及兄弟工厂以及周边单位，都没有这样的设备，据说只能从国外进口，怎么办？贾汀召集主任、科长开了一个紧急会议，会上基本否定了从国外进口该设备，理由有二：其一，从国外进口，周期过长；其二，也是最为关键的，因为此款机车只是试制，并不是批量生产，设备购入后，今后在使用上会受到限制，势必造成资金的浪费。

怎么办？贾汀效仿当年，在全厂范围内征集好的建议。正所谓集思广益，结果就有一位老工人提出，能否改用天车代替拉床，这样普通拉床行程小的问题就会得到解决。许多工程技术人员听到之后，都暗自吓了一跳，这个想法真叫异想天开，乖乖，花键套是需要高精度的，不是想怎么干就怎么干，用天车代替拉床，如何保证精度？天车在运行过程中，钢丝绳一旦出现左右摆动该怎么办？当然，从理论上讲，只要辅以相应的固定装置，应该没问题，可万一不成功，那造成的损失可不是小数目啊！厂部办公会议，贾汀特意请来了陶宗汉、向英杰以及瞿赳，大家共同商量该怎么办？

此时，经贾汀努力，向英杰的关系从四川转回到厂里，与陶宗汉一起在厂子里劳动。

“我认为既然从国外购买设备不划算，只有自力更生解决，而用天车代替拉床又是唯一可行的办法，那就不妨试试，总不能因为这个坎儿就不试制内燃机车了吧？”已是机车车间主任的张春阳率先发言。

“我首先感谢贾书记邀请我和老领导来参加这个会，说实话，我虽然借调到资阳，离开了二七厂，现在组织上又安排我在厂子里劳动，可以说我一直关注着咱们厂的发展，让我发表意见，我觉得小张说得有道理，既然理论上可行，那就可以试试。”向英杰随后发表着自己的见解。

陶宗汉点了点头，表示同意，于是大家都把目光投向了贾汀，作为厂内目前的一把手，贾汀显然比较慎重，他征求瞿赳的意见。

“瞿总，你看怎么办?”

“我觉得不妨边论证边试验，首先，要组织工程技术人员尽快研制出图纸，这是最为关键的，所设计的固定装置要充分考虑到天车运行时的受力情况，要绝对保证拉刀在行进过程中的稳定。我建议这项工作就交给设计科姚祝工程师来完成，我觉得该同志工作认真负责，完成此项工作应该没问题。其次，图纸出来后，装置的具体制作一定要精兵强将，正所谓好钢用在刀刃上。”

“就按瞿总说的办，我建议锻制坯具由边刘小组来完成，接下来车、铣、刨、磨各工序，都要由工厂历届技能比赛的状元亲自担当，力争啃下这块硬骨头。”贾汀最终拍板。

设计科工程师姚祝是个近四十岁的中年人，和黄向荣是舍友，因为两人的老婆都在外地，属于难兄难弟。姚祝平时不爱说话，属于茶壶里煮饺子——心里有数的那种人。他的爱人梁怀宁带着孩子在保定上班，牛郎织女的生活过得没滋没味，好在黄向荣因为父母住在海淀，孩子由爷爷、奶奶带，故而黄向荣几乎天天回家，只是在加班晚了的时候，才在宿舍里将就一宿。每当梁怀宁带着孩子来到工厂探亲，黄向荣都主动回避，因此，姚祝内心对黄向荣充满感激。

自从接受设计固定装置的任务后，一连几天，姚祝都没有休息好，这项任务时间紧，关键精度要求高，天车钢丝绳几米的行程，要求测量误差不能超过几毫米。为此，姚祝几乎钉在了修机车间，反复测量，收集数据，然后构思装置的最佳形状，累得瘦了一圈，恰巧这几天梁怀宁也过来了，抱着闺女，还挺着个大肚子，姚祝经常顾此失彼。

“姚祝，我看咱也别想着进京这一条路了，不行的话，你去保定得了，我们单位领导说了，非常欢迎你。”梁怀宁此次回来，主要目的就是劝说姚祝放弃北京户口，跟她一起回保定，以结束长期两地分居的生活。

“实在不行，也只好这样了，不过，等我先把手头这事忙完，然后就给领导打报告。”

瞿赳也经常到修机车间，现场和姚祝商量，两人具体敲定了固定装置的大致构想，几天后，姚祝就把设计图纸画了出来，交由瞿赳审定。瞿纠仔仔细细地查看了每一细节，结果十分满意，按照图纸精细加工出来的固定装置，在实际运行中应该不会存在什么问题。

“好，就这么定了。”瞿赳的语气里满是欣喜。

“瞿总，还有一件事情要向您请示。”说着话，姚祝从兜里掏出了早已写好的请调报告，交到瞿赳手中，“瞿总，现在设计科直接归您领导，所以我只好把它交给您了。”

“你……你要调走？”瞿赳匆匆看了一眼请调报告，满脸吃惊，“你在二七厂干得不舒心吗？”

“不是，我和我爱人长期两地分居，我爱人带着孩子过来，还得借住在我单身宿舍里，十分不方便，把她们调到北京来，我又没有那个能力。”姚祝脸上一副愧疚不已的样子。

“是这样！”瞿赳沉吟片刻，“小姚，你先别急，我去找贾书记想想办法，困难一定会解决的。”瞿赳说着，就朝车间大门外走去，而姚祝则一副很落寞的样子。

贾汀看见瞿赳急匆匆地进来，还以为发生了什么大事，“瞿总，怎么了？”

“没大事，就是这件事情需要你给解决一下。”接着，瞿赳就把姚祝的情况简单向贾汀做了汇报，贾汀听了以后，连说了好几声“失职”。

“我们厂这么一位优秀的工程师，生活却如此困窘，这是我们的失职。瞿总，谢谢您啊，使我们有机会及时改正工作上的失误，我让相关部门马上研究，先拨给姚祝一间母子宿舍，怎么能让他们一家在单身宿舍里凑合呢！只是……只是户口问题实在不是工厂所能立刻解决的，只能慢慢来。”

瞿赳没想到贾汀的回复这么立竿见影，“这就很好了，我估计姚祝也不会再想着调走了。”瞿赳乐呵呵地找姚祝“报喜”去了。果然，有了真正落脚之地的姚祝，心里更踏实了，房子虽说不大，但是有厨房、厕所，真正有点“家”的样子了。

特别组建的加工小组，可谓人才济济，因为刘文已被派往援建坦赞铁路，所以锻制坯具的任务，主要由边孝正来完成。而特别小组里最年长的是钳工状元陶学谦，最年轻的则是车工状元黄向荣。经过几天的密切合作，固定装置终于制作完成，经检测，加工尺寸完全符合要求，接下来就要看试验效果了。

刘继芸虽说只有二十多岁，但已是全厂天车比赛的状元了，当听车间主任说，“天车拉花键”的实际操作将由她来完成时，姑娘紧张得脸都红了。

“主任，我……我不行。”

“怎么不行？这是厂里交代下来的任务，事关新机车的研制，不行也得行。”

“这……”姑娘急得都快要哭了，姑娘当然也想在新机车的试制上建功立业，但她怕万一失败了，可怎么办？瞿赳在旁边见了，使了个眼色，让车间主任暂时出去，瞿赳叫刘继芸坐在了椅子上。

“是不是怕干不好，影响了新机车的试制？”瞿赳的脸上挂着温和的笑容，“有顾虑是正常的，没关系，就把它当成是天车技能考试，你能在那么多的同行中夺得头名，说明你的技术相当过硬，这个活儿对你来说应该不成问题，厂领导和我都相信你。”

“我……能行?”刘继芸抬起头，望着瞿赳。

“你当然行了，要不这样吧，明天的试验你放心去做，万一失败了，责任算我的，怎么样?”瞿赳鼓励着刘继芸，刘继芸终于坚定地点了点头。

第二天，试验现场来了不少人，陶宗汉、向英杰也都来了，刘继芸一见，又有点紧张了，紧咬着嘴唇，两眼求助似的望向瞿赳。瞿赳当然也注意到了，他来到姑娘身边，故作轻松地笑了笑。

“记住，你一定能行。”说着，瞿赳做了一个握拳的动作，刘继芸略显紧张的心情才算有所平静，她深吸了一口气，稳步走向了天车驾驶间，那里是她驰骋的战场。

天车启动了，现场安静极了，只能听到天车马达的鸣叫声。这样的尝试从来没有听说过，说实话，谁的心里也没底，全场无数双眼睛全盯着操作的每一细节，此时飞溅的铁刨花是那样耀眼。终于，花键套的加工完成了，可是在精度检测没有出来之前，还不能算是成功，几名技术人员赶忙拿着测试仪器冲上前，大家的心都提到了嗓子眼，尤其是刘继芸，她的双手止不住地发抖。

“报告瞿总，报告各位领导，花键套的加工，精度完全符合设计要求。”

全场掌声雷动，而刘继芸则长长地出了一口气。

“总算成功了。”姑娘的眼里噙满了幸福的泪水。

“天车拉花键”的创举，像长了翅膀一样传遍四里八乡，轰动一时，传为佳话。

10

机车试制过程中关键的卡脖子问题，因为“天车拉花键”这一独特、大胆的设想，得到顺利解决。接下来的进程便加快了步伐，到 1970 年 9 月

10 日，工厂自行设计的北京型双机组 6000 马力液力传动货运内燃机车完成总组装，多少个日日夜夜的拼搏，在这一时刻终于见到了成果。然而还未到喝庆功酒的时候，机车还要接受严格的正线试运，达到质量标准才算试制成功，经多方协商，在丰台至保定间，新机车需要牵引 1784 吨的货物运行，工厂决定由瞿赳带队，队中包括工程技术人员，经验丰富的老工人师傅……他们将全程跟踪，一旦发现问题，力争现场解决。陶宗汉也十分想跟车察看，瞿赳看出了陶宗汉的心思。

“老厂长，明天跟我们一块儿去试车吧。”

“好，我一定去。”陶宗汉惊喜地说。

第二天，陶宗汉特意换上了一身干净的工作服，登上机车的时候，他看到了陶学谦，真是时光如水，陶学谦也已经快五十岁了。

“学谦，你师傅退休后还好吧?”陶宗汉想起了陈发。

“挺好的，昨儿我们爷俩儿还喝了一盅呢！听说厂子里搞 6000 马力内燃机车，我师傅高兴得不得了，他现在是长辛店街道党小组组长，每天坚持读书看报！”

“好啊，哪天我跟你一块儿去看看他。”

正说着，汽笛一声长鸣，缓缓开出了丰台站。丰台至保定这段区间，陶宗汉曾跑过许多趟，他站在驾驶座的后面，静静地观察司机的操作，表盘上显示的数据均很正常，他无声地笑了，探头朝车后看了看，乖乖，列车好像一条巨龙，一眼望不到头，牵引时速并不快，只有 50 公里左右，但相当平稳，车开到长辛店火车站，司机特意拉了一声长笛，那是向站台上的人们致敬呢！站台上，以贾汀为首的厂领导班子，早已等候多时了，看到自己即将出嫁的“女儿”，在场的人都激动万分。车向南开，速度便渐渐提升，最高时速达到了 65 公里，没有出现任何异常，全体成员不禁鼓掌相贺。

二七厂研制出国内最高马力货运内燃机车的消息，经多家报纸宣传报道，传遍了大江南北，就连敬爱的周总理都知道了，因为周总理太忙，所以特意叮嘱邓颖超大姐到二七厂慰问全体职工。

国庆的喜庆还没有完全散去，邓颖超大姐就来到了二七厂。她一直兴致勃勃，她依次和贾汀、张春阳、瞿赳、陶学文等厂领导握手。张春阳这时已是主管生产的副厂长了，邓大姐发现张春阳年纪并不大，连称他“年轻有为”，搞得张春阳不好意思地笑了。

“同志们，今天我代表总理来看望大家，总理知道你们研制出了国内最大功率的内燃机车，而且是我们自行设计，全部的零配件都是国产的，总理很高兴，称赞二七厂的工人师傅们发扬了独立自主、自力更生的精神，他向你们致敬!”

“周总理好，邓大姐好!”全场欢声雷动。

参观从机车车间开始，邓大姐重点参观了我国第一台6000马力货运内燃机车，还登上了司机室，当听到贾汀介绍，制造这台机车时，工厂确实遇到了比较大的困难，尤其是大型万向轴在加工花键套时因为工厂没有加工设备，工人师傅们独创了“天车拉花键”的工艺，邓颖超很是高兴。

在修机车间，邓大姐参观了工厂自行设计的固定装置，刘继芸亲自演示了一下“天车拉花键”的制作过程，邓大姐看了之后连连点头。

“二七厂的工人师傅们，充分发扬了艰苦奋斗、勤俭建国的精神，你们要继续努力，总理要求今后进京的旅客列车不再冒黑烟，你们一定要想法攻克这个技术难关，同志们，有没有信心?”

“有!”大家异口同声。

时间过得很快，毕竟已是六十多岁的老人了，贾汀怕邓大姐身体吃不消，便请示是不是先到厂部会议室休息，中午吃过饭后再参观视察，没想到邓大姐摇了摇头。

“我不累，正好我们可以去食堂看看，我们领导不能只顾生产，而不顾职工们的生活，小贾，快走啊，给我们领路。”作为领导的军事秘书，贾汀对邓大姐的为人秉性还是了解的，遂苦笑了一下，领着大家伙儿朝职工食堂走去。

职工食堂很大，可以容纳几百人同时就餐，门楣上有个铁路路徽标志，很醒目。这个点儿还不到下班时间，但食堂里正是忙活的时候。总务科长安振邦没想到邓大姐会来这里参观，因为职工食堂毕竟不是重要生产部门，以前领导来参观，从来也没到过食堂，所以显得有点紧张。

“小安，你领着领导参观，这可是你的地盘哟。”贾汀故意以一种轻松的语调向安振邦吩咐道。于是邓大姐在安振邦的带领下，仔细察看了食堂的卫生状况、操作间的工作环境等，不时还就职工的伙食标准、就餐人数等进行询问。

“你们二七厂的食堂搞得很不错，要向你们学习呀。”邓大姐看了之后很满意，随即话锋一转，“食堂是单身职工的家，你们要给工人当好这个家。后勤工作很重要，和一线一样，只要你们把伙食搞好了，工人师傅们吃得好，才能更好地抓革命促生产。”

“是，我们一定要把工作做好。”安振邦响亮地回答。

“同时，还要把工作做细，食堂有病号饭吗？”

“报告领导，我们已经有了这方面的服务，同时，我们还请来了我们厂医院的医务人员，专门负责饮食卫生和营养配餐，力争保证职工吃上卫生、营养的食品。”

“好，非常好。”邓大姐的脸上露出了欣慰的笑容。这时，工厂宣传队的队员们来食堂就餐，因为他们下午还有演出任务，所以提前来了，邓大姐到每个餐桌前去询问，最后干脆在一张桌子边坐了下来。

“你们也一块儿坐下来吧，这顿饭我们就和工人师傅们一块儿吃。”这实在出乎意料，贾汀在犹豫片刻后，也就近坐了下来。

“我们都听领导的吧，小安，今天我们要尝尝你的手艺。”

“没问题。”安振邦响亮地回答，先前的那点紧张早就消失得无影无踪了。这是一顿特殊的午餐，邓大姐吃得很高兴，食堂不仅熟菜和凉菜品种繁多，而且主食的花样也很多，糖包、豆包、鸡蛋饼、花卷……几乎应有尽有。

“小同志，我能一样买点回去吗？”邓大姐向安振邦问道，“带回去，我要让总理和其他同志们也尝尝。”邓大姐又补充说了一句。

“当然可以了，快，给领导同志每样包几个。”安振邦高兴得合不拢嘴了，自己食堂做的食品，能够上共和国总理的餐桌，让敬爱的周总理尝到，想想都是一件幸福的大好事。邓大姐让身边的工作人员付钱和粮票，却被贾汀拦住了。

“大姐，不是我们走后门，是工厂规定不收一般的粮票和钱，我们只收内部餐券。”

“是这样，那你先给我垫上，回去后我让秘书把钱汇给你吧。记住，一定要先给我垫上啊！”

“放心吧，邓大姐。”贾汀笑呵呵地应允。

这次视察结束后，邓大姐又先后两次到工厂，视察了可控硅小组、家属工厂和纤维板车间，带来了毛主席和周总理的关怀，二七厂全体职工家属感到无比光荣，尤其是职工食堂的师傅们，因为他们做的食品得到了周总理的称赞，使他们激动了好些天。

因为邓大姐到工厂视察，带来了周总理关于内燃机车生产的最新指示，那就是工厂要向客运市场挺进，要坚决完成周总理关于“进京旅客列车不冒黑烟”的指示，研制新一代客运机车。有了之前很好的合作，贾汀等厂领导很快达成共识，要尽量留住瞿赳，请他再次担任客运机车的总设计师，为此，工厂特意调拨给瞿赳一套临时住房，他们还借总理指示的东风，这次留任瞿赳，并没有遇到太大麻烦，只是约定，等到客运机车试制成功，瞿赳必须返回大连研究所，因为大连研究所也离不开这位首席专家。万事俱备，二七厂研制客运内燃机车的号角终于吹响。

11

正当新型客运内燃机车的试制工作紧张而有条不紊地进行时，铁道部下达了一项政治任务，那就是响应国家号召，本着国际主义合作精神，援建坦赞铁路。该铁路由中国、坦桑尼亚和赞比亚三国合作修建，因沿线地形复杂，施工环境相当困难，这是迄今为止中国最大的援外成套项目。接到任务后，工厂十分重视，立刻召开职工大会，将修建坦赞铁路的重要性进行宣讲，并要求共产党员带头迎难而上，积极报名参加援外工程建设。

陈怀义听到这件事后，心里一直不平静，援建坦赞铁路，每一个二七人都义不容辞，他当然也想报名，可是自己这一走，家里怎么办？陈怀义自打北方交大毕业后，主动要求进厂，先是在技术科，后来基于培养干部考虑，被调入机三车间担任技术组组长，一段时间以来，攻克了几个技术难关，深得干部群众信赖。而他的家庭生活也很美满，几年前和恋人张淑琴结婚，如今已有了一个可爱的儿子，刚刚两岁，母亲陶慧玲帮着照看，而自己一旦走了，那全部担子都将落在张淑琴一个人身上，她能受得了吗？

“小陈，想什么呢？看你好像有点神不守舍的。”汪浩笑呵呵地坐在了陈怀义身边，“我猜你一定是为了援建坦赞铁路的事，你想去，可是心里又有顾虑，怕家里负担过重对不对？”听汪浩这么一说，陈怀义不好意思地笑了。

“其实有顾虑很正常，这是每一个为人夫、为人子应该有的想法，正所谓忠孝难两全，你还是要和家里人好好商量。工厂不是明确表态，成立援建办公室了吗？它的成立，就为解决每位援建人员的后顾之忧，好让他们在外面安心、放心地工作，我在这里也可以负责任地告诉你，一旦你被选中了，咱们车间的每个人都会主动替你承担照顾老小的责任，绝不会让他们受半点委屈。”

“就是的，组长，你就放心吧。”不知何时，班组成员都围拢过来，七嘴八舌地说道。组长在他们心目中，不仅技术好，而且为人热情，本着“精兵强将”的精神，组长一旦报名，十有八九会被选中。陈怀义听后很感动，那么多年朝夕相处，他和班组已经结下了深厚的兄弟情谊。

晚上，哄儿子睡着后，陈怀义望了一眼张淑琴，上前握住她柔软的双手，拉她在椅子上坐下。

“淑琴，有件事我想和你商量一下。”

“说吧，什么事？”

“淑琴，你已经知道了，今天工厂召开了动员大会，号召每一位职工报名援建坦赞铁路，这是一项十分光荣的政治任务，我想报名参加。”陈怀义说着，深情地望着妻子，“淑琴，我知道，我这一走，家里的重担就全落在你一个人肩上了，这是一份不轻的担子。但我是一名共产党员，是组长，组织上一直关心爱护我，在关键时刻，我应该走在前面，起到模范带头作用。”

“怀义，这件事你跟咱妈商量了吗？”

“还没呢，我得先征求你的意见呀！”

“怀义，你要去了，别的我倒不怕，照顾老人与抚养儿子是我应尽的责任，可有的时候像是买煤、买米这类的力气活儿，还有就是家里常用的东西一旦坏了需要修理，这些我都不会呀！”

“工厂不是成立援建办公室了吗？到时候，有什么困难可以去找他们。再说了，老汪今儿还向我保证了，万一我被组织派走了，家里有个困难，只要跟他说，准保给办成。别人咱可以不信，难道连老汪你都不信？人家可是堂堂的将军呀！”

“谁说不信了！人家只是担心你，非洲离咱们这儿那么远，听说那儿的蚊子特厉害，野地里还有狮子呢！你可得要小心。”

“淑琴，这么说你同意了？”

“嗯。”张淑琴轻轻点了点头，“再说了，我不同意能行吗，你的心思早就跑到非洲去了，不过，你可得给我全须全尾地回来，少一根毫毛我可饶不了你。”

“遵命，夫人。”陈怀义打趣地敬了个不算标准的军礼，两个年轻人的心靠得更近了……

和陶慧玲一商量，陶慧玲完全同意，她只是叮嘱陈怀义，一要注意安全；二要全心全力，不要忘了自己是陈家的后人。陈怀义郑重地点了点头。

三个月后，满载着二七厂第三批援非人员的“耀华号”远洋客轮驶离了广州港，当绿水青山在陈怀义的眼里越来越模糊，最终消失在海平线时，陈怀义百感交集，不由得两行热泪潸然而下，再看其他人，也是难舍难分，大家手拉手地站在了甲板上，遥望祖国唱起了心中的歌。

对于自幼远离海洋的人来讲，长达几万海里的航程，在最初的几天简直痛苦不堪。陈怀义像许多人一样，饱尝了晕船的痛苦滋味，他觉得自己的五脏六腑都倒出来了，根本吃不了东西，身体软得像面条，经过几天才渐渐适应了。

船航行在海面上，周围的一切都是蔚蓝色，这样的色彩起先是新鲜的，然而时间一长，也就厌倦了，而活动的空间就这么大，如何打发“过剩”的时间，就成了棘手问题，打扑克、下象棋、聊天……所能想到的消遣方式都使用了，最后剩下的就是睡觉。好在沿途会停靠不少地方，每到一处，陈怀义都会像其他人一样高兴，不管是亚洲人、欧洲人，还是非洲人，他们都热情地和人家打招呼，只想多感受一下“自由”的快乐。就这样，在海上航行了 23 天，终于到达坦桑尼亚。

然而谁也没想到，到达坦桑尼亚的第一件任务却是盖工棚，原本以为被援建国家的条件虽然艰苦，但总不至于连住的地方都没有吧！而且盖房子根本没有现成材料，还要我方人员自己就地取材。论起设计图纸，陈怀义是行家里手，可要说起盖楼房，则实在是门外汉。好在队伍当中有专门搞基建的同志，大家来不及洗去路上风尘，第二天便积极行动起来。因为时间和条件所限，工棚相当简陋。

由于白天大家都很累，故而那天晚上早早地都入了梦乡。忽然，一声惊慌失措的喊叫，把大家都惊醒了，开灯一看，却见同宿舍的小王脸吓得煞白。

“蛇，蛇。”他有点语无伦次地说着。

“哪儿呢？哪儿呢？”陈怀义也很紧张，四下一看，却见地上趴着一只大青蛙，大青蛙似乎也被吓着了，傻傻地瞪着两只眼睛望着大家，众人不禁哄笑起来。原来，小王睡觉不老实，蚊帐被掀起了一道缝，那只青蛙便乘虚而入，小王睡梦中觉得肚皮上有一个凉飕飕的东西，以为是毒蛇，便一下惊醒了，还好，只是虚惊一场。

最让陈怀义难忘的，是一段离奇经历。那天，陈怀义接受了一项从坦桑尼亚达累斯萨拉姆港口提取物资运往赞比亚卢萨卡市的任务，2700 多公里的路程危机四伏，险象环生。一同执行任务的还有翻译戴进明、黑人司机金巴。

汽车从达累斯萨拉姆出发，走出 180 多公里后，便进入米库米以南的大山中，那是在中国绝少见到的高山峻岭，盘山路完全是在半山腰开辟出的石渣路，而且路面很窄，靠外的一侧是山涧大河，河水波涛汹涌，地势十分险恶。载重 8 吨的卡车好不容易爬到山顶，将要下坡的时候，没想到车身却摇摇晃晃地向山涧滑去，陈怀义和戴进明吓得连声惊叫，好在司机金巴经验丰

富，他马上使尽全身力气向左侧打轮，踩死刹车，终于把车停住了。

“好险啊！”三人都吓出了一身冷汗，看着陡峭的悬崖和滚滚的河水，想着那一瞬间生命就有可能结束，他们均不寒而栗。

汽车换上轮胎后继续前行，傍晚时进入荒凉的马坎巴科大草原，那是一片原生的处女地，时常会见到各种野生动物，这样的感觉陈怀义从未体验过，惊奇中内心还有那么一丝激动。夜幕渐渐降临，伸手不见五指，世界静得仿佛没有了一点生息，人的渺小，宇宙的浩瀚，让陈怀义真正体会到了生命的价值所在，“一定要活好每一天！”

次日，行程继续，在距离目的地卢萨卡300公里处，筋疲力尽的三个人把车停在路边，在路旁铺上行李布，拿出馒头，火腿罐头、水果罐头，正准备饱餐一顿时，忽然发现有几只蜜蜂在头顶上飞，开始谁也没有在意，当陈怀义打开一瓶菠萝罐头时，不曾想，菠萝的香味招来了更多蜜蜂，刹那间，大群蜜蜂乌云笼罩般飞奔而来，转眼间，菠萝罐头上铺满了蜜蜂，像一个蜜蜂球。戴进明和金巴见状，赶忙脱下工作服奋力抽打，没想到这下竟闯下了大祸，却见数不清的蜜蜂向着他们俩的脑袋俯冲下来。陈怀义急中生智，一脚把菠萝罐头踢出十米开外，随即把工作服蒙在头上，一动不动地蹲在地上。蜜蜂群追着菠萝罐头渐渐飞走了，而戴进明和金巴两个人被蜇得疼痛难忍，面目全非，无奈之下，只能一根根地拔出脸上的毒刺，用仅有的清凉油缓解疼痛。

“小陈，你的这段经历可以写下来，将来回国后好拿出去发表，不过千万别告诉家里人，免得让他们担心。”有人事后打趣地说。

一提起远在祖国的亲人，大家从心里涌起一股浓浓的思乡之情，只要一有闲暇，陈怀义便拿起笔，给祖国的亲人们写信，当然，这一封封信，是报喜不报忧的。

12

因为有了上一次研制6000马力液力传动货运内燃机车的尝试，此次试制3000马力客运内燃机车的过程比较顺畅，瞿赳依然担任总设计师，全面主持技术研发工作，新机车试制完工后，按照事先协议，瞿赳也将离开二七厂了，大家自然十分不舍。贾汀特意在招待所摆了一桌丰盛的晚宴，为瞿赳送行。

"首先，我代表二七厂全体职工，为瞿总这些日子来为我们厂所做出的杰出贡献深表感谢，无论是6000马力货运机车，还是3000马力客运机车，瞿总都付出了艰辛努力，我提议，大家举杯敬瞿总。"于是大家纷纷端起酒杯一饮而尽。

"其次，还是那句话，二七厂转产内燃机车是必须要走的道路，我们要坚定不移地走下去，今后肯定还会有请教瞿总的地方，希望瞿总一如既往地支持我们，我先谢谢了！"

轮到瞿赳讲话，他显得很激动。

"来到二七厂两年多，让我感触颇深，说实话，我已经不认为我是个外来户了，是你们的热情，让我有了宾至如归的感觉，从内心来讲，我已经把自己看成是二七人了。"掌声四起。

"当然，根据协议，我就要返回大连了，还是那句话，今后，二七厂有用得着我的地方，我是一召即应，哪怕没有工资，也要帮助二七厂把事情搞成，因为这里是我的另一个家嘛。"

"说得好，瞿总，有您这句话，我们心里有底了。"陶宗汉冲瞿赳挑起了大拇哥。

"贾书记，我觉得二七厂经过这两次的研发、试制，积累了不少经验，特别是人才储备，无论是技术研发队伍，还是实际操作工人，都具备了批量生产内燃机车的潜在能力，目前最为关键的是资金缺口，许多专用设备如不能及时补上，那么转产只能是空想。我举一个例子，就拿天车拉花键来说，特殊情况、特殊处理可以，但绝不能常态化，为确保批量生产后的质量，还非得大型拉床不可。再比如，曲轴的精加工设备、理化检测的专用设备等等，这是工厂实现转产前必须要解决的实际问题。”席间，瞿赳提出了自己对转产客运内燃机车的想法。

“不瞒你说，瞿总，我们也想到了，所以班子成员正在研究向上级机关打报告，资金的缺口应该不是小数目，我们争取得到部里及北京市的支持。”

这是一个谁也左右不了的难题，谈话便显得有些沉重，陶宗汉率先转移了话题。

“瞿总，关于工厂今后的发展，你有什么好的建议没有？什么方面的都行，比方说如何保证产品质量？”

质量工作是技术工作的一个重要方面，当然也是瞿赳一直主抓的，今后一旦转产，如何提高产品质量，将会更加引起有关方面的重视，陶宗汉可谓未雨绸缪。

“这正是我要重点说的，我一直主张保证产品质量，要打攻坚战，要主动出击。如何主动出击？就要有高水平的工艺研发队伍，所以我建议工厂要尽快成立工艺科，提高工厂工艺研发水准，今后一旦转产，大批配件质量的提升，背后都需要高水平工艺流程来支撑，像曲轴、车轴、气阀等，只有通过复杂的热处理工艺，其内在的性能指标才会达到设计要求，所以，在成立工艺科的同时，还要强化理化检测队伍的建设。”陶宗汉等人不禁连连点头。

“瞿总所言和当初苏联专家亚罗申科如出一辙。”

“说到这儿，我向工厂推荐一人，他是理化分析领域少见的专家级人物。”

“噢?! 他是谁?”向英杰一向对人才很感兴趣，不由脱口问道。

“其实，他工作的地方离咱们厂很近，就在六一八厂理化室，从事金相检测。”看到众人一脸惊异，瞿赳淡淡一笑，“其实我们的相识也是出于偶然，那还是在几年前，我到北京参加一次学术研讨会，会议的一个重要议题就是针对一次意外事故开展分析，会议的主角儿是个不到四十岁的年轻人，他所做的废品分析报告，论点清晰，论据丰富，结论经检验完全正确。事后我听说该厂根据他所提出的整改意见，修改了工艺文件，从而使该产品的质量检测完全符合设计要求，这些年该产品再也没有出现过重大质量事故，为国家节约了大笔资金，这个人的名字叫郑大宝。”

“可是，这样一个杰出人才，六一八厂肯定不会让给我们的。”张春阳不禁有点气馁。

“那也未必，据我所知，郑大宝因为支援三线建设，现正在山西一个偏僻的山沟里，好像连组织关系都跟过去了，应该说，这对于咱们工厂而言，是个难得的机会。”瞿赳的话没往下说，这情形有点像当初借调他过来时的情景，在座众人如何听不出来?

汪浩发火了，进厂两年多，他第一次直接闯进了党委办公室，找到了党委书记贾汀。

“贾书记，这件事情你必须得管，太不像话了。”听汪浩这么一说，贾汀很吃惊，连忙从座位上站起身。

“老汪，什么事? 慢慢说。”

“什么事? 太气人了，我们车间陈怀义同志，5 月份刚去援外，这事你知道吧?”

“知道啊，陈怀义同志是技术骨干，又是烈士后代，派去援外，是组织讨论的结果。”贾汀有点丈二和尚摸不着头脑。

“厂里为了照顾那些援外同志的家属，特意成立了援外办公室，陈怀义同志的爱人张淑琴，前些天就找到援外办公室，说是天气马上要变凉了，她想提前为老人准备好过冬用的煤球，可是她一个女同志，实在没有力气从煤场把煤球运回家，希望援外办公室的人能派人去帮一下忙。他们倒好，答应得好好的，把人给糊弄走了之后，一连几天没有一个人去。小张后来找到了车间，是车间的人把这件事情给办了。这种衙门作风可怎么得了，想想吧，那些抛妻离子去援外的同志，往大了说是为了国家，为了我们同亚非拉人民的友谊，往小了说，还不是为了工厂的荣誉。这种行为太让人寒心了呀，贾书记!”

“太不像话了。”贾汀拍案而起，“这件事情一定要严肃处理，此风不可长，否则我们将如何面对那些援外的同志?”贾汀自然也十分生气，“太谢谢你了，老汪，让我们及时了解到情况，并能及时改正，否则不知要伤了多少人的心!”

送走了汪浩，贾汀立刻打电话叫来了援外办公室主任，让他查一查那天是谁负责接待的张淑琴。主任看到贾汀生气的样子，也没敢多说话，答应马上查。很快，结果出来了，是办事员小汪出了差错，小汪那天负责接待张淑琴，并想着当天下午就去办，可没想到临近中午时，突然接到医院打来的电话，说是他母亲从商店买了瓶酱油，在往回走的路上突然摔倒，被周围的路人发现，立刻送到了医院，经医院检查，是突发性心脏病，老人目前正在手术中。小汪一听，立刻就慌了，脚不沾地地直奔医院，他的父亲去世早，他自小和母亲相依为命，是个大孝子，听说母亲得了重病，哪儿能不心急如焚?幸亏老人被及时送到医院，经过一番抢救，总算化险为夷，但仍需要静养。经此一劫，小汪早把张淑琴的事忘到九霄云外去了。

贾汀认为，小汪在工作上出现失误，暴露了管理工作中存在的问题。如果事先有一本工作台账，把所有要办的事情都写在上面，已经办好的打上“√”，这样别人看了台账，自然就会把未办的事情给处理了，看来还是要加强工作方法的培养才行，为此，贾汀特意召集援外办公室的全体成员，并把张淑琴也请来一同开了个会。

“事情的经过就是这样，张淑琴同志，我个人认为，工作当中出现这样的失误，因为个人家里出现了特殊情况，可以谅解，但是作为一个集体，出现这样的失误是不可原谅的，起码说明在管理上出现了很大漏洞，必须整改。”

“贾书记说得对，张淑琴同志，我代表援外办公室真诚地向你道歉。我们一定要按照贾书记交代的，认真做好台账，杜绝任何纰漏，希望你监督我们今后的工作。”主任态度十分诚恳。

张淑琴没想到动静会整得这么大，竟然是党委书记亲自主持召开会议，由办公室主任向她致歉，张淑琴很感动。

当天晚上，张淑琴伺候陶慧玲以及孩子睡觉后，坐在写字台前，拿出纸笔，给远方万里之遥的丈夫写信，在信中，她倾诉了对丈夫的思念之情，还谈到工厂对他们这些援外家属的关照，尤其谈到了“误会”发生的前前后后。

“怀义，工厂这么关心我们，你就放心吧，孤身在外，一定要照顾好自己，同时，要把你全部的聪明才智都发挥出来，我等待你凯旋的时刻。”

夜已经很深了，天上一弯明月，似在向人们讲述一个悠长而美丽的传说。

13

秋意渐浓，已经到了大自然最绚丽的季节，变幻的色彩给人以无限的遐想，向英杰和张春阳就是在这个时候登上了西去的列车，此行，他们是为二七厂“挖宝”去了。

这是西太行的一部分，群峰峻拔，沟壑纵横，令人拍案称奇，然而，这里又是一个闭塞之地，交通极不发达，山坳处几乎少有人至。几年前，一支建筑工程队悄然来到这里，边测量、边盖房，渐渐便有了高大的厂房，整齐规整的住宅楼，人们才惊讶地发现，国家要在这里建厂，至于这个工厂具体干什么，没人知道。后来陆陆续续搬来很多人，郑大宝就是其中一员。

这是一个带有保密性质的军工企业，对外用的是代号。说心里话，郑大宝是不愿意到这里工作的，有两个原因：其一，孩子还太小，老人孩子都需要照顾，自己一个人到这儿，家庭的重担则全都落在妻子一个人肩上，他有些于心不忍；其二，也是最为关键的，他的专业特长是废品分析，这话说起来简单，实际操作却复杂得很，要从众多因素中找出一个或几个致使产品失效的原因，不仅要靠丰富的经验，还要靠必要的实验手段。郑大宝来到这里，最头疼的就是缺少先进设备，拿样品到北京、上海等大城市去做当然行，可一来周期不好把控；二来不可能每次试验都拿到外面去做。所以一年到头郑大宝做不了几个废品分析，多数时候只是一名普通的试验员而已。郑大宝担心，再这样下去，自己的专业水平肯定会下降。还有一点，这里的信息太闭塞，资料奇缺，无法掌握国际、国内的先进动态，郑大宝觉得有种英雄无用武之地的感觉。

听说北京有人来找自己，郑大宝开始还以为是家里托人给他捎东西来了，便兴冲冲赶到厂门口，却见是两名陌生人，其中一人还缺了一条胳臂，郑大宝不由愣住了。

“是郑大宝师傅吧？”向英杰主动打招呼。

“你们是……”

“我们是北京二七厂的，我叫向英杰，这位是张春阳。”

“噢?!”郑大宝想起来了，以前曾听人说过，二七厂有位独臂厂长，是一级战斗英雄，“您就是那位英雄厂长?”

“英雄谈不上，再说现在我已经不是厂长了，你叫我老向就行。”向英杰的豪爽，让郑大宝很舒适。

“你们找我……”

“有些事情想跟您商量一下，这样……”向英杰抬起左手腕，看了看表，“也快到下班时间了，我们在前边那家小饭馆里等你，一会儿我们边吃边谈，如何?”向英杰指着前方的“红旗饭馆”说道。

“那好吧。”郑大宝依次和两人握手，然后转身朝厂内走去，“他们找我到底做什么呢?”郑大宝一直狐疑着。

“简单说，我们这次来，是准备请您出山的。”再次见面，向英杰开门见山，“我虽然不再担任二七厂厂长了，但这位是现任生产副厂长，我们来就是想请你去二七厂工作的。”

“去二七厂?”郑大宝下意识地回应了一句，对于这座具有光荣革命传统的老厂，郑大宝当然听说过，但是去那里工作，从来没想过，这实在有点出乎意料。

“对，去我们二七厂，我们真诚地希望像您这样的专家加入。”张春阳用充满热情的语调说道。

“可是你们怎么会想到我?”郑大宝还有些糊涂。

“是这样，大连研究所总工程师瞿赳，前些日子帮助我们设计新型内燃机车，是他向我们推荐了您，他在一次废品分析报告会上，听了您所做的报告，对您印象很深。”张春阳解释道。

二七厂离自己的家并不远，又是享有盛誉的老厂，郑大宝当然有点动心，可一转念又担心自己的专业没有合适的舞台，他的这点心思，向英杰当然清楚。

“我可以负责任地告诉你，到了我们二七厂，会有你施展才干的空间，工厂向来把提高产品质量作为重中之重，尤其是将来转产内燃，你的专长更会大放异彩。”向英杰解释道。郑大宝无语，这毕竟是人生的一个十字关口，他需要想一会儿。许久，他抬起头。

“那好吧，如果真像你们说的那样，我答应你们，不过，单位这边恐怕不会那么容易通过。”

“这个请您放心，有您这句话，事情就成功了大半，实在不行，我们可以先借调嘛。”说着，向英杰朝张春阳眨了眨眼。

果然，郑大宝所在的工厂并不答应放人，无奈之下，向、张两人又祭出了看家“法宝”——毛主席关于二七厂生产方向的“331 指示”，以及周总理关于“进京旅客列车不再冒黑烟”的期望。他们盼望兄弟单位能够支持二七厂，共同为完成毛主席和周总理的指示而努力。向英杰、张春阳的话语很恳切，甚至有点低三下四。那位书记的脸上露出了为难的表情，答应“先考虑考虑”，就把两人打发出了办公室。

没想到第二天，向英杰和张春阳两人像上班的工人一样，准时出现在了办公室，书记一见，眉头皱了皱，当然，所谈的内容还是那一套，书记自然没有松口，第三天、第四天……搞得这位书记不胜其烦，尤其对那位战斗英雄，他简直一点招也没有，最后一次，书记摊开双手，一副无可奈何的样子。

“我算是怕了你们了，关于郑大宝同志去你们二七厂的问题，我同意先办借调，以后的事情，以后再说，行不行?”这位书记算是做出了关键性的让步，向、张两人均松了一口气。

“太谢谢你们了，这样，晚上我们请贵方同志吃一次便饭，算是表达我们二七厂的谢意。”张春阳笑呵呵地说道。

“吃饭？还是不必了吧。”书记推辞道。

“应当的，这饭我们一定得请，就这么说定了啊!”向英杰最后“蛮横”地拍板定下。

晚宴是在当地最好的一家饭店，说不上特别丰盛，但在当地也算是“豪华”级别了。在酒席上，那位书记不住地赞叹，难怪具有光荣革命传统的老厂能够不断地创造奇迹，看看你们两位这种不服输的劲头，哪有办不好的事情啊！

就在这一年年底，二七厂接到援建兰州厂的任务，原来，铁道部根据中央建设大三线的指示精神，决定在位于西北地带的兰州市再投资兴建一个大型铁路工厂，从而结束祖国大西北不能制造火车的历史。接到任务后，厂党委召开会议，把相关精神传达下去，希望党员、团员积极报名，为广大职工起个好头。

袁咏菊早就退休了，老袁家这几年发生的事，让她有种精疲力竭的感觉。先是袁咏梅离世，她心灵上所受到的创伤无法用语言表达，接着袁咏松的身份被戳穿，袁咏松畏罪自杀，这消息差点将袁咏菊击倒，为此，她重病一场。在外甥陈怀礼以及陶宗汉等人的精心护理下，才渐渐挺了过来，但人的精神状态比以前差多了，这让陶宗汉见了心里发疼。最主要的，自己的亲弟弟是隐藏的台湾特务头子老K，这样残酷的事实，让袁咏菊无法接受，更觉得在长辛店无法立足。所以，那天晚饭后，当陈怀礼向袁咏菊表明，他想报名去援建兰州厂时，袁咏菊并没有一丝一毫的反对，她也实在想换一个生活环境了。

“二姨，您觉得我的想法怎么样？我觉得在厂子里，我和学文的条件差不多，彼此都有伸不开手脚的感觉，到了兰州，说不定会有更为宽广的舞台！”

“姨只问你，这是不是你深思熟虑后的决定？”袁咏菊很冷静。

“绝对不是一时冲动，二姨，你要相信我，只是我这一走，你也要跟着我们一家离开北京，我……”

“怀礼，不要为我考虑，我跟你们去。”袁咏菊回答得很干脆，这让陈怀礼颇感意外。

陶宗汉完全没想到袁咏菊会跟着陈怀礼一家去兰州。当袁咏菊来向他辞行时，陶宗汉涌上心头的是深深的失落。

“咏菊，去了兰州要好好照顾自己，那里的条件不如北京好。”

“我知道，宗汉哥，你也要照顾好自己，我们年纪都大了。”袁咏菊有点说不下去了。

“咏菊，今后有时间多回来看看，记住，长辛店永远是你的家。”陶宗汉最后一句话，让袁咏菊热泪盈眶。

这一年秋天，陈怀礼一家包括袁咏菊，跟随着援建队伍奔向了远方的兰州城。正如陈怀礼所期望的，在那片新开垦的热土上，陈怀礼干出了一番新天地，很快就被任命为兰州机车厂总工程师，直到去世，陈怀礼也没有调回北京，他把根深深地扎在了大西北。

14

真是久旱盼来了及时雨。为了支持二七厂早日达到转产内燃机车的既定目标，国家有关部门在资金非常困难的情况下，拨款3090万元，虽然这笔资金和瞿赳当初所做的预算相比，数额少了不少，但好钢用在刀刃上，如果每一笔投资都恰如其分地发挥它的最大功效，那还是可以完成上级下达的任务的。可是话说回来，这笔资金到底该怎么用，怎样才能达到事半功倍的效果？这才是问题的关键。无疑，要有一个胸怀大局的人来全盘掌控，这个人不仅是内燃机车设计方面的专家级人物，更要对二七厂的家底了如指掌，对什么方面的投资是必需且急切的，什么是需要但不急的，什么是可以自行解决的，他都要做到心中有数，而这个合适人选，非瞿赳莫属。可是问题出来了，瞿赳一旦调入二七厂，最合适的岗位当然是总工程师，那现任总工程师陶学文该怎么办？上次瞿赳来二七厂，是借调，享受的是总工程师的待遇，职位定的是总设计师，这还算不矛盾。而这次很可能是正式调入，为了凸显瞿赳的权威，不可能一个工厂同时任命两个总工，那么只有让陶学文下来。可是凭良心说，陶学文这些年来工作尽职尽责，只是因为学的是蒸汽机车专业，现在看来有点跟不上形势，而这并不是陶学文的错，一同参与研究方案的陶宗汉最后拍了拍胸脯。

“这事还是由我去说吧。”让陶宗汉感到万分欣慰的是，还没等陶宗汉开口，陶学文自己却率先表态了。

“二叔，您什么也别说了，咱们厂转产内燃在即，必须得有一个领军人物来掌控全局，瞿总是最合适的人选，如果工厂能把他请来，我甘愿让贤，我也正想从瞿总那里多学点东西呢！”陶学文的语气很诚恳。

“学文，你……”陶宗汉睁大眼睛，惊讶地望着陶学文，但他丝毫看不出陶学文有做作的成分。

“二叔，干吗这么看着我，我说的是心里话，能给瞿总当副手，那是我的福气。”

“学文，二叔谢谢你。”此时的陶宗汉，觉得陶学文是一个真正的男子汉。听了陶宗汉所反映的情况，贾汀、张春阳，包括向英杰在内都感叹不已。

早春时节的一个早上，贾汀、张春阳坐车来到铁道部，因为事先已经约好，所以秘书直接把他们俩领进了杨杰部长的办公室。

“老贾、小张，这下你们满意了吧，有了这笔资金投入，二七厂的装备能力应该算是提高了一个大台阶。”杨杰看上去很高兴。

“非常感谢部里对我们厂的关心与支持，虽说这笔资金比我们预算的少了不少，但我们有决心花小钱办大事，把内燃机车搞上去。”

“哟，这话听起来不像那么满意嘛。”

“没有，没有。”贾汀赶忙连声否认，“目前我们国家还很穷，能有这笔投资实属不易，我们心里跟明镜似的，所以我们更要下决心用好每一笔资金。我和小张今天来，就是为了这件事情，部长，跟您说句心里话，有的时候花钱比挣钱还纠结。”

“是这个理儿，这说明国家把钱投给你们二七厂，眼光没有看错，说吧，你们今天来……等等，让我猜一猜，我猜你们是向我要人来了吧，要一位能帮你们花钱的主儿。”

“还是部长看问题深刻。”张春阳给杨杰扣了顶不大不小的“帽子”，而贾汀则含笑点头。

“这个人是谁？噢，我想起来了，该不会是大连所的瞿赳吧？”

“部长，正是瞿总，由瞿总出任二七厂总工程师，全面负责二七厂的技术改造工作是最合适的。”贾汀的渴望之情溢于言表。杨杰没马上回答，他轻轻敲打着桌面，在想着什么，过了好一会儿，方才抬起头。

“你们的这个建议有一定道理，这样吧，我再跟几位副部长商议一下，当然，还要和大连所的同志们沟通，你们先回去吧，我会尽快给你们答复的。”杨杰部长能这么回答他们，说明事情成功已是八九不离十了。

果然，是年四月，已经55岁的瞿赳正式出任北京二七机车车辆工厂总工程师。老友相见，分外惊喜。

“瞿总，这下总算把您给盼来了。”贾汀言辞恳切。

“能够正式调入二七厂，和大家合作，尽快实现工厂转产内燃机车的既定目标，也是我的荣幸。”瞿赳说得很坦诚。

然而实际工作起来，还是千头万绪，毕竟离开了一段时间，瞿赳还需要再作进一步了解，以便做到心中有数。于是他像第一次来二七厂时那样，照旧下车间，了解每个车间的“家底”，光笔记就记了好几本。两个月后，瞿赳向党委正式提交了一份长长的设备清单，提出此次技改必须要解决的设备攻关，其中大部分设备要依靠工厂自力更生解决，但一些以工厂目前实力无法研制的设备，则花再多的钱也要尽快购买。瞿赳的理念是技改以省钱为主，能省的钱，哪怕一分冤枉钱也不多花，但是该花的钱则一点也不少花，一切以高标准、高质量为要求。此后工厂迅速掀起了一股技术革新高潮，在不长的时间内，自行研制了430多台大中小型设备，其中大型专用设备就达90多台，那段时间，工厂的变化可以用“日新月异”来形容。

瞿赳把工作重点放在了3000马力柴油机的改造上，不彻底解决“两高一黑”的顽症，一切都是空中楼阁，但这又是一个令业界十分头疼的事。这天，向英杰找到了瞿赳。

“瞿大哥，我给你带来些东西，或许对你有用。”向英杰说着，从包里拿出几个笔记本，“这是老厂长调去部里时转给我的，让我把它转交给合适的人选，是以前外聘专家刘克非留下的，此人虽说立场有问题，但是业务上相当敬业。”向英杰说着，把笔记本放在了桌子上，“这些笔记是他在国外留学时写的，此人学的专业是柴油机，但兼顾蒸汽机……”那摞笔记，向英杰虽说看不懂（里面绝大部分是英文），但他凭直觉感到，那是刘克非多年来的心血，里面一定有货。瞿赳打开笔记本，立刻就被那漂亮的英文笔迹吸引了，瞿赳本人的英文水平也很高，看了两页，他就觉得这笔记非同一般。

“太好了，小向，谢谢你。”

“这下，东西算是找到它真正的主人了。”向英杰如释重负。

虽然已是二十多年前的笔记了，可一来刘克非参考了当时欧美许多国家在攻克柴油机“两高一黑”问题上的多次尝试；二来又加入了自己的一些独特想法，所以时至今日，让瞿赳看了还是获得不少有益的启发。经过多方参考研究，瞿赳确定了柴油机全面整改的方案。转年9月，工厂自制的第九台3000马力12V240柴油机通过了部级鉴定，批准为定型产品，可以批量生产。

在改进柴油机的同时，瞿赳对液力传动装置也做了改进，在国内率先采用了联邦德国先进的端面花键技术，使机车总重量减轻了 1.5 吨，装置的传递功率超过了联邦德国，使我国的液力传动技术接近了国外先进水平。年底，安装了经全面改进的柴油机和液力传动装置的新机车落成，经在线试运行，各项指标均达标，从而为全面转产奠定了技术基础。

也就在这个时候，国家大环境进一步得到改善，许多老同志的工作岗位相继恢复，向英杰也正式恢复了资阳厂筹建处副主任的职务，他再次赶赴资阳。而二七厂同时派出了大批援建人员，支持资阳厂的建设，这之中就有刘学林、陶志新夫妇。

说心里话，刚听到这个消息，陶宗汉的心里是矛盾的，一方面他舍不得闺女去那么远的地方；另一方面，他又为闺女一家感到骄傲，尤其觉得女婿刘学林是个爷们儿。在“文革”初期最为艰苦的年代，他们主动承担起帮助抚养陶拥军的责任，让陶拥军并没有因为他和何香草的被打倒而受过多冲击，保证陶拥军始终生活在阳光下。

“学林，资阳厂毕竟是新建的工厂，各方面条件可能不如咱们厂，你们要做好吃苦的准备。”在刘学林、陶志新临走前的晚上，吃罢晚饭，陶宗汉语重心长地对刘学林说道。

“爸，您放心吧，我们有心理准备，我向您保证，在那里，我们一定会努力工作，争取干出一番成绩。”刘学林信誓旦旦。

“我相信你们。”陶宗汉说着，紧紧握住了刘学林的双手。

在里间小屋，何香草和陶志新娘俩更是难分难舍，何香草的眼圈通红，眼泪似乎随时要流下来。

“妈，您别这样，我们又不是不回来了，再说了，支援大三线建设，是国家需要，我相信在那里，我和学林都会干得很好的。”陶志新安慰着何香草。

“我就是担心资阳离北京那么远，你又从来没有离开过我。”

“妈，我会经常写信回来的，再说了，跟着学林一块儿去，您有什么不放心的，倒是您和我爸，岁数都不小了，我哥又不在北京，我是真的不放心你们!”陶志新说着，搂住了何香草的双肩，“妈，你一定要答应我，过日子不要那么节省，您和我爸的退休金尽管花，不要只知道存钱，我这一走，就无法在您面前尽孝了。”陶志新仔细叮咛母亲。

正像刘学林所保证的，他在资阳厂果真干出了一番突出成绩，先是被评为全国劳动模范，后来又成为资阳厂的工会主席，一心为职工办实事，得到了全厂广大职工的喜爱。

1975 年 6 月 18 日，对于有着快八十年历史的二七厂而言，是一个永远值得记忆的日子，因为在这一天，工厂举行了具有划时代意义的交车大会——工厂交出了最后修理的一台前进型蒸汽机车，标志着工厂七十四年修理蒸汽机车的历史结束了，同时，第一台交付机务段使用的北京型 3002 号内燃机车全新面世，揭开了工厂从此转型生产内燃机车的序幕，这个消息令多少二七人彻夜难眠。已经 74 岁高龄的陶宗汉更是激动异常，他作为特邀嘉宾参加了盛会。

交车大会会场设在机车车间交车线上，整修一新的前进型蒸汽机车停在那里，机车通体黝黑，车身镶有金色的装饰横条，白色的栏杆扶手，十个大动轮及前挡板粉饰着大红色油漆，显得相当醒目。而北京型内燃机车整车油漆以国防绿为主色调，同样饰以金色中腰带，正面是天安门标志牌和毛主席手书体的“北京”二字，看上去庄严之中不乏一种灵动。两辆代表着不同时代的机车被摆放在同一个交车大会上，不说绝无仅有，起码也彰显着非同一般的意义。临时搭建的主席台简单实用，几排旧的长条桌子上蒙着清洁的白布，这是领导和主要来宾的座席。主席台上方挂着“交车大会”的横幅，两边还特别挂有两列红布白字的条幅，左边条幅写着“热烈庆祝胜利结束修理蒸汽机车七十四年历史”，右边条幅上写着“热烈欢送北京型第一台客运内燃机车交段运用”。主席台后面是毛主席画像和五星红旗，而主席台两侧设置了两块大幅语录牌，语录牌两边彩旗飘扬，全场隆重热烈而又不失喜庆气氛。

作为二七厂老领导，陶宗汉被安排在主席台上靠边的位置，而台下前排则是二七老工人的座席，如陶宗汉所愿，他看到了老劳模陈发，两人相视一笑，在这一刻，他们都想到了以往的峥嵘岁月，想到了那些已经逝去的二七人，不禁心潮澎湃。

大会由生产副厂长张春阳主持。当他一声“交车大会暨转产大会正式开始”的话音刚落，会场上的鼓声、喧笑声响成一片。花束方队的成员跑上主席台，向领导和嘉宾献花，会场喜悦的气氛一下被带动起来。接下来是铁道部领导讲话，他向二七厂成功转产内燃机车表示祝贺，并希望将来二七厂能够造好车，多造车，二七厂的前途光明似锦。会议的重头戏是党委书记贾汀的讲话，他首先对各位来宾表示热烈欢迎，接着他回顾了工厂生产发展历程和内燃机车的研制过程，他显得很激动。

“1958 年，我们工厂仅用 25 天的时间就造出了一台建设型蒸汽机车，接着又用 88 天的时间造出了我国第一台 600 马力内燃机车。1966 年至 1970 年间，工厂平均每年修理蒸汽机车 283 台；1971 年至 1975 年，工厂平均每年修车达到了 325 台，创造出自 1968 年 9 月以来连续 81 个月完成和超额完成生产任务的好成绩。1969 年开始，我们按照毛主席‘331’指示精神，用了一年零九个月的时间，设计试制出我国第一台 6000 马力液力传动干线货运内燃机车。在认真总结经验的基础上，新型柴油机通过了部级鉴定，液力传动装置性能试验取得可喜成果，结构和效率都达到了先进水平。在转产计划开始实施后，大家以‘站好最后一班岗，修好最后一台车’的实际行动，提前半个月完成了修理 150 台蒸汽机车的任务，胜利地结束了我厂七十四年的修车史。”

台下掌声雷动，打断了贾汀的讲话，他也随之鼓起了掌，等掌声安静下来以后，贾汀接着说道：

“与此同时，北京型客运内燃机车3002号完成了正线10万公里运行试验后的整修工作，今天成功交段使用，3003号机车开始下线试运，3004号正在进行总组装，从而全面揭开了二七厂转产内燃机车的新篇章。”

此时最为激动的恐怕就是瞿赳了，即将出厂的两台崭新的机车，从某种意义上说，都是他的“儿子”，建设型蒸汽机车是他于1956年主持设计的，而北京型内燃机车无疑也是他的杰作，从1956年到1975年，近二十年的时间，两代机车同时出现在同一个交车现场上，这让瞿赳百感交集，他像是送别将要远行的孩子一样，凝望着那两台停在交车线上的机车，两眼有了潮湿的感觉。

“我宣布，交车仪式开始。”随着张春阳一声令下，两台机车立刻缓缓启动，会场上鼓乐齐鸣，包括陶宗汉在内的所有人都站起身，用热烈的掌声欢送渐渐远去的机车。陶宗汉的眼里也溢满了泪水，这一刻，是多少二七人奋斗的结果啊！葛树贵、辛可红、陶一丁、陶宗法……当然，还有袁咏梅，一一从他脑海里闪过。

“你们终于可以安息了！”

交车大会的当天，工厂专门印发了题为“胜利结束修理蒸汽机车七十四年历史任务，揭开了全面转入生产内燃机车的新篇章”的套红喜报。《北京日报》等多家报纸都对工厂转产进行了报道，大家有理由相信，二七厂从此进入了一个全新的发展阶段。

第八章　给梦想一双翅膀

1

随着社会环境逐步趋于改善，8341 部队奉命撤离二七厂，工厂发展史上一段特殊时期告一段落了，贾汀也结束了在二七厂的任期，随 8341 部队一道离开了二七厂。经贾汀提名，上级机关慎重研究决定，任命张春阳继任为二七厂党委书记，这应该是众望所归。

就在这一年，陶宗汉的孙子陶拥军也进了厂，可陶宗汉却并不怎么高兴，因为陶拥军这些年来在铁路中学的表现非常好，虽然停课闹革命对学校正常的教学有影响，但陶拥军始终没有放下书本，以他的学习成绩考上一所一流大学完全没有问题，可是高考早就取消了，改为工农兵推荐上大学，摆在陶拥军面前的似乎只有进厂上班这唯一一条出路了。让陶宗汉颇感欣慰的是，陶拥军并不怨天尤人，而且更让人宽慰的是，陶拥军的师傅竟然是黄向荣，不知是巧合，还是有意安排。

和陶拥军一同进厂的，还有同班同学孙益中，两个人好得就跟亲哥俩一样，看着他们一同上下班的情形，陶宗汉有时会没来由地想起辛可红，一晃儿半个多世纪过去了，陶宗汉一直没有忘记这位发小。

黄向荣对陶拥军可谓关怀备至，他发现陶拥军十分好学，不仅在业务上不放松，还会抓紧点滴时间学习文化知识，这让黄向荣感到高兴，他觉得只要小伙子有这股劲儿，将来一准错不了。陶宗汉也发现陶拥军并没有放弃学业，他试探性地问孙子：

“拥军，跟我说说你对未来的打算?”

“爷爷，我想，人多学点知识总没有坏处，再说，将来万一工厂推荐我去上大学，我想把基础打得更牢靠。”陶拥军实话实说，他知道，自己的“怪异”已引起许多人注意，就连孙益中都不理解，他们都认为工人学好技术是根本。

“爷爷，是不是有人说我不安心本职工作了?”

“那倒没有，你只要注意不影响工作就行。”陶宗汉觉得孙子长大了，对事物有了自己的看法。

七月的北京浮动着一股燥热，知了在树上不安地叫着。这天陶宗汉吃过晚饭，在阳台上凉快一会儿便回屋睡觉。忽然听到一声惊呼。

“宗汉，快醒醒，地怎么摇来摇去的?”

“地震”，陶宗汉脑子里冒出这两个字，他“噌”地一下坐了起来。

“香草，快走。”两个人迅速穿上衣服，相扶着走出了卧室门，陶拥军赶紧跑出来搀扶两位老人快速冲出屋外，这时楼道里挤满了惊慌失措的人。

“大家都不要慌，按顺序走，一拥挤谁也出不去。”陶宗汉着急地大喊。

“大家都听老厂长的。”有人负责疏导了，于是楼里的人都安全地转移到空场上。此时，正是夜半时分，大家伙儿也不敢回屋睡，都坐在空场上等待消息。

天亮了，尽管还没到上班时间，但工厂的高音喇叭里传出了紧急通知，张春阳让各车间主任马上到厂部会议室开会，一律不许请假。

“同志们，刚刚接到上级通知，昨天晚上，准确说，是 1976 年 7 月 28 日凌晨，我希望大家永远记住这个日子，在唐山发生了一场大地震，造成人员和财产的重大损失，北京地区也有较为明显的震感。鉴于当前的特殊情况，我建议工厂放假几天，至于什么时候恢复上班另行通知。在此期间各位要做好职工及家属的安抚工作，告诉广大职工家属，要相信党，相信工厂会领着大家克服眼前的困难的。”张春阳环视了一下大家，接着说道。

“我说几点应急措施，第一，保卫科和工会的同志要立刻分头行动，仔细调查我厂职工家属有无伤亡情况，房屋及财产损失的具体情况，尽快报上来，你们去吧。”

“第二，建筑车间张主任来了没有？”

“来了。”一个皮肤黝黑的大个子举了一下手。

“你回去立即清理一下库存，看看有多少木材、油毡等建筑材料，全部拿出来，低价卖给职工。我估计他们会搭建临时帐篷，全厂这么多住户，这点材料肯定不够用，我们会尽快去协调，首先要保证同志们有个临时居住的地方，至于没有能力购买材料的困难户，可以先记下来，以后再把钱补上，这件工作很重要。”

“好的，我现在就去。”

“我再重申一点，这一段时间，我吃住都在厂部，如果有什么事，大家可以及时来找我，千万要记住，提防坏分子捣乱，如有发现，严惩不贷，散会。”与会者匆匆离去落实各项工作。

因为各项工作布置得及时到位，工厂并没有出现大面积恐慌，各种建筑材料的廉价供给，使得不少职工家属在第一时间盖起了简单实用的防震棚。

此次地震，就工厂而言，损失并不大，除几处危房倒塌外，房屋基本完好，但也有因公出差去唐山而罹难的职工，工厂也给予了一定的抚恤。同时，为了唐山抗震救灾，工厂号召党员、团员积极捐款、捐物，同时要求大力生产，以实际行动为国家多创造财富。

这天，在陶宗汉的带领下，陈发等一些退休老工人来到了厂部会议室。

“老厂长，你们怎么来了？快，快坐。”几天没有休息好，张春阳的两眼有些发肿。陶宗汉对以张春阳为首的厂领导班子，面临突发事件所采取的有力措施很满意。

“小张啊，我们老哥儿几个今天来，也帮不上什么忙，这些是我们的一点心意，你一定要收下。”陶宗汉交到张春阳手里的，是一个厚厚的信封，不用问，肯定是几位老人的捐款了。“另外，我们还准备了一些衣物，等打好了包，让孩子们送过来。”

“谢谢，真的太感谢了。”张春阳一时不知说什么才好。

“谢什么谢，这是我们应该做的。”陈发大声说着。

“另外，小张啊，你也要注意身体。好了，不耽误你了，老哥儿几个，咱们走吧。”说着，陶宗汉等几人便朝门外走去，张春阳试图挽留，但没成功。

天气渐凉的时候，陶宗汉一家才重新搬回楼里，不管是悲伤还是喜悦，日子总还是在一步步朝前滑行着。这天，一封寄自遥远边疆的来信，让陶宗汉兴奋不已。信是陶志坚写来的，信中陶志坚说，他们就要调回北京了，工作单位是中国科学院物理研究所。看罢来信，陶宗汉欣喜得在屋子里来回走动，何香草也高兴得不知做什么好，儿子是他们共同的骄傲。

陶志坚和陈佳雨都已不再年轻，边疆的风沙甚至使他们更带沧桑。父子俩四目相对，很长时间没有说话。

“志坚……”

“爸……”两人异口同声，继而又都兴奋地笑了。

“拥军，快，叫爸爸。”陶宗汉拉了一把陶拥军，而陶拥军则局促地笑着，小伙子还没有完全适应过来。也是，打小就被送回长辛店，父母给他的印象还不如爷爷奶奶深。

“拥军，真的是你呀，都长这么大了。”陈佳雨摸了摸儿子的脸，搞得陶拥军更不好意思了。

这天，陶宗汉高兴地打开了一瓶陈年茅台，多少年了，一家人终于吃上了一顿团圆饭。

2

陶拥军很争气，入厂不到一年，就向党组织递交了入党申请书。

这一天，陶拥军和孙益中加班完后正兴冲冲地一块儿往家走，他们正在讨论国家将要恢复高考的事情。

“益中，要不咱们一块儿去试试?”陶拥军显得很兴奋，上大学是他多年来的梦想，如今有了实现的可能，他难掩心中的喜悦。

“我？还是算了吧，我根本就不是上大学的料。”孙益中情绪不高。他如今在厂子里已是小有名气的焊接高手，他觉得自己当好工人就不错。陶拥军还想劝说，忽然发现孙益中的神情有点不对，他循着孙益中的目光望过去，发现有两三个形迹可疑的人正从办公大楼里走出来。

“站住，你们干什么的?”孙益中高声叫喊。这一喊不要紧，那几个人立刻惊慌失措地四处张望，待发现陶拥军和孙益中时更加慌乱了，不但没有停下脚步，反而飞奔起来。

“你们给我站住。”孙益中发足狂奔，陶拥军也随后赶上。那几个人显然不是厂里的，情急之下找不着出路，干脆就不跑了。

“我说你们别狗拿耗子，走开，要不别怪我们不客气。”其中一人从兜里掏出一把锋利的弹簧刀。

“哼，吓唬谁呢?”孙益中轻蔑地笑了笑，继而扑向那人。

“益中当心。”陶拥军眼明身快，抢先一步挡在了孙益中前面，那人手中的弹簧刀刺入了陶拥军的胳膊，陶拥军踉跄了一下。

“拥军，你受伤了。”

“没事，快抓住他们。”

两人无畏的劲头儿镇住了盗贼，此时恰好路过的几名工人也赶了过来，众人齐力将盗贼擒获。陶拥军、孙益中爱厂如家的表现，得到厂里嘉奖，特别是陶拥军，因为有陶宗汉的背景，得到更多人的关注。

“老领导，您培养了一个好孙子呀。”不少人这么跟陶宗汉说，甚至张春阳也毫不掩饰对陶拥军的喜爱，破格将陶拥军调到了厂办工作。

极不平凡的1976年终于要过去了。这一年可谓苦难深重。三位伟人相继逝世，又经历唐山大地震一劫。走出1976年的阴霾，1977年，由于“文化大革命”而中断达十年之久的高考制度恢复了。早已秣马厉兵的陶拥军终于等到了好时机。他以优异的成绩考取了北京大学，引起了全厂轰动。陶宗汉也笑得合不拢嘴。

很快，不过三个多月的时间，第一次全国科学大会在北京召开，在开幕式上，邓小平发表了重要讲话，他着重阐述了科学技术也是生产力的著名论点，并且郑重提出，实现四个现代化的关键是科学技术现代化。邓小平的讲话，数次被与会者热烈的掌声打断，作为参会代表，张春阳、瞿赳更是激动万分。会议期间，二七厂研制并成功批量生产的北京型液力传动内燃机车、12V240Z型柴油机、LD-300K型辉光离子氮化炉等六项科技成果获此次大会科技奖。一时间，“北京有个长辛店，长辛店有个二七厂”的说法在会场内外传遍，张春阳和瞿赳更加坚定了科技兴厂的决心。

回到工厂，张春阳和瞿赳不约而同地将工作重点放在了提高产品质量上，已获批量生产资格的北京型内燃机车，必须要有强有力的质量作为保障，否则发展的前景不容乐观。为此，张春阳在党委会上提议，召开工厂第一次质量工作会议，得到大家伙赞成，在那次大会上，瞿赳做了总结发言。

“我个人认为，对质量要以预防为主，防胜于治，我们不能像过去一样，头痛医头，脚痛医脚，在质量面前永远打防御战是不行的，我们要学会打进攻战，敢于在坚持设计合理的前提下，用工艺去保质量。我们平时所说的提高全厂职工的质量意识，主要在于要严格执行技术纪律、工艺纪律，只要严格按照规矩办事，产品的质量自然就会得到保证，为此，工厂制定了详细的奖惩措施……”

此次大会后，工厂新成立的工艺科得到前所未有的重视，由瞿赳亲自主抓工艺改进。经过一段时间整治，机车上不少零部件，诸如曲轴、车轴、连杆等重要产品的质量均得到不同程度提升，进而也验证了瞿赳用“工艺保质量”的思路完全正确，产品质量得到有力保障，也为工厂节约了大量资金。

然而，抓质量也遇到了难啃的骨头，最为突出的便是柴油机里面的重要部件——气阀，它的成品质量一直是个令人头疼的问题，经热处理后的气阀质量合格率还不到50%，给工厂造成浪费不说，还严重影响到工厂的声誉，解决这个难题势在必行。

这天，瞿赳找到了郑大宝，郑大宝此时已正式调入二七厂，供职于工艺科化验室。一段时间以来，郑大宝接连搞了几项废品失效分析，工厂按照他提出的建议，在工艺上进行整改，取得了不小成果。郑大宝又向工厂申请了几台高温炉，专门进行小型热处理工艺研发试验，待成功后再在全厂推广，这样做可以减少资金的浪费。瞿赳来的时候，正赶上他从试验间里走出来，脸上挂着满意的笑容。

“郑师傅，什么事啊，这么高兴？”

“猜猜看，你一定也会高兴的。”郑大宝卖了一个关子。

“那我怎么会猜得到！该不会你已经……”

“没错，关于气阀热处理后质量不达标的问题，本人已初步找到关键所在，解决难题已指日可待。”郑大宝两眼放光，难掩兴奋之情。

“真的？说来听听。”

“经过反复实验，我总结出造成气阀质量问题的关键是淬火后，气阀在水中的冷却速度太慢，从而造成脆性加大，机械性能实验计算出来的数据，所反映出来的问题也是材料脆性大，韧性指标不够。那么如何控制气阀的冷却速度，使之适量提高，我想的方法就是让冷却液，也就是水的温度不能上升过快，为此，我在水中加入了适量的盐，以此提高水的比热容。我把它比作人造海水，这是我做的几次试验结果，瞿总，你看看。”说着，郑大宝递到瞿赳手中一个笔记本，上面清晰地记录着几组数据，经力学试验检测，试验结果的合格率在逐步提升，这让瞿赳的眼前不由一亮。

“郑师傅，那人造海水的最佳比例你摸索出来了吗？”

“快了，再有几次试验，我估计就差不多了。”

“太好了，郑师傅，您可为咱们厂质量攻关立了头功啊！”

“话不能这么说，当初要没有您的大力推荐，我还来不了二七厂呢。”郑大宝的语气很真诚。

“那么好，一旦摸索出合适的冷却液浓度，我立即让热处理车间试试，如果成功，我为你们请功。”

后来，郑大宝将摸索出的冷却液的浓度比告诉了瞿赳，瞿赳让在热处理车间试验，真是对症下药，试验的效果良好，气阀的成品合格率一下提高不少。在瞿赳的提议下，郑大宝被评为了那年度优秀生产者、有突出贡献科技工作者，而气阀生产日后也不再成为难点，甚至还被评为了部优产品。

3

机遇总是青睐有准备的人，这话用在陶学文身上一点不假。因为瞿赳的调入，陶学文主动让贤，由总工程师退居为副总工程师，心甘情愿地做瞿赳的助手，说心里话，他并没觉得有什么亏欠，相反，他觉得自己是幸运的，因为他从瞿赳那里学到了不少真才实学，这是他最为看重的地方。这天，党委书记张春阳打电话叫来了陶学文，一见面，张春阳就热情地拉着陶学文一同坐在了沙发上。

“老陶啊，来，坐下。”

“张书记，您找我来……”陶学文不明所以。

“是这样的，唐山在那场地震中遭受到了前所未有的重大损失，机关、企业、民用住宅均损毁严重，目前震后的恢复重建工作正如火如荼地进行。为了尽快重建一个新唐山，中央号召全国的机关、企事业单位伸出援助之手，咱们工厂也接到了任务，上级要求我们派出精兵强将，经党委研究，决定派你领队前去，你的能力、水平在职工当中有目共睹。”

“张书记，我保证不辱使命。”

“老陶啊，瞿总的岁数一天天地大了，你肩上的担子会越来越重，你要有心理准备，同时你离开工厂的这段时间，由谁接替你的工作，我想听听你的意见。”

“陈怀义吧，小陈自打援外回来后，技术水平提高很快，应该给他更大的发展机会。”这个提议和张春阳的想法不谋而合，两人对视一笑。

此时的唐山，虽说千疮百孔，但百业待兴，正朝着一个新兴的、复活的新唐山进军。二七厂的援建人员被统一安排在铁道部援建队伍中，集中修建在地震中损毁的铁路及火车站。

“同志们，我们一定要拿出百倍的热情，精心地干好每一件工作，绝不能辜负唐山人民的期望。”陶学文热情洋溢地鼓动着。

“放心吧，陶总。”黄向荣在下边回答道。

“就是的，陶总，您就放心吧。”众人一词地说。

唐山机车车辆厂的前身是开平矿务局胥各庄修车厂，始建于 1881 年（清光绪七年），比二七厂还早了十几年，是中国铁路机车车辆工业系统第一家企业，曾经装造了中国第一台蒸汽机车，1889 年为慈禧太后制造了一辆豪华专用客车，1900 年开始正式制造“莫古式”蒸汽机车，在中国机械工业史上留下了光辉篇章。可就是这样一个有着光辉历史的老厂，却在地震中完全损毁，不仅造成人员大量伤亡，财产损失也相当严重，好在经过一年多的重建，工厂的生产已处于部分恢复当中。

“老庄、老季，你们真不简单呀，这么短的时间就恢复了生产，真应该向你们学习。”老庄和老季二人都是陶学文大学时的同学，目前都供职于唐山厂，是地震后的幸存者。陶学文在一家干净、俭朴的小饭馆里请两人吃了一顿便饭，知道两人都有亲属在地震中遇难，陶学文没有提起那段惨痛的经历。

“还没有完全恢复，目前只是能干一些修理的活，这一震，又把我们震回了从前。”老庄一脸苦相。

“不过，部里决定选新址，再建一个唐山厂，目前建新厂与老厂恢复生产同步进行，将来再逐步搬迁，相信用不了多久，一个全新的唐山厂会重新矗立在世人面前。”老季倒信心满满。

“是啊，我们这次来，感受到了唐山人民重建家园的信心，我们为此也干劲十足啊！”陶学文说的是心里话，处于那样一个热火朝天的建设氛围，你不可能不激动。

和老庄、老季两人聊天，陶学文意外地得到一个消息，唐山厂目前仅以修理为主，原先本属于该厂制造的铁路调车机车，自然一时无法恢复，那么，全路庞大的铁路调车市场的需求该如何满足？对此，铁道部势必会在短期内重新做出部署，这样的机遇二七厂能不能抓住呢？想到此，陶学文再也坐不住了，扭头就冲出了屋外，恰好这时黄向荣端着刚打好的饭菜，正兴冲冲地朝这边走来。

“陶总，您干吗去，要吃饭了，今天有红烧肉。”

“你们先吃，我出去一趟，马上回来。”陶学文头也没回地挥了挥手，搞得黄向荣丈二和尚摸不着头脑。

陶学文赶到离长途汽车站不远的一个邮局，在那里直接给张春阳打了长途电话，他把自己的想法向张春阳汇报，张春阳自然十分重视。

“谢谢你啊，老陶，这是一个十分重要的信息，我明天，不，我现在就去找瞿总商量，我们二七厂一定要抢在别人前面。”

撂下电话，张春阳直接就去找了瞿赳，和瞿赳一谈，瞿赳自然拍手叫好。

“张书记，我建议咱们立刻组织一个调查小队，奔赴全国各大铁路局，尤其是重要编组站，详细了解有关调车机车、小运转机车的运用情况以及用户的实际要求，为我们将来设计新一代调车机车做好第一手宝贵资料。”

“我也是这么想的，瞿总，看来这一趟还得辛苦您了，人员组成以及行程安排全听你的，但愿这次我们能走在其他兄弟工厂的前面。”

“我责无旁贷，最迟下个礼拜就出发。”

一个礼拜后，瞿赳率领由 16 人组成的调研小组出发了。首先取道郑州铁路局，因为郑州站是全国最大的铁路编组站，和工厂又有着天生的亲近关系，五十多年前二七大罢工，那时局厂合一，大家还在一个锅里吃饭呢！站长是个五十岁左右的中年人，他很热情地接待了瞿赳一行。

“你们厂转产大会时，我们还派人参加了呢！”站长为人很豪爽。

“站长同志，我们今天来，就是想了解一下调车机车在贵站的使用情况，我们工厂有往这方面发展的意向。”

“这太好了，你们不知道，我们站上许多调车机车都已经老旧了，而且马力不够，大多数还是蒸汽机车，我们迫切需要更新换代，否则就跟不上形势了。”站长有些意外，因为铁路机车制造厂家来路局了解调车机车的使用情况，他还是第一次接待，但看得出来，站长比刚开始更加热情了，“毕竟是大厂、老厂，有眼光。我告诉你们，别的我不清楚，就在我们郑州局，目前对调车机车的需求量就不在少数。”

“真的呀！那我们这次真的来对了。”瞿赳喜形于色。

“那当然，要不这样，现在已到中午吃饭时间，我领各位先去吃饭，然后我们去货场实地了解情况，你们再和相关技术人员好好聊聊，如何？”

“谢谢，真的太谢谢了，今天这顿饭理应由我们来请。”瞿赳很少有地大度一回。

“这是什么话，到了我们一亩三分地，哪有让客人掏腰包的道理，一切听我安排好了。”站长领着众人朝食堂走去。

下午，在货场，二七厂的技术人员和站上相关人员进行了广泛交流，厂方获得了难得的宝贵资料，这让瞿赳欣喜万分。接下来，他们相继走访了广州局、上海局、济南局……在上海局苏州站，这里离瞿赳老家相当近。

“瞿总，要不回家去看看吧？”有人向瞿赳建议。

“不行啊，厂子里急等着我们这些资料呢！”瞿赳考虑了一会儿，拒绝了大家的好意。可是随即看出大家脸上失望的表情，他又理解地笑了，“毕竟我们来到闻名天下的苏州，有许多同志可能还没有逛过苏州园林呢！这样吧，明天我给大家放一天假，大家可以去虎丘山、拙政园、留园等处转转，各位把之前收集到的各类资料留给我，我明天在旅馆里先简单汇总一下。”

“瞿总，要不您跟我们一起去吧。”

“你们去吧，那些地方我都去过好些遍了，不过，我可提醒你们，假期只有一天。”

“明白。”大家伙儿的脸上露出了欣喜的笑容。

历时两个多月的奔波，等大家重新返回工厂时，疲惫写满了脸上。但这次远行，收获满满。恰好这时工厂首批援建唐山的人员开始轮换，陶学文回厂了，瞿赳便有意识地把收集起来的资料都转给了陶学文。

“小陶，这些资料你先熟悉着，工厂如果着手研发调车机车，我打算机车的总体设计由你来主持，我只负责审核。”瞿赳的语气听上去很平淡，但显然，这样的决定是他深思熟虑后的结果。

“瞿总，您这是……”

“小陶啊，人不服老是不行的，再过几年我就要退休了，总应该给年轻人独挑大梁的机会，放心吧，这次我从旁协助你。”瞿赳的话语很真诚，一股暖流涌上陶学文心田。

中央开始逐步落实知识分子政策，这也是自第一次全国科学大会后，大力提升知识分子地位的一大举措，许多两地分居的夫妻得以团聚。工厂设计科工程师姚祝这次也在政策照顾之列，他的妻子梁怀宁以及两女一子都落户北京，梁怀宁调入工厂化验室，工厂还在崔村二里给他们分了一套两居室的住房。搬入新居前，姚祝一直很纠结，需要不需要通知黄向荣来他的新居喝酒吃饭，因为他知道，黄向荣虽然是工厂车工状元，可说到底还是一名普通工人，因为没有学历职称，所以并不在此次政策照顾的范围之内，姚祝怕请了黄向荣会引起误解。

“老姚，我觉得咱们还是应该告诉小黄，毕竟他和你同宿舍这么多年，人家也一直这么照顾咱们，搬家那天应该请人家来。”姚祝听梁怀宁说得在理，便点了点头。

黄向荣这些天心里很不是滋味，落实知识分子政策，他从各种渠道早就有所了解了，姚祝这次能够解决两地分居，他打心眼里为姚祝感到高兴，但同时又为自己焦心，自己的难题什么时候才能解决呢？进厂这些年，他对自己的表现还算满意，除了全国劳动模范、五一劳动奖章这样最高级别的荣誉称号外，该得的他也都得到了，可是，依然无法改变两地分居的状况，他为此苦恼不已。当姚祝向黄向荣发出邀请时，黄向荣自然一口答应，并且衷心地向姚祝表达了真诚的祝贺。

那天的贺新居可谓尽欢而散，一向很少饮酒的黄向荣也破例喝了酒，好在有所控制，没有喝多。因为天色已晚，黄向荣无法返回城里去，便留宿在单身宿舍，天上一弯弧寂的冷月悬在天际，黄向荣心里泛起一阵阵苦涩。

“桂菊，对不起，我没有本事把你调到北京来，是我无能。”那一晚，黄向荣失眠了。

4

苦苦等待的机会，没有多长时间就来临了。由铁道部科技局组织并主持在二七厂召开了调车机车技术条件座谈会，说是座谈会，其实有点像后来的招标会，全国有实力的内燃机车制造厂家在这个会上都有发言，拿出各自的设计理念，专家组会做出一个公平公正的评判，得分高者则最有可能获得新型调车机车的生产制造权。虽然表面上看，会场的气氛温馨和谐，实则暗流涌动，谁都想在这场不见硝烟的“战争”中取得胜利。大会组委会为了防止拉关系、走后门的情况发生，在开会前两天才通知评审委员会的成员，并要求他们在报到后，统一入驻二七厂招待所，在此期间不能单独接待任何人，应该说是外松内紧。作为会议东道主，二七厂被安排在大会最后一个发言，代表组成员有张春阳、瞿赳、陶学文、陈怀义四人，可谓空前强大，足见工厂对此次会议高度重视，大会由陶学文发言，当然，这也是经仔细讨论后定下来的。

陶学文先从目前我国调车机车的使用现状谈起，重点结合了工厂上次大规模调研所掌握的第一手材料，他指出，目前在线使用的调车机车普遍装备落后，主型产品是蒸汽机车而非内燃机车，内燃机车所占比重不足20%，同时存在装载功率低、整车破损率高等严重问题，铁路要想实现装备现代化，这种现状必须改变。接着，陶学文又从各站段所反映出的实际情况分析，提出了新一代调车机车应该具有哪些特点。

“首先外观要美，色彩要明快，要给使用者、旁观者以美的享受；其次，功率要高，能胜任当前各站段调车任务；最后，也是最为关键的，自然要内燃化，内燃取代蒸汽，这是历史必然。综上所述，我们觉得，二七厂所生产的3000马力液力传动内燃机车，经优化改进，完全可以达到站段所提出的使用要求。”说着话，陶学文冲陈怀义使了一个眼色，陈怀义走出会场，不一会儿，他领着两名服务人员抬着一幅巨画走进了会议室。

“大家请看，这是我们预想的理想中的调车机车样式，当然这只是一个初步设想，大家有什么好的建议可以再给我们提出来，我们会斟酌改进。”

与会者没想到二七厂会准备得这么详尽，不禁都起身饶有兴趣地“欣赏”那幅巨画，画中的机车鲜艳漂亮，正在进行编组作业，视觉效果很让人惊叹。

经会议专家组集中讨论，最终明确决定：新型调车机车由二七厂设计承造，有关厂所和各铁路单位密切配合，尽快实现批量生产。消息传开，全厂欢呼，这说明我们的内燃机车又打入了一个全新领域，工厂产品朝多元化又迈进一步。

陶宗汉听了自然也是万分高兴，为此，他在家里还备了一顿小酒，请来了陶学谦、陶学文两兄弟。时光如白驹过隙，一转眼，兄弟俩都已年过五旬，尤其是陶学谦，再过两年都要退休了。

“学谦、学文，今天没外人，就我们爷儿仨，我们好好喝一杯。”说着，陶宗汉分别给兄弟二人满上酒，“当然了，首先还是要庆贺工厂顺利拿下调车机车研制、生产任务，这很不简单，来，我们共同举杯，为工厂的繁荣发展干杯。”说着，陶宗汉率先一饮而尽，兄弟俩见了，也干了杯中酒。

“二叔，您慢点，小心身体。”陶学谦劝道。

“我没事，我今天心里高兴，我们工厂能有今天不容易呀。”陶宗汉示意陶学文把酒杯重新斟满酒，“我高兴的第二点，是为你们兄弟俩。你们的父亲去世得比较早，但他一生勤勤恳恳。而如今你们在工厂也各自挑起了大梁，学文自然不必说了，你对新型内燃调车机车的设计理念，得到了普遍赞同，相信用不了多久，新型机车便会下线运行。而你，学谦，更加了不起，在刚刚举行的劳动技能比赛中又夺得了第一名。”

“可是，二叔，这几天大哥就为这个愁眉不展呢。”陶学文插话道。

“噢，那又为什么？”陶宗汉颇觉诧异，将目光移向了陶学文。

“大哥觉得，以他这样的岁数，还能在技能比赛中夺得状元，这对工厂的发展并不是好事，起码说明后继乏人。”陶宗汉没想到陶学谦会这么看问题，不由对陶学谦刮目相看。

“学谦，你真的这么想？”

“二叔，现在工厂前所未有地重视科技，对科技人员的重视程度超过以往，这对产品研发当然大有好处。可是，有许多人却不愿意学技术了，不瞒您说，最近我带的两名徒弟都先后转行，他们都考上了夜大进修去了，我就是担心，如果长期没人愿意学技术，随着许多老工人退休，他们手中的一些绝活可能就要失传了。再好的设计理念，不都要靠工人这双手制造出来吗？所以我更希望年轻人能超过我，虽然这次我还是拿了第一，可我马上就要退休了呀！”

“学谦，你提的这点很重要，一定要引起厂领导的高度重视。”说着话，他把目光移向了陶学文，陶学文也深深地点了点头。

新的内燃调车机车定名为“东风”7型系列机车，首批同时试制两台，分别编号为0001号、0002号，在不影响正常北京型客运机车生产的基础上，试制工作在一步步向前推进，几个月后，两台车均已进入总组装阶段。然而就在这个时候，传来了独臂厂长向英杰因病去世的消息，这让许多人悲痛欲绝，尤其是陶宗汉，他没想到疾病这么快就夺走了向英杰的生命。

其实早在年初，向英杰就从资阳返回北京治病。陶宗汉在何香草以及陶志坚的陪同下，曾到北京人民医院看望过向英杰，那时的向英杰还很乐观。

“放心吧，老厂长，只是老毛病，住两天医院就没事了。”

“那也得当心点，我们都是上了岁数的人了。”陶宗汉善意地提醒道。接着，两人又谈到了工厂正在试制的新一代调车机车，向英杰显然很重视。

“老厂长，看来小陶真的很不错，工厂顺利拿下调车机车生产制造权，那可是一个相当大的市场啊！”

“可不是，自从顺利转产后，工厂的变化真是日新月异。”

让陶宗汉没想到的是，那次探视竟是他和向英杰的永诀，向英杰并没有亲眼看到工厂设计研发的第三代内燃机车出厂，这实在是一个无法弥补的遗憾。向英杰是一个时刻把工作放在第一位的人，也是一名战功卓著的老红军战士，他去世后，良友难寻，陶宗汉悲从中来。

“宗汉，你也要注意身体，毕竟岁数不饶人啊！”何香草心思焦虑地握着陶宗汉的双手，她真怕陶宗汉的身体吃不消。

“我没事，对了，香草，你打电话告诉春阳，小向的追悼会我参加。”

按照张春阳的意思，如果陶宗汉的身体状况允许，追悼会将由陶宗汉来主持，可是，陶宗汉的身体能行吗？

“放心吧，我心里有数。”陶宗汉说完，疲惫地靠在沙发上，闭上了双眼，他满心空落落的。

向英杰的追悼会由已 81 岁高龄的陶宗汉亲自主持，他因过度悲痛而显得有些憔悴，但他的讲话还是铿锵有力。

“同志们，今天我们在这里沉痛悼念向英杰同志，向英杰同志因病于 1982 年 4 月 16 日去世，享年 62 岁。向英杰，1920 年出生于四川省宣汉县，1933 年 8 月，在他未满 14 岁的时候，就参加了中国工农红军，后来参加了举世闻名的二万五千里长征。1937 年抗日战争初期，在著名的太原会战忻口战役中，时任八路军 129 师 769 团三营连指导员的向英杰，参加了奇袭阳明堡飞机场的战斗，那一仗消灭了300多名日军，摧毁了24架敌机，有力地配合了正面战场，打击了日军嚣张气焰。1940年，八路军129师与日军在山西娘子关发生激烈战斗，向英杰所在的769团三营奉命扼守娘子关，他们凭借着对日寇的刻骨仇恨，英勇作战，打退了日军一次又一次进攻，也就是在这次战斗中，向英杰同志永远失去了右臂。”悼词念到这里，陶宗汉不得不停顿了一下，他的情绪已无法支撑他接着念下去，他稍稍平静了一下自己的心情。

“……新中国成立后，向英杰作为军管会干部，转业到我们工厂，先后担任保卫科长、人事科长、生产科长和副厂长。1964年6月5日，向英杰同志出任长辛店机车车辆工厂厂长。在工厂工作期间，向英杰保持军人本色，热爱铁路事业，不顾身体伤残，凭着对党和国家赤诚之心，从一个企业管理的门外汉，到自如地调配人力，指挥生产，成为一个合格的企业高级管理者。向英杰同志关心职工生活，带领职工每年都能超额完成国家下达的生产计划，出色地完成了由一名职业军人向企业管理者的转型，成长为一名职工信赖的好厂长……”

台下传来阵阵啜泣声，有不少职工家属自发地来为向英杰送行，他们为失去赋有传奇色彩的独臂厂长而悲痛。

“小向，你该看到了，二七厂的职工家属忘不了你。”陶宗汉在心里默默地说道。

就在这年8月，编号为0001、0002号两台东风7型调车机车同时出厂，它们将接受一系列严格的性能试验与运用考核，但二七厂人坚信，这些都不是问题，机车一定会以优良的品质通过检测，这才是他们对好厂长向英杰最好的纪念。

5

坐落于北京长安街上的中华全国总工会大楼，是一座看上去并不算巍峨的建筑，在这条中华第一街上并不惹人注目，可它却是全国上亿工人心目中的圣殿。这天，全国总工会的大门口走来了一位年过八旬的长者，他的身边跟着一位五十出头的中年人，他们便是陶宗汉和陶志坚，他们来这里主要是来反映问题的。

在陶宗汉的心中一直有一桩未了的心愿，那就是能在有生之年看到二七纪念馆顺利建成，他知道，这同时也是许多二七老工人共同的心愿。为此，无论是在岗位上时，还是离休后，他都没少找有关部门反映，希望二七纪念馆能早日开工建设。可是因为事情牵扯面甚广，故而申请一直未获批准。早在五十年代的时候，陶宗汉被迫采取折中方案，在工厂文化宫创办了一个二七纪念室，权作进行二七教育的一个试点，同时也为了保护重要文物，以免流失或损坏。然而，随着武汉江岸建立起武汉二七纪念馆；河南郑州在市中心二七广场纪念木塔的原址上，重新修建了一座连体双塔，作为郑州二七纪念馆新馆，陶宗汉心中要修建长辛店二七纪念馆的念头愈加强烈起来。

说起来全总的倪主席和二七厂还有一定渊源。倪主席是五十年代全国劳模，工作单位是与二七厂相邻的六一八厂，他从那里一步步走上领导岗位。倪主席还和二七厂老劳模陈发结成了忘年交。这些陶宗汉都有所耳闻，所以他决定把问题直接向倪主席反映，希望能得到全总领导的支持。虽然陶志坚一个劲儿地劝说，这件事情厂领导会通过正常渠道向上面反映，这样越过组织直接去，影响不好，但陶宗汉根本听不进去。

“明年就是二七斗争六十周年了，都快一个甲子了，这件事情还没有一个眉目，我心里头着急呀。再说了，我又不是反映个人问题，那是工厂的一件大事，只要是共产党的机关部门，就应该听取人民群众的呼声，你不跟我去，明天我自己去。”陶宗汉耍起了小孩脾气，对此，陶志坚只有摇头苦笑。

“老同志，你们有什么事吗？”门卫拦住了陶宗汉。

“我们是来反映问题的。”陶宗汉还要往里走。

“您等一下，反映问题有专门接待室，不在里面。”

“我要找倪主席直接反映问题。”陶宗汉的倔脾气上来了，他这么一说，倒唬得门卫愣了一下，但他还是拦着坚决不让陶宗汉进去。正纠缠不清时，开进来一辆小车，车上之人50多岁，一副和善的样子，他发现了门卫和陶宗汉之间的争执，遂让司机把车停下，自己从车上走了下来，他就是倪主席。

“报告倪主席，这位老同志说有情况要直接向您反映，我们拦都拦不住……”倪主席挥手打断了门卫的话头。

“老同志，您找我？”

“您就是倪主席？我是二七厂退休工人，我叫陶宗汉……”

“您是二七厂的？”倪主席的眼前不由一亮，上前拉住了陶宗汉，“走，到我办公室去谈。”倪主席极其热情，把陶氏父子让到了他的办公室。

清茶的香气氤氲在屋子里，倪主席并没马上问及陶宗汉此行的目的，当听说陶宗汉原为二七厂厂长时，倪主席显得很高兴。

“老陶同志，向您打听一个人，陈发，您一定知道吧，他现在日子过得怎么样？五九年参加全国群英会时，我们就相识了，这一晃都过去快三十年了。”

“提到陈发，您可算是问对人了，陈发调到二七厂，我爸可是起了关键作用呢！”陶志坚在旁解释道。

“噢，是这样！”倪主席显得蛮有兴趣。于是陶宗汉简单介绍了一下陈发调入二七厂的经过以及陈发退休后的生活，随即话锋一转。

“倪主席，我今天来，就是想向您反映，长辛店兴建二七纪念馆的事不能再耽搁了，这是许多二七老工人的共同心愿。我担心，这项工程如果再拖下去，不但会使许多二七老工人抱憾终生，而且因为他们的离去，许多珍贵的历史资料就有可能永远消逝掉，这个损失是无法弥补的，所以今天我冒昧地来了。”

“谢谢您啊，老陶同志，您的这份赤诚让我们感动。不瞒您说，就在几天前，我们还和北京市的相关领导沟通了这件事，二七厂党委书记张春阳以书面的形式，多次向组织提及这件事，应该说，这不仅是二七厂的一件大事，更是全社会的一件大事。我可以负责任地告诉您，长辛店二七纪念馆破土动工的日子已为时不远，初步定在明年 2 月 7 日，也就是二七斗争 60 周年纪念日那天，这将具有非同一般的意义。”

“真的?!”因为激动，陶宗汉的脸有些泛红，见倪主席郑重地点了点头，陶宗汉竟一时不知说什么才好了，只觉得久久压在心头的一块石头终于落了地。

果然，没过多久，工厂便接到上级通知，长辛店二七纪念馆正式立项，工程将于 1983 年 2 月 7 日，也即二七斗争 60 周年纪念日那天举行奠基仪式。通知特别强调几点：一、建设地点。本着纪念馆建筑与开展公园群众活动两者兼顾的原则，地址选在长辛店公园内。长辛店公园本是一个供群众休闲娱乐的免费公园，因为有了长辛店二七纪念馆以及二七烈士陵墓，又成为重要的爱国主义教育基地。纪念馆主体建筑轴线为坐北朝南方向，其中南面的旧平房可作为纪念馆发展用地，如增设活动场所及停车场地等。二、建设资金。纪念馆工程资金来源由北京市总工会会商全国总工会、铁道部等部门尽快拨款，纪念馆建筑面积为 2300 平方米，同时列入北京市基建计划，二七厂作为建设单位，负责承担建设中的各项具体工作。三、为了保证工程在二七大罢工 60 周年按时奠基，责成园林局积极配合，允许先占地后办手续，有关建筑材料，北京市可先行垫付。消息传来，全厂欢声雷动，尤其是健在的二七老工人，不少人流下了激动的泪水。

1983 年 2 月 7 日，全国纪念二七大罢工 60 周年大会在二七厂俱乐部举行。在大会开始之前，所有与会者都出席了在长辛店公园里举行的长辛店二七纪念馆奠基典礼，中央领导同志亲自为纪念馆奠基石揭幕并铲下第一锹土。陶宗汉作为二七老工人代表也在奠基典礼上讲了话，他的讲话有几次因为哽咽而顿住了。他的眼前又闪动着六十年前那永生难忘的一幕，师傅葛树贵为了留下他这颗火种，自己冒着敌人的枪弹冲上前去，中弹倒地……六十年了，整整一个甲子啊！陶宗汉的双眼模糊了。

晚上，何香草特意多做了两个菜，她知道陶宗汉的心思，每年的这一天，只要条件允许，陶宗汉都要祭奠自己的师傅葛树贵。在今天这样一个特殊的日子，陶宗汉肯定会这么做。果然，陶宗汉请出了葛树贵遗像，在葛树贵的面前摆上小菜，当然，还斟满了一杯酒。

“师傅，今天是个特殊日子，您已经离开我们整整六十年了，六十年，不但我们工厂发生了天翻地覆的变化，我们的国家更是走上了快速发展的道路，师傅，您知道吗，工厂已经转型，成为生产内燃机车的重要基地，我们的产品得到了用户好评，这是包括您在内的几代二七人的梦想啊！”陶宗汉说着，将酒杯端起，轻轻撒在地上，接着，又斟满了第二杯酒。

“师傅，我今天是想告诉您，我们盼望已久的长辛店二七纪念馆已经于今天破土动工了，工程的奠基仪式相当隆重，由中央领导同志亲自揭幕，这是国家对我们六十年前的那场斗争的肯定，你们的鲜血没有白流。今天，曾经和我们一同战斗过的老同志都来了，他们亲眼见证了这一伟大的历史时刻。”第二杯酒撒向了大地，陶宗汉又倒满了第三杯酒。

“师傅，兴建长辛店二七纪念馆，应该说是我最后一个未了的心愿，接下来我还想写一部回忆录，把我们这些年来的奋斗历程用文字的形式保存下来，不管能否出版，它总是一份资料，留给后人做遗产吧。”听到陶宗汉想要写回忆录，站在他身后的陶志坚把目光投向了母亲何香草，何香草只是摇头，看来何香草早已心中有数。陶志坚随后便释然，就像陶宗汉所说的，不管将来出版与否，权当是一份历史纪念，给厂子里留下一笔财富。陶宗汉还真的说到做到，春暖花开的时候，他真的开始动笔写回忆录了。

一天，长辛店二七纪念馆工程指挥部却意外地接到一笔来自加拿大的海外捐款，捐款人的姓名赫然写的是袁鸿达，而且还有写给工厂领导的一封信，信中称，他们从好心的朋友那里得知了父亲畏罪自杀的消息，他的这笔捐款是为父亲赎罪的。原来，秦苏红和袁咏松离婚后，去了陕西西安。后来国家在西安投建新工厂，秦苏红考进了西安机车厂，在质检科任职。袁鸿达自西安交大毕业后，又考取了多伦多大学的研究生，毕业后就留在加拿大工作，随后也把母亲接到了加拿大。这次他从报纸上意外得知兴建长辛店二七纪念馆的消息，就冒昧地汇来了这些钱，希望工厂能够收下。陶宗汉知道后，不禁唏嘘良久。

6

陶宗汉怎么也没想到，会在有生之年还能再见到袁咏菊。袁咏菊是在陈怀礼的陪伴下，重新回到长辛店的，她已经决定一人留在这里，不再返回兰州了。而她的归来，事先并没有通知任何人，大家完全没有任何思想准备。陶宗汉像往常一样起得很早，先去广场上晨练，等到工厂上班了，才慢悠悠地往家走，吃过早饭，陶宗汉一般有两个小时左右的时间写作，之后看看报纸，尤其是每周一期的厂报，他期期不落，以此了解一段时间以来工厂发生的大事小情，这样，差不多就到了中午吃饭时间了，吃完午饭，陶宗汉总要睡上一两个小时，时间不定，醒来后就去花园里遛遛，高兴了就再下上两盘象棋，生活过得有节奏而又充实。

那天，陶宗汉正在书房里写作，忽听外面门响，平常这个时候是何香草外出买菜回来的时间，所以陶宗汉也没当回事，可是，听声音却不像是一个人，接着，何香草就敲响了书房大门。

“宗汉，你出来一下，快看看谁来了？”何香草的声音难掩喜悦之情。陶宗汉有点不情不愿地站起身，朝大厅走去。岁数大了，眼神也不如以前了，陶宗汉模模糊糊看见一个熟悉的身影，可具体是谁却看不清楚，他走上前，仔细地打量。

“你……你是咏菊？”

“是我，宗汉哥，我回来了。”袁咏菊笑着回答。

“回来了？！什么时候到的，怎么事先也不通知一声，我们这边也好安排人去接你呀！”陶宗汉难掩心中的喜悦。

“有什么好接的，现在交通这么便利，打个车不就回来了？再说，还有怀礼一路送我呢。”

袁家老宅在上次工厂生活区综合治理的时候，和陶家老宅一样被拆了，按有关政策，袁家也分到了楼房，这些年因没人居住，房子一直空着，有的时候陈怀礼进京办事，就回去住上两天，更多的时候则是陶宗汉一家帮忙照看房子。昨天晚上袁咏菊回到家的时候，已然太晚了，所以谁也没有惊动。今天早起，先把家重新收拾了一遍，才决定来找陶宗汉，没想到刚走到楼下，恰好碰到买菜回来的何香草，何香草自然异常惊喜，拉着袁咏菊就朝家里走。

“咏菊呀，你能回来真是太好了。”

“宗汉哥，是不是以为再也见不到我了？”袁咏菊笑着调侃了一句，“宗汉哥，思前想后，我还是决定把这身老骨头留在长辛店。”袁咏菊虽然脸上挂着笑意，但听起来多少有些伤感。听袁咏菊介绍，近来因为陈国雄考上了西安交通大学，孩子去了西安，袁咏菊在家里一下清闲起来，于是想到自己岁数也大了，想落叶归根，便和陈怀礼夫妇商量，陈怀礼夫妇起先当然反对，可是设身处地地为老人着想，也就同意了，决定由陈怀礼亲自陪同。今天一大早，陈怀礼先进厂办事了，说好中午之前一准儿来拜访陶宗汉，陶宗汉自然十分高兴。

“太好了，香草，多准备几个菜，中午我要和怀礼喝一盅。”

“你这个老头子，人家怀礼大老远从兰州来，怎么也得去饭店请一顿吧？真的是。”何香草笑着埋怨道，而陶宗汉不由也笑了。

中午，在陈庄大街著名的大红星酒家，陶宗汉一家宴请了陈怀礼。几年不见，陈怀礼比先前显老了，西北的风沙在他脸上留下了鲜明的印记，但看上去却很精神，可以说，大西北把陈怀礼锤炼成一名真正的男子汉。看到陈怀礼，让陶宗汉不禁想起了陈怀恩。陈怀恩自打离开长辛店后再也没回来过，现在已是一名小有名气的作家，其创作的反映“文革”时期的所谓“伤痕文学”，在读者中拥有不错的口碑。不知为何，许是岁数增大的缘故，每当想起陈怀恩，陶宗汉的心里便多了一分惆怅。

“陶叔，我姨这次非要回来，我们也没办法，今后还要仰仗陶叔一家，多照顾我姨，我姨岁数毕竟也大了。”陈怀礼说着，向陶宗汉敬了杯酒，自己先干为敬。

“你这孩子，陶、袁两家那是多年的交情了，你说这话就见外了！”陶宗汉故意板起脸，“埋怨”陈怀礼道，随即也浅浅地抿了一口酒，岁数大了，他不再像以前那样喝酒了，一般都是点到为止。谈话随后进入到工厂目前的发展形势，陈怀礼既兴奋又心怀羡慕。

“陶叔，二七厂目前可谓跨入良性循环的快车道了，继首批东风 7 型内燃调车机车获准批量生产后，这两三年又相继开发出东风 7B、东风 7C、东风 7D 等各型号内燃调车机车。上午我去找陶总，他们说陶总率队考察去了，而这次考察重点则是全国各地矿山、冶金、煤炭、化工等大型企业，看来，工厂的发展领域将向工矿内燃机车发展了，如果成功，那么我们工厂所生产的内燃机车几乎涵盖了目前所能涉及的所有领域，这真是一个了不起的成绩，二七厂从转产内燃机车到现在，满打满算还不到十年时间呢！”

“是啊，春阳他们干得很好，老厂获得了新生。”陶宗汉是发自心底地高兴，“怀礼，目前咱们整个国家都在迅猛发展中，就拿这条老街来说吧，以前也曾有过它的辉煌，毛主席两次来长辛店，都是走过这条大街来到工厂的。解放后，尤其是六七十年代，那时有所谓‘月半陈庄’的说法，讲的就是每到月中旬，咱们工厂发薪水后，整条大街就异常热闹，购物的、聚会的、娱乐的……那是应有尽有，从而形成了长辛店地区独特一景。如今，这条大街虽然还是这么热闹，可跟以前相比毕竟差了许多，为什么？因为现在交通方便了。以前咱们进城太困难了，现在上了309路公交车，直接就能到城里，人们可选择的机会太多了，这也是一种进步嘛。”一番话，说得陈怀礼连连点头，昔日住在长辛店，月半陈庄的繁华景象又浮现在眼前。

没过多久，工厂研发的GKI 31型工矿内燃机车正式下线，经测试后各项性能指标均达到设计要求，同时获准批量生产，在此基础上，工厂又陆续推出了几种型号的工矿内燃机车，工厂正以大刀阔斧的姿态闯入路外市场。路内、路外齐头并进的局面，给工厂带来了良好的经济效益。而效益好了，职工的待遇自然也就上去了，工资不仅在周围一带是最高的，逢年过节还有各种福利，本厂子弟也就算了，就连附近居民当中，也都以能进二七厂为荣，“长辛店有个二七厂”几乎成为流传甚广的口头禅，看到这种情形，陶宗汉由衷地感到高兴。

那天，吃罢晚饭，陶宗汉正在收看新闻联播，忽听有人敲门，何香草过去把门打开，从门外走进一名中年妇女，身后跟着一个半大后生，那女人手中提着大包小包的东西，小伙子也一样，只是小伙子有点腼腆，脸红红地站在一边，一句话也不说，只听那位母亲一个劲儿地唠叨。

“老厂长，真是谢谢你啊，我儿子的问题终于得到解决了，要没有您提前打招呼，我家大柱也不会那么顺利进厂。大柱，快，谢谢老厂长。”叫大柱的小伙子这才说了两句话，声音却像蚊子叫，陶宗汉几乎什么也没听到，但他还是大度地挥了挥手。

原来，该妇女在长辛店大街一家商店当售货员，其夫在厂内质检科工作，前几年因为一场车祸去世了。如今他们的儿子在市里一家技校毕业了，学的是车工，就想进厂工作，可因为小伙子考取的技校并不是二七技校，这就有了一定难度。因为二七厂效益好，许多人都挤着想进来，使得小伙子进二七厂工作的难度更加大了。做母亲的情急之下就冒昧地找到了陶宗汉。陶宗汉自离休后，虽说十分关心工厂，可像这类事从未向现任厂领导提及过。但这次，他心软了，首先，二七厂在招工时，有子弟优先考虑的传统，因而在厂内，父一代、子一辈都效力工厂的例子并不少见，像老劳模边孝正一家，前后共有五代人都曾在二七厂效力，这恐怕在全国都十分少见；其次，考虑到这家人的实际情况，孤儿寡母，如果将来儿子的工作地点离家很远，实在很难照顾家，这也是一个难题，所以陶宗汉便破例给人事科科长打了一个电话，事情便顺利解决了，今天母子俩来感恩了。

“你们这是干吗？快拿走，如果知道你们这样，这个忙我是不会帮的。”陶宗汉绷起了脸。

“老厂长，这都是我们老家的土特产，不值钱，我只是想表达一下心意，您真是帮了我们大忙了。”中年妇女做着解释。

“心意我领了，但东西还是要拿回去。”陶宗汉的语气不容商量。那名妇女左右为难，她把目光移向了何香草，希望何香草能替她说两句好话。可每逢遇到这样的事，何香草一般都不会插话，这对她而言已成为了一种习惯。这时，却见那名后生从所带的东西里拿出一小桶香油，放在了陶宗汉家的茶几上。

“老厂长，这是我回老家亲自磨的一点香油，别的东西您都可以不要，但这桶香油您得要，要不……”小伙子一时涨红了脸，他想说要不我就不进厂了，可一时又难以说出口。

“好，既然这样，那香油我就收下了，谢谢你们啊！”

“看您说的，我们感激还来不及呢！”中年妇女总算长出了口气。

送走母子二人，陶宗汉心情愉快，他为工厂广阔的发展前景感到兴奋。然而，接下来发生的一件事，却让陶宗汉在相当长一段时间想不通。

原来，早就有小道消息传出，说部里有意愿，让南北厂正式分家，成为两个独立工厂。当初听到这个消息时，陶宗汉并没往心里去，这怎么可能呢？当初建北厂时，全厂职工付出了多么大的心血与努力，他至今还记得当年带领那些新入厂的徒工奋战在工地上的情景。现如今，北厂已渐成规模，怎么能说分就分了呢？可不久，小道消息变成了红头文件，铁道部机车车辆总公司出于全面发展考虑，决定将北京二七机车车辆工厂一分为二，成为两个平级单位，分别为：铁道部北京二七机车厂和铁道部北京二七车辆厂，这在工厂引起的震动堪比八级地震。

就好像含辛茹苦养大的闺女突然要出嫁，做父母的心中总会有难分难舍之情，更何况北厂从诞生到成长，南厂职工付出了那么多心血，一下子说分开就分开，不仅普通职工，就是像张春阳这样级别的厂领导，也想不通。尽管张春阳也去部里试图争取，希望南北厂不要分家，这样，二七厂在今后的发展过程中才会更加有底气。可是，部里既然已经决定了，心中就是再不理解，也要坚决贯彻执行，而且还要说服全厂职工，这是一个共产党员起码的底线。于是，一种依依惜别的情绪弥漫在全厂，今天还是朝夕相处的同事，明天就分属两家工厂了，大家的心里都有些不是滋味。

化验室资深专家郑大宝这些日子心里就有些不愉快，因为新成立的北厂化验室缺少必要专业人才，需要南厂支援解决，南厂化验室为此几乎抽调了一半力量，郑大宝辛辛苦苦带了几年的徒弟贾旭刚就是其中之一，郑大宝对这个徒弟很满意，小伙子踏实肯干，是个可造之才，可是这一分家……

“师傅，您放心，以后我会常来看您的，有什么不会的问题还会向您请教。”小伙子安慰着郑大宝。

“小贾，你的专业底子厚，缺少的只是实际经验，常规检测没问题，如果有废品分析，不要怕，要敢于去尝试，有什么不明白的地方，到时只要来找我，我肯定还会像从前一样帮你。”

师徒俩说着，两双手紧紧地握在了一起。那一晚，化验室主任出面宴请了大家，算是为分去北厂的同志送行，这样的送行宴近一段时间在生活区内举行了不少。

陶宗汉本想约上另外几名老同志一块儿去部里，把他们的想法再向上反映，却被何香草拦住了。

“你快拉倒吧，甭说现在你已退下来了，就是还在台上，部里也未必会听你的。部里有全盘考虑，咱只是从自己的角度看问题，有的时候得出不一样的结论，当然很正常。再说了，现在都八十年代了，和咱们那会儿不一样了，你就安心写你的回忆录就行了。”

一番话说得陶宗汉一愣一愣的，最终发出一声叹息，放弃了原本的想法。南北厂分家后，在铁道部机车车辆领域，又一家大型国企在这一年走上了崛起之路……

7

电话不知从什么时候起悄然进入了家庭，这大大方便了人们相互联系，就拿陶宗汉和袁咏菊两家来说，关系就更为密切了。陶宗汉两口子把袁咏菊当成亲妹妹，只要家里做点好吃的，打个电话就把袁咏菊叫来了。而袁咏菊也不推辞，她知道陶宗汉的好意，乐得顺水推舟。更多的时候是三位老人聚在一起聊家常，聊以往的峥嵘岁月，时间太晚了，袁咏菊干脆就留下来住上一宿。这期间，陶宗汉还特意请了个小保姆，帮着做饭和打扫卫生。陶志坚夫妇虽说有心过来照看两位老人，可他们在单位都是技术骨干，虽然已近退休年龄，但事务繁多，忙得恨不得连吃饭睡觉的时间都省了，陶宗汉实在不忍心再给他们添麻烦。

“唉，孩子们都忙，还是尽量不去打搅他们吧。”陶宗汉心里这么想着。平静的生活给了陶宗汉更多的闲暇时间，他也就加快了回忆录的写作速度。

一天，陶宗汉在何香草和小保姆的陪伴下，去工厂医院做例行的身体检查，这是国家对老干部的一项优惠政策。可是在医院的小花园里却意外地碰到了住院治疗的黄向荣。黄向荣正坐在长椅上晒太阳，看得出来，病魔的折磨使得黄向荣很虚弱，但精神状态看上去还是不错的。

“老领导，您这是怎么了？”在这里见到陶宗汉，黄向荣也感到很惊讶。

“没事，例行检查而已。小黄，有些日子没见着你了，快跟我说说，你最近怎么样？”陶宗汉有意没问黄向荣得的是什么病，看情形应该不轻，可奇怪的是，黄向荣的身边怎么会没人照顾呢？

“还不是那样，挺好的。”黄向荣的语气淡淡的，陶宗汉当然听出了黄向荣语气中的苦涩，他不禁怔了一下，难道这么些年下来，黄向荣夫妻还是……

“小黄，莫非你们夫妻两地分居到现在还没有解决？”黄向荣点了点头。

“那为什么不找工厂，工厂肯定会为你解决的。”

“老领导，我找了，工厂也努力去做了，可我只是一名普通工人，按政策根本不在照顾之列。”黄向荣说着，露出一脸苦笑。

“不对呀，小黄，以你的资历，应该早就可以提干了，难道你到现在还不是党员？”听陶宗汉这么一问，黄向荣尴尬得脸都涨红了。何香草则在旁边悄悄捅了捅陶宗汉，陶宗汉丝毫也不理会，只是盯视着黄向荣。

“其实……其实入党申请书我早就写了，组织上没批准。”

这怎么可能呢，黄向荣的表现一贯不错，除了全国劳模这样最高级别的荣誉称号没得到以外，别的荣誉几乎都已囊括，应该说早已被组织上列入重点培养对象了，怎么会连入党的资格都没有。不对，这里面一定有误会！陶宗汉心里这么想，却没有说出口。这时远远地走来一名中年妇女，一手拿着个保温瓶 ，一手拿了件褂子。见了陶宗汉，只是温和地笑了笑，继而转向了黄向荣。

“向荣，把褂子披上，外面的风还是挺大的。”

“老领导，这是我爱人蔡桂菊。桂菊，这就是我常对你提起的老领导。”黄向荣向陶宗汉做着介绍。陶宗汉发现蔡桂菊很干练，只是眉宇间难掩生活的艰难。

“您好，老领导。老听向荣提起过您，真的应该谢谢您这么些年来对向荣的关照。”女人很会说话，让人听上去很舒畅。

“哪里，‘文革’那些年，我是没少受到小黄的关照啊！”这是陶宗汉的心里话。几个人又闲聊了几句，陶宗汉发现黄向荣露出了疲态，便主动告辞。

“桂菊，代我送送老领导。”黄向荣向妻子吩咐道，当然，这也正是陶宗汉所期望的，因为心中不解，需要向蔡桂菊询问，所以也就没加推辞。

“小蔡，我实在没想到，小黄的身体状况竟会这么糟，为什么不带他去好一点的医院治疗呢?”这正是让陶宗汉不解的地方，毕竟是工厂医院，做一些常规检查，治一些小病小灾还可以，治大病肯定不行。

“没用的，向荣得的是癌症，而且还是晚期。”

“啊!”陶宗汉和何香草均愣住了。从精神状态上分析，黄向荣得的是重病，可陶宗汉没想到竟会这般严重。

“那不能做手术吗?”

“不能，向荣得的是淋巴癌，起先是化疗，现在连化疗都……”蔡桂菊说不下去了，眼里溢满了泪水，有什么比生离死别更惨痛的呢?

“其实，向荣对自己的病情十分清楚，他坚持住到这里来，就为了离厂子近一些，他打心眼儿里爱厂子。”

陶宗汉相信蔡桂菊说的每一句话，他自己就对工厂怀有一种特殊情感。想到黄向荣的生命就此进入了倒计时，陶宗汉的心里似针扎般难受。

“小蔡，有什么需要我帮忙的吗?”问这话的时候，陶宗汉的语气相当诚恳，他真心想为黄向荣再做点什么。

“其实，我和向荣早就死了调在一起的心思了，这辈子，我们也许就是两地分居的命，如果早些年向荣能够入党提干，问题也早就解决了。”话说到这儿，陶宗汉忽然想起了黄向荣的入党问题。以黄向荣的日常表现来看，加入党组织应该不会拖那么久。

“小蔡，关于小黄的入党问题，到底是怎么回事?我记得他早就被列为组织重点培养对象了呀!”

“还不是因为向荣遇到了小人，早些年，有个车间主任的女儿看上了向荣，可是向荣那时已经和我确定了恋爱关系，所以就回绝了对方。没想到那家人却因此记恨上了向荣，处处打压他。向荣的入党问题就这么被拖延下来。后来又遇上了‘文革’，党组织几乎处于瘫痪状态，等到那个人退休，就根本找不到向荣的那份入党申请书了，也没有人提醒向荣再写一份。之后，新一代的年轻人便成长起来了，我们家向荣也就失去了机会。”听蔡桂菊这么一说，陶宗汉在心里深深地叹了口气。

“那你需要我做些什么呢?”陶宗汉又把问题转了回来。

“老领导，既然您这么问了，我也就不客气了。我儿子正在上海铁道学院学习，今年就要毕业了，我和向荣都希望工厂能够照顾一下，让在孩子大学毕业时能够分配进厂，这应该是向荣目前最大的心愿了。”蔡桂菊的语气听起来有点平淡，但两眼却热切地望着陶宗汉，可见心里并不平静。

“是这样呀。”陶宗汉沉吟了一下，“这件事情我会跟厂领导打招呼的，怎么说，孩子也是二七厂职工的子弟，再说读书的学校也是咱们铁路院校，这都在可照顾之列。”听陶宗汉这么一说，蔡桂菊轻轻出了口气。因为担心黄向荣的身体，匆匆说了两句感谢的话之后，她就返回病房。

陶宗汉默默地往家走，气氛不免有些沉重。细算起来，黄向荣今年最多也就五十出头，正是人生又一辉煌时候，可惜……

“不行，香草，你跟我现在就进厂，我们现在就去找春阳……”

“现在?”

“对，就现在，事情不能再耽搁了，我想让黄向荣在有生之年听到那个好消息。”

何香草便不再言语，她吩咐小保姆去菜市场买菜，而她则搀着陶宗汉半途拐弯，直奔工厂北门而去。

张春阳见陶宗汉和何香草同时进厂，很是吃惊，以为发生了什么大事，热情地招呼二老坐下，并亲自为他们奉上香茶。

“老领导的身体还好吧？有什么事情可以打个电话过来，也免得亲自跑一趟……”

“春阳，我今天来，不是为我，不，也可以说是我的一份私情，机一车间的黄向荣你知道吧？咱们厂多年的技术能手、劳动模范。”

“我当然知道了。”听陶宗汉提起了黄向荣，张春阳立刻就对陶宗汉此行的目的有了一番猜测，陶宗汉和黄向荣在“文革”时结下的那段忘年交，他当然清楚，所以更能理解陶宗汉此时的心情，“老领导，关于黄向荣同志的两地分居问题，责任确实不在工厂，工厂为此已尽了全力，是政策的杠杠摆在那里……”

“我来并不是跟你说这些的，其中的是非曲直，如今再说也是无益，我只是想跟你说，黄向荣的儿子今年就要大学毕业了，咱们能否通融一下，将其招收进厂？我跟你说，我刚刚了解到，黄向荣得了重病，癌症晚期，我想帮他完成这个未了的心愿。”陶宗汉的语气很诚恳。

“老领导，咱们这可是想到一块儿去了，这件事情车间早就向厂里提出来了，而我们经过研究也已经同意，招收黄向荣的儿子进厂工作。只是目前大学毕业生的招生工作还没有正式开始，但我已责成人事科的同志去办这件事了，等事情有了结果，我们会第一时间通知黄向荣全家的。对于为工厂做出过贡献的人，我们没有理由不加以照顾！”张春阳说得同样很诚恳。

“这就对了嘛。”陶宗汉的脸上终于露出了些许笑意。

不久传来好消息，黄向荣的儿子黄学东大学毕业后被分配进厂，工作地点是化验室，成为姚祝妻子梁怀宁的一名弟子，这应该也是黄向荣与姚祝一家的一段奇缘吧。就在这一年的金秋时节，黄向荣静静地离开了这个世界，心中虽有那么多的不甘，但也有欣喜，欣喜有一个知他爱他、与他相濡以沫的妻子，欣喜自己的儿子也继他之后，成了一名光荣的二七人。

黄向荣去世的消息，过了许久陶宗汉才听说，大家有意向他隐瞒了这一消息，毕竟是上了岁数的人，对老人，还是要报喜不报忧的好。但是陶宗汉听说后，心里很不是滋味，他回想起和黄向荣交往的点点滴滴，只叹命运是如此弄人。

8

时间很快滑到了20世纪80年代末，公平地说，1949年后千年古镇长辛店有了长足发展，但是街道的格局却并没有太大变化，许多老宅院、老建筑，历经历史沧桑，还一如既往地挺立着，叙说着小镇曾经有过的辉煌。其中见证过二七大罢工的娘娘宫、火神庙，经人民政府整修一新后，如今派上了其他用途。娘娘宫是长辛店一小所在地，而火神庙却是长辛店派出所的办公地点，地处大街的繁华地带，应该说是旧曲谱新章。而陈家老宅，如今住进去好几户人家，共同演奏着锅碗瓢盆交响曲，倒也其乐融融。

这天，时令已近中秋，老宅内的各家吃罢晚饭后，坐在院子里聊天，正说得兴起，忽见从院外走进一名年届七旬的长者，戴着一副眼镜，看上去文质彬彬，院子里的人都愣住了，大家谁也不认识这位陌生的访客。

“请问，老先生，你找谁?”院中一个中年人站起身，热情地打着招呼。

“我……我不找人。”老人被问到，突然显得有些拘谨，这不由引起院中人的好奇，尤其是老人一口难懂的闽南话，更让人心存疑惑，“请问，这里原先住的人家是姓陈吗?”老人的语气听上去有点发颤，许是心情激动的缘故。这时，一位退休老工人把老人迎在座位上坐好，他已然看出事情不一般。

“老哥，这里以前住的人家是姓陈，听我父亲讲，还是以前二七厂的厂长呢！老哥是怎么知道的？”

“那户人家的男主人是不是叫陈炳权？”见老工人懵懂地点了点头。老人激动得颤颤巍巍，“爷爷，我回来了，我们终于又回来了。”

老人的一席话，惊呆了院中所有人，原来他就是七七事变后随陈季德一同去南方避难的陈怀文，走的时候是个风华正茂的少年，而今归来却已是满头银发了。半个多世纪的时光流转，人世间早已物是人非，而人们对故乡的那份深情却依然未变。有人赶紧打电话报告给厂部，张春阳听说后自然十分重视，立刻派人把老人迎进了招待所，同时通知了陶宗汉和袁咏菊，当然，还有陈怀义。

陈怀义此时已是副总工程师，在陶学文的带领下，正在进行最新一代调车机车的研发工作，许多人都看出来了，陈怀义将是接替陶学文的最佳人选。当听到离开长辛店已半个多世纪的叔伯哥哥陈怀文回来时，陈怀义激动得简直不知说什么才好。

这是一场迟来的会面，兄弟俩彼此凝望着，心中虽有万千话语，一时却无法说出口，最后无言地拥抱在一起，泪水止不住地流下来。

据陈怀文介绍，七七事变那年，陈季德奉父命率领全家并侄子陈怀恩南下避难，他们最初的落脚点是武汉，后来武汉失守，陈季德领着全家只好再次往南避难，最终总算在山城重庆站稳了脚跟，靠着“蜀山客”茶庄，终于挺过了艰难的八年抗战。可是，胜利的喜悦还没有过去，弟弟陈怀恩却失踪了，这让陈季德夫妇急得一夜白头，侄子丢了，将来如何向二弟陈季秋交代？那时，陈季德放下茶庄生意，特意回了趟长辛店，想看看陈怀恩是不是偷偷跑回来了。回到长辛店惊闻父亲、二弟、三弟的噩耗，陈季德悲痛欲绝，他没有惊动任何熟人，又悄悄回到了重庆。在他看来，长辛店已不是故乡，而是一片“伤心地”了。陈季德大病了一场，病好后他决计不再去想长辛店。后来陈季德的生意越做越大，南方许多省份都有“蜀山客”的分号，他这么做，主要是寻找陈怀恩的下落。解放前夕，作为著名实业家，他被国民政府列入迁入台湾的名单之中，再加上他本人也认为自己是资本家，属于专政对象，所以没做过多犹豫，就随着大批“业界精英”撤到了台湾。说话间，陶宗汉和袁咏菊、何香草几个人都赶到了招待所，大家见面，自然唏嘘良久。

“在台湾，父亲一直从事茶庄生意，也兼及食品、快餐，经过几年艰苦奋斗，后来渐渐步入正轨。父亲是七六年亡故的，那年，大陆也发生了许多重大事件。后来，‘蜀山客’连锁茶庄由我主持，两年前，才由我儿子陈国英、陈国才两兄弟接手。现在‘蜀山客’茶庄与大陆的生意越做越兴盛。因为有了更多的时间和精力，我就想着重新回到长辛店，还父亲生前的一个夙愿。其实，父亲无论走多远，长辛店始终是他的牵挂，同时父亲也始终没有忘记去寻找我的弟弟陈怀恩，因为怀恩弟弟的走失，始终是父亲心中的一个结，他觉得对不起二叔，我要替父亲找到怀恩弟弟。”

听完陈怀文的叙述。陶宗汉唏嘘不已，战争不仅使国家陷于战火，更使许多家庭颠沛流离，陈家便是一个最好例证。

“怀文，我要告诉你的是，怀恩不仅还活着，而且现在已成为了一名作家，笔名山中居士，他当年被国民党抓了壮丁，后来随着郑洞国将军在长春起义。你的另一个弟弟陈怀礼，目前是兰州机车厂总工程师，而你的妹妹陈佳雨，已经是我们陶家多年的媳妇了。这次你回来，一定要多住些日子，我让你咏菊阿姨分别给他们打电话，让他们全都回来，咱们一块儿过个团圆的中秋节。”陶宗汉的提议，得到大家热烈响应。

苍松翠柏下，陈季秋和袁咏梅长眠在太子峪陵园的一处山坡上，不远处的工厂正是他们时时心中记挂着的，他们可以感觉到工厂的点滴变化。陈怀文敬献上一个花篮，继而默默地倒上两杯酒。

“二叔二婶，我来看望你们来了，半个多世纪的时间过去了，实在是太长了，我要告诉你们的是，虽然我的父亲不在了，但我们陈家并没有倒下，我们不但会重新振兴陈家，更会尽己所能地多帮助你们始终牵挂着的工厂。”说着，陈怀文领着陈怀恩、陈怀礼、陈佳雨等人深深鞠了一躬。

今天，陈怀恩带着儿子陈国轩也回来了，这是“文革”后，陈怀恩第一次返回长辛店，以前许多人都劝他，尤其是袁咏菊，没少给他打电话。可陈怀恩始终没有勇气面对过往的一切，尤其是面对陶宗汉，这让他左右为难。而这一次，远在台湾的大哥归来，如果自己不去相见，于情于理绝对说不过去。

陶宗汉倒是很大度，热情地握着陈怀恩的双手。

“回来了就好，回来了就好。”

很快，中秋节来临了，按照事先商定，大家去房山十渡郊游，一曲《年轻的朋友来相会》，更是唱出了几家人的心声。是啊，再过二十年，也许我们这拨人都有可能不在了，但是我们后代会后浪推前浪，工厂会更加兴旺，这是毋庸置疑的，这么一想，陶宗汉打心眼里笑了。陈怀文的心情也十分激动，因为昨天，他在工厂党委书记张春阳的陪同下，参观了工厂，他对工厂这些年来的巨大变化以及所取得的成就感到惊喜，之后，又和张春阳进行了深入交谈，双方就台湾陈氏集团向二七厂投资的可行性交换了想法，都认为如果投资成功，将是一个互赢的大好局面。陈怀文觉得自己这么做，也是爷爷和父亲对他的期望。

然而陶宗汉心中还是有遗憾，那就是陈怀恩始终没有认下他，只含糊地像以前一样称他为“叔”，连带着小孙子陈国轩虽也喊他“爷爷”，但绝不是自家孙子的那种亲切叫法，陶宗汉心里有些惆怅，可一转念，陈家人丁兴旺，这是天大的好事，无疑这里面也有袁咏梅的一份功劳，他觉得，面对此情此景，远在天堂的陈柄权、陈季秋、袁咏梅……他们足可欣慰了。

让许多人没有想到，更让陶宗汉没有任何思想准备的是，老伴何香草忽然静静地走了，因为突发脑溢血，何香草在睡梦中离开了人世，之前没有一点征兆。头天晚上何香草还说，把儿子一家叫回来，好好商量怎么给陶宗汉过生日。因为这个生日不一般，八十九周岁，虚岁九十，按民间老百姓的说法，叫作“过九不过十”，也就是八十九岁的生日要当成九十大寿来大办，这当然要好好合计合计，然而还没等到那一天，何香草便撒手人寰。

葬礼简朴而庄重，陶志坚、陈佳雨夫妇在征得陶宗汉的同意后，同样在太子峪墓地购下了一块夫妻合葬穴，和陈季秋、袁咏梅隔山相望，这让陶宗汉很满意。陶宗汉这些天说的话很少，眼前老是何香草的身影。岁数大了，又是一个坚定的革命者，陶宗汉早已把生死看开了，但是一想到半个多世纪以来，他和何香草一直荣辱与共，从最初的革命同志，逐步相知、相爱，并最终走到一起，这么些年相濡以沫，两个人的生命早已紧紧联系在一起了，陶宗汉实在无法想象，在没有何香草的日子里，自己最后的时光将如何度过？

“爸，我跟佳雨商量好了，我们搬回来住，这样更方便照顾您。”葬礼结束后的那天晚上，陶志坚这么跟陶宗汉说，在他们看来，这也是目前唯一可行的办法。

“可是，你的工作单位离长辛店这么远，实在太辛苦了。”

“没关系的，我跟佳雨商量了，目前家里的实际情况，急需买辆车。本来，我的工作是不用坐班的，只要单位有事，我开车去单位就行了，平时就由佳雨开车上下班，她医院的工作实在离不开。这样，单位、家里就都可以照顾到了。”听陶志坚这么一说，陶宗汉便不再言语了，他现在真切地感受到，自己实在是老了，到了身边须臾离不开人的地步了。

然而陶志坚很快便发现，母亲的去世对父亲的打击实在是太大了，他发现陶宗汉经常会久久地发呆，继而几滴混浊的老泪便不知不觉地沿着腮边流下。陶宗汉平时话语本来就不多，这下仿佛更少了，这样的精神状态堪忧。

“志坚，咱爸这样下去不行啊，老人本来身子就弱，心情再不愉快，很容易就此垮掉。咱们得想个办法让爸重新振作起来。”陈佳雨不无忧虑地对陶志坚说道。

“我也知道，当前之计，就是要让爸从失去妈的窠臼中尽快走出来，要想办法转移他的注意力。”说到这儿，陶志坚的目光闪动了一下，“哎，佳雨，你看这样行不行，咱们帮助爸把回忆录出版了，爸会不会很高兴?”

“嗯，主意不错，爸退休这些年，唯一上心的事就是撰写回忆录，如果能够出版，当然好了。”

可是联系了几家出版社，编辑看了稿子之后都大摇其头，不是说稿子写得不好，关键是这类稿子没有市场，除非是自费出版。陶志坚和陈佳雨一商量，为了能让陶宗汉高兴，一定得让书顺利出版。果然，回忆录的出版，让陶宗汉一度灰暗的心情渐渐开朗起来。

9

1996 年年初的时候，亚洲最大的、功能最先进的火车站——北京西客站竣工了。让人倍感欣喜的是，负责牵引第一列旅客列车驶进西客站的，便是二七厂生产制造的北京型旅客列车。这当然是上级领导的有意安排，这说明在领导心目中，二七厂还是好样的。尽管这几年，因为铁道部产品结构调整，北京型内燃机车已经全面停产，主线货运内燃机车，也被其他产品所取代，实际上目前二七厂主要靠调车机车维持现状。市场萎缩，职

北京

工收入及福利待遇呈现连年下滑的趋势，陶宗汉着急，但也毫无办法。他时常感叹岁月的无情，算起来，他已95岁高龄了，同时代的老人只有袁咏菊还在，还能经常和他唠唠以往的峥嵘岁月，但有时候记忆的偏差，已使得谈论的话题不知所云，常常是你说你的，我说我的，等到发现错了，唯有摇头苦笑而已。

陶宗汉除了惦记工厂的前景外，他的心中还有一桩遗憾，那就是陈怀恩。他的心中一直渴望着陈怀恩能够开口叫他一声“爸爸”，这种情感随着年龄的增大而越来越强烈，陶宗汉已预感到来日无多，他真的不想让自己抱憾终身。可是，这样的想法他又怎么开得了口？听说西客站启用后，第一列进京旅客列车将由北京型内燃机车牵引，陶宗汉一定要亲自去看看，任陶志坚怎么劝说都不行，陶志坚怕老父亲的身体吃不消，如今可是北京的隆冬时节呀！万一老人受了风寒怎么办？但陈佳雨明白陶宗汉的心思，她把陶志坚叫到了外屋。

“志坚，就听爸这一次吧，只要咱们做好防范，应该没事，咱们不能让老人家心存遗憾。”这话说得再明白不过了，陶志坚便不再坚持，他去联系有关部门，仪式上要让陶宗汉参加。

那是冬日里一个少有的晴朗无风的好天气，只是气温有些低。陶宗汉一行早早来到了西客站一号站台上，此时许多家新闻媒体的记者也都摆好了架势，等待着那激动人心的一刻。陶宗汉默默地坐在轮椅上，他为西客站的雄伟壮观而感叹，国家的高速发展体现在日常生活的点点滴滴。有记者发现了这位慈祥老人，当得知是目前健在的二七大罢工老人时，都露出敬佩的神情，有的还按下了快门，为陶宗汉拍了照。这时，站台广播站发出广播，说是XXX次列车就要进站了，站台上等待的人群不禁雀跃起来。

来了，只见天蓝色北京型客运机车缓缓地由远及近，在它的后面一串长长的旅客列车有如一条蛟龙，在西客站高大站台的映衬下，显得那样雄伟，一时间闪光灯不断，人们都希望用镜头记录下那激动人心的一刻。陶宗汉当然也是激动异常，可他不可能像年轻人那样欢呼雀跃，他只是坐直了身子，抬起了右手，冲着北京型机车敬了一个标准的军礼。是的，在这一刻，陶宗汉用军人最普通也是最崇高的礼仪，向他所深爱着的铁路事业、机车车辆事业、向工厂致敬。陶志坚的眼中滚动着热泪，他为老父亲那深沉的爱所感动，有记者同样拍下了这一庄严时刻，刊发在第二天的报纸上。

春节过后，在冷暖交接的季节，陶宗汉病倒了，住进了医院，虽说起因只是感冒发烧，但病情很快就扩展到肺部，毕竟已是九十多岁的老人了，身体的各个部件都已经衰老了。医生让家属做好心理准备，陶家人对此虽说心情沉重，但心理准备还是有的。那天，袁咏菊让小保姆把陶志坚叫到了家里，陶志坚见到袁咏菊一脸肃穆，不禁吓了一跳。

“袁姨，您找我有事?”

“志坚，明天你带我进城一趟。”

“进城?”陶志坚一时没明白袁咏菊的意思。

“进城去找你大哥!”

“我大哥?!”这下陶志坚更加糊涂了，他甚至怀疑袁咏菊太老了，已经开始说胡话了，不禁怔怔地瞅着袁咏菊。

“别这么瞅着我，我还没老糊涂呢！你大哥就是陈怀恩，他是你同父异母的亲哥哥。”袁咏菊语气淡淡的，可是给陶志坚的冲击力却是巨大的。原来，当初袁咏梅在打算离开这个世界时，也曾给袁咏菊留下了一份遗书，在信中，袁咏梅承认，陈怀恩是她和陶宗汉的孩子，希望将来有一天，袁咏菊能促成他们父子相认，即便在天堂之上，她也会欣慰的。同时挑明，这件事，陶宗汉也可能早就知道了，难点在于陈怀恩，陈怀恩的心里一直有个阴影。一段时间以来，袁咏菊没少在这上面花心思，可每次都被陈怀恩以各种理由推托了，其中有一次，袁咏菊几乎能够感觉到，陈怀恩已经动心了，父子天然的血脉亲情已经打动了陈怀恩，可是不巧的是，忽然来了一个电话，电话里，市作协领导对陈怀恩新近发表的一部作品进行了严厉批评，认为他的创作有资产阶级自由化倾向，为此，陈怀恩承受了巨大压力，以至于袁咏菊所做的努力也付之东流。这一次，袁咏菊觉得一定要说动陈怀恩，否则，对父子俩来说，有可能会造成终生遗憾。尽管陶志坚心里的波动还没有完全平息下来，但他清楚，袁咏菊说的没错，这是陶宗汉一个未了的心愿。

陈怀恩已退休在家，袁咏菊和陶志坚的到来，让陈怀恩隐隐觉出了什么。

“姨，您这是……有事打个电话就行，我会去找您的，怎么能劳您亲自来呢？”陈怀恩有些诚惶诚恐。

“我亲自来，恐怕还未必请得动你的大驾呢！你现在可不得了，著名作家了！”袁咏菊故意拉下了脸，这让陈怀恩有些尴尬。而袁咏菊随即又放缓了语气，“怀恩，我今天来，还是为了那件事，你陶叔，不，你爸他住院了，医院说这次很危险，毕竟已经九十多岁了，你爸他心里惦记着你，你不能让你爸心存遗憾，他毕竟给了你生命……”

“姨，您别说了。”陈怀恩说着，从兜里掏出手机，打算给人打电话。

“怀恩，你……”

“姨，我给国轩打电话，让国轩全家跟我一块儿去，国轩也应该认下他这个……这个爷爷。”陈怀恩说着，按下了一串熟悉的号码，看得出来，他的心情很激动，连手指都在微微抖动。其实，随着年龄增大，对于过往的是非曲直，他已经看得轻了，他不仅需要给老人孤寂的心灵以安慰，更要给后人一个交代，这是他作为一个男人的担当。等到陈怀恩打完电话，陶志坚走上前，怔怔地瞅了陈怀恩足有几秒钟。

“大哥！”

“志坚。”

兄弟俩人紧紧地拥抱在一起，袁咏菊的双眼潮湿了。

特护病房内，陶宗汉静静地躺在病床上，像一盏即将油尽的枯灯，然而他的思维并不糊涂，对于生死早已看透的他，心中没有恐惧，有的只是些许遗憾，他知道，他看不到工厂振兴的那一天了，但他坚信，工厂会走出困境的，有句话叫作“家祭无忘告乃翁”，他相信，陶志坚会在第一时间告诉他的。门开了，进来好多人，有袁咏菊，有陶志坚，跟在后面的人是谁？陶宗汉只朦胧地看到一个身影，但是就是这个身影，也足以唤起他的记忆了，因为这个身影，已在他的脑海里闪现了无数次。

“爸……爸，我来了。”

他……他叫我什么?！陶宗汉的心猛地跳动了一下，这一声“爸爸”，他等了多少年啊！他觉得自己的脸上流下了滚烫的东西，那是眼泪，是喜极而泣的眼泪。

“爸爸，我来晚了，您能原谅我吗?”陈怀恩声音发颤，脸上布满了泪水，他心目中那个永远站立着的陶宗汉，如今也老了，走到了生命尽头，陈怀恩有了种痛惜的感觉。陶宗汉想要说点什么，可是声音连自己都难以听到，他只是点了点头。

“爸爸，我把国轩一家也带来了，他也成家有子了，您有重孙子了。”陈怀恩说着，向陈国轩招了一下手。陈国轩带着一家人走到床前。

“爷爷，我们都来了。”语气尽管有些生硬，但终于叫出了一声“爷爷”，这让陶宗汉感到无比欣慰。

就在这一天晚上，陶宗汉静静地离开了这个世界，享年 95 岁。对于陶宗汉的一生，党组织给予了极高评价。追悼会极其隆重，陶宗汉的亲朋好友，即便是远在外地的刘学林一家、陈怀礼一家，以及各方人士，包括许多二七厂退休老职工都自发地前来参加，总共有上千人。这应该是对一位二七

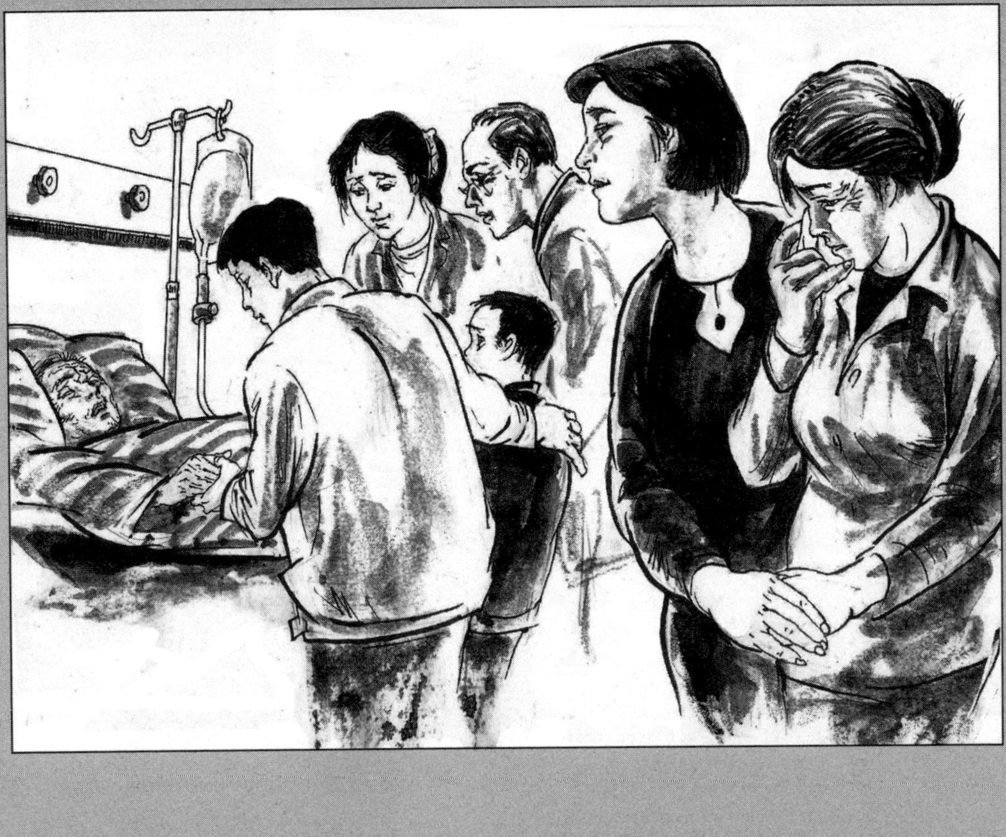

老工人的最好褒奖。陶宗汉的骨灰最终和何香草并葬在了太子峪陵园。在他们对面的山上，就长眠着陈季秋、袁咏梅夫妇，在另一个世界，他们仍然会是好朋友，仍然会关注着二七厂的点滴变化。

两年后，也就是1999年，当人们在为新世纪的曙光欢呼时，袁咏菊也静静地走了，对于最后一位二七老人的离去，报道中称："一个时代结束了，我们迎来了一个崭新的时代。"

是的，新世纪已然迈着它轻快的脚步朝我们走来，面对新世纪，二七厂将有怎样的作为？这是摆在二七人面前的重大问题。

第九章　路有开始，没有结束

1

让陶拥军没有想到的是，自己的命运在2006年初冬一个看似平常的一天发生了重大转变。一清早，陶拥军像往常一样，开车先把在中学任教的妻子施燕送到学校，然后再直奔单位，这几乎成为他每天的“必修课”。

陶拥军供职的单位是中国北车集团，原先隶属于铁道部机车车辆总公司，后来机车车辆总公司脱离铁道部后，集团公司按照上级指示，一分为二，成立北车集团、南车集团两家各自独立的集团公司，并分别上市。中国北车集团下辖十几家具有独立法人资格的大型国企，其中就包括北京二七机车厂。这十几家子公司分布在全国各地，经营状况有好有差，其中北京二七机车厂已连年亏损，成为集团公司重点帮扶对象。

陶拥军大学毕业后，考上了研究生，毕业后分到了铁道部机车车辆总公司，后来又来到北车集团。中间虽有一段时间到大连机车车辆厂担任副总工程师，可是时间并不长，不过三五年就被重新召回来了。经过多年打拼，陶拥军目前已是总公司计划处处长，在公司内部算得上是一个实权人物，很得领导赏识，故而陶拥军从来也没感到工作、生活上有多大压力。相反，陶拥军倒一直觉得顺风顺水，只是偶尔想到百年老厂——二七厂往日的辉煌已然不在，目前已成为困难企业时，陶拥军的心里还是有一丝惆怅。毕竟，自己在那里长大，爷爷、奶奶，包括自己所认识的许多长辈，他们都把青春、热血贡献在那里，陶拥军从心里希望厂子能永远兴旺发达，但这只是一个美好愿望而已。

因为是礼拜一，又是早高峰，路上交通就有些拥堵，陶拥军赶到单位时有些晚了，偏偏到了大门口还不能直接把车开进去，因为不知从什么时候起，门口就聚集了一拨来上访的职工。通常情况下，来访者大都是困难企业的职工，他们往往情绪激动，甚至声泪俱下，处理起这类问题来相当棘手，故而陶拥军打算绕道机关后门，因为上午还有一个会议，他需要抓紧时间再准备一下，会上有他的一个专题发言，到时公司副总也会莅临。然而就在他驾车准备掉头时，忽然瞥见了一个熟悉的身影，虽说岁月的流逝已使得那个人不再年轻，但陶拥军还是一眼就认出来了，那是孙益中，自己中学时的密友，还曾短暂地在二七厂共事。很显然，孙益中是那伙上访职工的头儿，他正情绪激昂地和别人理论，陶拥军并不感到意外，因为他深知，孙益中从小就为人仗义、乐于助人，在学校时就拥有一大批追随者。虽然孙益中最终没考大学，但是他却以顽强的毅力刻苦钻研技艺。陶拥军想起来了，他最近一次看到孙益中的名字，还是出现在北车集团的光荣榜上，这哥们儿在由多个国家举行的焊工技术大赛上取得了第一名的佳绩。从某种意义上说，孙益中已是北车集团内部专家级大工匠。可是今天，在这样一个场合下再次见到孙益中，陶拥军的心里颇不是滋味，因为至少可以肯定，那些上访的职工来自二七厂。

说起二七厂，那曾经是一个无限风光的大厂，职工最多时曾达到一万多人！朱德总司令曾经六次到厂视察，还有彭真、邓颖超等领导也数次莅临，全国第一台内燃机车就从那里诞生。然而一百多年的风风雨雨，它身上的光环已不再鲜亮，步入老态龙钟的境地。陶拥军的爷爷陶宗汉解放后曾担任过这家工厂的第一任厂长，他打小就知道自己的家庭已牢牢地和二七厂捆绑在一起了，自己的根就在长辛店。那里发生的每一个变化，都会牵动着他每一根神经，他从心底热切地盼望着老厂能够青春永驻。然而这个百年老厂在一天天地老去，二七人心里难受啊！

知道上访群众来自二七厂，陶拥军便多留了个心眼，他把车停在公司后院的停车场后，想搞清楚这些职工上访的真实原因，至于马上要开的那个会，他准备得差不多了，自忖不会出错。不用怎么费劲，陶拥军便全弄明白了。原来，二七厂多年来经营不善，如今已负债累累，其该上缴的职工社保基金已拖欠很久，致使本年度应该报销的医疗费迟迟不能报销，再加上前几年耽误下来的，数目越滚越大，许多退休老职工已无力承担越来越沉重的医药费了，再加上在职职工也经常会被扣减工资，收入的减少使家庭的压力加重，尤其是双职工会更加明显。前些日子就曾有人爬上六层楼顶想自杀，幸亏发现及时才算没有酿成悲剧。然而火上浇油的是，前两年刚刚上任的厂长邓中秋却不顾职工意见，花了一百多万元购买了一辆豪华宝马轿车，还美其名曰原来的轿车档次太低，开出去太丢大厂厂长的名头，致使许多原本有希望的订单因此而失掉了，这么做也是为了工厂利益。如此歪理一出，正所谓一石激起千层浪，上访的职工除了要求正当的求医吃药的权利外，更为主要的是，他们代表全厂职工，强烈要求上级机关罢免邓中秋的厂长职务，这就有了针尖对麦芒的意味了。

“一个堂堂厂长和手下员工的关系竟搞得如此紧张，这个厂要能搞好，那才叫新鲜呢！”陶拥军心里这么想，不由皱了一下眉头。此时，已临近上班时间，公司门口的人越聚越多，陶拥军知道，处理此类事件，自然有专门机构，他便快步离开这里，突然手机响了，电话是集团公司董事长雷鸣达打来的。

“是陶处长吗？我是雷鸣达，你现在在什么地方？”

“雷总您好！”陶拥军有点纳闷，大清早的，雷总给自己打电话究竟为了什么事？如果只是分派工作，那有公司主管副总呢！然而容不得他多想，“雷总，我现在快到办公室了。”

“你先把手头的工作放一放，你刚才进公司的时候，应该也看到二七厂的上访人群了，这个事件影响很不好，你立刻就去处理一下，但要注意方式方法，千万不能简单粗暴，激化矛盾。事情解决之后，你直接到我办公室来一趟，我在办公室等你汇报。”

“我？可是雷总，我上午还有个会……”

“上午的会议，我会通知取消，你现在只专心做好这件事情就可以了。”

“那……那好吧。”陶拥军有些奇怪，雷总怎么会让自己去处理这类上访事件？这应该是信访办的工作啊！可是话又不能这么说，既然领导已经做出了决定，那就有领导认为合适的道理，他只能无条件地去执行。陶拥军觉得事情有点棘手，因为他从来没有过类似的工作经验，何况面对的还是二七厂的群众！陶拥军深吸了一口气，转身又朝大门口走去。

2

此时的公司大门口，上访的人群因为长时间不见有领导出来解决问题，情绪难免有些激动。

“我们不是来闹事的，我们是来反映情况的，领导为什么不见我们。”孙益中大声说着，引得众人连声附和。

公司保卫处副处长秦德龙领着几名保安，一方面在维持秩序，另一方面努力做着疏导工作。他的心里相当憋气，处长出差了，他这个主持工作的就得出面解决问题，可是这样的事情谁愿意接手啊？那就是一个烫手山芋！而且处理不好激化了矛盾，他里外不讨好，想到这儿，他努力挤出一丝笑容，赔着万分小心。这时，看见陶拥军走了过来，秦德龙显然松了一口气，他也接到了雷鸣达的电话，既然雷总指定陶拥军全权负责，他求之不得。

“陶处长，你可来了，刚才雷总来电话，让我全力配合你的工作，大家都安静一下，这位是公司计划处陶处长，是雷总指派专门来和大家沟通的。”秦德龙热情地向大家介绍着陶拥军，希望能以此转移大家伙儿的注意力，使得嘈杂的局面能够有所缓解，他的小伎俩显然收到了预期效果，大家伙儿都把目光投向了陶拥军。

“拥军，真的是你呀！”尽管多年没有见面，孙益中也如陶拥军一样，立刻认出了对方，“这下可好了，拥军，不，陶处长，有你给大家伙儿做主，我们就有盼头了。师傅，陶处长就是您常说的小陶子呀，不记得啦？”孙益中兴奋道。这时，被孙益中称作师傅的凌云波老人走上前来，一把抓住了陶拥军的双手。

“小陶子，真的是你呀，我是你凌叔啊，不记得了？我跟你大伯陶学谦可是多年的工友呀。”

经这么一说，陶拥军记忆的闸门打开了。凌云波和伯父陶学谦既是朋友，更是竞争对手，在那激情燃烧的岁月，两个人都铆足了劲头比着干，前后都获得了全国五一劳动奖章。然而岁月不饶人，如今两人都年过花甲，尤其是凌云波，两鬓斑白，走路有些颤巍巍的，比陶学谦显老多了，这让陶拥军的心里很不好过。只见凌云波老人有些窘态地说：

“小陶子，你凌叔丢人呀，要强了大半辈子，没想到老了却……唉，我这也是没办法呀，儿子虽说在厂子里上班，可是却还没有我这个退休老头子拿得多，平时我是能照顾就照顾一下，可如今小孙子马上就要上学了，那可是一笔不小的开销呀，我们老两口的退休金也不能全搭进去呀，家里真的是太需要我报销医药费这笔钱了。”凌云波说着，眼泪险些涌了出来。

“师傅，您看您，我们是来正常反映情况的，有什么见不得人的？陶处长，我师傅是全国五一劳动奖章获得者，往大了说，是为国家做出过贡献的；往小了说，起码也是为工厂立了大功的，不能让这样的老人退休了却吃不起药、看不起病吧。实话实说，我师傅家都快要揭不开锅了。我师傅的肝、肾都不太好，每个月医药费起码有好几百块，积攒下来的药费都有一万多块钱了，就这，我师傅还不想来向上级反映真实情况呢！是我死拉硬拽才来的，要是有什么不对的地方，你就直接冲我来好了。”孙益中一副豁出去的样子。

“不，小陶子，其实一点儿不关益中的事，益中完全是为了大家伙儿才……”凌云波赶忙为孙益中分辩，他怕孙益中吃亏。

“我知道。”陶拥军直到此时才开口说话，却被人生硬地打断了。

“我说凌师傅、孙益中，跟他们这些当官的说这些管用吗？他们家又不缺吃少喝的，还是说说怎么解决问题吧。我告诉你，今儿个不给个确切答复，我们还就不走了，大家伙儿说是不是？”有个三十岁出头的小伙子愣愣地说道。

“哎哟，还反了你了，这里是公司总部，还容你在这儿撒野。”秦德龙的火气也被勾了起来。

“各位师傅，都消消气，听我把话说完成不成？”陶拥军赶忙熄火，“刚才那位小师傅说我不理解二七厂工人的生活，其实你错了，我完全理解，因为我也是咱们二七厂子弟，我的爷爷就是中华人民共和国成立后二七厂的第一任厂长，对于二七厂我还是怀有很深的感情的。”

“那又怎么样？你们家是厂长，又不是普通工人！”

“我们不是都生活在一个大环境下吗？我跟大家伙儿的心情一样，都希望二七厂能重新振作起来。这样吧，师傅们上访的原委我也大致了解了，既然领导安排我与大家沟通，如果大家信得过我的话，就听我一句话，我们先去信访办，有什么要求大家可以坐下来详细谈，在这里总是影响不好，再说大门拥堵，也影响办公，各位师傅，你们看怎么样？”说着话，陶拥军朝秦德龙使了一个眼色，秦德龙会意，在旁边和颜悦色地帮腔。可是工人们并不相信陶拥军的话，大家伙儿没有挪步的意思，陶拥军也知道仅凭自己一句话根本不行。

“各位师傅，你们看这样好不好，凌师傅和孙益中师傅都知道我们家的住址，如果我欺骗了大家，大家可以随时来找我，我答应大家，今天的座谈会，我能做主的问题，我会当场答复大家，超出我职责权限的，我会如实向上级反映，到时再给予大家答复，怎么样？大家现在还是先到信访办公室去吧？”陶拥军言辞恳切。

大家伙儿相互观望，最终还是凌云波在孙益中的搀扶下，率先跟着秦德龙朝信访办公室走去，众人方才默默跟上。公司办公大楼的前院秩序也渐渐恢复了往日忙而不乱的气象，所有这一切，都被站在四层窗前的雷鸣达看在眼里，雷鸣达不禁点了点头。

整个上午，雷鸣达都在办公室里，一边批阅文件，一边等待陶拥军。快到 11 点时，陶拥军方才叩响了董事长办公室的大门。虽然同在一个办公大楼，陶拥军却很少跨进这间办公室，原因很简单，两人差着级别呢！中间隔着主管业务的公司副总和总工，雷鸣达有些什么指示，直接委派给他们，再由他们传达给陶拥军就可以了，那才是正常的组织程序，那么今天这又是唱的哪一出？在往董事长办公室走的路上，陶拥军细想这一上午发生的事，总觉得似乎哪里有点不大对劲儿。

“来了，坐吧，先谈谈情况吧。”雷鸣达倒很爽快，在示意陶拥军坐下来的同时，将秘书早给沏好的茶水往前递了递。

“好的，雷总，那我就先向您汇报一下我所了解到的基本情况。这次二七厂群众上访，原因很复杂，但主要由两点因素造成：其一，是因为二七厂拖欠社保基金过多，致使许多老人看病的医疗费用无法及时报销，给许多家庭造成了严重的经济负担。对此，我给他们的答复是，我会尽快把情况汇报给公司领导，也让他们相信，公司领导会尽快研究解决，因为老有所养、老有所依是我们构建和谐社会的一大要素，公司领导当然会加以重视。”

“那么第二点呢?”

“第二点……”陶拥军显然犹豫了一下，“上访的群众代表二七厂广大员工，强烈要求罢免现任厂长邓中秋，主要理由也是出于两点，第一，他们认为邓中秋能力平庸，在目前情形下很难带领二七厂走出困境；第二，二七厂新近添了一辆豪华宝马轿车，职工们对此意见极大，认为工厂处在这样的困难下，邓中秋还贪图享乐，这已从根本上走向了职工们的对立面，职工群众当然无法接受。关于这个问题，我对他们说，组织上会慎重考虑，请他们相信组织，组织不会冤枉一个好同志，当然，也绝不会让害群之马逃之夭夭。”

“说得好。”雷鸣达轻轻拍了一下桌子，“陶拥军同志，我现在以公司董事长的身份告诉你，并请你转告二七厂的职工同志们，公司会尽快召开党委扩大会议，专门研究二七厂拖欠社保基金的问题。为此，公司会拨出专款解决此事，我们绝不能让那些曾经为国家、为企业出过汗、流过血的老人看不起病、吃不起药，否则，我们将无颜面对我们的前辈。另外，关于邓中秋同志的问题，不瞒你说，早就有检举材料寄到了公司纪委，甚至于国资委纪委，上级机关高度重视，专门成立了调查小组针对邓中秋的问题进行全面调查。结果显示，邓中秋同志在担任二七厂厂长期间，并未出现贪赃枉法等严重违纪问题。关于那辆宝马车，是一家濒临倒闭的煤矿企业抵债给二七厂的。即使如此，公司党委认为，在当前情况下，邓中秋同志已不再适合履行厂长职务了，以他的能力无法带领二七厂走出困境，所以，关于邓中秋同志，他的工作将会另有安排，这同时也是我今天请你来这里的关键所在。”

听到这里，陶拥军的心怦然一动，他似乎预感到了什么，莫非……

“也许你还有些奇怪，为什么今天我会派你去处理二七厂群众的上访事件，其实从某种意义上说，那应该是你履行厂长职务的第一课。陶拥军同志，我现在就代表组织正式通知你，经公司党委研究决定，任命你为北京二七机车厂厂长，希望你能不断开拓进取，带领全厂广大干部职工，发扬艰苦奋斗精神，使二七厂能够在短期内迅速走出困境。现在的二七厂困难重重，你要面对的问题很多，但集团公司之所以选定你担任厂长，是经过慎重考虑的：第一，你是二七厂子弟，你的爷爷陶宗汉同志是解放后二七厂的第一任厂长，在职工群众中享有崇高声誉，你家中的亲人也有不少曾经或正在二七厂工作，所以你对那里的环境十分熟悉，这便于你迅速将工作铺展开来；第二，你曾经担任过大连机车车辆厂副总工程师，任职时间虽然不长，但很有担任大型企业领导的实际工作经验。当然，这次你将主持全面工作，担子无疑很重，你可以先了解一下情况，然后提出你的具体构想，组织上会进行慎重讨论，只要是对工厂发展有利，集团公司自然会全力支持你，今后有什么解决不了的难题，可以找组织，当然，也可以直接来找我。”

“感谢公司领导对我的信任，二七厂对我个人来说意义不凡，正如您刚才所说，我家中的亲人有不少都曾为它工作了一辈子。可以说，没有二七厂就没有我，因为我是在那里长大，并从那里走出来的。我现在也没有什么豪言壮语，就请公司领导看我的实际行动吧。”话虽不多，可是雷鸣达感到十分满意。此时正午的阳光照射进来，陶拥军觉得一种久违了的激情似乎重新又在体内燃烧。

3

星期一早上一上班，二七厂研发中心青年工程师廖斌，一副懒洋洋的样子出现在办公室。昨天晚上，他在宿舍上网和别人下棋，一直奋战到凌晨四点多，实在困得不行了，才勉强下线，胡乱眯瞪了一小会儿才赶来上班，脑子现在还是昏沉沉的。虽然如此，廖斌仍然心有不甘，昨天最后一盘棋，明明是自己的大好棋局，如果不是因为太困鼠标点错了地方，赢棋没有任何问题，那自己就能登上梦寐以求的5d（网上围棋业余5段），这一出一进就差了不少分。不行，今天一定得赢回来，小伙子这么想着，将手中最后半根油条塞进嘴里，同时抬头朝四周看了看，发现大家有的在看报，有的在聊天，还有的干脆就在发呆，看不出和平常有什么不一样。小伙子偷偷笑了一下，打开自己的专用电脑，熟练地操作鼠标，进入到网络游戏大厅。哈哈，真是冤家路窄，又碰上了昨天那个号称“拦路虎”的家伙了，用不着废话，对方也好像认出了廖斌，主动迎上来，一场网上厮杀开始了。

虽说互联网是个虚拟世界，但是网上对弈却是真刀真枪的比拼，很快，廖斌就把注意力集中在棋局上了。廖斌是业余围棋高手，上大学时还曾在学校比赛中取得过好名次。而对方在对局后显然也进行了反思，一着一着稳扎稳打，已至中盘，廖斌还未曾取得半点优势，他的心里不禁有些起急，于是对对方的一条大龙发起了猛攻。

“不对，你这着应该走在下一路，那对方可真要认输了。”忽然，从背后传来一个陌生男子的声音，廖斌诧异地扭过身，见是一位从未见过面的中年人站在身后，正笑容可掬地望着他。

“你……你找谁？”廖斌面呈不悦之色，尽管在中年人指出他的错着之后，他也立即发现了错误，但是年轻人身上的那种倔强不服输的劲头使他不会轻易服软。

“我？我不找人，我只是过来看看。”

“看看？这里又不是菜市场，谁想来就来，这儿是技术研发中心，有什么好看的，万一造成技术泄密，这个责任谁负？”说着话，廖斌就想把中年人请出办公室。然而那个人却像是没听明白似的，站在那里纹丝不动，廖斌就有些恼怒。正这时，里间主任办公室的门突然打开了，从里面走出二七厂副总工程兼研发中心主任刘正权，刘正权乍一见到中年人，先是愣了一下，继而快速走上前。

“陶拥军，不，陶厂长，你怎么来了，你是什么时候到的?”关于集团公司任命陶拥军担任二七厂新一届厂长兼党委书记的消息，早就在厂内传开了。由陶拥军接任二七厂厂长，刘正权心里还是蛮高兴的，因为他和陶拥军是大学时的同学，也是旗鼓相当的棋友。参加工作后，两人虽然没在同一个工厂上班，可毕竟都在机车车辆这个行业内，所以关系一直没断。只是让刘正权没想到的是，自己与陶拥军却以这样一种方式见面了，他不禁有些尴尬，瞪了一眼呆立着的廖斌。而廖斌则更加局促不安，他甚至连电脑里的游戏都忘记退出了。

“小伙子，你叫什么名字？围棋下得不错，有时间咱们可以下上一盘，不过，你不应该占用上班时间打游戏哟。”说着话，陶拥军上前轻轻拍了拍廖斌的肩膀，继而冲刘正权笑了笑。

“正权，我今天是第一天来上班，这不，一早就来看老同学了。”

“不敢当，是我们工作没有做好，我们立刻进行整改。”说着话，刘正权冲廖斌使了一个眼色，廖斌吓得一溜烟儿跑出了办公室。走进刘正权的办公室，陶拥军便一脸严肃。

“正权，咱俩是老同学了，有些话我就不绕圈子了。说实话，今天我看到研发中心的状况，很让我失望。研发中心应该是一个企业的中枢，它的运作应该是紧张有序的，更为重要的是，它应该源源不断地为企业输送新鲜血液，也就是不断有支撑企业前行的、领导世界潮流的新产品问世。可是，我们二七厂至今还在卖着十多年前设计的内燃机车，对于这样的产品，你就是努力把它造成一朵花，试问，如果让你十多年来买同样的一朵花，你会愿意吗?”看到刘正权的脸一会儿红，一会儿白，陶拥军意识到自己的话说得有些重了，遂又放缓了语气。

“当然，造成目前的这种状况，原因不在你。细想想，几乎我们每个二七人，都或多或少地有等、靠、要的想法，觉得二七厂是百年老厂，又是具有光荣革命传统的老厂，国家不会不管。我们所缺少的，恰恰就是我们前辈们所具有的那种艰苦创业的精神。正权，我知道你的为人，其实你的骨子里是不服输的，只要政策对路，你的斗志会重新激发起来的。”说着话，陶拥军拉着刘正权坐在沙发上，推心置腹地说：

“在来之前，我详细做了调查，我发现，我们工厂并不是没有注意到产品研发对于企业发展的重要性，这可以从我们研发人员的工资水平上看出来。我们给研发人员定的工资水平并不比集团公司内部其他兄弟企业差，有的甚至还要高些。可是，我们为什么十多年来没有拿出自己的拳头产品呢？像当初的北京型、东风 7 系列调车机车，那些可都是叫响全铁路的过硬产品啊！这就很值得我们思考了。”

“陶厂长……”

“就咱们俩的时候，你叫我拥军就成。”陶拥军态度诚恳地说道。刘正权愣了一下之后，随即笑了笑。

“那好，拥军，刚才你说的这些，我也深有体会。不瞒你说，我也认真反省过，主要是我们奖励和惩罚力度都不够，我先从奖励角度来说。”刘正权敞开心扉，将憋在心中许多年的话讲了出来。说实话，这么些年，刘正权实在感到太憋屈了，每每看到别的企业有了新产品问世，有的上了集团公司内部的报纸，还有的甚至上了中央新闻，刘正权的心里便很不是滋味。有不少产品的主创人员还是他昔日的同学呢！刘正权也想凭着自己扎扎实实的理论基础、踏实肯干的劲头，为这个百年老厂留下点什么，就像前辈瞿赳、陶学文、陈怀义那样，可是二十多年的岁月蹉跎而过，他已从一名青年小伙儿熬到了中年，可是除了一些小打小闹的技改外，根本没有像样的东西拿得出手，这应该是谁之责？

“以前我也搞过几个项目，虽然我是项目负责人，可是制度并没有明确规定项目负责人所应有的权限，包括项目经费的调配，以及奖金如何分配等，干多干少都一样，形成了新的大锅饭局面。说句不好听的，出门在外，谁不想多挣一点，对家庭贡献大一点呢！可如果是自己的成果拿来和别人均分，心里肯定有想法，这样下来，几次三番也就没了心气，还不如就这么待着舒服呢！再说惩罚，我来到研发中心已经十多年了，由科员到主任，一直也没见到足以触动人心尖的惩罚力度，项目没有按时完成，大多是不了了之，或大不了来年接着搞，长此下去怎能不养成懒惰的习性？”

“所以我今天来，就是想彻底改变这种现状，不瞒你说，正权，我已想好了一个办法。”说到这儿，陶拥军顿了一下，大概觉得有些口渴，站起身，走到饮水机旁，自己倒了杯水，笑着冲刘正权开了句玩笑，“我说你也太抠门了，连杯水也舍不得施舍。”说着，陶拥军兀自笑了。刘正权赶忙起身，从办公桌的抽屉里拿出一筒茶叶。

“哎呀，只顾着说话，连沏茶都忘了，这可是上等的铁观音。”因为有了一出一进的调侃，谈话的气氛便不似先前那般凝重了，陶拥军要的就是这种感觉。而刘正权则沏了杯茶水递给了陶拥军，陶拥军喝了之后又收敛了笑容。

“正权，我打算打破目前研发中心现有工资分配体制，研发人员平时只拿全厂平均工资，这样的话，和现在相比，每个人的收入都会减少不少，想要弥补损失或者获得更多收入，那么好，凭本事来搞项目，而且项目的范围也将不再局限于机车车辆，只要工厂能够加工生产且适销对路的产品都行。我打算以项目投入生产后给工厂带来年效益的10%，作为该项目的奖励基金。打个比方，一个项目搞成后，第二年投入生产，来年经营结算，如果获利一百万元，那么第三年你就可以得到十万元。如果是上千万元，甚至过亿，也以此类推，这些都可以以条文的形式归档，一旦工厂违约，则可以作为法律依据，将工厂告上法庭。而项目负责人则有权全权处理项目奖金，项目组成员也全由他自己联系并最终确定，到时我只找项目负责人要成果。如果项目没有按时完成，则按比例扣除奖金，而这种惩罚的比例，是逐月增加的，如果没有特殊原因，项目却迟迟完成不了，那么奖金将全部扣除。还以10万元奖金打比方，如果你不花一分钱就请帮手完成了项目，那么十万元你就可以全部装进自己腰包，这是你的劳动所得；如果你请人的费用超过十万元，那么对不起，多出的部分也由你自己承担，工厂不负任何责任。我这么说，你能理解吗？”

“这太好了，只是有一点，我必须提出来，这10%是只拿一年，还是……”

“这个我还没有想到，原则上应该是只要有效益，就按这个比例分奖金。不过，一旦出现新的更加优越的可替代产品，那么奖金也将自行终止，由设计出新产品的团队继续领那份新奖金，如此循环往复，还愁没有新产品问世？需要声明的是，对于工艺研发、产品检验、技术革新等等，此办法照样适用，只要你的工艺、技改能给工厂带来实实在在的效益，你就可以拿到属于你自己的奖金。当然，这只是我的一个想法，具体方案还要讨论研究。”

“拥军，看来，你新官上任的第一把火就烧到我这儿来了。不过，这样下去，我们厂很可能就不是单一生产内燃机车的制造厂了。”

“那又有什么关系？谁说二七厂只能生产内燃机车了？我们有足够的生产、检测能力，只要有效益、有市场，不必局限于铁路。正权，跟你手下员工们说，将来的新产品在投放生产的过程中，如果存在生产能力以及检测水平限制的话，工厂会在最短时间内达到要求，如果确实不行，还可以由工厂出面，联系相关企业搞联营。总之，只要是你的产品适销对路，或者说你的技改方案、新型工艺为工厂节省了开支，避免了浪费，给工厂带来了实实在在的效益，那么个人都会有不少的收益。”

“拥军，我就知道，你来工厂，工厂这一潭死水也该被激活了。”刘正权说着，上前紧紧握住陶拥军的双手，两个昔日的同学，在这个时候感到了彼此的力量。

“另外，正权，你就别处罚那个小伙子了，这本身就是我们管理制度上的问题，不应该诿过于人。对了，他叫什么名字？”临出门前，陶拥军特意问道。

“他叫廖斌，其实人挺聪明的，就是缺少点上进心。”刘正权边说，边送陶拥军出来，外面的工作间，人们看上去都在忙自己的事，然而却没有看到廖斌的身影，不知他躲到什么地方去了。

两周后，二七厂关于技术革新的改革方案终于出台，此事一下子震动了全厂，继而更让所有人大跌眼镜的是，工厂副总工程师兼研发中心主任刘正权“引咎辞职”，接着又以普通高级工程师的身份竞聘项目负责人，主持研发新一代工矿内燃机车。而一向吊儿郎当惯了的廖斌，仿佛换了一个人似的，主动承担起根治柴油机烧轴烧瓦问题项目，据说小伙子干脆把办公桌都搬到了柴油机试验站，发誓不成功绝不回研发中心，每日，人们都会看到他忙碌的身影……

4

“怎么搞的嘛，简直是瞎胡闹！”陶拥军冷不丁冒出的一句话，吓了正在给厂办主任魏金生倒水的秘书周晓文一跳，让他差点把茶杯碰倒。陶拥军也意识到自己有些唐突了，遂抱歉地冲周晓文笑了笑，同时用眼神示意魏金生，自己已经知道了事情经过。看着魏金生退出了办公室，陶拥军微微摇了摇头，他在考虑需不需要给雷鸣达打个电话，犹豫再三，最终还是拨通了那串熟悉的号码，因为事情毕竟牵涉到集团公司保卫处副处长秦德龙，他需要雷鸣达从中协调。

原来，陶拥军打算在工厂内部成立一个高精尖技术加工小组，小组成员必须都是各个岗位的高级技师，专门负责一些复杂工艺的加工制造，并起到传帮带作用，将技术绝活传给处在一线的年轻人，以保证将来新产品在生产过程中一旦出现问题，能够迅速解决并能保证批量生产的产品质量。同时，他还打算聘请凌云波等一些技术过硬的老同志成立顾问小组，专门负责传授技艺与技术把关。至于两个小组的薪金问题，肯定要比现岗位多得多，而人员当然也不宜过多，要少而精。

头一个映入陶拥军脑海中的人选便是孙益中，孙益中在焊接方面绝对是大工匠，由孙益中牵头成立技术加工小组，应该不成问题。但他听说一家名叫欧宾公司的外资企业看上了孙益中，正在悄悄接洽中，如果这样一个人才被别的公司挖走了，对二七厂可谓损失巨大。所以陶拥军也顾不了许多了，当前留住孙益中是第一位的。于是电话接通后，他简单扼要地向雷鸣达汇报了一下情况，电话那头的雷鸣达沉默了片刻。

“情况我都了解了。陶拥军同志，一定要想方设法留住孙益中，他不仅是二七厂的宝贝，更是整个集团公司的骄傲。”

“我知道，我会尽一切努力。”通话结束，陶拥军不由轻轻叹了口气。

“陶厂长，你也不必太着急，事情总会有解决的办法。”周晓文露出了不易觉察的笑。姑娘很善解人意，特意给陶拥军冲了一杯速溶咖啡，希望能缓解一下陶拥军心中的压力。陶拥军冲姑娘感激地笑了笑，继而忽然想到了什么。

“小周，你现在就去超市，买一些老年人的营养品，顺便通知一下魏金生，让他下午跟我一起去凌云波师傅家里，希望我们的行动还不算晚。”陶拥军这么一说，周晓文便明白了，陶拥军是想通过凌云波来挽留孙益中。姑娘虽然进厂时间并不长，但是关于这对师徒的传奇故事还是听说了不少。一个是全国五一劳动奖章获得者，一个在国际比赛中夺得了状元，这样的师徒组合全集团公司又有几对？

二七厂生活区是个老旧小区，早就被列入北京市整治计划范围，只是因为种种原因，一直没有实施罢了。走在熟悉的街道上，陶拥军感慨万千，不仅工厂的面貌要改变，就是生活区也将改善，而这一切都要靠资金支持，所以说一千道一万，尽快把工厂带出困境，使老厂焕发出新春才是首要任务。

凌云波的家是个老式三居室住宅，住着祖孙三代共八口人，显得十分拥挤，而且家中的摆设，除了电视略显现代气息外，其余均是二十世纪七八十年代的物件，老旧而且破败。陶拥军有些心酸，而凌云波则完全没想到陶拥军会来家中看望自己，老人显得有些激动。

“陶厂长，多亏了你帮忙，我们家的医药费全都报了，你还来家里看我，这怎么好意思！你爷爷陶宗汉厂长，那可是全厂职工都记挂着的人啊！你当二七厂厂长，肯定错不了。”

“凌师傅，您这么说，我心里惭愧呀，您是我们厂的功臣，可是退休后的生活却是这般景象，是我们的工作没有做好啊！”

“快别这么说，二七厂的面貌会慢慢好起来的，百年老厂不会就这么不声不响地死去。”老人的情绪比较乐观，看得出来，近期工厂发生的一些变化，凌云波都听说了，他能感觉到，工厂正在朝着复兴的路走去，这是颇让凌云波感到欣慰的地方。然而，最钟爱的徒弟孙益中却因为上访事件而被关进了局子，这又让凌云波感到不安。他曾联系了一些老工友，相约一块儿去丰台分局，试图把孙益中保释出来，然而却碰了一鼻子灰。

“陶厂长，我有件事想麻烦你。”凌云波便有些迫不及待，“就是关于益中的事，陶厂长，他是因为我们才被关进公安局的，你可千万别把他给开除了呀。”

“凌师傅，您就放心吧，我已找人去向公安局的同志说明情况了，相信孙益中用不了多久就会被释放出来。我现在倒担心，孙益中这个技术人才有可能要把我这个厂长给‘开除’了。”

“你这是什么意思呀？”凌云波一脸愕然。

“是这样，有一家叫欧宾的外资企业，不知从什么渠道打听到孙益中在焊接方面的高超技能，想从我们厂将他挖走。为这事儿，陶总特意想请您老出面，一定要留住孙益中。”坐在旁边的魏金生替陶拥军回答。

“这只是其中一个方面，我还想请您老出山，帮我组建一个技术顾问小组，为年轻人把把关。”陶拥军将自己的想法和盘托出，听得凌云波一个劲儿地点头，两眼冒出了兴奋的光彩。

“陶厂长，你就放心吧，这两件事包在我身上，益中是个好孩子，对工厂有感情。前些日子就有人请他，他都没走，现在工厂这么重视他，我想他更不会走了。关于组建顾问小组，更不成问题，成员我能给你数出一大串。”接着，凌云波便如数家珍般地搬出了许多技术过硬的退休老工人，像马超、倪志亮、杨永公……其中有的陶拥军有所耳闻，有的还真是第一次听到。

“陶厂长，这些人技术上你只管放心，那没得说，他们也肯定乐意干这件事情，甭说你给工资，就是一分不给，我们也毫无怨言。跟你说句掏心窝子的话，我们这些人在厂子里干了一辈子，我们的后代也有许多人在厂子里干，谁都希望厂子能一天天好起来，像如今这样半死不活的状态，谁都难受。我们本来退休金就不多，如今还得照顾小的，这日子实在是难啊。可是话还得说回来，难道那帮小的就愿意甘心啃老吗？这不是没办法吗？如果厂子好了，挣得多了，他们还愿意拿出点钱来孝敬老的呢。陶厂长，你说是不是这个理儿？”一番话，说得陶拥军无言以对，而凌云波则又放缓了语气，许是觉得话有些重了，“所以，陶厂长，你的这个建议，我举双手赞成。”

这时，凌大婶端着两盘热气腾腾的饺子走了进来，大家这才发现，天已不知不觉地暗了下来。

“陶厂长，就在我家吃吧，尝尝我老婆子的手艺，别的不敢说，我都吃了快一辈子了，还真没吃够。”凌云波笑了一下，拉着陶拥军和魏金生就往桌子上让。陶拥军犹豫了一下，决定还是客随主便，这样显得不生分，关键是有些细节他还需要和凌云波再合计合计，然而饭吃到一半，陶拥军却接到了秦德龙打来的电话。

“陶厂长，遵您吩咐，我已跟公安局的同志打了招呼，他们答应放人，估计现在孙益中已经回家了。”陶拥军听得出来，秦德龙的话里不乏讽刺挖苦的意味，他也顾不上这些，刚想向秦德龙表示感谢，没想到对方根本不给他说话的机会，兀自挂断了电话。

“凌师傅，益中已经回来了，您老就放心吧。”

“回来了？那就太好了，正好，吃完饺子，我陪你一块儿去他家，我们来个趁热打铁。”看来凌云波还是一个急脾气。

有了凌云波亲自出马，再加上孙益中本人对二七厂怀有深厚感情，孙益中一口答应马上着手组建技术加工小组。

“益中，你当前的主要任务，是协助技改办的同志，将采购焊接机械手的工作做好。焊接机械手是保证我厂内燃机车焊接质量的重要设备，千万马虎不得，你是这方面的专家，据我了解，技改办的同志也曾向你请教过。”

“我们倒是一同考察过几家公司，比较满意的是德国卡特公司，可是听说厂里比较中意的是美国欧宾公司。”

“有这事儿？”陶拥军有几分诧异，刚刚接手工作，许多方面他了解得还不十分透彻。

“那这两家公司的产品究竟孰优孰劣呢？”

“公平地说，这两家公司都是国际知名企业，其产品也不会有多么大的差异。但是，这两家公司我们都曾实地考察过，给我的感觉，卡特公司的工作态度更加严谨一些，焊接机械手主要是焊接车体死角，人工焊接比较费力，甚至难焊到，而那里往往又是重要的承重点，对焊接质量的要求很高，一旦出现质量问题，很可能引发重大质量事故，所以我建议，厂里还是应当慎重些。”

陶拥军听出来，孙益中实际上更中意卡特公司，可是这种事情，里面的玄机很多，他当然不便明说。看到孙益中神情有些疲惫，又考虑到凌云波老人从下午就一直陪着自己，也没顾得上休息，陶拥军的心里便有些过意不去，他朝魏金生使了一个眼色，俩人正打算起身告辞。这时门铃响了，孙益中的爱人走过去把门打开。

孙益中一眼就认出，走在前面的是欧宾公司驻中国分公司人力资源部经理汪大海。

“汪经理，您这是……那件事我不是说不行了嘛。”

“孙师傅，今天我把我们公司陈总都请来了，条件由你提，只要你能到我们公司工作，陈总都会尽量满足你的要求。如果嫌单位离家远，公司可以给您配专车，今后如果贡献突出的话，还可以在市里分房。”汪大海相当诚恳地说，“我们陈依琳总也来了，这足以表明我们的诚意。”说完他闪到一旁，一个相当漂亮的中年女人站在孙益中的面前。

“孙师傅，您好！”

“对不起，陈总，正好我们陶厂长也在，您看……”孙益中也请出了站在身后的陶拥军，他想让陶拥军出面婉拒陈依琳，这样就更有分量。

“你……”

“你……”

没想到陶拥军和陈依琳两个人异口同声地叫了起来，时间仿佛在那一刻凝固了……

5

北大未名湖，秀外慧中，是多少莘莘学子向往之地。陶拥军有幸守着这份秀美已经好几年了，如今他又考取了本校研究生。这天，陶拥军怀着另外一种喜悦心情，刻意梳洗打扮一番之后，便朝未名湖畔走去。陶拥军刚刚得到消息，由他主持设计的一个加工模具，在全国大学生发明创造比赛中荣获一等奖，这也是北大在该项赛事中获得的最高奖项。陶拥军当然想把这个好消息亲口告诉给女朋友陈依琳，让自己心爱的女人和自己分享成功后的喜悦。落日的余晖照在身上，竟有了种春意融融的感觉。没多久，陈依琳也来了，她的眼睛注视着陶拥军，但神情却有那么一丝不自然，可惜的是，被喜悦包裹着的陶拥军并没有觉察到。

“依琳，你来了，我有一个好消息要告诉你。”

“正好，我也有一件很重要的事情要告诉你。”陈依琳面向湖面，神情淡然。

“那你先说。”陶拥军极力压抑住心中的喜悦之情。

“拥军，我要走了。”

“走?！去哪儿?”陶拥军瞪大了一双眼睛，似乎并没有理解陈依琳话中的弦外之音。

“我要去美国了，我父母都给我办好了留学手续。”陈依琳依旧望着湖水，好像在说着一件与己无关的事情一样。而陶拥军仿佛遭到雷击，有一瞬间都分不清东西南北了。

“去美国留学？依琳，那我们怎么办?”陶拥军几乎冲口而出。

“怎么办，你说呢?”直到这时，陈依琳方才转过身，面向陶拥军。而陶拥军也终于明白，陈依琳这是在向自己摊牌呢！前些日子，陶拥军曾隐约听到一些传言，说陈依琳和美国留学生戴维斯打得火热。当时陶拥军并没在意，一来陶拥军对自己过于自信；二来因为当时模具的设计已进入关键时期，他一时抽不开身。今天看来，传言并非空穴来风。

“我这话问得实在太蠢了。”陶拥军说着，努力想留给对方一个宽容的笑容，但他清楚，自己那“笑”一定比哭还要难看。最终两人没有互道再见，而是朝着相反的方向默默离去。

之后很长一段时间，陶拥军都在刻意回避陈依琳的消息。后来在一次同学聚会当中，他偶然听到，陈依琳已经取得了美国绿卡，算是圆了她多年来的一个梦想。然而陈依琳和戴维斯的婚姻并没有维持几年，离异后的陈依琳也没有找到合适的对象，一直独身……这个世界真是太小了，谁能想到，陈依琳会成为美国欧宾公司驻中国分公司总经理，而欧宾公司又与二七厂存在着这样一种微妙关系，这真是世事难料啊。

“陶总，到了。”一声轻轻的呼唤，将陶拥军从悠长的梦境中拉回到现实。陶拥军有些懵懂地望着身边的周晓文，一时竟然想不起自己身处何地。车子一开出城区，驶上京大高速公路，陶拥军便闭眼假寐，这次他带上周晓文、魏金生等一行几人，赶赴大同矿务局，那可是二七厂路外市场的最大客户。

大同矿务局在全国煤炭行业居于龙头老大位置，其引领地位不言而喻。因为得到大同矿务局的认可，二七厂前些年所造的工矿内燃机车一度成为煤炭系统的抢手货。可惜这些年来，因为工矿内燃机车在设计上没有大的改进，已被别的生产厂家所超越，所以订单逐年减少。陶拥军此次亲自来大同矿务局，就是抱着收复“失地”的心态来的。当然，陶拥军也知道，接下来的交锋肯定不容易。听说对方主管采购的副局长鲍庭云是个山东汉子，看上去高大魁梧，可是为人却极精明，很不好对付，就在几天前的电话里，陶拥军就初步体会到了鲍庭云的厉害。

事情的起因是几台出厂的工矿内燃机车在大同矿务局下属的煤矿趴窝了，经查明，事故原因是工厂使用的外购部件发生了严重质量问题，可是客户不管这些，他们只认为是二七厂生产的工矿机车出现了问题，影响到他们的使用。因此，除了向二七厂反映问题，要求工厂尽快派人维修外，还特意声明，原来所签的另外几台机车的采购意向书作废，也就是说，人家反悔了，对二七厂的信誉产生了置疑。这对二七厂而言，可谓损失巨大。接到报告，陶拥军心里的气不打一处来，他当即叫来了质量保证部部长车少俊。

“怎么搞的，这么重要的部件，你们质量保证部为什么偏偏漏检了？这是严重的失职，你知道不知道？”

“陶总……”车少俊紧张得汗都流了下来，“不是我们不检，是……是秦总没让我们检，他说对方是信得过企业，他们有自己的检验报告，只要我们认可就行。”车少俊嗫嚅地说着。陶拥军知道，他所说的秦总，是工厂副厂长，名叫秦德路，他不仅是集团公司保卫处副处长秦德龙的哥哥，还是集团公司董事长雷鸣达的连襟，也就是说，秦德路的夫人和雷鸣达的夫人是亲姐妹。正因为有了这层关系，在大家眼里，都把秦德路看成是厂里的实权人物。

“那按以往，我们对这些外购件都进行复检吗？”

“一般都要的，因为外购部件的质量向来参差不齐，这会影响到我们整车的质量，所以文件规定，只有复检合格的外购部件，才可以装车使用，但实际操作起来也有特殊情况。”所谓的特殊情况，就是某些领导亲自出面，为外购部件的商家求情。他不敢保证这里面就一定存在着利益交换，但是这种严重损害工厂利益的行为，实在让人感到很气愤。工厂之所以走到今天这种举步维艰的地步，和一些人严重缺少责任心不是没有直接关系。

“车部长，你马上组织人手，由你亲自带队去大同矿务局，把那几台出了问题的车修好，要尽快，最好今晚就动身。另外，今后所有外购部件都要进行复检，只有复检合格的产品才能使用，不管是谁出面说情，都不要管他，到时你只让他来找我就是了，我还会通知厂办，正式再下个文件，这样也好有个文本依据。不过，我可告诉你，如果再出现类似事故，我唯你是问。”

“放心吧，陶总，不会再有下次了，这下好了，伙计们的活儿倒好干了。”车少俊的脸上满是轻松，陶拥军相信，车少俊说的是实话，世上的事就怕没法可依、有法不依，如今都规定来做，可不就简单多了。车少俊走后，陶拥军让魏金生找来了鲍庭云的电话，他要亲自给鲍庭云打电话。

“鲍总吗？我是北京二七厂陶拥军。”

“陶总，你好。”鲍庭云的语气不咸不淡，让人猜不透内心所想。

“鲍总，首先我要真诚地向贵方道歉，因为我们产品的质量问题，使得你们的生产受到一定程度的影响，这是我们的过错，由此产生的损失，我方愿全部赔偿；其次，我要告诉你，我已派出以我厂质量保证部部长带头的维修小组，尽快赶往贵处，不出意外的话，明天就可以赶到，希望能将损失降到最低。同时，我也会在最近方便的时候赶往贵处，我想，有些事情需要当面向鲍总解释。”

“陶总实在太客气了，这次的问题能这么快得到贵厂反应，多亏了陶总雷厉风行。不瞒你说，陶总，我的压力也很大呀，一下子有那么多台车趴窝，我实在不好交代……”

“我知道，所以我想尽可能地减少这件事情的负面影响……”尽管陶拥军想往那几台工矿内燃机车的订单上引，但鲍庭云偏偏不上当，几次都以太极推手般的绵软给转移了。撂下电话，陶拥军觉得真得尽快去一趟大同矿务局了，于是就有了这次远行。

大同矿务局是个老资格的、具有光荣传统的国字号企业，这些年来与时俱进，进行了大胆的改革尝试，取得了不错成果，因而在行业内有口皆碑。陶拥军直接赶到了大同矿务局办公大楼，拜访了鲍庭云。这个山东汉子为人豪爽热情，但陶拥军知道，这一切都是表象，其实这个人难缠得很。整整一个下午，鲍庭云带着陶拥军参观了大同矿务局，尤其是对二七厂这次能及时处理质量事故的行为大加赞赏，说是以前从来也没这么立竿见影过，这算是给足了陶拥军面子，可是每当陶拥军有意往实质内容上引导时，都被鲍庭云轻描淡写地略过去了，让陶拥军不得不变换策略。然而一回到会议室，陶拥军有意识地提起二七厂正开发设计的新一代工矿内燃机车，鲍庭云的双眼闪过了一丝亮光，被陶拥军捕捉到了。关于新一代工矿内燃机车，应该是陶拥军手中的一张王牌，不仅设计功率大大高于以往，而且外观也极具美感。刘正权的工作很有成效，短短个把月时间，不仅把团队组建起来，而且设计的整体思路已经成形，现正有条不紊地一步步推展开来，估计明年年中的时候，第一台样车就可以试制出来，他希望以此来感染鲍庭云，为新一代工矿内燃机车打开销售缺口，还好，鲍庭云看上去很感兴趣。

“陶总，不瞒你说，我是知道刘总的，那年去你们二七厂，曾有幸结识刘总，他给人的印象是一个严谨务实的工程技术人员，由刘总主持开发设计新一代工矿内燃机车，陶总应该是善用其人啊。”

“鲍总，你可能还不知道，为了全力以赴设计好新一代工矿内燃机车，刘总已经辞去副总工程师和研发中心主任的职务，可说是毕其功于一役。”魏金生适时从旁插话。

“噢?!”鲍庭云愣了一下。

陶拥军自打上任二七厂厂长以来，大刀阔斧地进行改革。作为工厂重要客户，鲍庭云通过各种渠道也曾听说过。尤其是车少俊一行在完成修理任务后，鲍庭云特意宴请了车少俊，所以不少细节他都有所了解。不过静下心来仔细想想，能让刘正权辞去现有职务，全身心地义无反顾拼下去，除了刘正权本人对二七厂怀有很深的感情外，不可否认的是，陶拥军的个人魅力也起到了不小作用，否则这类事情为什么早不发生晚不发生，偏偏在陶拥军上任厂长后就发生了？这么看来，如今的二七厂算是看到了走出困境的曙光了。

在大同矿务局招待所，鲍庭云特意备了一桌丰盛的晚宴，酒过三巡，陶拥军再次将话题引向了新一代工矿内燃机车。

“鲍总，新一代工矿内燃机车基本要达到的性能指标，您也有所了解了，您是行家，应该清楚，相比于现有一代工矿内燃机车，我们做了不少改进，其中有许多就是采纳了贵方提出的建议。因为贵方是我们厂在路外市场最重要的客户，造符合客户需求的产品，一直是我们不断努力追求的目标。何况，此项目总负责人刘正权同志，又是您可信赖的朋友，我看……”

“陶总的意思我明白，直说吧，我们双方有着多年的合作关系，但是近些年来，贵厂的产品却……实不相瞒，实在难以恭维。就拿这次来说，如果不是你们及时来人把问题处理好，我还真的无法向全局交代。然而更让我担心的是，贵厂到时能否按时交货。不要说是研制的新车型，就是工艺成熟的老车型，你们也常有延期交货的时候。”

“我现在可以负责任地告诉鲍总，您说的那种情况肯定会成为历史。鲍总，可能你也了解到，关于新一代工矿内燃机车的研制，我组建了我厂有史以来最为强大的阵容，无论是工期还是质量，我都可以拍胸脯保证。”

“有陶总这句话，那就什么都不用说了。”鲍庭云说着，换了两个大杯子分别斟满了酒。

“陶总，我先干为敬。”说着话，鲍庭云端起杯子“咕咚咕咚”地一口气喝了下去。

“陶总，你……”周晓文的脸上满是关切，通过这些日子的观察，她知道，陶拥军的酒量极其有限。

“鲍总，要不由我……”魏金生觉得这个时候自己应该站出来，为陶拥军挡一挡，然而鲍庭云根本没接茬。

“魏主任，怎么能由你代替呢，这是鲍总看得起我。”陶拥军知道，今天这一关，不过是不行的，这是鲍庭云借酒来试探他的为人呢。于是，陶拥军也照着鲍庭云的样子，来了个一饮而尽，然而喝下去之后，陶拥军连怎么离开酒桌都不知道了。

一缕阳光，透过玻璃窗照射进来，晒得人身上暖暖的。陶拥军悠悠地睁开双眼，觉得脑袋还是很沉、很疼，仿佛针扎一般。

“陶总，您总算醒了。”周晓文说着，轻轻吁了口气，“您这一觉，足足睡了十多个小时，您躺着，我去给您买份粥回来。”陶拥军发现，周晓文的眼睛红红的，肯定一宿没睡，而且似乎还……陶拥军的心里一热，却见一直守护在外间的魏金生和司机刘建军走了进来。

“不好意思，让大家都没休息好。”

“陶总，快别这么说，您也是为了咱们工厂。”

再次见到鲍庭云，鲍庭云好像换了一个人。

“陶总，实在不好意思，我不知道陶总这么不胜酒力。没说的，陶总，你这个朋友我交定了，就冲你的为人，我也相信贵厂的信誉。这样，关于新一代工矿内燃机车，我方先预订一台，如果没什么问题的话，我会向公司建议再订购十台。我们局目前使用的工矿机车，大部分已处于老旧边缘，更新换代是必须的。陶总，如果没异议的话，意向书下午就可以草签。”

“那太好了，不过鲍总，先前我们双方谈定的那几台车的订购意向，是不是也……”

“我就知道陶总不会饶过我，但是我丑话说在前面，如果贵厂再出现这样严重的质量事故，那可就连新一代工矿内燃机车都没戏了，到时连我说话也没有分量了。”

“鲍总，你就放心吧，我一定会严抓质量，这次真的太感谢了。”陶拥军说着，一把握住了鲍庭云的双手。他知道，后续的几台工矿内燃机车总算没有泡汤，工厂避免了重大损失，尤其是那十台新一代工矿内燃机车，如果也能够顺利签下的话，那么市场就会初步打开，这对于二七厂而言，自然意义非同一般。

6

进入2007年，处于摸索前进中的二七厂，终于迎来了一个利好消息，在铁道部统一部署和集团公司大力支持下，二七厂开始自行引进国际最先进的大型工程机械制造技术，生产国际上最高水平的大型养路机械——LZC—800型路基处理车和GMC96B型钢轨打磨车，这标志着二七厂又进入了一个全新的创新发展阶段，是工厂主产品发展史上的一个新的里程碑。

这天，陶拥军刚接待完一个古巴铁路代表团对工厂的参观访问。其实，自打2002年，工厂首次拿到出口越南机车订单，标志着工厂整车产品开始走出国门后，几年来，国际市场不断拓展，尤其是2005年一次性出口古巴12台机车，这次机车出口，是中国内燃机车第一次打入拉美市场，也是二七厂第一次大批量出口干线机车。那年年底，当12台机车如期抵达古巴首都哈瓦那时，古巴国务委员会主席菲德尔·卡斯特罗亲自来到哈瓦那车场，迎接并视察了机车，给予机车极高评价。可以说，这既是一次商业活动，更是一次政治任务，为二七厂赢来了极高的海外声誉。此次古巴代表团再次莅临工厂，是为更大的采购合同而来，据说会有一百台左右的定购意向，而双方的会谈也相当融洽，这给了陶拥军极大自信。正是带着这样一份喜悦心情，陶拥军返回家中时，甚至还轻轻哼起了小调。

然而一进家门，陶拥军就感觉到气氛有些异样，妻子施燕正搂着女儿陶冰倩坐在沙发上，小声说着什么，陶拥军并不稀奇，以前娘俩儿也经常这么说悄悄话。可是陶拥军仔细一瞧，陶冰倩的眼圈通红，好像刚刚哭过。女儿正在上大四，为了让陶冰倩了解到更多的工厂生活的实际情况，同时也为女儿的毕业论文做必要的准备，陶拥军特意安排陶冰倩到二七厂实习，一段时间以来，陶冰倩的表现一直不错，今天这又是唱的哪一出？

“哎哟，谁惹我们倩倩生气了？”

“谁？还不是你们厂那个叫……对，叫廖斌的臭小子，当着那么多人的面就数落我们家倩倩。是，倩倩也有做得不对的地方，可你总得给人家留点脸面吧，何况，倩倩并不是你们厂的正式职工，她只不过是去实习而已。”

原来，陶冰倩被临时分在了廖斌所主持的柴油机技改小组，今天上班的时候，路上遇到两个熟人，因为有些日子没有见面了，陶冰倩就站在路边和她们聊了一小会儿，等她赶到工作地点时就迟到了。而今天正好又是技改后的柴油机首次试验，陶冰倩不想错过，所以她来不及换上工作服，就直接赶往了试验现场，结果就被廖斌发现了，当着全班组的面，廖斌一点情面没给，什么“不穿工作服，出了事故怎么办？”“要漂亮到校园里去，这里是工厂”之类的话直接就甩了出来，弄得陶冰倩下不来台，最后竟哭着跑回了办公室。而这小子倒好，一点道歉的意思都没有，直到下班也没见到他的影子，陶冰倩的心里一直怏怏的。陶拥军听了以后，沉吟了片刻，为了狠抓安全生产，同时也为了提升二七厂整体外在形象，陶拥军规定，今后凡进入工作现场人员，一律都要穿上工作服，戴上安全帽，就是他这个厂长，临时下车间也不例外。外宾来厂参观，则要统一佩戴安全帽，并责成安监部门进行严抓共管，抓到一次违纪的，罚款五十元，可说是雷厉风行。实行了一段时间后，先前的那种懒散的工作状态确实改进了不少，应该说廖斌的做法虽然略显生硬，但绝对合情合理，没有可以责怪的地方，这件事的责任首先在陶冰倩。陶拥军正在考虑着如何安慰陶冰倩，陶冰倩却在这时扬起了脸。

“爸，您什么也别说了，我承认，这次的责任怪我，可他有什么了不起的，不就是个小组长嘛。”说着，陶冰倩站起身走进了自己的房间。陶拥军望着女儿的背影，不由摇头苦笑了两下。自己的女儿自己最清楚，骨子里是个争强好胜的禀性，这下廖斌可真有的受了。

“想什么呢？”施燕递给陶拥军一杯茶，幽幽地问道。

“没想什么，我只是觉得，倩倩今天的情绪好像有点不大一样。”陶拥军若有所思地说道。

“是吗？”施燕朝女儿的房门望了一眼，作为母亲她当然早有觉察，但是女儿大了，应该给她一个相对自由的空间，何况此时的施燕，心中却别有一番滋味，“拥军，你猜，今天谁给我打电话来了？”

“谁？”陶拥军隐约觉出了事情原委，不免有点心慌意乱。

“是依琳，她约我们周末去知味斋吃饭，你说，我们去还是不去？”听起来像是在征求陶拥军的意见，然而没等陶拥军回答，施燕挥了一下手，“去，干吗不去，毕竟是多年未见面的老同学嘛，不去，倒好像我们欠她什么似的。”施燕自顾自地说着，扭身走进了卧室。

当初，施燕和陈依琳是大学舍友，两人几乎同时喜欢上了陶拥军，只是后来陈依琳移情别恋，最后移居美国，施燕才最终和陶拥军走到了一起。让陶拥军想不明白的是，陈依琳提出请他们两口子吃饭，这葫芦里究竟卖的什么药？

很快，清明节来临了，在父亲陶志坚的安排下，陶拥军一家跟随陶志坚去给爷爷陶宗汉上坟，这是他继任二七厂厂长以来第一次祭奠爷爷。一晃儿，陶宗汉离去已经十多年了，太子峪陵园的规模增大了不少，苍松翠柏之下，陶宗汉和何香草静静地审视着人世间的点滴变化，尤其是工厂的每一次负重前行，他们在九泉之下都能感觉得到。

“爸，我们来看您了，我们都挺好的，您就放心吧。”摆上祭品，陶志坚俯身蹲在墓碑前，低声说道。这么些年，陶志坚也老了，正式退休后，他和陈佳雨一同搬回了长辛店。虽然他不在二七厂工作，可是却时刻关心着工厂的命运。工厂一年年地走向衰败，他心痛、焦虑，而当工厂取得点滴进步时，他又为之欣喜，他觉得无论自己走得多远、飞得多高，而根始终在长辛店。所以，当听说儿子陶拥军继任二七厂厂长后，他在高兴的同时，又为儿子捏了一把汗。为此，父子俩曾有过一次交谈，陶志坚所要表达的意思就是，不要给你爷爷丢脸，听上去要求并不高，其实是立了一个标杆在那里，对此陶拥军当然心知肚明，但他信心满满。

“爸，您就放心吧，我不会让您失望的。”

简简单单一句话，让陶志坚很是欣慰。时间过去了将近一年，如今看来，陶拥军交上了一份合格的答卷。

“爸，告诉您一个好消息，拥军也像您一样，当上了二七厂厂长，我虽然没有子承父业，可是您的孙子却承担起了那份责任，我知道，您一定很高兴。”

“爷爷，我知道，我肩上的这份担子不轻，但我的身边有一群敢于担大任的二七人，我们不敢说会超过前辈们所创造的业绩，但我们绝不会给‘二七’这个光荣称号丢脸的，爷爷，您就放心吧。”陶拥军说得很诚恳，他至今也难以忘怀在爷爷、奶奶身边生活的那段日子。而陶冰倩也从中体会到了那份庄重与责任，她虽然对陶宗汉没什么印象，尤其是陶宗汉所经历的那些历史，离她毕竟有些遥远了，但是她从陶志坚、陶拥军的身上还是感受到了历史的厚重。陶冰倩把手中的鲜花敬献在墓碑前。

因为是清明小长假，陶拥军有了片刻的休闲时间，晚上，他陪着父亲下了盘围棋。年轻的时候，陶志坚也算是此中高手，只是岁数大了，计算力不如以前了，但围棋仍是他的挚爱。

“拥军，能不能这么理解，工厂一旦试制成功了大型养路机械，就算是彻底摆脱了困境，我听说那东西很贵的，一列车要一亿多元呢！”

“还不能这么认为，唯其贵，所以铁路的保有量必然有限，它不可能支撑工厂许多年，工厂想要真正摆脱困境，就目前而言，还是要在保证目前市场份额的情况下，努力开拓路外市场、国际市场。爸，我有一个不算成熟的想法。”

“说来听听。”

“我想像当初建北厂时那样，在适当的时候，在工厂资金允许的情况下，择地再建一个分厂，重新开拓车辆领域，如果可行，城市轨道交通也可涉足。我觉得城市轨道交通的发展前景十分乐观。现在不仅北京、上海这些特大城市在大力发展地铁，就连许多省会城市也在建设当中，您想想，我们国家以这样的速度发展下去，地铁的需求量会有多少？到时可能不仅省会城市，就连一般的地区城市都有可能会修建地铁呢。”

陶志坚没想到陶拥军为工厂勾画的蓝图竟这般宏伟，一时竟不知如何回答了。

“那……拥军，你想过没有，这得需要多少资金，得需要多少时间呀？”

“所以说，这还只是一个梦想，也许还没等到它实施，我都退休了。但是一旦工厂摆脱了目前的困境，作为领导者，这些必须要考虑，毕竟是关乎几千人的饭碗问题，我们不能只盯着眼前，要有超前意识，只有工厂有了一个美好前景，这几千人才会安心，他们的家庭才会和睦，长辛店地区才会和谐呀。”

陶志坚欣慰地笑了，他觉得陶拥军不愧是陶家子孙，是个有担当、有作为的男子汉。心里一高兴，对棋局考虑得就有些不周详，结果就下出了恶手，只有认输，但他却感到前所未有的轻松。

7

因为签署了销售协议，第一台新一代工矿内燃机车的研制被提到日程上来了，刘正权也感到了压力，率领团队经常没日没夜地研究图纸，力图做到尽善尽美。

“陶总，新一代工矿内燃机车在总体设计上更加人性化，所以对生产过程的质量要求也就格外严格，尤其对焊接工艺水平的要求，较之以前高出不少，你看这里。”一次，陶拥军在听取刘正权汇报时，刘正权指着图纸向陶拥军解释道，“这里过去我们采用人工焊接，焊接好了之后再整体落车，这样做的结果无疑会使车体看上去更加笨重，缺少了应有美感。而这次我打算先落车，然后用焊接机械手再进行内部焊接，这样，车体就会比以前美观得多。但是对焊接机械手的焊接质量要求比较高。”陶拥军听了以后，点了点头。看得出来，刘正权真是下心思了，这么一改，外观形象确实改进不少，但那里又确实是个焊接死角，人工焊接，难度又很大，除非行家里手。而对批量生产而言，则非焊接机械手不可，因为一个工厂不可能同时拥有那么多焊接高手，关键是，在那里焊接，风险大，极易对人身造成烫伤。

“正权，你放心吧，老秦目前正率人和欧宾公司的人谈判呢！如果顺利的话，不久就要签下合同，一定不会耽误新车研制。”刘正权听了以后，嘴唇动了动，似乎想说什么又没说出口。陶拥军知道刘正权话没说出口的意思，那就是他也同意购买卡特公司的焊接机械手，可是副厂长秦德路却力主购买欧宾公司的产品。陶拥军考虑到秦德路是班子里的重要成员，同时又是秦德龙的哥哥，当初为了保释孙益中，算是不大不小地得罪了秦德龙。如果两家公司的产品质量差不多的话，那就听从秦德路的建议，应该也没大问题，同时多少还可以缓解一下和秦德龙的关系。更为重要的一点，秦德路同时又是集团公司董事长雷鸣达的连襟，因为这一层关系，他就更要给足秦德路的面子。更何况陈依琳还是欧宾公司驻中国分公司总经理，所以选择欧宾公司，应该是多方权衡的结果。这时，陶拥军忽然想到了另外一件事，便有意转换了话题，“正权，我还想问你一件事，你觉得廖斌这个小伙子怎么样？”

“人很聪明，也算踏实肯干，看来以前的慵懒只是表面现象，是我们当时‘大锅饭’的政策把他惯得慵懒了。这段时间，小伙子为了彻底解决柴油机烧轴烧瓦问题，吃住都在试验站，人都累瘦了一圈，不过还真有成效，最近几台车就没出现类似问题，看来他已经找到了解决问题的办法了。我个人觉得，廖斌是个人才，组织上应当着重培养。”刘正权奇怪，陶拥军怎么忽然问起了这个？同时，他又想到了另外一个问题。

“陶总，我这次打算，新一代工矿内燃机车的锻造部件，我们都自己生产，以往我们都外购，可是质量问题一直也没有得到妥善解决，就拿不久前大同矿务局的事故而言，其实就是锻造外购部件出现的质量问题，使整车都不能作业，给工厂造成了极其恶劣的影响。”

“这个问题我也想过，可是几年前，北京市为了保证首都空气质量，严抓污染问题，我们的锻工车间已经撤销了呀，说起锻工车间，那可是咱们厂老牌光荣车间。当初打造道夹板，为工厂夺得第一面锦旗；再到后来闻名全国的边刘小组，都是锻工车间的骄傲。”

“我们可以找其他城市的锻造厂，由我们出技术、出资金，对方出场地、出人力，算是联营。但生产的全过程必须有我方人员全程监督，严格按工艺办事。这样算下来，比起购买成品，成本起码会节约一半，而且最为关键的是，质量可以一劳永逸地得到保障。陶总，为此我特意设计了几套专用模具，只是工艺比较复杂，加工起来不是那么容易。”说着话，刘正权指着几张图纸，向陶拥军解释着。陶拥军一见，可不是，单单是模具样坯的锻造就不容易，何况还得需要高级钳工仔细修复，才能达到技术要求。然而一旦投入到生产过程中，确实会产生不错的效益，看来刘正权真是下了一番心思。这么想着，陶拥军本想说几句感谢的话，可话未说出口，却见刘正权的身子往旁边歪了一下，脸一下子变得灰白。

“正权，你怎么了?”陶拥军及时扶住了刘正权，关切地询问。

“没事，老毛病了，胃老是疼，吃点药就好了。”刘正权用手摁住腹部，吃力地说道。

“不行，正权，你一定得去医院看看，最起码也要到厂医院进行一次检查。小周，你负责找两个人，带刘总马上去医院检查，情况随时通报给我。”陶拥军向外间屋的周晓文吩咐道。

“不……不用了。”刘正权还要试图阻止，可是汹涌袭来的疼痛已使他汗出如雨。这时，周晓文带着几个人冲了进来，两名小伙子不由分说，上前背着刘正权就朝办公室外走。望着几个人忙乱的背影，陶拥军有一种前所未有的心慌意乱。

当天晚上，陶拥军就接到周晓文打来的电话，说是医院检查结果很不乐观，他们怀疑是癌，建议马上转院，进行全面检查。

“那就转院，去最好的医院。小周，这些日子你就帮助刘总的爱人一同照顾刘总，不用进厂上班了，我会通知办公室，算你临时借调。”陶拥军知道周晓文办事认真细致，有她协助照料刘正权，陶拥军还是放心的。但一想起刘正权还年轻，正是干事业的大好年华，心里就祈祷刘正权一定要没事。

第二天，陶拥军拿着刘正权留下的几张图纸，找到孙益中，想要征求一下孙益中的意见，看看以工厂现有的加工能力，能不能完成这样的模具制造。没想到孙益中看了图纸后，一个劲儿地摇头。

“陶厂长，跟您说实话吧，以咱们工厂现有的能力，我们无法完成这样的模具制作，主要是样坯的锻造，目前没有设备，更没有人才。您知道，我们厂锻工车间早在几年前就取消了，大家退休的退休、转行的转行，没人再搞锻造了，何况还是这么复杂的模具。这要放在以前肯定没问题，据我所知，当初的边刘小组，可干过比这还要复杂得多的模具呢！要不您去找我师傅吧，在他们那些老一辈当中或许有技术高超的锻造高手。可是没场地、没设备，上头也不许搞啊！”

“场地、设备不成问题，我们可以联系外地的锻造厂，关键我们得有技术高手，到时进行全程监控和技术指导。”陶拥军说着，立刻派人去请凌云波。没过多一会儿，凌云波就来了，他身后还跟着一个身材高大魁梧的老头儿，此人看上去六十多岁的样子，很是精神。

“陶厂长，我给你们介绍一下，他叫马超，我们都管他叫大马哥，他可是以前我们厂的锻造高手。”

“马超？五虎上将嘛。”陶拥军为了活跃气氛，故意开了一句玩笑，众人也都笑了。

“陶厂长，不是我老凌为老伙计吹牛，马超的师傅，你知道是谁吗？”

“谁？”

“那可是赫赫有名的劳模边孝正，和‘机车大夫’陈发共同出席过群英会的人物。”

“真的呀！那太好了。”陶拥军一下来了兴趣。关于那个火红年代的记忆，大都来自陶宗汉的回忆录，却深深地印在了陶拥军的记忆当中，“马师傅，边老的身体怎么样，还好吧？”

“好着呢！”马超笑呵呵地应道，他仔细看了看图纸，“陶厂长，在我看来，这活儿并不太难做，我曾跟师傅一块儿干过比这复杂得多的活儿。二十世纪七十年代，咱们厂试制6000马力内燃机车的事，您知道吧？”

陶拥军点了点头，那是工厂发展史上的一段光荣，他焉能不知！

“陶厂长，当年‘天车拉花键’的传奇，我们愣是用天车拉花键的土办法，制造出了符合要求的凸轮轴，而这一工艺的关键则是固定装置，只有保证天车在运行的时候不左右摇摆，拉出的花键套才不会有偏差。而那套固定装置的样坯可比这复杂多了，要不这样，陶厂长，我带你去看看，我记得那套装置后来就不用了，一直放在修机车间。”

“好，我们一块儿去看看。”

修机车间就在办公大楼的下边，一行人很快就找到了修机车间主任，在主任的带领下，他们来到车间一角，那套装置已静静地卧在那里快四十年了，岁月的流逝只是给它增添了一丝风尘，但是仍不失当年风采。马超说的没错，这套装置真是相当复杂，听马超详细地回忆当时锻造这套装置的全过程，陶拥军有理由相信，马超完全胜任新模具的锻造任务。

“好，马超师傅，实在太好了，这么说，锻造那个部件应该没问题了？”

“岂止是没问题，这在我们大马哥面前，根本就是小菜一碟。”凌云波当然也掩饰不住内心的喜悦。可是紧接着便收敛了笑容，“可是陶厂长，我们的锻工车间早就取消了呀，再说，北京又不让搞。”

“那没关系，我们马上联系外地有一定实力的工厂进行联营，只是到时师傅们得负责把他们教会，同时，为了保证质量，还得留人进行生产全程监控，我们的锻造部件不能再出任何质量问题了。”

“放心吧，陶厂长，到时我们都去。车铣刨磨外加钳工，样样都有，准保没问题，包教包会。之后，我们再轮流蹲守，出了问题，您找我们就成。”

“谢谢，真的太感谢了，本来各位师傅都已经退休了，到了颐养天年的时候了，可是为了厂子复兴，你们还要……”

“陶厂长，你这么说就太客气了，厂子发展了，我们这些老人才可以更加放心地安度晚年不是？”凌云波朴实的话语，引得大家伙一个劲儿地点头，而陶拥军的心里却一时难以平静下来。

8

推托了几次，在陈依琳近乎固执地一再邀请下，陶拥军最终答应赴约。一来，毕竟是老同学，抛去以前的恩怨不说，现在俩人又都是两个单位的负责人，而这两个单位目前又有着商业往来，这就难免抬头不见低头见；二来，虽说关于焊接机械手的采购协议已经草签，但不知怎的，陶拥军的心里还是有些不踏实，见面详谈或许能给心理一点暗示；第三，前任厂长邓中秋在任期间因为抵押而购进的宝马轿车，在陶拥军一上任的时候，就指示有关人员尽快处理掉，可是买家一直不好找，最后还是陈依琳买走了，而且价格还算合理，陶拥军当然要当面致谢。但是陶拥军在酒桌上，却表现得有些神不守舍，精神老也不能集中，就连施燕都看出来了。

"拥军，想什么呢？依琳在向你敬酒呢！"当着昔日情敌的面，施燕大撒了一拨狗粮。陶拥军的脸一红，尴尬地笑了笑。

"对不起，依琳，刚才我走神了，来，我们举杯，首先感谢你能以合理的价格购买了那辆宝马车，为我解决了一大难题；其次我们为焊接机械手的采购协议的签订而庆祝。"于是几只酒杯碰在了一起，发出一串清脆的响声，而陶拥军只是浅浅地抿了一口，他此时真的有点身在曹营心在汉的感觉，他想起了刘正权，怕刘正权的病如果最终被确诊为癌症，刘正权的家人一时接受不了残酷的事实。所以他要求周晓文，一旦有了结果，无论何时都要第一时间告诉他，他的手机二十四小时都会处于开机状态。他现在是既盼着报平安的电话，同时又害怕来电话，心里矛盾得很，故而显得惶惑不安。

"陶总实在太客气了，公平地说，购买那辆宝马车，我是捡了一个大便宜，我还要感谢你呢！不过今天，陶总看来心里装着其他事呢！"在公众场合，陈依琳都很有分寸地称呼陶拥军为"陶总"，尤其今天还有施燕在场，她更要和陶拥军拉开一段距离。说实话，当初为了能够去美国留学，陈依琳忍痛放弃了陶拥军，但说实话，她心里一直都有陶拥军，毕竟是初恋，难以忘怀。与戴维斯离婚后，她拒绝了不少追求者，为什么，她自己也说不清楚。没想到，命运却又将昔日的恋人——陶拥军推到了她面前，她的心再次掀起波澜。

“咱们都是老同学，就别‘陶总、陶总’地叫了，叫我拥军就成。”陶拥军的脸上努力挤出一丝笑，“其实也没什么，只是如今当厂长，事关几千多号人的饭碗，经常感到有点累，没有订单要想方设法地去联系客户，有了订单又要担心产品质量、生产进度等等，这中间还别出生产事故，那可是更要命的，什么事都放心不下，全不像以前在总公司当处长时那么自在。”

“说得也是，不过你放心，我们公司生产的焊接机械手，质量绝对过关，你可以不相信公司的品牌，难道你还能不相信我们多年的老同学关系，是不是，燕子？”陈依琳说着，冲施燕眨了眨眼。施燕乐呵呵地点头应允，本来，她是带着戒备心来的，可是聊着聊着，她就被陈依琳的那种自然的亲和力所感染了。

“拥军，那我就这么叫你了。”陈依琳美眉往上一挑，显得既调皮又神采飞扬。

“说实话，我还真的很羡慕你，你手下真是强将如云啊，就拿那个孙益中来说，我开出的薪金在比你付给他的不知高了多少，这还不算别的奖励，我以为完全可以手到擒来，没想到他就是不肯离开二七厂，你到底靠什么笼络住的人才呀？”

“这你就不懂了，我和孙益中，包括刘正权，我们许多人都是二七厂子弟，我们祖父辈有不少人都为二七厂出过力、流过汗。我们在这里长大，接受教育，我们对二七厂有一种近似于对故乡的感情，我们当然希望它好，也愿意为它做点什么，我……”一阵急促的手机铃声，打断了陶拥军的话头，也吓了另外两个女人一跳。陶拥军的心头不由一紧，忐忑不安地按下了接听键。

“陶总，医院的检查结果已经出来了，是胃癌晚期，癌细胞已经扩散，医院说乐观地估计，刘总也就只有三个月时间……”后面周晓文说了些什么，陶拥军都没有听到，他只觉得一阵揪心般地疼痛。

“拥军，你怎么了？”

“拥军，发生了什么事？”

这下，两个女人同时发现了陶拥军的异样。

“对不起，依琳，我们单位刘正权副总工程师，也就是新一代工矿内燃机车的主设计师，刚刚被医院确诊为胃癌晚期，我得立刻赶往人民医院。”说着，陶拥军站起身急忙朝包间门外跑去，因为脚步有点急，还被椅子绊了一下，险些摔倒。两个女人面面相觑，待了一下，拿起各自的东西也紧跟了出来，差点连费用都忘了结。

医院特护病房内，刘正权身穿病号衣，仰面躺在病床上，和前几天相比，仿佛换了一个人。陶拥军和几个同事围在病床边，大家想说点什么，可是又无从说起，心里都有些沉重。倒是刘正权环视了一眼大家，咧嘴笑了一下。

“怎么了，大家都别哭丧着脸好不好？不就是胃出了点毛病吗？有什么大不了的，那就老老实实治呗，只要听医生的，准保没错。”说着话，刘正权转向了陶拥军，“陶总，我这一病，新一代工矿内燃机车的研制工作，就全靠你统筹安排了，我还有些话要单独对你说。”大家听刘正权这么一说，纷纷走出病房，陶拥军回身把房门关好，来到病床边。

“陶总，我知道，我这病没有几天好活了，可是我不甘心，我是多么想看到新一代工矿内燃机车批量生产的那一天，我更希望能亲眼看到我们厂走出困境啊。”

“快别这么想，正权，我们厂一定会越来越好的，你目前最为重要的就是安心养病。”

“我知道，因为我能感觉到，我们厂的人心还没有散，只要有这股劲儿，复兴的那一天迟早会到来，只是可惜……”刘正权挥手阻止了陶拥军想要安慰自己的话，“拥军，现在就我们两个人，我还是拿你当老同学，你别宽慰我，我自己的病我心里清楚，人是不能和命抗争的。可是我还有一个未了的心愿，我希望将来能在工厂的发展史上留下点什么。”

“正权，其实你已经留下了你最宝贵的东西。”

“不，你不知道，我想，新一代工矿内燃机车研发成功后，如果厂里给我奖金，我想把自己应得的那一部分，以我的名义设立一个奖励基金，用以奖励今后为工厂新产品、新工艺的研发做出特殊贡献的人，这是我的一个心愿。”

“可是……”

“拥军，你不要为我的家人担心，请你一定要答应我。”刘正权的声音几近哀求。

“……好吧，我答应你。”犹豫片刻，陶拥军最终点头应允，他上前握住了刘正权的双手，在那一刻，陶拥军已在心里许下诺言，今后不管怎样，他都要替刘正权承担起对家庭、对孩子的责任，只要是对厂子有贡献的，必须都让他们走得安心。

9

不知不觉端午节临近了，这段时间总体来说还算顺畅。首先，第一台新一代工矿内燃机车的试制已进入落车阶段，接下来将进行全方位试验；其次，大型养路机械——LZC－800 型路基处理车以及 GMC96B 型钢轨打磨车的技术引进工作已近尾声，相关图纸的最终审定已经通过；再次，由美国进口的焊接机械手也已经到货，经验收后将投入到实际生产中；第四，在专家多次会诊后，刘正权的病情终于得到有效控制，看来原先的估计是有些悲观了。想着通过这一年多的努力，工厂逐步走向了复苏，陶拥军不由轻舒了口气。忽然又想到女儿陶冰倩在工厂的实习也快结束了，自己却从未过问，不禁苦笑了一下。而此时，电话铃响，是厂办主任魏金生打来的。

“陶总，告诉你一个好消息，我厂青年工程师廖斌的一篇关于柴油机技改的论文，荣获总公司科技论文一等奖，同时廖斌也获得了总公司优秀青年科技工作者称号，这是我刚刚得到的消息。”

“噢！”陶拥军的眉毛不由向上一挑，显然，消息还是相当让人振奋的，陶拥军决定要以此为契机，鼓励全厂青年都向廖斌学习，掀起一股学习的浪潮。

“老魏，你通知一下宣传部门，要大力宣传好这件事，这样的青年典型值得我们去树立。”放下电话，陶拥军忽然想到，廖斌不正是女儿实习的那个小组的组长吗？这个臭小子，不仅棋下得好，事干得也不错。不如现在就去柴油机试验小组看看，陶拥军想着，现在也快到下班时间了，应该不会有什么事了吧。

走出办公大楼，远远地，陶拥军看见一个熟悉的身影在楼前徘徊，似乎在等什么人，又好像在为什么事情踯躅着，走近一看，原来是孙益中，陶拥军的心里不由一动，猜想孙益中一定有事。

“益中，你找我？有什么事吗？”

“陶……陶厂长，没……没什么事。”孙益中虽然这么说，可是脚却不见挪窝。

“不对，你一定有事，说吧，不管公事私事，只要不是你辞职的事，我都会尽量满足你。”为了缓解气氛，陶拥军甚至开了句玩笑。

“怎么会呢！我肯定不会辞职，我只是对焊接机械手不放心，第一台新型工矿车，对我厂而言又是那么重要，所以……所以我想到时亲自去检查一下焊接质量，没有问题更好，而一旦发现问题，我还可以及时补焊。可是秦厂长却不同意，他对我怀疑欧宾公司的产品很不满意。”陶拥军听着，心里不由涌动着一股暖流，有这么爱岗敬业的员工，他实在没有理由不将工厂带出困境，进而发展壮大。

“可是，益中，如果补焊会很危险的，万一……”

“我知道，我会加倍小心，何况我现在只是担心，不一定就会有问题。陶厂长，我们厂的车实在不能再出问题了呀，厂子再也经不起折腾了，我觉得还是保险为妙。”

“你打算什么时候去检查？”

“端午节后第一天上班，放心吧，陶厂长，我心中有数。”

“那好吧，那天我一定赶到，你一定要等着我。”

“那……陶厂长，我先走了。”孙益中腼腆地一笑，朝大门口走去，此时已过下班时间，陶拥军愣愣地望着走出厂门的人流，有些怅然。

而下班了，但柴油机试验站会议室里却张灯结彩，原来这里正在举行一个小型联欢会，庆祝连续十台柴油机试验均未出现烧轴烧瓦事故，这在以往绝无仅有，同时也说明廖斌的技改方案获得巨大成功，廖斌还获得总公司优秀青年科技工作者称号。一帮小年轻脱去了厚重的工作服，立刻就有了青春的靓丽风采，为此，当陶拥军来到试验站时，许多人正起哄让廖斌和陶冰倩合唱一首歌，歌名是一首经典老歌《潇洒走一回》。

“起什么哄啊，这歌我不会唱。”廖斌的脸通红。

“得了，组座，我可听你哼过这首歌，那叫一个潮，哥们儿，想不想听啊？”

众人齐声回答“想”。陶冰倩倒很大方，她上前拉起廖斌，一起走到中间。两人对视一下，齐声歌唱，立马就把众人吸引了。一曲歌罢，掌声四起，气氛也达到了高潮，有人提议再唱一首，这时陶冰倩却发现了陶拥军。

“爸爸。”陶冰倩没想到陶拥军会来到这里，以前父女俩约定，陶冰倩来二七厂实习，陶拥军绝对不过问、不插手，尽量不让别人知道他们是父女关系，可今天这是怎么了？而廖斌也随着陶冰倩的目光望过去，当然也发现了陶拥军，他吃惊的是，陶冰倩竟然会是陶拥军的女儿，他一时间竟无所适从起来。

端午节过后第一天上班，开过例行会议后，陶拥军急匆匆地赶往金属结构分厂，这时，孙益中已准备停当，一会儿他就要检查焊接机械手的试焊质量。陶拥军发现，作为引进焊接机械手主要负责人，秦德路并没在现场，尽管对这样的复检行为心里会有抵触，但绝对不应该缺席，否则就是严重的不负责任，陶拥军无奈地摇了摇头。

"益中，准备好了吗？那就开始吧，安全为上。"

"放心吧，陶厂长。"孙益中轻松地笑了笑，他匍匐着进入车体底部，大家都凝神静气。孙益中检查得很仔细，他本身就是焊接方面的专家，所以很快就发现了问题。

"陶厂长，在车体底部最隐秘的地方存在着漏焊现象，按设计要求，那里使用焊接机械手后，应该是整体平面焊接，而现在只在关键的几个点上焊住了，我敢肯定，我们受骗了。我查过相关资料，新一代焊接机械手在设计上完全能够达到我们的技术要求，而老的焊接机械手就只能达到点焊效果。"孙益中气愤地说着。

陶拥军的脸拉长了，谁都知道，整体焊接不仅外观效果好，关键是质量过硬，而点焊虽然在短时间内不会有什么问题，可一旦使用时间长了，容易开裂，甚至造成严重质量事故。他没想到，陈依琳竟然敢这么明目张胆地以次充好，违反协议。然而责任的追究那是以后的事情，当前最为要紧的是如何解决问题，距离首台新型工矿车交付使用的时间已不远了，此时，再去临时换新的焊接机械手进行补焊，显然不切合实际。

"益中，那你说，现在我们该怎么办，有什么补救的方法吗？"陶拥军的心里很焦急，他希望这位专家能想出一个补救措施来。

“别的办法没有，将车体拆开，重新焊接再组装，一来工期紧，二来不符合设计要求，目前只有我下去补焊，看看效果成不成？”

“可是那样会很危险的。”陶拥军虽然知道孙益中说的是实情，可是在那样一个狭小空间里实施焊接，飞溅的高温铁星肯定会对人体有烫伤，关键是人还要仰面朝上，这样危险就会更大，陶拥军绝不允许孙益中去冒这个险，可是交车时间迫在眉睫，除此之外还有别的方法吗？

“没有第二个方法了，放心吧，陶厂长，我会加倍小心的。”

“益中，一切小心。”陶拥军握住了孙益中的双手，孙益中则坚定地点了点头。

穿戴停当后，孙益中再次回到车底。那是一段多么难熬的时间啊，电焊弧光闪耀，映着每一张严肃的脸庞，陶拥军甚至都可以闻到衣服被烧焦的味道，但是他又不能冲孙益中喊话，生怕孙益中分神，他只希望这段时间快点结束。终于，孙益中艰难地爬了出来。

“陶……陶厂长，好……好了。”孙益中本来想向陶拥军笑一笑，可是烧伤的疼痛已使他根本笑不出来，他晕厥过去。

“快送医院。”陶拥军冲周围人喊道，大家七手八脚抬着孙益中，冲出了金属结构分厂的大门。

10

“你们谁看到秦副厂长了？”回到办公室，一向温文尔雅的陶拥军暴怒地喊起来。

找遍全厂各个角落，也没看到秦德路半点身影，估计是听到风声躲了起来。陶拥军一肚子火没处撒，便拨通了陈依琳的电话。电话接通后，陶拥军却冷静下来，关于欧宾公司商业欺诈的行为，可以依靠法律程序去讨回工厂

的合法利益，这个时候和陈依琳又有什么好讲的呢？所以吭哧了半天，陶拥军竟然不知说什么才好。倒是陈依琳好像早就预料到会接到这个电话一样，只淡淡地说了句："我们还是老地方见面吧。"

所谓老地方，是指北京有名的东来顺饭庄本部，以前上大学时，陶拥军和陈依琳不时会在这里约会，这里的涮羊肉闻名全国。陈依琳先到一步，点了陶拥军爱吃的几样小菜。虽然外面已有点盛夏的酷热，可在包间里冷风一开，还是蛮舒适的。

"对不起，拥军，我没想到，我们之间第一次合作，竟会是这样一种情形，实在对不起。"知道了实际情况后，陈依琳真诚地向陶拥军道歉。

"没想到？说得轻巧，你知道贵公司的这种行为，造成了什么样的后果吗？我们第一台新型工矿车险些就毁在你们手上，一旦出现质量事故，影响的可是我们整个路外市场的开拓。为了补上这个漏洞，孙益中冒险作业，结果造成二级烫伤，现在还躺在医院里，那可是我们厂最为出色的焊接技师啊。"

"我再次道歉，也愿意为孙师傅的早日康复做些补偿。但是，这件事情并不怨我们欧宾公司。"看到陶拥军一副疑惑不解的样子，陈依琳微微一笑。

"我知道，鉴于秦副厂长的特殊背景，有许多事情连你也不便插手，就拿这次贵厂采购焊接机械手来说，据我所知，本不是秦德路的职权范围，但你却不得不授权于他。本次采购最终合同的签订以及到我公司验货的都是这位秦副厂长，还有一位叫魏金生的厂办主任带着几位所谓的专家去的。但是我打听到，他们全是贵厂职能科室的掌权人物，也就是跟秦副厂长关系好的那些人，这些人对焊接技术一点不懂，由他们全程参与，跟免费旅游差不多。而最具有实际操作经验的孙益中师傅，却一直被排斥在外，根本没去美国。关于这些人到美国后的过程我不说，想必你也能想象得到。我只说结果，当我方提出以旧款机型代替新机型时，贵方秦副厂长及相关人员虽也提出异议，但在我方一再要求下，他们最终同意并在合同上签了字。”

“恐怕没这么简单吧?”陶拥军脸上挂着嘲讽的笑容。

“你是说我方行贿了？放心吧，那是在美国，一旦这种行为曝光，对公司的打击是巨大的，说不定还会因此而破产，故公司不敢也绝对不会这么去做。问题的关键是，贵方人员根本就不知道新款焊接机械手和旧款焊接机械手究竟有什么不同，认为只是外观更漂亮而已。再加上公司虽然不会去行贿，可为了此次‘旅游’，毕竟也花费了不少，正所谓吃人嘴软，拿人手短……”

“够了。”陶拥军愤怒了，一些党员干部竟然无耻到这个地步，公然将国家、集体的利益抛之脑后，如果这伙蛀虫不除，早晚会坏了一锅汤。同时，他也愤怒于陈依琳的心安理得，难道在商海中混久了，人就如此没底线了吗？如果说依合同，我们无法告倒欧宾公司了，因为我们自己内部蛀虫把事情办坏了，可是陈依琳真的就能做到良心上泰然处之吗？陶拥军冷冷一笑。

“依琳，承蒙你今天如实相告，但是我想，孙益中是不会接受你的帮助的。”陶拥军站起身走出了包间，自始至终连头也没回。

“哎，你……”陈依琳想要喊回陶拥军，可是话到嘴边又咽了回去，她颓然地坐在椅子上。

出了东来顺饭庄，陶拥军驱车直接赶往积水潭医院，那是全北京治疗烧伤最好的医院，孙益中在这里接受治疗并养伤。陶拥军见着孙益中时，孙益中的情绪还不错，凌云波及孙益中的家人、朋友都在。见着陶拥军，大家纷纷起身让座。

“陶厂长，您怎么来了，工厂有那么多的事情……”

“有再多的事，我也应该来看你，你是我们厂的功臣。”说着，陶拥军把路上买的一个果篮放在了小桌上。

“怎么样，益中，好些了吗？”

“好多了，您看，我正跟师傅聊奥运呢！”孙益中说着，故显轻松地笑了一下。

“益中，我已指示宣传部，让他们这段时间集中精力，大力宣扬你一心为厂的精神，不仅要在厂报上刊登，还要争取上更大的报纸。我们厂就缺乏像你这样的人才。”

“陶厂长，快别这么说，那都是我应该做的。”

“不对，那天的事没人逼着你去做，是你的责任心驱使你去做的，你的奉献精神为工厂挽回了损失，这样的人物不宣传，那我们的宣传部门还能去宣传谁呢？”

“就是的，陶厂长，益中是好样的，我们大家伙都服他。”一个小伙子在旁边感慨道。

“不仅要大力宣传英雄人物，我们更要让英雄人物，包括他的家人感到温暖，让每一个为工厂发展做出贡献的人，从心里感到值得为这个集体做出贡献。益中，我已决定，在工厂内部成立一个奖励基金，凡是为工厂做出突出贡献的人，都可以得到不同程度的奖励。当然，这种奖励是在国家应有的补偿、奖励措施之外，工厂额外补加的。我会动员全厂员工募捐，我个人将捐助五万元，当然，至于发到你个人手上会有多少，还需要有关部门具体运算后得出，钱也许不会很多，但这表明了工厂的一种态度。”

“好。”凌云波激动地说道，带头鼓掌，陶拥军赶忙制止。

“小声，这是医院。”陶拥军的脸上挂着笑意，“益中，我今天来，一来是看看你；二来有件事想和你商量。”说着，陶拥军在椅子上坐了下来，同时示意众人也都坐下，“这些日子，我一直在想一个问题，目前，我们工厂学习技术的风气很不浓厚，技术工人匮乏，这种状况不改，前景堪忧。我们是生产制造厂家，再好、再先进的设计理念，总得通过技术工人的双手制作，才能得到完美体现，所以我们一定要有技术人才储备，要在厂内掀起一个学习技术的热潮，要让每一个人都能体会到，学习技术不仅不丢人，而且还会受人尊重，会对个人有实际的收益。”众人纷纷点头。

“陶厂长，不瞒您说，我们一帮老哥们儿也常感叹，手上的这点绝活儿都快传不下去了。”凌云波发表着感慨。

“所以，我跟益中商量，能不能在厂里成立大工匠工作室，分车、铣、刨、磨、钳工、焊接等各工种，而每一个工作室的负责人必须是该工程的技术权威，原则是宁缺毋滥，达不到要求的，可以先不成立工作室。而工作室负责人的岗位也不会终身制，如果你的技术水平落后了，或是有人超过你了，那你就将自动下岗，把大工匠工作室负责人的岗位让出来，当然，大工匠工作室负责人的岗位薪水会很高，等同于厂内副总，甚至更高。”

“那工作室负责人的职责呢？”

“主要有两个方面，第一，工厂生产过程中出现卡脖子工程，他能带领团队解决；第二，要传帮带，把自己的技术绝活传给后继者。当然，为了集中精力干好工作室工作，工厂平时的日常生产，他可以不参与。还有重要一点，大工匠工作室可以面向全厂招收学徒，而一旦被选中成为学徒，待遇也会得到相应提升。声明一点，如果将来徒弟的技术超过了师傅，师傅会有另外奖励，同时工作室负责人的岗位也不会因此而丢掉，益中，你觉得这个方案可行吗？”

“太好了。”孙益中高兴得有点忘乎所以了，激动得拍了一下大腿，结果牵动了伤疤，痛得他不由“哎哟”了一声，但大家伙还是舒心地笑了。

11

真是平地起惊雷，一封匿名信寄到了集团公司纪委办公室，信中举报，二七厂现任厂长陶拥军，利用职务之便，大兴吃喝之风，有一次借口去大同矿务局调研考察，与厂办秘书某某某在宾馆发生不正当关系，为此强烈要求公司纪委严肃处理。本着对干部高度负责的态度，纪委部门将赴二七厂全面调查这件事。然而事情传到二七厂却完全变了样，说是陶拥军被勒令停职了，这下平静的工厂炸起来了。

这天，小车库司机刘建军像往常一样，踩着点儿，不紧不慢地朝办公室里走，快到时，迎面走过来几个人，为首之人他认识，是以前的老劳模、退休工人凌云波，而他后面则跟着青年工程师、新近在厂内大出风头的廖斌和其他几个人。刘建军有点心虚，想绕道躲过去，不想却被几个人团团围住了。

“你……你们要干什么？”刘建军面色惊慌地问道。

“干什么？这话应该由我来问你，你究竟干了什么昧良心的事了？”凌云波近前一步，几乎是在怒吼了。

“我……我什么也没干。”刘建军结结巴巴地回答。

“放屁！陶厂长去大同矿务局，那次的随行人员只有厂办主任魏金生、秘书周晓文，剩下的就是你了。自打秦德路被双规后，魏金生也被停职了，周秘书自己是受害者，那么诬告陶厂长的人就只能是你了，你敢对天发誓，说不是你吗？”廖斌怒斥着刘建军。

“年轻人，我们做事不能亏心哪。自打陶厂长来了以后，厂子的变化有目共睹，大家都从中看到了厂子复兴的希望。可是你这么一来，陶厂长被停职了。周秘书是个多好的姑娘呀，往人家身上泼脏水，你于心何忍？说实话，你要是我儿子，我早大耳刮子抡上了。”凌云波越说越气。

前两天，许多人都去单身宿舍看望了暂时休假的周晓文，虽然诬告信上没有点名，可是谁都明白那个“某某某”指的是周晓文，姑娘什么时候受过这样的委屈，当时哭着就跑回了宿舍，好在男朋友并没有相信那些无稽之谈，这几天特意请假来照顾周晓文，才使姑娘受伤的心灵得到些许抚慰。

刘建军望着众人愤怒的脸庞，他知道，自己这一次得罪了全厂，可是……可是他也有不得已的苦衷啊，刘建军忽然“扑通”一声跪倒在众人面前。

“老少爷们儿，我不是人，我混蛋，可是我妈得了尿毒症，手术费需要二十万，那个人答应替我出十五万，算是借我应急，晚点还钱没关系，所以我就……”刘建军说着，头深深地埋了下去。是的，自从答应那个人诬告陶拥军后，他一直受着良心上的谴责，今天当着大家伙儿的面坦白了，他有了一种如释重负的感觉。凌云波知道，刘建军本质上并不坏，自打父亲过早去世后，他跟母亲相依为命，是个孝子，做了这件坏事也有被胁迫的原因，想到此，凌云波目光复杂地望了刘建军一眼。

“谁？你说的那个人是谁?”廖斌敏锐地抓住了问题的实质，他想要查出背后隐藏的那个人。

“我也不认识，其实自始至终我们都没有见面，我不知道他通过什么途径知道了我的手机号码，上来就说他可以先为我垫付十五万元的手术费，条件便是让我整一份足以告倒陶厂长的材料。他知道我是陶厂长的司机，这样的材料应该不难搞。为了取得我的信任，他让我提供了一个银行卡号，当天下午就给我打进了三万元。”刘建军此时悔得肠子都青了，他深刻体会到“一失足成千古恨”的滋味。

“可是我绞尽脑汁也想不出有什么材料，最后只有拼凑了一份，他让我把材料寄到集团公司纪委，然后，他就会把剩下的钱马上汇给我，可是直到现在，那孙子也没有……”众人看着刘建军可怜的样子，真是又气又恨又可怜，一时倒不知说什么才好了。

“不过，我听那个人的声音，倒很像秦副厂长的唐山口音。”刘建军最后的一句话，很容易使人联想到背后的那个人很可能是秦德路的兄弟，集团公司保卫处副处长秦德龙。毕竟是推测，并没有实据，从法律上讲是不能立案的，为今之计还是要向集团公司澄清事实，还陶拥军以清白。

第二天早上刚上班，集团公司保卫处副处长秦德龙就发现情况有点异样，好像又有人来上访了，定睛一看，可不，为首的又是二七厂的那刺头儿，咦，这人怎么伤成了这样，脸上尽是伤疤，原来看上去挺英俊的一个人，现在竟有了股狰狞的味道。还有身后那老头儿，都退休了，不好好在家待着，跟着瞎起什么哄啊！秦德龙来不及细想，赶忙唤过几名属下，随他一块儿走出了办公室，拦住了孙益中。

本来还在家中养伤的孙益中，听说陶拥军被停职了，而师傅凌云波要带几个人再次去集团公司上访，要求上级部门留下陶拥军，孙益中便也坐不住了，坚持要跟着一起来。路上有人听说情况后，又陆续加入，这样，在集团公司大楼门口就聚集了不少人，秦德龙走到上访人群前，故意挺了挺腰板。

“你们干什么，想要闹事是不是？也不看看这是什么地方？”

“我们不是来闹事的，我们只是来找公司领导澄清一个事实，我们陶厂长遭到了别人诬陷，我们强烈要求留下他，二七厂离不开陶厂长。”孙益中的语气很诚恳。

“公司领导是你们想见就能见到的吗？再说了，任用领导干部，那是组织上说了算，像你们这样动不动就到公司来，这不是闹事是什么？我可告诉你们，赶紧回去，要不我可打电话请公安局的人来解决了。”

“秦处长，上次你把我送进去了几天，这次为了我们陶厂长，我再多进去几天也没关系。”孙益中的脸上甚至有了股轻蔑的笑意。

“你这位同志，怎么能这么说话呢？我们只是来反映情况，哪家的法律规定，共产党不许老百姓正常反映情况了？我退休了这么些年，眼瞅着工厂在一步步走下坡路，我心里头着急呀。好不容易来了陶厂长，厂子如今总算重新有了希望，可是，这么个好人还是遭到了诬陷，我们不服啊。那个搞诬陷的人也是，就不怕遭到报应吗?”凌云波走上前，神情激动地冲秦德龙说着。

秦德龙的脸一阵灰一阵白，只有他自己清楚，那封诬告信是他诱惑刘建军写的，他只想为自己的哥哥出口恶气而已。但是没想到事情竟会发展成这样！如今听着别人指桑骂槐地说着这件事，他心虚得也不敢分辩，于是用目光示意周围的保安，让他们劝说凌云波等人，不让他们继续往里面走，双方就有些推推搡搡起来，局面眼瞅着有点失控。

“各位师傅，我是集团公司董事长雷鸣达，有什么事情可以跟我说。”雷鸣达不知何时已来到众人中间，事情的原委他已了解了大概。自打他上任集团公司董事长以来，这样的事情还是头一次碰到。

“雷总，我们就是要向您反映，陶厂长是个好人，他是遭人陷害的，我们大家伙儿是来恳求您，让陶厂长继续留在二七厂。”凌云波代表大家向雷鸣达说道。这个时候，一名高大的中年男子分开众人，走上前来，一把握住了雷鸣达的双手。

“雷总，我是大同矿务局主管设备采购的鲍庭云，本来这次来北京是为了办点别的事情，顺便去二七厂看看陶总。可是今天到厂子里才听说了这件事。我特意赶到这里来，就是想跟您说，关于那天我跟陶总喝酒的事，我是见证人，我向您保证，陶总确实是一个好厂长，也是一个值得信赖的朋友。”

“谢谢，谢谢鲍总。”雷鸣达使劲握了握鲍庭云的双手，转脸看着大家伙儿，“各位师傅，我首先向大家声明一点，你们陶厂长从来也没有被停职过，他现在依然在履行着二七厂厂长的职务。当然，出了这样的事情，组织上调查了解全面情况，那也是必须的，这正是为了爱护干部。我刚才还在和你们陶厂长商谈关于二七厂下一步的改革方案，我看哪，还是让陶厂长出来和你们说几句吧。”

今天一早，陶拥军直接驱车从家里赶到集团公司，他向雷鸣达汇报了上任厂长以来的工作情况，之后又详尽谈了下一步二七厂的发展规划，他先从新一代工矿车谈起，继而谈到了大型养路机械的研发进程，最后还谈及了建新厂的设想。雷鸣达听得很仔细，还不时插上几句，他对陶拥军的大胆设想感兴趣，正要深入交谈，忽然听到院子里声音有些不太正常，雷鸣达起身走到了窗前。

“拥军，好像是你们二七厂的又来上访了，不过，这次情形和上次好像不太一样。”

陶拥军也来到窗前，可不，孙益中、凌云波……一个个熟悉的人都在，陶拥军的脸便有些挂不住了。

“雷总，我去叫他们回去，有什么事情总可以商量解决的。”

“先别急，我先下去，今天这件事情，最好你先别出面，需要的时候，你再出来，如何?”雷鸣达说着，轻轻拍了拍陶拥军的肩膀，走出了办公室，陶拥军愣了一下，只好跟了出去。在一楼大厅，陶拥军听到了雷鸣达的讲话，又断断续续听了大家的议论，他的心里很激动，也很不是滋味，自己何德何能，让大家伙儿如此器重?

“各位师傅，大家的好意我心领了，正像雷总说的，我陶拥军一直是二七厂厂长，如果组织需要，我会一直担任下去。厂子兴盛需要大家伙儿一致努力，仅凭我个人，就是有三头六臂也会力不从心的。我看这样好不好，大家伙儿先回去，有什么需要解决的问题，可以到厂办直接来找我，我随时欢迎大家。”

“陶厂长，我们大家伙儿信服你，老少爷们儿，我们回去吧。”凌云波招呼着大家伙儿走了。

“鲍总，谢谢你来集团公司为我证明，我……”陶拥军握着鲍庭云的双手，一时不知说什么才好了。

“陶总，倒是我应该谢谢你，是你让我看到了什么叫人格魅力。没的说，回去后我会建议公司，将再多预订贵厂生产的新一代工矿内燃机车十台，只是不知道这前后总共二十台车，时间又那么紧，贵厂能否按时交货……”鲍庭云说到这儿，却见陶拥军冲大家伙儿挥了挥手。

“各位师傅等等，鲍总是大同矿务局副总，他愿意再多订十台机车，加上原先的十台，一共二十台。大家伙儿说，我们能不能干好，能不能按时交货?”

“能!”众人异口同声地答道。

有了这二十台车的订单，新一代工矿内燃机车在路外市场的开拓，可谓有了一个良好的开局。因为大同矿务局在业内龙头老大的位置，这份订单所带来的广告宣传效果自不必说。全国不少的煤矿企业，当然也包括别的大型矿业集团，也都会把目光盯在二七厂所生产的新一代工矿内燃机车上，再加上路内市场的稳定，国际市场的进一步拓展，尤其是大型养路机械再试制成功并走向市场，可以说，二七厂离初步走出困境的日子不远了，众人兴奋地议论着。

这时，陶拥军的手机响了，他看了一眼来电显示，脸色不由一变，走到旁边接通了电话。大家都看到了陶拥军神情的变化，不知道发生了什么事，有点面面相觑。不一会儿，陶拥军走了回来，人们发现陶拥军的双眼竟有泪光闪动。

“雷总，我刚刚接到从医院打来的电话，我们厂的刘正权副总工程师因病故去了。”陶拥军觉得一阵阵剜心般的剧痛袭来，他说不下去了。

“啊!”在场众人也都被这一消息打蒙了，一时呆立在那里……

12

正像陶拥军所预计的那样，接下来的几年，二七厂的广大职工在厂党委领导下，努力开拓进取，在新产品开发上，继 LZC－800 型路基处理车和

GMC96B 型钢轨打磨车成功下线并交付路局使用后，又相继研发出快速多功能作业车、边坡清筛机等多种作业车型，至此，二七厂已成为中国铁路大型养路机械生产制造基地。同时，在巩固路内市场的同时，大力开拓路外市场，尤其是国际市场。值得二七员工自豪的是，工厂出口古巴前后共 112 台机车，这些机车驰骋在古巴国铁干线上，不仅为工厂，更为祖国赢得了荣誉。数年来，工厂的产品已遍及越南、古巴、爱沙尼亚、阿根廷等十多个国家。可以说，陶拥军当时所设想的，用五六年的时间，使二七厂初步走出困境的目标基本实现了。

这是春日里的一天，陶拥军率一应厂领导班子成员，驱车来到位于房山区的窦店高新产业园区，这里远离了城市喧嚣，有一种田园生活的静谧。但是可以肯定，在不久的将来，这里将挺拔起一座座高大厂房，一个全新的、综合产业园区将以崭新的姿态呈现在世人眼前，那中间，也许就有二七厂的身影。

陶拥军设想着为二七厂再建一个分厂的提议，经集团公司党委研究，觉得可行，可是新厂址选择在哪里呢？这当然要仔细斟酌，远了肯定不行，对于将来的生产会有诸多不利因素，而太近又不切合实际，随着北京国际化大都市地位的建立，北京地价可说是寸土寸金，不仅工厂，就连整个集团公司也没有这个财力。可巧在离工厂不算太远的窦店，正在兴起一个新的工业城，这吸引了众人眼球，所以才有了这次实地考察。

此时的产业园区，正是一片方兴未艾，已有几家企业在这里生根发芽了。

“我们这里将来要发展成为十万人规模的产业园区，现在已有几家知名企业在这里落户了，一会儿我们可以去长安汽车制造有限公司参观。我们欢迎二七厂也能成为产业园区的新成员，二七厂是个知名老厂，曾经发生过二七大罢工嘛。”园区负责人姓李，是个高大汉子，他热心地为陶拥军一行做着介绍。

“二七厂离我们这里并不算太远，等将来通了城铁，交通会更加便利，贵厂真是很有战略眼光的啊，现在我们这里地价还算便宜，等到将来，肯定是要上涨的。”

陶拥军只是静静地听，他从心里认可了这个地方。接下来的参观，更让他坚定了这个想法。长安汽车制造有限公司在全国汽车行业是个知名企业，这里只是一个新兴的子公司，因为其新，所以处处显示出一派勃勃生机。陶拥军想象着将来新厂房一旦建成，也必将是这般欣欣向荣的景象，他的脸上挂满了自信的笑容。

很快，五一小长假来临了，这对陶拥军来说，是个难得的休闲时光。此时，施燕和女儿陶冰倩正在厨房里忙着准备晚饭；客厅里陶志坚、陈佳雨老两口正津津有味地看着电视里的养生节目；书房里，陶拥军正和廖斌纹枰对弈，陶冰倩透过玻璃橱窗朝书房里望了一眼，见这爷儿俩好似两只斗红了眼的蛐蛐，不由抿嘴笑了。今天这顿晚餐，对于陶家来说，具有非同一般的意义，这是因为准女婿廖斌第一次上门认亲。

陶冰倩大学毕业后没进二七厂，而是进了一家研究机构，可是她和廖斌之间的交往却并没终止。这两年，他们由相知到相爱，直至相互托付终身，在收获爱情的同时，事业上也相互勉励，尤其是廖斌，继柴油机技改工艺获得成功后，又相继成功搞了几个工艺试验，为工厂节约了大笔资金。为此，经党委研究决定，提拔廖斌担任研发中心副主任。而小伙子经过一段时间深思熟虑后，将自己未来几年的规划设想和陶拥军通了气，陶拥军觉得可行。在陶拥军看来，廖斌是刘正权最可信赖的接班人，正是看好小伙子的潜力，所以对女儿和廖斌的交往，陶拥军采取默许的态度。

“爸，吃饭了。”陶冰倩一边摆桌子，一边说道。之后，她又去叫陶志坚和陈佳雨，“爷爷、奶奶，吃饭了。”

“好，吃饭。”陶志坚笑呵呵地应道，看着孙女充满青春朝气的身姿，陶志坚的脸上满是笑意。

“吃饭，小廖，今天这盘棋算是不分胜负吧。”陶拥军说着，而廖斌笑了，他紧跟着陶拥军走出了书房。

饭菜说不上很丰盛，却很精致。正当大家准备举杯时，电话铃却响了，这是一个越洋电话。

“陶厂长，我是孙益中，告诉你一个好消息，林东健在刚刚闭幕的国际焊接工艺大赛中力拔头筹，夺得了第一名。”林东健是孙益中的爱徒，孙益中伤愈后，按着陶拥军的意见，组建了孙益中工作室，一方面帮助解决工厂生产中出现的棘手难题；另一方面一心一意带徒弟，希望能把自己的焊接绝活传下去，而林东健是这批徒弟中的杰出代表。

“陶厂长，这下可好了，等孙师傅他们一回来，我们就给他们开庆功会。”廖斌兴奋地说着，却发现陶拥军沉着个脸，一副不高兴的样子。廖斌一时愣在那里，还是陶冰倩善解人意，她轻轻碰了一下廖斌。

“够傻的，在家还叫厂长，叫……叫伯父。”姑娘说着，脸一红，羞涩地笑了。而廖斌则缩了一下脖子，方才觉出自己犯了一个不大不小的“错误”。

“好了，别难为孩子了，都坐下吃饭吧。”陶志坚笑着招呼大家，在举杯之前，陶志坚却话锋一转。

“拥军，你的那个筹建新厂的建议，不是得到总公司批准了吗，那新厂址是不是就定在窦店了？”

“不出意外的话，应该就在窦店，不过工厂和总公司的财力都有限，只能发扬蚂蚁啃骨头的精神，一点点地来。我相信，只要坚持不懈地去做，就总有成功的一天。到那时，二七厂再打入城铁领域，就算是彻底翻身了。”

“那敢情好，就让我们预祝老厂永葆青春，我们干杯！”陶志坚端起酒杯，一串清脆的碰杯声，引来众人发自心底的欢笑。

13

进入 2015 年以来，二七厂所面临的外部环境发生了极大变化。从国家层面上讲，中共中央总书记习近平在中央财经领导小组第九次会议上提出，要疏解北京“非首都功能”，要京津冀协同发展。北京作为首都，城市功能定位发生了巨大变化。北京市产业与人口开始疏解，国资委领导下的国企改革也开始实施。从集团公司内部来讲，酝酿了许久的中国北车与中国南车两大集团公司合并，共同组建中国中车集团公司的报告，获得国务院批准通过。九月，新的集团公司正式挂牌，二七厂也顺理成章地成为中车公司旗下的子公司。

让陶拥军喜忧参半的是，形势的变化给工厂的发展提供了机遇，同时也迎来了最为严峻的挑战。因为有小道消息不断涌现，说是为了贯彻中央指示精神，集团公司有意将二七厂原址退出生产制造行业，转型升级为文创产业，这对陶拥军来说，心理上难以承受。不搞生产了，那“二七厂”的称谓还能这么叫下去吗？陶拥军来到二七厂已快十年，再加上他从小就在这里长大，他对这个厂怀有很深的感情，一心想把工厂做大、做强，相信这也是许多二七人心中的梦想。可是万万没有想到，最终的结果却是这样！需知道，再过两年，二七厂就将迎来它 120 年华诞啊！

传言很快被证实，刚刚就任中车集团公司董事长的雷鸣达，代表组织和陶拥军进行了一番深入交谈。

“陶拥军同志，集团公司对二七厂的未来规划，领导班子成员曾专门进行了讨论，认为原有老厂新厂并举的方案必须修改，老厂原址将于 2018 年退出生产制造业，转型升级为文创产业。而新厂的基建工程将同步进行，将来可以吸纳因转型升级而富余的人员。你们领导班子一定要做好干部群众的思想工作，当然，首先要做好你们自己的思想工作。”雷鸣达发现陶拥军的情绪很低落，这也在情理之中。

“当然，二七厂的干部职工对老厂有感情，这是可以理解的，就拿你来说，自幼生长在那里，如今又是二七厂厂长，当然希望厂子能够不断壮大。但是，现在形势发生了巨大变化，集团公司以为，二七精神的继承以及二七品牌的传承，不一定非要以‘工厂’的形式为载体，二七厂退出生产制造业，并不是对以往成绩的否定，而是以另外一种形式加以弘扬，我现在可以明确告诉你，不但窦店产业园将来开工生产后，还要冠以‘二七’的牌子，就是二七原址在转型升级后，冠名还要有‘二七’的身影。你要传达给广大员工的是，二七厂的转型升级，是集团公司战略转移的需要，并不是破产倒闭，二七厂这些年所取得的成就，集团公司是清楚的。”

“谢谢上级领导对二七厂的关心爱护，我们保证完成任务。”陶拥军勉强地笑了一下，他自己都清楚，那笑容一定很难看。

“诚然，转型升级会遇到很多困难，其中人员的疏解是重中之重，我们一定要做好每一个职工的安抚工作，要做到有法可依，要讲究方式方法，绝不能简单粗暴。”雷鸣达说着，用力握了握陶拥军的双手。陶拥军感到了一股力量，然而心中失落的情绪还是不由自主地显露出来，雷鸣达也不点破，他知道，陶拥军需要时间。

夜静悄悄的，应该已是子夜时分，因为心里装着事，陶拥军失眠了，他不想影响到其他人，于是先在床上假寐，等到大家都睡熟了，才轻手轻脚地下地，悄悄地走到了阳台上。陶拥军家的阳台，经过精心改造，已成为一个小型书房，配有电脑、台灯等书房常用物品，而原来的书房则几乎成为他的办公室了，只要有人到家里谈工作，一般都被安排在那里。站在阳台上，不用费力气，就可以看到不远处的厂房。此时，百年老厂似乎也沉睡了，陶拥军静静地望着前方，眼里一阵温热，以后，再也听不到隆隆的机器声了，再也听不到那鸣唱了一百多年的汽笛声了，这么一想，陶拥军仿佛被针扎了一下。

“咳。”身后传来一声轻轻的咳嗽声，在寂静的夜里显得有点刺耳，陶拥军冷不丁吓了一跳，回转身，见是父亲陶志坚，他先是愣了一下，赶忙扶陶志坚在椅子上坐好。

“爸，您怎么也醒了，是不是我吵着您了？”陶拥军的心里有点过意不去。

“儿子，我早就看出你有心事了，这么说，工厂真的要停产转型了？”陶志坚的语气很平静，这让陶拥军很感意外。

“爸，您是怎么知道的？”

“看来，老头儿们的传言，有的时候也不全是虚的。儿子，整个长辛店才有多大，又有多少事能够瞒得住呢？”陶志坚说着，轻轻叹了口气。

“我知道，你对工厂有感情，不希望它停产，可这是大势所趋，谁也挡不住，纵观世界许多国家的首都，特别是发达国家，在其发展的过程中，都历经过这样的阵痛，之后便又走上了康庄大道，这说明通过这些年的努力，我们的国家发展了，进步了。”

“爸，这么说，您对停产转型是支持理解的？”

“和你一样，理智上是理解的，情感上是惋惜的。你爸虽然老了，但并不糊涂，相信你的爷爷如果还活着，他的心情也会和你我一样。”正所谓知子莫若父，陶志坚知道陶拥军心里的疙瘩。陶拥军在潜意识中总是在以爷爷为榜样，他不想让别人说他这个厂长当得没水平，不如老厂长陶宗汉，所以陶志坚有意识地提到了自己的父亲。

“其实，你爷爷这一生，尽管他对咱们厂怀有别人无法替代的感情，但在他的心中，放在第一位的始终是党和国家的利益。在他生活的那个年代，我们国家还很穷、很弱，所以举国上下都在大力发展工业，不仅原有的厂子要做大、做强，后来又催生出许多新的工厂。你爷爷，包括他的后继者生逢其时地把二七厂带向鼎盛，由修理蒸汽机车到制造内燃机车，完成了质的飞跃，所以他们都是英雄。但是，你要记住，英雄都是有时代烙印的，我们今天所处的时代同样是一个英雄辈出的时代，爸爸希望你能成为这个时代的英雄。”陶志坚意犹未尽，虽然已是年过八旬，思维却很清晰。

“其实大家伙儿只是有些担心，一方面，转型后会有许多富余人员，工厂将如何安置他们；另一方面，退出生产制造业，转型文创产业，这是我们不熟悉的领域，你能带领二七厂，不，到时应该叫二七公司了吧，你能把它推向辉煌，让二七的旗帜继续飘扬下去吗？”

“爸，我知道该怎么做了，我不会给爷爷丢脸的。”

“爸爸相信你。”

两双手紧紧地握在一起，彼此感受着对方传递给自己的关爱与力量。客厅里的陈佳雨和施燕婆媳俩看到此时的情景，放下心来。

果不其然，老厂转型升级的消息公开后，引起八级地震，陶拥军为此承受了巨大压力，一方面要安抚在职职工的情绪；另一方面还要对想不通的退休老职工耐心解释，这其中就有自己的伯父陶学谦、陶学文，这老兄弟俩怎么也想不明白，这么好的一个百年老厂说完蛋就完蛋了？枯燥的解释并不能让人释怀，于是陶拥军责成厂办搞了一次大型参观活动，到北京地区转型升级的典型单位参观学习，许多人由此得到了启发。

“拥军，二七厂这么搞，真的也能像他们一样？”陶学谦还有些担心。

“当然了，我们还会比他们做得更好，因为我们具有他们不曾有的优势，那就是120年的发展史以及二七斗争的光荣史。”陶拥军显得信心满满。

陈依琳也听说了二七厂将要转型的消息，她在第一时间约见了陶拥军。

“拥军，现在二七厂面临转型，你手下的那些精兵猛将可以转给我了吧？”陈依琳开门见山，她觉得在这样一个老的工业基地，肯定是藏龙卧虎的。

“原则上讲，集团公司要求各类人才要人尽其用，将来即便二七厂用不着，集团公司所属各子公司也会对二七厂敞开大门，关键要看个人意愿。”陶拥军显得有些无奈，像林东健和他的女婿廖斌这样的技术领军能手已被其他公司相中了，但对一向爱才的陶拥军来说，心里的痛可想而知。陈依琳当然也听出了话外之音，为了不再让陶拥军尴尬，她及时转换了话题。

“二七厂不搞生产了，那一些设备是否有意转让?”陈依琳真是做生意的好手，敏锐地发现这里面有价值可挖，陶拥军也不由苦笑了一下。

“当然可以，不知你对哪方面的设备感兴趣?”

“以前来二七厂的时候，我曾参观过计量室，你们那里有一台相当先进的三坐标测量仪，我觉得很好。”陶拥军不得不佩服陈依琳的精明，那台设备当初是从欧洲引进，总共花了 30 多万欧元呢，那可是二七厂的宝贝。

“说说看，你打算出多少?”

陈依琳笑了笑，伸出两个手指头，陶拥军不相信陈依琳会出 20 万欧元，他有点犹犹豫豫。

“你是说 20 万欧元?”

“不，20 万人民币。”陈依琳面带微笑，陶拥军简直以为自己听错了，这不是趁火打劫嘛！他强压住心头的怒火。

“拥军，你别生气，只要这笔买卖做成，我会给你相同数目的酬谢金。”

“你……”陶拥军气得脸色通红，指着陈依琳，后面的话说不出来了，他愤而转身离去。

通过这件事，陶拥军敏锐地觉察到，越是这样的关键时刻，越要守住底线，不能造成国有财产的流失，于是一份紧急通知传达下来，严禁私自或低价转售仪器设备，工厂资产管理部的同志，对二七厂现有财产进行重新评估并登记造册。

这天，陶拥军正在责成有关部门抓紧联系相关企业，打算搞一场针对二七厂疏解人员的招聘会。说实在话，富余人员的安置是个最为棘手的问题，主要是二七厂由于历史的原因，许多职工都工作生活在长辛店地区，这就有了地域限制，太远的单位显然不切合实际。突然听到敲门声，陶拥军抬头一看，不由面露惊喜之色，来访者竟是长辛店镇党委书记季东方一行。因为历史渊源等因素，长辛店镇一直和工厂保有一种相当愉快的合作关系。

“老季，今天怎么想起到我这里来了？”陶拥军热情地打着招呼，秘书周晓文分别给客人端上了茶水。

“我这也是无事不登三宝殿呀，老陶，我今天来，你肯定高兴，二七厂转型升级不仅仅是工厂的大事，同时也是镇子上的大事，我们镇党委经过仔细研究，决定尽己所能地专为二七厂举办一场招聘会，为此我们联系了几十家用人单位，而且大都在长辛店附近，你看看什么时候举办合适，到时可以联系我们办公室的刘主任，由他们具体操作，你看怎样？”

“太好了，老季，你这真是雪中送炭呀，不瞒你说，安排富余人员就业实在是个老大难问题，现在由政府机关出面，情形就好多了，真的太谢谢你们了。”

“老陶，你说这话就客气了，谁不知道，工厂这么些年以来，为了我们长辛店镇的发展做出了多么大的贡献，如今它遇到点困难，我们难道不应该伸手帮助吗？”一席话说得陶拥军激动不已，他只是紧紧地握住了季东方的双手。

不久，由长辛店镇政府出面组织的、专门为二七厂疏解人员准备的招聘会，如期在二七技校内举行。那天前来应聘的人实在不少，场面相当热闹，陶拥军亲自视察了现场，他想着，类似这样的招聘会，近期还要不断举办，直到所有富余人员都找到自己满意的新工作为止，他觉得肩上的担子更重了。

2017 年 7 月 18 日上午，中车北京二七机车有限公司与中国青旅文化产业发展（北京）有限公司，隆重举行“中车二七机车 1897 科技城”项目合作框架协议签署暨科技城启动仪式。根据协议约定，双方将以二七机车公司老厂区原址为核心，通过工业遗存保护与再利用，充分展现传统与现代，历史与科技的融合，在传承二七红色文化、延续历史文脉的同时，发展文化产业，双创产业和轨道交通科技研发产业，共同打造国际轨道交通科技文化创新基地。二七老厂将以崭新的面貌展示在世人面前，二七人将以昂扬的姿态迈向新时代，二七人永远在路上。

一场初秋的雨将夏季的暑热驱散开来，给人一种凉爽、舒适的感觉。京西，太子峪墓地，陶志坚、陶学谦、陶学文、陶拥军率领全家，以及陈怀恩、陈怀义、陈怀礼的儿子陈国雄、刘学林和陶志新夫妇俩……十多人肃立在陶宗汉、何香草夫妇的墓碑前。今天既不是清明，也不是忌日，他们选择这样的日子来祭奠逝去的亲人，主要是因为二七老厂的转型升级已正式启动，陶拥军把一束鲜花敬献在爷爷的墓碑前。

“爷爷，我们来了，我要告诉您的是，您始终牵挂着的工厂，在新的形势下，将要转型升级为文创产业。经营文创产业，对于我以及所有二七人来说，是个全新领域。但我有信心带领这支队伍，在新的征程上抒写新篇章，绝不会给您老人家丢脸的。”

陶拥军说完，众人默默地三鞠躬，照片上的陶宗汉面带微笑，他似乎听到了一切……